2210

JOSÉ ORTEGA Y GASSET

OBRAS COMPLETAS

TOMO V

(1933-1941)

SÉPTIMA EDICIÓN

EDICIONES DE LA
REVISTA DE OCCIDENTE
BÁRBARA DE BRAGANZA, 12
MADRID

PRIMERA EDICIÓN: 1947
SÉPTIMA EDICIÓN: 1970

© Copyright by Herederos de José Ortega y Gasset - 1970
Editorial *Revista de Occidente*, S. A. Madrid (España) - 1970

Depósito legal: M. 3.319 - 1961

Printed in Spain - Impreso en España por
Talleres Gráficos de «Ediciones Castilla, S. A.». - Maestro Alonso, 23. - Madrid

EN TORNO A GALILEO

(1933)

Las lecciones V, VI, VII y VIII de este curso explicado en 1933 se publicaron en libro aparte con el título *Esquema de las crisis* (1942), precedidas de esta nota:

Se trata de unas lecciones entresacadas de un curso (1), donde el autor se propuso fijar, con el mayor rigor posible, la situación vital de aquellas generaciones entre 1550 y 1650 que instauraron el pensamiento moderno. De ordinario, la historia de las ideas, por ejemplo, de los sistemas filosóficos, nos presenta a éstos emergiendo los unos de los otros en virtud de un mágico emanatismo. Es una historia espectral y adinámica inspirada en el error intelectualista que atribuye a la inteligencia una sustantividad e independencia que no tiene. Es de presumir que si los historiadores de las ideas, especialmente de las filosóficas, hubiesen sido historiadores de vocación y no más bien hombres de ciencia y filósofos, no habrían caído tan de lleno en ese error y se habrían resistido a creer que la inteligencia funciona por su propia cuenta, cuando es tan obvio advertir que va gobernada por las profundas necesidades de nuestra vida, que su ejercicio no es sino reacción a menesteres preintelectuales del hombre.

De aquí que fuese forzoso insinuar —ya que más completo desarrollo del tema era inoportuno— a los oyentes del citado curso, algo sobre ese carácter preintelectual, esto es, viviente de la inteligencia misma, oponiéndose a la doctrina inveterada, según la cual el hombre se ocupa en conocer simplemente porque tiene entendimiento. Al descender por debajo del conocimiento mismo, por tanto, de la ciencia como hecho genérico y descubrir la función vital que la inspira y moviliza, nos encontramos con que no es sino una forma especial de otra más decisiva y básica —la creencia. *Esto nos prepara para comprender cómo el hombre puede pasar de una fe a otra y en qué situación se halla mientras dura el tránsito, mientras vive en dos* creencias, *sin sentirse instalado en ninguna, por tanto en sustancial* crisis.

A continuación se publican en su orden todas las lecciones, reconstruyendo la totalidad orgánica que tuvo el curso, al cual había de seguir una segunda parte que los acontecimientos españoles impidieron llevar a cabo.

---

(1) Curso dado en la Cátedra Valdecillas, de la Universidad Central, con el título: *En torno a Galileo* (1550-1650). *Ideas sobre las generaciones decisivas en la evolución del pensamiento europeo.*

Lección I

GALILEÍSMO DE LA HISTORIA

En junio de 1633, Galileo Galilei, de setenta años, fue obligado a arrodillarse delante del Tribunal Inquisitorial, en Roma, y a abjurar de la teoría copernicana, concepción que hizo posible la física moderna.

Se van a cumplir, pues, los trescientos años de aquella deplorable escena originada, a decir verdad, más que en reservas dogmáticas de la Iglesia, en menudas intrigas de grupos particulares. Yo invito a los oyentes para que, en homenaje a Galileo, desarrollen conmigo algunos temas en torno al pensamiento de su época.

Si rendimos homenaje a Galileo es porque nos interesa su persona. Mas ¿por qué nos interesa? Evidentemente por razones muy distintas de aquellas por las cuales Galileo interesaba a Galileo. Cada cual se interesa a sí mismo, quiera o no, téngase en poco o en mucho, por la sencilla razón de que cada cual es sujeto, protagonista de su propia e intransferible vida. Nadie puede vivirme mi vida; tengo yo por mi propia y exclusiva cuenta que írmela viviendo, sorbiendo sus alborozos, apurando sus amarguras, aguantando sus dolores, hirviendo en sus entusiasmos. Que cada cual se interese por sí mismo no necesita, pues, especial justificación. Pero sí la ha menester nuestro interés por otra persona, máxime cuando no es un contemporáneo. A primera vista nuestros intereses, nuestras admiraciones, nuestras curiosidades, ofrecen el aspecto de un fortuito enjambre. Pero no hay tal. Nuestra existencia es un organismo y todo en ella tiene su ordenado puesto, su misión, su papel.

Galileo nos interesa no así como así, suelto y sin más, frente a frente él y nosotros, de hombre a hombre. A poco que analicemos nuestra estimación hacia su figura, advertiremos que se adelanta a nuestro fervor, colocado en un preciso cuadrante, alojado en un gran pedazo del pretérito que tiene una forma muy precisa: *es* la iniciación de la Edad Moderna, del sistema de ideas, valoraciones e impulsos que ha dominado y nutrido el suelo histórico que se extiende precisamente desde Galileo hasta nuestros pies. No es, pues, tan altruista y generoso nuestro interés hacia Galileo como al pronto podíamos imaginar. Al fondo de la civilización contemporánea, que se caracteriza entre todas las civilizaciones por la ciencia exacta de la naturaleza y la técnica científica, late la figura de Galileo. Es, por tanto, un ingrediente de nuestra vida y no uno cualquiera, sino que en ella le compete el misterioso papel de iniciador.

Pero se dice, y tal vez con no escaso fundamento, que todos esos principios constitutivos de la Edad Moderna se hallan hoy en grave crisis. Existen, en efecto, no pocos motivos para presumir que el hombre europeo levanta sus tiendas de ese suelo moderno donde ha acampado durante tres siglos y comienza un nuevo éxodo hacia otro ámbito histórico, hacia otro modo de existencia. Esto querría decir: la tierra de la Edad Moderna que comienza bajo los pies de Galileo termina bajo nuestros pies. Éstos la han abandonado ya.

Pero, entonces, la figura del gran italiano cobra para nosotros un interés más dramático, entonces nos interesa mucho más interesadamente. Porque si es cierto que vivimos una situación de profunda crisis histórica, si es cierto que salimos de una Edad para entrar en otra, nos importa mucho: 1.º, hacernos bien cargo, en rigorosa fórmula, de cómo era ese sistema de vida que abandonamos; 2.º, qué es eso de vivir en crisis histórica; 3.º, cómo termina una crisis histórica y se entra en tiempo nuevo. En Galileo y Descartes termina la mayor crisis por que ha pasado el destino europeo —una crisis que comienza a fines del siglo XIV y no termina hasta los albores del XVII. Al fin de ella, como divisoria de las aguas y cima entre dos edades, se alza la figura de Galileo. Con ella el hombre moderno entra en el mundo moderno. Nos interesa, pues, sobremanera hacernos cargo de aquella crisis y de este ingreso. Todo entrar en algún sitio, todo salir de algún recinto es un poco dramático; a veces, lo es mucho— de aquí las supersticiones y los ritos del umbral y del dintel. Los romanos creían en dioses especiales que presidían a esa condenación de enigmático destino que es el salir y es el entrar. Al dios del salir llamaban Abeona, al dios del entrar llamaban Adeona. Si, en vez del dios pagano, decimos, con un vocablo cristianizado, patrono, nada puede parecer más justificado que hacer a Galileo patrono *abeona* en nuestra salida de la modernidad, patrono *adeona* de nuestro ingreso en un futuro palpitante de misterio.

Todo el que se ha acercado a estudiar la etapa europea que va de 1400 a 1600 se ha dado cuenta de que es entre todos los períodos de nuestra historia occidental el más confuso y hoy por hoy indominado. En 1860 publicó Jacobo Burckhardt su *Cultura del Renacimiento en Italia*. Por vez primera la palabra Renacimiento, que andaba vagando desde Vasari con significaciones indecisas, cobra un sentido preciso y representa la definición de un tiempo histórico. Era un primer ensayo de aclaración que ponía un esquema de orden sobre tres siglos de confusa memoria. Una vez más se pudo ver que el conocimiento no consiste en poner al hombre frente a la pululación innumerable de los hechos brutos, de los datos nudos. Los hechos, los datos, aun siendo efectivos, no son la realidad, no tienen ellos por sí realidad y como no la tienen, mal pueden entregarla a nuestra mente. Si para conocer, el pensamiento no tuviese otra cosa que hacer sino reflejar una realidad que está ya ahí, en los hechos, presta como una virgen prudente esperando al esposo, la ciencia sería cómoda faena y hace muchos milenios que el hombre habría descubierto todas las verdades urgentes. Mas acontece que la realidad no es un regalo que los hechos hacen al hombre. Siglos y siglos los hechos siderales estaban patentes ante los ojos humanos y, sin embargo, lo que estos hechos presentaban al hombre, lo que estos hechos patentizaban no era una realidad, sino todo lo contrario, un enigma, un arcano, un problema, ante el cual se estremecía de pavor. Los hechos vienen a ser, pues, como las figuras de un jeroglífico. ¿Han reparado ustedes en la paradójica condición de tales figuras? Ellas nos presentan ostentosamente sus clarísimos perfiles, pero ese su claro aspecto está ahí precisamente para plantearnos un enigma, para producir en nosotros confusión. La figura jeroglífica nos dice: «¿Me ves bien? Bueno, pues eso que ves de mí no es mi verdadero ser. Yo estoy aquí para advertirte que yo no soy mi efectiva realidad. Mi realidad, mi sentido está detrás de mí, oculto por mí. Para llegar a él tienes que no fiarte de mí, que no tomarme a mí como la realidad misma, sino, al contrario, tienes que interpretarme y esto supone que has de buscar como verdadero sentido de este jeroglífico otra cosa muy distinta del aspecto que ofrecen sus figuras».

La ciencia es, en efecto, interpretación de los hechos. Por sí mismos no nos dan la realidad, al contrario, la ocultan, esto es, nos plantean el problema de la realidad. Si no hubiera hechos no habría problema, no habría enigma, no habría nada oculto que es preciso des-ocultar, des-cubrir. La palabra con que los griegos nombraban la verdad es *alétheia*, que quiere decir descubrimiento, quitar el velo que oculta y cubre algo. Los hechos cubren la realidad y mientras estemos en medio de su pululación innumerable estamos en el caos y la confusión. Para des-cubrir la realidad es preciso que retiremos por un momento los hechos de en torno nuestro y nos quedemos solos con nuestra mente. Entonces, por nuestra propia cuenta y riesgo, imaginamos una realidad, fabricamos una realidad imaginaria, puro invento nuestro; luego, siguiendo en la soledad de nuestro íntimo imaginar, hallamos qué aspecto, qué figuras visibles, en suma, qué hechos produciría esa realidad imaginaria. Entonces es cuando salimos de nuestra soledad imaginativa, de nuestra mente pura y aislada y comparamos esos hechos que la realidad imaginada por nosotros produciría con los hechos efectivos que nos rodean. Si casan unos con otros es que hemos descifrado el jeroglífico, que hemos descubierto la realidad que los hechos cubrían y arcanizaban.

Esta faena es la ciencia; como se ve consiste en dos operaciones distintas. Una puramente imaginativa, creadora, que el hombre pone de su propia y libérrima sustancia; otra confrontadora con lo que nos es el hombre, con lo que le rodea, con los hechos, con los datos. La realidad no es dato, algo dado, regalado —sino que es construcción que el hombre hace con el material dado.

No debía ser necesario hacer constar esto: todo el que se ocupa de labores científicas debiera saberlo. Toda la ciencia moderna no ha hecho sino eso y sus creadores sabían muy bien que la ciencia de los hechos, de los fenómenos tiene en un cierto momento que desentenderse de éstos, quitárselos de delante y ocuparse en puro imaginar. Así, por ejemplo: los cuerpos lanzados se mueven de innumerables modos, suben, bajan, siguen en su trayecto las curvas más diversas, con las más distintas velocidades. En tan inmensa variedad nos perdemos y por muchas observaciones que hagamos sobre los hechos del movimiento, no lograremos descubrir el verdadero ser del movimiento. ¿Qué hace, en cambio, Galileo? En vez de perderse en la selva de los hechos entrando en ellos como pasivo espectador, comienza por imaginar la génesis del movimiento en los cuerpos lanzados *cujus motus generationem talem constituo. Mobile quoddam super planum horizontale proiectum* mente concipio *omni secluso impedimento*.

Así inicia Galileo la Jornada cuarta de su libro postrero titulado *Diálogo de las nuevas ciencias* o *Discorsi e dimostrazione in torno a due nuove scienze attenenti a la Mecanica ed ai movimenti locali*. Estas nuevas ciencias son, nada menos, la física moderna.

«Concibo por obra de mi mente un móvil lanzado sobre un plano horizontal y quitando todo impedimento.» Es decir, se trata de un móvil imaginario en un plano idealmente horizontal y sin estorbo alguno —pero esos estorbos, impedimentos que Galileo imaginariamente quita al móvil son los hechos—, ya que todo cuerpo observable se mueve entre impedimentos, rozando otros cuerpos y por ellos rozado. Comienza, pues, por construir idealmente, mentalmente, una realidad. Sólo cuando tiene ya lista su imaginaria realidad observa los hechos, mejor dicho, observa qué relación guardan los hechos con la imaginada realidad.

Pues bien, yo tengo la convicción de que se avecina un espléndido florecimiento de las ciencias históricas debido a que los historiadores se resolverán a hacer *mutatis mutandis*, frente a los hechos históricos, lo mismo que Galileo inició frente a los físicos. Se convencerán de que la ciencia, se entiende toda ciencia de cosas, sean éstas corporales o espirituales, es tanto obra de imaginación como de observación, que esta última no es posible sin aquella —en suma, que la ciencia es construcción.

Este carácter, en parte al menos, imaginativo de la ciencia hace de ella una hermana de la poesía. Pero entre la imaginación de Galileo y la de un poeta hay una radical diferencia: aquélla es una imaginación exacta. El móvil y el plano horizontal que con su mente concibe son figuras rigorosamente matemáticas. Ahora bien, la materia histórica no tiene nada esencial que ver con lo matemático. ¿Tendrá por ello que renunciar a ser una construcción, es decir, una ciencia y declararse irremediablemente poesía? ¿O cabe una imaginación que, sin ser matemática, preste a la historia el mismo servicio de rigor constructivo que la mecánica presta a la física? ¿Cabe una cuasi-mecánica de la historia?

No vamos a desarrollar ahora esta cuestión. Pero sí quisiera dejar en el aire, como una insinuación, los supuestos más generales que, a mi juicio, hacen posible una historia verdaderamente científica.

Los historiadores para exonerarse de discutir con los filósofos suelen repetir la frase escrita por uno de sus mayores capitanes, por Leopoldo de Ranke, quien a las discusiones de su tiempo sobre la forma de la ciencia histórica opuso, con aire de quien corta malhumorado un nudo gordiano, estas palabras: «La historia se propone averiguar *wie es eigentlich gewesen ist* —como efectivamente han pasado las cosas». Esta frase parece entenderse a primera vista, pero habida cuenta las polémicas que la inspiraron, tiene un significado bastante estúpido. ¡Lo que ha pasado! ¡Lo que ha ocurrido o sido! ¿Cómo? ¿Por ventura se ocupa la historia de los eclipses que han ocurrido? Evidentemente, no. La frase es elíptica. Se supone que en la historia se trata de lo que ha pasado, ocurrido, acaecido al hombre. Pero es precisamente lo que, con todo respeto para Ranke, a quien creo uno de los más formidables constructores de historia, me parece un poco estúpido. Porque se quiere decir con ello que al hombre le pasan muchas cosas, infinitas cosas y que esas cosas que le pasan, le pasan en el sentido de una teja que cae sobre un transeúnte y lo desnuca. En este pasar, el hombre no tendría otro papel que el de un frontón sobre el cual caen los fortuitos pelotazos de un extrínseco destino. La historia no tendría otra misión que tomar nota de esos pelotazos uno a uno. La historia sería puro y absoluto empirismo. El pasado humano sería una radical discontinuidad de hechos sueltos sin estructura, ley ni forma.

Pero es evidente que todo lo que al hombre acontece y pasa, le pasa y acontece dentro de su vida y se convierte *ipso facto* en un hecho de vida humana, es decir, que el verdadero ser, la realidad de ese hecho no es lo que éste como suceso bruto, aislado y por sí parezca tener, sino lo que signifique en la vida de ese hombre. Un mismo hecho material tiene las realidades más diversas inserto en vidas humanas diferentes. La teja que desciende es la salvación para el transeúnte desesperado y anónimo o es una catástrofe de importancia universal cuando tropieza con la nuca de un creador de imperio, de un genio joven.

Un hecho humano no es, pues, nunca un puro pasar y acaecer —es función de toda una vida humana individual o colectiva, pertenece a un organismo de hechos donde cada cual tiene su papel dinámico y activo. En vigor, al hombre lo único que le pasa es vivir, todo lo demás es interior a su vida, provoca en ella reacciones, tiene en ella un valor y un significado. La realidad, pues, del hecho no está en él, sino en la unidad indivisa de cada vida.

De suerte que si, siguiendo a Ranke, queremos que la historia consista en averiguar cómo *propiamente*, *efectivamente*, han pasado las cosas, no tenemos más remedio que recurrir de cada hecho bruto al sistema orgánico, unitario de la vida a quien el hecho pasó, que vivió el hecho.

Tan es así que el historiador no puede ni siquiera leer una sola frase de un documento sin referirla, para entenderla, a la vida integral del autor del documento. La historia en su primaria labor, en la más elemental, es ya hermenéutica, que quiere decir interpretación, interpretación que quiere decir inclusión de todo hecho suelto en la estructura orgánica de una vida, de un sistema vital.

A la luz de esta advertencia, bien obvia por cierto, la historia deja de ser la simple averiguación de lo que ha pasado y se convierte en otra cosa un poco más complicada —en la investigación de cómo han sido las vidas humanas en cuanto tales. Conste, pues, no lo que ha pasado a los hombres—, ya que, según hemos visto, lo que a alguien le pasa sólo se puede conocer cuando se sabe cuál fue su vida en totalidad.

Pero al topar la historia con la muchedumbre de las vidas humanas se encuentra en la misma situación que Galileo ante los cuerpos que se mueven. Se mueven tantos y de tan diversos modos, que en vano podremos averiguar de ellos lo que sea el movimiento. Si el movimiento no tiene una estructura esencial y siempre idéntica de que los movimientos singulares de los cuerpos son meras variaciones y modificaciones, la física es imposible. Por eso Galileo no tiene más remedio que comenzar por constituir el esquema de todo movimiento. En los que luego observe, ese esquema tendrá que cumplirse siempre, y gracias a ese esquema sabemos qué y por qué se diferencian unos de otros los movimientos efectivos. Es preciso que en el humo ascendente de la chimenea aldeana y en la piedra que cae de una torre exista bajo aspectos contradictorios una misma realidad, esto es, que el humo suba precisamente por las mismas causas que la piedra baja.

Pues bien, tampoco es posible la historia, la investigación de las vidas humanas si la fauna variadísima de éstas no oculta una estructura esencial idéntica, en suma, si la vida humana no es, en el fondo, la misma en el siglo x antes de Cristo que en el x después de Cristo, entre los caldeos de Ur y en el Versalles de Luis XV.

El caso es que todo historiador se acerca a los datos, a los hechos llevando ya en su mente, dése o no cuenta de ello, una idea más o menos precisa de lo que es la vida humana, esto es, de cuáles son las necesidades, las posibilidades y la línea general de comportamiento característicos del hombre. Delante de tal noticia que un documento le proporciona se detendrá diciendo: Esto no es verosímil, es decir, esto no puede pasar a un hombre, la vida humana excluye como imposibles ciertos tipos de comportamiento. Pero no sólo esto: llega a más. Declara como inverosímil ciertos actos de un hombre no porque en absoluto lo sean, sino porque contradicen excesivamente otros datos de la vida de ese hombre. Y entonces dice:

esto es inverosímil en un hombre del siglo x, aunque sería muy natural en un hombre del siglo xix. ¿No advierten ustedes cómo el historiador más enemigo de la filosofía decreta la realidad o irrealidad de un hecho sometiéndolo, como a una instancia suprema, a la idea que él tiene de una vida humana como totalidad y organismo?

Lo que yo pido a los historiadores no es más sino que tomen en serio eso mismo que hacen, que de hecho practican y en vez de construir la historia sin darse cuenta de lo que hacen se preocupen de construirla deliberadamente, partiendo de una idea más rigorosa de la estructura general que tiene nuestra vida y que actúa idéntica en todos los lugares y en todos los tiempos.

Precisamente cuando se trata de comprender una época confusa, de crisis —como es el Renacimiento—, es más necesario partir de un esquema claro, preciso de la vida y sus funciones constitutivas. Porque no se hizo rigorosamente y a fondo, no se ha entendido el Renacimiento ni se ha entendido lo que es una crisis histórica. Parece, pues, inexcusable que en brevísimo resumen propongamos un esquema de la vida humana.

Lección II

LA ESTRUCTURA DE LA VIDA, SUSTANCIA DE LA HISTORIA

En la lección anterior insinuaba yo que toda ciencia de realidad, sea ésta corporal o espiritual, tiene que ser una construcción y no un mero espejo de los hechos. Porque la física en tiempo de Galileo se resolvió a ser esto, quedó constituída como ciencia ejemplar y norma de conocimiento durante toda la Edad Moderna.

La historia tiene que adoptar pareja decisión y disponerse a construir. Bien entendido que esta paridad entre la física tal cual es y una historia tal y como debe ser, se reduce, por lo pronto, a este punto: la constructividad. Los demás caracteres de la física no tienen para qué ser deseados para la historia. Por ejemplo, la exactitud. La exactitud de la física, se entiende, la exactitud de aproximación que le es propia, no procede de su método constructivo como tal, sino que le viene impuesta por su objeto, la magnitud. Lo exacto no es, pues, tanto el pensar físico como su objeto —el fenómeno físico. Es, pues, un *quid proquo* extenderse en elegíacas lamentaciones sobre la incapacidad de exactitud que aquejará siempre a la historia. Lo lamentable sería más bien lo contrario. Si la historia, que es la ciencia de las vidas humanas, fuese o pudiese ser exacta, significaría que los hombres eran pedernales, piedras, cuerpos físico-químicos y nada más. Pero entonces no habría ni historia ni física, porque las piedras, más afortunadas si se quiere que los hombres, no necesitan hacer ciencia para ser ellas lo que son, esto es, piedras. En cambio, el hombre es una entidad extrañísima que para ser lo que es necesita antes averiguarlo, necesita, quiera o no, preguntarse lo que son las cosas en su derredor y lo que es él en medio de las cosas. Porque esto es lo que verdaderamente diferencia al hombre de la piedra:

no que el hombre tenga entendimiento y la piedra carezca de él. Podemos imaginar una piedra muy inteligente, pero como el ser piedra le es dado ya hecho de una vez para siempre y no tiene que decidirlo ella, no necesita para ser piedra plantearse en cada momento el problema de sí misma, preguntándose: ¿qué tengo yo que hacer ahora o, lo que es igual, qué tengo yo que ser? Suelta en el aire, sin que necesite preguntarse nada y, por tanto, sin que necesite ejercitar su entendimiento, la piedra que imaginamos caerá hacia el centro de la tierra. Su inteligencia, pues, aunque exista, no forma parte de su ser, no interviene en él, sino que sería un aditamento extrínseco y superfluo.

Lo esencial del hombre es, en cambio, no tener más remedio que esforzarse en conocer, en hacer ciencia, mejor o peor, en resolver el problema de su propio ser y para ello el problema de lo que son las cosas entre las cuales inexorablemente tiene que ser. Esto: que necesita saber, que necesita —quiera o no— afanarse con sus medios intelectuales, es lo que constituye indubitablemente la condición humana. En cambio, definir al hombre diciendo que es un animal inteligente, racional, un animal, que sabe, *homo sapiens*, es sobremanera expuesto, porque a poco rigor que usemos al emplear estas palabras, si nos preguntamos: ¿es el hombre, aun el genio mayor que haya existido, de verdad y en toda la exigida plenitud del vocablo, inteligente, de verdad entiende con plenitud de entendimiento, de verdad sabe algo con inconmovible e integral saber?, pronto advertimos que es cosa sobremanera dudosa y problemática. En cambio, repito, es incuestionable que necesita saber.

No se puede definir al hombre por las dotes o medios con que cuenta, ya que no está dicho que esas dotes, esos medios logren lo que sus nombres pretenden, por tanto, que sean adecuados a la pavorosa faena en que, quiera o no, está. Dicho en otra forma: el hombre no se ocupa en conocer, en saber simplemente *porque* tenga dotes cognoscitivas, inteligencia, etc.—sino al revés porque no tiene más remedio que intentar conocer, saber, moviliza todos los medios de que dispone aunque éstos sirven muy malamente para aquel menester. Si la inteligencia del hombre fuese de verdad lo que la palabra indica —capacidad de entender—, el hombre habría inmediatamente entendido todo y estaría sin ningún problema, sin faena penosa por delante. No está, pues, dicho que la inteligencia del hombre sea, en en efecto, inteligencia; en cambio, la faena en que el hombre anda irremediablemente metido, ¡eso sí que es indubitable— y, por tanto, eso sí que lo define!

Esa faena —según dijimos— se llama «vivir» y consiste el vivir en que el hombre está siempre en una circunstancia, que se encuentra de pronto y sin saber cómo sumergido, proyectado en un orbe o contorno incanjeable, en éste de ahora.

Para sostenerse en esa circunstancia tiene que hacer siempre algo —pero este quehacer no le es impuesto por la circunstancia, como al gramófono le es impuesto el repertorio de sus discos o al astro la línea de su órbita.

El hombre, cada hombre tiene que decidir en cada instante lo que va a hacer, lo que va a ser en el siguiente. Esta decisión es intransferible: nadie puede sustituirme en la faena de decidirme, de decidir mi vida. Cuando me pongo en manos de otro, soy yo quien ha decidido y sigue decidiendo que él me dirija: no transfiero, pues, la decisión, sino tan sólo su mecanismo. En vez de obtener la norma de conducta del mecanismo que es mi inteligencia, me aprovecho del mecanismo de la inteligencia de otro.

Pero si al salir de aquí toman ustedes una dirección y no otra, es porque creen que deben ir a determinado lugar en esa hora y esto a su vez —que deben estar a esa hora en tal lugar— lo han decidido por otra razón de futuro y así sucesivamente. El hombre no puede dar un solo paso sin anticipar, con más o menos claridad, todo su porvenir, lo que va a ser; se entiende, lo que ha decidido ser en toda su vida. Pero esto significa que el hombre obligado a hacer siempre algo en la circunstancia, para decidir lo que va a hacer no tiene más remedio que plantearse el problema de su propio ser individual. No hace falta gran perspicacia para advertir cuando nos encontramos con el prójimo cómo va éste dirigido por el *sí mismo* que ha decidido ser pero que nunca acaba de ver claro, que le es siempre problema. Porque al hacerse cada cual cuestión de qué va a ser, por tanto, de lo que va a ser su vida, no tiene más remedio que plantearse el problema de cuál es el ser del hombre, qué es lo que el hombre en general puede ser y qué es lo que tiene que ser. Pero esto, a su vez, nos obliga a hacernos una idea, a averiguar de algún modo lo que es la circunstancia, contorno o mundo en que vive. Las cosas, en torno, no nos dicen por sí mismas lo que son. Tenemos que descubrirlo nosotros. Pero esto —descubrir el ser de las cosas y el ser de sí mismo y el ser de todo— no es sino el quehacer intelectual del hombre, quehacer que, por lo tanto, no es un aditamento superfluo y extrínseco a su vida, sino que, quiera o no, es constitutivo de ésta. No se trata, pues, de que el hombre vive y luego, si viene el caso, si siente alguna especial curiosidad, se ocupe en formarse algunas ideas sobre las cosas. No: vivir es ya encontrarse forzado a interpretar nuestra vida. Siempre, irremisiblemente, en cada instante, nos hallamos con determinadas convicciones radicales sobre lo que son las cosas y nosotros entre ellas: esta articulación de convicciones últimas hacen de nuestra circunstancia caótica la unidad de un mundo o universo.

Lo dicho nos presenta nuestra vida constituída por dos dimensiones, inseparable la una de la otra y que quiero dejar destacadas ante ustedes con toda claridad. En su dimensión primaria vivir es estar yo, el yo de cada cual, en la circunstancia y no tener más remedio que habérselas con ella. Pero esto impone a la vida una segunda dimensión consistente en que no tiene más remedio que averiguar lo que la circunstancia es. En su primera dimensión lo que tenemos al vivir es un puro problema. En la segunda dimensión tenemos un esfuerzo o intento de resolver el problema. Pensamos sobre la circunstancia y este pensamiento nos fabrica una idea, plan o arquitectura del puro problema, del caos que es por sí, primariamente, la circunstancia. A esta arquitectura que el pensamiento pone sobre nuestro contorno, interpretándolo, llamamos mundo o universo. Este, pues, no nos es dado, no está ahí, sin más, sino que es fabricado por nuestras convicciones.

No hay manera de aclararse un poco lo que es la vida humana si no se tiene en cuenta que el mundo o universo es la solución intelectual con que el hombre reacciona ante los problemas dados, inexorables, inexcusables que le plantea su circunstancia. Ahora bien: 1.º, cuáles sean las soluciones depende de cuáles sean los problemas; 2.º, una solución sólo lo es auténticamente en la medida en que sea auténtico el problema; quiero decir, en que nos sintamos efectivamente angustiados por él. Cuando, por uno u otro motivo, el problema deja de ser efectivamente sentido por nosotros, la solución, por muy certera que sea, pierde vigor ante nuestro espíritu, esto es, deja de cumplir su papel de solución, se convierte en una idea muerta.

Me interesaba subrayar todo esto porque ello formula con energía la dualidad inherente al vivir humano en virtud de la cual el hombre está siempre en el problema que es su circunstancia, mas, por lo mismo, forzado a reaccionar ante ese problema, está siempre en una relativa solución. El hombre más escéptico vive ya en ciertas convicciones radicales, vive en un mundo, en una interpretación. El mundo en que está el escéptico se llama «lo dudoso»: vive en él, está en la duda, en el mar de lo dudoso, en el mar de confusiones, como le llama muy certeramente la expresión vulgar —y ese mundo de lo dudoso es tan mundo como el mundo del dogmático, aunque sea un mundo pavorosamente pobre. Cuando se habla, pues, de un «hombre sin convicciones» cuídese de advertir que eso es sólo una manera de hablar. No hay vida sin últimas certidumbres: el escéptico está convencido de que todo es dudoso.

Cuando he indicado que nuestra vida, la de cada cual, es, por fuerza, interpretación de sí misma, es formarse ideas sobre sí y lo demás, el oyente se habrá dicho que no se ha dado cuenta de haber nunca realizado ese esfuerzo. Y tiene razón si ha entendido mis palabras en el sentido de que cada hombre por su solo esfuerzo original se crea una interpretación del universo. Por desgracia —o por ventura— eso no acontece. Al encontrarnos viviendo, nos encontramos no sólo entre las cosas, sino entre los hombres; no sólo en la tierra, sino en la sociedad. Y esos hombres, esa sociedad en que hemos caído al vivir tiene ya una interpretación de la vida, un repertorio de ideas sobre el universo, de convicciones vigentes. De suerte, que lo que podemos llamar «el pensamiento de nuestra época» entra a formar parte de nuestra circunstancia, nos envuelve, nos penetra y nos lleva. Uno de los factores constituyentes de nuestra fatalidad es el conjunto de convicciones ambientes con que nos encontramos. Sin darnos cuenta nos hallamos instalados en esa red de soluciones ya hechas a los problemas de nuestra vida. Cuando uno de éstos nos aprieta, recurrimos a ese tesoro, preguntamos a nuestros prójimos, a los libros de nuestros prójimos: ¿qué es el mundo?, ¿qué es el hombre?, ¿qué es la muerte?, ¿qué hay más allá? O bien: ¿qué es el espacio, qué es la luz, qué es el organismo animal? Pero ni es necesario que nos hagamos tales preguntas: desde que nacemos ejecutamos un esfuerzo constante de recepción, de absorción, en la convivencia familiar, en la escuela, lectura y trato social que trasvasa en nosotros esas convicciones colectivas antes, casi siempre, de que hayamos sentido los problemas de que ellas son o pretenden ser soluciones. De suerte que cuando brota en nosotros la efectiva angustia ante una cuestión vital y queremos de verdad hallar su solución, orientarnos con respecto a ella, no sólo tenemos que luchar con ella, sino que nos encontramos presos en las soluciones recibidas y tenemos que luchar también con éstas. El idioma mismo en que por fuerza habremos de pensar nuestros propios pensamientos es ya un pensamiento ajeno, una filosofía colectiva, una elemental interpretación de la vida que fuertemente nos aprisiona.

Hemos visto cómo la idea del mundo o universo es el plano que el hombre se forma, quiera o no, para andar entre las cosas y realizar su vida, para orientarse en el caos de la circunstancia. Pero esa idea le es, por lo pronto, dada por su contorno humano, es la idea dominante en su tiempo. Con ella tiene que vivir sea aceptándola, sea polemizando en tal o cual punto contra ella.

Además de pensar sobre las cosas o saber, el hombre hace instrumentos, fabrica trebejos, vive materialmente con una técnica. La circunstancia es distinta según sea la técnica ya lograda con que se encuentra al nacer. Al hombre de hoy no le aprietan como al paleolítico los problemas materiales. Vaca a otros. Su vida es, pues, de idéntica estructura fundamental, pero la perspectiva de problemas, distinta. La vida es siempre preocupación, pero en cada época preocupan más unas cosas que otras. Hoy no preocupa la viruela que preocupaba en 1850. Hoy, en cambio, preocupa el régimen parlamentario que no preocupaba entonces.

Sin haber hecho más que asomarnos al asunto nos encontramos, pues, con estas verdades claras: 1.º, toda vida de hombre parte de ciertas convicciones radicales sobre lo que es el mundo y el puesto del hombre en él —parte de ellas y se mueve dentro de ellas; 2.º, toda vida se encuentra en una circunstancia con más o menos técnica o dominio sobre el contorno material.

He aquí dos funciones permanentes, dos factores esenciales de toda vida humana —que, además, se influyen mutuamente: ideología y técnica.

Un estudio completo nos llevaría a descubrir las restantes dimensiones de la vida. Mas ahora nos basta con esas dos, porque nos bastan para entrever que la vida humana tiene siempre una estructura —es decir, que consiste en tener el hombre que habérselas con un mundo determinado, cuyo perfil podemos dibujar. Ese mundo presenta relativamente resueltos ciertos problemas y exalta, en cambio, otros, dando así una determinada y no vaga figura a la lucha del hombre por su destino.

La historia se ocupa en averiguar cómo han sido las vidas humanas, pero suele malentenderse la expresión como si se tratase de inquirir cuál ha sido el carácter de los sujetos humanos. La vida no es sin más ni más el hombre, es decir, el sujeto que vive. Sino que es el drama de ese sujeto al encontrarse teniendo que bracear, que nadar náufrago en el mundo. La historia no es, pues, primordialmente psicología de los hombres, sino reconstrucción de la estructura de ese drama que se dispara entre el hombre y el mundo. En un mundo determinado y ante él los hombres de psicología más diversa se encuentran con cierto repertorio ineludible y común de problemas que da a su existencia una idéntica estructura fundamental. Las diferencias psicológicas, subjetivas, son subalternas y no hacen más que poner menudas indentaciones en el esquema de su drama común.

Pondré un ejemplo para aclarar mi pensamiento. Imaginen ustedes dos individuos de carácter opuesto, uno muy alegre, otro muy triste, pero ambos viviendo en un mundo donde Dios existe y en que la técnica material es elementalísima. (En general, las épocas con Dios son épocas de técnica torpe y viceversa). Al pronto tenderemos a atribuir gran importancia a esa diferencia de caracteres en la configuración de ambas vidas. Mas si luego comparamos a uno de esos hombres, por ejemplo, al alegre, con otro tan alegre como él pero que vive en un mundo distinto, en un mundo donde no hay Dios y hay en cambio una civilización técnica desarrolladísima, caemos en la cuenta de que, a pesar de gozar ambos del mismo carácter, sus vidas se diferencian mucho más que la de aquella otra pareja distinta de carácter pero sumergida en el mismo mundo.

Es preciso que la historia abandone el psicologismo o subjetivismo en que sus más finas producciones actuales andan perdidas y reconozca que su misión es reconstruir las condiciones objetivas en que los individuos, los sujetos humanos han estado sumergidos. De aquí que su pregunta radical tiene que ser, no cómo han variado los seres humanos, sino cómo ha variado la estructura objetiva de la vida.

Cada uno de nosotros se encuentra, en efecto, sumergido hoy en un sistema de problemas, peligros, facilidades, dificultades, posibilidades e imposibilidades que no son él, sino que, al contrario, son aquello en que está, con que tiene que contar, en manejar y luchar con lo cual consiste precisamente su vida. Si hubiésemos nacido cien años hace, aun poseyendo el mismo carácter e iguales dotes, el drama de nuestra vida hubiera sido muy distinto.

La pregunta radical de la historia se precisa, pues, así: ¿qué cambios de la estructura vital ha habido? ¿Cómo, cuándo y por qué cambia la vida?

Lección III

LA IDEA DE LA GENERACIÓN

Una misma cosa se puede pensar de dos modos: en hueco o en lleno. Si decimos que la historia se propone averiguar cómo han sido las vidas humanas, se puede estar seguro que el que nos escucha al entender estas palabras y repetírselas las piensa en hueco, esto es, no se hace presente la realidad misma que es la vida humana, no piensa, pues, efectivamente el contenido de esa idea, sino que usa aquellas palabras como un continente vacío, como una ampolla inane que lleva por de fuera el rótulo: «vida humana». Es, pues, como si se dijera: Bueno, yo me doy cuenta de que al pensar ahora estas palabras —al leerlas, oírlas o pronunciarlas— no tengo de verdad presente la cosa que ellas significan, pero tengo la creencia, la confianza de que siempre que quiera detenerme a realizar su significado, a hacerme presente la realidad que nombran, lo conseguiría. Las uso, pues, fiduciariamente, a crédito, como uso un cheque, confiando en que siempre que quiera lo podré cambiar en la ventanilla de un Banco por el dinero contante y sonante que representa. Confieso que, en rigor, no pienso mi idea, sino sólo su alvéolo, su cápsula, su hueco.

Este pensar en hueco y a crédito, este pensar algo sin pensarlo en efecto, es el modo más frecuente de nuestro pensamiento. La ventaja de la palabra que ofrece un apoyo material al pensamiento tiene la desventaja de que tiende a suplantarlo, y si un buen día nos comprometiésemos a realizar el repertorio de nuestros pensamientos más habituales, nos encontraríamos penosamente sorprendidos con que no tenemos los pensamientos efectivos, sino sólo sus palabras o algunas vagas imágenes pegadas a ellas; con que no tenemos más que los cheques, pero no las monedas que aquéllos pretenden valer; en suma, que intelectualmente somos un Banco en quiebra fraudulenta. Fraudulenta, porque cada cual vive con sus pensamientos y si éstos son falsos, son vacíos, falsifican su vida, se estafa a sí mismo.

Pues bien, yo no he pretendido en las dos lecciones anteriores sino hacer fácil a ustedes, llenar de realidad las palabras «vida humana» —que son, tal vez, de todo el diccionario, las que más nos importan, porque esa realidad no es una cualquiera, sino que es la nuestra y al serlo es la realidad en que se dan para nosotros todas las demás, es la realidad de todas las realidades. Todo lo que pretenda en algún sentido ser realidad tendrá que aparecer de algún modo dentro de mi vida.

Pero la vida humana no es una realidad hacia afuera —quiero decir, la vida de cada uno de ustedes no es lo que, sin más, veo yo de ellas mirándolas desde mi sitio, desde mí mismo. Al contrario: eso que yo, sin más, veo de ustedes no es la vida de ustedes, sino precisamente una porción de la mía, de mi vida. A mí me acontece ahora tenerlos a ustedes de oyentes, tener que hablarles: los encuentro delante de mí con el variado aspecto que me presentan —muchachos y muchachas que estudian, personas mayores, varones y damas, y yo al hablar me veo obligado entre otras cosas a buscar un modo de expresión que sea comprensible a todos—, es decir, que tengo que contar con ustedes, tengo que habérmelas con ustedes, son ustedes ahora, en este momento, un elemento de mi destino, de mi circunstancia. Pero claro es que la vida de cada uno de ustedes no es lo que cada uno de ustedes es para mí, lo que es hacia mí, por tanto hacia fuera de cada uno de ustedes —sino que es la que cada uno de ustedes vive por sí, desde sí y hacia sí. Y en esa vida de ustedes soy yo ahora no más que un ingrediente de la circunstancia en que ustedes viven, soy un ingrediente de su destino. La vida de cada uno de ustedes consiste ahora en tener que estar oyéndome y esto aun en el caso, sobremanera posible, de que algunos de ustedes no hayan venido a oírme, sino que hayan venido por cualesquiera otros motivos imaginables, los cuales no quiero, aunque podría, enumerar. Aun en ese caso su vida consiste ahora en tener que contar, quieran o no, con mi voz, pues para no oírme, estando aquí, tienen que hacer el penoso esfuerzo de desoírme, de procurar distraerse de mi voz concentrando la atención en alguna otra cosa —como solemos hacer tantas veces para defendernos de esos dos nuevos enemigos del hombre que son el gramófono y la radio.

La realidad de la vida consiste, pues, no en lo que es para quien desde fuera la ve, sino en lo que es para quien desde dentro de ella la es, para el que se la va viviendo mientras y en tanto que la vive. De aquí que conocer otra vida que no es la nuestra obliga a intentar verla no desde nosotros, sino desde ella misma, desde el sujeto que la vive.

Por esta razón he dicho muy formalmente y no como simple metáfora que la vida es drama —el carácter de su realidad no es como el de esta mesa, cuyo ser consiste no más que en estar ahí, sino en tener que írsela cada cual haciendo por sí, instante tras instante, en perpetua tensión de angustias y alborozos, sin que nunca tenga la plena seguridad sobre sí misma. ¿No es ésta la definición del drama? El drama no es una cosa que está ahí—no es en ningún buen sentido una cosa—un ser estático—sino que el drama pasa, acontece, se entiende, es un pasarle algo a alguien, es lo que acontece al protagonista mientras le acontece. Pero aun al decir esto que ahora, creo yo, nos parece tan claro, decir que la vida es drama, solemos malentenderlo interpretándolo como si se tratase de que viviendo nos suelen acontecer dramas, algunas veces, o bien que vivir es acontecerle a uno muchas cosas —por ejemplo, dolerle a uno las muelas, ganar el premio de la lotería, no tener que comer, enamorarse de una mujer, sentir la indominable aspiración de ser ministro, ser *velis nolis* estudiante de la Universidad, etc., etc. Pero esto significaría que *en* la vida acontecen dramas, grandes y chicos, tristes o regocijados, mas no que la vida es esencialmente y sólo drama. Y de esto precisamente es de lo que se trata. Porque todas las demás cosas que nos pasan o acontecen, nos acontecen y pasan porque nos acontece y pasa una única: vivir. Si no viviésemos, no nos pasaría nada; en cambio, porque vivimos y sólo porque vivimos nos pasa todo lo demás. Ahora bien, ese único y esencial «pasarnos» que es causa de todos los demás, el vivir, tiene una peculiarísima condición, y es que siempre está en nuestra mano hacer que no pase. El hombre puede siempre dejar de vivir. Es penoso traer aquí esta idea de la posibilidad siempre abierta para el hombre de huir de la vida; es penoso, pero es forzoso. Porque ella y sólo ella descubre un carácter principalísimo de nuestra vida, que es éste: no nos la hemos dado a nosotros, sino que nos la encontramos o nos encontramos en ella al encontrarnos con nosotros mismos —pero al encontrarnos en la vida podríamos muy bien abandonarla. Si no la abandonamos es porque queremos vivir. Pero entonces noten ustedes lo que resulta: si, según hemos visto, nos pasan todas las cosas porque nos pasa vivir, como este esencial pasar lo aceptamos al querer vivir, es evidente que todo lo demás que nos pasa, aun lo más adverso y desesperante, nos pasa porque queremos —se entiende, porque queremos ser. El hombre es afán de ser —afán en absoluto de ser, de subsistir— y afán de ser tal, de realizar nuestro individualísimo yo.

Mas esto tiene dos haces: un ente que está constituido por el afán de ser, que consiste en afanarse por ser, evidentemente es ya, si no, no podría afanarse. Este es un lado. Pero ¿qué es ese ente? Ya lo hemos dicho: afán de ser. Bien; pero sólo puede sentir afán de ser quien no está seguro de ser, quien siente constantemente problemático si será o no en el momento que viene, y si será tal o cual, de este o del otro modo. De suerte que nuestra vida es afán de ser precisamente porque es, al mismo tiempo, en su raíz, radical inseguridad. Por eso hacemos siempre algo para asegurarnos la vida, y antes que otra cosa hacemos una interpretación de la circunstancia en que tenemos que ser y de nosotros mismos que en ella pretendemos ser —definimos el horizonte dentro del cual tenemos que vivir.

Esa interpretación se forma en lo que llamamos «nuestras convicciones», o sea todo aquello de que creemos estar seguros, con respecto a lo cual sabemos a qué atenernos. Y ese conjunto de seguridades que pensando sobre la circunstancia logramos fabricarnos, construirnos —como una balsa en el mar proceloso, enigmático de la circunstancia— es el mundo, horizonte vital. De donde resulta que el hombre para vivir necesita, quiera o no, pensar, formarse convicciones —o lo que es igual, que vivir es reaccionar a la inseguridad radical construyendo la seguridad de un modo, o, con otras palabras, creyendo que el mundo es de este o del otro modo, para en vista de ello dirigir nuestra vida, vivir.

El otro día desechábamos la definición del hombre como *homo sapiens* por parecernos comprometedora y en exceso optimista. ¿Que el hombre sabe? En la fecha en que hablo y dirigiendo una mirada a la humanidad actual, esa pregunta es demasiado inquietadora: porque si algo hay claro en esta hora, es que en esta hora el hombre, y precisamente el más civilizado, en uno y otro continente, no sabe qué hacer.

Las anteriores consideraciones nos llevarían más bien a ampararnos en la otra vieja definición que llama al hombre *homo faber*, el ente que fabrica —o como Franklin decía, el animal que hace instrumentos, *animal instrumentificum*. Pero habíamos de dar a esta noción un sentido radicalísimo que sus autores no sospecharon jamás. Con ella se quiere decir que el hombre es capaz de fabricar instrumentos, útiles, trebejos que le sirvan para vivir. Es capaz... Mas una realidad no se define por aquello que es capaz de hacer, pero que puede muy bien no hacer. Ahora no estamos fabricando instrumentos en el sentido que solía tener esa definición, y, sin embargo, somos hombres. Pero a esa definición, repito, puede dársele un sentido mucho más radical: el hombre siempre, en cada instante, está viviendo según lo que es el mundo para él; ustedes han venido aquí y están ahora oyéndome porque dentro de lo que es para ustedes el mundo, les parecía tener sentido venir aquí durante esta hora. Por tanto, en este hacer de ustedes que es haber venido, permanecer aquí y esforzar su atención a mis palabras, actualizan la concepción del mundo que tienen, es decir, que hacen n undo, que dan vigencia a un cierto mundo. Y lo mismo diría si en vez de estar aquí estuviesen ustedes haciendo otra cosa en cualquier otro sitio. Siempre lo harían en virtud del mundo o universo en que creen, en que piensan. Sólo que en un caso como el concreto nuestro, la cosa es aún más clara y literal, porque han venido muchos de ustedes a ver si oían algo nuevo sobre lo que es el mundo, a ver si juntos conmigo hacíamos un mundo un poco nuevo, aunque no sea más que en alguna de sus dimensiones, cuadrantes o provincias.

Con n ayor o menor actividad, originalidad y energía, el hombre hace mundo, fabrica mundo constantemente, y ya hemos visto que mundo o universo no es sino el esquema o interpretación que arma para asegurarse la vida. Diremos, pues, que el mundo es el instrumento por excelencia que el hombre produce, y el producirlo es una y misma cosa con su vida, con su ser. El hombre es un fabricante nato de universos.

He aquí, señores, por qué hay historia, por qué hay variación continua de las vidas humanas. Si seccionamos por cualquier fecha el pasado humano, hallamos siempre al hombre instalado en un mundo, como en una casa que se ha hecho para abrigarse. Ese mundo le asegura frente a ciertos problemas que le plantea la circunstancia, pero deja muchas aberturas problemáticas, muchos peligros sin resolver ni evitar. Su vida, el drama de su vida, tendrá un perfil distinto según sea la perspectiva de problemas, según sea la ecuación de seguridades e inquietudes que ese mundo represente.

Con una relativa seguridad estamos ahora, por lo menos en cuanto al peligro de que un astro choque con la tierra y la destruya. ¿Por qué esa seguridad? Porque creemos en un mundo lo bastante racional para que sea posible la ciencia astronómica, y ésta nos asegura que las probabilidades de ese choque son prácticamente nulas con respecto a nuestra vida. Es más: los astrónomos, que han sido siempre gentes maravillosas, se han entretenido en contar el número de años que faltan para que un astro dé un torniscón al sol y lo destruya: son, exactamente, un billón doscientos tres años. Podemos todavía conversar un rato.

Pero imaginen ahora ustedes que de pronto los fenómenos naturales comenzasen a contravenir las leyes de la física —esto es, que perdiésemos la confianza en la ciencia, que es, dicho sea de paso, la fe de que vive el hombre europeo actual. Nos encontraríamos ante un mundo irracional, es decir, impermeable a nuestra razón científica, que es lo único que nos permite asegurarnos cierto dominio sobre la circunstancia material. *Ipso facto*, nuestra vida, nuestro drama cambiaría de cariz profundamente —nuestra vida sería muy otra porque viviríamos en otro mundo. Se nos habría caído la casa en que estábamos instalados, no sabríamos, en todo lo material, a qué atenernos, volvería a azotar a la humanidad la plaga terrible que durante milenios la ha sobrecogido y mantenido prisionera: el pavor cósmico, el miedo de Pan, el terror pánico.

Pues bien: la cosa no es tan absolutamente remota de la realidad como puede suponerse. En estos días siente la humanidad civilizada un terror que hace treinta años, no más, desconocía. Hace treinta años creía en un mundo donde el progreso económico era indefinido y sin graves discontinuidades. Mas en estos últimos años el mundo ha cambiado: los jóvenes que comienzan a vivir plenamente ahora viven en un mundo de crisis económica que hace vacilar toda seguridad en este orden —y que quién sabe qué modificaciones insospechadas, hasta increíbles, puede acarrear a la vida humana.

Esto nos permite formular dos principios fundamentales para la construcción de la historia:

1.º El hombre constantemente hace mundo, forja horizonte.

2.º Todo cambio del mundo, del horizonte, trae consigo un cambio en la estructura del drama vital. El sujeto psico-fisiológico que vive, el alma y el cuerpo del hombre puede no cambiar; no obstante, cambia su vida porque ha cambiado el mundo. Y el hombre no es su alma y su cuerpo, sino su vida, la figura de su problema vital.

El tema de la historia queda así formalmente precisado como el estudio de las formas o estructuras que ha tenido la vida humana desde que hay noticia.

Pero se dirá que la vida está siempre, continuamente, cambiando de estructura. Porque si hemos dicho que el hombre hace constantemente mundo, quiere decirse que éste es modificado también constantemente y, por tanto, cambiará sin cesar la estructura de la vida. En último rigor, esto es cierto. Al preparar la lección de hoy he tenido que pensar con más precisión ciertos puntos de lo que yo creo que es el mundo histórico, el cual no es sino una porción de mi mundo. Por tanto, se ha modificado éste en algunos detalles. Parejamente, yo espero que esta lección varíe alguna facción, por menuda que sea, del mundo en que ustedes vivían al entrar hace un rato por esa puerta. Sin embargo, la arquitectura general del universo en que ustedes y yo vivíamos ayer queda intacta. Todos los días cambia un poco la materia de que están hechas las paredes de nuestra casa; no obstante, tenemos derecho a decir, si no nos hemos mudado, que habitamos en la misma casa que hace años. No hay, pues, que exagerar el rigor, porque eso nos llevaría en este caso a algo falso. Cuando las modificaciones que sufre el mundo en que creo no afectan a sus principales elementos constructivos y su perfil general queda intacto, el hombre no tiene la impresión de que ha cambiado el mundo, sino sólo de que ha cambiado algo en el mundo.

Pero otra consideración sumamente obvia nos pone en la pista de qué género de modificaciones son las que deben valer como efectivo cambio de horizonte o mundo. La historia no se ocupa sólo de tal vida individual; aun en el caso de que el historiador se proponga hacer una biografía, encuentra a la vida de su personaje trabada con las vidas de otros hombres y las de ésos, a su vez, con otras —es decir, que cada vida está sumergida en una determinada circunstancia de una vida colectiva. Y esta vida colectiva, anónima, con la cual se encuentra cada uno de nosotros tiene también su mundo, su repertorio de convicciones con las cuales, quiera o no, el individuo tiene que contar. Es más, ese mundo de las creencias colectivas —que se suele llamar «las ideas de la época», el «espíritu del tiempo»— tiene un peculiar carácter que no tiene el mundo de las creencias individuales, a saber: que es vigente por sí, frente y contra nuestra aceptación de él. Una convicción mía, por firme que sea, sólo tiene vigencia para mí. Pero las ideas del tiempo, las convicciones ambientes son tenidas por un sujeto anónimo, que no es nadie en particular, que es la sociedad. Y esas ideas tienen vigencia aunque yo no las acepte —esa vigencia se hace sentir sobre mí, aunque sea negativamente. Están ahí, ineludiblemente, como está ahí esa pared y yo tengo que contar con ellas en mi vida, quiera o no, como tengo que contar con esa pared que no me deja pasar a su través y me obliga a buscar dócilmente la puerta o a ocupar mi vida en demolerla. Pero claro es que la influencia mayor que el espíritu del tiempo, el mundo vigente ejerce en cada vida, no la ejerce simplemente porque está ahí —o lo que es lo mismo, porque yo estoy en él y en él tengo que moverme y ser—, sino porque, en realidad, la mayor porción de mi mundo, de mis creencias provienen de ese repertorio colectivo, coinciden con ellas. El espíritu del tiempo, las ideas de la época en su inmensa porción y mayoría están en mí, son las mías. El hombre, desde que nace, va absorbiendo las convicciones de su tiempo, es decir, va encontrándose en el mundo vigente.

Esto, tan sencillo como es, nos proporciona una iluminación decisiva sobre los cambios propiamente históricos, sobre qué género de modificaciones debemos considerar como efectivos cambios del mundo y por ende de la estructura del drama vital.

Normalmente, el hombre hasta los veinticinco años no hace más que aprender, recibir noticias sobre las cosas que le proporciona su contorno social —los maestros, el libro, la conversación. En esos años, pues, se entera de lo que es el mundo, topa con las facciones de ese mundo que encuentra ahí ya hecho. Pero ese mundo no es sino el sistema de convicciones vigentes en aquella fecha. Ese sistema de convicciones se ha ido formando en un larguísimo pasado, algunos de sus componentes más elementales proceden de la humanidad más primitiva. Pero justamente las porciones de ese mundo, los asuntos de él más agudos han recibido una nueva interpretación de los hombres que representan la madurez de la época —y que regentan en todos los órdenes esa época— en las cátedras, en los periódicos, en el gobierno, en la vida artística y literaria. Como el hombre hace mundo siempre, esos hombres maduros han producido esta o la otra modificación en el horizonte que encontraron. El joven se encuentra con este mundo a los veinticinco años y se lanza a vivir en él, por su cuenta, esto es, a hacer también mundo. Pero como él medita sobre el mundo vigente, que es el de los hombres maduros de su tiempo, su tema, sus problemas, sus dudas son distintas de las que sintieron estos hombres maduros que en su juventud meditaron sobre el mundo de los hombres maduros de su tiempo, hoy ya muy ancianos, y así sucesivamente hacia atrás.

Si se tratase de uno o pocos jóvenes nuevos que reaccionan al mundo de los hombres maduros, las modificaciones a que su meditación les lleve serían escasas, tal vez importantes en algún punto, pero, en fin de cuentas, parciales. No podría decirse que su actuación cambia el mundo.

Pero el caso es que no se trata de unos pocos jóvenes —sino de todos los que son jóvenes en una cierta fecha, los cuales son más o tanto más en número que los hombres maduros. Cada joven actuará sobre un punto del horizonte, pero entre todos actúan sobre la totalidad del horizonte o mundo —es decir, unos sobre el arte, otros sobre la religión o sobre cada una de las ciencias, sobre la industria, sobre la política. *Había de ser mínima* la modificación que en cada punto producen y, no obstante, tendremos que reconocer que han cambiado el cariz total del mundo, de suerte que unos años después, cuando otra tornada de muchachos inicia su vida se encuentra con un mundo que *en el cariz de su totalidad* es distinto del que ellos encontraron.

El hecho más elemental de la vida humana es que unos hombres mueren y otros nacen —que las vidas se suceden. Toda vida humana, por su esencia misma, está encajada entre otras vidas anteriores y otras posteriores —viene de una vida y va a otra subsecuente. Pues bien, en ese hecho, el más elemental, fundo la necesidad ineludible de los cambios en la estructura del mundo. Un automático mecanismo trae irremisiblemente consigo que en una cierta unidad de tiempo la figura del drama vital cambia, como en esos teatros de obras breves en que cada hora se da un drama o comedia diferente. No hace falta suponer que los actores son distintos: los mismos actores *tienen* que representar argumentos diferentes. No está dicho, sin más ni más, que el joven de hoy — esto es, su alma y su cuerpo — es distinto del de ayer; pero es irremediable que su vida es de armazón diferente que la de ayer.

Ahora bien, esto no es sino hallar la razón y el período de los cambios históricos en el hecho anejo esencialmente a la vida humana de que ésta tiene siempre una edad. La vida es tiempo —como ya nos hizo ver Dilthey y hoy nos reitera Heidegger, y no tiempo cósmico imaginario y porque imaginario infinito, sino tiempo limitado, tiempo que se acaba, que es el verdadero tiempo, el tiempo irreparable. Por eso el hombre tiene edad. La edad es estar el hombre siempre en un cierto trozo de su escaso tiempo —es ser comienzo del tiempo vital, ser ascensión hacia su mitad, ser centro de él, ser hacia su término— o, como suele decirse, ser niño, joven, maduro o anciano.

Pero esto significa que toda actualidad histórica, todo «hoy» envuelve en rigor tres tiempos distintos, tres «hoy» diferentes o, dicho de otra manera, que el presente es rico de tres grandes dimensiones vitales, las cuales conviven alojadas en él, quieran o no, trabadas unas con otras y, por fuerza, al ser diferentes, en esencial hostilidad. «Hoy» es para uno veinte años; para otros, cuarenta;

para otros, sesenta; y eso, que siendo tres modos de vida tan distintos tengan que ser el mismo «hoy», declara sobradamente el dinámico dramatismo, el conflicto y colisión que constituye el fondo de la materia histórica, de toda convivencia actual. Y a la luz de esta advertencia se ve el equívoco oculto en la aparente claridad de una fecha. 1933 parece un tiempo único, pero en 1933 vive un muchacho, un hombre maduro y un anciano, y esa cifra se triplica en tres significados diferentes y, a la vez, abarca los tres: es la unidad en un tiempo histórico de tres edades distintas. Todos somos contemporáneos, vivimos en el mismo tiempo y atmósfera —en el mismo mundo—, pero contribuímos a formarlos de modo diferente. Sólo se coincide con los coetáneos. Los contemporáneos no son coetáneos: urge distinguir en historia entre coetaneidad y contemporaneidad. Alojados en un mismo tiempo externo y cronológico, conviven tres tiempos vitales distintos. Esto es lo que suelo llamar el anacronismo esencial de la historia. Merced a ese desequilibrio interior se mueve, cambia, rueda, fluye. Si todos los contemporáneos fuésemos coetáneos, la historia se detendría anquilosada, petrefacta, en un gesto definitivo, sin posibilidad de innovación radical ninguna.

Ahora bien, el conjunto de los que son coetáneos en un círculo de actual convivencia, es una generación. El concepto de generación no implica, pues, primariamente más que estas dos notas: tener la misma edad y tener algún contacto vital. Aún quedan en el planeta grupos humanos aislados del resto. Es evidente que aquellos individuos de esos grupos que tienen la misma edad que nosotros, no son de nuestra misma generación porque no participan de nuestro mundo. Pero esto indica, a su vez, 1.º, que si toda generación tiene una dimensión en el tiempo histórico, es decir, en la melodía de las generaciones humanas, viene justamente después de tal otra —como la nota de una canción suena según sonase la anterior. 2.º, que tiene también una dimensión en el espacio. En cada fecha el círculo de convivencia humana es más o menos amplio. En los comienzos de la Edad Media, los territorios que habían convivido en contacto histórico durante el buen tiempo del Imperio romano quedan, por muy curiosas causas, disociados, sumergidos y absorto cada cual en sí mismo. Es una época de multiplicidad dispersa y discontinua. Casi cada gleba vive sola consigo. Por eso se produce una maravillosa diversidad de modos humanos que dio origen a las nacionalidades. Durante el Imperio, en cambio, se convive desde la frontera india hasta Lisboa, Inglaterra y la línea transrenana. Es un tiempo de uniformidad, y aunque las dificultades de comunicación dan un carácter sobremanera relativo a esa convivencia, puede decirse idealmente que los coetáneos desde Londres al Ponto formaban una generación. Y es muy diferente destino vital, muy distinta la estructura de la vida pertenecer a una generación de amplia uniformidad o a una angosta, de heterogeneidad y dispersión. Y hay generaciones cuyo destino consiste en romper el aislamiento de un pueblo y llevarlo a convivir espiritualmente con otros, integrándolo así en una unidad mucho más amplia, metiéndolo, por decirlo así, de su historia retraída, particular y casera, en el ámbito gigantesco de la historia universal.

Comunidad de fecha y comunidad espacial son, repito, los atributos primarios de una generación. Juntos significan la comunidad de destino esencial. El teclado de circunstancia en que los coetáneos tienen que tocar la sonata apasionada de su vida es el mismo en su estructura fundamental. Esta identidad de destino produce en los coetáneos coincidencias secundarias que se resumen en la unidad de su estilo vital.

Alguna vez he representado a la generación como «una caravana dentro de la cual va el hombre prisionero, pero a la vez secretamente voluntario y satisfecho. Va en ella fiel a los poetas de su edad, a las ideas políticas de su tiempo, al tipo de mujer triunfante en su mocedad y hasta al modo de andar usado a los veinticinco años. De cuando en cuando se ve pasar otra caravana con su raro perfil extranjero: es la otra generación. Tal vez, en un día festival la orgía mezcla a ambas, pero a la hora de vivir la existencia normal, la caótica fusión se disgrega en los dos grupos verdaderamente orgánicos. Cada individuo reconoce misteriosamente a los demás de su colectividad, como las hormigas de cada hormiguero se distinguen por una peculiar odoración. El descubrimiento de que estamos fatalmente adscritos a un cierto grupo de edad y a un estilo de vida, es una de las experiencias melancólicas que, antes o después, todo hombre sensible llega a hacer. Una generación es un modo integral de existencia o, si se quiere, una moda, que se fija indeleble sobre el individuo. En ciertos pueblos salvajes se reconoce a los miembros de cada grupo coetáneo por su tatuaje. La moda de dibujo epidérmico que estaba en uso cuando eran adolescentes ha quedado incrustada en su ser».

En el «hoy», en todo «hoy» coexisten articuladas varias generaciones, y las relaciones que entre ellas se establecen, según la diversa condición de sus edades, representan el sistema dinámico, de atracciones y repulsiones, de coincidencia y polémica, que constituye en todo instante la realidad de la vida histórica. La idea de las generaciones, convertida en método de investigación histórica, no consiste más que en proyectar esa estructura sobre todo el pasado. Todo lo que no sea esto es renunciar a descubrir la auténtica realidad de la vida humana en cada tiempo —que es la misión de la historia. El método de las generaciones nos permite ver esa vida desde dentro de ella, en su actualidad. La historia es convertir virtualmente en presente lo que ya pasó. Por eso —y no sólo metafóricamente— la historia es revivir el pasado. Y como vivir no es sino actualidad y presente, tenemos que transmigrar de los nuestros a los pretéritos, mirándolos no desde fuera, no como sidos, sino como siendo.

Pero ahora necesitamos precisar un poco más.

La generación, decíamos, es el conjunto de hombres que tienen la misma edad.

Aunque parezca mentira se ha pretendido una y otra vez rechazar *a limine* el método de las generaciones oponiendo la ingeniosa observación de que todos los días nacen hombres y, por tanto, sólo los que nacen en el mismo día tendrían, *en rigor*, la misma edad, por tanto, que la generación es un fantasma, un concepto arbitrario que no representa una realidad, que antes bien, si lo usamos, tapa y deforma la realidad. La historia necesita de una peculiar exactitud, precisamente la exactitud histórica que no es la matemática, y cuando se quiere suplantar aquélla con ésta se cae en errores como el de esta objeción que podía muy bien haber extremado más las cosas reclamando el nombre de coetáneos exclusivamente para los nacidos en una misma hora o en un mismo minuto.

Pero convendría haber caído en la cuenta de que el concepto de edad no es de sustancia matemática, sino vital. La edad, originariamente, no es una fecha. Antes de que se supiese contar, la sociedad —en los pueblos primitivos— aparecía y aparece organizada en las clases llamadas de edad. Hasta tal punto este hecho elementalísimo de la vida es una realidad, que espontáneamente da forma al cuerpo social dividiéndolo en tres o cuatro grupos, según la altitud de la existencia personal. La edad es, dentro de la trayectoria vital humana, un cierto modo de vivir —por decirlo así, es dentro de nuestra vida total una vida con su comienzo y su término: se empieza a ser joven y se deja de ser joven, como se empieza a vivir y se acaba de vivir. Y ese modo de vida que es cada edad —medido externamente según la cronología del tiempo cósmico, que no es vital, del tiempo que se mide con relojes— se extiende durante una serie de años. No se es joven sólo un año, ni es joven sólo el de veinte pero no el de veintidós. Se está siendo joven una serie determinada de años y lo mismo se está en·la madurez durante cierto tiempo cósmico. La edad, pues, no es una fecha, sino una «zona de fechas» y tienen la misma edad, vital e históricamente, no sólo los que nacen en un mismo año, sino los que nacen dentro de una zona de fechas.

Si cada uno de ustedes recapacita sobre quiénes son sentidos por él como coetáneos, como de su generación, hallará que no sabe la edad-año de esos prójimos, pero podrá fijar cifras extremas hacia arriba y hacia abajo y dirá: Fulano ya no es de mi tiempo, es un muchacho todavía o es ya hombre maduro.

No es, pues, ateniéndonos a la cronología estricta, matemática de los años como podemos precisar las edades.

Porque ¿cuántas y cuáles son las edades del hombre? En otro tiempo, cuando la matemática no había aún devastado el espíritu de la vida —allá en el mundo antiguo, y en la Edad Media y aun en los comienzos de la modernidad— meditaban los sabios y los ingenuos sobre esta gran cuestión. Había una teoría de las edades, y Aristóteles, por ejemplo, no ha desdeñado dedicar a ella algunas páginas espléndidas.

Hay para todos los gustos: se ha segmentado la vida humana en tres y cuatro edades —pero también en cinco, en siete y aun en diez. Nada menos que Shakespeare, en la comedia *A vuestro gusto*, es partidario de la división septenaria.

«El mundo entero es un teatro y todos los hombres y las mujeres no más que actores de él: hacen sus entradas y sus salidas, y los actos de la obra son siete edades.»

A lo que sigue una caracterización de cada una de éstas.

Pero es innegable que sólo las divisiones en tres y en cuatro han tenido permanencia en la interpretación de los hombres. Ambas son canónicas en Grecia y en el Oriente, en el primitivo fondo germánico. Aristóteles es partidario de la más simple: juventud, plenitud o *akmé* y vejez. En cambio, una fábula de Esopo, que recoge reminiscencias orientales y una añeja conseja germánica que Jacobo Grimm espumó nos hablan de cuatro edades: «Quiso Dios que el hombre y el animal tuviesen el mismo tiempo, treinta años. Pero los animales notaron que era para ellos demasiado tiempo, mientras al hombre le parecía muy poco. Entonces vinieron a un acuerdo, y el asno, el perro y el mono entregan una porción de los suyos que son acumulados al hombre. De este modo consigue la criatura humana vivir setenta años. Los treinta primeros los pasa bien, goza de salud, se divierte y trabaja con alegría, contento con su destino.

Pero luego vienen los dieciocho años del asno y tiene que soportar carga tras carga: ha de llevar el grano que otro se come y aguantar puntapiés y garrotazos por sus buenos servicios. Luego vienen los doce años de una vida de perro: el hombre se mete en un rincón, gruñe y enseña los dientes, pero tiene ya pocos dientes para morder. Y cuando este tiempo pasa, vienen los diez años de mono, que son los últimos: el hombre se chifla y hace extravagancias, se ocupa en manías ridículas, se queda calvo y sirve sólo de risa a los chicos».

Esta conseja, cuyo dolorido realismo caricaturesco lleva la marca típica de la Edad Media, muestra acusadamente cómo el concepto de edades se forma primariamente sobre las etapas del drama vital, que no son cifras, sino modos de vivir.

Plutarco, en la vida de Licurgo, cita tres versos que se suponen recitados por sendos coros:

Los viejos: Nosotros hemos sido guerreros muy fuertes.
Los jóvenes: Nosotros lo somos: si tenéis gana —miradnos a la cara.
Los muchachos: Pero nosotros seremos mucho más fuertes todavía.

Aludo a todo esto y transcribo estos lugares para hacerles ver la profunda resonancia que en la preocupación vital de los hombres encuentra este tema de las edades desde los tiempos más remotos.

Pero hasta ahora el concepto de edad preocupaba sólo desde el punto de vista de la vida individual. De aquí, entre otras cosas, la vacilación sobre el ciclo y carácter de las edades: niños, jóvenes, viejos —como en la cita de Plutarco. Joven, maduro, viejo, decrépito —como en la fábula esópica. Joven, maduro, anciano —como en Aristóteles.

Comencemos el próximo día con el intento de fijar las edades y el tiempo de cada una desde el punto de vista de la historia. La realidad histórica y no nosotros es quien tiene que decidir.

Lección IV

EL MÉTODO DE LAS GENERACIONES EN HISTORIA

En todo momento el hombre vive en un mundo de convicciones, la mayor parte de las cuales son convicciones comunes a todos los hombres que conviven en su época: es el espíritu del tiempo. A esto hemos llamado el mundo vigente, para indicar que no sólo tiene la realidad que le presta nuestra convicción, sino que se nos impone, queramos o no, como ingrediente principalísimo de la circunstancia. Como el hombre se encuentra con el cuerpo que le ha caído en suerte y tiene que vivir en él y con él, así se encuentra con las ideas de su tiempo y en ellas y con ellas —aunque sea en el modo peculiar de contra ellas— tiene que vivir. Ese mundo vigente —ese «espíritu del tiempo»— hacia el cual y en función del cual vivimos, en vista del cual decidimos nuestras más simples acciones, es el elemento variable de la vida humana. Cuando cambia él, cambia el argumento del drama vital. Del cambio del mundo, mucho más que del cambio de caracteres, razas, etc., dependen las modificaciones importantes en la estructura de la vida humana. Y como el tema de la historia no es la vida humana, que es asunto de la filosofía —sino los cambios, las variaciones de ella—, tendremos que el mundo vigente en cada fecha es el factor primordial de la historia. Pero ese mundo cambia con cada generación porque la anterior ha hecho algo en el mundo, lo ha dejado más o menos distinto de como lo encontró. Hasta visualmente es distinto el Madrid con que hoy se encuentran los que tienen veinte años del Madrid con el cual tuvieron que habérselas mis floridos veinte años. De ahí para arriba todo el resto ha cambiado mucho más. El perfil del mundo es otro y consecuentemente la estructura de la vida. Esto me hizo decir allá por

1914 y luego en un libro que se publicó en 1921, que la generación era el concepto fundamental de la historia, cuando nadie en Europa hablaba de ello. Hace unos años, muy pocos, un historiador del arte, Pinder, fundándose en aquellos párrafos míos que desmedidamente elogia pero que no logra interpretar bien, publicó su libro sobre *El problema de las generaciones*, que ha disparado, por vez primera, la atención de los historiadores sobre el asunto, porque todas las indicaciones que antes se habían hecho, salvo el libro farragoso y contraproducente de Ottokar Lorenz, y el que cité de Drommel, que nadie conocía, aparecidos ambos en el siglo pasado, eran levísimas, de unas cuantas líneas no más y a veces de unas cuantas palabras. Creo, pues, haber contribuído a la iniciación formal y deliberada de este método de las generaciones, aunque por mi desidia —que me lleva a hablar de las cosas y no publicarlas— haya esperado a este curso para exponer a fondo mi idea. Como decía, Pinder, no obstante su favorable acogida, no lo ha entendido en lo más esencial. No es culpa suya, porque los párrafos que él pudo leer, en la traducción alemana de uno de mis libros, no desarrollan suficientemente el pensamiento. Pero lo que no comprendo es que eche de menos en ellos la distinción entre contemporáneos y coetáneos, cuando es ésta la clave de los párrafos mismos que él cita. A diferencia, en efecto, de todas las otras teorías sobre las generaciones y aun de la idea tradicional y viejísima acerca de ellas, yo las tomo, no como una sucesión, sino como una polémica, siempre que se entienda en serio esta palabra y no se la frivolice como hacen ahora los jóvenes; por tanto, siempre que no se crea que la vida de cada generación consiste formalmente en pelearse con la anterior, que es lo que han creído en estos últimos quince años los jóvenes cometiendo un error mucho más grave de lo que sospechan y que tiene raíces muy hondas, que traerá consecuencias catastróficas —se entiende para ellos, porque los que no son jóvenes no sufren ya catástrofes. La polémica no es, por fuerza, de signo negativo, sino que, al contrario, la polémica constitutiva de las generaciones tiene en la normalidad histórica la forma o es formalmente secuencia, discipulado, colaboración y prolongación de la anterior por la subsecuente.

Digo, pues, que se ha confundido hasta ahora, más o menos, la idea de las generaciones con la genealogía, con la serie biológica —podía mejor decirse zoológica—, de hijos, padres, abuelos. Todas las historias primitivas, por ejemplo, las hebreas, están construídas al hilo de las genealogías. Así empieza el Evangelio de San Mateo: «Libro de la generación de Jesucristo, hijo de David, hijo de Abraham. Abraham engendró a Isaac. E Isaac engendró a Jacob. Y Jacob engendró a Judas y sus hermanos, etc., etc.». De esta manera el historiador primitivo coloca a Jesús en la altura determinada del destino general humano que miden las generaciones genealógicas. Esto revela una aguda intuición de que la vida de un hombre está encajada en un proceso más amplio, dentro del cual representa un estadio. El individuo está adscrito a su generación, pero la generación está, no en cualquiera parte —utópica y ucrónicamente—, sino entre dos generaciones determinadas. Lo mismo que en nuestra vida individual el acto que ejecutamos ahora, por tanto, lo que ahora somos, asume un trozo irreparable del tiempo definido que va a durar nuestra existencia, así cada generación representa un trozo esencial, intransferible e irreparable del tiempo histórico, de la trayectoria vital de la humanidad. Por eso es el hombre sustancialmente histórico: por eso decía yo a ustedes en la primera lección que la vida es lo contrario del utopismo y el ucronismo —es tener que estar en un cierto aquí y en un insustituíble y único ahora. El presente del destino humano, presente en el cual estamos viviendo —mejor dicho, presente que somos nosotros; se entiende, nuestras vidas individuales— es el que es porque sobre él gravitan todos los otros presentes, todas las otras generaciones. Si estos presentes pasados, si la estructura de la vida en esas generaciones hubiese sido otra, nuestra situación sería también distinta. En este sentido cada generación humana lleva en sí todas las anteriores y es como un escorzo de la historia universal. Y en el mismo sentido es preciso reconocer que el pasado es presente, somos su resumen, que nuestro presente está hecho con la materia de ese pasado, el cual pasado, por tanto, es actual —es la entraña, el entresijo de lo actual. Es, pues, en principio indiferente que una generación nueva aplauda o silbe a la anterior —haga lo uno o haga lo otro, la lleva dentro de sí. Si no fuera tan barroca la imagen deberíamos representarnos las generaciones no horizontalmente, sino en vertical, unas sobre otras, como los acróbatas del circo cuando hacen la torre humana. Unos sobre los hombros de los otros, el que está en lo alto goza la impresión de dominar a los demás, pero debía advertir, al mismo tiempo, que es su prisionero. Esto nos llevaría a percatarnos de que el pasado no se ha ido sin más ni más, de que no estamos en el aire sino sobre sus hombros, de que estamos en el pasado, en un pasado determinadísimo que ha sido la trayectoria humana hasta hoy, la cual podía haber sido muy distinta de la que ha sido, pero que una vez sida es irremediable, está ahí —es nuestro presente en el que, queramos o no, braceamos náufragos.

Bajo la confusión de las generaciones históricas con las genealógicas —hijos, padres, abuelos— late, pues, un certero reconocimiento de que es la generación el concepto que expresa la efectiva articulación de la historia y que, por lo mismo, es el método fundamental para la investigación histórica. Y no es extraño que el único libro seriamente dedicado hasta ahora al tema de las generaciones, el de Ottokar Lorenz, caiga de cabeza en esa confusión y exponga una teoría genealógica que, como era inevitable, hizo por completo estéril el voluminoso esfuerzo.

Al interpretar las generaciones en el sentido de la genealogía se subraya en ellas exclusivamente lo que tienen de sucesión. Por eso Homero, coincidiendo en su intención con la Biblia y, repito, con todo primitivismo histórico, las compara a las hojas secas que nacen en otoño para ser sustituidas en la sazón vernal por otras nuevas. ¡Sucesión, sustitución! Todo ello proviene de que se forma el concepto de generación desde el punto de vista del individuo, bajo una perspectiva subjetiva y familiar —hijos, padres, abuelos. Tal concepción se apoya en una idea de las edades que es también subjetiva y privada. Se entiende por juventud un cierto estado del cuerpo y del alma del hombre bien distinto del estado que ambas —cuerpo y alma— presentan en la vejez. Pero esto supone que el hombre primordialmente es su cuerpo y su alma. Contra este error va todo mi pensamiento. El hombre es primariamente su vida —una cierta trayectoria con tiempo máximo prefijado. Y la edad, según vimos en la lección pasada, es ante todo una etapa de esa trayectoria y no un estado de su cuerpo ni de su alma. Hay hombres que llegan al cabo de una larga existencia con una ininterrumpida plenitud corporal que, por sí sola, no permitiría distinguir entre su plena juventud, su madurez y su ancianidad. En el orden intelectual la cosa es aún más clara. Porque es bien notorio que la plenitud de intelección se logra en torno a los cincuenta años. Esa edad sería, pues, la juventud de su mente. Pero no hay tal: ese hombre de juventud física inmarcesible ha pasado como cualquier otro por las etapas inexorables de la existencia: joven aún de cuerpo, tuvo que vivir en madurez y luego vivir una vida vieja. Y, en efecto, Aristóteles pone la *akmé* o florecimiento corporal entre los treinta y treinta y cinco, y la *akmé* intelectual, con un exceso de precisión no poco sorprendente, en los cincuenta y uno. Con lo cual, dicho sea de paso, revela su adscripción al error perenne, en él mayor que en nadie, de creer que el hombre es sustancialmente el organismo biológico —cuerpo y alma— con que el hombre vive.

La averiguación esencial de que hablando del hombre lo sustantivo es su vida y todo lo demás objetivo, que el hombre es drama, destino y no cosa, nos proporciona súbito esclarecimiento a todo este problema. Las edades lo son de nuestra vida y no, primariamente, de nuestro organismo —son etapas diferentes en que se segmenta nuestro quehacer vital. Recuerden ustedes que la vida no es sino lo que tenemos que hacer, puesto que tenemos que hacérnosla. Y cada edad es un tipo de quehacer peculiar. Durante una primera etapa, el hombre se entera del mundo en que ha caído, en que tiene que vivir —es la niñez y toda la porción de juventud corporal que corre hasta los treinta años. A esta edad el hombre comienza a reaccionar por cuenta propia frente al mundo que ha hallado, inventa nuevas ideas sobre los problemas del mundo —ciencia, técnica, religión, política, industria, arte, modos sociales. Él mismo u otros hacen propaganda de toda esa innovación, como, viceversa, integran sus creaciones con las de otros coetáneos obligados a reaccionar como ellos ante el mundo que encontraron. Y así, un buen día, se encuentran con que su mundo innovado, el que es obra suya, queda convertido en mundo vigente. Es lo que se acepta, lo que rige —en ciencia, política, arte, etc. En ese momento empieza una nueva etapa de la vida: el hombre sostiene el mundo que ha producido, lo dirige, lo gobierna, lo defiende. Lo defiende porque unos nuevos hombres de treinta años comienzan, por su parte, a reaccionar ante ese nuevo mundo vigente.

Esta descripción pone de manifiesto que para la historia hay una porción determinada de nuestra vida que es la más importante. El niño y el anciano apenas si intervienen en la historia: aquél todavía; éste ya no. Pero tampoco en la primera juventud tiene el hombre actuación histórica positiva. Su papel histórico, público, es pasivo. Aprende en las escuelas y oficios, sirve en las milicias. Lo que en el niño y el joven es vida actuante, queda bajo el umbral de lo histórico y se refiere a lo personal. En efecto, es la etapa formidablemente egoísta de la vida. El hombre joven vive para sí. No crea cosas, no se preocupa de lo colectivo. Juega a crear cosas —por ejemplo, se entretiene en publicar revistas de jóvenes—, juega a preocuparse de lo colectivo, y esto a veces con tal frenesí y aun con tal heroísmo, que a un desconocedor de los secretos de la vida humana le llevaría a creer en la autenticidad de la preocupación. Mas, en verdad, todo ello es pretexto para ocuparse de sí mismo y para que se ocupen de él. Le falta aún la necesidad sustancial de entregarse verdaderamente a la obra, de dedicarse, de poner su vida en serio y hasta la raíz a algo trascendente de él, aunque sea sólo a la humilde obra de sostener con la de uno la vida de una familia.

La realidad histórica está, pues, en cada momento constituída por la vida de los hombres entre treinta y sesenta años. Y aquí viene el punto más grave de mi doctrina. Esa etapa de treinta a sesenta, ese período de plena actividad histórica del hombre ha sido considerado siempre como una sola generación, como un tipo de vida homogéneo. Llevó a ello la viciosa óptica que hace ver en la serie de las generaciones sólo lo que en ella hay de sucesión y sustitución.

Rectifiquemos esta óptica.

Partamos del hombre alrededor de los treinta años y que se ocupa, por ejemplo, de ciencia. A esa edad ha aprendido la ciencia que estaba ahí, se ha instalado en el mundo científico vigente. Pero ¿quién sostiene y lleva ese estado vigente de la ciencia? No tiene duda: son los hombres entre cuarenta y cinco y sesenta años. Ellos representan el saber establecido ya, el que está ahí presto para ir siendo recibido y que él, el hombre de treinta, ha sido el primero en asimilar. De treinta a cuarenta y cinco corre la etapa en que normalmente un hombre encuentra todas sus nuevas ideas; por lo menos, las matrices de su original ideología. Después de los cuarenta y cinco viene sólo el desarrollo pleno de las inspiraciones habidas entre los treinta y los cuarenta y cinco.

Lo propio acontece en política: de los treinta a los cuarenta y cinco, el hombre combate en pro de ciertos ideales públicos, nuevas leyes, nuevas instituciones. Y lucha con los que están en el Poder, que suelen ser individuos de cuarenta y cinco a sesenta años.

En arte acontece lo propio.

Pues qué, ¿no pasa lo mismo en un orden históricamente más importante de lo que se ha creído hasta aquí y con el estudio del cual es preciso integrar la nueva historia? Me refiero a esa gran dimensión de la vida humana en que pone su decisiva influencia el otro gran hecho elemental de lo humano que junto a las edades articula la vida: la diferencia sexual y su dinamismo en la forma de los amores. Pues bien: de los treinta a los cuarenta y cinco corre la etapa en que el hombre interesa verdaderamente a la mujer. Cómo y por qué, son preguntas indiscretas para responder a las cuales yo necesitaría un curso entero —un curso, por cierto, que es preciso hacer alguna vez y no en cualquier sitio, sino en una Universidad—, porque se trata de uno de los temas más graves y más serios de la vida humana y de su historia. ¡Ah, no faltaba más! Hasta ahora, al hablar de la historia y de las generaciones parecía que hablábamos sólo de los varones, como si las mujeres, que son ciertamente unas pocas, no existiesen; como si no interviniesen en la historia o hubiesen esperado milenios y milenios a intervenir hasta que se les concediera el voto electoral. Y, en efecto, la historia que se ha escrito hasta aquí es, en principio, historia de hombres solos —como ciertos espectáculos que se anuncian «sólo para hombres». Pero es que la más efectiva, permanente, genuina y radical intervención de la mujer en la historia se verifica en esta dimensión de los amores. Ello nos da ocasión para hacer notar de paso —y el hecho confirma nuestra idea de que la generación no implica, por fuerza, una identidad de fecha natalicia— que las mujeres de una generación son constitutivamente, y no por azar, un poco más jóvenes que los hombres de esa misma generación, dato más importante de lo que a primera vista parece.

Pero volvamos a lo más urgente en esta exposición.

Vemos que la más plena realidad histórica es llevada por hombres que están en dos etapas distintas de la vida, cada una de quince años: de treinta a cuarenta y cinco, etapa de gestación o creación y polémica; de cuarenta y cinco a sesenta, etapa de predominio y mando. Estos últimos viven instalados en el mundo que se han hecho; aquéllos están haciendo su mundo. No caben dos tareas vitales, dos estructuras de la vida más diferentes. Son, pues, dos generaciones y ¡cosa paradójica para las antiguas ideas sobre nuestro asunto!, lo esencial en esas dos generaciones es que ambas tienen puestas sus manos en la realidad histórica al mismo tiempo —tanto que tienen puestas las manos unas sobre otras en pelea formal o larvada. Por tanto, lo esencial es, no que se suceden, sino, al revés, que conviven y son contemporáneas, bien que no coetáneas. Permítaseme hacer, pues, esta corrección a todo el pasado de meditaciones sobre este asunto: lo decisivo en la idea de las generaciones no es que se suceden, sino que se solapan o empalman. Siempre hay dos generaciones actuando al mismo tiempo, con plenitud de actuación, sobre los mismos temas y en torno a las mismas cosas —pero con distinto índice de edad y, por ello, con distinto sentido.

En cuanto a los mayores de sesenta años, ¿es que no tienen ya papel en esa realidad histórica? Sí que lo tienen, pero sumamente sutil. Basta con caer en la cuenta de que, en comparación con las otras edades, los mayores de sesenta años son muy pocos —en este sentido, su simple existencia es ya algo excepcional. Pues así es también su intervención en la historia: excepcional. El anciano es, por esencia, un superviviente y actúa, cuando actúa, como tal superviviente. Una veces porque es un caso insólito de espiritual frescor que le permite seguir creando nuevas ideas o eficaz defensa de las ya establecidas. Otras, las normales, se recurre al anciano precisamente porque ya no vive en esta vida, está fuera de hecho, ajeno a sus luchas y pasiones. Es superviviente de una vida que murió hace quince años. De aquí que los hombres de treinta, que están en lucha con la vida que llegó después de ésa, busquen con frecuencia a los ancianos para que les ayuden a combatir contra los hombres dominantes.

Las «jerusías», senados, etc., fueron en su significado primitivo cuerpos al margen de la vida actual, a los cuales se recurría en busca de consejo, precisamente como a instancia inactual, precisamente porque ya no eran la plena y efectiva realidad histórica.

Tenemos, según esto, que desde el punto de vista importante a la historia, la vida del hombre se divide en cinco edades de a quince años: niñez, juventud, iniciación, predominio y vejez. El trozo verdaderamente histórico es el de las dos edades maduras: la de iniciación y la de predominio. Yo diría, pues, que una generación histórica vive quince años de gestación y quince de gestión.

Pero con todo esto nos falta lo que, para hacer de la generación un riguroso método de investigación histórica, es más inexcusable. Precisar de qué fecha cronológica a cuál otra fecha se extiende una generación. Sabemos que dura quince años; bien: pero ¿cómo distribuímos concretamente en grupos de quince años los años del tiempo histórico?

Como siempre, lo primero que se nos ocurre es partir de una perspectiva personal y privada, cada cual de sí mismo. El hombre tiende siempre a hacerse centro del Universo y, cuando ese hombre da la casualidad de que es español, entonces mucho más.

Tal joven que me escucha desea saber a qué generación pertenece y partiendo de sí mismo se encuentra con tres posibilidades. Supongamos que ese joven cumple en este año de 1933 los treinta años. Como la generación, dijimos, no es una fecha sino una «zona de fechas» que hoy hemos fijado en quince años, ese joven no puede saber si su fecha actual de treinta años pertenece a los quince años hacia atrás o a los quince hacia adelante, o bien, si él está en medio de la zona de su generación teniendo a ambos lados dos series de siete años. Dicho en otra forma, desde la perspectiva individual el hombre no puede estar seguro de si en su fecha de edad comienza una generación o si acaba, o bien, si es ella el centro de la generación.

Esto demuestra, indirectamente, el carácter objetivo, histórico y no privado del concepto de generación.

Es esencial a este concepto, según hemos visto, que toda generación surge entre otras dos, cada una de las cuales confina con otra y así sucesivamente. Es decir, que la generación implica ineludiblemente la serie toda de las generaciones. De aquí que determinar la zona de fechas cronológicas que a una generación corresponde, sólo puede hacerse determinando la totalidad de la serie.

¿Cómo se logra esto? He aquí el procedimiento que yo propongo a los historiadores.

Tómese un gran ámbito histórico dentro del cual se ha producido un cambio en el vivir humano que sea radical, evidente, incuestionable. Es decir, partamos de un momento histórico en que el hombre vive tranquilamente instalado en una cierta figura de mundo. Por ejemplo, en 1300—la hora de Dante. Si deslizamos la mirada por el tiempo que sigue, vemos con toda claridad que el hombre europeo va perdiendo tranquilidad con respecto a su mundo. Un poco más allá vemos que ese mundo se viene abajo y el hombre no sabe qué posición tomar. Seguimos y arribamos a otra fecha en que le hallamos nuevamente tranquilo. Se ha instalado de nuevo en un mundo cierto y en él persevera complacido durante siglos. Este panorama nos hace tomar contacto evidente con tres épocas: La Edad Media que vive en plenitud hasta 1350; la Edad Moderna, que vive en plenitud desde 1630, y entre medias, una época de indecisión.

La Edad Media no nos interesa ahora y la tomamos como mero punto de referencia. La época de indecisión, por su mismo carácter indeciso, no nos permite hacer pie para ninguna determinación firme. La Edad Moderna, en cambio, nos muestra con sobrada claridad el desarrollo insistente y continuo de ciertos principios de vida que fueron por vez primera definidos en una cierta fecha. Esta fecha es la decisiva en la serie de las fechas que integran la Edad Moderna. En ella vive una generación que por vez primera piensa los nuevos pensamientos con plena claridad y completa posesión de su sentido: una generación, pues, que ni es todavía precursora, ni es ya continuadora. A esa generación llamo generación decisiva.

En el orden del pensamiento filosófico y de las altas ciencias a que he reducido el tema de este curso, no hay duda alguna de cuándo acontece esa maduración ejemplar del tiempo nuevo: es el período que va de 1600 a 1650. Se trata de aislar en ese período la generación decisiva.

Para esto se busca la figura que con mayor evidencia represente los caracteres sustantivos del período. En nuestro caso, no parece discutible que ese hombre es Descartes. Pocas veces un innovador lo ha sido tan decisiva y plenariamente; quiero decir, que haya dado su innovación en forma más madura, consciente de sí misma, en formulación ya perfecta.

Con esto tenemos el «epónimo de la generación decisiva», logrado lo cual, el resto es obra del automatismo matemático. Anotamos la fecha en que Descartes cumplió los treinta años: 1626. Esa será la fecha de la generación de Descartes —punto de partida para fijar a uno y otro lado las demás, sin más que añadir o restar grupos de quince años. Así la fecha de la próxima generación anterior es 1611, que es la generación de Hobbes, de Hugo Grocio; luego 1596, que, sea dicho de paso, es la generación de Galileo, de Keplero y de Bacon —una generacioncita—; luego 1581, que es la generación de Giordano Bruno, de Tycho Brahe y de nuestro Cervantes, Suárez y nuestro Sánchez el escéptico; luego 1566, la generación de Montaigne, de Bodino, que sigue a la de 1551, una generación sin grandes figuras. No es obligatorio para una generación poseer grandes hombres: no es obligatorio, es simplemente lamentable. Pero la vida humana no es más ni menos real, no deja de tener su figura propia y exclusiva porque sea ilustre o mediocre.

Pero ¿cómo hemos agrupado esos hombres en cada generación, si han nacido en años diferentes? Las fechas 1626, 1611, 1596, etc., han sido denominadas por mí fechas de generaciones, no de personas. Sólo en el caso inicial hemos elegido como fecha de una generación la fecha de los treinta años de un hombre determinado. Colocados, pues, en 1626, decimos: esta fecha es el centro de la zona de fechas que corresponde a la generación decisiva. Por tanto, pertenecerán a ella los que hayan cumplido treinta años, siete años antes o siete años después de esta fecha. Por ejemplo, el filósofo Hobbes nace en 1588 —cumple los treinta en 1618—. Sus treinta años distan de los treinta de Descartes, ocho. Está, pues, lindando con la generación de Descartes: un año menos y pertenecería a ella. Pero el automatismo matemático nos obliga a colocarlo, por lo pronto, en otra anterior.

¿Qué se pretende con esto? ¿Que el automatismo matemático decida con su característica estupidez y abstracción de la realidad histórica? En modo alguno. Esa serie precisa de generaciones nos sirve como una retícula con que nos acercamos a los hechos históricos para ver si éstos toleran el ser ordenados y ajustados en aquélla. Imaginen que no es así: que Hobbes, una vez comparado con Descartes, aparece como representando una misma estructura vital que Descartes, colocándose ante el problema intelectual del mundo en idéntica altitud que Descartes. Entonces es que nuestra serie ha sido erróneamente articulada: habrá que correr toda la serie y así sucesivamente hasta que la articulación de las fechas coincida con la efectiva articulación histórica y Hobbes pertenezca a la misma generación que Descartes. De hecho, acontece que el caso Hobbes confirma rigorosamente la seriación propuesta. El automatismo matemático nos insinúa que Hobbes pertenece a otra generación, pero que representa la linde misma que confina con el modo de pensar cartesiano. El estudio de su obra, el análisis de la actitud general con que se acerca a los problemas, coincide exactamente con ese pronóstico. Hobbes llega casi a ver las cosas como Descartes —pero ese casi es sintomático—. Su distancia a Descartes es mínima y es la misma en todas las cuestiones. No es, pues, que coincida con Descartes en tal punto y discrepe en tal otro —no—; diríamos, para expresar con rigor la curiosísima relación entre ambos, que coinciden un poco en todo y en todo discrepan un poco. Como si dos hombres mirasen un mismo paisaje situado el uno algunos metros más arriba que el otro. Se trata, pues, de una diferencia de altitud en la colocación. Pues esa diferencia de nivel vital es lo que yo llamo una generación.

Desde que existe democracia —por tomar un ejemplo cualquiera—, cada generación tenía por fuerza que ver sus problemas desde una altura distinta. No puede ser la misma la experiencia que de la democracia tiene la generación que la inaugura y la que recibe de ella la generación siguiente y así en adelante. Aun viviendo todas dentro del horizonte y la fe democráticos, su actitud, con respecto a ella, tenía que ser distinta.

Según lo dicho, no somos nosotros quienes en virtud de nuestras impresiones inmediatas podemos juzgar a qué generación histórica pertenecemos. Es la historia quien, construyendo la realidad del pasado hasta nuestro presente, estatuye la serie efectiva de las generaciones. Faena tal no está aún cumplida, ni siquiera iniciada: es la que, a mi juicio, va a emprender la nueva ciencia histórica.

Lo único que podemos aprovechar, desde luego, para la concepción de nuestro tiempo, es el principio general de que cada quince años cambia el cariz de la vida. En su biografía de Agrícola, Tácito emplea una frase que hasta ahora no había sido aclarada a fondo, una frase enigmática que es ésta: *Per quindecim annos, grande mortalis aevi spatium*. Durante quince años, etapa muy importante en la vida del hombre. Y no lo dice al azar, sino en un párrafo en que se ocupa a la vez de la trayectoria vital del individuo y de los cambios de la historia. Hoy creo que esa frase enigmática queda suficientemente clarecida.

Con esa presunción de que la tonalidad histórica varía cada quince años, podemos ensayar el orientarnos en nuestro tiempo y llegar a diagnósticos aproximados, a reserva siempre de lo que en última instancia determina la construcción científica que sólo la historia puede lograr.

Con todas estas cautelas, salvedades y reservas, dando, pues, a lo enunciado tan sólo un valor de insegura sospecha, yo me atrevería a insinuar en virtud de muchas, muchas razones que no tengo tiempo ahora de decir, que en 1917 comenzó una generación, un tipo de vida, el cual habría, *en lo esencial*, finiquitado en 1932. No sería difícil dibujar la fisonomía de esa existencia que ha coincidido con el período llamado —y a mi juicio mal llamado— de la postguerra. No voy ni siquiera a rozar de verdad el asunto. Pero si alguien se interesa por un cierto modo vital —por ejemplo, una cierta manera de pensar en filosofía o en física, o un cierto modo de estilos artísticos o unos ciertos movimientos políticos— y quiere orientarse sobre su porvenir, debería, según mi insegura hipótesis, fijar bien la fecha de su origen y ponerla en relación con 1917. Por ejemplo, es curioso que en esa fecha precisamente broten las formas políticas llamadas «fascismo» y «bolchevismo». En esa fecha se inicia el cubismo pictórico y la poesía pariente de él, etc., etc. ¿Obligará esto a sospechar que todo ello es ya inexorablemente un pasado? Es lo que vamos a poder averiguar irrefragablemente en estos nuevos quince años en que estamos ya embarcados.

Lección V

DE NUEVO, LA IDEA DE GENERACION

En la lección anterior he concluído de exponer el primero de los temas que yo quería suscitar en torno a las generaciones decisivas, en la evolución del pensamiento europeo, las generaciones de 1550 a 1650 que tienen su punto céntrico temporal y sustantivamente en la obra de Galileo. Era natural que ese primer tema fuese precisamente la idea misma de generación que es, según hemos podido advertir, el órgano visual con que se ve en su efectiva y vibrante autenticidad la realidad histórica. La generación es una y misma cosa con la estructura de la vida humana en cada momento. No se puede intentar saber lo que de verdad pasó en tal o cual fecha si no se averigua antes a qué generación le pasó, esto es, dentro de qué figura de existencia humana aconteció. Un mismo hecho acontecido a dos generaciones diferentes es una realidad vital y, por tanto, histórica, completamente distinta. Así, el hecho de una guerra tiene los significados más varios según la fecha en que se produzca, porque el hombre saca de él las consecuencias más opuestas. Por eso ha sido tan grave error echar mano de la guerra mundial para explicar los cambios profundos acaecidos en la humanidad. Un hecho aislado, así sea el de más enorme calibre, no explica ninguna realidad histórica; es preciso antes de integrarlo en la figura total de un tipo de vida humana. Lo demás es muerto dato de cronicón y la historia consiste precisamente en el intento de dar reviviscencia, de volver a vivir imaginariamente lo ya sido. La historia tiene que dejar de ser una exposición de momias y convertirse en lo que verdaderamente es: un entusiasta ensayo de resurrección. La historia es una guerra ilustre contra la muerte. Por eso no puede decirse que de verdad se ha contado algo, se ha hecho historia de algo si no se ha enseñado a verlo nacer del hontanar perenne del que brota y donde únicamente tiene su realidad todo lo humano que es la vida del hombre. En este sentido, yo entiendo por historia la faena de retrotraer todo dato sobre el pasado a su fuente vital para asistir a su nacimiento, diríamos, para obligarlo a nacer y ser de nuevo: hay que ponerlo en *status nascens*, como recién nacido. Mal se justifica el esfuerzo que la labor historiográfica consume si no nos lleva la historia a transformar todo el pretérito del hombre en un inmenso y virtual presente, dilatando así gigantescamente el nuestro efectivo.

Y el hecho para entender el cual yo quisiera ofrecer a ustedes unas cuantas ideas, inmaturas sin duda, mediocremente enunciadas —pero en que tengo gran fe— es nada menos que la peripecia máxima acontecida al hombre europeo, aquel radical viraje que ejecuta hacia 1600 y en que surge una nueva forma de vida, un hombre nuevo —el hombre moderno—. Pero la idea de la historia que en estas lecciones he dibujado y que acabo de reiterar, implica que no es posible entender de verdad algo del pasado sin que de rebote quede iluminado algo de nuestro presente y nuestro porvenir. De aquí, que si tengo gran fe en esas ideas, aun reconociendo su defectuosidad, no es tanto ni sólo porque nos aclaran unos siglos que fueron, sino porque a la vez nos hacen penetrar en la realidad secreta de nuestro tiempo y nos permiten palpar, tal vez con un poco de espanto, sus entrañas estremecidas.

Aquel gran viraje de 1600 fue el resultado de una grave crisis histórica que dura dos siglos, la más grave que han experimentado los pueblos actuales. Yo creo que el asunto es de enorme interés porque vivimos una época de crisis intensísima en que el hombre, quiera o no, tiene que ejecutar otro gran viraje. ¿Por qué? ¿No es obvio sospechar que la crisis actual procede de que la nueva «postura» adoptada en 1600 —la postura «moderna»— ha agotado todas sus posibilidades, ha llegado a sus postreros confines y, por lo mismo, ha descubierto su propia limitación, sus contradicciones, su insuficiencia? Una de las cosas que pueden ayudarnos más a lo que suele llamarse «salir de la crisis», a hallar una nueva orientación y decir una nueva postura, es volver la vista a aquel momento en que el hombre se encontró en una peripecia parecida y a la vez opuesta. Parecida, porque también entonces tuvo que «salir de una crisis» y abandonar una posición agotada, caduca. Opuesta, porque ahora tenemos que salir precisamente de donde entonces se entró.

Entonces nació un hombre nuevo, una «variedad» de nuestra especie no sida hasta aquella fecha y que no volverá a ser: es el hombre «moderno» que comienza por ser el hombre cartesiano. Y es ya por sí curioso notar que este hombre cartesiano se dio perfecta cuenta de que era un hombre nuevo, un hombre que nacía, o lo que es igual, *el* hombre que re-nacía. En rigor, antes de que ese hombre nuevo existiese con plenitud se presiente a sí mismo y hasta se busca un hombre. A fines del siglo xiv y durante todo el xv comienza ya a hablarse de «modernidad». En la teología y filosofía de las Universidades se distingue la *via antiqua* y la *via moderna* y a los ejercicios religiosos tradicionales se opone lo que se llamó *devotio moderna*, que triunfa hacia 1500.

Este presentimiento de que las cosas van a cambiar radicalmente antes de que, en efecto, cambien, no debe sorprender mucho, porque siempre ha precedido a las grandes mutaciones históricas y es, a la vez, una prueba de que tales transformaciones no son impuestas a la humanidad desde fuera, por el azar de externos acontecimientos, sino que emanan de íntimas modificaciones fermentadas en los senos recónditos de su alma. Hace veinticinco años gritaba yo a Gog y Magog que la faz de la historia iba a cambiar; lo presentía ni más ni menos que se presiente un cambio meteorológico. Y esta anticipación no era sólo genérica o vaga, sino que se precisaba en la expectación concreta de ciertas ideas y estimaciones. En 1911 di yo una conferencia en el Ateneo de Madrid sobre el pensamiento matemático. Era la hora de más indiscutido triunfo del *continuismo* y *evolucionismo* infinitismo en matemática, física, biología e historia. No obstante, yo anunciaba entonces que surgiría pronto una tendencia al *discontinuismo* y finitismo en todas esas disciplinas. No menos preciso fue mi anuncio de las profundas —y entonces increíbles— mutaciones políticas que iban a venir. Pero no quiero recordar ahora lo que entonces dije. Ni entonces se me hizo caso, ni ahora tampoco se me haría. Me bastará recordar un título programático: «Nada moderno y muy siglo xx» (1); fórmula, sin duda, petulante y amanerada —téngase en cuenta que era yo entonces demasiado joven—, pero fórmula que con creces ha resultado verdad. Sólo quiero recordar unas palabras dichas por mí en 1928 —en una conferencia dada en Buenos Aires—, palabras que tomo de un periódico en que fue transcrita. Adviértase que en 1928 parecía el mundo más seguro que

---

(1) Recogido en *El Espectador*, tomo I, 1916. [Véase pág. 22 del tomo II de estas *Obras Completas*.]

nunca: era la hora de la máxima fe en el progreso indefinido, la época de la inflación y la *prosperity*. Ya había grandes cambios en la superficie de la vida, pero se creía que la mutación y la crisis se reduciría a lo ya manifiesto. Decía yo:

«Desde hace muchos, muchos años anunciaba yo esta transformación inminente y total. Fue en vano. Sólo recogía censuras: se atribuía mi anuncio a prurito de novedades. Han tenido que venir los hechos con sus bozales para acallar las bocas maldicientes. Ahí está, ante nosotros, una vida nueva... Pero no, aún no está ahí. El cambio va a ser mucho más radical que cuanto vemos, y va a penetrar en estratos de la vida humana, tan profundos, que aleccionado con la pasada experiencia, no estoy dispuesto a decir todo lo que entreveo. Sería inútil, asustaría sin convencer, y asustaría porque no sería entendido; mejor dicho, porque sería mal entendido.»

Hablo ahora de mí como podía hablar de otros. Mucho antes de que Einstein descubriese su primera forma de relativismo y con él la nueva mecánica, todo el mundo postulaba una física de cuatro dimensiones.

La etapa de puro presentimiento que antecede a la efectiva aparición del hombre nuevo en torno a 1600, fue la época que luego se ha llamado con un nombre desorientador, Renacimiento. A mi juicio urge ya una nueva definición y evaloración de este famoso Renacimiento. Nuestro conocimiento de la realidad histórica ha avanzado mucho desde tiempos de Burckhardt y no nos basta su primera aproximación.

La verdad es que el hombre no re-nace hasta Galileo y Descartes. Todo lo anterior es puro *pálpito* y esperanza de que va a renacer. El auténtico renacimiento galileano y cartesiano es ante todo un renacer a la claridad y es forzoso decir que el tiempo oficialmente llamado Renacimiento fue una hora de formidable confusionismo —como lo son todas las de *pálpito*—, por ejemplo, la nuestra.

La confusión va aneja a toda época de crisis. Porque, en definitiva, eso que se llama «crisis» no es sino el tránsito que el hombre hace de vivir prendido a unas cosas y apoyado en ellas a vivir prendido y apoyado en otras. El tránsito consiste, pues, en dos rudas operaciones: una, desprenderse de aquella ubre que amamantaba nuestra vida —no se olvide que nuestra vida vive siempre *de* una interpretación del Universo— y otra, disponer su mente para agarrarse a la nueva ubre, esto es, irse habitualmente a otra perspectiva vital, a ver otras cosas, a atenerse a ellas. Estas dos rudas faenas cumplen las generaciones europeas de 1350 a 1550. Son dos siglos en que parece vivir el hombre europeo «en pura pérdida». Claro es que no hay tal. No se llega, es cierto, a nada firme y positivo; pero durante ellos se van polarizando de nuevo modo los cimientos subterráneos de la mente occidental que van a hacer posible la nueva construcción. Cuando esa faena subterránea se ha cumplido —hacia 1560— en la generación de Galileo, Keplero y Bacon, la historia toma decidida una recta, avanza día por día sin pérdida, y hacia 1650, cuando muere Descartes, puede decirse que está ya hecha la nueva casa, el edificio de cultura según el nuevo *modo*. Esta conciencia de ser de un nuevo *modo* frente a otro vetusto y tradicional es la que se expresó con la palabra «moderno».

El llamado Renacimiento es, pues, por lo pronto, el esfuerzo por desprenderse de la cultura tradicional que, formada durante la Edad Media, había llegado a anquilosarse y ahogar la espontaneidad del hombre. No porque se haya repetido una y otra vez en la historia debe menguar nuestra extrañeza ante este hecho de que el hombre tenga periódicamente que sacudirse su propia cultura y quedarse desnudo de ella, como la zorra que se sumerge en el agua para concentrar todas sus pulgas en el hocico y con una rápida zambullida librarse de ellas.

La explicación de este sorprendente fenómeno —y lo más sorprendente de él es su reiteración, su repetición a lo largo del proceso histórico mejor conocido— es lo que nos va a ocupar como segundo tema de este curso. Porque ese fenómeno es lo que se llama una crisis histórica. Y lo mismo que creo haber conseguido en las lecciones anteriores que los conceptos de vida y de generación adquieran para ustedes un contenido bien nutrido y preciso, quisiera intentarlo con el concepto «crisis histórica». Galileo juega un papel muy determinado en esa crisis y para entenderlo necesitamos entender bien el argumento de la pieza donde él tiene ese papel. Esto requiere alguna preparación y a esa preparación, a fijar ciertas ideas que luego vamos a ver funcionando en toda crisis, dedicaremos la lección presente.

Y ante todo, no perdamos nuestra trayectoria. Volviendo la cabeza hacia atrás, recordando los pasos que hemos dado y procuremos intercalar los nuevos que hemos menester. Nuestra cuestión es la historia. La historia, decíamos, se propone averiguar cómo han sido las vidas humanas. Lo humano es la vida del hombre, no su cuerpo, ni siquiera su alma. El cuerpo es una cosa: el alma es también una cosa, pero el hombre no es una cosa, sino un drama— su vida. El hombre tiene que vivir con el cuerpo y con el alma que le ha caído en suerte. Uno y otra —cuerpo y alma— son los aparatos más próximos a él con los que tiene que vivir, es decir, con que tiene que existir en la circunstancia. Para existir en la circunstancia en que ha caído tiene que esforzarse en sostenerse dentro de ella— tiene que estar haciendo siempre algo. Y lo primero que tiene que hacer es decidir lo que va a hacer. Mas para decidirlo tiene antes que forjarse una interpretación general de la circunstancia, formarse un sistema de convicción sobre lo que su contorno es, que le sirva de plano para actuar entre y sobre las cosas. Ante las cosas tal y como están ahí, como él las encuentra en su circunstancia, el hombre no sabe qué hacer porque no sabe a qué atenerse con respecto a ellas, o, como suele decirse, no sabe lo que son. La vida es, por lo pronto, radical inseguridad, sentirse náufrago en un elemento misterioso, extranjero y frecuentemente hostil: se encuentra con esas cosas que llama enfermedades, hambre, dolor. Ya el darles un nombre es comenzar a interpretarlas: el nombre es ya una definición. Pero se encuentra también con el rayo y el fuego, la sequía y la lluvia torrencial, con el temblor de tierra, con el asta que otro hombre le hunde en el flanco; se encuentra sobre todo con que a las personas queridas, a los otros hombres les pasa de pronto una cosa muy extraña. Hace un momento estaban ahí con nosotros. Ese estar ahí con nosotros no era meramente hallarse en el espacio cerca de nosotros como la piedra, el arroyo, el árbol. No: era un estar con nosotros, un coexistir más radical. Yo cuento con la piedra y procuro no tropezar con ella o aprovecharla sentándome en ella. Pero la piedra no cuenta conmigo. También cuento con mi prójimo como con la piedra, pero, a diferencia de la piedra, mi prójimo cuenta también conmigo. No sólo él existe para mí, sino que yo existo para él. Ésta es una coexistencia peculiarísima, porque es mutua: cuando yo veo una piedra no veo sino la piedra, pero cuando veo a mi prójimo, a otro hombre, no sólo le veo a él, sino que veo que él me ve a mí, es decir, que en el otro hombre me encuentro siempre también yo reflejado en él. Yo estoy aquí y ustedes están ahí. Como el aquí y el ahí expresan la contigüidad espacial, como están juntos, podemos decir que ustedes estando ahí y yo aquí estamos juntos. Pero lo mismo podíamos decir de esta mesa y de esos bancos; también esta mesa está aquí y esos bancos ahí; también, pues, están juntos. Mas lo raro de nuestra relación, lo que no pasa a la mesa con los bancos y a éstos con aquélla, es que estando yo aquí y sin dejar de estar aquí noto que estoy también ahí, en ustedes; noto, en suma, que existo para ustedes, y viceversa, ustedes, quietos ahí, están al mismo tiempo aquí, en mí, existen para mí. Esto, evidentemente, es un estar juntos en un sentido mucho más radical y bien distinto del estar un banco junto a otro. En la medida en que yo sé que soy en ustedes, evidentemente se funde mi ser, mi estar, mi existir con el de ustedes, y en esa estricta medida yo siento que no estoy solo, que no soy solo, sino que estoy con ustedes, que soy con ustedes; en suma, que estoy acompañado o en sociedad —mi vivir es convivir. La realidad que llamamos compañía o sociedad, sólo puede existir entre dos cosas que canjean mutuamente su ser, que son recíprocamente uno el otro— quiero decir: yo te acompaño o estoy en sociedad contigo en la medida que tú sientas que existes para mí, que estás en mí, que llenas una parte de mi ser; en suma, yo te acompaño, convivo o estoy en sociedad contigo en la medida en que yo sea tú. Por el contrario, en la medida en que yo no soy tú, en que no existes para mí ni para ningún otro prójimo, en esa medida estás solo, estás en soledad y no en sociedad o compañía.

¡Tremebundo tema este de la polaridad o contraposición soledad-sociedad!

Sin necesidad de profundizar ahora en la formidable cuestión, que otro día arañaremos un poco, caerán ustedes en la cuenta de lo difícil, lo problemática, tal vez lo utópica que es la efectiva compañía, la auténtica sociedad. Porque recordarán ustedes que nuestra vida es la de cada cual, es lo que cada cual tiene que hacer por sí: es el dolor que yo tengo que aguantar por mi propia cuenta y que nadie, rigorosamente hablando, puede compartir. Yo no puedo traspasar a otro un pedazo de mi dolor de muelas, para que me lo vaya doliendo él en sustitución mía, ni, mucho menos, puede decidir por mí lo que voy a hacer y a ser, ni puedo —fíjense bien, porque esto va a ser muy importante— ni puedo encargar a otro de que piense en mi lugar los pensamientos que yo tengo que pensar; es decir, que mis convicciones tengo que tenerlas yo, que tengo yo que convencerme y no puedo descargar sobre el prójimo la tarea de convencerse en mi lugar. Todo esto es lo que expreso diciendo una perogrullada, tan grande como fecunda, a saber: que mi vida es intransferible, que cada cual vive por sí solo —o, lo que es igual, que vida *es* soledad, radical soledad. Y, sin embargo, o por lo mismo, hay en la vida un afán indecible de compañía, de sociedad, de convivencia. Por ejemplo, para hablar de lo más claro, nos es connatural en el orden del pensamiento el deseo de coincidir con las opiniones de los demás. Cuando el hombre tiene un problema, su primer movimiento es preguntar a los demás sobre él, para que nos digan lo que sobre él piensa —ésta es la raíz vital de la lectura y del hecho de que hayan ustedes venido a oírme. Preguntamos con la intención de coincidir con los demás, hasta el punto de que si tenemos que discrepar nos sentimos íntimamente obligados a justificar de modo especial nuestra discrepancia.

Desde el fondo de radical soledad que es, sin remedio, nuestra vida, emergemos constantemente en ansia no menos radical de compañía y sociedad. Cada hombre quisiera ser los otros y que los otros fueran él. Toda una serie de dimensiones de nuestra vida se compone de férvidos ensayos para romper la soledad que somos y fundirnos en un ser comunal con otros. Entre ellos, el más radical ensayo para evadirnos de nuestra soledad es el famoso amor. Se quiere a otro en la medida en que, además de ser uno lo que es, se quiere también ser el otro, solidarizarse con la existencia del otro, y se siente, en efecto, el ser del otro como inseparable, como uno con nuestro ser, y si nos quitan el otro parece que nos quitan la mitad de nuestro ser, precisamente la mitad que nos parece más importante. El amante que se queda sin la amada se siente en la paradójica situación de que preferiría que le hubiesen quitado su propio ser y le hubiesen dejado el ser de la amada. Por eso, Shelley decía a la suya: «¡Amada, tú eres mi mejor yo!»

Padres, hijos, amigos, camaradas, son grados diferentes de la relación de nuestra vida en que nos sentimos viviendo acompañados.

Pero he aquí —y vuelvo a reanudar nuestra trayectoria— que al prójimo que me acompañaba le pasa de pronto algo muy extraño. Su cuerpo se queda inmóvil y rígido —como mineralizado. Me dirijo a él y no me responde. Responderme es el acto típico y esencial en que percibo que existo yo para el prójimo. Ahora ya no me responde: he dejado de existir para él; por tanto, ya no estoy en compañía con él. Y descubro, con un escalofrío, que con respecto a él me he quedado solo. El hecho de esta impresión, en que sentimos haberse volatilizado una compañía y que mi vida, de ser un convivir con otro, por tanto, un vivir más ancho, se retrae como en bajamar a ser un vivir solo conmigo, un quedarme solo, es lo que llamamos la muerte. Pero este nombre, conste, es ya una teoría, una interpretación, una reacción ideativa nuestra al hecho no teórico, sino terriblemente indubitable de sentir una nueva soledad. La idea de la muerte, que implica toda una biología, una psicología y una metafísica, nos explica, nos permite saber a qué atenernos con respecto a esta soledad que nos queda de una compañía en que estuvimos. Y, por una transposición muy frecuente en poesía, el poeta romántico dirá:

¡Qué solos se quedan los muertos!

¡Como si fuera el muerto quien se queda solo de los vivientes, cuando el que se queda solo del muerto es precisamente el que se queda, el que sigue viviendo! La muerte es, por lo pronto, la soledad que queda de una compañía que hubo; como si dijéramos: de un fuego, la ceniza.

Me he detenido hoy, como al paso, en este punto por muchas razones, que en los días próximos se irán declarando; pero antes, para que sirva a ustedes como ejemplo sobre la relación primaria del hombre con la circunstancia desnuda, compuesta de puros y desazorados enigmas que le obligan a reaccionar buscándoles una interpretación; en suma, le obligan a pensar, a hacerse ideas, los instrumentos por excelencia con que vive. El conjunto de esas ideas forma nuestro horizonte vital o mundo. Pero de ordinario vivimos instalados, demasiado seguramente instalados en la seguridad de nuestras ideas habituales, recibidas, tópicas, y solemos tomarlas por la realidad misma: lo cual hace que no entendamos ni siquiera nuestras propias ideas, que las pensemos en hueco, en vacío, sin evidencia. Porque nuestra idea es reacción a un problema; si no vivimos éste, nuestra idea sobre él, nuestra interpretación, carece de sentido, no es una idea vivida, llena, vivaz. Y esta observación me importaba mucho hacerla porque es la clave para entender las crisis históricas.

En ese horizonte vital o mundo, y en vista de él, hacemos lo que hacemos y dejamos de hacer lo que evitamos hacer; en suma, vivimos. Ese horizonte vital o mundo experimenta un cierto cambio en cada generación. Yo he sostenido ante ustedes que ese cierto cambio es normal e inevitable: él hace que la historia sea movimiento y variación, proceso y mudanza.

No puedo pretender que ustedes recuerden ahora exactamente las palabras con que yo precisé el género de cambio mundanal que en cada generación se produce. Aunque fueron pocas, eran tal vez las suficientes en aquel momento. Pero ahora necesito aclarar un poco más el asunto porque va a sernos decisivo.

El cambio de mundo que cada generación, quiera o no, ejecuta normalmente, es un cambio en la tonalidad general del mundo. Que en este o el otro orden de problemas su innovación sea más o menos profunda, es secundario; más aún: en cierto modo es indiferente para el cambio de mundo. Supongamos —decía yo a ustedes— que cambian muchas cosas concretas y aun importantes: diremos que ha habido cambios en el *mundo*. Pero es una situación muy distinta que cuando decimos: el mundo ha cambiado. Si comparamos nuestro horizonte de hoy no más que con el de hace diez años —y me refiero al humano, no especialmente al español— habremos de reconocer que las cosas concretas en ningún orden han cambiado mucho, en la mayor parte de los órdenes el cambio es inapreciable—; pues bien: sin embargo, el cambio del mundo ha sido fantástico.

Pongamos un ejemplo inverso, clarísimo por la enormidad de su tamaño y que es central para el tema de nuestro curso —un ejemplo de un cambio importantísimo y radical en un problema concreto y que, sin embargo, él por sí no representa el menor cambio del mundo—, lo cual pone de manifiesto la diferencia que expresa esa distinción mía entre cambiar el mundo o sólo cambiar algo en el mundo.

Si ha habido alguna innovación profunda en la historia del pensamiento europeo lo es ciertamente la de Copérnico. No sólo es volver del revés la interpretación tradicional, sino que el objeto sobre que esa inversión actúa es nada menos que el mundo físico entero. El ejemplo, pues, es insuperable. Pues bien, la obra de Copérnico, *De revolutionibus orbium caelestium*, se publica en 1543. ¿Qué efectos produce? ¿Transforma la visión del Universo? En modo alguno. Su invento es astronómico, y la astronomía, aun siendo la ciencia más importante para la interpretación del Cosmo, no es, al fin y al cabo, esta interpretación, sino sólo una ciencia. Pues bien: el libro de Copérnico no es que pase desapercibido: todos los astrónomos de Europa lo usan por la relativa precisión de sus datos métricos. Sin embargo, sólo uno, Reticus, acepta la teoría copernicana. Y hay que saltar hasta 1573 para encontrar otro hombre que la reconozca: el inglés Thomas Digges. En 1577 otro alemán, Maestlin, se declara a su favor. Es el maestro de Keplero. En 1585, Benedetti habla también en su favor, pero con muchas reservas, titubeos y cautelas. Es menester llegar al gigante Giordano Bruno, el frailote heroico y enorme, especie de Hércules espiritual, perenne luchador con monstruos, para hallar alguien en quien la teoría copernicana se ha convertido de invento particular en cambio del mundo. Ahora bien: por mi cuenta Giordano Bruno está de Copérnico a una distancia de cinco generaciones.

¿Y hasta esa fecha en que se publica *La cena delle ceneri*, de Bruno —1584—, durante esas cinco generaciones, en Italia, que es el país más adelantado, que es el famoso Renacimiento, qué efectos produce Copérnico? Literalmente, ninguno. Acaba de publicarse la obra de uno de los más exactos conocedores de aquella época, el alemán Ernesto Walser y en ella leo (1): «No recuerdo haber tropezado en todo el Renacimiento italiano con una sola alusión a Copérnico.»

En las Cartas que prologan su *Teatro crítico* —por tanto, hacia 1750— el bravo Padre Feijóo dirá: «En España estuvo por demás la declaración del Tribunal Romano contra los copernicanos: ya porque en aquel tiempo *nec si Copernicus est audivimus:* ya porque en materia de doctrina (aun la Filosófica y Astronómica) es tan inmóvil nuestra nación, como el orbe terráqueo en el Systema vulgar.»

El Padre Feijóo juzga por lo que era la España de su tiempo; pero se equivoca creyendo que la España de otras generaciones fue así. No: no era inútil la condenación del Santo Oficio para España; no es cierto que no se hubiese ni oído hablar de Copérnico. Si Feijóo hubiese leído el decreto de condenación del copernicanismo de 1616, se habría encontrado con la sorpresa de que iba ella contra dos libros y un folleto. Los dos libros son éstos: el *De revolutionibus orbium caelestium* del propio Copérnico, publicado en 1543, y un *Comentario a Job,* de Didacus Astunica, publicado en 1584, antes que la obra de Bruno. Pues bien, Didacus Astunica no es sino Fray Diego de Zúñiga, un agustino español, que es, por lo visto, el primer hombre que con toda solemnidad y decisión se adscribe al copernicanismo y hace valientemente gemir las prensas de Toledo bajo la nueva y maravillosa idea. Sea ello recordado en honor de este frailecito celtíbero y valga la rectificación a Feijóo como advertencia para quien no distingue de tiempos, es decir, de generaciones, y no sospecha la diferencia increíble que hay entre un pueblo que ha perdido la forma y ese mismo pueblo cuando vive una generación en plena forma.

Este ejemplo demuestra en proporciones casi escandalosas la esencial diferencia que hay entre un cambio de horizonte vital y toda innovación de carácter particular por importante que sea. ¿Por qué el descubrimiento de Copérnico no puede directamente y por sí modificar el mundo de su tiempo? ¿Por qué, en cambio, cinco generaciones después es la gran idea en que se apoya una mutación radical del horizonte humano? Muy sencillo: en la Edad Media las ciencias particulares, por tanto, las ciencias como tales, representan un modo de conocimiento secundario; son, diríamos, una actividad espiritual

---

(1) *Gesam. Studiem zur Geistesgesch. d. Rennais.* I, 214, 1932. Carta, IV, 335.

de segunda clase. No basta que algo aparezca como verdad dentro de la óptica especial de una ciencia para que sea, sin más, verdad, definitiva, ejecutiva verdad. Sólo la teología y la filosofía son, en última instancia, fehacientes. Traduciendo este hecho tan notorio a nuestra terminología, diremos que en la Edad Media y hasta 1550 las ciencias no hacen mundo; como exagerando agregaremos que no hace mundo hoy la técnica del ajedrez. Por consiguiente, para que un invento de ciencia particular como la idea copernicana produjese efectivo cambio de mundo era menester que antes los hombres se hubiesen decidido a aceptar que, en general, la verdad científica es una verdad de primer orden, fehaciente. Sólo dentro de ese cambio general de valoración de las ciencias podía la teoría de Copérnico irradiar todas las formidables consecuencias vitales de que estaba encinta. Ahora bien: las cuatro generaciones entre la de Copérnico y la de Galileo, son precisamente otros tantos estadios en la reivindicación de las ciencias como tales. Ése fue su papel, ésa su faena y rendimiento. Basta con citar algún nombre de cada una para que los vean ustedes como escalones de una continua ascensión: 1506, Copérnico; 1521, Luis Vives; 1536, Miguel Servet; 1551, Ramus; 1566, Montaigne, Vietà; 1581, Bruno, Tycho Brahe y Neper, el descubridor de los logaritmos. Después de estos tres ya eran posibles Galileo y Keplero, es decir, la ciencia auténtica, positiva, y la fe en ella.

Demuestra esto que la perspectiva de la vida es distinta de la perspectiva de la ciencia. En la Edad Moderna se han confundido ambas; precisamente esta confusión *es* la Edad Moderna. En ella el hombre hace que la ciencia, la razón pura, sirva de base al sistema de sus convicciones. Se vive *de* la ciencia. Por eso Taine hacía notar que como en otro tiempo el hombre recibía sus dogmas de los Concilios, luego optó por recibirlos de la Academia de Ciencias. A primera vista nada nos parece más lógico y discreto. ¿Quién mejor puede orientarnos en nuestra vida que la ciencia? ¿Vamos a volver a la teología?

Que este razonamiento nos parezca tan eficiente revela sólo que aún tenemos un pie en la modernidad. Este curso se propone precisamente aclarar cómo fue que el hombre cobró esa fe última en la ciencia, en la razón pura. Pero es posible que al aclararnos esto descubramos que esa confusión de la perspectiva científica con la vital tiene sus inconvenientes, es una perspectiva falsa como lo fue hacer de la perspectiva religiosa, teológica la perspectiva vital. Veremos, en efecto, cómo la vida no tolera que se la suplante ni con la fe revelada ni con la razón pura. Por eso se produjo la crisis del

Renacimiento; por eso se ha abierto ante nosotros, tenebrosa, enigmática, una nueva crisis. Frente a la revelación se alzó la razón pura, la ciencia frente a la razón pura se incorpora hoy, reclamando el imperio, la vida misma —es decir, la razón vital, porque, como hemos visto, vivir es no tener más remedio que razonar ante la inexorable circunstancia. Se puede vivir sin razonar geométricamente, físicamente, económicamente, políticamente. Todo eso es razón pura y la humanidad ha vivido de hecho milenios y milenios sin ella —o con sólo rudimentos de ella. Esta efectiva posibilidad de vivir sin razón pura hace que muchos hombres de hoy quieran sacudirse la obligación de razonar, que renuncien con agresivo desdén a tener razón. Y esto es cosa fácil frente a la beatería de la razón pura, del culturalismo. Ya veremos cómo toda crisis comienza así. También el siglo xv empezó por la cínica renuncia a tener razón. Es curioso que toda crisis se inicia con una etapa de cinismo. Y la primera de Occidente, la de la historia greco-romana, se inició precisamente inventándolo y propagándolo. El fenómeno es de una monotonía, de una repetición desesperante. Pero cuando más contentos se hallen de esa aparente —y tan fácil— liberación, más sin remedio se sentirán prisioneros de la otra razón, de la irremediable; de la que, quiérase o no, es imposible prescindir —porque es una y misma cosa con vivir— la razón vital.

Lección VI

CAMBIO Y CRISIS

Mi idea es que el llamado Renacimiento representa una gran crisis histórica. Crisis histórica es un concepto, mejor, una categoría de la historia; por tanto, una forma fundamental que puede adoptar la estructura de la vida humana. Pero los conceptos que definen esta estructura de la vida humana son muchos por ser muchas las dimensiones de aquélla. Conviene, pues, precisar a cuál de esas dimensiones se refiere concretamente el concepto de crisis. Se refiere a lo que la vida histórica tiene de cambio. La crisis es un peculiar cambio histórico. ¿Cuál?

Repasando lo dicho en lecciones anteriores, nos encontramos con dos formas de cambio vital histórico.

1.ª Cuando cambia algo en nuestro mundo.
2.ª Cuando cambia el mundo.

Esto último, hemos visto, acontece normalmente con cada generación. Ahora nos preguntamos qué tiene de especial el cambio de mundo que llamamos crisis histórica.

Y yo anticipo, desde luego, mi respuesta para que sepan ustedes a qué atenerse y oteen bien la trayectoria de mi pensamiento. Una crisis histórica es un cambio de mundo que se diferencia del cambio normal en lo siguiente: Lo normal es que a la figura de mundo vigente para una generación suceda otra figura de mundo un poco distinta. Al sistema de convicciones de ayer sucede otro hoy —con continuidad, sin salto; lo cual supone que la armazón principal del mundo permanece vigente al través de ese cambio o sólo ligeramente modificada.

Eso es lo normal. Pues bien, hay crisis histórica cuando el cambio de mundo que se produce consiste en que al mundo o sistema de convicciones de la generación anterior sucede un estado vital en que el hombre se queda sin aquellas convicciones, por tanto, sin mundo. El hombre vuelve a no saber qué hacer porque vuelve a de verdad no saber qué pensar sobre el mundo. Por eso el cambio se superlativiza en crisis y tiene el carácter de catástrofe. El cambio del mundo ha consistido en que el mundo en que se vivía se ha venido abajo y, por lo pronto, en nada más. Es un cambio que comienza por ser negativo —crítico. No se sabe qué pensar de nuevo —sólo se sabe o se cree saber que las ideas y normas tradicionales son falsas, inadmisibles. Se siente profundo desprecio por todo o casi todo lo que se creía ayer; pero la verdad es que no se tienen aún nuevas creencias positivas con que sustituir las tradicionales. Como aquel sistema de convicciones o mundo era el plano que permitía al hombre andar con cierta seguridad entre las cosas y ahora carece de plano, el hombre se vuelve a sentir perdido, azorado, sin orientación. Se mueve de acá para allá sin orden ni concierto; ensaya por un lado y por otro, pero sin pleno convencimiento, se finge a sí mismo estar convencido de esto o de lo otro. Me importa que subrayen ustedes esto último. En las épocas de crisis son muy frecuentes las posiciones falsas, fingidas. Generaciones enteras se falsifican a sí mismas, quiero decir, se embalan en estilos artísticos, en doctrinas, en movimientos políticos que son insinceros y que llenan el hueco de auténticas convicciones. Cuando se acercan a los cuarenta años esas generaciones quedan anuladas, porque a esa edad no se puede ya vivir de ficciones: hay que estar en la verdad.

He dicho en una de las primeras lecciones que no existe eso que suele llamarse «un hombre sin convicciones». Vivir es siempre, quiérase o no, estar en alguna convicción, creer algo acerca del mundo y de sí mismo. Ahora que esas convicciones, esas creencias pueden ser negativas. Uno de los hombres más convencidos que han pisado la tierra es Sócrates, y Sócrates sólo estaba convencido de que no sabía nada. Pues bien, la vida, como crisis, es estar el hombre en convicciones negativas. Esta situación es terrible. La convicción negativa, el no sentirse en lo cierto sobre nada importante, impide al hombre decidir lo que va a hacer con precisión, energía, confianza y entusiasmo sincero: no puede encajar su vida en nada, hincarla en un claro destino. Todo lo que haga, sienta, piense y diga será decidido y ejecutado sin convicción positiva, es decir, sin efectividad; será un espectro de hacer, sentir, pensar y decir, será la *vita minima*, una vida vacía de sí misma, inconsistente, inestable. Como en el fondo no está convencido de nada positivo, por tanto, no está verdaderamente decicido a nada, con suma facilidad pasará el hombre y pasarán las masas de hombres de lo blanco a lo negro. En las épocas de crisis no se sabe bien lo que es cada hombre porque, en efecto, no es nada decisivamente; es hoy una cosa y mañana otra. Imagínense un individuo que en el campo pierde por completo la orientación; dará unos pasos en una dirección, luego otros en otra, tal vez en la opuesta. La orientación, los puntos cardinales que dirigen nuestros actos son el mundo, nuestras convicciones sobre el mundo. Y este hombre de la crisis se ha quedado sin mundo, entregado de nuevo al caso de la pura circunstancia —en lamentable desorientación. Estructura tal de la vida abre amplio margen para muy diversas tonalidades sentimentales como cariz de la vida; muy diversas, pero todas pertenecientes a una misma fauna negativa; el hombre sentirá escéptica frialdad o bien angustia al sentirse perdido o bien desesperación y hará muchas cosas de aspecto heroico que, en verdad, no proceden de efectivo heroísmo, sino que son hechas a la desesperada, o bien sentirá furia, frenesí, apetito de venganza por el vacío de su vida que le incita a gozar brutalmente, cínicamente de lo que encuentra a su paso —carne, lujo, poderío. La vida toma un sabor amargo— pronto toparemos con la acedía de Petrarca, el primer renacentista.

Pero la existencia humana tiene horror al vacío. En torno a ese estado efectivo de negación, de ausencia de convicciones, fermentan gérmenes oscuros de nuevas tendencias positivas. Es más; para que el hombre deje de creer en unas cosas, es preciso que germine ya en él la fe confusa en otras. Esta nueva fe, repito, aun imprecisa como luz de madrugada, irrumpe de cuando en cuando en la superficie negativa que es la vida del hombre en crisis y le proporciona súbitas alegrías y entusiasmos inestables que, por contraste con su tono habitual, toman el aspecto de ataques orgiásticos. Estos nuevos entusiasmos comienzan pronto a estabilizarse en alguna dimensión de la vida mientras las demás continúan en la sombra de la amargura y la resignación. Es curioso observar que, casi siempre, la dimensión de la vida en que comienza a estabilizarse la nueva fe es precisamente el arte. Así aconteció en el Renacimiento. ¿Por qué? Dejemos la explicación para otro día.

Ahora, en cambio, nos urge atacar en su raíz el problema mismo de por qué se producen las crisis históricas. Ese dejar de creer en el sistema del mundo en que se creía hasta la fecha, ese hecho —decía a ustedes el otro día— que una y otra vez ha acontecido en la historia de que el hombre se sacuda la cultura tradicional y se quede desnudo de ella, es precisamente lo que reclama explicación. Todo lo demás es secundario si se compara con esta agudísima cuestión.

Mas para entenderla tenemos antes que sumergirnos de nuevo en aquel tema rozado en la lección anterior —el tema soledad- sociedad— y analizarlo en otra forma.

Decía yo que la vida es soledad, radical soledad. Con esto no pretendía expresar una apreciación más o menos vaga sobre la vida. Se trata de algo sencillísimo, preciso e incuestionable, de una perogrullada, mas de consecuencias fertilísimas. La vida es la de cada cual: cada cual tiene que irse viviendo la suya por sí solo. Nuestro dolor de muelas nos duele a nosotros y sólo a nosotros. El problema que tengo, la angustia que siento son los míos, y por lo pronto sólo los míos. Y ya tengo que pensar un pensamiento que me resuelva el problema y cure o dé lenidad a mi angustia. Yo tengo que decidir en todo instante lo que voy a hacer en el siguiente y nadie puede tomar esta decisión por mí, sustituirme en ella. Mas para decidir mi existencia, mi hacer y no hacer, yo tengo que poseer un repertorio de convicciones sobre el mundo, de opiniones. Yo soy quien tiene que tenerlas, quien tiene que estar efectivamente convencido de ellas. En resumen, esto es la vida —y como ustedes advierten, todo eso me pasa a mí solo y tengo que hacerlo en definitiva yo solo. En última instancia y verdad, cada cual va llevando a pulso y en vilo su propia existencia.

Sobre las cuestiones más importantes de la realidad tengo que tener una opinión, un pensamiento acerca de ellas: de esa opinión, de ese pensamiento, dependerán las resoluciones que tome, mi conducta, en suma, mi vida, mi ser. Es preciso, pues, que esas opiniones sean verdaderamente mías; quiero decir, que yo las adopte porque estoy convencido plenamente de ellas y esto sólo es posible si las he pensado desde su raíz y han surgido en mí promovidas por una incontrastable evidencia. Ahora bien, esta evidencia no puede dármela hecha nadie, sino que se produce en mí únicamente cuando yo por mí mismo analizo la cuestión de que se trate, cuando me quedo solo con ella y me formo ante ella una convicción. Tener yo una opinión sobre una cosa no es sino saber a qué atenerme sobre ella, esto es, fijar *mi* posición con respecto a la cosa. Se me ocurren varias ideas posibles sobre una cuestión, pero yo tengo que ponerme de acuerdo conmigo para ver cuál de ellas es la que me convence, la que es mi efectiva opinión. Una opinión forjada así por mí mismo y que fundo en mi propia evidencia es verdaderamente mía, ella contiene lo que efectivamente y auténticamente pienso sobre aquel asunto; por tanto, al pensar así, coincido conmigo mismo, soy yo mismo. Y la serie de actos, de conducta, de vida, que esa auténtica opinión engendre y motive, será auténtica vida mía, será mi auténtico ser. Pensando ese pensamiento, viviendo esa vida el hombre está en sí mismo, está ensimismado. Ni hay otro modo de ser el que efectivamente se es que ensimismándose, esto es, antes de actuar, antes de opinar sobre algo, detenerse un instante y en vez de hacer cualquiera cosa o de pensar lo primero que viene a las mientes, ponerse rigorosamente de acuerdo consigo mismo, esto es, entrar en sí mismo, quedarse solo y decidir qué acción o qué opinión entre las muchas posibles es de verdad la nuestra. Ensimismarse es lo contrario de vivir atropellado —en que son las cosas del contorno quienes deciden de nuestro hacer, nos empujan mecánicamente a esto o a lo otro, nos llevan al estricote. El hombre que es sí mismo, que está ensimismado, es el que, como suele decirse, está siempre sobre sí— por tanto, que no se suelta de la mano, que no se deja escapar y no tolera que su ser se le enajene, se convierta en otro que no es él.

Lo contrario de ser sí mismo, de la autenticidad, del estar siempre dentro de sí, es el estar fuera de sí, lejos de sí, en lo otro que nuestro auténtico ser. La voz castellana «otro» viene de la latina *alter*. Pues bien, lo contrario de ser sí mismo o ensimismarse es alterarse, atropellarse. Y lo otro que yo es cuanto me rodea: el mundo físico —pero también el mundo de los otros hombres—, el mundo social. Si permito que las cosas en torno o las opiniones de los demás me arrastren, dejo de ser yo mismo y padezco alteración. El hombre alterado y fuera de sí ha perdido su autenticidad y vive una vida falsa.

Ahora bien, con enorme frecuencia nuestra vida no es sino eso: falsificación de sí misma, suplantación de sí misma. Una gran porción de los pensamientos con que vivimos no los pensamos con evidencia. Con vergüenza reconocemos que la mayor parte de las cosas que decimos no las entendemos bien y si nos preguntamos *por qué* las decimos, esto es, las pensamos, advertiremos que las decimos no más que por esto: porque las hemos oído decir, porque las dicen los otros. Jamás hemos procurado repensarlas por nuestra cuenta y buscar su evidencia. Todo lo contrario: no las pensamos porque nos son evidentes, sino precisamente porque las dicen los otros. Nos hemos abandonado a los otros y vivimos en alteración, en perpetua estafa de nosotros mismos. Tenemos miedo a nuestra vida que es soledad y huímos de ella, de su auténtica realidad, del esfuerzo que reclama y escamoteamos nuestro auténtico ser por el de los otros, por la sociedad. Pero esta sociedad no es la compañía efectiva de que en otra jornada hablé: aquélla, por ejemplo, la compañía o sociedad que intenta ser el amor, era el ensayo de unir mi soledad, la autenticidad de mi vida, a la soledad de otro: era fundir dos soledades como tales en una como soledad de dos. Mas esta sociedad a que me entrego implica que previamente he renunciado a mi soledad, que me he embotado y cegado para ella, que huyo de ella y de mí mismo para hacerme «los otros».

Mis opiniones consisten en repetir lo que oigo decir a otros. Pero ¿quién es ese o esos otros a quienes encargo de ser yo? ¡Ah!, nadie determinado; ¿quién es el que dice lo que se dice? ¿Quién es el sujeto responsable de ese decir social, el sujeto impersonal del se dice? ¡Ah!, pues... la gente. Y la gente no es éste ni aquél —la gente es siempre el otro que no es precisamente éste ni aquél— es el puro otro, el que no es nadie. La gente es un yo irresponsable, el yo de la sociedad —o social. Y al vivir yo de lo que se dice y llenar con ello mi vida, he sustituído el yo mismo que soy en mi soledad por el yo-gente —me he hecho «gente». En vez de ser mi auténtica vida me la desvivo alterándola.

He aquí cómo hoy nos aparecen bajo nuevo cariz esos dos modos de la vida que son la soledad y la sociedad, el yo real, auténtico, responsable y el yo irresponsable, social, el vulgo, la gente. Y de hecho nuestra vida va y viene entre ambos modos y es en cada instante una ecuación entre lo que somos por nuestra propia cuenta —lo que pensamos, sentimos, hacemos con plena autenticidad— y lo que somos por cuenta de la gente, de la sociedad. Cuando se dice aquí que la vida del hombre cuando es «gente» es una vida falsa —y, por tanto, el hombre se despotencia, se deshumaniza y es menos hombre— no se pretende dar a esa vida una calificación externa y de tipo valorativo. No se quiere decir que la vida *debe* ser auténtica, que sólo ensimismado es el hombre como es debido. Aquí no hacemos consideraciones de beatería moral. Es muy fácil reírse de la moral, de la vieja moral que se ofrece indefensa a la insolencia contemporánea. Con esa moral no tenemos nada que ver aquí. Lo que decimos es simplemente que la vida tiene realidad —no bondad ni meritoriedad, sino pura y simple realidad en la medida en que es auténtica, en que cada hombre siente, piensa y hace lo que él y sólo él, individualísimamente tiene que sentir, pensar y hacer. ¿Quieren ustedes decirme qué realidad tiene un pensamiento que yo pienso sin pensarlo yo efectivamente? Cuando mecánicamente digo que «dos y dos son cuatro», cuando lo pienso y repito sin la visión clara, sin la evidencia de que, en efecto, dos y dos son cuatro, no he *vivido* ese pensamiento y durante el tiempo que he empleado en pseudo-pensarlo y pseudo-decirlo, he anulado mi real vivir, he pseudo-vivido. Y lo mismo digo del que esté aquí ahora oyendo sin autenticidad —es decir, que ha venido aquí no auténticamente a oír, sino porque venía la gente—, ése ha aniquilado una hora de su vida, y su vida —conste— tiene horas contadas y cada hora que pierde en no ser sí mismo la desvive de su vida, la desrealiza.

Lo que sea ensimismamiento y alteración se ve claro cuando se compara al hombre con el animal. Y, en efecto, confesaré a ustedes que fue, hace muchos años, un buen día delante de la jaula de los monos en el Retiro cuando tuve la evidencia de esta importante verdad (1).

No hay duda que en todo ser animado, el más importante de sus mecanismos es la atención. Estamos allí donde atendemos. Por eso he repetido tantas veces: dime a lo que atiendes y te diré quién eres. Pues bien, delante de estos simios del Retiro consideraba yo cómo ni un solo instante dejan de atender a su contorno físico, al paisaje. Están alertas hacia él, como obsesos por cualquiera variación que en su alrededor cósmico acontezca. Yo pensaba en la enorme fatiga que para un hombre sería estar tan sin descanso atento a su alrededor, tomado por él, absorbido por él. La situación del hombre le permite desatender más o menos lo que pasa fuera, en el paisaje, en las cosas y, a ratos cuando menos, invertir la puntería de su atención dirigiéndola hacia sí. Esta capacidad, que parece tan sencilla, es la que hace posible al hombre como tal. Merced a ella puede volverse de espaldas al fuera, que es el paisaje, salir de él y meterse dentro. El animal está siempre fuera: el animal es perpetuamente lo otro —es paisaje. No tiene un *chez soi*, un dentro— y por eso no tiene un sí mismo. Cuando materialmente le es dado desatender al contorno, cuando puede dejar de ser lo otro y salir del fuera cósmico, no tiene donde entrar, no tiene casa propia, recinto, interior separado y distinto del mundo; por eso, cuando el contorno le deja en paz y sin alteración, el animal no es nada, deja de ser y se duerme, esto es, borra su propio ser en cuanto

---

(1) Véase más adelante el ensayo *Ensimismamiento y Alteración*.

animado. Cuando existe, existe en permanente alteración y perpetuo sobresalto y atropello. Las focas duermen seguido sólo un minuto o minuto y medio, al cabo de él abren los ojos, otean el paisaje para ver si pasa algo nuevo y vuelven a sumergirse en el no ser del sueño.

Al hombre, en cambio, le es dado no estar siempre fuera de sí, en el mundo; le es dado «retirarse del mundo» y ensimismarse. El hombre hace el Retiro, el no-fuera, el no-mundo: pone en él a los monos y para los monos se convierte inexorablemente en selva, en paisaje y motivo de alteración. El hombre es el animal retirado, ensimismado.

Según esto y aun sin plantear cuestiones más sustantivas, al simple hilo de las variaciones de la atención, podemos marcar en la historia humana misma la curva de ascensos y descensos que sufre la humanización del hombre. Un exceso de sobresalto, una época de muchas alteraciones sumerge al hombre en la naturaleza, lo animaliza, esto es, lo barbariza. Esto pasó gravemente en la crisis mayor de la historia bien conocida, al fin del mundo antiguo. A la cultura romana, sobre todo a aquella etapa acaso la más alta que ha vivido hasta ahora la humanidad, aquel siglo de los Antoninos en que un emperador con barba al uso estoico, Marco Aurelio, el hombre mejor de su tiempo, escribía un libro titulado *Para sí mismo* —como símbolo de que la humanidad pasaba por una cima de ensimismamiento—, sucede pronto la barbarie. Hoy sabemos que aquella crisis feroz no consistió en una irrupción de los bárbaros sobre la cultura, sino al revés, en que los cultos se tornaron bárbaros. Fueron menester otros nueve siglos —del III al XII— para que el hombre lograse reorganizar su contorno de modo que le fuese otra vez posible desatenderlo y ensimismarse de nuevo. No es, pues, fácil dudar de que en la historia se ha dado repetidamente el fenómeno de rebarbarización. Porque en la crisis renacentista, mucho más profunda y grave que aquélla, el síntoma no falta. Eso que las generaciones inmediatamente anteriores a la mía —Burckhardt, Nietzsche, etc.— llamaban con entusiasmo «hombre del Renacimiento», es, por lo pronto, un hombre rebarbarizado. La guerra de los Treinta Años, que dejó por espacio de un siglo aniquilado el centro de Europa, fue el cauce donde vino a desembocar el rebrote de barbarie que se produce a comienzos del siglo XVI. Léase sobre lo que aquella guerra fue en su detalle y se verá que nada parecido se halla en la Edad Media. César Borgia fue el prototipo del nuevo bárbaro que florece súbitamente en medio de una vieja cultura. Es el hombre de acción.

En la historia, tan pronto como comienza a aparecer el hombre de acción y hablarse de él y a bailársele el agua, es que sobreviene un período de rebarbarización. Como el albatros la víspera de la tormenta, el hombre de acción surge en el horizonte en el albor de toda crisis.

Con lo dicho en la lección anterior y lo en ésta acumulado, tenemos los ingredientes necesarios para enunciar brevemente un esquema de las crisis que nos sea comprensible. Helo aquí: la cultura no es sino la interpretación que el hombre da a su vida, la serie de soluciones, más o menos satisfactorias, que inventa para obviar a sus problemas y necesidades vitales. Entiéndase bajo estos vocablos lo mismo los de orden material que los llamados espirituales. Creadas aquellas soluciones para necesidades auténticas, son ellas también auténticamente soluciones, son ideas, valoraciones, entusiasmos, estilos de pensamiento, de arte, de derecho que emanan sinceramente del fondo radical del hombre, según éste era de verdad en aquel momento inicial de una cultura. Pero la creación de un repertorio de principios y normas culturales trae consigo un inconveniente constitutivo y, en rigor, irremediable. Precisamente porque se ha creado una efectiva solución, precisamente porque ya «está ahí», las generaciones siguientes *no* tienen que crearla, sino recibirla y desarrollarla. Ahora bien, la recepción que ahorra el esfuerzo de la creación tiene la desventaja de invitar a la inercia vital. El que recibe una idea tiende a ahorrarse la fatiga de repensarla y recrearla en *sí mismo*. Esta recreación no consiste en más que en repetir la faena del que la creó, esto es, en adoptarla sólo en vista de la incontrastable evidencia con que se le imponía. El que crea una idea no tiene la impresión de que es un pensamiento suyo, sino que le parece ver la realidad misma en contacto inmediato con él mismo. Están, pues, el hombre y la realidad desnudos ambos, el uno frente al otro, sin intermediario ni pantalla. En cambio, el hombre que no crea, sino recibe una idea, se encuentra entre las cosas y su propia persona con la idea ya creada que le facilita su relación con aquéllas como una receta. Tenderá, pues, a *no hacerse cuestión de las cosas*, a no sentir auténticas necesidades, ya que se encuentra con un repertorio de soluciones antes de haber sentido las necesidades que provocaron aquéllas. De aquí que el hombre ya heredero de un sistema cultural, se va habituando progresivamente, generación tras generación, a no tomar contacto con los problemas radicales, a no sentir las necesidades que integran su vida y de otra parte a usar modos mentales —ideas, valoraciones, entusiasmos— de que no tiene evidencia, porque no han nacido en el fondo de su propia autenticidad. Trabaja, pues, y vive sobre un estrato de cultura que le ha venido de fuera, sobre un sistema de opiniones ajenas, de otros yos, de lo que está en la atmósfera, en la «época», en el «espíritu de los tiempos», en suma, de un yo colectivo, convencional, irresponsable, que no sabe por qué piensa lo que piensa ni quiere lo que quiere. Toda cultura al triunfar y lograrse se convierte en tópico y en frase. Tópico es la idea que se usa, no *porque* es evidente, sino porque la *gente* la dice. Frase es lo que no se piensa cada vez, sino que simplemente se dice, se repite. Mientras tanto, se van acabando las consecuencias de esos que ya son tópicos, se van desarrollando sus posibilidades interiores, en suma, la cultura que en su momento originario y auténtico era simple, se va complicando. Esta complicación de la cultura recibida hace engrosar la pantalla entre el *sí mismo* de cada hombre y las cosas mismas que le rodean. Su vida va siendo cada vez menos *suya* y siendo cada vez más colectiva. Su yo individual, efectivo y siempre primitivo es suplantado por el yo que es «la gente», por el yo convencional, complicado, «culto». El llamado hombre «culto» aparece siempre en épocas de cultura muy avanzada y que se compone ya de puros tópicos y frases.

Se trata, pues, de un inexorable proceso. La cultura, producto el más puro de la autenticidad vital, puesto que procede de que el hombre siente con angustia terrible y entusiasmo ardiente las necesidades inexorables de que está tramada su vida, acaba por ser la falsificación de la vida. Su yo auténtico queda ahogado por su yo «culto», convencional, «social». Toda cultura o grande etapa de ella termina por la «socialización» del hombre y, viceversa, la socialización arranca al hombre de su vida en soledad que es la auténtica. Nótese que la socialización del hombre, su absorción por el yo social aparece al extremo de la evolución cultural, pero también antes de la cultura. El hombre primitivo es un hombre socializado, sin individualidad.

Se comete un craso error presumiendo que es ahora cuando se ha inventado la socialización o colectivización del hombre. Eso se ha hecho siempre que la historia caía en crisis. Es la máxima enajenación o alteración del hombre. En cada crisis, claro está, se ha verificado partiendo de una dimensión diferente. En el Imperio Romano, desde el siglo III, por tanto, bajo la política de los Severos, el hombre es estatificado —moral y materialmente. Se persigue a los intelectuales que entonces solían llamarse filósofos. Se obliga a los hombres más personales y pudientes de cada municipio a tomar sobre sí la vida de la ciudad, especialmente las cargas municipales. Esto aniquiló espiritual y económicamente las minorías mismas que habían creado el esplendor romano.

En el siglo XIV el hombre desaparece bajo su función social. Todo es sindicatos o gremios, corporaciones, estados. Todo el mundo lleva hasta en la indumentaria el uniforme de su oficio. Todo es forma convencional, estatuída, fija: todo es ritual, infinitamente complicado.

El saber, por ejemplo, se da en forma tan intrincada, tan sobrecargada de distinciones, clasificaciones, argumentaciones, que no hay modo de descubrir en selva tan tupida el repertorio de ideas claras y simples que orienten de verdad al hombre en su existencia. Me sorprende que no se haya subrayado debidamente la complicación de la cultura, sin más y en cuanto tal, como una de las causas principales de la crisis sufrida por la extrema Edad Media. Y como no se ha caído en la cuenta de ello, no se ha sabido qué hacer con el anhelo más claro y constante que desde comienzos del XV hasta el propio Descartes resuena sin descanso a lo largo de los dos siglos: el anhelo de simplificación. Pero de todo esto hablaremos en la próxima lección.

Ahora nos importa fijar en nuestro esquema general el punto a que llega ese hombre «culto» de una cultura sobrecargada y es que se encuentra dentro de ella en situación análoga a aquella en que el hombre iniciador de la cultura se encontró dentro de su vida espontánea. Se encuentra ahogado por el contorno cultural como éste por su contorno cósmico. Y la analogía de la situación le obliga a una reacción salvadora análoga. El hombre que está en la selva reacciona ante sus problemas creando una cultura. Para ello procura retirarse de la selva y ensimismarse. No hay creación sin ensimismamiento. Pues bien, el hombre demasiado «cultivado» y «socializado», que vive de una cultura ya falsa, necesita absolutamente de... otra cultura, es decir, de una cultura auténtica. Pero ésta no puede iniciarse sino desde el fondo sincerísimo y desnudo del propio yo personal. Tiene, pues, que volver a tomar contacto consigo mismo. Mas su yo culto, la cultura recibida, anquilosada y sin evidencia, se lo impide. Esa cosa que parece tan fácil —ser sí mismo— se convierte en un problema terrible. El hombre se ha distanciado y separado de sí merced a la cultura; ésta se interpone entre el verdadero mundo y su verdadera persona. No tiene, pues, más remedio que arremeter contra esa cultura, sacudírsela, desnudarse de ella, retirarse de ella, para ponerse de nuevo ante el universo en carne viva y volver a vivir de verdad. De aquí esos períodos de «vuelta a la naturaleza», es decir, a lo autóctono en el hombre, frente y contra lo cultivado o culto en él. Por ejemplo, el Renacimiento; por ejemplo, Rousseau y el romanticismo y... toda nuestra época.

Con este esquema podemos volver a la «crisis» de 1350 a 1650 y de ella a su momento central, que fue el Renacimiento. Ahora comprendemos que el hombre se presintiese re-nacer. Era que buscaba el nuevo contacto consigo mismo. Pero estorba nuestra comprensión de aquella edad la forma externa que, por lo pronto, tomó esa vuelta a sí mismo y a la naturaleza que, a primera vista, consistió en un retorno a los clásicos.

Lección VII

LA VERDAD COMO COINCIDENCIA DEL HOMBRE CONSIGO MISMO

En las dos lecciones anteriores he intentado dibujar el esquema de las crisis históricas; es decir, la estructura general de la vida cuando se vive en crisis. Crisis, decía yo, es una categoría de la historia porque es una modalidad radical que toma la existencia humana. «Época clásica», «Siglo de Oro», son nombres un poco torpes de la categoría histórica opuesta a la crisis. En la «Época clásica», en el «Siglo de Oro», cree el hombre saber a qué atenerse respecto a su circunstancia: posee un sistema de convicciones auténticas, firmes —esto es, un mundo transparente ante sí. Recuérdese que en nuestra terminología mundo significa el conjunto de soluciones que el hombre halla para los problemas que su circunstancia le plantea. Pues bien: el mundo en que se encuentra el hombre del Siglo de Oro contiene un mínimo de problemas sin resolver.

Mas es preciso, si se quieren entender de verdad estas fórmulas, que todos los conceptos en ellas empleados sean referidos a la realidad radical que es nuestra vida, esto es, que sean entendidos vitalmente. Hoy tendemos a tomar, desde luego, esas palabras —problemas, solución— en un sentido intelectualista, más aún, científico, como si problema significase, sin más ni más, problema científico, y solución, solución científica. Esta propensión revela simplemente cuál es o ha sido hasta hace poco nuestro mundo vigente, el sistema de nuestras convicciones. Vivimos, en efecto, de la ciencia; se entiende, de nuestra fe en la ciencia. Y esta fe no es más ni menos fe que otra cualquiera —con lo cual, conste, yo no quiero decir que no sea, tal vez, más justificada y en tal o cual sentido superior a toda otra fe. Lo único que digo es que se trata de una fe, que la ciencia es una fe, una creencia en que se está, como se puede estar en la creencia religiosa.

La historia que vamos a contar es precisamente la del tránsito que hace el hombre de estar en la creencia de que Dios es la verdad a estar en la creencia de que la verdad es la ciencia, la razón humana; por tanto, del cristianismo al racionalismo humanista. Nos importa, pues, mucho tomar una posición lo suficientemente honda para que podamos discernir no sólo lo que una y otra creencia tienen de diferente, sino también lo que tienen de común.

Para ello nos es menester rectificar radicalmente una de las ideas más tercas, más insistentes a lo largo de la tradición intelectual humana: la idea según la cual el hombre está inclinado naturalmente a saber. La expresión es de Aristóteles, pero el pensamiento reside en casi todas las filosofías, hasta el punto de que ni siquiera se toman el trabajo de hacerlo constar, como al fin y al cabo lo hace Aristóteles. Ese pensamiento es el que lleva a la definición del hombre como *homo sapiens*, como animal sabihondo, que en alguna lección anterior invité a ustedes a rechazar.

No es posible que intentemos ahora desarrollar debidamente el tema, que es, sin duda, el fundamental en la filosofía. Reducido a su última abreviatura y expuesto con lacónico dogmatismo, tenemos lo siguiente:

Casi todas las grandes filosofías han partido de estos dos supuestos: 1.º Que las cosas, además del papel que representan en su relación inmediata con nosotros, tienen por sí mismas una segunda realidad oculta y más importante que aquella inmediata y paladina, una realidad latente a la cual llamamos su ser. Así esta luz, además de consistir en lo que de ella veo y en alumbrarme, tiene un ser, el ser de la luz. 2.º Que el hombre tiene que ocuparse en descubrir ese ser de las cosas.

Aunque parezca increíble, las filosofías del pasado no se han hecho aisladamente cuestión —por lo menos, no se la han hecho a fondo— de si esas dos presunciones son firmes. Dan por supuesto, desde luego, que las cosas tienen por sí mismas un ser, y comienzan sin más a investigar cómo es ese ser. Unas lo interpretan de un modo, otras de otro, pero todas lo suponen. Parejamente, consideran como lo más natural del mundo, esto es, como cosa que no ha lugar a discutir, que el hombre se esfuerce en averiguar ese ser de las cosas, que es lo que significan las palabras conocer, saber. Y en casi todas ellas late la convicción de que el hombre sólo es propia y plenamente hombre cuando se ocupa en saber. Según esto —y apretemos bien los términos, para que no se nos escape el delincuente—, yo tengo que esforzarme en saber, esto es, en formarme ante cada cosa un pensamiento que refleje su ser; por tanto, en hacer que mi pensamiento coincida con el ser de las cosas. Cuando yo no he logrado forjarme ese pensamiento no sé lo que la cosa es, y entonces la cosa me es un problema. Ahora bien: es infinito el número de cosas cuyo ser ignoro; más aún: en la mayor parte de ellas ni siquiera he reparado, y, sin embargo, según esta idea, también me son problema, puesto que no poseo noción de su ser.

Ante absurdo semejante, pregunta uno humildemente al filósofo: Pero, señor, ¿por qué todo esto? ¿Por qué no he de contentarme con ver esta luz y procurar que me alumbre cuando la he menester, sino que he de azacanarme tras ese supuesto ser de ella, o, lo que es aún peor, tras el ser de cosas que aun como simples cosas me son desconocidas, de cuya simple existencia no tengo la menor noticia? No necesito grandes explicaciones para comprender que me interesa todo lo que se refiere a mí, y si yo tengo un ser, comprendo que debo preocuparme en descubrirlo. Pero, ¡señor mío!, ¿es cosa tan evidente y nada menesterosa de justificación que yo tenga que interesarme por ese ser que según los filósofos tienen las cosas ellas por sí? ¿No es esto un supuesto arbitrario? Ya veo que hay ciertos hombres que se ocupan en averiguar el ser de las cosas: el matemático, el físico, el biólogo, el historiador, el filósofo —son los intelectuales. Pero yo no pretendo sino ser un pobre hombre, que se ha encontrado teniendo que vivir sin que se le haya consultado antes de nacer. ¿Por qué tengo obligación de ser intelectual? En todo el pensamiento griego, en casi todo el medieval y moderno late esa afirmación de que ser hombre es ser intelectual. Pero, señor, ¿por qué? Denme una razón, aunque sólo sea un pretexto, con tal que sea un pretexto serio. No veo, no veo por qué estoy obligado a interesarme en el ser de las cosas, si este ser lo tienen ellas por su cuenta y aparte de mí. Es más: apurando tan sólo un poco el asunto, sería preciso que esos gentiles caballeros que son intelectuales justificasen por qué lo son, por qué dedican a eso su vida. La vida de cada cual es lo único que para cada cual hay, es la realidad radical, y, por lo mismo, inexorablemente seria. Cada cual tiene, quiera o no, que justificar ante sí mismo su empleo. Si hace esto, y no aquello, es por algo. No vale suponer que dedicarse a la ocupación intelectual no necesita justificación, pero sí la necesita dedicarse al ajedrez o a la embriaguez. Eso es pura arbitrariedad. No vale, pues, decir que teniendo las cosas un ser y el hombre la facultad de descubrirlo, le es natural ejercitar ésta. También el ajedrez tiene piezas y reglas y el hombre la facultad de mover aquéllas cumpliendo éstas, y, sin embargo, no se define al hombre como el animal ajedrecista. Parejamente acaece que tengo piernas para correr, y, no obstante, corro muy pocas veces y ahora, por ejemplo, me conviene más estar sentado.

Vemos con extrañeza que en cuestión tan previa y fundamental las grandes filosofías han procedido con ligereza increíble. El saber, que consiste, por lo pronto, en hacerse cuestión y problema de todo, no se ha hecho cuestión de sí mismo, de cuál es su sentido, de por qué se ejercita y afana el hombre en él. ¿No hay aquí un extraño prejuicio intelectualista —extraño, sobre todo, por la frecuencia y constancia con que lo padece la humanidad, sin más que breves interrupciones, desde hace veintisiete o veintiocho siglos?

Reitero mi pregunta: ¿por qué me voy a interesar en hacerme pensamientos que reflejen el ser de las cosas? ¿Por curiosidad? Mal anda la ciencia si brota de raíz tan ruin y frívola. Es curioso el que se ocupa de lo que, en verdad, no le preocupa. La curiosidad es casi, casi la definición de la frivolidad misma. En el mejor caso, la ciencia sería bajo tal perspectiva una afición. Pero nadie está obligado a tener una afición determinada, sobre que entonces el *homo sapiens* sería un aficionado y nada más. La palabra misma filosofía arrastra milenariamente este estigma de frivolidad: significa sólo la afición a saber.

Otros, como los positivistas, creerán justificar, explicar por qué el hombre se ocupa en el conocimiento diciendo que le conviene saber, porque al averiguar el ser de las cosas obtiene un medio para dominarlas y ejercer sobre ellas su imperio. Según esto, el saber tiene un origen utilitario. ¡Lucida explicación! Para caer en la cuenta de que el saber produce dominio sobre las cosas es preciso que haya primero un saber conquistado sin miras utilitarias, una vez poseído el cual se advierte que rinde utilidad. ¿Cómo podía saber el primer hombre que se dedicó a saber las ventajas que su ocupación le podía acarrear? Y ante todo, ¿cómo supo y se le ocurrió que las cosas tienen un ser?

Porque ésta es otra. Si resultase que, como siempre se ha creído, tienen las cosas por sí un ser, me parece muy difícil poder justificar que el hombre tenga interés ninguno en ocuparse de él. Más favorable sería el caso contrario. Pues puede acaecer que la verdad sea todo lo contrario de lo que hasta ahora se ha supuesto: que las cosas no tienen ellas por sí un ser, y precisamente porque no lo tienen el hombre se siente perdido en ellas, náufrago en ellas, y no tiene más remedio que hacerles él un ser, que inventárselo. Si así fuese, tendríamos el más formidable vuelco de la tradición filosófica que cabe imaginar. ¡Cómo! ¿El ser —que parece significar lo que ya está ahí, lo que *ya es*—, consistiría en algo que hay que hacer y que por tener irremediablemente que hacerlo es la vida del hombre tan fatigosa, tan laboriosa, tan hacendosa? ¡Ah!, entonces ya se comprendería que al hombre le interese el ser de las cosas, que el hombre se ocupe en pensar sobre ellas para averiguarlo. Porque entonces el ser de las cosas no lo tendrían ellas por sí solas, sino que surgiría únicamente cuando un hombre se encuentra ante las cosas teniendo que habérselas con ellas, y a este fin necesita formarse un programa de su conducta frente a cada cosa, esto es, qué puede hacer con ella, qué no puede hacer, qué puede esperar de ella. En efecto, yo necesito saber a qué atenerme con respecto a las cosas de mi circunstancia. Este es el sentido verdadero, originario del saber: saber yo a qué atenerme. El ser de las cosas consistiría, según esto, en la fórmula de mi atenimiento con respecto a ellas. Un Dios que tiene siempre las cosas a su disposición, que o no ha menester de ellas o las crea *ad hoc* cuando las ha menester, no necesita que además tengan un ser. Pero a mí me preocupa ahora existir en el instante que viene, en el futuro y lo que en él me pueda pasar. El presente no me preocupa porque ya existo en él. Lo grave es el futuro. Para estar yo ahora tranquilo con respecto al minuto que va a venir, necesito estar seguro, por ejemplo, de que la tierra que ahora me sostiene no me va a fallar luego. Esta tierra de ahora que mis pies pisan es una cosa que está ahí, pero la tierra de luego, la del inmediato futuro no está ahí, no es una cosa, sino que tengo yo ahora que inventarla, que imaginarla, que construírmela en un esquema intelectual, en suma, en una creencia sobre ella.

Una vez que sé a qué atenerme con respecto a la tierra —sea cual sea el contenido de mi creencia, aunque sea el más pesimista—, me sentiré tranquilo porque me adaptaré a lo que creo inevitable. El hombre se adapta a todo, a lo mejor y a lo peor; sólo a una cosa no se adapta: a no estar en claro consigo mismo respecto a lo que cree de las cosas. Por ejemplo, una de las creencias en que el hombre puede estar es la convicción de que todo es dudoso, de que no puede averiguar positivamente ese ser de las cosas que tanto necesita. Pues bien: aun en ese caso extremo el hombre se sentirá tranquilo, ni más ni menos que cuando goza de creencias más positivas. El escepticismo es, en este sentido, una forma de la vida humana como otra cualquiera. Y, sin embargo, en él no cabe que el pensamiento coincida con el ser positivo de las cosas, puesto que niega la posibilidad de descubrirlo. Lo esencial es que el escéptico esté plenamente convencido de su escepticismo, esto es, que sea, en efecto, su auténtico pensamiento; en suma, que al pensar coincida consigo mismo, que no dude respecto a cómo atenerse frente a las cosas. Lo malo es si el escéptico duda de si duda, porque esto significa que no sabe, no ya lo que las cosas son, sino cuál es su auténtico pensamiento. Y esto, esto es lo único a que el hombre no se adapta, lo que la realidad radical, que es la vida, no tolera.

Pero entonces las ideas de problema y solución adquieren un sentido completamente distinto del que han solido tener, un sentido que originariamente excluye la interpretación intelectualista y cienticista. Algo me es problema, no porque ignore su ser, no porque no haya cumplido mis supuestos deberes de intelectual frente a ello, sino cuando busco en mí y no sé cuál es mi auténtica actitud con respecto a ello, cuando entre mis pensamientos sobre ello no sé cuál es rigorosamente el mío, el que de verdad creo, el que coincide conmigo. Y viceversa: *solución de un problema* no significa por fuerza el descubrimiento de una ley científica, sino tan sólo el estar en claro conmigo mismo ante lo que me fue problema, el hallar de pronto entre las innumerables ideas respecto a él una que veo con toda evidencia ser mi efectiva, auténtica actitud ante él. El problema sustancial, originario, y en este sentido único, es encajar yo en mí mismo, coincidir conmigo, encontrarme a mí mismo.

Al vivir he sido lanzado a la circunstancia, al enjambre caótico y punzante de las cosas: en ellas me pierdo, pero me pierdo no porque sean muchas y difíciles e ingratas, sino porque ellas me sacan de mí, me hacen *otro (alter)*, me alteran y me confunden y me pierdo de vista a mí mismo. Ya no sé qué es lo que de verdad quiero o no quiero, siento o no siento, creo o no creo. Me pierdo *en* las cosas porque *me* pierdo a mí. La solución, la salvación es encontrarse, volver a coincidir consigo, estar bien en claro sobre cuál es mi sincera actitud ante cada cosa. No importa cuál sea esta actitud: sabia o inerudita, positiva o negativa. Lo que importa es que el hombre piense en cada caso lo que efectivamente piense. El campesino más humilde está a lo mejor tan en claro respecto a sus efectivas convicciones, tan encajado en sí, tan cierto de lo que piensa sobre el reducido repertorio de cosas que integran su circunstancia, que no tiene apenas problemas. Y nos maravilla la profunda quietud de su vida, la digna serenidad con que deja fluir su destino. Ya quedan pocos de estos campesinos, porque ha llegado a ellos la cultura, el tópico, lo que el otro día llamábamos la *socialización*, y empiezan a vivir de ideas recibidas y empiezan a *creer* cosas que no creen. ¡Adiós quietud profunda, adiós vida encajada en sí misma, adiós digna serenidad, adiós autenticidad! Como nuestro lenguaje popular dice agudamente, han sacado al hombre de sus casillas, le han sacado de quicio —no encaja en sí mismo.

Por su parte, el hombre que sabe muchas cosas, el hombre culto, corre el riesgo de perderse en la manigua de sus propios saberes y acaba por no saber cuál es su auténtico saber. No tenemos que buscar lejos: éste es el caso del hombre medio actual. Ha recibido tantos pensamientos que no sabe cuáles de entre ellos son los que efectivamente piensa, los que cree, y se habitúa a vivir desde pseudocreencias, desde lugares comunes a veces ingeniosísimos, intelectualísimos, pero que falsifican su existencia. De aquí la inquietud, la alteración profunda que arrastran en el secreto de sí mismas tantas vidas de hoy. De aquí la desolación, el vacío de tanto destino personal que pugna desesperadamente por llenarse con alguna convicción, sin lograr convencerse. Y, sin embargo, ¡la salvación sería tan fácil! Pero fuera preciso que el hombre actual hiciera estrictamente lo contrario de lo que hace. ¿Qué hace? Pues perentoriamente empeñarse en convencerse de lo que no está convencido, fingirse creencias, y para facilitar la íntima ficción, alcoholizarse con las actitudes más fáciles, más tópicas, más de receta, que son las radicales.

No insisto en esto porque quiero hablar de lo actual tan sólo lo estrictamente necesario para que se entienda el tema de este curso —un tema histórico, una peripecia vital del pasado humano.

Resumo todo lo dicho en fórmulas escuetas y numeradas para que queden fijas en la mente de ustedes y puedan apuntarlas con vistas a ulterior meditación:

1.º El hombre, quiera o no, está ya siempre en alguna creencia auténtica con respecto a las cosas que integran su circunstancia.

2.º Pero a veces no sabe o no quiere saber cuál es, entre las muchas ideas que puede pensar, la que constituye su creencia auténtica.

3.º El sentido originario en que algo es problema para el hombre no posee carácter intelectual, ni mucho menos científico. Sino al revés: porque el hombre se encuentra vitalmente, esto es, realmente perdido entre las cosas, y ante las cosas no tiene más remedio que formarse un repertorio de opiniones, creencias o actitudes íntimas respecto a ellas. Con este fin moviliza sus facultades mentales construyendo un plan de atenimiento frente a cada una y a su conjunto o universo. Este plan de atenimiento es lo que llamamos el ser de las cosas.

4.º Por consiguiente, no hemos venido a la vida para dedicarla al ejercicio intelectual, sino, viceversa, porque estamos, queriéndolo o no, metidos en la faena de vivir, tenemos que ejercitar nuestro intelecto, pensar, tener ideas sobre lo que nos rodea, pero tenerlas de verdad, es decir, tener las nuestras. No es, pues, la vida para la inteligencia, ciencia, cultura, sino al revés: la inteligencia, la ciencia, la cultura, no tienen más realidad que la que les corresponda como utensilios para la vida. Creer aquello es caer en el vicio intelectualista, que ha sido causa varias veces en la historia del fracaso de la inteligencia. Porque deja sin justificar a ésta precisamente al divinizarla y creer que es lo único que no necesita justificación. Queda así la inteligencia en el aire, sin raíces, a merced de las dos hermanas enemigas: la *beatería* de la cultura y la insolencia contra la cultura. En la historia ha sucedido siempre a una época de *beatismo* cultural otra de insolencia anticultural. En días próximos veremos cómo estas dos formas de vida —ser beato y ser insolente— son dos modos falsos, irreales, de existencia, o dicho en otra forma, que el hombre no puede, aunque quiera, ser de verdad *beato*, ni ser de verdad insolente. Y cuando es lo uno o lo otro, es que no quiere ser de verdad. El hombre se hace histrión de sí mismo.

En cambio, nuestra interpretación negándose a reconocer en la inteligencia el fin de la vida, hace de ella un ineludible instrumento de ésta, con lo cual la arraiga en la gleba vital inexorablemente, le proporciona imperecedera autoctonía. El intelectualista tradicional sostenía que el hombre *debe* pensar, pero reconocía que de hecho puede el hombre vivir sin ejercitar su inteligencia, que entendía en un sentido muy estrecho y parcial. La idea nuestra niega que la inteligencia, la intelectualidad, sea un deber del hombre. Se contenta con mostrar que el hombre para vivir tiene que pensar, gústele o no. Si piensa mal, esto es, sin íntima veracidad, vive mal, en pura angustia, problema y desazón. Si piensa bien encaja en sí mismo —y eso, encajar en sí mismo, es la definición de la felicidad.

5.º Por tanto, nuestros pensamientos efectivos, nuestras creencias firmes son un elemento irremediable de nuestro destino. Significo con esto que no está en la mano del hombre pensar y creer lo que quiera. Se puede querer pensar de otro modo que como, en efecto, se piensa, y trabajar lealmente por cambiar de opinión e inclusive conseguirlo. Pero lo que no se puede es confundir nuestro querer pensar de otro modo con la ficción de que ya pensamos como queremos. Una de las cimas del Renacimiento, el extraño Leonardo de Vinci, acuñó para siempre la norma certera: *Chi non può quel che vuol, quel che può voglia.* «El que no pueda lo que quiere, que quiera lo que puede.»

6.º Nada de lo dicho roza siquiera la cuestión de si la evolución histórica de la vida humana no trae consigo un sentido tal que el hombre llegue a no poder tener más creencias auténticas que las científicas, esto es, si la última autenticidad del hombre no es precisamente la razón. Yo no puedo ahora entrar en asunto tan enorme. Me basta con hacer notar que de hecho ha habido una época, la que empieza en 1600, durante la cual, en efecto, el hombre no se sentía encajado en sí mismo, en sus casillas, en su quicio, más que cuando pensaba conforme a la razón, es decir, que no creía auténticamente más que cuando creía tener razón. Es el hombre moderno que, como he dicho, empieza por ser el hombre galileano y cartesiano. El racionalismo, el tener, quisiera o no, que pensar así, fue su destino. ¿Será definitivo este tipo de hombre, esta forma de la vida que vive *de* la razón? Describiendo ciertos fenómenos de la humanidad actual en mi libro *La rebelión de las masas*, he hecho notar que comienzan a surgir en el horizonte europeo grupos de hombres los cuales, aunque nos parezca paradójico, no quieren tener razón. ¿Se trata de fenómenos superficiales y transitorios o se inicia con ello un nuevo tipo de hombre y de vida que está dispuesto a vivir de la sinrazón? ¿Cabe en lo humano sustantiva y formalmente la sinrazón como autenticidad o es no más que un síntoma notorio de crisis y de existencia en falso? He aquí una gigantesca interrogación dentro de la cual se halla a estas horas prisionero el porvenir concreto de todos los que estamos aquí.

Pero no puedo permitirme proseguir la cuestión. Me reclama el asunto a que estoy comprometido. Cargados con estas averiguaciones como con aparatos ópticos, volvamos al comienzo.

En la época clásica, en el Siglo de Oro, el hombre medio está encajado en sí mismo: vive con un repertorio inequívoco de sinceras creencias sobre su circunstancia. Su mundo es transparente y contiene un mínimum de problemas. Ahora advertimos plenamente lo que esto quiere decir. No quiere decir que haya resuelto todos los problemas que lo son para nosotros, ni mucho menos todo lo que el intelectualista llama problemas, esto es, el número infinito de cuestiones que el ser de las cosas puede suscitar. No: ha resuelto los suyos; se entiende, la mayor y más grave parte de los suyos, de los que su concreta circunstancia le ha planteado. Lo mismo diremos de las soluciones: son soluciones para él, se siente acorde consigo, sabe a qué atenerse frente a los grandes temas de su existencia. Esta perfecta y admirable ecuación a que llega en sazones tales el hombre con su circunstancia, da a su vida los caracteres específicos que solemos reunir bajo el título de clasicismo. Pero ello mismo revela el cuidado con que es preciso andar cuando se da a lo clásico un valor normativo. En rigor, el clásico sólo es clásico, esto es, perfecto, para él mismo. Querer que otra época viva de los clásicos es invitarla a su íntima falsificación. Lo que del clásico parece aprovechable y ejemplar no es el contenido particular de sus ideas, sino la ecuación entre éstas y su vida, la congruencia con que suele comportarse. En los siglos de oro suele ser efectivo oro casi todo lo que reluce.

La Edad Media tuvo el suyo: fue el siglo XIII, la centuria que empieza con Alberto Magno y sigue con Tomás de Aquino. Entonces aparece el hombre instalado en un mundo sin grandes agujeros problemáticos; un mundo bien calafateado donde no irrumpen problemas trágicos, insolubles. Dentro de ese mundo el hombre sabe a qué atenerse respecto a todo lo que le circunda y respecto a sí mismo. Un repertorio poco complicado de ideas claras, pero, a la vez, lo bastante completo para que en él estén prevenidas todas las inquietudes del hombre contemporáneo; se entiende, contemporáneo de ese mundo. Santo Tomás va a los problemas derecho, sin andarse en juegos ni dilectaciones morosas de técnico, de intelectual: va a resolverlos porque como hombre necesita que se los resuelva el intelectual que lleva dentro. No es muy agudo Santo Tomás: no era ésta su gracia, sino, por el contrario, el buen sentido. Más agudo era Duns Scoto y luego otros muchos. Ockam sobre todo. La misión superior del hombre no es ser agudo, sino simplemente resolver su vida lealmente, sinceramente. Pero así como Santo Tomás no tolera al intelectual que lleva dentro juegos de intelectual —no le consiente que se convierta en juglar de sí mismo— acepta como hombre la obligación de intelectualidad que su tiempo le impone. Al Occidente acaba de acaecerle una gran peripecia: locamente, románticamente, el europeo ha invadido el Oriente con las Cruzadas. Las Cruzadas no se han contado aún bien. Son una de las cosas más extravagantes que se han hecho en el planeta. Fueron un fracaso para los hombres y los pueblos que las emprendieron; pero, sin presumirlo, produjeron resultados magníficos para los hombres del futuro. El europeo tomó en ellas pleno contacto con la civilización árabe, que entonces llevaba dentro de sí la griega. Cuando los cruzados en resaca se retrajeron a sus glebas occidentales, arrastraron a ellas el légamo de la ciencia arábigo-helénica. Un torrente de nuevo saber penetra en Europa, en la Europa cristiana, mística, casi puramente religiosa y bélica, apenas intelectual, por lo menos, muy poco científica. Es la fecha en que rebrota dentro de la vida medieval el hontanar inquietante de Aristóteles —que es la ciencia como tal, la razón pura y a secas, lo otro que la fe religiosa. El cristianismo se encuentra entonces con este dilema: o dar la batalla a la ciencia con el intelecto religioso o integrar la fe con la ciencia aristotélica, o aniquilar al enemigo o tragárselo. Lo primero era imposible: el intelecto cristiano no había podido hacerse por sí mismo lo bastante vigoroso para poder luchar con la maravilla de la mejor inteligencia de Grecia. Sólo cabía la segunda solución: Alberto Magno y Santo Tomás adaptaron el cristianismo a la ideología griega. Es la segunda helenización del espíritu cristiano: la otra, si se cuenta hasta San Agustín, tuvo lugar en su misma cuna. Nace en medio de la cultura grecorromana y no tiene más remedio que filtrar hasta su medula elementos extraños. No es fácil imaginar dos inspiraciones más antagónicas que la cristiana y la griega. Sin embargo, aquélla no tiene más remedio que adaptarse a ésta, adaptarse desde su raíz misma. El cristianismo ha tenido en este orden un destino trágico. No ha podido hablar nunca su idioma: en su teo-logía —su hablar de Dios— el *theos* es cristiano y el *logos* predominantemente de Grecia. Y mirando las cosas con un poco de rigor se advierte que el logos griego traiciona constante e inevitablemente la intuición cristiana. Para no citar sino lo más reciente, vea quien se interese en el tema el libro que hace unas semanas ha publicado Jean Guitton con el título *El tiempo y la eternidad en Plotino y San Agustín*. El griego es ciego para el transmundo, para lo sobrenatural; el cristiano, por su parte, es ciego para el intramundo, para la naturaleza. Y el cristiano tiene que hacerse explicar lo que él ve, pero no puede decir, por el griego que está ciego para lo que ve el cristiano. Casi, casi es el famoso diálogo en que el ciego pregunta al tullido: ¿Cómo anda usted, buen hombre? Y el tullido responde: ¡Como usted ve, amigo!

En estos últimos años comenzamos a descubrir con precisión esta tragedia permanente del cristianismo, a la cual debe, tal vez, su triunfo material, pero que ha impedido y trabado siempre el espontáneo desarrollo de su inspiración. Sin Cruzadas, sin Aristóteles, acaso en el siglo XIII hubiera comenzado a formarse con todo vigor una filosofía cristiana en el sentido rigoroso de ambas palabras. El intelecto medieval empezaba a gozar de madurez suficiente para ello. Pero Averroes y Avicena arrojaron sobre Occidente el Corpus

Aristotélico, y Alberto Magno y Santo Tomás no tuvieron más remedio que aplastar una posible filosofía cristiana imponiendo a la inspiración gótico-evangélica la tiranía, la deformación del aristotelismo. A esa deformación es a lo que el señor Gilson, en libro también recentísimo —titulado *L'esprit de la philosophie médiévale*— llama precisamente filosofía cristiana.

La auténtica filosofía cristiana sería una línea irreal que sólo podemos fijar en algunos de sus puntos: San Agustín, los Victorinos, Duns Scoto, Eckhart, Nicolás Cusano.

Que ahora se celebre a Alberto Magno como instaurador de la filosofía cristiana pudiera acaso juzgarse como un acto más en la tragedia del cristianismo, un extraño *quid pro quo* como otros que tristemente registra la historia.

Pero sea o no esto como acabo de enunciar, no es asunto en que podemos demorarnos. Nuestro propósito es presenciar cómo el hombre abandona el mundo medieval que es en su estrato más profundo cristianismo.

Pero ¿qué es ser cristiano? ¿Qué estructura de la vida representa el modo cristiano como opuesto al modo racionalista de la época moderna?

No podemos entenderlo si no anteponemos algunas, poquísimas palabras, sobre la situación en que se hallaba el hombre en el siglo primero antes de Cristo. El hombre griego, el hombre romano, el hombre judío coincidieron entonces en una misma situación vital. ¿Cuál era ésta? En rigor, basta con una palabra: desesperación. No se entiende el cristianismo si no se parte de la forma radical de la vida que es la desesperación.

Lección VIII

EN EL TRÁNSITO DEL CRISTIANISMO AL RACIONALISMO

No sabemos lo que nos pasa, y esto es precisamente lo que nos pasa, no saber lo que nos pasa: el hombre de hoy empieza a estar desorientado con respecto a sí mismo, *dépaysé*, está fuera de su país, arrojado a una circunstancia nueva que es como una tierra incógnita. Tal es siempre la sensación vital que se apodera del hombre en las crisis históricas. Esta desorientación, esta iniciación de pánico, este no saber lo que nos pasa es percibido con cariz diferente por los que habiendo vivido una parte de nuestra vida en tierra conocida hemos asistido con plena conciencia a nuestro propio destierro de ella y por los jóvenes que han nacido ya en el territorio desconocido. No puedo detenerme a describir ese diferente cariz con que una misma realidad, la de la crisis, se presenta al hombre maduro y al joven. En definitiva, para ambos es el resultado igual: la sensación de hallarse en la divisoria de dos formas de vida, de dos mundos, de dos épocas. Y como la nueva forma de vida aún no ha granado, aún no es lo que va a ser, sólo podemos buscar alguna claridad respecto a ella, respecto al futuro nuestro, volviendo la mirada a la vieja forma de vida, a lo que parece que acabamos de abandonar. Precisamente porque la vemos conclusa, la vemos con máxima claridad. En realidad, sólo ahora tenemos una noción clara de lo que se ha llamado «edad moderna». Siempre acontece esto. La vida, decía yo, es una operación que se hace hacia adelante. Vivimos originariamente hacia el futuro, disparados hacia él. Pero el futuro es lo esencialmente problemático: no podemos hacer en él pie, no tiene figura fija, perfil decidido. ¿Cómo los va a tener si aún no es? El futuro es siempre plural: consiste en lo que puede acaecer. Y pueden acaecer muchas cosas diversas, incluso contradictorias. De aquí la condición paradójica, esencial a nuestra vida, de que el hombre no tenga otro medio de orientarse en el futuro que hacerse cargo de lo que ha sido el pasado, cuya figura es inequívoca, fija e inmutable. De suerte que precisamente porque vivir es sentirse disparado hacia el futuro rebotamos en él como en un hermético acantilado y vamos a caer en el pasado, al cual nos agarramos hincando en él los talones para volver con él, desde él, al futuro y realizarlo. El pasado es el único arsenal donde encontramos los medios para hacer efectivo nuestro futuro. No recordamos porque sí. Muchas veces he insistido en que nada de lo que hacemos en nuestra vida lo hacemos porque sí. Recordamos el pasado *porque* esperamos el futuro y en vista de él.

Aquí tienen ustedes el origen de la historia. El hombre hace historia porque ante el futuro, que no está en su mano, se encuentra con que lo único que tiene, que posee, es su pasado. Sólo de él puede echar mano: es la navecilla en que se embarca hacia el inquieto porvenir.

Y este rebote del futuro al pretérito acontece en el hombre a toda hora, lo mismo en lo grande que en lo trivial. Cuando dentro de poco, concluida la lección, se encuentren ustedes ante un futuro que consiste en tener que salir de este aula, surgirá en ustedes el recuerdo de dónde estaba la puerta por la que entraron.

Así, la conciencia de que vamos hacia un futuro que es especialmente problemático, hacia una nueva forma de vida, aguza nuestra mente y despierta nuestro interés para hacernos cargo de cómo fue la vida humana en la época moderna. La vemos hoy como un trayecto completo, con su fin reciente y su comienzo en 1600. Pero este comienzo no nos es claro si no nos hacemos cargo de cómo vivía el hombre en la etapa inmediatamente anterior. Entonces advertimos que esa etapa de que brotó la modernidad ha sido una sazón de crisis como la nuestra. De aquí nuestro especialísimo interés por ella. También entonces el hombre se vio obligado a salir de un mundo, de un país conocido en que habitaba, el mundo medieval. Y no se trata simplemente de que antes de nuestro presente existiese una vida moderna y antes un Renacimiento y antes una existencia medieval. No se trata de una serie meramente sucesiva, sino que en ella cada estadio brota del interior. Si hoy nos encontramos con el agrio aspecto de nuestra circunstancia no es por casualidad, sino *porque* la vida moderna fue como fue y ésta, a su vez, lleva dentro de sí, como su entraña, el Renacimiento, que fue tal porque la Edad Media vivió como vivió, y así sucesivamente hacia atrás. Nuestra situación actual es resultado de todo el pretérito humano en el mismo sentido en que el último capítulo de una novela no se entiende si no se han leído los anteriores. Y es muy posible que una de las causas que producen la grave desorientación respecto a sí mismo en que hoy se halla el hombre, sea el hecho de que en las cuatro últimas generaciones el hombre medio, que sabe tantas cosas, no sabe nada de historia. Muchas veces he hecho notar que el tipo de hombre que en el siglo XVIII o XVII correspondía a lo que es hoy nuestro hombre medio, sabía mucho más de historia que el hombre actual. Por lo menos, conocía la historia griega y la historia romana, y estos dos pretéritos servían de fondo y daban profunda perspectiva a su actualidad. Mas hoy el hombre medio se encuentra, por su ignorancia histórica, casi como un primitivo, casi como un primer hombre, y de aquí —aparte otras cosas— que, en efecto, dentro de su alma vieja e hipercivilizada broten de pronto inesperados modos de salvajismo o de barbarie.

No le demos vueltas: la realidad radical es nuestra vida y ésta es como es, tiene la estructura que tiene porque las anteriores formas de vida fueron tales y como fueron en línea concretísima de destino único. Por eso no se puede entender rigorosamente una época si no se entienden todas las demás. El destino humano constituye una melodía en que cada nota tiene su sentido musical colocada en su puesto entre todas las demás. Por eso la canción de la historia sólo se puede cantar entera —después de todo, como la vida de un hombre sólo se entiende cuando se cuenta de su principio a su fin. La *historia es sistema* (1) —un sistema lineal tendido en el tiempo. La serie de las formas de vida humana que ha habido, en efecto, no son infinitas, son unas cuantas, tantas como generaciones, unas cuantas precisas y determinadas que se suceden unas a otras y salen unas de otras como las figuras de un caleidoscopio integrando, como he dicho, una melodía, la melodía del destino universal humano —el drama del hombre, que es, en rigor, un auto sacramental, un misterio— en el sentido de Calderón —es decir, un acontecimiento trascendente. Porque en la vida humana va inclusa toda otra realidad, es ella *la* realidad radical, y cuando una realidad es *la* realidad, la única que propiamente hay, es, claro está, trascendente. He aquí por qué la historia —aunque no lo hayan creído las últimas generaciones— es la ciencia superior, la ciencia de la realidad fundamental —ella y no la física.

---

(1) Véase *Historia como sistema*. [Tomo VI de estas *Obras Completas*.]

Pero ahora nos urgía hacernos cargo de cuál es la armazón de la vida medieval en su hora clásica. Y notábamos que esa vida del siglo XIII era la articulación de la inspiración cristiana con los pensamientos de Grecia. El Cristianismo es el estrato básico y decisivo. Y, aun a sabiendas de que sólo unas docenas de palabras podemos dedicar al tema, nos preguntábamos: ¿qué es ser cristiano?, esto es, ¿cómo, para responder a qué circunstancia y situación, penetra en la mente humana el pensamiento cristiano? Ya anticipé la respuesta: en el siglo I antes de Cristo el hombre griego, el hombre romano y el hombre judío coinciden en una misma situación. Como el libro se compone de hojas y la materia de átomos, la vida —nuestra vida— se compone de situaciones. Situación —la palabra lo indica— es aquello en que se está. Y donde verdadera y últimamente está siempre el hombre es en alguna situación. No está en este sitio o en el otro de la tierra, ni siquiera, más generalmente, es en la tierra —en una u otra tierra— donde el hombre radicalmente está. Yo con la tierra sobre que me apoyo podemos estar en muy distintas situaciones. En esta misma aula estaba yo hace treinta años, pero estábamos el aula y yo en una situación bien diferente —personal y colectiva— que en la que hoy estamos. El verdadero y definitivo suelo en que se está es, pues, la situación vital. Hace treinta años estábamos yo y los demás europeos en una situación de radical satisfacción. ¡Qué pena no tener tiempo para describir a ustedes lo que era esa satisfacción y qué cara tenía en ella el mundo! Entonces veríamos lo peligroso que es para el hombre estar demasiado satisfecho. Pues bien: porque el europeo estaba entonces tan en satisfacción, precisamente por ello, está hoy en un suelo y en un aire que se llama inquietud, desazón.

Parejamente, la situación del hombre mediterráneo en el siglo I antes de Cristo era la desesperación. Para aclarar en qué consiste ésta, andando con las prisas que ando, voy sólo a recordar un hecho. El hombre más representativo de la época es el romano Cicerón. Va en él toda la cultura específicamente romana, toda la tradición jurídico-política de la República como tal. Pero, además, Roma triunfante se había dejado inevitablemente contaminar de la cultura griega. Cicerón ha aprendido cuanto se podía aprender de Grecia: filosofía, ciencias, retórica. ¿Cuál era su mundo? ¿De qué convicciones vivía Cicerón? ¿Con qué soluciones o creencias firmes afrontaba los problemas de su circunstancia? Cicerón era nada menos que Pontífice. Pues bien: si ustedes leen su libro *Sobre la naturaleza de los dioses*, se encontrarán ustedes sorprendidos con la enormidad de que este hombre es pontífice romano, ante una cuestión tan decisiva para la vida como si hay o no dioses, y si los hay qué hacen, cómo se comportan, si se ocupan o no de los hombres, no sabe qué pensar. Conoce y expone todas las teorías que el pasado cultural griego y romano —sobre todo griego— han elucubrado sobre los dioses. Son muchas, divergentes y aun contradictorias: Platón y los peripatéticos, estoicos, epicúreos, etc. *Sabe* todas esas teorías, pero se encuentra con que ninguna de esas teorías es la auténticamente suya; es decir, el pontífice no sabe a qué atenerse sobre si hay o no dioses. ¡Así, enormemente así!

¿Creen ustedes que así —sin saber a qué atenerse ni sobre eso ni sobre lo demás, porque lo mismo le pasa respecto a las instituciones políticas—, creen ustedes que así se puede vivir? Se puede vivir, claro está, pero se vive perdido, en una como mortal angustia prolongada. De un mundo que se ha vuelto a convertir en puro problema —y una parte del mundo es el hombre— no se puede esperar nada positivo. Se vive, pues, pero lo que se vive, la sustancia de esa vida es desesperación. En su libro *Sobre el bien y el mal sumos* —*De finibus bonorum et malorum*— lo declara taxativa y formalmente. Cicerón en unas palabras que no he visto nunca debidamente subrayadas: «Los académicos —es decir, él, Cicerón, que se declara académico— estamos en la desesperación del conocimiento», desesperados de saber. Pero su libro *De Republica*, en que analiza la situación de las instituciones tradicionales en aquel momento político, revela una actitud semejante. Pontífice, no sabe si hay dioses; consular, es decir, gobernante, no sabe qué Estado debe haber. La creación política de Roma es demasiado complicada. De puro irle bien a Roma, naufraga en su propia abundancia. He aquí un hombre perdido en su misma cultura intelectual y política.

El judío, quiero decir la vida hebrea, tiene desde siempre una estructura muy distinta de la greco-romana. Pertenece a la forma asiática de la existencia —Sumeria, Acadia, Caldea, Babilonia, Persia, India. Mientras en el hombre occidental la norma —tal vez un poco pueril— es estar satisfecho y sólo de cuando en cuando y de pronto, como los niños, caer en desesperación, este hombre vive siempre desesperado. Es ésta su actitud primaria y normal. La satisfacción es siempre satisfacción de sí mismo, de lo que se es por sí, de lo que se tiene y se goza: es confianza en el propio ser. El griego confía en su valor y su ingenio —en su razón. El romano, en su Estado, en su ejército, en su burocracia, en sus jueces: para él, vivir es mandar, entiéndase bien, organizar; tiene una idea regimental de la vida. Pero este hombre del Asia desconfía de sí mismo, y para vivir parte ya, como del supuesto radical, de esta desconfianza. Por eso no puede vivir por su exclusiva cuenta: necesita un apoyo, un poder más fuerte que él en quien ampararse, a quien encargar de su vida. Este poder es Dios. Mas los dioses asiáticos tienen muy poco que ver con los Occidentales. Las divinidades occidentales no son más que superlativos de la realidad natural —son los poderes máximos dentro de la naturaleza. Entre el hombre y las entidades mitológicas hay sólo una diferencia que podíamos calificar de cuantitativa y que permite la continuidad entre lo humano y lo divino. Es curioso advertir la indecisión de Aristóteles respecto a la naturaleza: en su tratado *De divinatione per somnum*, 2.463, b, 12, dice: ἡ γάς ὑσις δαιμόια ἀλλ' οὐ θεῖα—la naturaleza es demoníaca, no divina— en cambio, en la Ética a Nicómano, VII, 14, 1.153, b, 32, dirá: πάντα γάς ρίθεί ἔχει τι θεῖον —todo lo natural es algo divino. En el hombre asiático no existe esta indecisión; desde luego, piensa lo divino en contraposición dialéctica con lo natural y humano. La expresión de esta idea es, claro está, impura al principio, porque el intelecto del hombre comienza dondequiera por ser corporalista, o si se quiere mayor rigor diremos que comienza por la incapacidad de pensar algo sin materia. Pero al través del defectuoso instrumento conceptual resplandece en la intención asiática, desde luego y siempre —tal vez la cosa es sólo problemática con respecto a China— la tendencia a pensar a Dios como lo otro que la naturaleza, como lo transnatural o sobrenatural. Lo natural y, por tanto, lo humano es la realidad constitutivamente manca, insuficiente, tanto, que aislada y por sí no podría existir, no tendría realidad. El hombre se siente como fragmento inválido de otra realidad completa y suficiente, que es lo divino. Para quien vive desde esa convicción, la existencia consiste en referir constantemente el propio ser deficiente a la ultra-realidad divina, que es la verdadera. Se vive desde Dios, desde la relación del hombre con Dios, no desde sí mismo.

Pues bien: la vida judaica pertenece a este tipo de estructura. El pueblo hebreo, y dentro de él cada hombre hebreo, existe gracias a una alianza con Dios. Todo su natural e intramundano hacer está impregnado, transido de esta primaria relación contractual con Dios. En ella encuentra la seguridad que su desconfianza en sí mismo no podría nunca proporcionarle. Lo malo es que esa alianza, ese contrato implica por parte de Jehová una durísima condición: la ley. En el *do ut des* de este contrato sobrenatural Dios está con el hombre hebreo *si* éste cumple la ley. La ley es el programa de quehaceres del hombre— un programa claro, terriblemente claro e inequívoco, que prescribe el módulo de innumerables actos rituales. La ley de Dios es, pues, al hebreo, lo que la razón al griego y el Estado al romano: es su cultura, el repertorio de soluciones a los problemas de su vida. Pues bien: en el siglo I antes de Cristo, el judío desespera de poder cumplir la ley, se siente perdido en ella, como Cicerón en la filosofía y en la política.

Si ahora recuerdan el esquema de las crisis, de todas las crisis a cuyo enunciado dediqué dos lecciones, reconocerán en estos grandes hechos de la historia mediterránea lo que yo señalaba como causa e iniciación de toda crisis histórica: el hombre primitivo, perdido en su áspera circunstancia elemental, reacciona creando un repertorio de actitudes que le representan la solución de los problemas planteados por aquélla: este repertorio de soluciones es la cultura. Pero al ser recibida esta cultura por las generaciones posteriores se va complicando y va perdiendo autenticidad: se convierte en amaneramiento y en tópico, en narcisismo cultural y en letra muerta. El hombre entonces vuelve a perderse, a desmoralizarse, pero ahora no en la selva primaria, sino en la vegetación excesiva de su propia cultura. De modo que al avanzar ésta y desarrollarse llega inexorablemente a una cierta estación en que: 1.º, las nociones sobre las cosas y las normas de conducta en que ella consiste se han hecho demasiado complicadas y desbordan la capacidad intelectual y moral del hombre. Sea dicho entre paréntesis: poco antes de Cicerón, Varrón nos hace saber que en su tiempo existían 280 opiniones diferentes acerca de qué es lo bueno, lo que se debe procurar; 2.º, esas nociones y esas normas pierden vivacidad y evidencia sobre los hombres que tienen que usarlas, y 3.º, la cultura no queda repartida con orgánica espontaneidad y precisión en los grupos sociales que la van creando, y, por tanto, en la proporción en que la entienden y sienten, sino que esa cultura superior es inyectada como mecánicamente en las masas. Éstas, al hacerse cultas, se entiende pseudocultas, pierden su autenticidad y quedan falsificadas por la cultura superior. Este es el fenómeno de la *socialización*, el reino del lugar común que penetra en el pobre hombre y desaloja su yo auténtico.

Pues bien: todos estos rasgos se dan —unos plenamente, otros inicialmente— en el siglo I antes de Cristo. Las culturas se mezclan unas con otras y a la vez se vulgarizan. El intelectualismo griego penetra en el voluntarismo romano disociándolo, volándolo como la dinamita puesta dentro de un peñón. Las religiones orientales que oprimen desde hace siglos la periferia de la civilización mediterránea aprovecha la pérdida de fe en ella que el griego y el romano comienza a sentir para inundar la cuenca del alma occidental, cargándose ellas de paso con el intelectualismo griego y el regimentalismo romano. Por eso, la religión oriental se va a convertir en ciencia, en *sofía*, y a la vez en organización de imperio, jerarquía y administración, es decir, en Iglesia. Se nivelan las diferencias entre pueblos y culturas. La vida se uniformiza de las Galias a la Mesopotamia. Es curioso que todas las crisis históricas se producen al iniciarse una época de uniformismo, en que todo es un poco todo y nada es resueltamente y sólo algo determinado. San Pablo es *civis romanus* y al mismo tiempo es un poco filósofo griego. En cambio, ya Cicerón ha bebido el saber griego de labios de Posidonio, un sirio genial.

Me estoy refiriendo con todo esto a la primera mitad del siglo I. Cicerón nace en 106 y muere el año 46 antes de Cristo. Yo he querido sólo hacer notar que en esa época comienza la desesperación del hombre antiguo. Pero, claro está, esa desesperación, que es profunda realidad histórica, tiene su historia, sus etapas, sus altibajos. En este primer instante se entrevé que ya está ahí, en el subsuelo del hombre, que ya actúa. Pero el hombre que la lleva en sí, que la es, no la ve todavía, no la reconoce como tal. A lo sumo, la advierte en algún sector de su vida; desespera de esto o de aquello, pero no de sí mismo. El hombre sigue en pie detrás de sus desesperanzas; puede revolverse contra ellas, ensayar superarlas. El Imperio del siglo I —la época de los Antoninos— pareció que lo había logrado, y, en efecto, significó para muy amplios grupos sociales de la cuenca mediterránea una temporada de felicidad como acaso ni antes ni después la ha vuelto a gozar la especie humana. Tal vez, tal vez sólo algún período de la historia china puede compararse con esta hora de mediodía que el hombre antiguo gozó bajo Trajano, Adriano, Antonino Pío, Marco Aurelio. No es arbitrario llamar a esta centuria el siglo español; son españoles los emperadores que crean la nueva situación, y, además, ellos y toda la clase gobernante —que fue la burguesía más culta— habían sido educados por Séneca. La vieja cultura revive durante cuatro o cinco generaciones al calor de un nuevo estoicismo. Luego, de pronto, como para demostrar que esa etapa de felicidad fue, en efecto, maravillosa, es decir, un mucho irreal, equilibrio inestable, sin raíces ni cimientos hondos, vino, sin más y ya sin respiro ni pausa, el diluvio, la ruina del mundo antiguo. Fue, pues, el último intento de restaurar la confianza del hombre en la naturaleza —en definitiva, esto es lo que significa el estoicismo. Por eso, cuando al fin del Renacimiento comienzan a aclararse las cosas y a manar la nueva fe del hombre en sus dotes naturales, veremos que indefectiblemente retoña el estoicismo. Montaigne, Bruno son estoicos. Pero esta reacción contra el naufragio nos revela que antes ya el hombre se había sentido perdido, aunque no se lo confesase.

Cicerón tiene villas, libros preciosos, dinero, y, sobre todo esto, vanidad literaria y orgullo consular. Agarrado a todas estas pequeñas cosas puede cegarse para su latente desesperación. Hay quien se las arregla para alimentarse sólo de entremeses.

El judío también se sostiene por la soberbia de su tradición; no se renuncia tan fácilmente a la creencia de que se pertenece a un pueblo elegido, como en nuestro tiempo, y en un orden parcial, el pueblo francés, que durante tres siglos ha creído ser, acaso con razón, el pueblo donde se escribía mejor, es el que más ha tardado en convencerse de que ya no se puede vivir de la literatura. El fariseo se agarra a la ley que le mata. Sin embargo, no se olvide, es el hombre que desde siempre ha desesperado de sí; hasta el punto de que vive de la esperanza en otro, en el Mesías. Está en esta vida y en este mundo sin estar propiamente, como acontece a todo el que está aguardando algo, que donde verdaderamente está es ya, desde luego, en el futuro esperado. En este tiempo el aire de Jerusalén está encendido y como eléctrico de pura magia expectativa. La gente vive fuera de sí, en un mañana que se cree inminente. ¡Ya viene, ya viene! ¿Quién? El otro, el otro que puede más que nosotros porque lo puede todo, que nos completa, que nos salva: el Mesías instaurador del reino. Y vuelve a sonar con nuevo vigor la súplica urgente que ha sostenido durante milenios a este pueblo futurista: *marama za¡* Señor nuestro, ven—expresión, por cierto, de donde vino en España llamar a los judíos conversos «marranos», es decir, los del *marana za¡*

Mientras las clases superiores siguen entreteniéndose en gozar de las cosas que les quedan —vanidad, poder, lujo—, es decir, que ya no viven de verdad, de dentro afuera, sino de cosas externas que el destino le ha echado en las manos, como echamos un mendrugo a los animales por entre las rejas de la Casa de Fieras, en las clases inferiores comienza la fermentación.

Por vez primera, en el mundo antiguo tiene lugar una propaganda sobre las masas como tales. Desde las alturas de la sociedad se ve pulular en sus capas profundas una muchedumbre de hombres extraños, vestidos de sayal burdo, con una estaca en la mano y un morral al hombro, que reúnen a la gente popular y gritan delante de ella. No es fantasía mía: literalmente en las Homilías pseudoclementinas—δημοσίᾳ στὰς ἐβόα λέγων «poniéndose ante el público lo dice a voces». ¿Quiénes son estos hombres? Vistos desde arriba, está perfectamente justificado que no se les diferencia porque, en efecto, muchos de sus caracteres externos y aun internos son comunes; esos propagandistas demagógicos son filósofos cínicos o semiestoicos; son sacerdotes de religiones orientales, y pronto, medio siglo más tarde, se nutrirá tan amplia fauna de los bajos fondos sociales con una casta nueva: los proselistas cristianos. Todos ellos coinciden en el radicalismo de sus discursos: van contra la riqueza de los ricos, el orgullo de los poderosos; van contra los sabios, contra la cultura constituída, contra las complicaciones de todo orden. Según ellos, quien tiene más razón, quien vale más, es precisamente el que no sabe nada, el que no tiene nada, el sencillo, el pobre, el humilde, el profano.

Cuando hablemos de 1400 veremos que también entonces la crisis comienza con un fenómeno parecido. Sin otra diferencia que la del Renacimiento —ya lo he dicho— es en su sustancia mucho menos honda y total que la del mundo antiguo. Pero siempre, por una propensión mecánicamente dialéctica de la mente humana, cuando se desespera de una forma de vida, la primera solución que se ocurre, la más obvia, la más simple, es volver del revés todas las valoraciones. Si la riqueza no da la felicidad, la dará la pobreza; si la sabiduría no resuelve todo, entonces el verdadero saber será la ignorancia. (Paralelos del siglo XV: los «simples» y laicos de la *devotio moderna,* de la *Imitación de Cristo,* la «docta ignorancia» de Cusano, su encomio del idiota, es decir, del insipiente. *Elogio de la necedad,* de Erasmo. Último residuo en el siglo XVI, la *lode del asino,* alabanza del asno, en Giordano Bruno). Si la ley y la institución no nos hacen felices, esperemos todo de la *iniuria* y la violencia. (Desde el año 70 no se pueden celebrar normalmente elecciones ni asambleas en Roma porque César y sus amigos ricos han financiado la organización de grupos de asalto formados por gladiadores del circo y esclavos, por gentes no latinas, frigios, misios, griegos, judíos—casi ninguno de ellos efectivos ciudadanos. Esto último puede verse en el discurso de Cicerón *pro Flaccio).* En fin, una última reversión de valores, menos proclamada que las anteriores, pero que de hecho se produjo. Si los hombres no han acertado, atendamos a las mujeres. Y, en efecto, va a comenzar la intervención de la mujer en la vida pública, política e intelectual, se entiende religiosa.

Nada, a mi juicio, caracteriza mejor la situación en que va a prender el cristianismo como el hecho, antes subrayado, de que desde una cierta altura y a cierta distancia pudiesen confundirse los ajetreos del cínico y el proselista cristiano. Quien desee informarse algo sobre el asunto puede ver el libro encantador de Eduardo Schwartz, titulado en su versión castellana *Figuras del Mundo Antiguo* (1). Es un libro que en su aparente y grata sencillez enseña muchas, muchas cosas, y puede servir como ejemplo de la mejor filología.

Esta fácil dialéctica, puramente mecánica, que consiste en encontrar lo nuevo sin más que afirmar lo contrario de lo que parecía vigente —tan fácil, que está al alcance de todas las fortunas— prepara las almas elementales, y aun las superiores, para recibir la grande y auténtica innovación del cristianismo. Al paso, tómese nota de que la mente en los comienzos de una crisis toma la forma dialéctica. Ésta, que en su verdad es la cima del más sutil pensamiento, se vulgariza, como pasa en nuestros días. Pero vamos a lo que nos urge.

Al fracasar el intento de socialización del hombre que fue el Imperio romano, queda aquél desprendido de todo principio objetivo y público que le sea promesa de solución, que dé un sentido a su vida y le sirva de punto de apoyo. Porque con el Estado y sus formas sociales fracasa también la ciencia en cuanto instancia objetiva y pública a que poder referirse. Entonces el hombre se siente totalmente perdido, sin nada a que agarrarse, y recae en lo único que le queda. Cuando todo en derredor nos falla, caemos en la cuenta de que nada de eso era, en verdad, la auténtica realidad, lo importante, lo decisivo: la realidad que para cada cual queda bajo todas las demás aparentes es su vida individual. Vuelve entonces el hombre a ver ésta como lo que en rigor y en última instancia es —el problema individualísimo, intransferible del propio destino. Ésta es la disposición del hombre que lleva a la solución cristiana. No esto o lo otro es ya problema, sino la vida misma de la persona en su integridad. No es que tenga hambre, no es que padezca enfermedad o tiranía política, no es que ignore lo que son los astros. Ahora es el ser mismo del sujeto lo problemático. Y si la respuesta a aquellas deficiencias parciales se llama solución, la que hay que dar a este problema absoluto del ser personal se llama salvación —*sotería*.

---

(1) Publicado en la Biblioteca de la *Revista de Occidente*, segunda edición. Madrid, 1942.

La desesperación, en que la crisis consiste, lleva en una primera etapa a la exasperación, y la historia se llena de fenómenos exagerados, extremo con que el hombre procura embotarse, alcoholizarse. Luego viene nueva calma: se acepta y reconoce lealmente que no hay esperanza, que esperar algo de sí mismo es desconocer la propia realidad. He aquí cómo el hombre descubre se esencial nulidad. Y esto, precisamente esto, es la salvación según el cristianismo. En vez de creer que el hombre natural es por sí algo suficiente, que se sostiene a sí mismo, descubre que consiste en pura dependencia, que su ser, su sustento, su realidad y su verdad no están en él, sino fuera de su naturaleza, es decir, que padecía un error de perspectiva, que el asunto más importante para él, su vida, no era un asunto natural, no consistía en ir y venir sobre la tierra, comer o pasar hambre, sufrir o gozar, llorar o reír, ni siquiera pensar. Todo eso es mero antifaz, aspecto y *mise en scène* de su verdadero asunto vital, su vida sobrenatural, su cuestión con Dios. Todas las cuestiones intramundanas flotan como anécdotas en esta cuestión previa que el hombre tiene con Dios. Diríase que cuanto hacemos y nos pasa, en suma, «esta *vida*», está ahí sólo para ocultarnos como una máscara nuestra auténtica realidad, la que tenemos en lo absoluto, en Dios. De suerte que lo que parecía real —la naturaleza y nosotros como parte de ella— resulta ahora irreal, pura fantasmagoría, y lo que parecía irreal, nuestra preocupación por lo absoluto o Dios, eso es la verdadera realidad.

Esta paradoja, esta suma inversión de la perspectiva, es la base del cristianismo. Los problemas del hombre natural no tienen solución: vivir, estar en el mundo, es constitutiva e irremediable perdición. El hombre tiene que ser salvado por lo sobrenatural. Esta vida no se cura sino con la otra. Lo único que el hombre puede hacer con sus propias fuerzas es negativo —negarse y negar el mundo, retraer de sí y de las cosas su atención y así, aligerado de peso terrenal, ser sorbido por Dios.

Esto es lo esencial para la estructura de la vida medieval. Porque trae consigo la radical tendencia a desentenderse del mundo natural. Para el griego y el romano, la existencia era el problema de las relaciones entre el hombre y la naturaleza circundante —visible o invisible. Mas ahora el mundo es propiamente ultramundo y sobrenaturaleza. El hombre se queda, por lo pronto, sólo con Dios.

Conviene, señores, recordar que el hombre una vez —una vez que ha durado muchos siglos— estuvo en esta creencia cristiana y su vivir tomó el aspecto de una faena sobrenatural. La Edad Moderna —Galileo, Descartes— nos ha retrotraído a la naturaleza, y nos cuesta trabajo repensar aquel modo de vida que consiste en vivir desde Dios. Como a los griegos, nos sabe, por lo pronto, a paradoja.

Pero San Pablo tiene plena conciencia del frenético paradojismo, del radicalismo subversivo que llevaba en sí la idea cristiana. No predicaba la buena nueva como una cosa razonable. En sazón de crisis, predicar cosas razonables es gana de perder la partida. No: la predica y recomienda precisamente porque tiene todo el aire de una locura y de un absurdo. No es invención mía, no es que yo lo colija, sino que San Pablo es... un extremista. En la epístola primera a los corintios leemos: «Porque la palabra de la cruz, a la verdad, locura es para los que perecen: mas para los que se salvan, esto es, para nosotros, es virtud de Dios». Oigan ustedes cómo este hombre vuelve el mundo del revés: «Porque escrito está: Destruiré la sabiduría de los sabios y desecharé la prudencia de los prudentes.

»¿En dónde está el sabio? ¿En dónde el escriba? ¿En dónde el escudriñador de este siglo? ¿No hizo Dios loco el saber de este mundo?

»Y así, por cuanto en la sabiduría de Dios no conoció el mundo a Dios, por la sabiduría, quiso Dios hacer salvos a los que creyesen en él, por la locura de la predicación.

»Puesto que los judíos piden milagros y los griegos buscan sabiduría.

»Mas nosotros predicamos a Cristo crucificado, que es escándalo para los judíos y locura para los gentiles;

»Mas para los que han sido llamados, tanto judíos, como griegos, predicamos a Cristo, virtud de Dios y sabiduría de Dios:

»Pues lo que parece loco en Dios es más sabio que los hombres, y lo que parece flaco en Dios es más fuerte que los hombres.

»Y así, hermanos, ved vuestra vocación, que no sois muchos sabios según la carne, no muchos poderosos, no muchos nobles.

»Mas las cosas locas del mundo escogió Dios para confundir a los sabios, y las cosas flacas del mundo escogió Dios para confundir las fuertes;

»Y las cosas viles y despreciables del mundo escogió Dios, y aquellas que no son, para destruir las que son;

»Para que ningún hombre se jacte delante de él.

»Para que, como está escrito: El que se gloría, glóriese en el Señor».

Conviene, conviene de cuando en cuando recordar el pasado —recordar que se han dicho estas cosas. Un alto burgués del Imperio que oyera leer estos gritos manuscritos de San Pablo, ¿qué pensaría? Que era un poco subversivo, ¿no es cierto? Y, sin embargo, eso que predicaba —el cristianismo— fue luego, según la frase tópica, el más firme sostén de la sociedad.

Lección IX

SOBRE EL EXTREMISMO COMO FORMA DE VIDA

He dicho que en la estructura de la vida medieval el estrato básico es el cristianismo y que, a su vez, el estrato básico del cristianismo es el reconocimiento de la nulidad del hombre y la naturaleza. Este reconocimiento fue hecho posible porque la existencia mediterránea había caído de una situación satisfactoria en una situación desesperada. Me interesa que se entienda bien lo que quiero decir al hablar de desesperación, porque no se trata de una fórmula vaga ni designa psicológicamente un sentimiento, sino que ella define con todo rigor una forma de vida. Es evidente que el hombre puede llegar a encontrarse en una situación tal que al tener que hacer algo para vivir —ya sabemos que vivir es tener que hacer algo— no se le ocurre ningún quehacer que le parezca satisfactorio, a nada que parezca suficiente le incitan las cosas de su horizonte material y social ni las ideas de su horizonte intelectual. Seguirá haciendo esto o lo otro, pero lo hará como un autómata, sin solidarizarse con sus actos, que considera nulos, inválidos, sin sentido. Surge entonces un asco indomable al mundo y al vivir, que se presenta con carácter puramente negativo. Y, en efecto, antes de que naciese el cristianismo, y sobre todo, antes de que lo hiciesen los cristianos, muchos hombres se retiraron del mundo a los desiertos, a la soledad. La solución que este retiro proporcionaba era sólo aproximada. Pero intentaban resolver el problema de vivir, es decir, de tratar con las cosas y con los prójimos reduciendo este trato al mínimo. Importa, sin embargo, hacer constar que esta huída del mundo y este asco al vivir no son un descubrimiento cristiano, sino al revés, porque los hombres se retiraban del mundo fue encontrada la solución cristiana, porque lo natural asqueaba se *buscó* lo sobrenatural.

Esta retirada del hombre a un rincón del mundo es un símbolo exacto de la desesperación en su primera etapa. Significa que el hombre, en efecto, reduce el mundo y la vida a rincón, a una sola partícula de lo que antes era. Es, por lo pronto, la simplificación como método para reobrar ante la desesperación y el perdimiento en la excesiva riqueza de la vida—los muchos saberes y ninguno suficiente, los muchos apetitos y placeres posibles, pero ninguno plenario, el demasiado amontonamiento de quehaceres forzosos, pero ninguno con sentido absoluto, satisfactorio.

Lo malo es que el verdaderamente desesperado, aunque no se lo confiese desde luego, ve que el carácter de negatividad se extiende a todo el ámbito de la vida, de suerte que, en rigor, no hay dentro de ésta un solo punto donde el hombre pueda hacerse firme.

Siento mucho no tener tiempo para hacer ahora una morfología de las figuras que toma la vida cuando es vivida como desesperación. Son muchas y algunas, en su primer aspecto, contradictorias entre sí. Pero necesito decir algo sobre el asunto, porque sólo así se puede entender bien el origen del cristianismo y no pocos fenómenos tanto del siglo XV como de nuestro presente. Mas he de hacer, ante todo, la taxativa advertencia de que yo no he dicho antes ni digo ahora que nuestra época sea constitutiva desesperación. He dicho que es de desorientación —nada más. Ahora bien, es evidente que el desorientado y sólo desorientado espera orientarse. Ésta es, creo yo, la situación en que están hoy los hombres cultos de todo el mundo y en que están ustedes oyéndome, aunque el tema de mi curso no pretende proporcionarles la orientación que buscan, sino que se propone una cuestión determinada del pasado. Cierto que sirve como preparación inexcusable para otros cursos posibles en que acaso pretendiera de lleno y a fondo llevar a ustedes una orientación firme. Pero conste que yo percibo exactamente que muchos de ustedes no han venido aquí como se suele ir a una lección científica, sino movidos por un anhelo más profundo, concreto y auténtico: han venido por ver si conseguían orientarse un poco. Y yo he deformado mi curso en la medida permisible para que, en efecto, encuentren en él algo, aunque muy poco, de lo que buscan.

Digo, pues, que el que sólo está desorientado, espera orientarse. Mas en cuanto desorientado y aún no reorientado, está desesperado. Hay, pues, en su situación un ingrediente de desesperación, bien que sólo accidental y secundario —no sustancial y constitutiva. Pues bien, basta con esa accidental semejanza entre el desesperado y el desorientado para que se produzcan toda una serie de fenómenos, de modos vitales similares en uno y en otro. Con esto, creo yo, queda precisada la dosis de coincidencia y de discrepancia entre aquella época de un lado y el siglo XI y la nuestra de otro. Conste así.

Y ahora vuelvo a aquella sazón del hombre en el siglo I antes y después de Jesucristo.

La situación en que el hombre desespera de la totalidad de su vida pertenece a una clase que llamaremos «situaciones extremas», porque en ellas el hombre no encuentra ante sí una pluralidad de salidas, sino que está, como suele decirse, entre la espada y la pared.

Sintiendo el carácter negativo, nulo de su existencia intenta primero reaccionar o resolver su situación retirándose a un rincón de ella en la cual pretende hacerse firme, es decir, al cual rincón pretende afirmar. Inmediatamente caen ustedes en la cuenta de que es una solución falsa. Porque él parte, confesándoselo o no, de una desesperación integral. Si ahora le vemos afirmar un rincón o punto del área vital, debemos recelar que no es últimamente sincero. Sin embargo, él intenta esta solución, a ver qué pasa, a la desesperada, a la exasperada. Ya les dije que la desesperación se presenta primero como exasperación. El hombre niega toda su vida menos un punto, el cual, así aislado, queda exagerado, exacerbado, exasperado. Se pretende que la vida consiste sólo en eso, que sólo eso es lo importante y lo demás nulo. Fíjense en esto porque dentro de un momento va a aclararnos muchas cosas.

Pero es indudable que, por lo pronto, este retraimiento a un solo punto le descarga de todo el resto vano de su vida, se la simplifica. El cínico, el cristiano, el terapeuta, el mismo estoico, el cesarista, coinciden en pedir simplificación, como los «Hermanos de la vida común» o *devotio moderna* en 1400, como Tomás de Kempis, como Cusano, como Erasmo, como los Reyes Católicos frente al caos de la multiplicidad semi-feudal —¡sí, ya veremos por qué!— como Lutero, como Montaigne, como Galileo, en fin, como el genio de la simplificación, como la simplificación hecha hombre —quiero decir, como Descartes— qué no se contenta con pedirla sino que la da, la logra y, por eso, cierra el proceso e instala al hombre en un nuevo mundo sencillo, claro y firme— cuya firmeza está hecha precisamente de simplicidad y claridad. Su método se reduce a esto: la idea simple es la clara y distinta y, viceversa, lo claro y distinto, esto es, lo seguro es lo simple.

El hombre perdido en la complicación aspira a salvarse en la sencillez. Nudificación universal. Toque general a prescindir de, a retirarse, a negar toda riqueza, complejidad y abundancia. El presente y su inmediato pasado aparecen como agobiantes por su excesiva vegetación de posibilidades. Se pueden pensar demasiados pensamientos, desear demasiadas cosas, seguir demasiados tipos de vida diferente. La vida es perplejidad y cuantas más posibilidades, más perplejo, más angustiosamente perplejo el hombre. No, no: en el pequeño patio de la humilde morada oriental, casi andaluza, óyese elevarse la voz clara de fuente de Jesús, que dice: «En verdad, en verdad os digo que una sola cosa es necesaria». Jesús es, por lo pronto, un extremo simplificador. San Pablo va a sacar las consecuencias: la ley es un indominable intrincamiento, se pierde el hombre en ella. ¡Fuera la ley! La nueva alianza es la sola cosa necesaria: la fe —basta con la fe. Y conste que con esto no hago luterano a San Pablo. Cuando dice que sólo la fe salva, claro está que lo que subdice es que la ley y las obras conforme a la vieja ley no salvan. Pero no excluye la necesidad de las obras para salvarse, se entiende de las obras que brotan de la fe, no las de la ley— las obras que caen del hombre creyente como los frutos del árbol que ha prendido en el huerto.

Podía seguir hablando largamente sobre la simplificación como método de salvarse el hombre en la crisis de cultura, es decir, en la crisis producida por la misma abundancia. Pero tengo que renunciar: también yo ahora tengo que prescindir, que simplificar. Añado sólo, escuetamente, estas tres notas:

1.ª Al aparecer la vida presente, me refiero a la del siglo I o a la del siglo xv —es decir, la cultura presente y su inmediato pretérito— como lo odiosamente complicado, el ansia de simplicidad empuja mecánicamente al hombre a soñar con la vida de antes, la arcaica, la inicial o primitiva; es decir, la anterior a la complicación. De aquí un afán de retorno a lo prístino, de aquí la vida como una nostalgia de la vida primitiva, como un «volver a», como un volver de la cultura complicada a la cultura simple y aun de toda cultura a lo que hay antes, a la nuda natura. Ya veremos cómo éste es uno de los impulsos del Renacimiento, su impulso hacia atrás. Por no haber visto esto no se ha entendido lo que históricamente fue la vuelta a los antiguos. Uno de los lemas del Renacimiento que es, si alguno ha habido, un movimiento hacia el futuro, fue sin embargo, éste: *Philosophia duce, regredimur*.

2.ª La simplificación es, sin duda, lo más positivo que engendra la desesperación o su parienta la desorientación. De 1400 a 1600 corre un proceso sustantivo de simplificación de la vida. Hoy se ha iniciado también. El que hoy va por la calle sin sombrero no sospecha ni de lejos que en este acto vulgar, tan trivial, tan material no hace sino cumplir dócilmente la ley del tiempo: prescindir. Y yéndonos al otro cabo, a lo más alto, cuando en *Misión de la Universidad* yo considero como inexcusable para salvar la ciencia su simplificación, no hago sino en plano más grave lo que el que va sin sombrero por la calle.

3.ª No se olvide que el afán de simplificación surge como reacción a la excesiva complicación. Fácilmente toda «reacción a» se convierte en «reacción contra», que va movida por feas pasiones, por la envidia, el odio, el resentimiento. Diógenes el cínico, antes de entrar en la elegante mansión de Aristipo, su compañero de escuela bajo Sócrates, se ensucia los pies en barro concienzudamente para patear luego los tapices de Aristipo. Aquí no se trata de sustituir la complicación del tapiz por la sencillez del barro, sino de destruir el tapiz por odio a él.

Y ahora, dejando la simplificación en general, vamos a analizar una de sus manifestaciones más curiosas.

Antes el hombre vivía aceptando con cierta satisfacción la totalidad de su vida. Ésta evidentemente se compone de muchas dimensiones, asuntos, cosas con que hay que contar. Y una cultura no es sino la fórmula armónica que logra hacer frente a todas o casi todas ellas. Las dimensiones de la vida, los asuntos que nos plantea no toleran ser desatendidos porque son inexorables realidades. Sólo es, pues, auténtica y estable una solución vital que integre todas ellas. La cultura es, en efecto, una faena de integración y una voluntad de aceptar lealmente todo lo que, queramos o no, está ahí constituyendo nuestra existencia. Pero he aquí que el hombre desespera de esa cultura y siente asco hacia la integridad de una vida que le parece pura nulidad. Mas como tiene que vivir de algo, se produce en él un fenómeno muy extraño. Cuanto más central, más serio y más representativo de la integración que era su vida anterior sea algo, más asco y más odio sentirá hacia ello y más nulo le parecerá. Este odio y este asco irán decreciendo conforme el asunto sea menos central, más periférico y, por tanto, menos atendido estaba en aquella fórmula de integración. Negando todo lo demás, el hombre se agarrará a una de estas cuestiones periféricas, a este rincón de la realidad y decidirá hacer de ello y sólo de ello su vida toda. Declarará que sólo eso es importante, que todo lo demás es despreciable. Es decir, que el hombre se va del centro de la vida a alguno de sus extremos negando el resto. Al impulso de integración que es la cultura sucede un impulso de exclusión. He aquí en qué sentido formal e inevitable la desesperación se hace extremismo. Extremismo es el modo de vida en que se intenta vivir sólo de un extremo del área vital, de una cuestión o dimensión o tema esencialmente periférico. Se afirma frenéticamente un rincón y se niega el resto.

Aclaremos esto con algún ejemplo de nuestros días. Entre las cuestiones inexorables de la existencia humana es, sin disputa, una la justicia social. Es una, sin disputa, pero, sin disputa, es sólo una. Hay muchas, muchísimas más. La cultura moderna, como no podía menos, la ha atendido, pero es discutible que la haya atendido debidamente. Pongamos que no: ello significaría que en la jerarquía de la atención corresponde a la justicia social un puesto menos periférico y que conviene hacer esta corrección en la perspectiva. Mas he aquí que algunos hombres desesperados resuelven que no hay más cuestión que ésa, por lo menos, que ésa es la decisiva, la más importante, la sola cosa necesaria, lo único que debe ocuparnos y que todo lo demás tiene que supeditarse, amoldarse a ella y si no se amolda y supedita tiene que ser negado. Tan sin disputa como es una cuestión, parece forzoso decir que, sin disputa auténtica posible, no es, ni muchísimo menos, la cuestión central de la vida. Es más, probablemente no se ha atendido hasta ahora con mayor esmero a la justicia social, porque el hombre, aun poniendo su mejor voluntad, no puede mucho para lograrla, para organizarla, como no puede mucho para resolver un problema harto más importante que ése: el de la vida orgánica, el biológico, el del dolor y la muerte, o la terrible injusticia cósmica de las desigualdades corporales y psíquicas entre los humanos.

El hombre, pues, que se retrae a esa sola cuestión la exagera, exacerba y exaspera, la saca de quicio, es decir, de su lugar, renuncia a aceptar auténticamente la vida según es y, por una ficción íntima que le inspira su desesperación, la reduce a un extremo, se instala en él y hace extremismo. Y desde él combatirá el resto enorme de lo humano, negará la ciencia, la moral, el orden, la verdad, etcétera, etc. Ahora bien, parece bastante discutible que esa o cualquiera otra posición extrema se pueda adoptar con efectiva autenticidad —en el mismo sentido en que es discutible si alguien puede en serio pensar que dos y dos son cinco. No estamos obligados a creerle aunque nos jure y perjure que es sincero ni aunque se deje matar por ello. El hombre se deja matar muchas veces por sostener su propia ficción. El hombre tiene una capacidad de histrionismo que llega al heroísmo. Es más: reina en ocasiones un lugar común de heroísmo no sólo verbal, sino actuante, que es la forma peculiar de histrionismo dominante en la época.

Las épocas de desesperación abren, por lo pronto, un amplio margen a todas las íntimas ficciones y al gran histrionismo histórico. Como los demás hombres han perdido también la confianza en su cultura y todo entusiasmo hacia ella, están como en el aire y son incapaces de oponerse al que afirma algo, al que se hace firme en algo —de verdad o de boquilla. De aquí que sean épocas en que basta con dar un grito, por arbitrario que sea su contenido, para que todo el mundo se entregue. Son épocas de *chantage* histórico.

Otro ejemplo. Entre las realidades de nuestra vida una que, sin duda, entrevemos aunque no la vemos claramente es la raza. Digo lo mismo que antes: en el mejor caso es una realidad, pero en ningún caso es ni toda ni la fundamental. Por eso, desde hace algunos milenios no se la atiende mucho. Sin embargo, en época de crisis, de exasperación, se pueden reducir a ella todos los problemas de la vida colectiva y, en nombre de ella, arrojar de las cátedras a hombres nobilísimos. Cuanto más absurdo y más extremo sea el extremismo, más probabilidades tiene de imponerse pasajeramente. Recuérdese que San Pablo daba a su fe deliberadamente un perfil de absurdidad y de locura, para hacerla más atractiva a los exasperados de su tiempo. En 1450, nada menos que el Cardenal Cusano proclamaba que la verdad razonable del hombre es constitutivamente lo que no es verdad— en cambio, la verdad de Dios, la verdad absoluta se caracteriza por el absurdo. En rigor el *credo quia absurdum* resuena siempre en el fondo visceral del cristianismo.

Como ven ustedes, la situación extrema al consistir en que el hombre no halla solución en la perspectiva normal le hace buscar un escape en lo distante, excéntrico, extremo que antes pareció menos atendido. Por el pronto, no importa qué sea esto: su elección es arbitraria. No se le afirma por lo *que es*, sino mecánicamente porque *no es* lo consagrado, lo usado, diríamos lo «burgués». El extremismo es, por lo pronto, un truco vital de orden inferior. Hemos visto que hoy unos extremizan la idea de justicia social y otros la idea de raza como un tercero o un cuarto podían afianzarse en cualquiera otra cosa con tal que sea arbitraria y poco o nada razonable. Es esencial al extremismo la sinrazón. Querer ser razonable es ya renunciar al extremismo.

Todos ustedes saben por las epístolas de San Pablo que en las primeras asambleas cristianas se reunían los creyentes para buscar la verdad, pero esta verdad creían encontrarla precisamente en lo extrarracional. Algunos de los presentes, cayendo en paroxismo y frenesí, comenzaban a pronunciar palabras sin sentido, que luego otros se encargaban de interpretar. A esto se llamó el don de hablar lenguas y eso, precisamente ese arrebato demencial, se consideraba divina inspiración. No es para contar aquí cómo San Pablo, que había si no iniciado, por lo menos usado largamente y favorecido este frenesí, luchó luego enérgicamente para irlo eliminando.

Parejamente, hace ya no pocos años advertía yo que el hombre había perdido su fe en el arte y que las dos generaciones últimas —por tanto, no ustedes los jóvenes, que son la generación de mañana— tomaron la actitud exasperada de hacer arte con lo que el arte había siempre dejado fuera por inservible, con la última periferia de la vida humana en que ésta confina con la pura imbecilidad —a saber, con los sueños, con los retruécanos y la ecolalia, con la demencia, con las inversiones sexuales, con la puerilidad, con la arbitrariedad como tal. Ya entonces califiqué este arte como *l'art de raccommoder les restes*, como arte de arreglarse con lo que queda, con el residuo y el detritus.

El hombre desesperado de la cultura se revuelve contra ella y declara caducadas, abolidas sus leyes y sus normas. El hombre-masa que en estas épocas toma la dirección de la vida se siente profundamente halagado, porque la cultura que es, ante todo, un imperativo de autenticidad, le pesa demasiado, y ve en aquella abolición un permiso para echar los pies por alto, ponerse fuera de sí y entregarse al libertinaje.

Hablando de Simón Mago y su movimiento religioso, dice en el libro *Origen y comienzos del cristianismo* el más grande historiador de estos últimos treinta años, Eduardo Meyer: «El combate de San Pablo contra la ley llevó en muchas de las sectas que inmediatamente brotaron al más grosero libertinaje y a un completo desorden moral. En el movimiento de Simón aconteció esto naturalmente en grado sumo». III, 285.

La situación extrema que inunda al hombre de azoramiento, que le desequilibra y desorienta, lleva con igual facilidad a lo mejor y a lo peor y por lo pronto no se puede distinguir lo uno de lo otro. Es natural: la vida se ha hecho ella misma equívoca y son tiempos de inautenticidad. Recuérdese que el origen de las crisis es precisamente haberse el hombre perdido porque ha perdido contacto consigo mismo. De aquí que pulule en tales épocas una fauna humana sumamente equívoca y abunden los farsantes, los histriones y lo que es más doloroso, que no se pueda estar cierto de si un hombre es o no sincero. Son tiempos turbios. En el xv se mueven Agrippa, Paracelso, Savonarola. ¿Qué son estos hombres? ¿Embaucadores, taimados o sabios auténticos y héroes?

Lo probable es que fueran lo uno y lo otro y no por casualidad o peculiar defecto personal. Es que la estructura de la vida desorientada no permite posiciones firmes y estables en que el hombre, de una vez para siempre, encaja consigo. Se está —ya lo dije— en la divisoria de dos mundos, de dos formas de vida y el individuo va y viene de la una a la otra. De aquí las contradicciones de los hombres propiamente renacentistas: hoy son paganos, naturalistas; mañana vuelven a ser cristianos. Nada más frecuente en aquel tiempo que biografías divididas por la mitad en una primera etapa libertina o mundanal y una segunda de ascetismo en que renieguen de la primera. Así Boticelli, así el que, para mi gusto, representa mejor la época, el encantador Pico della Mirandola: comienzan en un *crescendo* de terreno alborozo y acaban, Pico aún joven, en la tristeza y la desolación. La vida se halla en equilibrio inestable: *piétine sur place*. El propio Ficino, uno de los hombres más serios del Renacimiento, no resiste a las angustias de una enfermedad. Hace un voto a la Virgen, sana y, en vista de ello, reconoce en el caso un signo divino que le hace ver cómo la filosofía no basta para salvar el alma: arroja al fuego su comentario de Lucrecio y decide dedicar toda su labor al servicio de la religión (1). Estamos en medio del siglo xv. Pero antes los iniciadores heroicos del humanismo habían sido parejos. Coluccio Salutati —nacido en 1331— alardea de estoicismo, es decir, de irreligión, pero se muere su mujer y se retrae a la fe. Pasa el dolor y vuelve a hacer frases estoicas. Lo propio le acontece con la astrología. En general, entre los humanistas propiamente tales predominaba la falta de vergüenza. Estúdiense, por ejemplo, para no hablar de los más conocidos, los que llevaron el clasicismo a Francia —Girolamo Balbi, Cornelio Vitelli y Fausto Andrellini— en el libro de Renaudet *Préréforme et humanisme a Paris*, 1916.

El anticipador de la crisis, el primero que la siente —ya en la primera mitad del siglo xiv— es Petrarca. En él están ya todos los síntomas que luego van a hacerse mostrencos. Es un desesperado en quien, de pronto, brotan arbitrarios entusiasmos. Sus gestos de melancolía —de *accidia*— como él la llamaba, recuerdan a Chateaubriand. *Sento sempre nel mio core un che d'insodisfatto*. Con plena conciencia nos dice de sí las mismas palabras con que yo calificaba

---

(1) Cassirer: *Individuum und Kosmos*. 66, 1927.

en general las épocas de crisis: «Me encuentro colocado en los confines de dos pueblos diferentes, desde donde veo a la vez el pasado y el porvenir». Por lo mismo se pasa la vida indeciso, yendo y viniendo del uno al otro: *ora guarda davanti, ora guarda addietro*.

Constituido este modo de la vida por semejante inestabilidad, extremismo y dialéctica, será sumamente frecuente ese vuelco integral y subitáneo que se llama conversión. La conversión es el cambio del hombre, no de una idea a otra, sino de una perspectiva total a la opuesta: la vida, de pronto, nos aparece vuelta del revés. Lo que ayer quemábamos, hoy lo adoramos. Por eso —es la palabra de Juan Bautista, de Jesús, de San Pablo: *metanoeite*— convertíos, arrepentíos, es decir, negad todo lo que erais hasta este momento y afirmad vuestra verdad, reconoced que estáis perdidos. De esa negación sale el hombre nuevo que hay que construir. San Pablo usa una y otra vez este término: construcción, edificación —*oikodumé*. Del hombre en ruina y hecho puro escombro hay que rehacer un nuevo edificio. Pero la condición previa es que abandone las posiciones falsas en que está y venga a sí mismo, vuelva a su íntima verdad, que es el único terreno firme: esto es la conversión. En ella el hombre perdido de sí mismo se encuentra de pronto con que se ha hallado, con que coincide consigo y está por completo en su verdad. La *metánoia* o conversión y arrepentimiento no es, por lo pronto, sino lo que yo he llamado «ensimismamiento», volver a sí. A quien interese este punto, le sugiero que vea en la Epístola a los Corintios, I, 6, 5, y 15, 24, lo que significa la palabra *entropé*.

En este punto, tiene plena razón San Pablo. Y no hay duda que esa voz «convertíos» o como yo prefiero decir «ensimismaos», buscad vuestro verdadero yo, es la que hoy otra vez urgiría dar a los hombres —sobre todo a los jóvenes. (Hay demasiadas probabilidades para que la generación que ahora me escucha se deje arrebatar como las anteriores de aquí y de otros países por el vano vendaval de algún extremismo, es decir, de algo sustancialmente falso). Esas generaciones, temo que todavía la vuestra, pedían que se les engañase —no estaban dispuestas a entregarse sino a algo falso. Y revelando en la tranquilidad de este aula un secreto, diré que a ese temor obedece en buena parte mi parálisis en órdenes de la vida no universitarios ni científicos. No se me oculta que podría tener a casi toda la juventud española en veinticuatro horas, como un solo hombre, detrás de mí: bastaría que pronunciase una sola palabra. Pero esa palabra sería falsa y no estoy dispuesto a invitaros a que falsifiquéis vuestras vidas. Sé y vosotros lo sabréis dentro de no muchos años, que todos los movimientos característicos de este momento son históricamente falsos y van a un terrible fracaso. Hubo un tiempo en que la repulsa del extremismo suponía inevitablemente que se era un conservador. Pero hoy ya aparece claro que no es así, porque se ha visto que el extremismo es indiferentemente avanzado o reaccionario. Mi repulsa de él no procede de que yo sea conservador, que no lo soy, sino de que he descubierto en él un sustantivo fraude vital.

Prefiero, pues, esperar a que se presente la primera generación auténtica. Si, por azar, fueseis vosotros, tendría que esperar poco.

Todo extremismo fracasa inevitablemente porque consiste en excluir, en negar menos un punto todo el resto de la realidad vital. Pero este resto, como no deja de ser real porque lo neguemos, vuelve, vuelve siempre y se nos impone queramos o no. La historia de todo extremismo es de una monotonía verdaderamente triste: consiste en tener que ir pactando con todo lo que había pretendido eliminar.

Esto aconteció con el cristianismo. Porque fuera inútil pretender con eufemismos, ocultarlo: el cristianismo, en su iniciación y en sus formas más rigorosas, es un extremismo. Es más, sólo se puede entender su génesis cuando se ha entendido el modo vital del extremismo. Entre otras razones, por ésta me he detenido en su análisis. También el cristianismo consiste en destacar y aislar una sola dimensión de la vida que el hombre antiguo había más o menos desatendido. Mas si reparamos en cuál es esa dimensión, pronto advertimos que tiene caracteres peculiares, en cierto modo únicos, que la colocan fuera de concurso y explican que sólo este extremismo cristiano llegase a prender y no digo a triunfar, porque triunfar, verdaderamente triunfar no es posible a ningún extremismo sino en la medida en que va dejando de serlo. Así en este caso.

El cristianismo empieza ya por diferenciarse de todos los demás desesperados de su tiempo en que es más radical que todos ellos y el único consecuente con su desesperación. Me explicaré.

¿Cuál es la perspectiva en que el hombre suele vivir? Hace un rato, como en todos los ratos de todos los días, inexorablemente, se han encontrado ustedes con que tenían que hacer algo, porque eso es vivir. Ante ustedes se abrían diversas posibilidades de hacer, por tanto, de ser en el futuro. Podían ustedes ir a tal o cual sitio o no ir a ninguno, sino quedarse. Quedarse es tan hacer como su contrario. Ello es que de esas posibilidades han elegido ustedes una: venir a esta lección, dedicar o llenar un trozo insustituíble y ya irremediable de su vida a ser mis oyentes. Pero esto lo han decidido ustedes por algo y para algo. Más de una vez les he indicado que podría enunciar los diferentes tipos de motivos en vista de los cuales, por los cuales están ustedes ahí. Acaso les sorprendiera un poco advertir que yo sé una porción de secretos de ustedes, de secretos que no han dicho a nadie. Alguna vez quisiera hacer una conferencia que se titulase: ¿Por qué están ustedes ahí? Pero ahora no hay tiempo. Sean cuales fueran los motivos que les han movido, siempre consistirán en que han decidido ustedes hacer esto ahora —venir aquí, ser mi oyentes— porque piensan mañana hacer y ser tal otra cosa y esto, a su vez, porque pasado mañana u otro día, premeditan otro hacer y otro ser, y así sucesivamente, con más o menos claridad y precisión, han anticipado ustedes para decidir lo que iban a hacer esta tarde la línea entera de su vida tal y como hoy se presenta ante ustedes. Por eso, porque tenía sentido como eslabón en la cadena de su vida integral, han decidido este hacer que es oírme ahora. Queramos o no, decidir un acto implica para el hombre hallar la justificación de él ante su propio espíritu y esta justificación consiste en ver que este acto nuestro es un buen medio para lograr otro que aparece como fin de aquél, pero este otro, a su vez, es medio para otro, y así hasta el último que podemos anticipar. Ésta es la perspectiva en que solemos vivir: cada acción nuestra queda justificada por la serie de acciones que presumimos van a componer toda nuestra vida. Buscamos una justificación interior a la vida.

Pero más de una vez nos hemos sorprendido pensando lo siguiente: yo hago esto y aquello y lo de más allá para vivir, pero este vivir mío, tomado en su integridad, desde el nacer hasta el morir, ¿tiene algún sentido? De nada vale la justificación relativa que en relación unos con otros puedan tener los actos de mi vida si el hecho total de vivir no la tiene. Sería preciso que algo de lo que hacemos al vivir tenga un valor absoluto. Ahora bien, nada hay en el interior de nuestra vida que parezca plenamente satisfactorio y por sí mismo se justifique. Nuestra existencia es en sí misma un vacío de sentido, una extraña realidad que consiste en ser algo que, en definitiva, es nada, es la nada siendo, es la pretensión de algo positivo que se queda en pura pretensión fallida. Si en su conjunto y totalidad carece de sentido el vivir, es decir, que se vive para nada, todas las justificaciones interiores a mi vida que hallo para sus actos son un error de perspectiva. Se impone un cambio radical en ésta, se impone otra perspectiva.

Es evidente que esta nueva perspectiva sólo puede adoptarla quien se ha desinteresado de la trama interior del vivir, quien idealmente se ha apartado de los asuntos vitales y mira a vista de pájaro y como lejos de sí su enjambre y pululación; en suma, quien se ha ido tan al extremo de la existencia que resueltamente se ha salido de ella. Ahora bien: a todos nos ha acontecido una y otra vez plantearnos esta pregunta y adoptar esta perspectiva. Pensar eso, pensar si la vida tiene, en definitiva, sentido o no, es una de las muchas cosas que podemos hacer y que, en efecto, hemos hecho todos algunas veces. Pero no nos hemos instalado definitivamente en ese pensamiento, no hemos vivido *de* ese pensamiento. Al contrario: la vida nos requería con sus placeres, con sus atractivos, con sus incitaciones de toda clase, y hemos preferido ocuparnos de su, por lo menos, aparente riqueza interior, usar la otra perspectiva, la intravital, a vivir exclusivamente de aquella preocupación sobre el valor total de la vida.

Eso nosotros, porque no estamos verdaderamente desesperados. Las cosas de la vida aún nos entretienen, nos distraen. Pero un desesperado de los asuntos intravitales, de todo lo que integra la trama de la vida, si es consecuente consigo, tenderá a colocarse siempre en esa dimensión que consiste en percibir la falta de sentido que la vida en conjunto tiene. Será, pues, un típico extremista. De lo que sólo es un pensamiento entre muchos harán su único pensamiento; si ustedes quieren, su obsesión. Pero se reconocerá que, a diferencia de los otros, este extremismo no se hace firme arbitrariamente en un punto de la vida, sino que, al revés, se afirma en la negación misma de su totalidad. E *ipso facto* esta negación se convierte en lo más positivo. El hombre desesperado cae en la cuenta de que esto —desesperar— no es algo que le pasa, pero que podía no pasarle, y de que puede librarse si le pasa, sino que es su ser mismo, su naturaleza. Esta vida, en su sustancia misma, no es sino desesperación. El hombre es una realidad que no puede valerse a sí misma; no está en su propia mano, no se sostiene a sí mismo. Desesperar es sentir que somos constitutiva impotencia, que dependemos en todo de algo distinto de nosotros.

La perspectiva en que solemos movernos nos hace creer que el hombre con la naturaleza en torno se basta para que su vida sea algo positivo. Este es el error radical de que hay que curarse —la definición misma del pecado que da San Agustín en la *Ciudad de Dios; sibi quodam modo fieri atque esse principium*—: creer que es principio de su ser y de su hacer; en suma, hacerse ilusiones respecto a sí. Para el cristiano, el hombre confiado en sí, que aún espera algo de sí, es el esencial pecador.

En cambio, el hombre está en su verdad cuando reconoce que no puede con sentido vivir desde sí mismo, cuando descubre su radical dependencia —y poniéndose íntegro en manos del poder superior, de Dios, se dispone a vivir desde Él. Por ejemplo: el hombre procura hallar la verdad con su razón. ¡Vano empeño! La verdad sólo se encuentra cuando el hombre se declara incapaz de ella y se dispone no a buscarla él, sino a recibirla por revelación. En la revelación, el hombre no pone más que su buen deseo; lo demás lo pone Dios. Y así en todo lo demás: el hombre, al reconocerse como lo que es —nada—, hace de sí un vacío que Dios llena al punto. Es lo mismo que acontece siempre que reconocemos un error. Antes, mientras estábamos en el error, creíamos tener algo positivo; ahora vemos que era un error, por tanto, algo negativo; pero este descubrimiento, al ser la pura verdad, es lo verdaderamente positivo.

De esta manera, el cristiano convierte por una dialéctica automática la desesperación en salvación. La nueva perspectiva le hace ver la verdadera realidad de esta vida, que consiste en no ser esta vida —ir, venir, querer esto o lo otro, saber esta o la otra sabiduría parcial y relativa—, no ser esta vida la verdadera realidad, sino precisamente un error de óptica. Es sólo la refracción en el tiempo de nuestra vida eterna. Y es preciso comportarse en consecuencia, es decir, en vez de justificar unos con otros nuestros actos intravitales, referirnos a nuestra absoluta vida en Dios —en suma, vivir en cada instante más allá de esta vida y de la naturaleza, transvivirnos en la forma de lo eterno. El hombre, como ser natural frente al mundo natural, ha muerto, y le va a preocupar sólo la dimensión sobrenatural, el sentido absoluto de sus actos. Se queda, pues, el hombre solo con Dios. Desatiende el mundo, que es sólo un estorbo para las relaciones del alma con Dios, y si mira a él es para verlo como puro reflejo de lo divino, como símbolo y alegoría. Un hombre así despreciará la ciencia. Por dos razones: porque se ocupa en serio del mundo, que no lo merece, y porque supone confianza del hombre en su razón natural, lo cual es, por lo menos, tendencia al pecado, a vivir centrado en sí. La vida del cristiano es teocéntrica, y el mundo para él es, por lo pronto, el trasmundo sobrenatural.

Pero he aquí que este extremismo, como todos, va a tener que pactar. Esa negación de lo intramundano es una exclusión arbitraria. Al entenderse el hombre con Dios, camina torpemente por el mundo y es incapaz de entenderlo. Dios, por lo visto, no revela las leyes de la naturaleza. Ésta reclama los derechos que como realidad posee, y poco a poco va a irse interponiendo de nuevo entre el hombre y Dios. Muy bien lo reconoce y lo dice el católico Gilson en su libro *L'esprit de la philosophie médiévale*. «A partir del siglo XIII el universo de la ciencia —se entiende la puramente humana— comienza a interponerse entre nosotros y el universo simbólico, divino —de la alta Edad Media». Ésta va a ser la crisis renacentista. La naturaleza va a ir separando de nuevo al hombre de Dios. Y cuando Galileo y Descartes descubren un nuevo tipo de ciencia, de razón humana que permite con toda exactitud predecir los acontecimientos cósmicos, el hombre recobra la fe y la confianza en sí mismo. Vuelve a vivir desde sí, más que nunca en la historia. Eso ha sido la Edad Moderna —el humanismo.

Lección X

ESTADIOS DEL PENSAMIENTO CRISTIANO

Si en las dos lecciones anteriores he procurado corresponder a ciertas curiosidades, muy justificadas, que en ustedes presumo, hoy no tengo más remedio que reintegrarme por completo a las exigencias de mi tema, y montándome, como en un vehículo, en rigoroso laconismo, ganar rápidamente el tiempo que no creo haber perdido, pero sí gastado.

Retrotráiganse ustedes a nuestra idea fundamental: nuestra vida, la vida humana, es para cada cual la realidad radical. Es lo único que tenemos y somos. Ahora bien: la vida consiste en que el hombre se encuentra, sin saber como, teniendo que existir en una circunstancia determinada e inexorable. Se vive aquí y ahora, sin remedio. Esta circunstancia en que tenemos que estar y sostenernos es nuestro contorno material, pero también nuestro contorno social, la sociedad en que nos hallamos. Como ese contorno es, a fuer de tal, lo otro que el hombre, algo distinto, extraño, ajeno a él, estar en la circunstancia no puede significar un pasivo yacer en ella formando parte de ella. El hombre no forma parte de su circunstancia: al contrario, se encuentra siempre ante ella, fuera de ella, y vivir es precisamente tener que hacer algo para que la circunstancia no nos aniquile. Ésta, pues, es constitutivamente problema, cuestión, dificultad; en suma, asunto a resolver. Nuestra vida, pues, nos es dada —no nos la hemos dado nosotros—, pero no nos es dada hecha. No es una cosa cuyo ser está fijado de una vez para siempre, sino que es una tarea, algo que hay que hacer; en suma, un drama. De aquí que, por lo pronto, tenga el hombre que hacerse ideas sobre su circunstancia, que interpretarla para poder decidir todo lo demás que tiene que hacer. Según esto, la primera reacción que, quiera o no, ejecuta el hombre al sentirse viviendo, es decir, sumergido en la circunstancia, consiste en crear algo sobre ella. El hombre está siempre en alguna creencia y vive entre las cosas *desde* ella, conforme a ella. Fue un error terrible de la época moderna, cuya génesis precisamente estudiamos, estar en la creencia de que el ser primario del hombre consiste en pensar, que su relación primaria con las cosas es una relación intelectual. Este error se llama «idealismo». La crisis que padecemos no es sino la multa que pagamos por aquel error. El pensamiento no es, pues, el ser del hombre, el hombre no consiste en pensamiento; éste es sólo un instrumento, una facultad que posee, ni más ni menos que posee un cuerpo. Su ser, repitamos, es un gran quehacer, y no una cosa que esté ahí ya dada, como está dado el cuerpo y está dado el mecanismo mental. Sin embargo, pensar es lo primero que el hombre hace como reacción a la dimensión fundamental de su vida, que es tener que habérselas con su contorno. Mas como, según dijimos, éste no se reduce a las cosas materiales en nuestro derredor, sino también a la sociedad humana en que hemos caído, resulta que cada hombre encuentra formando parte de su circunstancia el sistema de creencias, la concepción o interpretación del mundo vigente a la sazón en aquella sociedad. Dejándose penetrar de ella o combatiéndola y oponiéndole otra original, el hombre no tiene más remedio que contar con las creencias de su tiempo, y esta dimensión de su circunstancia es lo que hace del hombre un ente esencialmente histórico, o, dicho en otra forma, el hombre no es nunca un primer hombre, sino siempre un sucesor, un heredero, un hijo del pasado humano. Le toca siempre vivir en un instante determinado de un proceso anterior a él, o, dicho en otra forma, se ve obligado a entrar en escena en un preciso momento del amplísimo drama humano que llamamos «historia».

Por eso, aun tomando sólo de ese proceso y drama la breve porción a que se refiere este curso, vamos a definir velocísimamente los actos que los constituyen:

Escena primera: El hombre, en una circunstancia o situación desesperada, se hace cristiano, es decir, reacciona con la interpretación cristiana de la vida.

El hombre sopesa el volumen entero de sus posibilidades vitales, cuanto él constituye como ser natural, y encuentra que no puede valerse, que esta vida es impotente para resolverse a sí misma; por tanto, que el hombre natural y su existencia no pueden ser la realidad. ¿Cómo va a ser real lo que no se basta a sí mismo ni para darse el ser ni para lograrse en él? ¿Cómo va a ser de verdad algo suficiente, real la vida humana, si nadie puede estar seguro de que va a poder concluir la frase: mi vida es algo? La vida está constantemente en la inmediata inminencia de quedar aniquilada. Lo que tiene de realidad es estrictamente lo necesario para hacernos caer en la cuenta que su efectiva realidad no está en ella, sino fuera de ella. El hombre no es un ser suficiente, sino, por el contrario, el ser indigente, que necesita de otro en que apoyarse. Dicho en otra forma: esta vida es máscara de otra más real que la funda, completa, explica y justifica.

De este modo el hombre desesperado descubre, al reconocer la nulidad o insuficiencia de su vida tomada por sí, la necesidad de admitir otra existencia y otra realidad firme. Pero esa otra vida se descubre dialécticamente, como precisa contraposición a ésta, a la nuestra, a la que tenemos y llevamos. Esa otra realidad aparece con los atributos absolutamente opuestos a la realidad humana natural: no tiene comienzo ni término, es intemporal o eterna, es principio de sí misma, omnipotente, etc. En suma: esa realidad es Dios.

Hecho este descubrimiento y desde esta creencia, nuestra vida será vivida por nosotros bajo una perspectiva nueva. Todo lo que ella es y lo que en ella hagamos, lo referiremos a nuestra verdadera realidad, esto es, a lo que somos ante Dios o en Dios. De este modo reabsorbemos nuestra existencia temporal en la eternidad de Dios. El hombre se dispone a vivir de espaldas a esta vida y cara a la ultravida.

Noten ustedes la transformación radical del mundo, de lo que se considera como realidad, que esto representa. Antes, para el hombre griego, para lo que luego se va a llamar el pagano, realidad significaba el conjunto de las cosas psico-corporales o cosmos: la piedra, la planta, el animal, el hombre, el astro; es decir, lo que se ve y se toca más lo que se presume como ingrediente invisible e intangible de lo que se ve y se toca. Cuando el griego meditaba sobre esa realidad e intentaba descubrir su estructura esencial, llegaba a conceptos como sustancia, causa, cualidad, movimiento, etc.; en suma, a las categorías del ser cósmico. Pero ahora realidad significa algo que no es corporal, ni siquiera psíquico —ahora la verdadera realidad consiste en el comportamiento del hombre con Dios—, en algo, pues, tan inmaterial, tan incorporal, que llamarlo espiritual, como se le llamó, es ya materializarlo inadecuadamente.

Usando nuestra terminología, el mundo del cristiano se compone sólo de Dios y el hombre —frente a frente, trabados en una relación que pudiera denominarse puramente moral, si no hubiese que llamarla mejor ultramoral. Ninguna de las categorías cósmicas del griego sirven para interpretar y describir esta extraña realidad que consiste, no en ser esto o lo otro —como piedra, planta, animal y astro—, sino en ser una conducta. El supuesto de ésta es que el hombre se siente dependiendo absolutamente de otro ente superior o, lo que es igual, se ve a sí mismo esencialmente como criatura. Y para quien exista como criatura, vivir tiene que significar no poder existir independiente, por sí, por su propia cuenta, sino por cuenta de Dios y en constante referencia a Él. De aquí que para el puro cristiano el mundo —se entiende, éste—, la naturaleza, carezca de interés. Menos aún: la atención a la naturaleza fácilmente lleva al hombre a creer que es ella algo subsistente y suficiente, a caer en la perspectiva intramunda, a querer vivir por sí y desde sí. De aquí el desdén de los primeros siglos cristianos a todas las ocupaciones mundanales: a la política, a la economía y a las ciencias. Lo único verdaderamente real es el alma y Dios. El alma es el nombre tradicional con que se designa el yo. San Agustín, prototipo del hombre hecho ya cristiano del convertido, dirá: *Deum et animam scire cupio. Nihilne plus? Nihil omnino.*

Esta posición es perfectamente lógica en un extremista cristiano, es decir, en un hombre que quiere ser sólo cristiano. Ahora bien: si para él no hay más realidad propiamente tal que el *Deus exuperantissimus* y la relación de la criatura con él, es evidente que no sirven de nada los conceptos de la filosofía griega obtenidos mediante un análisis de la pseudo-realidad cósmica. Y aquí tienen ustedes por qué en una lección anterior me atrevía yo a decir que cuanto se ha llamado filosofía cristiana ha sido más bien la traición intelectual a la auténtica intuición del cristianismo. San Agustín, genialmente, intenta descubrir conceptos nuevos, adecuados a la nueva realidad, y, sin excesivo error, puede decirse que cuanto hay de efectiva filosofía cristiana se debe a él. Pero no bastaba un hombre, por genial que fuera: era menester des-pensar todos los viejos conceptos, liberarse de ellos y forjar toda una ideología radicalmente original. La masa enorme y sutilísima de la ideología griega, gravitando sobre estas horas germinales del pensamiento cristiano, lo aplastó. Y aun cabe precisar un poco más: es posible que si entre los griegos no hubiese existido un Platón, el cristiano de estos primeros siglos hubiera logrado la plena franquía de su inspiración inmunizándose frente a la ideología archimundanal de aquellos helenos que pensaban con los ojos y con las manos. Pero Platón fue un seductor irresistible: hay en él un extrínseco parecido con la tendencia cristiana. También él habla de dos mundos —éste y el otro—; también en él se rumorea de una vida ultraterrena. El propio Agustín reconocía en el platonismo la mejor introducción a la fe cristiana. Mas sin que yo pueda detenerme ahora a mostrarlo, forzoso es decir que se trataba de un *quid pro quo*. El platonismo no es en ningún sentido cristianismo.

A la realidad absoluta que para el cristiano es Dios no se puede llegar, como al trasmundo de las ideas platónicas, por medio de la razón, que es una facultad, una dote del hombre natural, algo que éste tiene, posee y maneja por su cuenta. A las ideas platónicas les basta con ser ellas lo que son para que el hombre pueda, más o menos, conocerlas. Pero el ser del Dios cristiano es de tal modo trascendente que no hay camino desde el hombre a él. Para conocerlo se hace, pues, menester que Dios, además de ser lo que es, se ocupe en descubrirse al hombre —en suma, que se revele. El atributo más característico del Dios cristiano es éste: *Deus ut revelans*. La idea de la revelación, como la idea de creación, es una absoluta novedad frente a todo el ideario griego. Noten ustedes la paradoja. En la revelación no es el sujeto hombre quien por su actividad conoce al objeto Dios, sino al revés, el objeto Dios quien se da a conocer, quien hace que el sujeto le conozca. Este extraño modo de conocimiento en que no es el hombre quien va a buscar la verdad y apoderarse de ella, sino, al revés, la verdad quien va a buscar al hombre y apoderarse de él, inundarlo, penetrarlo, transirlo, es la fe, la fe divina.

Más aún: para este puro cristiano que es San Agustín, alma tórrida de africano, no hay más conocimiento que ése. No hay —fíjense en esto, porque es lo específico de la primera escena que describimos—, no hay razón humana. Lo que solemos llamar así es el uso que hacemos de la iluminación constante con que Dios nos favorece. El hombre por sí solo no es capaz de pensar la simple verdad: $2 + 2 = 4$. La intuición de toda verdad, eso que llamamos *sensu stricto* intelección, es operación de Dios en nosotros.

Hasta tal punto es cierto, que en estos primeros siglos la vida consiste para el cristiano exclusivamente en habérselas con Dios. De aquí que pierdan sentido y valgan sólo como tristes compromisos con la debilidad humana todas las ocupaciones con cosas del mundo. El hombre sólo vive propiamente cuando se ocupa de Dios, en la contemplación intelectual y amatoria o en actos de caridad que se emprenden y ejecutan sólo como gestos hacia Dios. Esto es decir que el cristiano puro tenía que ser clérigo, monje o cosa parecida. Los demás oficios humanos, los demás haceres eran, en principio, descarrío. El trabajo en el cual el hombre se enfrasca con las cosas de este mundo no es el destino sustantivo del hombre, sino penalidad o castigo que arrastra el hombre desde su expulsión del ocio paradisíaco, o maceración que voluntariamente se impone para entrenarse en la santidad o labor suplementaria y ornamental emprendida como culto a Dios.

Escena segunda: San Agustín vive entre el siglo IV y el V. Si ahora nos trasladamos seis siglos avante, nos encontramos la vida cristiana un poco modificada en su estructura. El lema agustiniano era éste: *Credo ut intelligam* —para conocer es preciso antes creer—; por tanto, no hay, en rigor, conocimiento como algo aparte y por sí. Conocer es, en su raíz, recibir revelaciones e iluminaciones —por consiguiente, creer. Dios es lo único que verdaderamente hay. El hombre considerado por sí, no tiene realidad.

¿Pero no es esto excesivo? Cuando una iluminación nace en el hombre, por muy pasivo que se imagine el papel de éste, algo hace para recibirla. Dios es generoso: el hombre, menesteroso y mendigo. Dios da de su riqueza algo al hombre, le pone en la mano de éste como una onza de oro. Pero el mendigo tiene, por fuerza, y por lo menos, que cerrar la mano sobre la onza donada —de otro modo, la buena voluntad que Dios muestra de hacer una donación fracasaría. Así en el orden del conocimiento. Dios nos insufla una verdad mediante la fe, pone en nosotros la fe. Pero esta fe que viene de Dios a nosotros tiene que ser asimilada, es decir, entendida. El contenido de la fe es la palabra de Dios que llega al hombre, pero el hombre tiene que comprender esa palabra. Es indiferente que esa palabra diga o no un misterio. Aun el misterio inexplicable tiene que ser entendido para ser misterio. Yo no me explico el cuadrado redondo, pero no me lo explico precisamente porque entiendo lo que esas palabras significan.

Por muy firme que quiera ser la tesis agustiniana de que toda verdad nos viene de Dios, habrá en ese proceso de recepción un punto en que ya no es Dios quien insufla la verdad, sino el hombre quien la hace suya, quien la piensa operando con sus dotes naturales. San Agustín, en su fervor extremista, se preocupaba sólo del origen, al fin y al cabo divino de la verdad, y desatendía ese estadio del conocimiento en que el hombre no se limita a creer por cuenta de Dios, sino que discurre, entiende, razona inevitablemente por cuenta propia. Desatender eso, preocuparse sólo de Dios radicalmente era la estructura de la vida cristiana en la primera escena. Pero generaciones y generaciones habían nacido ya instaladas en ella. Ya no era para ellas cuestión lo que tan dramáticamente lo fue para San Agustín. De aquí que su atención quedase en cierta franquía para preocuparse del segundo estadio del proceso, de la intervención discursiva del hombre en la recepción de la palabra divina. No: el hombre no es simplemente nada, aunque sea muy poco. Hasta para que haya fe tiene que intervenir, quiera o no —puesto que necesita entender la fe— la palabra de Dios. Tal es la situación de San Anselmo. Estamos en el siglo XI. Frente al lema de San Agustín: *Credo ut intelligam*, el de San Anselmo suena así: *Fides quaerens intellectum*. Allí la inteligencia, perdida y sintiéndose nula, necesita de la fe. Aquí, es la fe quien para completarse necesita de la inteligencia. No se trata, conste, de que el hombre una vez que Dios se le ha revelado en la fe pretenda reconstruir todo el contenido de la fe mediante puro razonamiento humano, logrado lo cual podría, claro está, prescindir de la fe. No: se trata de que el intelecto tiene que trabajar sobre la fe, dentro de la fe para proporcionarle su peculiar iluminación —en cierto modo, tiene que hacer lo que el reactivo que revela una placa. Un ejemplo aclarará a ustedes esto, porque aun yendo tan de prisa como voy y aun obligado a no trazar sino esquemas rectilíneos y deliberadamente excesivos, quisiera poder ser entendido. Digo, pues, como símil esclarecedor, que la visión nos manifiesta o pone delante el fenómeno natural de los colores. Sin esta noticia que el sentido visual nos proporciona, no se nos ocurriría jamás pensar en la luz y su cromatismo. Ahora bien, esa noticia sensorial es un hecho bruto e irracional con que nos encontramos, que nos mueve a ejercitar nuestro intelecto sobre ella, a fin de hacernos inteligible la luz y sus colores. Esta faena intelectual, racional sobre el dato irracional de la visión se llama óptica. Pareja es la operación de la inteligencia sobre el contenido de la fe. Precisamente porque San Anselmo cree a pie juntillas que la realidad absoluta es Dios, su trinidad, su omnipotencia, etc., se ve obligado a entender como hombre natural todo eso que le es notificado sobrenaturalmente.

Esto significa un cambio muy importante en la estructura de la vida cristiana merced al cual el hombre que antes quedó aniquilado inicia su propia afirmación, la confianza en sus dotes naturales. Si por un lado necesita la iluminación sobrenatural de la fe, por otro resulta que ésta necesita a su vez una iluminación a cuenta del hombre. Dentro de la fe comienza a incorporarse la razón humana. La revelación, la palabra de Dios, necesita integrarse con una ciencia humana de la palabra divina. Esta ciencia es la teología escolástica. Generación tras generación —desde San Anselmo— va a ir creciendo dentro de la fe el papel de la razón. El extremismo cristiano empieza a pactar con el hombre y la naturaleza que empezó por excluir.

Escena tercera: Dos siglos más tarde. La Edad Media en su mediodía. Santo Tomás. El cristiano reconoce en la razón puramente humana representada por los griegos, especialmente Aristóteles, una potencia sustantiva, aparte e independiente de la fe. Ya no se trata de que la inteligencia iluminada por Dios reobra sobre la palabra divina para aclararla, como en San Anselmo. Ahora ya es la inteligencia un orden separado y por sí radicalmente distinto de la fe. Santo Tomás fija rigorosamente las fronteras entre una y otra. Hay la fe ciega y hay la razón evidente. Esta vive por sí, con sus raíces y principios propios frente a aquélla. Dentro siempre de la realidad absoluta que es Dios se acota un espacio en que la criatura, el hombre, actúa por su propia cuenta. Yo diría: se reconoce un estatuto al hombre y éste cobra conciencia de su poder y sus derechos, más aún, tiene obligación de afirmar sus cualidades naturales, sobre todo, la razón. Santo Tomás, relativamente a todo el pasado cristiano, reduce al mínimo el territorio exclusivo de la fe y amplía al máximo el papel de la ciencia humana en lo teológico. Esta diferencia de tamaño entre ambos territorios queda compensada por el rango de las verdades que nos llegan sólo mediante la revelación. Merced a esto puede hablarse de un equilibrio entre la fe y la razón —entre lo sobrenatural y lo natural. A un cristiano de los primeros siglos, este equilibrio, este reconocimiento de la razón humana como poder exento le hubiera parecido un horror y le habría olido a nefando paganismo.

Hoy la Iglesia católica se halla instalada, tal vez enquistada en el tomismo, dentro del cual habita desde hace siglos y que se ha convertido para ella en un hábito inveterado. Por lo mismo, no percibe bien lo que históricamente significó Santo Tomás y que en su tiempo dio ocasión a tan ásperas contiendas dentro de su seno. Santo Tomás fue un tremendo humanista. Proclamó con energía superlativa los derechos del racionalismo y esto quiere decir, no se le dé vueltas, que hizo de Dios algo en muchas porciones interior al mundo. La razón, dote natural del hombre, tiene un radio de acción: donde ella llega, esto es, todo aquello que por ella pueda yo entender es naturaleza, está en mi horizonte, en este mundo nuestro.

Ahora bien, salvo unos cuantos atributos divinos, todo lo demás que constituye a Dios es asequible a la razón. En la misma medida, deja, pues, de ser *exuperantissimus*, y vuelve a ser como el Dios de Aristóteles un ingrediente del cosmos.

Santo Tomás pudo pensar así porque su entusiasmo racionalista le hace, desde luego, pensar a Dios como el ser razonable por excelencia. Dios es, ante todo, intelecto, razón —en suma, *es* lógica. Esta lógica, inteligencia y razón divinas son infinitas mientras la lógica, la inteligencia y la razón humana son limitadas. Pero esto implica que tienen aquéllas y éstas una textura común, aunque aquéllas rebosen en extensión infinitamente a éstas.

La razón humana coincide con una parte del ser racional divino que, en esa parte, es por completo transparente a nuestro pensamiento, en suma, inteligible. He aquí que el hombre puede aun como simple hombre y sin auxilio directo de Dios, por el mero funcionamiento de sus dotes naturales, habérselas con Dios.

Si ahora recuerdan ustedes la escena primera advertirán que la vida cristiana ha cambiado profundamente de estructura. Dios no se habrá empequeñecido, pero es indudable que el hombre ha engrosado, que ya no es un puro desesperado de sí, que confía en su naturaleza en cuanto estatuto limitado frente a Dios.

Y con el hombre reafirmado reaparece el mundo en torno del hombre con sus derechos a ser atendido por éste. Ya no se ocupan los cristianos sólo de teología. La filosofía se ocupa también de las cosas y se hace cosmología. Casi todo el saber de los griegos sobre el mundo es reaprendido por los clérigos cristianos. Las Facultades de Filosofía comienzan a ponerse en primer término y asombrar a las teológicas.

Advierto aquí de pasada, ya que luego se va a hacer el dato importante, que toda esta nueva fe del hombre en sí mismo, fe aún relativa y que no excluye su conciencia de criatura a la postre independiente, brota en nombre de una forma particularísima de razón: la razón puramente lógica que consiste en la evidencia de las relaciones conceptuales entre géneros y especies. Es la vieja razón de Aristóteles que se concreta en el silogismo. El hombre no tiene sospecha de otra razón. Sólo le es inteligible lo que se obtiene por medio de la inferencia silogística y ésta supone que en la realidad existen las sustancias universales. Si no hubiese más que los hombres singulares —éste, ése, aquél— no se podría fraguar un silogismo suficiente que ha de partir siempre de alguna afirmación verdadera sobre el hombre en general. Tiene, pues, que existir en la naturaleza el hombre en general, lo que se llamó el universal.

Escena cuarta: El mediodía del tomismo, como todo mediodía, va a durar muy poco. La mañana es larga, avanza lentamente; la tarde se arrastra tardígrada también. Pero el mediodía cuando llega ya se va.

Dos generaciones después de Santo Tomás, un escocés va a derribar el edificio y va a precipitar la Edad Media rápida e irremediablemente hacia su crisis y consunción.

Santo Tomás nace en 1225 ó 1226; Duns Scoto, hacia 1270. Como se disputa vivamente si le pertenecen o no ciertas obras que le eran tradicionalmente atribuídas, voy a referirme más que al mismo Duns al conjunto y tendencia de esos escritos, cuya característica general es el combate contra el tomismo.

Había en éste llegado el hombre europeo a una armonía entre la fe y la razón, Dios y la naturaleza. La clave de esa armonía, según hemos visto, era que el hombre puede ante la realidad, que es Dios y el mundo, confiar no poco en sí. Porque Dios es racional, y al serlo Él lo es su obra —mundo y hombre. La razón es, pues, el nexo armónico, el puente entre el hombre y la circunstancia con que tiene que habérselas.

Pero el escotismo va a protestar contra esta paganización del cristianismo y vuelve, en lo que a Dios se refiere, a la pura inspiración cristiana. Es falso —sostiene— que Dios consista primariamente en razón, en inteligencia, y se comporte supeditándose por fuerza a lo racional e inteligible. Eso es empequeñecer a Dios, y además negar su función más característica: la de constituir el principio del ser. Todo ser es porque Dios es. Pero Dios no es por ninguna otra cosa, causa, razón ni motivo. Dios no es porque es necesario que sea —esto significa someter a Dios a una necesidad e imponerle la mayor de las obligaciones: la de existir. No; Dios existe y es lo que es porque quiere, y nada más. Sólo así es verdaderamente principio de sí mismo y de todo. En suma: Dios es voluntad, pura voluntad —previa a todo, incluso a la razón. Dios pudo no comportarse racionalmente; pudo, inclusive, no ser. Si ha preferido crear la razón y aun someterse a ella, es simplemente porque ha querido; y por tanto, la existencia de la racionalidad es un hecho, pero no un principio. En su auténtico ser, Dios es irracional e ininteligible. Por tanto, es ilusoria una ciencia teológica según el escolasticismo venía haciéndola. La teología es una ciencia práctica que no descubre verdades sobre Dios, sino que sólo enseña al hombre a manejar los dogmas de la fe. Queda ésta, pues, radicalmente disociada de la razón. El hombre vuelve a no tener medios propios para habérselas con Dios; en cambio, su razón robustecida tiene largo campo de acción en lo mundanal.

Escena quinta: Medio siglo más tarde. El escotismo obliga al hombre a vivir en un mundo doble, cuyas dos mitades no tienen nada que ver entre sí: el trasmundo divino, ante el cual no tiene medios propios, y este mundo, frente al cual posee la vigorosa facultad que es su razón. Frente a Dios el hombre está perdido, porque la fe es lo irracional. Le queda, en cambio, el mundo.

Pero Guillermo de Ockam va a demostrar que en el mundo no existen los universales; que eso que llamamos «el hombre, el perro, la piedra», no son realidades, sino ficciones nuestras, simples signos nominales, verbales, de que nos valemos para andar entre las cosas que son siempre singulares: este hombre, aquel árbol. Pero esto significa —nada menos— que la vieja lógica del silogismo, que la razón conceptual no vale para conocer las realidades.

Esto es la catástrofe del hombre medieval. Perdido ante Dios en un vago y consuetudinario fideísmo, queda ahora también perdido en el mundo de las cosas, cara a cara con éstas, una a una, teniendo que vivir con los sentidos, es decir, mediante la pura experiencia de lo que va viendo, oyendo, tocando. Y, en efecto, los ockamistas de París, Oresme, Buridán, serán los primeros iniciadores de una nueva forma de relación intelectual entre el hombre y las cosas: la razón experimental. Mas, por lo pronto, no existe aún ésta. Se vive sólo el fracaso de la otra, la razón conceptual, de la pura lógica.

El Dios irracional que se comunica burocráticamente con los hombres al través de la organización eclesiástica, va quedando al fondo del paisaje vital humano. Por otra parte, el fracaso de la razón lógica se debe a la agudeza misma del hombre, que con su análisis la ha disuelto. Queda éste, pues, con una extraña confianza en sí mismo que no puede justificar. Se encuentra perdido, pero al mismo tiempo con una profunda esperanza y una nueva ilusión por la vida, por esta vida. La naturaleza le interesa sobre todo por su belleza. Siente apetito por los valores sociales —el poder, la gloria, la riqueza. Perdido, pero ilusionado —tal es el hombre del siglo xv. La crisis comienza; pero es muy distinta de aquella en que prendió el cristianismo; en cierto modo es opuesta. Entonces el hombre desespera de sí y por eso va a Dios. Ahora el hombre desespera de la Iglesia —léanse las quejas constantes que de ella se dan de 1400 a 1500—, se desprende de Dios y se queda solo con las cosas. Pero tiene fe en sí; presiente que en su interior va a encontrar un nuevo instrumento para resolver su lucha con el contorno, una nueva razón, una nueva ciencia —la *nuova scienza* de Galileo. La física moderna germina. En 1500 Copérnico estudia en Bologna. Pocos años antes había dicho ya Leonardo: *Il sole no si muove*. La naturaleza va a rendirse a la razón físico-matemática, que es una razón técnica. Por otra parte, hacia esa fecha Fernando e Isabel crean el primer Estado europeo e inventan la razón de Estado. Esas dos razones son el hombre moderno.

Lección XI

EL HOMBRE DEL SIGLO XV

La lección anterior ha sido una película: hemos presenciado el movimiento vital del hombre europeo desde el siglo v hasta los albores del xv. La historia, en efecto, es, en una de sus dimensiones, cinematografía. Cada hombre vive en una actualidad, en un paisaje vital, en un mundo, en un sistema de creencias —todas estas expresiones son sinónimas— que de ordinario está quieto por lo menos en sus grandes líneas topográficas. Pero ese paisaje o estructura de la vida cambia en cada generación y aunque cada uno de ellos sea quieto, como lo es cada fotografía de la película, su sucesión da un movimiento.

Por otra parte, espero que al ver desarrollarse ante ustedes esa película hayan, cuando menos, entrevisto que sus cambios no eran brincos ni se producían al azar, sino que una forma de vida brotaba de la anterior con ejemplar continuidad y como obedeciendo a una ley de transformación; en suma, que la realidad histórica, el destino humano avanza dialécticamente, si bien esa esencial dialéctica de la vida no es, como creía Hegel, una dialéctica conceptual, de razón pura, sino precisamente la dialéctica de una razón mucho más amplia, honda y rica que la pura —a saber, la de la vida, la de la razón viviente.

Pero claro es que si al reconstruir nosotros el pasado mediante la historia, hallamos que cada nueva época o estadio emerge del anterior con una cierta lógica o, dicho de otro modo, que a cada forma de vida sucede otra que no es cualquiera, sino precisamente una que la anterior predetermina, quiere decirse que también será posible en alguna medida lo contrario, a saber, viviendo en una época vaticinar cómo será en sus líneas generales la inmediata futura, en suma, que es en serio posible la profecía. Schlegel solía decir que un historiador es un profeta del revés, pero yo sostengo que eso implica también que el profeta es un historiador a la inversa, un hombre que narra por anticipado el porvenir. El problema es muy delicado y yo no voy a acometerlo ahora, pero es tan consustancial a mi manera de entender no sólo la historia sino la metafísica que necesito decir media docena de palabras sobre él.

Es evidente que la reconstrucción del pasado o historia se encuentra en condiciones incomparablemente más favorables que la predicción del futuro o profecía. El historiador tiene en su mano todos los datos, es decir, los detalles del proceso íntegro que va a historiar, desde su principio hasta su fin. Sólo le falta descubrir el sentido orgánico de esos datos. Respecto al porvenir nos encontramos en una situación inversa: no tenemos los datos o detalles del proceso que va a acontecer. Con esta advertencia basta para comprender que la facultad profética del hombre es mucho más limitada y difícil que su facultad histórica. No hay, pues, ni que hablar de que el hombre pueda predecir tanta cantidad de futuro como puede narrar de pasado. Hoy podemos contar con alguna claridad cuatro mil años de pretérito. Nadie pretenderá que vaticinemos parejamente cuatro mil años de futuro. Sin embargo, noten ustedes que es esencial a la perspectiva histórica —como a la visual— ir perdiendo claridad en razón de la distancia. Vemos más íntimamente los siglos más próximos que los remotos, esto es, podemos decir más, salvas excepciones peculiares, sobre las formas vitales del próximo pasado que sobre las más lejanas, y al llegar al siglo octavo o noveno antes de Cristo, sólo podemos decir cosas muy generales y, si se quiere llamar vago a lo general, muy vagas. Esta ley de perspectiva se acentúa sobremanera cuando se trata de predecir el porvenir, pero, en principio, es idéntica.

Con esto intento sugerir que no se confunda la cuestión de los estrechos límites y dificultades genuinas anejos a la facultad profética del hombre que es, por tanto, cuestión sobre el más y el menos, con la existencia misma de esa capacidad vaticinadora, esto es, con la cuestión de si, mucho o poco, puede el hombre, al fin y al cabo, predecir algo.

Precisada así la cuestión, yo me permito decir lo siguiente: 1.º Si la vida humana no es una realidad cuyo ser, cuya consistencia o contenido le es dado ya hecho al hombre como le es dado a la piedra y al astro, sino que su ser tiene que hacérselo él, entonces la vida de cada cual es profecía constante y sustancial de sí misma, puesto que es esencialmente, queramos o no, anticipación del futuro. Y cuanto más auténtica sea nuestra conducta vital, más auténtica será la predicción de nuestro futuro.

Y esta autenticidad comienza por consistir en darnos cuenta de que la periferia de nuestra vida, lo que —como solemos decir— «nos pasa», no está en nuestra mano, ya que ni siquiera está en nuestra mano no morir dentro de un instante. Pero que sí está en nuestra mano el sentido vital de cuanto nos pase, porque eso depende de lo que decidamos ser. En cada instante se abren ante el hombre múltiples posibilidades de ser —puede hacer esto o lo otro o lo de más allá. De aquí que no tenga más remedio que elegir una. Y evidentemente si la elige —si elige hacer ahora esto y no lo otro— es porque ese hacer realiza algo del proyecto general de vida que para sí ha decidido. El vivir, pues, es no poder dar un paso sin anticipar la dirección o sentido general de cuantos va a dar en su existencia.

Siendo así las cosas, la cuestión sobre el don profético del hombre se vuelve del revés. ¿Cómo no va a poder vaticinar si, por lo menos, con respecto al sentido general de su vida singular es el hombre quien lo decide? Por lo menos, en este sentido y límites vivir es profetizar, anticipar el porvenir.

Ese programa vital que cada cual es y que da el contenido interno y positivo a lo que «nos pasa» —recuerden que una misma cosa que pasa a hombres distintos adquiere en cada uno sentido diferente—, así, el hecho idéntico de estarme oyendo ahora es en cada uno de ustedes un acontecimiento vital de perfil más o menos diferente... Pues bien, ese programa de vida que cada cual es, es, claro está, obra de su imaginación. Si el hombre no tuviese el mecanismo psicológico del imaginar, el hombre no sería hombre. La piedra para ser no necesita construir con su fantasía lo que va a ser —pero el hombre sí. Todos sabemos muy bien que nos hemos forjado diversos programas de vida entre los cuales oscilamos realizando ahora uno y luego otro. En una de sus dimensiones esenciales la vida humana es, pues, una obra de imaginación. El hombre se construye a sí mismo, quiera o no —de aquí la honda expresión de San Pablo, el *oikodumein*, la exigencia de que el hombre sea edificante. Nos construimos exactamente, en principio, como el novelista construye sus personajes. Somos novelistas de nosotros mismos, y si no lo fuésemos irremediablemente en nuestra vida, estén ustedes seguros que no lo seríamos en el orden literario o poético.

Pero aquí viene lo más importante: esos diversos proyectos vitales o programas de vida que nuestra fantasía elabora, y entre los cuales nuestra voluntad, otro mecanismo psíquico, puede libremente elegir, no se nos presentan con un cariz igual, sino que una voz extraña, emergente de no sabemos qué íntimo y secreto fondo nuestro, nos llama a elegir uno de ellos y excluir los demás. Todos, conste, se nos presentan como posibles —podemos ser uno u otro—, pero uno, uno sólo se nos presenta como lo que tenemos que ser. Este es el ingrediente más extraño y misterioso del hombre. Por un lado es libre: no tiene que ser por fuerza nada, como le pasa al astro, y, sin embargo, ante su libertad se alza siempre algo con un carácter de necesidad, como diciéndonos: «poder puedes ser lo que quieras, pero sólo si quieres ser de tal determinado modo serás el que tienes que ser». Es decir, que cada hombre, entre sus varios seres posibles, encuentra siempre uno que es su auténtico ser. Y la voz que le llama a ese auténtico ser es lo que llamamos «vocación». Pero la mayor parte de los hombres se dedican a acallar y desoír esa voz de la vocación. Procura hacer ruido dentro de sí, ensordecerse, distraerse para no oírla y estafarse a sí mismo sustituyendo su auténtico ser por una falsa trayectoria vital. En cambio, sólo se vive a sí mismo, sólo vive, de verdad, el que vive su vocación, el que coincide con su verdadero «sí mismo».

Ahora bien, este verdadero «sí mismo» de cada cual, este programa de vida que es el vocacional comprende, claro está, todos los órdenes de la existencia, no se refiere sólo a la profesión u oficio que vamos a elegir. Se refiere, por ejemplo, al orden de nuestros pensamientos u opiniones. Cada uno de nosotros podrá tener las opiniones que quiera, pero sólo un cierto equipo de esas opiniones posibles constituye lo que él tiene que pensar si quiere pensar según su vocación. Y si se empeña en adherir a otras opiniones, vivirá intelectualmente en falso consigo mismo.

Pero al insistir yo tanto en que cada hombre tiene un programa vital que es el único auténticamente suyo, no se subentienda y con ello malentienda que, por ejemplo, lo que un hombre tiene que opinar, sea, por fuerza, distinto de lo que el prójimo tenga que opinar. Al contrio: la mayor parte de lo que tenemos que ser para ser auténticos nos es común con los demás hombres lanzados sobre el área de la vida a una misma altura del largo destino humano, es decir, con los demás hombres de nuestra época. Yo puedo pensar si quiero que dos y dos son cinco, pero la voz interior me grita que no lo pienso auténticamente, que tengo que pensar que dos y dos son cuatro. Ahora bien, esto no me es exclusivo: todos tenemos que pensar lo mismo en cuanto órdenes caen rigorosamente dentro del círculo de la ciencia. Es el destino del hombre actual: tener que pensar, quiera o no, científicamente, es decir, conforme a estricto razonamiento, en todo asunto que caiga en la órbita de la ciencia. La razón científica —se entiende en su zona y límites— es inexorablemente un imperativo que forma parte de la autenticidad del hombre actual. Y cuando oigan ustedes —como lo han oído estos años y seguirán oyéndolo todavía otros pocos, muy pocos ya— decir a alguien que él no quiere razonar ni pensar conforme a la ciencia, no le crean ustedes, se entiende, no crean ustedes que auténticamente él lo cree, por mucho que vocifere y aunque parezca dispuesto a dejarse matar por esa pseudo-creencia. Es tan poco auténtico como el que hoy sostuviese que la ciencia es todo, que la ciencia sola salva al hombre, etc. Esto era auténtico en 1833, pero no en 1933. El destino o proyecto vital del hombre europeo es hoy, en buena parte, distinto del de hace un siglo. Y es que ciertas dimensiones de nuestra vida individual no son ellas de contenido individual sino, al revés, comunes a todos o como suele decirse con término anticuado «objetivas». No hay un pensar sobre los números, un hacer cuentas, una matemática para cada hombre sino, al contrario, cuando el hombre piensa números, aritmetiza su verdad subjetiva, su autenticidad consiste precisamente en adscribirse a la verdad objetiva.

Y esta objetividad no se reduce a la ciencia. Con leve modificación de sentido existe también en otros órdenes: por ejemplo, en la política. Lo que el hombre de hoy puede decir como su opinión política para el porvenir no está a merced del azar individual. Hay una autenticidad política, querámoslo o no, que nos es común a todos los hoy vivientes en cada país, hay una vocación general política. Estaremos dispuestos o no a oírla, pero ella suena y resuena en nuestro interior. Y sería curio y sintomático de la época que esa única política auténtica de 1933 no estuviese representada hoy, en todo el mundo, por lo menos claramente, por ningún grupo importante y desde lejos visible. Si esto fuera así tendríamos que hoy está viviendo el hombre una vida política subjetivamente falsa, que está estafándose —lo mismo por la derecha que por la izquierda. Y como ustedes son jóvenes en su mayoría, tendrán tiempo holgado —bien seguro estoy de ello— para que los hechos les aclaren a ustedes estas palabras un poco enigmáticas que acabo de decirles.

Pero, a lo que iba. Como todos llevamos dentro una vocación en gran parte común, la que corresponde a ser contemporáneos, bastaría con que supiésemos escuchar su voz y no la alterásemos para que pudiéramos profetizar lo que va a ser en sus líneas generales el futuro, por lo menos el próximo. ¿Cómo no va a ser así, si son los hombres quienes hacen ese futuro, quienes lo imaginan? No es, pues, tanto mirando fuera cuanto perescrutando en la más solitaria soledad de sí mismo como puede cada cual prever el porvenir. Claro que esto, saber quedarse solo consigo y ensimismarse es una de las faenas más difíciles. Las pasiones, los apetitos, los intereses gritan de ordinario con más fuerza que la vocación y oscurecen su voz.

La otra advertencia que sobre este tema de la facultad profética humana —reverso esencial de su facultad histórica— quería hacer, es mucho más breve. Se reduce a esto:

Mi propósito era estudiar con alguna precisión las generaciones europeas de 1550 a 1560, pero, como no solamente lo que sobre ellas tengo que decir es muy distinto de lo que suele decirse, sino que mi concepción de la historia en general como ciencia y en su concreto desarrollo como realidad histórica acontecida, se parece muy poco a la tradicional, a la que está ya en este o el otro libro, no he tenido más remedio que dedicar este curso a preparar a ustedes para la exposición de mi preciso tema. Por eso he tenido que dar a ustedes una idea de la realidad que la historia investiga, esa extraña realidad tan inmediata a nosotros, pero tan desconocida que se llama nuestra vida. Luego he mostrado cómo debe proceder la ciencia histórica en vista de los caracteres genuinos de esa realidad y por qué el método de investigación tiene que ser la idea de las generaciones, raíz última de los cambios históricos. De ella se desprende que el hombre, en cuanto realidad histórica, viene siempre de un mundo y va a otro. El presente es escorzo del pasado y analizarlo es ver en lo actual la perspectiva del destino humano hasta la fecha. Como he dicho, la historia no se puede contar más que entera. De aquí que me fuera preciso alejarme con ustedes grandemente de mi tema. En 1600, al través de la crisis renacentista, se edifica un nuevo mundo sobre los escombros de la Edad Media. Por eso fue menester removernos hasta el origen del cristianismo, es decir, hasta otra época de crisis. Convenía, pues, aclarar un poco qué es eso de las crisis históricas en general, asunto de gran dramatismo para nosotros, ya que, según no pocos síntomas, andamos en una de ellas. Salvando las diferencias de cada una, he descrito ciertos fenómenos fundamentales y comunes a las tres crisis que Occidente ha sufrido: la que termina con el mundo antiguo, la del Renacimiento y la que ahora se inicia.

Con esto creo que quedan ustedes bien pertrechados para entender de verdad el gran drama humano que empieza en 1400 y concluye en 1650, drama de parturición que va a poner sobre el planeta un hombre nuevo —el hombre moderno.

Pero puesto ya a contar ese drama necesitaba hacer ver a ustedes por qué sucumbe la forma medieval de la vida europea, cómo la historia del siglo v al xv es una trayectoria balística en que el hombre disparado hacia el trasmundo divino por la desesperación asciende en ruta cristiana hasta el siglo xiii y luego recae en la tierra que quiso abandonar. Pero si era justificado que resumiésemos en una lección esos diez siglos, ya que lo importante para nuestro fin era percibir lo que en ellos hubo de trayectoria, es decir, de movimiento dialéctico, al acercarnos a la época que yo quiero aclarar con precisión —a 1550— no tenemos más remedio que frenar la marcha. Si no se entiende bien el siglo xv, no se entiende bien nada de lo que ha pasado después.

Ahora bien, el siglo xv es el más complicado y enigmático de toda la historia europea hasta el día. Y no por casualidad ni por extrínsecos motivos, sino precisamente porque es el siglo de la crisis histórica —la única propiamente tal que hasta ahora han sufrido los pueblos nuevos de Occidente, los que surgieron y brotaron de la otra crisis mucho más grave, catastrófica en que sucumbió la cultura antigua.

La complicación peculiar de este siglo proviene de estas dos causas:

1.ª La vida en él —como toda vida en crisis— es dual en su raíz misma: por un lado es persistencia de la vida medieval o, dicho más rigorosamente, supervivencia. Por otro, es germinación oscura de vida nueva. En cada uno de aquellos hombres del *quattrocento* chocan dos movimientos contrapuestos: el hombre medieval cae como el cohete consumido y ya ceniza. Pero en esa ceniza descendente, inerte, irrumpe un nuevo cohete recién disparado y ascendente, puro vigor cenital, puro fuego —el principio enérgico aunque confuso de un nuevo vivir, del vivir moderno. El choque entre lo muerto y lo vivo que en el aire se produce da lugar a las combinaciones más varias, pero todas inestables e insuficientes.

Como he dicho, el hombre es siempre un venir de algo y un ir a otro algo. Pero en las épocas de crisis esta dualidad se convierte en esencial conflicto, porque aquello de donde se viene y aquello donde se va son perfectas antítesis, no como en el cambio normal donde el ayer y el mañana son estaciones diferentes en una misma dirección, son modos diferentes de una misma actitud radical.

Este hombre del xv es, pues, constitucionalmente antítesis o, lo que es igual es en todo instante lo contrario de sí mismo.

Ya saben ustedes lo que para mí significa sustancialmente el hombre: no un alma y un cuerpo con sus caracteres peculiares psíquicos y físicos, sino un determinado drama, una precisa tarea vital. Los caracteres psicológicos y corporales son secundarios y no hacen más que modular diversamente el argumento del drama. El hombre es, por ejemplo, ante todo Hamlet y sólo después, secundariamente, la serie de actores con cara y temple diversos que lo representan. De este modo queda la historia objetivada y deja de ser una serie de chismes sobre el carácter bueno o malo de Fulano y Zutano. También deja de ser otra cosa, la más lucida hoy, lo que hoy aprecian más los mejores historiadores y de que luego hablaremos de pasada con motivo del libro sin duda mejor y en sus límites realmente óptimo que hay sobre el siglo xv: *El Otoño de la Edad Media*, del holandés Huizinga.

Este hombre, pues, del siglo xv está perdido en sí mismo, es decir, desarraigado de un sistema de convicciones y aún no instalado en otro, por tanto, sin tierra firme en que apoyarse y ser, sin quicio, sin autenticidad genérica. Exactamente como hoy está el hombre. Aún cree en el mundo medieval, es decir, en el trasmundo sobrenatural de Dios, pero cree sin fe viva. Su fe es ya habitual, inerte: lo cual, bien entendido, no quiere decir que fuese insincera. Ya analizaremos esto un poco, porque entenderlo es decisivo para entender al hombre moderno y aun al contemporáneo. Pero junto a esa fe consuetudinaria en lo sobrenatural, siente una confianza nueva en este mundo y en sí mismo. Empiezan a interesarle las cosas, las tareas sociales, los hombres; en suma, la naturaleza por sí misma. Las almas miran a la vez a uno y otro mundo, disociadas entre ambos; es decir, bizquean. Vitalmente casi todos los hombres representativos de este siglo son bizcos. Y experimentamos ante ellos la peculiar desorientación en que solemos hallarnos ante un bizco, porque no sabemos bien a dónde mira.

Su posición con respecto a aquello de donde viene es clara, porque el cristianismo puro se ha agotado, ha dado de sí cuanto podía dar y el rebrote de la Reforma no va a ser un avance, una nueva fórmula del cristianismo medieval, sino algo ya mundano, moderno. En cambio, no vemos clara la posición de este hombre ante la naturaleza, ante el mundo, por la sencilla razón de que él mismo no sabe aún qué hacer con su circunstancia mundanal, aún no tiene cuajado un sistema de creencias precisas respecto a él. Tiene sólo claro el afán y la ilusión de y por este mundo, está ya movilizado hacia una cultura cismundana; es como una flecha en camino hacia su blanco. De aquí que todas las actitudes de este siglo en lo que tiene de innovación sólo se entienden si recorremos constantemente la trayectoria entera hasta 1600, en que aparecen maduras, aristadas, definidas. Concretamente dicho: en todo el siglo xv no hay tal vez un solo pensamiento que haya merecido quedar estabilizado en el repertorio humano de lo claro y logrado. Todos son barruntos, entrevisiones torpes, amagos, tendencias, ensayos; en suma, transición. En la ideología de Galileo y Descartes la humanidad ha podido sentarse porque se componía de pensamientos plenamente pensados. En la ideología del siglo xv esto fue imposible porque se trataba de pensamientos embrionarios, móviles ellos mismos, en ruta hacia su futura perfección.

La otra causa que hace tan complicado el estudio de este siglo es conexa con la expuesta.

Al ser una época no de instalación en un mundo, sino de éxodo, de peregrinación hacia uno nuevo aún no alcanzado, los diferentes pueblos que forman la gran convivencia histórica de Europa se hallaban en distintos tramos del camino, unos aventajados, otros zagueros.

Nótese que para los efectos históricos tiene en cada época la tierra una configuración diferente, quiero decir, que las distintas porciones del planeta se articulan en un como organismo topográfico siempre diferente. Ciertos territorios actúan como vísceras de la vida general del tiempo, mientras los otros son mera periferia, músculo o tejido adiposo.

Así en el xv vemos destacarse tres pueblos que representan ese papel de vísceras, de estaciones emisoras de soluciones a los problemas que la circunstancia general europea planteaba: son y en este orden: Italia, los Países Bajos, España.

Italia es la porción de Europa más avanzada en la evolución intelectual y sentimental: en cierto modo, está ya casi fuera del círculo ideológico medieval. Los Países Bajos representan el máximo avance en el orden religioso que establece una continuidad entre lo medieval y el modo nuevo de la vida. España, ni religiosa ni intelectual ni sentimental o estéticamente estaba muy adelante. En estos órdenes se hallaba inclusive detrás de Francia que, sin embargo, no cuenta. Pero hay una dimensión, una sola de la vida en que había logrado madurez mayor que todos los demás pueblos de Europa: la política. Si de los Países Bajos va a derramarse sobre el continente la semilla de la religión moderna y de Italia los gérmenes de la ciencia nueva, de España saldrá el invento moderno del Estado.

Con toda esta complicación deben ustedes contar en el ensayo que voy a hacer hoy y el próximo y último jueves de este curso para dar una idea de la forma de la vida en el *quattrocento*. Precisamente en épocas como éstas es donde resulta ineludible, si se quieren apretar un poco las cosas, proceder por generaciones. Yo no puedo ahora intentarlo, pero hago constar que jamás se conocerá bien este siglo mientras no se le aplique con rigor ese método. Lo propio acontece con el siglo I antes de Cristo y los siguientes. Por algo los historiadores del Cristianismo y exégetas del Nuevo Testamento no han tenido otro remedio y, en verdad, sin darse cuenta de que lo hacían, sino disponer su investigación por generaciones distinguiendo muy bien entre la de los Apóstoles y las siguientes.

Imaginémonos que hemos nacido en torno a 1400. ¿Cómo se presenta para nosotros el asunto que es vivir? Creemos en la religión cristiana, es decir, creemos que nuestra vida depende en definitiva de un ser infinito que exige de nosotros durante nuestro breve paso por este mundo un determinado comportamiento intelectual y moral o, lo que es igual, tenemos que pensar ciertas cosas y cumplir ciertos actos u omitir otros. El repertorio de eso que tenemos que pensar sobre Dios y eso que tenemos que hacer u omitir no podemos averiguarlo por nuestra cuenta y medios. No es cuestión de razonamiento. Dios lo ha revelado a la Iglesia. Los dogmas y los mandamientos son absurdos, pero con un hecho bruto con que tenemos que contar. Contar con esos hechos irracionales, aceptarlos cuanto más absurdos nos parezcan, eso es la fe para nosotros que hemos estudiado en las cátedras de los ockamistas, los cuales van a subrayar más radicalmente que en ninguna otra época del cristianismo el *credo quia absurdum*. Con los dogmas, pues, y los mandamientos no tenemos nada que hacer, sino reconocerlos como se reconocen los hechos nudos. Nuestra fe es, pues, muy distinta de la de San Agustín, San Anselmo y Santo Tomás. Nosotros somos —fíjense ustedes—, somos en cuestiones de fe, positivistas. La Iglesia dice que hay que creer o hacer tal cosa como de *fide*, y no hay más que hablar. Todo lo sobrenatural es irracional, porque Dios es una potencia absoluta que no se somete a nada salvo a no hacer lo que es en sí mismo contradictorio. Otra cosa sería racionalizar a Dios y la razón es cosa puramente humana. Así, por ejemplo —no se me asusten ustedes—, así, por ejemplo, Dios podía muy bien tomar la forma de un asno, porque ser asno no es, como ser cuadrado redondo, una contradicción. El maestro de nuestros profesores, el genial Ockam, aunque con protestas de muchos, lo había sostenido textualmente en su *Centiloquium theologicum: Non includit contradictionem Deum assumere naturam asininam.* Y sería —conste— una gran tontería creer que Ockam no era un sincerísimo cristiano. Claro es que si aquello es posible, no lo será menos *quod ignis de potentia dei absoluta potest recipere frigiditatem.*

Esto quiere decir que, salvo lo contradictorio, todo, todo es posible si se piensa en absoluto o, lo que es igual, que para existir lo que existe y ser como parece ser, no hay ninguna razón absoluta. Eso que llamamos la naturaleza —los movimientos de los astros, la tierra, nosotros— es una pura contingencia: podía no existir y podía, aun existiendo, ser de otra manera. Si tomamos las cosas en absoluto reconoceremos que nuestro pie no pisa en nada últimamente firme. Nuestra única firmeza es confiar en Dios, confiar sin pretender conocer su ser ni sus designios. Fe es eso: fiducia, confianza en una persona, no creencia evidente en que dos y dos son cuatro, que es confianza en la firmeza de una cosa; la nuestra en Dios es una confianza en bloque que no nos da confianza ninguna respecto a nada concreto. Éste es nuestro positivismo religioso. Sea lo que Dios quiera, porque Dios es eso: querer, voluntad omnímoda.

Esta renuncia, desde luego, a nada absoluto en el orden de la realidad da a nuestra vida un estrato básico de resignación. Nuestra fe es un poco triste, cuando menos melancólica. Es el siglo de los melancólicos. Cuando en Italia algunos se entusiasman y hasta se ponen exaltados por cosas de este mundo, si miramos bien descubriremos tras ese fuego de primer plano un fondo de alma melancólico, en el cual acaban por recaer. Lorenzo el Magnífico acabará así. Y fue el hombre del rumbo, del festival perpetuo, de los *triomphi*.

Si lo absoluto es absoluta arbitrariedad, irracionalidad, ¿qué es, entonces, esta realidad que hay —la tierra, los astros, sus movimientos, la mente humana? Pues eso que hemos dicho: todo eso existe y es como es sencillamente porque Dios ha querido. Igual que los dogmas, Dios pudo revelarnos otros dogmas opuestos a los que de hecho ha revelado. El *credo* como la realidad natural son decretos divinos siempre susceptibles de ser abolidos. La realidad, pues, no es sino la contracción de la potencia absoluta de Dios a *potentia ordinata:* Dios pudo hacer cualquiera realidad, pero de hecho ha fabricado ésta. También frente a este mundo nos encontramos, pues en una actitud positivista. Santo Tomás y San Buenaventura, como estaban en la creencia de que Dios es en buena parte inteligible porque es racional, podían pretender deducir las cosas de este mundo, su peculiar figura y comportamiento de los atributos divinos. Pero, ahí está, nosotros nos hallamos en una creencia opuesta y nos parece que Santo Tomás y San Buenaventura padecieron una ilusión. Nosotros estamos ciertos de que Dios ha hecho el mundo, pero ahí acaba todo, porque, al mismo tiempo, estamos ciertos de que no lo ha hecho por ninguna razón. Esto de la razón es ya cosa creada, humana y un instrumento que poseemos para habérnoslas con la naturaleza, no con la sobrenaturaleza. Empezamos, pues, a sospechar vagamente algo tremendo que los siglos anteriores no entrevieron: que es preciso explicar las cosas del mundo desde dentro de lo mundano y separar radicalmente la fe y la razón, éste y el otro mundo. El hombre empieza a vivir con cuenta doble: ya no puede ser sólo cristiano. Dios, precisamente porque es Dios, no nos sirve para andar por el mundo. Éste, en cambio, al cobrar esta súbita independencia cobra nuevo atractivo: el de tener su secreto propio y aparte del secreto divino.

¡Qué poco se parece, en vista de esto, nuestra existencia a la de un puro cristiano, aquellos cristianos primitivos que se llamaban a sí mismo «los santos»! Santidad no es sino una forma de vida: consiste en que toda esta vida es vivida como si fuera ya la otra. ¿Cómo? Muy sencillo: no nos ocuparemos en cosa alguna tomándola en serio, es decir, por ella misma, sino que nuestra ocupación con esto o con lo otro será tomada como mero pretexto para ocuparnos con Dios. Reducimos nuestra existencia a trato con Él. Con lo demás no tratamos directamente. Sentimos un dolor y en cuanto no más que hombres tendríamos que ocuparnos en serio con él en la forma que solemos llamar sufrimiento. El dolor es entonces una cosa negativa. Pero si en vez de tomarlo en serio como algo sustantivo y por sí, lo tomamos como algo que Dios nos envía, lo habremos transmutado, transfigurado en algo positivo y el sufrirlo será una realidad gozosa, y en la entraña acre del dolor brotará, inesperado, un hilillo de delicia.

El santo vive esta vida desde Dios y cara a Dios, esto es, partiendo del punto de vista divino va a las cosas y vuelve con ellas a Dios. Es un viaje circular, de ida y vuelta a Dios. La vida circular del santo es sólo tangente a las cosas: las toca en un punto, pero no se suma a ellas, no es cogido por ellas. Mas nosotros, si bien seguimos viviendo desde Dios, lo hacemos cara a este mundo y sin viaje de vuelta. Venimos de Dios, pero éste queda a nuestra espalda, como el fondo habitual del paisaje: mas a lo que atendemos propiamente es a lo terrenal.

Ya no podemos llenar nuestra vida ocupándonos con Dios, porque hemos llegado a la creencia de que Dios es inasequible directamente, es el más allá como tal, es lo que hay tras el horizonte, ese perfil de la remota serranía que cierra nuestro paisaje, cuyo papel es estar ahí al fondo, pero que por lo mismo es donde no vamos nunca. Vamos aquí o allá dentro de nuestro horizonte, pero no al más allá, que entonces dejaría de ser más allá.

Me esfuerzo denodada, aunque acaso vanamente, por precisar la compleja actitud religiosa de este hombre cuatrocentista, la estructura de cuya vida quisiéramos ahora revivir.

Consecuencia de esa actitud es que el hombre en este positivismo religioso se desinterese de los dogmas. Y, en efecto, en el siglo XV nadie se ocupa de teología dogmática. Se ha secado su fuente. Ya no volverá a manar hasta un siglo después de la Reforma y la reacción contra ésta en el Concilio de Trento. Ahora bien, fíjense ustedes que esa teología es la ocupación con el ser divino, con su esencia, atributos, misterios constituyentes. Eso es lo que ha preocupado desde San Agustín hasta el siglo XIV. Mas ahora la religión va a consistir en una cosa muy curiosa. Una expresión afortunadísima va a descubrinos el secreto de esta nueva forma de santidad que ya es una forma intramundana de la santidad, de una religión que no va a ser teología, dogma, en suma, fe viva, sino conducta en el mundo como tal. La expresión es ésta: Imitación de Cristo. ¡Ah!, la vida que consiste en imitar a Cristo, 1.º, se desinteresa de si Dios es de este o del otro modo, en su propio ser, en su más allá. 2.º, de la Trinidad segrega una sola persona: Cristo. 3.º, de Cristo toma, no lo que tiene de persona trinitaria, sino lo que tiene de hombre ejemplar. He aquí, por qué curioso escamoteo, hemos llegado a una forma de religión en que, si se me entiende bien, hemos secularizado el cristiano, subrayando de Dios su única vertiente humana intramundana. No es, conste, que el hombre se vaya fuera del cristianismo: es lo contrario, que el hombre trae el cristianismo al punto de vista y de acción humano. Por eso he hablado de secularización. Y, en efecto, *ipso facto* surge en toda Europa un enérgico desdén religioso —nótenlo bien, ¡religioso!— contra la antigua figura de la santidad, de la vida perfecta, a saber: contra los frailes y, en general, eclesiásticos. La nueva religión que ha inspirado a Tomás de Kempis comenzó por ser laica y de laicos, quiero decir, de seglares, seculares —los llamados «Hermanos de la vida común», de Deventer, en Holanda, que derramaron su influjo sobre Alemania y Francia y fueron germen de la Reforma. Ésta es la *devotio moderna*. En efectividad, Dios es para ellos ante todo el hombre Cristo—que ni siquiera es sacerdote. Y lo más notable del caso es que el título primitivo de la *Imitación de Cristo* era: *De contemptu mundi*.

Nada como esto —y por eso he empezado con ello— puede darnos una idea más aguda de que la vida va a cambiar su centro de gravitación; no es ya que frente a la religión se afirme el mundo y esta vida, sino que el mundo, en su especie de vida humana, se mete en la religión y la absorbe. La vida antigua fue cosmocéntrica; la medieval, teocéntrica; la moderna, antropocéntrica. ¿Y la que viene?—me preguntan ustedes ahora, sin mover los labios, pero de modo tal que yo lo oigo desde aquí. Con todas las reservas y modestias que asunto tan grave recomienda, no les oculto que creo saber muy bien cómo va a ser la vida que viene..., pero no se lo digo a ustedes ahora. Quedemos citados para el año que viene. Si verdaderamente les interesa a ustedes saberlo y no se trata de una curiosidad frívola, no les parecerá excesiva la espera.

Prosigo.

La religión de todo el siglo XV se nos ha hecho devoción —nada más. El seglar, el hombre que vive en el mundo está asqueado, aburrido de frailes y eclesiásticos. Quiere tratar con Dios a su modo y como su modo es mundano, consistirá no más que en cierto ascetismo y pulcritud de conducta, en oraciones, en meditaciones muy sencillas de contenido, pero que mantienen el alma en un como permanente enternecimiento. Es una religión sensiblera —en rigor, es cuando se inventa la beatería, desconocida de la Edad Media. El seglar, aun dentro del circuito religioso, se subleva contra el clérigo, contra el teólogo sabio. Desprecia la sabiduría: no es necesaria la *altitudo intellectus neque profunditas mysteriorum Dei* —dice la *Imitación*, IV, 18— *beata simplicitas quae difficiles quaestionum relinquit vias et plana ac firma pergit semita mandatorum Dei*. Simplicidad ante todo. El hombre se ahogaba en la selva teológica y eclesiástica —*sacra ignorantia*, repiten una y otra vez estos laicos devotos. Y como deciden ser ignorantes, no necesitan de los clérigos como intermediarios en su trato con Dios. Es más, se fundan conventos para imitar a los seglares de Deventer. Y el prior del convento que más influyó en el siglo XV —Windeshein— adoptará como nombre Juan No Sé. «Religión del alma» —buscamos—, no del intelecto. Queremos llorar. Y, en efecto, es el siglo de las lágrimas. Todo el mundo tiene los ojos blandos y se pasa la vida saboreando la acidez del líquido lacrimado. En resumen: el dogma que es el más allá divino no interesa, se busca la lágrima, el estado emotivo que es de este mundo.

Habría sido para escuchado lo que San Agustín hubiera dicho ante esta *devotio moderna*, él que era una especie de fiera de Dios. Lo más suave habría sido esto: «Eso es más una moral que una fe».

Siglo de la mística, pero no creadora, sino que da vueltas y vueltas a la antigua.

El nuevo místico —como los nuestros— habla poco de Dios, sólo de los estados espirituales y aun corporales de sí mismo mientras se ocupa con Dios.

Se llega a amaneramientos extremos. «A la mesa, Susón —refiere Huizinga— solía, al comer una manzana, cortarla en cuatro partes, comiendo tres en nombre de la Santísima Trinidad y la cuarta en conmovido recuerdo de cuando la Madre celestial dio a comer una manzana al tierno niñito Jesús —*irem zarten kindlein Jesus*. Y comía esta cuarta parte con piel, porque los niños pequeños gustan de comer las manzanas sin pelar. En los días siguientes a Nochebuena —o sea, en el tiempo durante el cual el Niño Jesús era todavía demasiado pequeño para comer manzanas— no comía el cuarto trozo, sino que lo ofrecía a María para que ésta se lo diese luego a su Hijo. Lo que bebía lo tomaba en cinco tragos, para conmemorar las cinco llagas del Señor; pero como del costado de Cristo había fluído sangre y agua, dividirá en dos el quinto trago», etc., etc.

A tal punto llegó el amaneramiento mundanizante de la religión.

Mientras tanto, los frailes no se ocupaban apenas de nada divino. Su desprestigio es universal. Un cronista del tiempo, personaje, por lo demás, piadoso, Molinet, en una felicitación de año nuevo dirá:

> *Prions Dieu que les Jacobins*
> *Puissent manger les Augustins*
> *Et les Carmes soient pendus*
> *Des cordes des Frères Mineurs.*

Todo esto es el puro cristianismo medieval que se viene a tierra. ¿No es ésa la situación religiosa del hombre moderno? Dios, al fondo.

Lección XII

RENACIMIENTO Y RETORNO

Era, por muchas razones, necesario poner bien de manifiesto que en el siglo xv experimenta la forma del humano vivir un cambio radicalísimo, aunque, por lo pronto, las manifestaciones de ese cambio son todo menos radicales, son tenuísimas y parecen sólo diferencias de matiz. El cambio radical consiste en que hacia 1400 el hombre deja de estar en el cristianismo. La estructura de su vida no es ya la estructura rigorosa de estar en la fe cristiana. Por vez primera en la evolución del destino europeo se advierte que la situación del hombre consiste en venir ya del cristianismo, en vez de estar en él. Y como todo aquello de donde se viene, queda a nuestra espalda. Este hombre del xv, como en forma mucho más acusada nosotros, ha sido cristiano. ¿Significa esto que lo haya dejado de ser? En modo alguno. ¿Lo que hemos sido ayer o anteayer lo hemos dejado en absoluto de ser, no pertenece a nuestra consistencia actual? Claro que pertenece, claro que seguimos siéndolo, pero precisamente en el modo del «sido». Lo que ayer fuimos ahormó y dio un cierto gálibo a nuestro ser. Cuando el contenido de ayer se volatiliza queda en nosotros, indeleble, la horma, el gálibo. Una vez más repito que el pasado continúa en el presente, forma parte de él. El hombre europeo ha sido cristiano, como ha sido platónico, como ha sido estoico, como ha sido gobernante romano, como ha sido paleolítico, y todo esto que ha sido sigue siéndolo en el modo de ingrediente abstracto de su actualidad. La prueba de ello es que si al hombre le hubiese faltado la experiencia radical del cristianismo, sería hoy muy distinto del que es. Tal es la inexorabilidad del preciso destino que en la historia concreta ha sufrido el hombre. Pudo ese destino ser otro, pero ahí está, fue ése, precisamente ése y en esto consiste lo interesante, lo dramático, lo imprescindible del estudio de la historia. Al bajar al pasado no hacemos sino descender a los sótanos de nuestra propia actualidad. Cada componente de nuestro ser tiene una fecha en que se produjo. Por eso me importaba mostrar cómo data del siglo XV una faceta aún plenamente viva de nuestro ser: tener cristianos a nuestras espaldas, ser cristianos en el modo de haberlo ya sido y venir de la fe. Entonces se constituye la vida humana en una dualidad de raíz que ha sido la desdicha y la impureza esencial de la Edad Moderna, que aún no ha sido ni mucho menos eliminada en nosotros: se vive por partida doble, de la fe y de la razón, a sabiendas de que son principios antagónicos. Y para la dimensión profunda de la realidad histórica a que ahora me refiero, es indiferente la distinción actual entre cristiano y ateo. El cristiano de la Edad Moderna y Contemporánea tiene, quiera o no, que ser también racionalista y naturalista, cualesquiera sean los subterfugios y sutilezas —hablo sólo de las leales y honestas— de que se valga para cohonestar en su intimidad la supervivencia de la fe. Y viceversa: el ateo moderno y contemporáneo tiene una zona decisiva de su vida a la cual no llega la razón ni el naturalismo: ve esa zona, la siente, la lleva en sí, aunque luche por negarla y cegarse para ella. Es decir, cree sin contenido concreto de creencia, vive una fe deshabitada y en hueco.

Conviene, pues, distinguir entre el «estar en algo» y el serlo. Somos muchas cosas y, sin embargo, sólo estamos, sólo gravitamos hacia algunas. Y a veces, aquello en que estamos no es ni siquiera lo que más sustantivamente somos. Por ejemplo, es indiscutible que hoy el hombre *está* en la economía y la política. Sin embargo, hace muchos años escribía ya que, después de una etapa de obsesa ocupación con lo económico y lo político, descubriría de pronto que ambas son ocupaciones de segundo orden, lo cual no quiere decir que sean excusables y que haber estado de tal suerte en ellas había sido no sólo un craso error objetivo, sino subjetivamente falso, que había estado en esas ocupaciones sin la conciencia limpia, inauténticamente. Ya estamos en la etapa de obsesión, ahora falta que el resto del pronóstico se cumpla.

Esta dualidad y disensión íntima entre la razón y la fe nos es tan habitual —a unos y a otros, a católicos e irreligiosos—, estamos de modo tan nativo sumergidos en ella que no la percibimos claramente. Hasta el punto de que ella es quien nos impide, sin un costosísimo esfuerzo para comprenderla, colocarnos en la posición del puro hombre medieval, del puro cristiano cuya vida era en su raíz unitaria. Y perdóneseme, pero no admito que me venga el católico de nuestro tiempo con aire petulante diciendo que a él no le cuesta ningún trabajo, porque él sigue siendo el hombre medieval. Eso es completamente falso cuando se miran las cosas con alguna precisión y claridad. Por supuesto, como ustedes saben, yo, que no soy católico, no tengo un solo pelo de anticlerical, y creo que ser anticlerical es una de las mayores pruebas de modestia que hoy un hombre pueda dar —porque hoy anticlerical es sólo el que no puede ser otra cosa, es una manifestación de íntima incultura, es decir, de inactualidad, como otra cualquiera; por ejemplo, como ser clerical.

Pero a lo que voy: el católico de la hora presente, con todo su ferviente catolicismo, está alojado en el mundo actual, en la posición naturalista, y este alojamiento no es un extrínseco pasar en ese mundo, sino que consiste en ser ese mundo, en llevarlo en sí, quiérase o no. El católico es sostenido vitalmente, llevado por esa posición naturalista lo mismo que su enemigo —con sólo diferencias en el más y el menos, a fuer de tales meros accidentes. Usa de esa posición constantemente, habita en el racionalismo, está en él; lo que pasa es que emplea una parte de sí mismo en negarlo y combatirlo. Uno que está dentro de una casa, cobijado en ella, puede entretenerse en dar golpes de pico en las paredes para derribarlas, pero no por eso deja de estar dentro de ella.

El experimento mental que habría que hacer para comprender la situación del catolicismo y, en general, del cristianismo en nuestra época es imaginar en serio que el catolicismo tuviese de pronto y de verdad que tomar en peso, como posición radical y exclusiva, la humanidad de hoy. Pero acaece lo contrario: está en la oposición, que es siempre cómoda, y consiste en tomar lo que conviene en cada hora e irresponsabilizarse del resto. ¡Ah!, no; el catolicismo en nuestro experimento imaginario tendría, por ejemplo, que sostener *todas* las ciencias actuales, todas y, nótese, las ciencias —no los discursos anticlericales a los cuales es misérrimamente fácil contestar.

No coceemos contra el destino: es inútil. El del hombre moderno y contemporáneo consiste, entre otras cosas, en arrastrar esa dualidad íntima y tener que atender al doble y opuesto imperativo de la fe y la razón.

Hace pocos días, un ministro socialista pronunciaba un discurso en Oviedo, donde por motivos biográficos resume la trayectoria de su vida. En él encuentro este texto que cito, como he citado textos del siglo xv o del xiii: «La legión socialista, esta nuestra, cada día en mayor cohesión por ese nuevo espíritu religioso, casi ya tan fuerte como el cristianismo, que se llama solidaridad obrera». ¿Cómo es que este trozo —cualquiera que sea la exactitud o inexactitud del hecho que afirma—, este trozo con su exaltación tan de epístola a los corintios surge por escotillón en el discurso de este hombre tan denodada y ruidosamente ateo? ¿Qué falta le hace religión y emparejamientos con el cristianismo? ¿Por qué no le basta con la economía política y el socialismo? ¿Por qué estirar éste hasta hacer de él algo religioso?

Y, sin embargo, fuera un error creer que se trata de pura retórica, aunque claro es que es también retórica. No es pura retórica y el que lea el primer párrafo emocionado de este discurso, no sólo descubre que no lo es, sino que encuentra una confirmación ejemplar de mi tesis. Refiere, en efecto, cómo niño se encontró en los barrios proletarios de Bilbao: «Y allí, en ese ambiente, se fue formando mi espíritu y, repasando los tristísimos recuerdos de una infancia desvalida, me hice, no sé si de pronto o lentamente, como se constituyeron las formaciones espirituales más recias, me hice el propósito, *me tracé el designio de servir de por vida a todos los desvalidos*, a todos los humildes, a todos los miserables, entre los cuales me encontraba y con los cuales tuve siempre fuertes lazos espirituales».

Señores, quiera o no el ministro socialista, eso es esencial cristianismo—es cristianismo en hueco. Si no hubiera habido cristianismo, no se le habría ocurrido a este hombre dedicar su vida a algo. He ahí lo fundamental de la experiencia cristiana del hombre: todo lo demás es secundario, casi anecdótico al lado de eso. Descubrir, caer en la cuenta de que la vida en su última sustancia consiste en tener que ser dedicada a algo, no en ocuparse de esto o de lo otro dentro de la vida, que eso sería lo contrario, meter en la vida algo que se considera valioso, sino tomar en vilo nuestra existencia entera y entregarla a algo, de-dicarla..., ésa es la averiguación fundamental del cristianismo, lo que indeleblemente ha puesto en la historia, es decir, en el hombre. El hombre antiguo ignoraba eso: para él, en el mejor caso, la vida recta consistía en aguantar con dignidad los golpes de la fortuna —esto era en su mejor extremo el estoicismo: la vida como aguantar, el *sustine* de Séneca. Pero desde el cristianismo el hombre, por ateo que sea, sabe, ve, no ya que la vida humana debe ser entrega de sí misma, vida como misión premeditada y destino interior —todo lo contrario que aguante de un externo destino— sino que lo es, queramos o no. Díganme ustedes qué otra cosa significa la frase tan repetida en el Nuevo Testamento y como casi todo el

Nuevo Testamento tan paradójica: «el que pierde su vida es el que la gana». Es decir, da tu vida, enajénala, entrégala, entonces es verdaderamente tuya, la has asegurado, ganado, salvado.

Y esta concepción de la vida como dedicación de sí misma a algo, como misión y no simplemente como uso discreto de algo que nos hubiesen regalado y dado ya hecho, tiene un reverso: que entonces la vida es en su propia esencia responsabilidad de sí misma. ¿Quién si no el cristianismo ha hecho este descubrimiento de la vida como consistiendo en responsabilidad?

No se diga que he hablado de política; he hecho todo lo contrario: de un discurso político que, como casi todos los de nuestra época, es un poco chabacano y ridículo, he tomado unos párrafos y he procurado lealmente ennoblecerlos extrayéndoles su arcana médula ultrapolítica.

He tomado ese ejemplo como podía haber tomado otro cualquiera de nuestro tiempo, pero era menester hacerlo para que su mismo carácter de vulgar actualidad periodística sirviese de expresión hiriente a esa posición extraña en que el hombre se halla colocado desde el siglo xv. Se comprende que en ella han tenido que variar enormemente las cosas durante estos cinco siglos, pero ya es de sobra elocuente que baste cerrar la mano en el aire de hoy para que quede prisionero en el puño algún hecho que perpetúa ese modo de ser cristiano cuando ya no se es.

Y durante esos cinco siglos asistimos a un constante empeño por llenar con algo que no sea cristianismo el hueco de él: en el mismo *quattrocento* se inicia ya lo que había de llamarse la religión natural. El propio Cusano la insinúa. A su juicio, los credos de las diferentes religiones son, en última instancia, igualmente verdaderos. Dios es inasequible —hizo un libro, *De deo abscondito*— y nuestras ideas de él son vistas que de él tomamos, consistentes en que proyectamos sobre él nuestra peculiaridad. Por debajo de las religiones diferentes corre la unidad de una religión natural. De aquí que llegue a decir: *Ego ingenium applicui ut etiam ex Alcoram evangelium verum ostenderem. Cribatio Alchorani—Prologum.* Cusano representa los comienzos del siglo —nace en 1401. Esa vena de tolerancia casi dieciochesca no hará sino engrosar en las generaciones posteriores hasta el protestantismo que la detiene. La forma extrema de ella, el *Colloquium heptaplomeres* de Bodino, será ya una obra nefanda que no pudo publicarse. Por cierto que en el diálogo es un español —Torralba— el encargado de representar la máxima tolerancia religiosa.

El deísmo del siglo XVII es otro ensayo para henchir el espacio del alma europea que dejó en hueco el cristianismo al evaporarse. El XIX intentó teologizar la cultura. Veremos qué intenta el nuestro o si el nuestro intenta, con una nueva creación, superar esa dualidad radical de la vida moderna que tanto me importaba subrayar.

Precisamente porque quería mostrar cómo en el siglo XV deja el hombre de estar en el cristianismo como lo había estado durante la Edad Media, dediqué la lección anterior a describir exclusivamente la forma más sincera y honda de piedad de que era capaz el tiempo. Y vimos cómo aún esa *devotio moderna* era ya una mundanización de la fe, era vivir desde Dios, pero cara al mundo. Por uno u otro camino, aun sin salirnos del lado formalmente religioso de estos siglos XV, XVI y XVII, veríamos que siempre se va a lo mismo y en proporción creciente: siempre se acaba por afirmar este mundo. Y ello resulta tanto más curioso cuanto la intención parece tanto más contraria. Así, lo que separa a Lutero de la Iglesia es el carácter mundano de ésta: por eso rechaza la vida eclesiástica como verdadera vida cristiana y en su lugar afirma el carácter formalmente religioso de la vida seglar y sin mundanos quehaceres bajo la especie de trabajo y profesión. Servimos a Dios precisamente cuando servimos a este mundo, en el oficio y vocación en que Dios nos ha puesto.

Y el enemigo del protestantismo, San Ignacio de Loyola, creará para combatirlo una Orden al revés que las tradicionales. Éstas se proponían llevar al hombre de esta vida a la otra por el camino más corto. Su disciplina era la palanca que desencaja al hombre de su encaje y raigambre mundanos. Parten, pues, de esta vida y apuntan a la otra. Los jesuitas, al revés, parte de la otra vida para ocuparse de ésta, para batallar en la mundanidad y con preferencia allí donde lo mundano es más denso —las cortes, las escuelas, la política. Es la primera Orden moderna y trae todos los síntomas de la nueva vida cismundana. Por eso, su organización toma como modelo precisamente el instituto más secular que existe, el más remoto de misticismo: el ejército. La Compañía de Jesús es un tercio castellano a lo divino. Opuesta al protestantismo, coincide con él en el vector de su inspiración, revelando con ello la identidad de época a que pertenecen.

Si ésta era la religión de los hombres dotados de personal y profunda vocación religiosa, los que por destino individual hubieran sido religiosos en cualquier tiempo, imagínense ustedes cómo habían de comportarse en este siglo XV, sobre todo en su segunda mitad, los demás, los que individualmente no eran religiosos. La impresión de sentir el hombre medio por vez primera a su espalda el cristianismo produjo en él el efecto de lanzarlo sobre el mundo con un apetito y una conducta tan profundamente irreligiosos que, sin vacilar, puede considerarse ésta como la etapa más irreligiosa que haya habido en toda la historia europea. Si no se advierte esto y alguna otra cosa que luego diré, reconocerán ustedes que es ininteligible la Roma de los Borgia. No es admisible que el historiador se contente con referirnos aquella apretada urdimbre de crímenes, es menester que nos explique cómo fueron posibles. Pero su etapa más exacerbada corresponde a las postrimerías de este siglo, en que aparecen ya claros los síntomas propios del siguiente. Quede, pues, el tema para cuando nos ocupemos del XVI.

Ahora quisiera yo dejar en la mente de ustedes un esquema brevísimo, pero claro, de las primeras reacciones con que el europeo de 1400 a 1480 responde a esta nueva situación consistente en tener que habérselas con su contorno sin fe viva, por tanto, con solos sus medios humanos. A tales efectos puede dividirse esta centuria de transición en dos tramos: una primera etapa en que perdura el goticismo, y otra en que llega a pleamar el llamado humanismo.

Llamo goticismo *sensu stricto* a lo siguiente: resten ustedes de lo que era el mundo para la Edad Media avanzada cuanto se refiere a Dios —por tanto, teología, mística, piedad— y quédense sólo con lo que procedía del pensamiento en cuanto actividad profana. Eso que queda es lo que llamo goticismo. Consiste, pues, en el mundo medieval mismo: sólo que ahora puesto como independiente de Dios. Hemos visto que esta disección y este dejar abandonado a sí mismo el mundo, amputándole, mejor dicho, incomunicándole con el trasmundo de la fe, fue la obra de los ockamistas. Esta obra no tuvo, por lo pronto, más que un sentido crítico y negativo, ése: mostrar que no es posible deducir el mundo de Dios, sino que este mundo, bien que creado por Dios, es un hecho absoluto y desnudo con que hay que habérselas, y que carece de un principio o razón superior a él que lo explique y fundamente. El ockamismo, pues, por motivos de detalle técnico que no tengo ahora tiempo de exponer, no modifica, por lo pronto, la figura del mundo; simplemente corta radicalmente su relación concreta con Dios. El sentido positivo que tuvo, y que el otro día expuse, no aparece todavía.

¿Y en qué mundo se encuentra teniendo que vivir este hombre que sólo es cristiano de espaldas? O lo que es igual: ¿cuáles son sus creencias sobre este mundo? En fin de cuentas, el mundo que Aristóteles había pensado, sólo que anquilosado y terriblemente complicado. Ahora se ve lo poco que la inspiración cristiana fue aprovechada para la interpretación de las cosas.

Intentemos, como el otro día, revivir por nuestra cuenta aquella situación.

Dentro de ella nos encontramos estando en una creencia, casi la más opuesta que cabe imaginar a la que sostiene y lleva la vida del hombre actual. Hoy se ve la naturaleza como una infinidad de fenómenos que obedecen a unos cuantos, poquísimos principios. La física es hoy una ciencia que casi, casi se deriva toda de un solo principio. Todo el cosmos físico-químico es una realidad única, homogénea, que se reduce en última instancia a masa, gravitación y espaciotiempo. Para nosotros, que somos ahora imaginariamente hombres de comienzos del xv, la realidad es mucho más complicada. Aun dejando a un lado el trasmundo divino y ateniéndonos sólo a éste, encontramos que se divide en dos radicalmente diferentes: el mundo de los astros, de los cielos y el mundo de la tierra o sublunar. La diferencia entre ambos, repito, no puede ser más radical: el mundo de los astros es inmutable, incorruptible; en el mundo sublunar, en cambio, todo nace, muere, se corrompe. La razón es que este mundo terráqueo y todo en él está hecho con materia, al paso que en el sideral no hay materia, o si la hay es una materia inmutable —el éter. La contraposición de caracteres entre cielo y tierra no para ahí. El movimiento de ambos mundos es de condición contrapuesta. Los astros se mueven perennemente con movimiento circular y uniforme, que es el movimiento perfecto, siempre igual a sí mismo, sin principio ni fin. En la tierra todo movimiento natural es rectilíneo y consiste en un ir de abajo arriba, como el fuego, o de arriba abajo, como la piedra abandonada a sí misma. Cuando las cosas terrenas no se mueven así es que se ha perturbado violentamente su natural moción. Este movimiento rectilíneo de todas las cosas sublunares implica su peculiar finitud, porque tiene que empezar en un punto y acabar en otro, empezar en la superficie de la tierra, por ejemplo, y ascender hasta la región del fuego bajo la esfera donde se mueve la luna. De allí no puede pasar.

Pero esta complicación de dos mundos tan diferentes se multiplica por la interior a cada uno de ellos. El cielo se compone de cincuenta y cinco esferas. Tantas o, en el caso de interpretación más sencilla, pocas menos son necesarias para describir los movimientos de los astros en el sistema heliocéntrico.

Pero si ahora nos preguntamos cuál es la efectiva realidad en todo eso que vemos a nuestro alrededor, sea en los cielos, sea en la tierra, nos encontramos con esta respuesta: lo real son las formas sustanciales, entidades espirituales, es decir, inmateriales, que informan la materia, produciendo con esta combinación las cosas sensibles. Esas formas serán una para cada especie de cosas, como creen los tomistas, o una además para cada individuo de la especie, como creen los escotistas; es decir, que habrá una sola forma «hombre» para todos los hombres, que se multiplica e individualiza al contacto con la materia, o habrá además una forma individual «Pedro», «Juan»; mejor aún, «este Pedro», «este Juan». Lo importante es que esas formas son el principio de los fenómenos, su realidad, y que cada una no tiene nada que ver con las demás; es una realidad, en este sentido, absoluta e independiente, y además inmortal. Nos encontramos, pues, con que el mundo está constituido por una muchedumbre enorme de realidades últimas, indestructibles, invariables e independientes. Pongámonos en el caso menos complicado, que es el sostenido por los tomistas: este perro nace y muere, porque es compuesto de la forma sustancial «perro» y la materia. Pero la forma sustancial «perro», ella por sí, es incorruptible, indestructible y siempre idéntica a sí misma. Una forma no puede cambiarse en otra, y como el mundo consiste principalmente en ellas, tendremos que vivimos en un mundo que no tolera transformación real ninguna. Es como es de una vez para siempre. Siempre habrá perros y caballos y hombres, e irremediablemente idénticos en todo lo esencial a como hoy son.

Y este modo de pensar nos obliga a interpretar análogamente lo social: la sociedad está compuesta de rangos indestructibles. Hay los reyes, los nobles, los guerreros, los sacerdotes, los campesinos, los comerciantes, los artesanos. Todo esto lo hay, lo habrá siempre, sin remedio, indestructiblemente, cada figura social encerrada en sí misma. Como habrá la prostituta y el criminal.

El hombre de hoy está en una creencia opuesta tanto en lo que afecta a la naturaleza material como a la social. Piensa que la realidad es en su esencia misma transformación, y que lo que verdaderamente no hay es el perro, el caballo, el hombre, sino cosas que van a ser aproximadamente perros, para luego dejarlo de ser y convertirse en algo así como caballos o como hombres u otras cosas hasta ahora inexistentes. Así como no cree que los astros son inmutables, sino que están en evolución, se forman, plenifican y sucumben para dar lugar a cielos insospechados, cree también que el ser viviente es puro y constante cambio desde el infusorio hasta el hombre. ¿Hasta el hombre? No, mucho más —porque esta concepción moderna, al hacer consistir la realidad en pura transformación, reconoce que lo que ha habido hasta aquí no es todo lo que habrá. La realidad no está encerrada y reducida a lo pasado y presente, sino que tiene abierta la frontera del porvenir, en el cual será real lo que hasta ahora no lo ha sido aún.

Pero el universo medieval se compone de absolutos. Cada cosa es lo que es y nada más, pero tampoco nada menos, porque es indestructible. Hoy nada es lo que es, sino que está siempre en tránsito a ser de otro modo. Cada cosa puede ser otra cualquiera, todo es un poco todo, estamos en la época de los gatos pardos. Pero en comienzos del XV todavía los mismos estados sociales, los oficios y profesiones son absolutos: hay el obispo y el archidiácono, el canónigo, el pastor, el estudiante, el príncipe, el noble, el caballero, el mercader, el casado, la viuda, la doncella, el religioso. En el libro *De doctrina et regulis vitae christianorum*, de Dionisio el Cartujo, puede verse la definición absoluta y como para lo eterno de todas estas formas de realidad humana con que siempre habrá que contar. Y nótese que el autor es uno de los más próximos al hombre más genial de esta época, que, en rigor, anticipa todo el Renacimiento, al gran Cusano, que anduvo trotando sin descanso por el mundo con dos íntimos a su vera: a un lado, este inenarrable y grafómano Dionisio el Cartujo; al otro, la atractiva figura del español Juan de Segovia, que yo sepa completamente desconocido y por vez primera citado en España en este preciso minuto.

Me parece que es un espléndido ejemplo de lo que he llamado «variaciones de la estructura de la vida humana, del drama que es el vivir». Porque es, evidentemente, una faena bien distinta vivir en un mundo inmutable, donde todo es absoluto, y vivir en un contorno donde, en principio, no hay nada absoluto, todo puede cambiar. Y es no haber comprendido la cuestión decir que, en definitiva, todo se reduce a que el hombre cambia sus ideas sobre las cosas. No: todo lo contrario. Si sólo cambiasen las ideas, como se ha creído hasta aquí, el cambio no sería grave. Pero es que el problema vital que, queramos o no, tiene cada cual que ir resolviendo mientras existe, es sobremanera distinto cuando se está en unas ideas que cuando se está en otras.

Si vivimos en el siglo XIX, como creemos que nada tiene última y absoluta realidad en torno nuestro, que todo es susceptible de cambio —lo material como lo social—, a cualquier dificultad con que tropecemos reaccionaremos procurando transformar a nuestro gusto esa realidad enojosa. En este sentido, el hombre moderno —ya lo veremos con toda precisión cuando caigamos sobre Descartes—, el hombre moderno es en su raíz revolucionario. Y viceversa, mientras el hombre sea revolucionario no es más que hombre moderno, no ha superado la modernidad.

Pero si vivimos en el siglo xv ante una angustia, molestia o conflicto, se nos ocurrirá todo menos transformar la realidad que nos parece lo esencialmente intransformable. ¿Qué haremos, pues? Vean ustedes cómo esta emigración imaginaria, este experimento mental que hacemos al suponernos teniendo que existir hacia 1440, nos pone enérgicamente de manifiesto la diferencia radical de la realidad histórica entonces y ahora.

Y he aquí que en este principio del xv tenemos que vivir en mundo ya demasiado sabido, viejo, recorrido en todos sus rincones, de una complicación pululante que agobia y ahoga. Nada tiene la gracia incitante de la novedad; todo es lo que fue y lo que será, sin remedio, sin esperanza. La Iglesia, el Estado, la Universidad con su ciencia, la vida social, los usos domésticos, los juegos, todo está ritualizado, todo son fórmulas como sacramentales. En este sentido, nuestro problema no es propiamente saber lo que en cada caso tenemos que hacer: la desgracia ahora estriba en lo inverso, que sabemos ya por anticipado lo que tenemos que hacer en cada paso que demos. Para todo hay ya un canon establecido en sus mínimos detalles, que son infinitos. Lo único difícil y lo más desesperante es tener que aprender, que absorber este complicadísimo ritual. Al ir a la Universidad sabemos de antemano que nada nuevo nos va a ser enseñado, pero que tendremos que ingurgitarnos montañas de definiciones, de distinciones, de sutilezas puramente formales. Los ockamistas que protestaban en metafísica de que se multiplicasen sin necesidad los principios o entes, no han hecho sino llevar a un extremo recargado y grotesco la multiplicación de las distinciones en lo que a ellos les interesaba, que era la lógica.

Todo se ha vuelto tópico inerte y complicadísimo: el derecho, la administración, la ciencia, la teología. En vez de ser un claro y sobrio repertorio de soluciones vitales, la cultura se ha hecho abrumadora, se ha hecho mamotreto. El vocablo viene de esta época. Mamotreto no es sino *Mammetrectus*, el nombre de un voluminoso comentario gramatical que pesó sobre la mocedad de los mejores hombres del xv. Erasmo conservó un odio intangible contra él, y en sus diálogos y epístolas amontona burlas y sarcasmos, asegurándole un desprestigio inmortal.

Como ven ustedes, vivir en circunstancia tal es hallarse el hombre entre la espada y la pared. A la espalda, un cristianismo inerte, anquilosado, formulista, sin fe viva. Al frente, un mundo intransformable. Ésta es la dimensión que más hondamente diferencia aquel tiempo de nuestro presente, dimensión que importa acentuar, ya que en tantas otras hemos descubierto una gran semejanza. En el siglo xv, como durante toda la Edad Media, el hombre vive con un horizonte cerrado hacia el lado del futuro. No sólo porque concibe el mundo como una realidad invariable, sino aún más concretamente, porque creía que estaba próximo a su fin. De aquí la frecuencia con que se conmovía Europa, temiendo para una u otra fecha inmediata la terminación de los tiempos. Dominaba aún la idea antigua de que el destino humano había atravesado las cuatro monarquías universales; con ella se mezcló la interpretación del latino Floro, que aplica a la historia transcurrida las cuatro edades del hombre; por tanto, la vejez al Imperio romano, de que la Europa medieval se consideraba mera continuación. A esto llamo vivir entre la espada y la pared. Sólo en la generación de Bacon, y más radicalmente en la de Descartes —por tanto, entre 1580 y 1620—, la vida humana basculará decisivamente inclinándose del pasado al futuro. El hombre moderno va a orientarse en el porvenir y no como el medio y antiguo en el pretérito. Jorge Manrique expresa el tópico antiguo y medieval; según él, cualquiera tiempo pasado fue mejor. Bacon y Descartes son los primeros que creen radicalmente lo contrario: que el tiempo futuro, no más que por ser futuro, será mejor.

Pero al imaginar el siglo xv tenemos que retraer del porvenir, que está herméticamente cerrado, el impulso de nuestra esperanza y retenernos en el presente. En esta situación sólo caben dos tipos de actitud:

Una, la más vulgar, consistirá en acomodarse en el mundo tradicional, usado, sabido y ver la manera de sacarle gusto exagerándolo, extremando su complicación, creando sobre él una serie de convenciones ceremoniales, ornamentales, simbólicas. En suma, recargándolo, amanerándolo. Éste fue el goticismo, el gótico florido o, como dicen los franceses, *flamboyant*. Puesto que lo sustantivo de la vida no puede cambiar y su constante repetición nos ha embotado para ello, vivamos de añadirle adjetivos, de subrayar lo que ya desde siempre es la realidad. En suma, vivamos como si fueran sustantivos de meros formalismos simbólicos, de una como duplicación de la vida real en un plano de convenciones —lo mismo que se hace en el juego. Se convienen unas reglas y se las toma como si fueran realidades.

Por ejemplo: subrayemos la realidad profesional con trajes gremiales. Es la época de los uniformes que se complace en largas procesiones y cortejos donde cada estado, clase, oficio desfila con su atuendo representativo. Ya que tengan irremediablemente que convivir unos con otros puesto que nada de lo que es se puede de verdad destruir, se gozan en contemplarse espectacularmente dando plástico subrayado exterior a la invisible forma sustancial que es la realidad profunda en cada realidad. El pueblo más modesto aprovecha cualquier pretexto para ostentarse a sí mismo su esencial pluralismo. Cuando Don Juan II va a casar a su hijo con Doña Blanca de Navarra, pasa esta Princesa con su madre la Reina por Briviesca: «Allí —dice la crónica— le estaban fiestas aparejadas e le fue hecho muy solemne recibimiento por todos los de la villa, sacando cada oficio su pendón e su entremés lo mejor que pudieron, con gran gozo y alegría, e después de éstos venían los Judíos con la Tora e los moros con el Alcorán», etc. Claro que estamos en un humilde pueblo castellano —los pueblos castellanos están, por lo visto, condenados a ser eternamente humildes—, no estamos en las grandes y ricas ciudades del tiempo —en Amberes o en Gante o en Dinant.

Pero nótese: va también el judío con su Biblia y el moro con su Alcorán. Es que todo ser tiene derecho y obligación de ser el que es —el alto y el humilde, el beato y el precito. El judío y el moro son para este hombre realidades con pleno derecho, en su rango y puesto determinado —dentro del jerárquico pluralismo del universo. Lo que se le ocurriría a un hombre de comienzos de este siglo es suprimir al judío o al moro. Esto se le ocurrió a la generación de los Reyes Católicos —la generación de 1450. ¡Qué casualidad! ¿Quiénes son de esa generación? Fernando nace en 1452, que es justamente cuando nace Leonardo, y en torno a 1462 Erasmo y Maquiavelo. Basta. Es la primera generación moderna. Y, en efecto, la expulsión de judíos y moriscos es una idea típicamente moderna. El moderno cree que puede suprimir realidades y construir el mundo a su gusto en nombre de una idea. En este caso es la idea del Estado que los Reyes Católicos inician. Cometen, pues, un lamentable *quid pro quo* los que hoy expulsan a los judíos en nombre de un retorno a la Edad Media. Los hombres actuales no podemos casi ni comprender la sustancial tolerancia del hombre medieval.

Esta manera de vivir, además de lo real, su duplicación en una fantasmagoría de figuras, símbolos y rituales que la expresan era el único modo que el hombre medio, vulgar, tuvo de enriquecer su existencia, apretado como estaba entre la espada y la pared. La aumenta y modifica —diríamos— verticalmente. Si a nosotros nos parece esto absurdo es porque tenemos aún abierto el porvenir y podemos enriquecer, mejorar, cambiar nuestra vida en la franquía de su dimensión, es decir, horizontalmente.

Pero los hombres mejores de entonces no aceptaban esa solución. La vida presente, formularia, insincera, sobrecargada, no merece, en su sentir, ser afirmada y aceptada. Por otra parte, no cabe una transformación verdadera, una nueva vida. Las formas reales son perennes. Pero sí cabe reducirlas a su pureza originaria, limpiarlas de excrecencias, añadidos, adjetivos. En suma, ya que no se pueda transformar, volvamos a las formas puras. Ésta es la re-forma —a diferencia del espíritu revolucionario—, es el retorno a la forma primitiva. Y esto significan todos los nombres de batalla y de anhelo que entonces corren por los labios mejores: *re-formatio*, *restitutio*, *renasci*, *renovatio*. La renovación no es innovación, sino, al revés, volver a ser con toda pureza lo que al principio se fue.

Tal es el espíritu con que comienza la reforma religiosa y el humanismo. No son impulsos hacia el futuro, sino todo lo contrario. Cerrado el futuro, forzoso algún cambio, sólo es posible el retorno. Se vuelve a lo antiguo, pero no, como se suele repetir, sólo a la cultura greco-romana por ser tal cultura, sino a todo lo primitivo. Ya Petrarca, cuando tocaba el clarín de retorno a lo antiguo, une a los clásicos los Padres de la Iglesia, y Conrado Celtis mezclará la resurrección de griegos y romanos a la del germanismo primitivo y Erasmo se dedicará a editar los Padres de la Iglesia y los libros primeros del Cristianismo.

Pero me quedo en el umbral de esta nueva forma de vida reformista y humanista que va a triunfar en la segunda mitad del siglo. No ha habido tiempo.

ARTÍCULOS

(1934-1935)

SOBRE LAS CARRERAS [1]

¿Han pensado ustedes bien en lo que es una carrera y en lo que es seguirla? Siempre que apretamos una palabra del Diccionario para precisar su sentido, descubrimos que es equívoca. Así, carrera significa primariamente correr desde un sitio hasta otro siguiendo una trayectoria. Luego se contrae un poco el sentido para referirse más especialmente a las carreras del estadio donde se concursa en vista de ganar premios. Más tarde viene ya la trasposición o metáfora y carrera se hace símbolo de la vida. Así en Cicerón: *Exiguum nobis vitae curriculum natura circumscripsit.*

La vida es representada como una carrera por un estadio —como un esfuerzo desde un primer momento hasta un último momento, a lo largo de una trayectoria determinada— es decir, de una cadena de haceres. Sin remedio, la vida no es un estar ahí ya, un yacer, sino un recorrer cierto camino; por tanto, algo que hay que hacer —es la línea total del hacer de un hombre. Y como nadie nos da decidida esa línea que hemos de seguir, sino que cada cual la decide por sí, quiera o no, se encuentra el hombre siempre, pero sobre todo al comienzo pleno de su existencia, al salir de su adolescencia, con que tiene que resolver entre innumerables caminos posibles la carrera de su vida.

Entre los pocos papeles que dejó Descartes a su muerte hay uno, escrito hacia los veinte años, que dice: *Quod vitae sectabor iter¿* Es una cita de unos versos de Ausonio en que éste traduce otros pitagóricos bajo el título *Ex Graeca Pythagororum: de ambiguitate eligendae vitae.*

---

(1) Primeras lecciones de un curso universitario.

Hay en el hombre, por lo visto, la ineludible impresión de que su vida, por tanto, su ser es algo que no sólo puede, sino que tiene que ser elegido. La cosa es estupefaciente: porque eso quiere decir que a diferencia de todos los demás entes del universo, los cuales tienen un ser que les es dado ya prefijado y que *por eso* existen, a saber, porque son ya, desde luego, lo que son, el hombre es el único y casi inconcebible ente que existe sin tener un ser prefijado, que no es desde luego y ya lo que es, sino que, por fuerza, necesita elegirse él su propio ser.

No entremos en la cuestión que va a ocuparnos a fondo durante el curso. Nos basta con reconocer que en la práctica efectiva de nuestra vida las cosas se nos presentan así, antes de que teoricemos, antes de que nos formemos una opinión sobre nuestra vida y sobre todo lo demás.

Ese ser que el hombre se ve obligado a elegirse es la carrera de su existencia.

¿Cómo la elegirá? Evidentemente porque se representará en su fantasía muchos tipos de vida posibles y al tenerlos delante notará que alguno o algunos de ellos le atraen más, tiran de él, le reclaman o llaman. Esta llamada hacia un cierto tipo de vida, o, lo que es igual, de un cierto tipo de vida hacia nosotros, esta voz o rito imperativo que asciende de nuestro más íntimo fondo es la vocación.

Pero esto quiere decir que nuestra vida es, por lo pronto, una fantasía, una obra de imaginación. Y, en efecto, en todo instante tenemos que imaginar, que construir mediante la fantasía lo que vamos a hacer en el inmediato. Sin esa intervención del poder poético, es decir, fantástico, el hombre es imposible. Como ustedes ven, seguimos cayendo en sospechas estupefacientes. Ésta, casi, casi nos forzaría a afirmar que la vida humana es un género literario, puesto que es, primero y ante todo, faena poética, de fantasía.

En rigor, es así; sólo que conviene precisar de dónde vienen a nuestra fantasía esas vidas imaginarias entre las cuales necesitamos elegir.

Siempre que el hombre siente una necesidad lo primero que hace es buscar en su derredor, en el contorno en que él está en el mundo; en suma, en eso que llamamos «ahí», algo que pueda satisfacerla. Esto es muy importante, aunque ahora no vamos a desentrañarlo: revela que el movimiento más espontáneo o primero del hombre ante una necesidad es creer, más o menos, con una u otra confianza, que *lo que* necesita —esto es, *lo que* puede satisfacer su necesidad— está ya ahí a la mano, *y que, por tanto, no tiene que hacérselo*. Sólo cuando no lo encuentra ahí —en el mundo o circunstancia— se resuelve a hacerlo. Ahora bien, ese movimiento primero no se daría en el hombre si éste no advirtiese que, en efecto, tiene en todo instante necesidades, pero que, a la vez, tiene también ya, desde luego y sin hacérselas él, muchas cosas. Por tanto, que el hombre nace sintiéndose menesteroso de muchas cosas pero, a la vez, sintiéndose heredero y propietario de no pocas. El que tuviese la impresión de que no poseía absolutamente ninguna cosa para poder vivir, sino que en absoluto tenía que hacérselo él todo —por ejemplo, hasta una tierra donde sus pies pudiesen apoyarse y un aire que sus pulmones pudiesen respirar— no llegaría a vivir: en el mismo instante de sentirse en la vida se moriría de terror, de aniquilación.

Pues bien, ante la necesidad de elegir una vida, el hombre busca en su contorno para ver si ahí está ya lo que puede ser su vida —esto es, mira las de los otros hombres, las de los que ya están ahí, las de los hombres pasados. Y entonces encuentra que, en efecto, él es heredero de muchas líneas o trayectorias de existencia que los hombres pasados o simplemente mayores que él ya han cumplido o hecho. Éstas son las que, por lo pronto, reproduce en su fantasía; como ven ustedes, con una fantasía que no es creadora, sino reproductiva. Y sin necesidad de recurrir al pasado, encuentra que el contorno social donde él se halla está constituido por una urdimbre de vidas típicas: encuentra, en efecto, médicos, ingenieros, catedráticos, físicos, filósofos, labradores, industriales, comerciantes, militares, abogados, albañiles, zapateros, maestras, actrices, cupletistas, monjas, costureras, señoras de su casa, damas de sociedad, etc., etc. Por lo pronto, no ve la vida individual que es cada médico, o cada señora de su casa, sino que ve la arquitectura genérica y esquemática de esa vida. Unas de otras se diferencian por el predominio de una clase o tipo de haceres —el hacer del hombre de ciencia o el hacer del militar. Pues bien, esas trayectorias esquemáticas de vida son las «carreras» o carriles de existencia que existen ya notorios, definidos, regulados en la sociedad. El individuo no tiene que hacer ningún gran esfuerzo para representárselas y ver hacia cuál se siente llamado por una voz interior y alojarse en ella; esto es, decidir que su vida va a ser vida de médico o de catedrático o de diplomático o de albañil o de mujer de su casa o de dama elegante o de castañera de la esquina.

Pero noten ustedes que la carrera de la vida, la vida que hay que elegir, es la de cada cual; por tanto, una línea o perfil individualísimo de existencia. Mas éste es el nuevo cambio de sentido que ha sufrido y que hoy tiene la palabra «carrera». Ha perdido el sentido individual que tenía en la frase de Cicerón para contraerse a significar los esquemas de vida, vidas típicas; esto es, genéricas, abstractas que el individuo encuentra preestablecidas en la sociedad. Son, pues, las «carreras» un concepto sociológico, que recibe también el nombre de «profesiones».

No afecta a la cuestión presente el hecho de que, en rigor, la palabra «carrera» tiene hoy un significado un poco menos extenso. En efecto, la albañilería o la carpintería no se suelen llamar «carreras» sino «oficios». Pero, claro está, que el «oficio» es también un esquema social de vida. ¿Por qué, sin embargo, el idioma ha separado la denominación en uno y otro caso? Hay tras esta duplicidad de nombres, en apariencia, tan mansa, algo tremendo que desde hace sesenta años mueve y dramatiza la historia. Se llama «carreras» a los esquemas sociales de la vida en que predomina el hacer espiritual —intelecto, científicos; voluntad, políticos, hombres de acción; imaginación, poetas, novelistas, dramaturgos— y «oficios» a aquellos en que predomina el hacer de la mano, la mano de obra. La división, por lo visto, más radical que la sociedad hace entre los destinos típicos sociales del hombre, es esta entre hombres de espíritu y hombres de la mano. Desde hace sesenta años se batalla cruentamente sobre el área del planeta acerca de si esta división, que es un hecho, es, además, algo tolerable, si es justo o no; si aun siendo injusto, es irremediable. Y el punto más hondo y grave de la cuestión no es el que suele mover a las gentes —la diferente situación económica que «carreras» y «oficios» suelen llevar consigo—, sino este otro que voy a enunciar, pero no a desarrollar: ¿es el hombre por vocación albañil como es por vocación industrial, poeta o médico? Si los albañiles y peones de mina u obreros de fábrica lo fuesen por vocación siquiera con la frecuencia con que hay médicos e industriales por vocación, ¿encontrarían aquéllos tan insoportable la exigüidad de sus ganancias? ¿Es que la ganancia de muchos hombres de ciencia no es aproximadamente tan exigua, y en todo caso por completo desproporcionada a la intensidad y constancia de su esfuerzo? O, viceversa, ¿es la ganancia del obrero tan exigua que no deja holgura para que su oficio, es decir, lo que tiene que hacer —su trabajo—, se le pueda presentar como vocación? Y como lo que el hombre es por vocación lo es por sí mismo, por su más íntima y espontánea determinación, tendremos que las preguntas anteriores se condensan y subliman en ésta: ¿*Ser* albañil es *ser* hombre, como lo es *ser* poeta o *ser* político o *ser* filósofo?

Pero hecha esta advertencia de que para el asunto presente no hay distinción entre «carreras» y «oficios», tornemos a nuestro camino.

Las «carreras», he dicho, son esquemas sociales de vida, donde, en el mejor caso por vocación y libre elección el individuo aloja la suya.

En cada época y lugar la sociedad está constituída por un repertorio de «carreras». Mas si comparamos cualquiera sociedad primitiva con la nuestra, pronto advertimos una ley histórica según la cual la sociedad en su evolución engendra una diferenciación progresiva de las carreras. En los pueblos salvajes el hombre tiene que elegir en un repertorio muy reducido: pastor, guerrero, mago, herrero, vate. Algunos piensan que las castas de la India no fueron primitivamente sino «carreras» que quedaban normativamente adscritas a la herencia; es decir, que sólo podía ser herrero el hijo de un herrero y sólo podía ser mago, esto es, sacerdote, brahmán, el hijo de un sacerdote. Cada una de estas castas tiene prefijado hasta en mínimos detalles la vida que el hombre ha de llevar; por ejemplo, hasta lo que ha de comer y con qué condimento, el traje, con quién se puede casar y con quién no, cómo ha de saludar al encontrar a otro hombre de otra casta, etc.

Frente a ese escaso número de carreras o profesiones que hay en la sociedad primitiva, la actual presenta al individuo una gran cantidad de ellas. Los haceres se han diferenciado al complicarse y se han especializado. En los pueblos salvajes el sacerdote es a la vez ingeniero, porque la técnica misma, como hacer, no se ha separado de la magia y del rito sacro. Para que una canoa navegue bien no es menester sólo que el que la hace sea un buen carpintero de ribera, sino que además ha de saber pronunciar ciertos conjuros y fórmulas de religioso ritual. De aquí los «pontífices» en Roma. Hoy, en cambio, el sacerdote no tiene nada que ver con el ingeniero y aun la ingeniería se ha radiado en muchas carreras diferentes.

Esto plantea un problema de interés: la vida es una trayectoria individual que el hombre tiene que elegir para ser. Mas las carreras son trayectorias genéricas y esquemáticas: cuando se elige una por vocación, el individuo advierte muy bien que, no obstante, esa trayectoria no coincide con la línea exacta de vida que sería, en rigor, su precisa, individual vocación. Quiere, sin duda, ser médico, pero de un modo especial en que van insertos muchos otros haceres vitales que no son la medicina y su práctica. Esto nos permite perfeccionar la idea anteriormente dada de vocación. En rigor, es una abstracción decir que se tiene vocación para una carrera. *La vocación estricta del hombre es vocación para una vida concretísima, individualísima e integral, no para el esquema social que son las carreras,* las cuales, entre otras cosas, dejan fuera muchos órdenes de la vida sin predeterminarlos. Por ejemplo, el ser médico no implica si se va el hombre a casar o no.

La carrera, pues, no coincide nunca exactamente con lo que tiene que ser nuestra vida: incluye cosas que no nos interesan y deja fuera muchas que nos importan. Al alojar en ella nuestra vida notamos que su molde estandardizado nos obliga tal vez a amputar algo de lo que debía ser nuestra vida; es decir, nos impone sin más y *a priori* una dosis de fracaso vital. Al crecer la diferenciación de las carreras aumentan, por un lado, las probabilidades de coincidencia entre el individuo y el molde social de su vida, es decir: su profesión; tendrá que cargar con menos haceres que no le interesen. En España hoy el que siente vocación por las ciencias exactas no necesita ocuparse con las ciencias físicas ni las químicas ni las naturales. En otro tiempo hubiera tenido que cargar su vida con toda esa obra muerta, muerta para él porque no era su vida vocacional.

Pero, en cambio, trae esto consigo una tragedia inversa para el hombre. Al circunscribirse cada vez más al hacer profesional, es evidente que la carrera asume menos lados de nuestra vida; esto es, deja fuera de su carril más dimensiones del hacer que integra la vida entera de un hombre. Y esto significa, que cada vez queda el hombre menos absorto y tomado y orientado e informado por su carrera. Y como fue elegida como trayectoria principal de la vida, como norma y perfil de vida, la carrera llena cada vez menos esta misión, dejando imprecisas las cuatro quintas partes de nuestro vivir. Es la tragedia del especialismo. De aquí, que aun sin salir del orden intelectual, el hombre de hoy que sabe mejor que nunca lo que tiene que hacer, esto es, que opinar en los asuntos de su carrera, por ser ésta tan especial, se encuentra con que sabe menos que nunca lo que tiene que opinar y hacer en todo lo demás del universo y de su existencia.

Ello es que, sin disputa, haciendo el balance, resulta que la multiplicación de las carreras ha hecho que el hombre se sienta cada vez menos satisfecho y llenado por ellas y, consecuentemente, sienta menos apego a su profesión, se sienta menos ligado a ella. Lo cual nos lleva a preguntarnos: entonces, ¿por qué las siguen los hombres?, ¿por qué han hecho que se especialicen y diferencien tanto?

Esto nos hace caer en la cuenta de que no hemos aún advertido lo más importante en esa realidad que son las carreras.

Recuerden ustedes: aparecen éstas cuando el individuo tiene que elegir su vida. *Quod vitae sectabo iter?* Esta necesidad le hace buscar la pauta para su vida en el contorno social. Ve allí, en efecto, otros hombres viviendo vidas diversas que se agrupan en tipos: médicos, catedráticos, industriales, etc. Dicho así, parece como si cada uno de estos hombres hubiese fraguado libérrimamente su tipo de vida. Pero no hay tal: a cada uno de esos le aconteció lo mismo: halló ante sí ya médicos, industriales, etc. Pero algo más hallaron ellos y el de ahora, en su contorno social: además de los catedráticos de carne y hueso que están viviendo ese tipo de vida, hallaron puestos vacíos de catedráticos y de industriales, etc. —y, sobre todo, hallaron que si esos hombres desaparecían, sus vidas quedaban como alvéolos huecos que la sociedad mantiene por su cuenta, porque ella, la sociedad, no los individuos que las ocupan, ha menester de esas vidas. La sociedad necesita en cada momento un cierto número de servicios —servidos cada uno por un cierto número de hombres: necesita tantos médicos, tantos catedráticos, etc. Pues bien, esto son propiamente las carreras —necesidades sociales. Por eso, están ahí siempre llenas de hombres o vacías esperándolos. Por eso, la evolución de las carreras no obedece sólo a la necesidad de los individuos, sino también a la social y por eso, a veces, lleva esa solución a estadios en que ambas necesidades entran en conflicto.

Originariamente —ello no tiene duda— eso que es hoy una carrera —por ejemplo, la filosofía, la milicia— fue vocación genial y creadora de un hombre que sintió la radical necesidad íntima de hacer filosofía o de combatir estratégicamente. Entonces o en cualquier momento que esa condición se repita, el hacer filosófico y el guerrero son su plena realidad, son en absoluto lo que esas palabras pretenden significar —y no modos deficientes o menos reales de lo mismo. Pero entonces no son una «carrera». Ésta no es algo individual, aunque sólo individuos pueden seguirlas, esto es, serlas. La carrera es una realidad social, una necesidad del cuerpo colectivo que exige el ejercicio de ciertas funciones para él inexcusables; más o menos y sólo entendida así no es la carrera un modo deficiente, como lo es cuando se la considera desde el individuo.

¿Es que a ustedes se les hubiera ocurrido hacer metafísica si la filosofía no fuese una función social que la sociedad, al fin y al cabo, parece necesitar y por ello la fomenta, sea con cátedras, sea por el hecho de la publicación de libros, respeto colectivo hacia los que los escriben, o de lo que es más atractivo, del denuesto y el odio del vulgo; en suma, del prestigio que es un atributo dinámico puramente social adscrito a ciertas cosas?

No, habituémonos a tomar las cosas con pulcritud en su desnuda y pura realidad. Declarémoslo, pues, con toda formalidad doctrinal:

para aquellos que han venido aquí a hacer metafísica, ésta es, por lo pronto, una cosa que hace la sociedad, una función colectiva y, porque colectiva, permanente. En suma, algo que en principio hay que hacer; quiero decir, que alguien tiene que hacerlo porque, a lo que parece, es importante, valioso, estimable. La metafísica es para nosotros, primero que otra cosa, una institución, una organización social, como la política, la sanidad pública o el servicio de incendios o el verdugo. La sociedad necesita, por lo visto, que un tanto por ciento de sus miembros reciban cierta dosis de opiniones metafísicas, como necesita que sean vacunados.

Fíjense que para Platón no era esto. La filosofía no era una función social. Como no la había aún, la sociedad no sentía su necesidad. Esto es lo curioso de la sociedad: que ella no es nunca original ni creadora. Ni siquiera se producen en ella necesidades originales. Es siempre un individuo quien las siente primero. Por sentirlas, crea la obra que las satisface y entonces, sólo entonces, la experimenta como necesidad y hace de su cultivo un oficio, profesión o magistratura.

Pero una vez que la filosofía, que, en su origen y en su plena realidad es un hacer individualísimo, se desindividualiza, esto es, se objetiva en instituto u organización social, cobra independencia frente a los individuos y adquiere una como vida propia. Aunque digo «una como vida», no crean que se trata de una metáfora. Se trata de una forma peculiar de vida, distinta ciertamente de lo que es la vida cuando ésta es de un individuo; por tanto, una forma secundaria del vivir, que en su hora, habremos de estudiar. El ejemplo más claro de esta independencia y subsistencia que cobra el hacer desindividualizado y objetivado socialmente es el Estado. El Estado fue originariamente el mando que un individuo, por su fuerza, su astucia, su autoridad moral o cualquier otro atributo adscrito a su persona, ejercía sobre otros hombres. Esa función de mando se desindividualiza y aparece como necesidad social. La sociedad necesita que alguien mande. Esta necesidad de la sociedad, esto es, ya objetivada en ella, es el Estado, que existe aparte de todo individuo singular, que éste encuentra ya ahí existiendo antes que él y al cual tiene, quiera o no, que someterse.

Lo propio acontece con la filosofía o metafísica. Primero no hay filosofía, sino los individuos que filosofan, esto es, que hacen y crean la filosofía. Así en Grecia fue primero, no un sistema de ideas, sino el modo de vivir de ciertos hombres, sobre todo los pitagóricos; fue *bíos theoretikós*. Pero una vez que hay filosofía, ésta es una realidad social anterior a los filósofos individuales y los estudiantes de filosofía. Unos y otros la encuentran ya ahí hecha antes de que ellos sientan la necesidad original de ella. Al decir que está ahí «hecha» no digo que esté acabada de hacer, conclusa, que no quede mucho y aun infinitamente mucho que hacer en ella, sino que toda una parte de ella, no me importa si mayor o menor, está ya ejecutada, cumplida. Por eso se presenta a nuestros ojos como un hacer u ocupación vital; por tanto, como un tipo de vida de perfil conocido y determinado; en suma, como un carril o *bíos*. Esta carrera, en concurrencia con las demás, ejerce presión sobre nosotros pretendiendo atraernos. Nos hallamos, pues, ante las carreras en la última situación que el hombre ante las mujeres. Cada mujer es una permanente incitación para que nos enamoremos de ella. Pero como hay muchas, nuestro sentimiento elige. Hace algunos años escribí un largo estudio, que en forma de libro sólo se ha publicado en Alemania (1), sobre la elección en amor, asunto muy complicado que no vamos a reiterar ahora. Quedémonos con lo más vulgar de él. Decimos que hemos elegido para enamorarnos la mujer que más nos gusta. La elección de carrera es algo parecido: es una cuestión de gusto, de afición.

Y con esto cerramos el círculo de nuestra cuestión. Recordarán ustedes que era ésta: ¿Por qué están ahora aquí aquellos de entre los estudiantes que no son meros estudiantes, que no son los que igual que aquí podían estar ahora en una clase de teneduría de libros, sino que han venido a hacer metafísica por una necesidad íntima y referida concretamente a la metafísica o filosofía? ¿Era esta necesidad la que sintieron Platón, Aristóteles, Leibniz, Kant?

No —fue mi contestación. Pero aclarar en qué consiste la diferencia nos obligó a decir cuanto antecede. Ahora está bien claro ante nosotros. Ese grupo de ustedes ha venido aquí porque ha elegido la carrera de filosofía, hacia la cual sentía vocación. Esta vocación es, por lo pronto y escuetamente, afición. La filosofía es uno de los muchos figurines de vida, de hacer que hay ahí y es el que más ha gustado a ustedes. La afición es un motivo auténtico, íntimo, espontáneo que tiene el carácter de un deseo o apetito hacia una cosa —en este sentido es una innegable y sincera necesidad. ¿En qué se diferencia de la que Platón o Descartes sintieron? En estas dos notas esenciales: 1.ª Ustedes, y claro está que yo también a la hora de ustedes, no necesitaban propiamente hacer metafísica sino que necesitan

---

(1) Publicado posteriormente en español en el libro «Estudios sobre el amor». *Revista de Occidente*. Madrid. [Incluído en éste mismo volumen de *Obras Completas*.]

satisfacer el gusto, el apetito que en ustedes ha despertado la metafísica ya hecha, el tipo de hacer y vivir que ésta es. 2.ª La necesidad que es la afición no es la sensación dolorosa, angustiosa de que no haya ahí algo que absolutamente nos es menester, sino al revés, es la necesidad deliciosa de complacerse asimilándonos algo que hay ya ahí. La necesidad angustiosa, esto es, la necesidad propiamente tal o menesterosidad, lleva a un hacer que es un crear lo que no hay. En cambio, la necesidad deliciosa lleva a un hacer que es un aprehender o captar lo que ya hay. Por eso el hacer metafísica de ustedes es un aprenderla.

Platón y Descartes, en cuanto tales, no sentían afición a la metafísica: al contrario, detestaban lo que había ahí ya hecho con ese o parecido nombre. La metafísica o el vocablo que en su lugar usasen denominaba para ellos algo negativo, un hueco o vacío terrible que en su vida sentían; en suma, algo que no había, algo que faltaba. No era un lindo tipo de vida, sino, por el contrario, la sensación de no vivir. Por eso, para ellos vivir tuvo que ser, a la fuerza, hacer filosofía, como el náufrago, a la fuerza, tiene que agitar los brazos, nadar. No es una imaginación mía: Platón pone en boca de Sócrates, también en la *Apología*, estas palabras: una vida sin filosofía no se puede vivir.

De donde resulta que desembocamos en esta extraña definición de la metafísica: «el hacer metafísico en su modo plenario y más real comienza por ser un sentir la imposibilidad de todo hacer, la falta de sentido de todo vivir, lo invivible que es la vida». ¡Díganme ustedes si esto se parece mucho a la afición a la carrera de filosofía!

Pero ahora, presumo, caerán ustedes en la cuenta de por qué con tanta minucia he analizado los motivos que les han hecho venir aquí y lo que es «seguir una carrera». Ahora ven ustedes que se trataba nada menos que de estudiar los diversos modos de realidad que la metafísica significa, a fin de que no se confundan y poder aislar el modo primario, ejemplar y auténtico; esto es, poder definir la metafísica e iniciar con ello su construcción.

Ésta se nos presenta en modos que no son el primario con lo cual padecemos un error de óptica, que era forzoso corregir. Nosotros vemos la metafísica como algo que está ya ahí, y bajo una perspectiva determinada, a saber, la social e histórica, la del individuo que nace en un cierto estado de la evolución social e histórica; eso es también verdad. Pero es una verdad parcial e insuficiente, una verdad que oculta la decisiva. Y la decisiva es ésta: que la metafísica es, en su primaria autenticidad, aquel hacer u ocupación humana que se inicia cuando caemos en la cuenta de que todos nuestros demás haceres y ocupaciones, todo nuestro vivir es por sí negativo, ilusorio, absurdo y sin sentido; por tanto, que es todo lo contrario de lo que a primera vista nos parece; tan positivo, tan lleno de cosas, tan real, tan él mismo. Por ejemplo, para no dar ahora sino un ejemplo. Nos parece que vivimos positivamente porque dirigimos nuestra vida conforme a ciertas verdades proporcionadas por las ciencias o por la simple experiencia. Pero de pronto caemos en la cuenta de que esas verdades son muy cuestionables y que aunque no lo sean, como pudiera ocurrir con las matemáticas, ignoramos su fundamento y su relación con el resto de las cosas, de modo que flotan sin último asiento en un fondo de vacío, absurdo y falto de sentido y firmeza. Pero si todas nuestras ideas carecen últimamente de fundamento, por tanto, de sentido y realidad, como todo el resto de nuestra vida es lo que es merced a nuestras ideas y en función de ellas, carecerá también de sentido y realidad. No será lo que parece ser y el presunto vivir será no-vivir, intento fracasado de vivir, invivible vivir.

Pero caer en la cuenta de esto es, *ipso facto*, caer en la cuenta de que el vivir verdaderamente positivo, el vivible será aquel que consista en darse o hacerse un fundamento firme, en asegurar su realidad. Mas hacer eso es, tal vez, el auténtico hacer metafísica, o dicho en otra forma, metafísica es, en última verdad, lo que hace el hombre cuando lo hace por eso, por esa menesterosidad, y no lo que hace cuando simplemente la «estudia» o la elige como carrera y la aprende o enseña.

Lo cual —repito una vez más— no es desvalorizar ninguno de estos haceres, sino tan sólo colocarlos en su rango de modos deficientes o secundarios y hacer notar que no existirían si la metafísica no fuese, antes y por encima de todo, ese desesperado afán de llenar con sentido y dar realidad a la vida que es, sin ella, vacío y nulidad de sí misma. De aquí que no se hace metafísica sino en la medida en que se deshace o da por no hecha la que ya está hecha y se llega así a su raíz avivando en nosotros esa conciencia de menesterosidad radical que es sustancia de nuestra vida.

El error óptico a que antes aludía se desvanece ahora. La metafísica se nos presenta como un cúmulo de pensamientos y doctrinas que ha ido atesorando la humanidad —algo, pues, que a los ojos parece positivo. Enterarse de estos pensamientos y aprender esas doctrinas, será hacer metafísica. Pero ahora hemos averiguado que esos pensamientos y doctrinas, a su vez, carecen de sentido y realidad *si no se los toma* como reacciones de hombres parejos a nosotros ante esa sensación de inanidad, invivibilidad de la vida. Es decir, que aunque haya ahí metafísica, nosotros tenemos que comportarnos como si no la hubiera y resolvernos a hacerla como el primer hombre que la inició. Todo hombre está obligado si quiere de verdad vivir a comportarse como un primer hombre, a ser el eterno Adán, a avivar en sí los temas y resortes esenciales, permanentes de la vida. Sólo en el camino de intentar esta represtinación y simplificación de la vida se encuentra con que no es ni puede ser un primer hombre, sino que es el hombre número tantos en la cadena larguísima de hombres, de generaciones que se han sucedido. Sólo entonces, después de ese instante, descubre lo que es ser, por fuerza, sucesor; mejor dicho, heredero—a diferencia del animal que sucede pero no hereda y, por eso, no es un ente histórico.

Hablando, pues, con rigor, hace realmente metafísica el que se encuentra con la necesidad inexorable de hacerla, de buscar una realidad a su vida por haber caído en la cuenta de que ésta por sí no la tiene —por tanto, de hacerla aunque no estuviese hecha y como si nadie la hubiese hecho antes—, pero, a la vez, se encuentra, quiera o no, con metafísicas ya hechas. Noten ustedes que tan radical o primario es lo uno como lo otro: el caer en la cuenta de que hay que hacerla y el caer en la cuenta de que ya se ha hecho por otros. Ambas —la metafísica como necesidad nuestra y la metafísica como obra de otros, como historia— son dos hechos brutos o ineludibles con los cuales, queramos o no, topamos. Lo cual quiere decir que nuestro hacer, nuestra labor, es, desde luego, desde su raíz, colaboración con el pasado de esta ciencia y de ese pasado con nosotros. Sin remedio, hacemos metafísica desde un lugar determinado de la historia de la filosofía, y en general, de la historia humana.

Con esto decimos ya algo muy importante y que pronto desarrollaremos, a saber: si hacer metafísica es lo que en esta hora constituye nuestra vida, no podemos vivir utópicamente y ponernos a hacer filosofía eligiendo el lugar del tiempo desde el cual la vamos a hacer. Tenemos que vivir en 1934 y esta fecha significa un nivel determinado en la evolución de la vida humana, por lo pronto, de la vida filosófica, del hacer metafísico. Tenemos que contar con lo que la filosofía ha sido hasta aquí y ensayar si podemos seguir en eso que hasta aquí ha sido. Lo primero que el hombre tiene que hacer es contar con su historia por la sencilla razón de que él es histórico, nace en un punto de la trayectoria general humana, nace de un pretérito y lo lleva en sí, es un pretérito —todo lo que me ha pasado hasta 1934.

Este imperativo de evitar la utopía y contar con la historia tiene un primer sentido conservador: se trata, en efecto, de ver si se puede seguir en la filosofía hecha hasta aquí, de si eso que la filosofía ha sido coincide con lo que buscamos. Sin embargo, tiene un segundo sentido que no es tan conservador, puesto que impera contar con el pasado ciertamente, pero con el pasado hasta *aquí*. Por tanto, es un imperativo de actualismo y equivale a exigir que se viva a la altura del tiempo.

Pero aún tiene un tercer sentido. Éste: Contamos con el pasado para ver si lo que él ha hecho coincide con la metafísica que nosotros sentimos que hay que hacer; por tanto, para ver si la metafísica tradicional satisface la exigencia o necesidad de la metafísica futura. Si el resultado de nuestra indagación fuese afirmativo, nos quedaríamos en lo pasado o actual. En uno u otro caso, noten ustedes que es la metafísica futura, la que hay que hacer, la nuestra, quien decide sobre la tradicional y no al revés. Ahora bien, conservador es, en última esencia, quien toma como norma de su futuro lo que hay en el pasado por no confiar sino en lo que una larga permanencia histórica ha abonado. Mas aquí es, en definitiva, nuestro futuro quien se erige en norma última y decisiva sobre nuestro pasado. Véase cómo este imperativo histórico es, pues, a la vez, tradicionalismo, actualismo y futurismo. Ni podría ser otra cosa porque el hombre es en todo momento esos tres: pasado, presente y futuro.

Con esto hemos terminado la definición de la metafísica como carrera y vocación profesional. Ello nos ha permitido determinar el sentido que la expresión «hacer metafísica» tiene referido al grupo de ustedes que vienen aquí movidos por afición sincera a este género de estudios. Y habrán notado que para ello hemos necesitado distinguir ese hacer de otro inferior y otro superior, de la metafísica que hace quien la estudia como podía estudiar otra cosa cualquiera, porque es sólo «estudiante», y de otro superior que era el de los grandes filósofos. Noten ustedes que sólo por la necesidad de aclarar lo que es metafísica como vocación profesional, hemos hablado de este otro hacer que es el de los grandes filósofos. Ahí, entre ustedes, ahora no los hay. No tenía, pues, sentido real que yo hablara de ellos. Se trataba, pues, de una anticipación por lo pronto irreal.

Con todo ello queda concluso el análisis de por qué han venido aquí cuantos han venido a hacer metafísica en un sentido más estricto.

Ahora vamos a los otros —a los que han venido por otros motivos a hacer metafísica en un sentido menos estricto.

Fíjense bien en lo que acabo de decir. Ello implica que hay aquí personas las cuales no han venido a hacer metafísica, en el sentido de que, definiéndose todo hacer por su motivo, el motivo que los ha traído no es la metafísica como asignatura, ni la metafísica como vocación profesional.

¿Por qué han venido entonces? ¡Vaya usted a saber! —se dirá— pero con gran error. No; se sabe, por lo menos, con suficiente aproximación, se sabe sin necesidad de que nos hagan individualmente sus confesiones. ¡Bueno fuera que a estas horas nadie pretenda ser un absoluto arcano para los demás! No: el hombre no es, en principio al menos, un misterio para el hombre. Sólo en el caso de que entre ustedes hubiera un hombre supergenial que fuese él la invención de una forma nueva, inaudita e inédita de humanidad podía ocurrir que no supiésemos por qué ha venido.

Conocemos la vida humana: sabemos que es enormemente rica en modos y formas diferentes. Como la naturaleza física parece inagotable, infinita y a caso, como ésta, lo sea en última instancia. Pero la naturaleza física ha sido reducida a un sistema delimitado de formas de movimiento y merced a ello se conoce lo que en ella es posible y lo que es imposible. Apenas hay fenómeno corporal que no obstante su singularidad no quede comprendido en alguna de esas formas de movimiento.

Parejamente, la vastedad e ilimitación de la vida humana no excluye que sepamos cuáles son los tipos de comportamiento a que puede reducirse. Podíamos enunciar y describir todos esos tipos. No niego que sean muchos y esto nos impide, por falta material de tiempo, exponerlo ahora, pero afirmo que son limitados y, en principio, agotables. Pues bien, prácticamente no hay probabilidad alguna de que nadie de ustedes escape a alguno de esos modos genéricos de comportamiento humano que nos son notorios. Si, al fin y al cabo, nos entendemos unos a otros en el trato social es porque poseemos de antemano, démonos cuenta o no de ello, una clara idea de las diversas posibilidades o tipos o modos de ser hombre, y al encontrar uno individual, lo alojamos en aquel de esos tipos que nos parece más afín con él. Cómo se produce ese saber y cuáles son los fundamentos de su verdad son cosas que no voy a tratar ahora. Baste decir que la claridad de ideas sobre el repertorio de modos humanos aumenta conforme la vida avanza y es un resultado de lo que suele llamarse «la experiencia de la vida»—un tema sobre que otro día tendremos que hablar. De aquí que cuando se ha llegado a la madurez se posea un saber *a priori* sobre cómo son los hombres que se presentan ante uno, que casi con verlos basta. Automáticamente nuestra mente los consigna a un cierto tipo de humanidad. Por eso, no interesan los datos concretos que sobre tal individuo nos den. ¿De qué nos pueden servir, si tenemos ya, desde luego, la ley de su vida? De aquí que el hombre maduro se interese *espontáneamente* —fíjense que digo espontáneamente— menos en los otros hombres, en el trato con ellos y se entregue más a los otros lados de la vida que no son el trato con los prójimos —como amistad, amor, polémica—, sino que son creación abstracta: ciencia, industria, política. Se comprende: el trato con el prójimo aburre ya un poco. Porque el encanto del trato es, en definitiva, lo que puede tener de imprevisible. No sabemos aún bien quién es el otro y esperamos que toda esa porción de él que nos es desconocida haga cosas admirables, las cuales ignoramos y no presumimos. Es decir que, como toda nuestra vida, al lado de ella que es el trato —amistad, amor, polémica— vive de crédito, de esperar lo inesperado. Por eso en la juventud tiene tanta fuerza la vida —porque aún no ha comenzado a agotar el crédito que ha abierto a ésta y espera siempre que más allá del hoy y de lo que ya ve y tiene, haya tras el horizonte actual paisajes maravillosos, mujeres geniales, hombres admirables, empezando por sí mismo. El joven vive a cuenta de un sí mismo maravilloso que espera ver surgir en él mañana.

Mas el hombre maduro, lo mismo que conoce ya de antemano a los prójimos, se conoce a sí mismo. Sabe cuáles son sus poderes y cuáles sus límites. Espera menos de sí lo inesperado.

Sin embargo, aquí tocamos, a su vez, el límite de ese saber sobre las formas y tipos de la vida. En la ciencia de la naturaleza, con ser un conocimiento tan pleno y logrado, tan ejemplar, no están resueltos todos los problemas. Todo saber, por firme y amplio que sea, termina en una periferia de problemas. Lo mismo acontece al saber de lo humano. Cuanto he dicho sobre lo que en éste hay de positivo, es verdad. Pero yo no he dicho que sea absoluto. No es, en efecto, absolutamente imposible que ahora me esté oyendo un hombre supergenial cuyo módulo de humanidad me sea perfectamente desconocido. Se sabe mucho de la vida, mucho más de lo que se suele creer; por eso he subrayado este lado positivo de ese saber —pero no se sabe todo. El hombre maduro no sabe tampoco absolutamente de lo que él mismo será capaz mañana. Tras su convicción práctica de que será incapaz de esto o de lo otro, alienta la convicción absoluta e irreductible del «¿quién sabe?». Precisamente su saber, su experiencia vital le recuerda que varias veces en el pasado se dio por concluso, creyó poseer un dibujo definitivo de sus capacidades e incapacidades y luego, súbitamente, se encontró con el brote inesperado de una nueva capacidad o de un más alto grado en la que ya se reconocía. Es decir, que si en comparación con el joven el maduro vive menos de crédito, de lo imprevisible como tal, éste no ha desaparecido de su vida. Ya veremos cómo no podría ser —ya que el crédito, lo imprevisible es un órgano esencial de la vida, una de sus vísceras. Sin embargo, la diferencia entre ambas edades es clara y podría formularse así: la vida juvenil gravita hacia lo imprevisto como tal, la madura hacia lo ya conocido —aquélla, pues, se nutre principalmente de lo que la vida tiene de indelimitado o infinito, ésta de la conciencia de limitación y de finitud.

Precisamente así la extensión y límites del saber que poseemos sobre los tipos o modos de ser hombre, resulta claro que cuando el hombre en su madurez trata con los jóvenes, se encuentra con un saber *a priori* de sus diferentes modos que prácticamente es completo. Porque noten ustedes que el problema queda aquí reducido. No se dice que conozca todos los modos posibles de la vida humana, sino sólo los modos posibles de la etapa más sencilla de la vida humana: la juvenil. Y, sin embargo, también aquí hay que no dejar silenciada una reserva, una limitación, si se quiere que quede correctamente dibujada la línea estricta de ese saber. El hombre maduro conoce los diferentes modos de ser joven: en una juventud dada distingue, pues, con suficiente precisión las diferencias que hay entre unos jóvenes y otros. Pero unos y otros pertenecen a una misma juventud, que tiene ciertos caracteres comunes de humanidad. Esto es lo que yo llamo una generación. Ahora bien, precisamente eso que constituye una generación como tal —que es precisamente lo común a todos los individuos de un cierto tiempo— es siempre una forma genérica de vida nueva. Y esto es lo que el hombre maduro corre siempre el riesgo de no saber, de no percibir: ese germen de innovación vital de que la generación no se da cuenta —repito— hasta el punto de que, con frecuencia, lo que ella comienza por decir con la pretensión de que sea su confesión, su característica, es lo contrario de la efectiva innovación que ella es: mejor dicho, que va a ser. La cosa es paradójica, pero inexorable. La juventud no averigua, no sabe la peculiaridad de su destino vital hasta que no deja de ser joven —allá entre los veintiséis y los treinta años—, lo mismo en el hombre que en la mujer. ¡Extraña pero innegable condición! Propiamente, la juventud, que es tan parlanchina, es, en lo esencial, muda: no tiene voz. Lo que parla no es suyo, sino el tópico de la generación anterior. Ésta es quien pone su voz en la laringe del joven: se trata, pues, de una faena de ventriloquia.

La situación, pues, es ésta: la juventud comienza por ser misterio y arcano para sí misma. Pero también lo es para la madurez. Por tanto, bajo inauténticas coincidencias la verdad es que las dos generaciones en cuanto generaciones no se entienden. ¿No significa esto declarar que la historia es una permanente discontinuidad? Sin duda: en ciertas cosas decisivas el bloque de una generación se levanta frente al bloque de la otra como dos acantilados incomunicables. Por eso la historia es, en una de sus caras, polémica y cambio. Bien: ¿pero no es, por otra parte, la historia continuidad? Toda idea o sentimiento humano viene siempre de otra idea o sentimiento nuestro o de otro hombre. No hay posible vacío. *Historia no facit saltum.*

La Nación, de Buenos Aires, septiembre-octubre de 1934.

UN RASGO DE LA VIDA ALEMANA

1

Veintitrés años después. — Impresión sincera e impresión completa. — Paréntesis sobre la estupidez. — Para una técnica de la óptica histórica.

Hacía veintitrés años que no visitaba a Alemania. Casi un cuarto de siglo. Un motivo privado me ha hecho recientemente permanecer allí dos semanas. Quien conozca la importancia permanente que Alemania ha tenido en mi vida podrá aforar la fuerza de choque que la impresión ahora recibida ha tenido sobre mí. Sin embargo, no espere el lector que yo comunique en este momento esta impresión. Por varias razones, pero, ante todo, por una que es ya de suyo suficiente. Mi viaje no se proponía ver a Alemania. Al contrario: he rehuído tal intención. No he visitado más que una porción del Oeste y he reducido al mínimo el número de personas con quienes he hablado. Esto quita a mi impresión, aun ante mis propios ojos, todo título para poder concluir de ella a la realidad humana. El hecho de que el contacto con una cosa produzca ineludible y automáticamente una impresión en nosotros y, queramos o no, esa impresión quede en nuestro interior sin que pueda ser borrada y actúe, como algo real que es, sobre nuestras opiniones, no nos da derecho a apoyarnos responsablemente en ella para elaborar una idea sobre esa cosa. Al hombre intelectualmente responsable no le basta que su impresión sea impresión; esto es, reacción directa, auténtica, sincera, ante un objeto, sino que le exige la condición de ser completa respecto a ese objeto. Una de las causas de nuestra irritación ante el prójimo estúpido, es que se nos presenta siempre con ideas sobre las cosas formadas sobre impresiones fragmentarias, piltrafas y muñones de cosas. (La estupidez es casi siempre cruel; más aún, «proviene» de una crueldad ingénita. Al estúpido no le duele cortar pedazos a las pobres cosas y tratarlos como si fuesen las cosas mismas, al modo del bárbaro violento que ha cortado a alguien la cabeza y la enseña a la multitud gritando: «¡Éste es Fulano!» Cuando presenciamos la discusión entre un hombre estúpido y otro inteligente, vemos cómo éste obliga a aquél a volver corriendo cien veces al lugar de donde partió, porque se le había olvidado meter en su idea trozos esenciales del objeto sobre que se habla. La disputa le hace caer en la cuenta de ello y tiene que volver a empezar de nuevo su faena intelectiva. Vive perpetuamente en la cómoda situación de quien hace mal su equipaje y después de cerrado tiene que abrirlo una y otra vez porque ha olvidado meter prendas y utensilios imprescindibles. El estúpido es el que está siempre empezando a enterarse y, por eso, no acaba nunca de estar enterado). (Enterarse viene de *integrare*, completar).

Siento demasiado respeto y sobrada lealtad hacia un pueblo tan formidable como Alemania para dar al viento las opiniones que sin mi albedrío ha levantado en mí una impresión insuficiente de su vida actual.

No extrañen estas cautelas y reservas que nacen de una viva preocupación por la responsabilidad intelectual. Ésta, a su vez, se origina en el estado de casi obsesión a que me ha llevado descubrir —en virtud de estudios históricos hechos un poco a fondo— que la característica del intelectual desde una época que puede precisar en torno a 1750, es la irresponsabilidad.

Lo único, pues, que estoy dispuesto a permitirme ahora es aislar en mi fortuita impresión algún elemento que por su carácter abstracto, amplísimo, sea inequívoco, y una vez aislado, tratarlo como lo que es, fragmento y nada más. De aquí que al exponerlo y comentarlo, al señalar inclusive su peligroso cariz, evite muy cuidadosamente fundar en él ningún juicio ejecutivo sobre el presente o el porvenir de Alemania.

¿Cuál es ese elemento de la impresión recibida en Alemania por alguien que desde hace un cuarto de siglo no la ha visitado, pero que formó en ella una etapa decisiva de su juventud y que ha mantenido sin interrupción el trato más intenso con ella que la distancia consiente? Acaso mi respuesta sorprenda al lector, como me sorprende a mí mismo, pero es rigorosamente verídica. El lector presumirá que en mi impresión han de ocupar por fuerza el primer plano observaciones sobre el aspecto que una política extrema y de gran visualidad pública ha dado a Alemania desde hace un par de años. Al retornar a España todo el mundo me preguntaba: «Bueno ¿y qué pasa con el nacional-socialismo?» Con perfecta ingenuidad yo hundí entonces la mano en mi tesoro de viajero buscando impresiones referentes al nacional-socialismo, pero con enorme sorpresa hallé que eran éstas tan pocas, tan adjetivas y anecdóticas, sobre todo tan extrínsecas a mi verdadera impresión, que les faltaba toda congruencia con la importancia atribuída al nacional-socialismo por mis interpelantes. La cosa es estupefaciente, pero, a la vez, nítida e irremediable. Sin que yo pueda acusarme de intervención deliberada en la conducta de mi atención, el hecho ha sido que yo no he visto apenas nada de lo que pasa *ahora* en Alemania. Por una espontánea operación de mi retina, el presente, en lo que tiene de tal, ha sido rechazado por ella. ¿Cómo se explica esta ceguera para lo inmediato, para lo que debía haberme sido más patente?

Yo creo que el lector va a entender en seguida este fenómeno que, al pronto, resulta incomprensible. Si un hombre a quien conocemos hace un cuarto de siglo y a quien no hemos vuelto a ver, nos aparece un buen día de pronto, en una solemne fiesta oficial, vestido con un aparatoso uniforme porque acaba de ser elegido jefe del Estado, ¿cuál será la impresión más auténtica y vigorosa que de él recibiremos? ¿Su personalidad y atuendo de jefe de Estado; por lo tanto, lo que acaba de pasarle y que ahora es? Evidentemente, no. Todo eso que ahora es queda sin más relegado al fondo y, en cambio de ello, lo que nos impresiona es simplemente... que ha envejecido. Pero esto no le ha pasado *ahora*, sino a todo lo largo de un cuarto de siglo. Lo que en verdad advertimos es aquello en él que no depende de hoy, sino de todo ese luengo pretérito. En comparación con este cambio lento y profundo de su persona, eso que hoy le pasa —ser jefe del Estado— nos parece superficial; por lo menos se lo parece a nuestra espontánea y sincera impresión.

Algo parejo me ha acontecido en este viaje. Mi retina no ha retenido aquellas modificaciones de la vida alemana que para producirse necesitaron precisamente ese cuarto de siglo que separa mi visita actual de la anterior. La cosa, pues, una vez entendida, es la más natural del mundo, y el lector, si repasa su experiencia y la analiza un poco, reconocerá que constantemente le ocurre algo semejante.

En suma, lo que yo he visto ahora en Alemania no es lo que ha acontecido en estos tres o cuatro últimos años, sino lo que le ha acaecido en veintitrés. Y aunque sean muy importantes todos los sucesos de este postrer lustro, es cosa clara que tiene un valor mucho más decisivo y grave ese más largo proceso. En el destino de un pueblo, como en el de un hombre, los procesos más largos son, a la vez, los más profundos y sustanciales. Como hay hechos de una hora o de un día, hay hechos seculares. Y si acomodamos la mirada a la visión de éstos es claro que dejamos de ver aquéllos; nuestro rayo visual los traspasa inatento sin percibirlos y va a fijarse en el estrato hondo donde el hecho secular acontece.

Digamos lo mismo en otra forma que acaso resulte más diáfana. (No es tiempo perdido la detención en este asunto, porque el lector puede aprovechar estas indicaciones de óptica social e histórica para estudiar la realidad de su propio país). Hace dos, tres, cuatro años, Alemania decidió crear un Estado nacional-socialista. El hecho tendrá cuanta importancia se le quiera dar, y yo no pretendo escatimar un solo quilate de ella. Pero es obvio que esta decisión la ha adoptado *porque* se hallaba ya en ciertas vías o modos de existencia. Sólo dentro de ellos y porque estaba en ellos —como dentro de un determinado horizonte— pudo ocurrírsele a Alemania hacerse nacional-socialista. Si hubiese estado previamente en las vías o modo de vivir que se hallaba y halla Inglaterra, no es verosímil que se hubiese resuelto al nacional-socialismo, sino a otra cosa. De esta suerte, en toda vida cada decisión surge dentro de otra previa más amplia, más básica y de desarrollo temporal más largo; ésta, a su vez, dentro de otra, y así sucesivamente. La decisión de lo que hoy vamos a hacer emerge de la decisión que adoptamos sobre lo que vamos a hacer en la presente temporada, y ésta en lo que resolvimos para todo el año o grupo de años, y al cabo, en la decisión tomada sobre toda nuestra vida; por ejemplo, el haber decidido dedicarla a una cierta profesión. Pero toda nuestra vida brota en el cauce de la vida que llevaban nuestros pueblos y nuestra época, la cual, a su vez, va encajada nada menos que en la trayectoria íntegra de la historia universal, es decir, del destino humano. Si éste hubiera sido otro, si el flujo total de la historia marchase en otra dirección —cosa que muy bien pudo acontecer—, nuestra época, nuestro pueblo y en definitiva nuestra vida, nuestro año y nuestra hora serían muy distintos de lo que son. De aquí que tomando las cosas en todo su rigor no se puede entender ni un segundo de la vida de un hombre si no se entiende la historia universal. Lo cual —si el lector quiere— será una pretensión utópica, porque ¿quién es capaz de entender la historia universal? Pero con ello no se dice sino lo que a todas horas advertimos dolorosamente, a saber: que, en rigor, ningún hombre entiende a otro, y que vivimos en trágica y permanente mala inteligencia.

Mas no hay por qué poner el sencillo asunto que ahora empuja mi pluma dentro de tan gran dilema. Para obtener sobre él la dosis de claridad prácticamente requerida, nos basta con retroceder a poco menos de un siglo. Allá, en torno a 1850, el pueblo alemán tomó una decisión que no refieren las historias al uso. Las historias al uso cuentan sólo el perfil de melodrama que la vida suele presentar. Están escritas y pensadas, en general, para la eterna galería. Y lo que el pueblo alemán resolvió hacia 1850 no tiene apariencia melodramática. Fue esto: lograr, ante todo, organizar la vida colectiva. Esto se llamaba, a comienzos del siglo, la maravillosa «organización» alemana. Parece que es cosa poco dramática y, sin embargo...

La Nación, de Buenos Aires, 24 de febrero de 1935.

II

Jugar la vida a una carta.—La organización de los servicios colectivos. — Un resultado: la desindividualización del hombre. — El «furor teutónico».

He dicho que hacia 1850 el pueblo alemán pone su existencia a una carta: la organización de la vida colectiva. Es decir, resuelve ocuparse con «preferente» atención en que los servicios exigidos hoy por la vida colectiva sean rendidos con la mayor perfección posible.

Esta resolución no la forma el pueblo alemán en un cierto día y en una cierta hora. Las resoluciones adscritas a hora y día, por mucha retórica que se suela emplear en demostrar lo contrario, son siempre superficiales en la existencia de una persona. Excuso decir hasta qué punto lo son en la de un pueblo. Esa decisión, en rigor, no se toma nunca entera y de una vez, sino que se «va tomando» poco a poco, de la misma manera que en cierta época del año el paisaje «va tomando» aspecto primaveral. Precisamente porque se trata de una voluntad muy honda y que afecta a modos muy radicales y amplios de la vida, no podemos sorprender en nosotros un acto determinado y aislable en que queremos aquello, sino que todo nuestro ser se convierte en voluntad, se va polarizando íntegramente en esa dirección. Pasa como en los casos de auténtico amor. El amor del que ama no consiste en una precisa acción sentimental que se ejecuta en un determinado segundo, sino que toda la persona del amante está impregnada de amor, y todo lo que hace, sea lo que quiera —resolver un problema de alta matemática o bañarse—, es en él estar amando.

Lo mismo un pueblo, a lo largo de una zona difusa de fechas, no hoy o mañana, sino *siempre*, durante cierto período, va empujando el conjunto de su vida hacia aquella finalidad, hasta que toda ella queda articulada según el propósito.

En este sentido, pues, Alemania puso su existencia, por los años de 1850, a la carta de organizar la vida colectiva.

Claro es que toda vida colectiva es ya organización. Pero lo es en simple espontaneidad, y el hombre tiene siempre el poder de recobrar sobre su espontaneidad en forma reflexiva y actuar con voluntad deliberada sobre ella como sobre una cosa exterior a él. Quiera o no, el hombre es miembro de una colectividad y rinde en ella servicios. Pero puede rendirlos de mala gana o, al contrario, «dedicarse» a ellos, entregarse a fondo y sin reservas a ejercitar esas funciones que le atañen como miembro de la colectividad; en suma, poner a ello su vida.

Y es innegable que todo pueblo, especialmente todo pueblo perteneciente al ámbito de la cultura occidental, además de tener una vida colectiva, se ve forzado a atenderla, a ocuparse deliberadamente en su mejor organización. La diferencia está en el rango que dentro de la jerarquía de sus ocupaciones otorgue a ésta. Y lo que yo digo es que Alemania puso la faena de organizar sus servicios colectivos en el más alto lugar, supeditando a ellos, por consiguiente, todas las demás cosas.

La guerra de 1870 dio ocasión a que, de pronto, las demás naciones se diesen confusamente cuenta de este hecho, que era algo nuevo en el horizonte de Europa. Al principio no supieron bien en qué consistía la inaudita eficacia de que había dado muestra el pueblo alemán. Se atribuyó muy vagamente a una superioridad de cultura y se dijo que la guerra había sido ganada por las Universidades de Alemania. Era, claro está, un error. Ni el hombre medio alemán era más culto que el francés —antes bien, lo contrario— ni las Universidades, como tales, habían tocado pito ni flauta en la guerra. Cuando yo estudiaba en las Universidades alemanas, pensaba ya —y aun lo escribía ya— que en cuanto instituciones eran un profundo error. Lejos de ser ellas quienes por su propia máquina enriquecían la vida alemana, era ésta, la atmósfera pública del pueblo alemán, quien insuflaba de fuera adentro todo lo que en aquellas instituciones había de admirable. Exactamente el mismo caso en que se halla la enseñanza secundaria de Inglaterra.

Fue al comenzar el siglo cuando los extraños descubrieron con plena claridad que la inaudita fuerza de Alemania —en la guerra, en la producción económica, en la ciencia— procedía del perfeccionamiento no menos inaudito a que había llevado la organización de sus servicios colectivos. Era aquélla, para todo Occidente, la sazón de mayor entusiasmo por el maquinismo. Lo mejor que una cosa podía ser era ser máquina. Los alemanes, mediante su organización —que es su maquinización— habían hecho del Estado, y aun de la sociedad, una máquina de superior perfección. Por ello, fue entonces Alemania el ideal de todas las demás naciones. Todas aspiraban a una organización parecida, y las que no aspiraban a ello soñaban con ello. El ensueño es la aspiración paralítica y desplumada que, sintiéndose incapaz de volar hacia la realización de las cosas, allá en el efectivo mundo, se contenta con imaginarlas dentro de sí. El ensueño es el hueco de la acción ausente.

En aquel momento hice yo mi primer viaje a Alemania. Como pasa siempre, el hombre, al embalarse en un entusiasmo nuevo, ve de él sólo la faz prestigiosa. Ignora aún sus límites y sus inconvenientes. Para descubrirlos es inexcusable que se embarque a fondo en aquella experiencia vital, que la desarrolle y ejecute hasta agotarla. Entonces, sólo entonces, sale a la otra banda de aquel entusiasmo, ideal o forma de vida, y volviendo la cara, ve su espalda, su finitud, su insuficiencia. No hay posibilidad de ahorrar a la humanidad todo ese trabajo. Él es sustancialmente la historia universal —gigantesca peregrinación del hombre a través de formas de vivir, que inventa, ensaya y agota. Cada experiencia vital es ineludible. Si no se hace hasta su raíz, queda indigesta y no permite que quedemos francos y alertas para la nueva. Porque la nueva consiste siempre en evitar los límites y defectos de todas las anteriores, especialmente de la recién hecha. Esta dialéctica de experiencias forma la cadena de la trayectoria humana, en que —como Hegel decía barrocamente— cada eslabón está borracho y tiene que apoyarse en el que le precede y en el que le sigue, borracho de entusiasmo, primero; luego, de pena.

Hacia 1900 veíamos sólo la magnitud y eficacia de los resultados obtenidos por la «organización». Pero no nos parábamos a analizar en qué consistía ésta últimamente, cuáles eran sus supuestos y sus implicaciones decisivas. Y esto es precisamente lo que en mi retorno a Alemania me ha salido al paso constantemente apenas pasé la frontera. En veintitrés años la «organización» no ha cesado allí de progresar; pero, a la vez, ciertos resultados de ella, ni previstos ni deseados, pero que sus implicaciones inexorablemente acarrean, también han progresado. Sea dicho sin otros ambages: cuando un pueblo se propone principalmente la organización de su vida colectiva, lo logra a costa de desindividualizar a los hombres que lo integran.

¡Ah, claro! Es sobremanera peligroso proponerse «principalmente» algo en la vida. Porque se está siempre a dos dedos de atender eso «exclusivamente». Y entonces pasan siempre cosas terribles. Porque la vida humana es lo contrario de la exclusividad, de la abstracción. En toda la obra del gran pensador Dilthey —el hombre que ha pensado más sobre la vida— se llega, con frecuencia, a ciertos puntos últimos, los más dramáticos de su hondo análisis y entonces aparece siempre una expresión, a la vez simple y misteriosa, que él no aclara nunca: *Das leben ist eben mehrseitig* —«La vida precisamente es multilateral»— la vida es... muchas cosas. Sería, en efecto, tarea fácil ésta de existir si pudiera hacerse unilateralmente. Pero, ¡ahí está!, vivir es caminar, a la vez, en todas las direcciones del horizonte, es tener que hacer una cosa y... la otra.

El pueblo alemán ha propendido siempre a embalarse totalmente en un sentido determinado, sin reserva, quemando todas las naves. Como suele acontecer a los pueblos, esto, que es su defecto, su vicio, su inclinación morbosa, le es encomiado como su más característica virtud. Se le llama «entereza», «lealtad radical», *Gründlichkeit*. En rigor, no es sino lo que ya los romanos vieron en los germanos: el *furor teutonicus*. El furor es falta de inhibición, de última mesura, es ceguera para la multilateralidad de la vida. La verdadera «entereza», la *Gründlichkeit*, no consiste en entregarse a sólo una cosa, sino en ser todas las que resulten precisas.

La Nación, de Buenos Aires, 3 de marzo de 1935.

III

Los factores que implica la buena organización colectiva y el autómata humano.—El funcionario alemán, el francés y el español.

Sin más que una sencilla colaboración del lector, espero dar plena claridad a lo que ahora intento decir. Le invito a que procure representarse, no cisnes ni princesas lejanas ni pajes gentiles, sino un revisor de tren, un guardia de Seguridad, un juez, un profesor de Universidad, un militar, un empleado administrativo, un ingeniero..., ¿lo ha hecho ya? Bien, pues ahora necesito del lector un nuevo esfuerzo: que, si ha viajado un poco, se represente cada uno de esos entes en distintos países —por ejemplo, en Alemania, en Francia y en España. Sobre el fondo de esa intuición va a moverse cuanto sigue y a ella debe recurrir de lo que yo diga, como en un libro se recurre del texto a la ilustración.

Decía yo que Alemania, hacia 1850, puso su vida a la carta de organizar perfectamente los servicios de su existencia colectiva y que esto —la buena organización— nos parecía la cosa más estupenda, maravillosa y deseable a que un pueblo podía dedicarse. Ahora conviene que, aprovechando una hora de menor entusiasmo, de tibieza y serenidad, nos fijemos un poco en algunos de los factores que esa gran cosa implica.

El funcionamiento de un servicio público presupone un número enorme de actos ejecutados por un número muy crecido de personas. Estos actos están articulados en forma tal que si falla uno se origina en el servicio una perturbación gigantesca. La llamo así porque es esencial subrayar la desproporción entre la importancia mínima del acto que falla y la importancia de sus resultados. El ejemplo más visible es el trastorno formidable que en una vía de gran circulación produce un movimiento casi insignificante de un coche o de un peatón que no sea estrictamente el requerido por el servicio. Como el micrófono convierte en trueno el ruido de una hoja de papel, la articulación de actos en que el servicio público consiste amplía hasta dimensiones de catástrofe cualquiera mínima falla. La organización de un servicio es buena en la medida en que elimina éstas. Para conseguirlo será inexcusable: primero, la previsión más completa posible de los actos todos que el servicio exige, y segundo, la ejecución automática de ese sistema de actos. Ambas cosas imponen a la organización el carácter de rigidez y hacen de ella propiamente una maquinación. La previsión produce el Reglamento, y la necesidad de automatismo, la disciplina, pues como cada grupo de los actos articulados en el servicio o función pública tiene que ser ejecutado por un hombre, la buena organización exige de él que se disponga a automatizar su comportamiento, a convertirse en autómata. Este autómata humano es el funcionario ideal.

Y aquí es donde la cuestión comienza a hacerse un poco más interesante, menos perogrullesca. Porque bajo la expresión «un hombre» entendemos una vida humana individual, y ésta consiste en cuanto un sujeto único y exclusivo hace y padece por su cuenta y riesgo, en vista de sus finalidades individualísimas, en virtud de sus convicciones propias y mediante resoluciones que él toma por sí y nadie puede tomar en su lugar. Cuando proponemos a una entidad de pareja condición que sea funcionario, le proponemos que de tal a tal hora, anule, suspenda e inhiba su existencia individual, dejando de ella sólo en pie la voluntad de ejecutar con sus aparatos psicofísicos— lo que suele llamarse su cuerpo y su alma— los actos que el Reglamento del servicio prescribe. En suma, invitamos al individuo a que deje de ser individuo, porque no hay individuo si éste no es alguien determinado, tal o cual, y ahora le proponemos que deje de ser el tal o cual que él es para que se convierta en el ente genérico «revisor de tren», «cartero», «guardia de Seguridad», «juez», etc.

La invitación es, en verdad, estupenda. Porque ha de notarse, aunque nos resistamos al cariz paradójico del hecho, que un cartero, un guardia, un juez, no es un hombre. Lo cual resultará evidente al lector con sólo reparar en qué es lo que sabe de un hombre cuando sólo sabe de él que es cartero, guardia o juez. Con cada uno de estos nombres se nos designa sólo cierto repertorio de actos que excluyen la individualización y se definen de una vez para todas en un Reglamento. Y si se dice que al determinar la conducta en que consiste el ser cartero da por supuesto el Reglamento que el cartero tiene, claro está, que ser antes hombre, no varía el asunto. Porque ese hombre presupuesto por el Reglamento de carteros es también un esquema genérico. No es tal o cual hombre, sino el hombre que ni es tal ni cual, antes bien, sólo aquellos caracteres comunes a todos los hombres sin los cuales los actos de repartir la correspondencia no se pueden ejecutar. El cartero, el revisor de tren, el juez, el guardia de Seguridad, no es un individuo humano, una persona, sino un papel, un *rôle*, un personaje. Nos cuesta algún trabajo advertir cosa tan evidente porque sabemos demasiado bien que donde haya uno de esos personajes habrá también siempre una persona, que detrás de la «vida» oficial del funcionario y como soporte de ella habrá siempre una vida humana individualísima. Pero el que ambas entidades —la concreta humana y la esquemática oficial— se den juntas no quiere decir que sean la misma.

Cuando queremos atravesar una calle y el guardia que ordena la circulación nos lo prohibe, nuestra relación con él no es de hombre a hombre —es decir, de persona a persona. El acto de intentar cruzar la calle nació de nuestra personalísima responsabilidad: lo habíamos decidido nosotros por motivos de nuestra individual conveniencia. Éramos los protagonistas de esa acción. En cambio, el acto de prohibirnos el paso no se origina espontáneamente en el guardia por motivos personales suyos. De hombre a hombre, tal vez prefiera ser amable con nosotros y permitirnos avanzar. Pero él no es quien engendra sus actos. Ha suspendido su vida personal y se ha convertido en un autómata que ejecuta actos ordenados en un Reglamento. Como se dice en la pieza de Courteline: *Le gendarme est sans pitié*. Compárese nuestra relación con el guardia —la relación de hombre a funcionario— a la relación en que estamos con un amigo. En ésta, ambos términos son dos vidas individuales que se enfrentan. Lo que hago con mi amigo, lo que le digo y le callo, lo hago precisamente porque es el individuo determinado que él es. El concepto «amigo» no es abstracto como el de gendarme. El que es amigo lo es por lo que tiene de tal individuo. Pero el que es gendarme no lo es por su individualidad, sino al revés, a pesar de ella y en la medida en que quede suspendida.

Esta dualidad entre la persona y su oficio o personaje se da dentro del funcionario mismo. En el gendarme luchan constantemente su humanidad y su gendarmería, su inexorable condición de individuo y su obligación de no serlo y atenerse al Reglamento, supeditarse a la disciplina. De aquí que existan en la persona muchas maneras o actitudes de «tomar» su oficio.

Compare el lector un funcionario alemán, un funcionario francés y un funcionario argentino o español. Notará en el comportamiento del primero que el hombre oculto tras el *rôle* oficial ha aceptado radicalmente éste, se ha sumergido por completo en él, ha inhibido de una vez para siempre su vida personal —se entiende «durante» el ejercicio de su obligación. No ahorra detalle alguno de los prescritos en el Reglamento: no se sorprende en él despego alguno hacia la actuación oficial que le es impuesta. Al contrario, hace lo que hace —el oficio— con verdadera fruición, cosa imposible si al individuo no le parece, ya como individuo, un ideal ser funcionario. Pero esto equivale a decir que el ideal íntimo de tal individuo es precisamente no ser individuo, sino ser gendarme, cartero, juez, etc. Entonces se comprende que se sienta menos o nada solicitado, durante sus horas de servicio, para «vivir su vida», para comportarse como la persona que es. Al contrario, su «vida» ideal es no ser persona, sino personaje o funcionario.

Contraponga el lector a este caso el del funcionario español.

El espectáculo de su comportamiento no puede ser más diferente. Al punto advertimos que el español se siente dentro de su oficio como dentro de un aparato ortopédico. Diríamos que constantemente le duele su oficio, porque su vida personal perdura sin suficiente inhibición, y al no coincidir con la conducta oficial, tropieza con ella. Se ve que el hombre éste siente en cada situación unas ganas horribles de hacer algo distinto de lo que le prescribe el Reglamento. Resulta conmovedor adivinar el sufrimiento del guardia de la circulación madrileño por no serle lícito dejar pasar a una buena moza cuando la señal luminosa marca rojo. Es más: siempre que puede, suspende el orden normal de servicio para dejar pasar a la buena moza.

No olvidaré nunca haber presenciado en Sevilla un enorme conflicto de vehículos en un cruce de calle, y que en medio de él el guardia, en vez de actuar para resolverlo según le indicaban las Ordenanzas, estaba con los brazos en jarras, el casco ladeado sobre la oreja y diciéndose a sí mismo en hamletiano monólogo:

—¡Ci e lo que yo digo! ¡Que no puée cer! ¡Coche p'arriba, coche p'abajo! ¡Que no puée cer!

Aquel castizo sevillano que ejercía las funciones de guardia, no sólo no ejecutaba el acto que para el caso ordena el Reglamento, sino que mantenía en suspenso la circulación para darse el gusto de expresar su opinión personal sobre la totalidad del Reglamento.

Pero aparte estos casos extremos que aportan sólo la cínica claridad de la caricatura, es de sobra patente que la mayoría de nuestros paisanos «toman» su oficio público en forma muy distinta que el alemán. Si asistiéramos durante todas las horas de servicio a su comportamiento, veríamos, en primer lugar, que sólo algunos ratos entra de verdad nuestro hombre en el ejercicio de sus funciones.

Siempre que le es materialmente posible abandona el gesto y la ocupación de su cargo, como quien se quita unos arreos incómodos, y vaca a ser sí mismo, a comportarse según su individualidad reclama. Cuando la ocasión aprieta, le vemos como echar a correr hacia su cargo y «ponérselo» apresuradamente, a modo de quien se pone una escafandra, para soltarlo de nuevo en cuanto la urgencia pasa. Pero aun dentro del ejercicio de sus funciones, procurará prescindir siempre que pueda de los detalles, saltarse ciertas formalidades. Raro será que le veamos verdaderamente interesado en lo que hace. Opera como un sonámbulo; deja actuar al esquema de hombre que, como mínimo, supone todo oficio, manteniendo ausente su personal atención, que es la única capaz de intensidad. En ello se engendra ese ambiente de soñolencia que suele cernirse sobre todas nuestras oficinas. Diríase que el buen español envía a su «doble» espectral, mientras su auténtico ser se queda en casa. Cuando el funcionario alemán concluye su jornada de servicio parece que se apaga, que su vitalidad se reduce. Su verdadera vida estaba en el ejercicio de su cargo: fuera de él, «no sabe qué hacer». Nuestro compatriota, en cambio, parece que despierta entonces, y donde vive de verdad, donde se apasiona, rutila, goza y existe es en la tertulia del café. Allí, donde no hay sino relación concretísima de hombre a hombre, allí donde, sin abstracciones, se puede ser el López que se es frente al Pérez, que es el otro, siente que, por fin, está cumpliendo su individual e intransferible destino.

Es incuestionable que manera tal de tomar el oficio es más bien «sabotearlo» y que no puede fundarse en ella ninguna buena «organización» social. Mas, por otro lado, no se puede negar que su comportamiento es «más humano». Toda la idolatría de la organización que podemos sentir no nos da derecho a considerar como «más humano» un comportamiento que inhibe la vida personal. Será más útil para la colectividad, pero esto nos plantea el más formidable problema del presente: si lo colectivo es humano o en qué medida lo sea. Pronto recibirá el lector noticias de un ataque a fondo sobre este tema. Hoy quisiera evitarlo.

Sin duda, nuestros compatriotas son mucho peores funcionarios que los alemanes, pero ¡quién duda que son «más humanos»! El defecto de mayor calibre que en su conducta se ha notado —la constante docilidad al «favor»—, ¿no es la mayor prueba de ello? Nuestros funcionarios, con enorme frecuencia, sólo funcionan «por favor», y «por favor» alaban todos los días las líneas rectas del Reglamento. Pero ni es cierto que esta docilidad al «favor» consista siempre, ni mucho menos, en soborno inmoral, ni la base de actitud que hace posible ese soborno, cuando lo hay, es la prevaricación por un feo interés. Al contrario, ésta se aloja y multiplica en el hueco que la ha abierto previamente el predominio de la «humanidad» sobre la «oficialidad». El funcionario de nuestras razas no acierta a entrar con el individuo del público sobre que ejerce en cada caso sus funciones en esa relación abstracta a que antes me refería, no es capaz de despersonalizarse. No es un funcionario frente a un hombre, sino un hombre frente a otro. La relación oficial conserva el carácter de efectiva relación interindividual, de «mí» a «ti». Y en ésta claro es que no hay Reglamentos, sino sentimientos: simpatías y antipatías, conmiseración o ira, respeto o desprecio, benevolencia o gratitud. Estos efluvios tan personales penetran en su actuación reglamentaria, convirtiéndola en favor o disfavor.

Mas como, por otra parte, la sociedad tiene, queramos o no, que existir, y para que exista gozar de una buena organización, será preciso que el hombre se dé cuenta de ello, reconozca las exigencias del buen servicio y, por reflexión, supedite su hombría al cumplimiento de su oficio, su vida individual a su «vida» oficial. Esta reflexión es la que no suele actuar o actúa insuficientemente en nuestros compatriotas. ¿Es que la sociedad, la colectividad, el Estado, son cosas demasiado abstractas para que sepan tenerlas presentes a toda hora? O bien, que al tenerlas presentes ¿no logran convencerse, como el alemán, de que ellas y no el destino personal son lo más importante?

El caso es que hay, tal vez, dos pueblos en que el hombre «tome» su oficio público de la misma manera. Mientras el español no lo toma en serio, pero lo toma con humanidad excesiva, el alemán se pasa y toma su cargo como si éste fuera su verdadera persona, lo cual viene a ser como si el actor creyera que su efectiva realidad es el papel que representa. (La confusión tiene en la historia muchos precedentes. Baste recordar el hecho de que en latín *dramatis persona* es papel, figura de teatro, ficción, lo que yo llamo «personajes». ¿Cómo vino ese vocablo a significar la realidad más real del universo, la concreta individualidad humana, o viceversa, partir de ese sentido para transformarse en el de mascarón?)

Una posición equidistante de esas dos es la del funcionario francés. En esto como en otras cosas son los franceses el grupo de Occidente que mejor ha dosificado los diversos ingredientes del hombre y con mejor equilibrio sabe atender a más dimensiones de la vida. Hasta tal punto es sutil la manera como el francés toma su actuación de funcionario, que se hace muy difícil describirla con claridad. Porque si bien los servicios públicos de Francia no ostentan perfección, carecen de pulimento, exactitud y rigor que en Alemania dan un subrayado muy fuerte a la organización como tal, sustantivándola, por decirlo así, tenemos por otra parte la impresión de que la función pública se realiza allí con sobrada solidez. Sólo que esta solidez no es exhibida, sino más bien ocultada. Se renuncia a la apariencia rígida y se disimula el automatismo. Y es que el funcionario francés vive con plena seriedad su oficio: ni lo desatiende como el español para liberar de él su persona, ni desaparece en él como el alemán. Vive su oficio, pero sin abandonar su propia vida. Esto es lo difícil de formular. Tal vez nos sirva echar mano de una imagen visual. Si nos representamos ambas actuaciones —la del individuo y la del funcionario— como dos perfiles sobrepuestos uno a otro, podríamos decir que en el caso del francés vibran, oscilan uno sobre otro con gran rapidez, de suerte que hay siempre un instante en que el perfil personal coincide con el oficial para separarse en el instante inmediato y volver a coincidir, y así sucesivamente. Con increíble movilidad el francés salta sin cesar de la una a la otra vida, y la celeridad del tránsito nos da como resultado óptico la extraña impresión de que es a la vez persona y funcionario, quitando a éste la aridez, el aristado del esquema, y a aquél la informalidad de estar ejerciendo un oficio sin respeto a él, sin solidaridad con él. Sabemos que su actuación reglamentaria no es una broma, pero a la vez, que no tenemos delante una máquina poco o nada humana, y que en última instancia, si el caso lo merece, podemos recurrir a su personal hombría para salvarnos de una molestia injustificada que el Reglamento, con su brutal rodaje, nos proporciona. La cosa es tanto más de notar cuanto que el francés no es personalmente amable, antes bien, bronco y distante. Pero no deja nunca de ser la persona individual que es, y en nuestro trato oficial con él vemos siempre ésta tras el funcionario, nos hacemos la ilusión de que, en un conflicto, acabará por salvarnos del Reglamento o acomodarlo a nuestra individual situación. Por eso en el viejo sainete de Courteline se completa la frase antedicha así: *Le gendarme est sans pitié... mais il n'est pas sans grandeur d'âme.*

La Nación, de Buenos Aires, 10 de marzo de 1935.

IV

Plasticidad del hombre. — Nuestro pasado es nuestra limitación. — El carácter ético como el pasado de un pueblo.— Entrevisión de qué es lo social.

La descripción que he hecho de los tres tipos de funcionarios tiene un sentido comparativo, y sólo entendida así pretende alguna validez. Si introdujéramos otros términos de comparación habría que correr todas las figuras. Es claro que hay otros pueblos donde el hombre está aún menos colectivizado que en España, y frente a sus funcionarios parecería el español casi un francés o un alemán. Pero, además, esa descripción se refiere sin distingos a toda una larga etapa, cuando menos a los últimos cuarenta años. Esto significa que sólo es verdad en primera aproximación.

Cuanto digamos sobre cosas humanas, vale en la medida en que precisemos la fecha y distingamos de tiempos. La cronología no es, como en definitiva se ha creído hasta aquí, el dermato-esqueleto de la historia, una armazón extrínseca que el historiador necesita poner sobre los hechos humanos para ordenarlos y no confundirse él, sino, por el contrario, es la entraña misma de lo humano y como la sustancia de la historia.

Es verdad que entre el funcionario alemán y el español existe hoy, como hace medio siglo, la diferencia apuntada, pero no se puede negar, por otra parte, que en esta etapa, y comparado consigo mismo, el funcionario español se ha vuelto mucho mejor funcionario y ha aprendido no poco a inhibir su vida personal. Era inevitable. A comienzos del siglo, como he dicho, brotó con gran brío en todos los pueblos el entusiasmo por la «buena organización». Por eso es la fecha en que más se admira a Alemania. Cualesquiera fueran las resistencias espontáneas del carácter étnico, la voluntad de que los servicios públicos lograsen mayor perfección tuvo que irlas reprimiendo más o menos. Yo no dudo de que si continuase sin reservas ese entusiasmo por la buena organización, el funcionario español llegaría a ser lo que hoy es el alemán. El hombre es una entidad infinitamente plástica de la que se puede hacer lo que se quiera. Precisamente porque ella no es de suyo nada, sino mera potencia para ser *as you like*. El hombre es lo que ha hecho de sí mismo, donde va incluído lo que unos hombres influyentes logran hacer de los demás. Repase en un minuto el lector todas las cosas que el hombre ha sido, es decir, que ha hecho de sí, y que luego ha dejado de ser, es decir, ha desechado de sí; desde el «salvaje» paleolítico hasta el joven «surrealista» de París. Yo no digo que en cualquier instante pueda hacer de sí cualquier cosa. En cada instante se abren ante él posibilidades limitadas; limitadas precisamente por lo que ha sido hasta la fecha. Ésta es la única limitación concreta que el hombre tiene: su pasado. Pero si se toman, en vez de un instante, todos los instantes, no se ve qué fronteras pueden ponerse a la plasticidad humana. De la hembra paleolítica han salido Madame Pompadour y Lucila de Chateaubriand; del indígena brasileño, que no puede contar arriba de cinco, salieron Newton y Enrique Poincaré. Y estrechando las distancias temporales, recuérdese que en 1783 vive todavía el liberal Stuart Mill, y en 1903 el liberalísimo Herbert Spencer, y que en 1917 ya están ahí mandando, o poco menos, Stalin y Mussolini.

Cuando se habla, pues, de carácter étnico, no se entiende nada absoluto y definitivo. El carácter de un pueblo no es sino la acumulación de su peculiar pasado hasta aquí —su particular limitación, que no procede, en última instancia, de una imposición absoluta con que se ha encontrado: raza, clima, etc., sino de lo que ha hecho libremente de sí frente a esas circunstancias fisiológicas y climáticas. En este radicalísimo sentido es un pueblo su historia. Por lo mismo es tan fabulosamente grave embarcar a una nación en tal o cual forma de vida.

De la «buena organización» no veíamos hacia 1905 más que sus excelentes efectos, lo que por delante de sí va produciendo, que son los apetecidos. Pero una acción nuestra, además de esta eficacia rectilínea, irradia efectos hacia todas las direcciones. Y como éstos no son los que con ella buscamos, no solemos preverlos y nos sorprenden más tarde. Así olvidamos casi siempre que todo disparo es también culatazo, que todo impulso hacia adelante engendra un contraimpulso hacia atrás.

La «buena organización» perfecciona la vida colectiva. Pero ¿perfecciona también, sin más ni más, la vida personal? Estos artículos hacen ver que la buena organización implica una inhibición habitual de la propia vida del individuo. Si a rajatabla ponemos ésta al servicio de aquélla, ¿no correremos el riesgo de debilitarla en proporciones desastrosas?

En esta cuestión caben dos actitudes y es preciso resolverse por una de ellas, pero no con ese modo de resolverse que hoy se llama «decisión» y que tradicionalmente decíamos en español «liarse la manta a la cabeza». Antes de decidirnos por una de las dos, de poner nuestra vida a una de ellas, es preciso resolverse por la verdad de una u otra. Esto es lo inexcusable, y lo demás una enorme estupidez, que no deja de serlo porque pueblos enteros la cometan.

La cuestión —que he prometido no zanjar— tiene que ser planteada con toda la energía de Perogrullo. Una «colectividad» de individuos es una colectividad de «individuos», de hombres, de existencias individuales. Si éstas, como tales, se desmedran, es evidente que también se desmedrará la colectividad.

Mas, por otra parte, la vida individual es la existencia del hombre en el mundo —en el mundo físico y en el mundo social. Según la leyenda árabe de la isla de Huac-Huac, nacen las mujeres en los árboles. Pero fuera de esa leyenda, las mujeres y los varones nacen en la sociedad, por lo menos en el grupo generador, llámesele o no familia. Es decir, que el individuo humano es, desde luego, y constitutivamente, miembro de una colectividad. Y no lo es sólo fuera, sino por dentro. No se trata de que el hombre está en la sociedad, sino que la sociedad está en él. Queramos o no, lo que otros hombres anteriores o de nuestro dintorno han pensado y hecho forma parte de nuestra persona, lo somos. Por tanto, si no hay colectividad sin individuos, no hay tampoco individuos sin colectividad. Es evidente, pues, que la realidad humana tiene dos formas: la colectiva y la individual que mutuamente se implican. La cuestión está en determinar la función que cada una sirve en la vida humana y el rango efectivo (no meramente estimativo) que con respecto a la otra le corresponde en verdad.

Sin otro ánimo, por ahora, que insinuar una mera posibilidad, yo diría lo siguiente:

Que el hombre, a diferencia de las demás entidades pobladoras del universo, no tenga un ser determinado, sino que consista en potencialidad ilimitada de ser esto o lo otro, no ha de interpretarse sólo como una desdicha. Tiene un lado magnífico. Es la condición ineludible para que una entidad sea capaz de progreso. Sólo progresa quien no está vinculado a lo que ayer era, preso en ese ser que ya es, sino que puede emigrar de ese modo de ser a otro. Este peregrino del ser, este sustancial emigrante es, por ventura, el hombre. Pero no basta con esto para que progrese. No basta con que pueda libertarse de lo que ya es, como la serpiente de su camisa, para tomar una nueva forma. El progreso exige que esta nueva forma supere la anterior, y para superarla que la conserve y aproveche, que se apoye en ella, que se suba sobre sus hombros, como una temperatura más alta va a caballo sobre las otras más bajas. Es decir, que el progreso exige, junto a la capacidad de no ser hoy lo que ayer se fue, la de conservar eso de ayer y acumularlo. Ahora bien, el individuo, como individuo, estrena siempre la vida y sería siempre un primer hombre, eterno Adán, como lo es el animal en su especie. Durante su existencia se desarrolla su humanidad, pero no progresa. Sólo habrá progreso si esa humanidad que en él se desarrolla parte de otra que ya se desarrolló y llegó a su culminación; en suma, si acumula otras humanidades y su vida no es la de un primer hombre, sino la de un segundo, tercero, etc. Para este menester de acumulación hace falta que el hombre, al nacer, encuentre ya una forma de humanidad hecha, lograda, que no tiene él que inventar ni forjar, sino simplemente instalarse en ella, partir de ella para su individual desarrollo. Así este desarrollo no empieza desde el cero, sino ya de una cantidad positiva, a la cual añade su propio crecimiento. O lo que es igual, comienza a ser sobre lo que otros han sido y agrega a ello su personal trabajo e invención.

Esa acumulación del pasado sin la cual el hombre no podía ser hombre, es decir, entidad progresiva, exige un aparato que la haga posible y la asegure. ¿Quién transmitirá al individuo que nace hoy cuanto de sí mismo hicieron los individuos antepasados hasta la fecha? ¿Otro individuo? Imposible. Es preciso que muchos individuos actuales se repartan el peso de la herencia que nos viene de muchas series de individuos sucesivos. La multiplicidad sucesiva de hombres se conserva proyectándose en una multiplicidad simultánea, en los muchos hombres de hoy. Pero no basta con esto. El tesoro del pasado no puede estar a merced de que quieran o no aceptarlo, sin más ni más, los individuos de hoy. Es preciso que éstos tengan que contar con ello, que lo sientan como algo que se les impone en sentido análogo a como sentimos las imposiciones de la realidad física que están ahí, queramos o no, y sin que su existencia dependa de la buena voluntad de ningún individuo.

Esto nos hace ver que el pasado humano, para conservarse efectivamente, tiene que convertirse en una realidad extraña, que aun siendo humana, no tenga los caracteres más radicales de lo humano, a saber: que no depende de la voluntad como depende nuestra vida individual; que sea, por tanto, impersonal, irresponsable, automática. Pero resulta que éstos son los caracteres de la naturaleza bruta, del mundo físico. Ahora bien, esto, precisamente esto, es lo social, lo colectivo. Todo lo que de verdad proviene de la sociedad, de la colectividad y en que éstas consisten es impersonal, automático, irrespónsable y brutal. Y, sin embargo, todos esos adjetivos se refieren a cosas humanas y no físicas, a modos de pensar (opinión pública), de actuar (usos morales, derecho), a hombres y no a movimientos materiales, reacciones físicas ni procesos zoológicos. Lo social, lo colectivo es, pues, lo humano deshumanizado, cuasi-materializado, naturalizado. Por eso hemos sido llevados, sin advertirlo, a llamar también «mundo» a lo social. El hombre está en la sociedad como en una segunda naturaleza. De aquí que siendo humana sea tan inhumana.

Según esto, la sociedad, la colectividad, sería el medio esencial ineludible para que el hombre sea hombre. Pero entiéndase bien: cuanto hay en la sociedad vino de individuos y en ella se desindividualiza *para* hacer posibles nuevos individuos. Lo colectivo, pues, es algo intercalado entre las vidas personales, que de ellas nace y en ellas desemboca. Su papel, su rango, con ser constitutivo del hombre, es simplemente papel y rango de medio, de utensilio y aparato; por tanto, secundario al papel y rango de la vida personal.

A lo que creo, esta concepción trascendería todas las opiniones hasta ahora sustentadas en que se contraponen individualismo y colectivismo o en que se intenta turbiamente armonizarlos.

La Nación, de Buenos Aires, 17 de marzo de 1935.

V

ÚLTIMAS REFLEXIONES.

Al comenzar este ensayo decía yo al lector que en mi reciente viaje a Alemania no había visto lo que ahora pasa, sino lo que ha pasado en los veintitrés años que separan mi inspección actual de la anterior. Y si esto pudo parecerle al pronto cosa un poco enigmática, pienso que ahora le parezca sencillísima.

La entrega que el hombre alemán hizo de su personal existencia a la organización de la vida colectiva —allá por 1850— es un hecho demasiado profundo para que pueda ofrecerse ningún otro de mayores influjos. Lo probable es lo inverso: que todas las demás cosas acontecidas en Alemania en los postreros treinta años provengan de aquella radical resolución o queden absorbidas por ella.

Lo que yo he visto, como realidad de primer término, no es sino el avance en la colectividad del hombre alemán. Hace veintitrés años había llegado en ella a un estado bastante adelantado. Hoy lo encuentro mucho más allá. La vida individual ha quedado reducida al mínimum; es casi sólo un muñón, un rudimento. Las personas viven automatizadas, y cuando el Reglamento público que regula su comportamiento no determina lo que deben hacer, se quedan perplejas, sin saber qué gesto, qué acción ejecutar.

No me interesa ahora apreciar este enorme resultado, valorarlo, juzgarlo. Me parece mucho más fértil invitar al lector para que detenga sobre él su meditación y lo contemple por todas sus caras. Se trata de un gigantesco ensayo, hecho a fondo, para movilizar toda una nación en un cierto sentido, para realizar en ella una entre las innumerables posibilidades humanas. El exclusivismo insólito con que el ensayo se ha cumplido, le da todo el valor de una experiencia de laboratorio. Y es preciso que este ensayo sea aprovechado por las demás naciones, sea tenido rigorosamente en cuenta para seguirlo o para rechazarlo.

Además, ocurre preguntarse: Este ensayo de colectivizar la persona humana ¿fue, sin más ni más, una ocurrencia arbitraria o casual de los alemanes, o existen en toda sociedad presente causas que, gravitando sobre el albedrío, le imponen esa dirección? En este último caso, la imagen de Alemania sería como un espejo de nuestro común destino; convendría mucho ver con claridad sus componentes para aceptarlo si parece deseable o para luchar eficazmente contra él si lo tenemos y aún es sazón de eludirlo. Tratándose del hombre, el destino no significa pura fatalidad. Es fatal que tengamos que contar con nuestro destino, pero no es fatal que se cumpla.

Las fronteras de los pueblos europeos rebosan de habitantes. Esos habitantes han recibido del ambiente —educación, propagandas, prensa— conciencia de amplísimos derechos y tienen despiertos todos sus apetitos. Desean vivir y vivir bien. Pero el bienestar de todo orden —no me refiero sólo al económico, sino a las ilusiones de la ambición del triunfo, etc.— no da margen para que sea repartido en forma de que cada individuo pueda alcanzarlo y gozarlo mediante propia creación. El espacio vital —podríamos decir moral— no deja holgura para que millones y millones de hombres vivan cada cual para sí. Esto supone una esfera de acción libre donde la trayectoria individual —la voluntad diferencial de cada persona, su poder de invención humana en ideas, proyectos, gustos, preferencias— pueda desarrollarse. Pero el caso es que cada individuo tiene que existir apretado contra su prójimo. (El ejemplo más visible, aunque el más tosco, es la dificultad de circulación en las calles de las grandes urbes). Para moverse tiene que coincidir con el movimiento de los que en torno le oprimen, y, viceversa, éstos tienen que contar con él. En tal disposición, ¿no será preciso que yo tenga que renunciar a moverme según propia inspiración, contentarme con actos reglamentados, como en una gimnasia colectiva, con hacer en cada instante lo que un poder público manda a toque de corneta?

En el último medio siglo se ha hablado demasiado de «teorías» colectivistas, de utopías de socialización para que se atendiese con suficiente serenidad al colectivismo efectivo y ya existente de las circunstancias. Aquellas teorías podían, como todas las teorías, vaporizarse y ser suplantadas por ideas opuestas; pero los hechos no hay quien los volatilice. Están ahí e irremisiblemente habrá que contar con ellos.

De este modo, la cuestión, hasta ahora romántica, de si se resolvería uno por las «ideas» colectivistas o por las «ideas» individualistas, se convierte en asunto harto más trágico, a saber: si la realidad colectiva de hoy, si las sociedades actuales, no son por sí mismas de constitución colectivista, y abandonadas a su espontaneidad no concluirán ahogando la vida personal y transformándose en termiteras humanas.

A mi juicio, es ésta la tremenda cuestión, la sustantiva, que hoy palpita bajo todas las apariencias. Y su gravedad se multiplica por el grado de miseria intelectual en que el hombre presente se encuentra ante los fenómenos sociales. Dos veces durante el siglo XIX se intentó comenzar el análisis de las sociedades y se abrió un libro bajo el título *Sociología*. Pero no se pasó de escribir las primeras líneas. Con sorprendente frivolidad se hallaron pronto pretextos para desdeñar la empresa. Los pretextos consistieron siempre, con uno u otro giro, en que la nueva ciencia no se parecía a la física. Y gracias a ello venimos a una situación en que nos es de superlativa urgencia tener ideas claras qué es lo social, qué la colectividad, cuál su relación con el hombre, y toda la física maravillosa no sabe decirnos una sola palabra sobre tales asuntos.

Sería pavorosa, si pudiera realizarse, una encuesta donde apareciesen con todo rigor las ideas que en los hombres más influyentes del planeta —no hablemos del resto— se unen a vocablos como «sociedad», «colectividad», «masa», «uso», «opinión pública», «individuo humano», «revolución», «Estado», etc. Sobre todo, si luego se compara la tosquedad primitiva de esas ideas con la precisión de conceptos a que se ha llegado en las técnicas de la naturaleza. Es como si habitásemos encima de un laboratorio donde son manejados los explosivos más violentos por hombres de quienes supiésemos que no tenían la menor noción de sus ingredientes.

La crisis económica, que es de cuanto hoy acontece la dimensión más notada por el hombre medio, ha puesto de manifiesto la insuficiencia de la economía, que parecía la más adelantada entre las ciencias sociales. En una época de auténtica y seria energía humana —y no de mera retórica «energista»—, la natural reacción ante esa falla hubiera sido revisar a fondo el *corpus* de las ideas económicas, con la serena confianza de que un trabajo más agudo y más hondo rendiría un sistema de leyes económicas más firme. En vez de eso, nuestros contemporáneos parecen preferir la actitud pueril e insensata de alegrarse o poco menos ante el fracaso de esa ciencia, satisfaciéndose en el desprestigio de los economistas. Y, sin embargo, la más sobria meditación bastaría para presumir que la defectuosidad de la economía tradicional procede de que es una ciencia social particular, cuyos cimientos estarán al aire mientras no exista una ciencia fundamental sociológica, como no es posible una buena óptica o una buena acústica si no existe una buena mecánica.

La Nación, de Buenos Aires, 31 de marzo de 1935.

MISIÓN DEL BIBLIOTECARIO
(1935)

Quisiera hoy prolongar en mi conducta la tradición de una virtud que unánimemente reconocían ya a los españoles los antiguos griegos y romanos: la hospitalidad (1). Ahora bien, en la presente circunstancia el mejor rito hospitalitario me parece consistir en que al llegar el extranjero a mi casa yo abandone ésta y me haga un poco extranjero. En esta ocasión de dirigirnos la palabra, mi casa solariega es la lengua española, para muchos de vosotros poco habitual. Y he pensado que si había de buscar contacto eficaz con vuestras almas y no haceros perder por completo una hora de vuestras vidas, que las tienen tan contadas, yo debía hacer un esfuerzo y exponerme a la aventura de hablaros en una lengua que conozco muy poco, en que tendré que balbucir y tropezar muchas veces, que ni siquiera pronuncio bien, pero en que a la postre creo que me haré entender. Lo demás lo espero de vuestra benevolencia, que no me delatará a la policía por las erosiones que voy a producir en la sutil gramática francesa.

Y ante todo yo quisiera advertiros que lo que vais a oír no coincide propiamente con el título dado a mi discurso, título con el cual yo me he encontrado, como vosotros, al leer el programa de este Congreso. Lo hago constar porque ese título —«Misión del bibliotecario»— es enorme y pavoroso, y aceptarlo sin más fuera una pretensión abrumadora. No puedo intentar enseñaros nada sobre las técnicas complejísimas que integran vuestro trabajo, las cuales vos-

---

(1) Estas páginas, vertidas al francés, fueron leídas como discurso inaugural en el Congreso Internacional de Bibliotecarios el 20 de mayo de 1935.

otros conocéis tan bien y que son para mí hermético misterio. Debo, pues, recluirme en el más breve rincón del ámbito gigante que ese título anuncia.

Ya la palabra «misión», por sí sola, me asusta un poco si me veo obligado a emplearla con todo el vigor de su significado. Por supuesto, que lo mismo acontece con innumerables palabras de las que hacemos un uso cotidiano. Si de pronto hiciesen funcionar con plenitud lo que verdaderamente significan, si al pronunciarlas u oírlas nuestra mente entendiese bien y de un golpe su sentido íntegro, nos sentiríamos atemorizados, por lo menos sobrecogidos ante el esencial dramatismo que encierran. Por fortuna, nuestro ordinario lenguaje las usa sumaria y mecánicamente, sin entenderlas apenas, con un sentido depotenciado, adormecido, borroso; las manejamos por de fuera, resbalando sobre ellas velozmente, sin sumergirnos en su interior abismo. En suma, que al hablar hacemos saltar los vocablos como los domadores de circo a los tigres y a los leones, después de haber rebajado su fiereza con la morfina o el cloroformo.

MISIÓN PERSONAL

Bastaría, para demostrarlo con un ejemplo, que nos asomásemos un instante al interior de la palabra «misión». Misión significa, por lo pronto, lo que un hombre tiene que hacer en su vida. Por lo visto, la misión es algo exclusivo del hombre. Sin hombre no hay misión. Pero esa necesidad a que la expresión «tener que hacer» alude, es una condición muy extraña y no se parece nada a la forzosidad con que la piedra gravita hacia el centro de la tierra. La piedra no puede dejar de gravitar, mas el hombre puede muy bien no hacer eso que tiene que hacer. ¿No es esto curioso? Aquí la necesidad es lo más opuesto a una forzosidad, es una invitación. ¿Cabe nada más galante? El hombre se siente invitado a prestar su anuencia a lo necesario. Una piedra que fuese medio inteligente, al observar esto, acaso se dijera: «¡Qué suerte ser hombre! Yo no tengo más remedio que cumplir inexorablemente mi ley: tengo que caer, caer siempre... En cambio, lo que el hombre tiene que hacer, lo que el hombre tiene que ser, no le es impuesto, sino que le es propuesto». Pero esa piedra imaginaria pensaría así porque es sólo medio inteligente. Si lo fuese del todo, advertiría que ese privilegio del hombre es tremebundo. Pues implica que en cada instante de su vida el hombre se encuentra ante diversas posibilidades de hacer, de ser, y que es él mismo quien bajo su exclusiva responsabilidad tiene que resolverse por una de ellas. Y que para resolverse a hacer esto y no aquello tiene, quiera o no, que justificar ante sus propios ojos la elección, es decir, tiene que descubrir cuál de sus acciones posibles en aquel instante es la que da más realidad a su vida, la que posee más sentido, la más suya. Si no elige ésa, sabe que se ha engañado a sí mismo, que ha falsificado su propia realidad, que ha aniquilado un instante de su tiempo vital, el cual, como antes dije, tiene contados sus instantes. No hay en esto que digo misticismo alguno: es evidente que el hombre no puede dar un solo paso sin justificarlo ante su propio íntimo tribunal. Cuando dentro de una hora nos encontremos a la puerta de este edificio tendremos, queramos o no, que decidir hacia dónde moveremos el pie, y para decidirlo, veremos surgir ante nosotros la imagen de lo que tenemos que hacer esta tarde, que a su vez depende de lo que tenemos que hacer mañana, y todo ello, en definitiva, de la figura general de vida que nos parece ser la más nuestra, la que tenemos que vivir para ser el que más auténticamente somos. De suerte que cada acción nuestra nos exige que la hagamos brotar de la anticipación total de nuestro destino y derivarla de un programa general para nuestra existencia. Y esto vale lo mismo para el hombre honrado y heroico que para el perverso o ruin; también el perverso se ve obligado a justificar ante sí mismo sus actos buscándoles sentido y papel en un programa de vida. De otro modo, quedaría inmóvil, paralítico, como el asno de Buridán.

Entre los pocos papeles que, a su muerte, dejó Descartes, hay uno, escrito hacia los veinte años, que dice: *Quod vitae sectabor iter?* «¿Qué camino de vida elegiré?» Es una cita de cierto verso en que Ausonio, a su vez, traduce una vetusta poesía pitagórica, bajo el título: *De ambiguitate eligendae vitae*. «Desde la perplejidad en la elección de la vida».

Hay en el hombre, por lo visto, la ineludible impresión de que su vida, por tanto, su ser, es algo que tiene que ser elegido. La cosa es estupefaciente; porque eso quiere decir que, a diferencia de todos los demás entes del universo, los cuales tienen un ser que les es dado ya prefijado, y *por eso* existen, a saber, porque son ya desde luego lo que son, el hombre es la única y casi inconcebible realidad que existe sin tener un ser irremediablemente prefijado, que no es desde luego y ya lo que es, sino que necesita elegirse su propio ser. ¿Cómo lo elegirá? Sin duda, porque se representará en su fantasía muchos tipos de vida posible, y al tenerlos delante, notará que alguno de

211

ellos le atrae más, tira de él, le reclama o le llama. Esta llamada que hacia un tipo de vida sentimos, esta voz o grito imperativo que asciende de nuestro más radical fondo, es la vocación.

En ella le es al hombre, no impuesto, pero sí propuesto, lo que tiene que hacer. Y la vida adquiere, por ello, el carácter de la realización de un imperativo. En nuestra mano está querer realizarlo o no, ser fieles o ser infieles a nuestra vocación. Pero ésta, es decir, lo que verdaderamente tenemos que hacer, no está en nuestra mano. Nos viene inexorablemente propuesto. He aquí por qué toda vida humana tiene misión. Misión es esto: la conciencia que cada hombre tiene de su más auténtico ser que está llamado a realizar. La idea de misión es, pues, un ingrediente constitutivo de la condición humana, y como antes decía: sin hombre no hay misión, podemos ahora añadir: sin misión no hay hombre.

MISIÓN PROFESIONAL

Es una pena que no sea ahora posible penetrar en este tema, uno de los más fértiles y graves; en el tema de las relaciones entre el hombre y su quehacer. Pues, ante todo, la vida no es sino quehacer. No nos hemos dado la vida, sino que ésta nos es dada; nos encontramos en ella sin saber cómo ni por qué; pero eso que nos es dado —la vida—, resulta que tenemos que hacérnoslo nosotros mismos, cada cual la suya. O lo que viene a ser lo mismo: para vivir tenemos que estar siempre haciendo algo, so pena de sucumbir. Sí, la vida es quehacer. Sí, la vida da mucho quehacer, y el mayor de todos, acertar a hacer lo que hay que hacer. Para ello miramos en nuestro derredor o contorno social y hallamos que éste está constituido por una urdimbre de vidas típicas, quiero decir, de vidas que tienen cierta línea general común: hallamos, en efecto, médicos, ingenieros, profesores, físicos, filósofos, labradores, industriales, comerciantes, militares, albañiles, zapateros, maestras, actrices, bailarines, monjas, costureras, damas de sociedad. Por lo pronto, no vemos la vida individual que es cada médico o cada actriz, sino sólo la arquitectura genérica y esquemática de esa vida. Unas de otras se diferencian por el predominio de una clase o tipo de haceres —por ejemplo, el hacer del militar frente al hacer del científico. Pues bien, esas trayectorias esquemáticas de vida son las profesiones, carreras o carriles de existencia que hallamos ya establecidos, notorios, defi-

212

nidos, regulados en nuestra sociedad. Entre ellos elegimos cuál va a ser el nuestro, nuestro *curriculum vitae*.

Esto os ha pasado a vosotros. En ese momento de la adolescencia o la primera juventud en que, con una u otra claridad, el hombre toma sus más decisivas decisiones, encontrasteis que en vuestro contorno social ya estaba, antes que vosotros, perfilada la figura de vida y el modo de ser hombre que es ser bibliotecario. No habéis tenido vosotros que inventarlo; estaba ya ahí, donde «ahí» significa la sociedad a que pertenecíais.

Aquí no es preciso caminar más despacio. He dicho que la figura de vida y el tipo de humano quehacer que es ser bibliotecario preexistía a cada uno de vosotros y os bastaba mirar en torno para hallarlo informando la existencia de muchos hombres y mujeres. Pero esto no ha acaecido siempre. Ha habido muchas épocas en que no había bibliotecarios, aunque había ya libros —no hablemos de aquellas mucho más largas en que no había bibliotecarios porque ni siquiera había libros. ¿Quiere esto decir que en esas épocas en que no había bibliotecarios, aunque había ya libros, no existiesen algunos hombres que se ocupaban con los libros en forma bastante parecida a lo que constituye hoy vuestro oficio? Sin duda, sin duda: había algún hombre que no se contentaba, como los demás, con leer los libros, sino que los coleccionaba y ordenaba y catalogaba y cuidaba. Mas si hubieseis nacido en aquel tiempo, por mucho que miraseis en vuestro derredor no hubieseis reconocido en el hacer de ese hombre lo que hoy llamamos un bibliotecario, sino que su conducta os habría parecido lo que, en efecto, era: una peculiaridad individual, un comportamiento personalísimo, una afición adscrita intransferiblemente a aquel hombre como el timbre de su voz y la melodía de sus gestos. La prueba de ello es que al morir ese hombre, su ocupación moría con él, no proseguía en pie más allá de la vida individual que la ejercitó.

Lo que quiero insinuar con esto se ve claro si nos trasladamos al otro extremo de la evolución y nos preguntamos qué pasa hoy cuando el hombre que regenta una biblioteca pública se muere. Pues pasa que queda su hueco en pie, que su ocupación permanece intacta en forma de puesto oficial que el Estado o el Municipio o la Corporación sostiene con su voluntad y su poder colectivos, aunque transitoriamente nadie lo ocupe, hasta el punto de seguir adscribiendo una retribución a aquel puesto vacío. De donde resulta que ahora el ocuparse en coleccionar, ordenar y catalogar los libros, no es un comportamiento meramente individual, sino que es un puesto, un *topos* o lugar social, independiente de los individuos, sostenido, reclamado y decidido por la sociedad como tal y no meramente por la vocación ocasional de este o el otro hombre. Por eso ahora encontramos el cuidado de los libros constituído impersonalmente como carrera o profesión y, por eso, al mirar en derredor, lo vemos tan clara y sólidamente definido como un monumento público. Las carreras o profesiones son tipos de quehacer humano que, por lo visto, la sociedad necesita. Y uno de éstos es desde hace un par de siglos el bibliotecario. Toda colectividad de Occidente ha menester hoy de un cierto número de médicos, de magistrados, de militares... y de bibliotecarios. Y ello porque, según parece, esas sociedades *tienen* que curar a sus miembros, administrarles justicia, defenderse y hacerles leer.

He aquí que reaparece la misma expresión antes usada por mí, pero que ahora va referida a la sociedad y no al hombre. La sociedad tiene que hacer también ciertas cosas. Tiene también su sistema de necesidades, de misiones.

Nos encontramos, pues —y ello es más importante de lo que acaso se imagina—, con una dualidad: la misión del hombre, lo que cada hombre tiene que hacer para ser lo que es y la misión profesional, en nuestro caso la misión del bibliotecario, lo que el bibliotecario tiene que hacer para ser buen bibliotecario. Importa mucho que no confundamos la una con la otra.

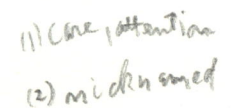

Originariamente —ello no ofrece duda— *eso* que hoy constituye una profesión u oficio fue inspiración genial y creadora de un hombre que sintió la radical necesidad de dedicar su vida a una ocupación hasta entonces desconocida, que inventó un nuevo quehacer. Era su misión, lo para él necesario. Ese hombre muere, y con él su misión; pero andando el tiempo, la colectividad, la sociedad, repara en que aquella ocupación o algo parecido es necesaria para que subsista o florezca el conglomerado de hombres en que ella —la sociedad— consiste. Así, por ejemplo, hubo en Roma un hombre de la *gens Julia*, llamado Cayo y apodado César, a quien le ocurrió hacer una serie de cosas que nadie hasta entonces había hecho, entre ellas: proclamar el derecho de Roma al mando exclusivo en el mundo y el derecho de un individuo al mando exclusivo en Roma. Esto le costó la vida. Pero una generación más tarde, la sociedad romana sintió como tal sociedad la necesidad de que alguien volviese a hacer lo que Cayo Julio César había hecho; de este modo, el hueco que aquel hombre había dejado con su personalísimo perfil quedó objetivado, despersonalizado en una magistratura, y la palabra César, nombre de una misión individual, vino a designar una necesidad colectiva. Pero nótese la profunda transformación que un tipo de quehacer humano sufre cuando pasa de ser necesidad o misión personal a ser menester colectivo u oficio y profesión. En el primer caso, el hombre hace lo suyo y nada más que lo suyo, lo que él y sólo él tiene que hacer, libérrimamente y bajo su exclusiva responsabilidad. En cambio, ese hombre, al ejercer una profesión, se compromete a hacer lo que la sociedad necesita. Ha de renunciar, pues, a buena parte de su libertad y se ve obligado a desindividualizarse, a no decidir sus acciones exclusivamente desde el punto de vista de su persona, sino desde el punto de vista colectivo, so pena de ser un mal profesional y sufrir las consecuencias graves con que la sociedad, que es crudelísima, castiga a los que la sirven mal.

Tal vez un paradigma aclare esto que insinúo. Si en la casa donde un hombre vive con otras muchas personas se produce un incendio, puede, desde su punto de vista personal, que acaso es de extrema desesperación, no intentar apagarlo y complacerse ante la idea de que pronto su cuerpo será ceniza. Mas si por un azar sobrevive y consta que pudo apagar el fuego que tantas vidas ha costado, la sociedad le castigará, porque no hizo lo que socialmente —es decir, por necesidad colectiva y no individual— había que hacer. Pues bien, las profesiones representan para el que las ejercita quehaceres de ese tipo; son, como el incendio, urgencias a que es ineludible acudir y que la situación social nos presenta, queramos o no. Por eso se llaman *oficios*, por eso especialmente todos los quehaceres del Estado —en el Estado aparece lo social en grado superlativo, subrayado, aristado, iba a decir exagerado—, todos los quehaceres del Estado se suelen calificar de *oficiales*.

Los lingüistas encuentran dificultades para fijar la etimología de esta palabra con que los latinos designaban el deber, y las encuentran porque, como muchas veces les pasa, no se representan bien la situación vital originaria a que el vocablo responde y en que fue creado. No ofrece dificultad semántica reconocer que *officium* viene de *ob* y *facere*, donde la preposición *ob*, como suele, significa salir al encuentro, prontamente, a algo, en este caso a un hacer. *Officium* es hacer sin titubeo, sin demora, lo que urge, la faena que se presenta como inexcusable (1). Ahora bien, esto es lo que constituye

---

(1) El otro sentido de *officium* —obstaculizar— que parece tener un sentido bélico, se enlaza con el indicado. La urgencia, el «deber» más característico de la vida primitiva son la lucha contra el enemigo, el hacerle

215

la idea misma del deber. Cuando nos es presentado algo como deber, se nos indica que no nos queda margen para decidir nosotros si hay o no que hacerlo. Podremos cumplirlo o no, pero que hay que hacerlo es incuestionable, por eso es deber.

Todo esto nos declara que para determinar la misión del bibliotecario hay que partir, no del hombre que la ejerce, de sus gustos, curiosidades o conveniencias, pero tampoco de un ideal abstracto que pretendiese definir de una vez para siempre lo que es una biblioteca, sino de la necesidad social que vuestra profesión sirve. Y esta necesidad, como todo lo que es propiamente humano, no consiste en una magnitud fija, sino que es por esencia variable, migratoria, evolutiva —en suma, histórica.

LA HISTORIA DEL BIBLIOTECARIO.
EL SIGLO XV.

Todos vosotros conocéis mejor que yo el pasado de vuestra profesión. Si ahora lo oteáis, observaréis cuán claramente se manifiesta en él que el quehacer del bibliotecario ha variado siempre en rigorosa función de lo que el libro significaba como necesidad social.

Si fuera posible ahora reconstruir debidamente ese pasado, descubriríamos con sorpresa que la historia del bibliotecario nos hacía ver al trasluz las más secretas intimidades de la evolución sufrida por el mundo occidental. Ello comprobaría que habíamos tomado nuestro asunto, en apariencia tan particular y excéntrico —la profesión del bibliotecario—, según es debido; a saber, en su efectiva y radical realidad. Cuando tomamos algo, sea lo que sea, aun lo más diminuto y subalterno, en su realidad nos pone en contacto con todas las demás realidades, nos sitúa como en el centro del mundo y nos descubre en todas las direcciones las perspectivas ilimitadas y patéticas del universo. Pero, repito, no podemos ahora

---

frente y oponerse a él. Es, pues, indiferente que oficio signifique primero «poner obstáculo» y luego se generalice como prototipo de urgencia, o viceversa, que el deber genérico se especializase en el más notable de oponerse al enemigo.

Es curioso advertir que la misma idea de acudir con celeridad a algo anima a la palabra «obediencia», de *ob* y *audio* —es decir, ejecutar inmediatamente la orden que se ha escuchado. En árabe, la expresión que designa obediencia es un giro de dos palabras que significan «oído y hecho», correspondiente a nuestro «dicho y hecho».

ni siquiera iniciar esa historia profunda de vuestra profesión. Queda enunciada aquí la tarea como un *desideratum* que alguno de vosotros, mejor dotado que yo para intentarlo, debería realizar.

Porque esa funcionalidad antes afirmada por mí entre lo que ha hecho el bibliotecario en cada época y lo que el libro ha ido siendo como necesidad en las sociedades de Occidente, me parece incuestionable.

Para ahorrar tiempo, dejemos Grecia y Roma: lo que para ellas fue el libro, es cosa muy extraña si ha de ser con precisión descrita. Hablemos sólo de los pueblos nuevos que sobre las ruinas de Grecia y Roma inician una nueva vegetación. Pues bien, ¿cuándo vemos dibujarse, por vez primera, la figura humana del bibliotecario en la urdimbre del paisaje social —quiero decir—, cuándo un contemporáneo mirando en su contorno pudo hallar como fisonomía pública, ostensible y ostentada, la silueta del bibliotecario? Sin duda, en los comienzos del Renacimiento. Conste, ¡un poco antes de que el libro impreso existiese! Durante la Edad Media, la ocupación con los libros es aún infrasocial, no aparece en el haz del público; está latente, secreta, como intestinal, confinada en el recinto secreto de los conventos. En las mismas Universidades no se destaca ese ejercicio. Se guardaban en ellas los libros necesarios para el tráfico de la enseñanza ni más ni menos que se guardarían los utensilios de limpieza. El guardián de libros no era algo especial. Sólo en los albores del Renacimiento empieza a delinearse sobre el área de lo público, a diferenciarse de los otros tipos genéricos de la vida, el gálibo del bibliotecario. ¡Qué casualidad! Es precisamente la sazón en que también, por vez primera, el libro en el sentido más estricto —no el libro religioso ni el libro legal, sino el libro escrito por un escritor, por tanto, el libro que no pretende ser sino libro y no revelación y no Código— es precisamente la sazón en que, también, por vez primera, el libro es sentido socialmente como necesidad. Este o el otro individuo la había sentido mucho antes —pero la había sentido como se siente un deseo o un dolor; a saber, cada cual por su propia cuenta y riesgo. Pero ahora el individuo hallaba que no era preciso que él sintiese originalmente esa necesidad, sino que encontraba ésta en el aire, en el ambiente, como algo reconocido, no se sabía por quién justamente, porque parecían sentirla «los demás», ese vago «los demás» que es el misterioso substrato de todo lo social. La ilusión del libro, la esperanza en el libro no eran ya un contenido de esta o la otra vida individual, sino que poseían el carácter anónimo, impersonal, propio a toda vigencia colectiva. La historia, señores, es, ante todo, la historia de la emergencia, desarrollo y desaparición de las vigencias sociales. Son éstas opiniones, normas, preferencias, negaciones, temores, que todo individuo encuentra constituídas en su contorno social, con las cuales, quiera o no, tiene que contar, como tiene que contar con la naturaleza corporal. Es indiferente que la persona no esté conforme con ellas: su vigencia no depende de que tú o yo prestemos nuestra aprobación; al contrario, notamos mejor que es vigente cuando nuestra discrepancia se descalabra contra su granítica dureza.

En este sentido, digo que hasta el Renacimiento no fue la necesidad del libro vigencia social. Y porque entonces lo fue vemos surgir inmediatamente el bibliotecario como profesión. Pero aún podemos precisar más. La necesidad del libro toma en esta época el cariz de fe en el libro. La revelación, lo dicho por Dios y por Él dictado al hombre mengua de eficacia y se comienza a esperarlo todo de lo que el hombre piensa con su sola razón, por tanto, de lo que el hombre escriba. ¡Extraña y radical aventura de la humanidad occidental! ¿Veis cómo sin más que rozar la historia de vuestra profesión caemos como por escotillón en las entrañas recónditas de la evolución europea?

La necesidad social del libro consiste en esta época en la necesidad de que haya libros, porque hay pocos. A este módulo de la necesidad responde la figura de aquellos geniales bibliotecarios renacentistas, que son grandes cazadores de libros, astutos y tenaces. La catalogación no es aún urgente. La adquisición, la producción de libros, en cambio, cobra rasgos de heroísmo. Estamos en el siglo XV.

No parece debido a un puro azar que precisamente en esta época en que se siente, tan vivamente, la necesidad de que haya más libros, la imprenta nazca.

EL SIGLO XIX

Con un esfuerzo de deportiva agilidad brinquemos tres siglos y detengámonos en 1800. ¿Qué ha pasado entretanto con los libros? Se han publicado muchos; la imprenta se ha hecho más barata. Ya no se siente que hay pocos libros; son tantos los que hay, que se siente la necesidad de catalogarlos. Esto en cuanto a su materialidad. En cuanto a su contenido, la necesidad sentida por la sociedad ha variado también. Buena parte de las esperanzas que en el libro se tuvieron parecen cumplidas. En el mundo hay ya lo que antes no había: las ciencias de la naturaleza y del pasado, los conocimientos técnicos. Ahora se siente la necesidad, no de buscar libros —esto ha dejado de ser verdadero problema—, sino la de fomentar la lectura, la de buscar lectores. Y, en efecto, en esta etapa las bibliotecas se multiplican y con ella el bibliotecario. Es ya una profesión que ocupa a muchos hombres, pero aún es una profesión social espontánea. Todavía el Estado no la ha hecho oficial.

Este paso decisivo en la evolución de vuestra carrera comienza a darse unos decenios más tarde, en torno a 1850. Vuestra profesión en cuanto oficio estatal no es, pues, nada vieja, y este detalle de la edad en que se halla vuestra profesión es de enorme importancia, porque la historia y todo lo histórico, es decir, lo humano, es tiempo viviente y el tiempo viviente es siempre edad, merced a lo cual todo lo humano está siempre en su niñez o en su juventud o en su madurez o en su vejez.

Me atemoriza un poco haberos al paso mostrado esta perspectiva como por una claraboya de mi discurso, porque temo que me preguntéis, con vehemente curiosidad, en qué edad creo yo que está vuestra profesión, si ser bibliotecario es ser algo históricamente joven o maduro o caduco. ¡Veremos, veremos si al cabo puedo insinuaros algo sobre el particular!

Pero volvamos antes al punto de la evolución en que estábamos, al momento en que, aproximadamente hace cien años, la profesión de bibliotecario quedó oficialmente constituida. La peripecia más importante —pensaréis seguro conmigo— que a una profesión puede acontecer es pasar de ocupación espontáneamente fomentada por la sociedad a convertirse en burocracia del Estado. ¿A qué se debe o —cuando menos— de qué es síntoma siempre modificación tan importante? El Estado es, también, la sociedad, pero no toda ella, sino un modo o porción de ella. La sociedad, en cuanto no es Estado, procede por usos, costumbres, opinión pública, lenguaje, mercado libre, etc., etc.; en suma, por vigencias imprecisas y difusas. En el Estado, en cambio, el carácter de vigencia efectiva propia a todo lo social adquiere su última potencia y parece como si se hiciese algo sólido, perfectamente claro y preciso. El Estado procede por leyes que son enunciados terriblemente taxativos, de rigor casi matemático. Por eso indicaba yo antes que el orden estatal es la forma extrema de lo colectivo, como el superlativo de lo social. Si aplicamos esto a nuestro presente problema, tendremos que una profesión no pasará a hacerse oficial, estatal, sino en el momento en que la necesidad colectiva por ella servida se hace sobremanera aguda, en que

219

no es sentida ya como simple necesidad, sino como necesidad ineludible, literalmente como urgencia. El Estado no admite en su órbita propia ocupaciones superfluas. La sociedad siente, en cada momento, que tiene que hacer muchas cosas, pero el Estado cuida de no intervenir sino en aquellas que, por lo visto, tienen, sin remedio, que ser hechas. Hubo un tiempo en que se creía imprescindible para la existencia de la sociedad consultar los auspicios y demás señales misteriosas que los dioses enviaban a los pueblos. Por esta razón la ceremonia de la inauguración se hizo institución y faena oficial, y los augures y arúspices eran una burocracia importantísima.

Pues bien, la Revolución francesa había dejado, tras su melodramática turbulencia, transformada la sociedad europea. A su antigua anatomía aristocrática sucedió una anatomía sedicente democrática. Esta sociedad fue la consecuencia última de aquella fe en el libro que sintió el Renacimiento. La sociedad democrática es hija del libro, es el triunfo del libro escrito por el hombre escritor sobre el libro revelado por Dios y sobre el libro de las leyes dictadas por la autocracia. La rebelión de los pueblos se había hecho en nombre de todo eso que se llama razón, cultura, etc. Estas vagas entidades vinieron a ocupar en el corazón de los hombres el mismo puesto central que antes había ocupado Dios, otra entidad no menos vaga. Hay una extraña propensión en los hombres a alimentarse, sobre todo, de vaguedades.

Ello es que, hacia 1840, el libro no es ya necesidad meramente en el sentido de ilusión, de esperanza, sino que, cesante Dios, volatilizada la autoridad tradicional y carismática, no queda más instancia última en que fundar todo lo social que el libro. Hay, pues, que agarrarse a él como a una roca de salvación. El libro se hace socialmente imprescindible. Por eso es la época en que surge el fenómeno de las ediciones copiosísimas. Las masas se abalanzan sobre los volúmenes con una urgencia casi respiratoria, como si fuesen balones de oxígeno.

La consecuencia de esto es que por vez primera en la historia occidental se hace de la cultura una *regione di Stato*. El Estado oficializa las ciencias y las letras. Reconoce el libro como función pública y esencial organismo político. En virtud de ello la profesión de bibliotecario se convierte en burocracia —por una razón de Estado (1).

---

(1) El mismo proceso que en China, donde no había Dios ni fuerte imperación, creó el mandarinato.

220

Hemos llegado, pues, en el proceso de la historia, en el proceso de la vida humana europea a la fase en que el libro se ha hecho una necesidad imprescindible. Sin ciencias, sin técnicas, no pueden materialmente existir estas sociedades tan densas de población y con tan alto nivel de vida. Mucho menos pueden vivir moralmente sin un gran repertorio de ideas. La única vaga posibilidad de que la democracia llegase a ser efectiva consistía en que las masas dejasen de serlo a fuerza de enormes dosis de cultura, se entiende efectiva, brotando con evidencia en cada hombre, no meramente recibida, oída, leída. El siglo XIX ve esto desde sus comienzos con plena claridad. Es un error creer que este siglo ensayase la democracia sin hacerse cargo, *a priori*, de su improbabilidad. Vio perfectamente lo que había que hacer —releed a Saint-Simon, a Augusto Comte, a Tocqueville, a Macaulay—, intentó hacerlo; pero forzoso es reconocer que con flojera primero, con frivolidad después.

Mas dejemos esto y vamos a lo que ahora nos ofrece mayor interés. Llegamos al punto final —y anuncio que es final para reconfortar vuestro cansancio de oyentes—, al punto final que nos exige el más alerta esfuerzo de atención, porque el tema del libro y del bibliotecario hasta aquí tan manso, casi idílico, va a trasmutarse de pronto en un drama. Pues bien, ese drama va a constituir, a mi juicio, la más auténtica misión del bibliotecario. Hasta ahora habíamos topado sólo lo que esta misión ha sido, las figuras de su pretérito. Mas ahora va a surgir ante nosotros el perfil de una nueva tarea incomparablemente más alta, más grave, más esencial. Cabría decir que hasta ahora vuestra profesión ha vivido sólo las horas de juego y preludio —*Tanz und Vorspiel*. Ahora viene lo serio, porque el drama empieza.

LA NUEVA MISIÓN

Hasta mediados del siglo XIX nuestras sociedades de Occidente sentían que el libro les era una necesidad, pero esta necesidad tenía signo positivo. Aclararé brevísimamente lo que entiendo bajo esta expresión.

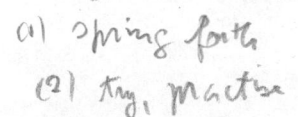

Como al principio os decía, esa vida con que nos encontramos, que nos ha sido dada, no nos ha sido dada hecha. Tenemos que hacérnosla nosotros. Esto quiere decir que la vida consiste en una serie de dificultades que es preciso resolver; unas, corporales, como alimentarse; otras, llamadas espirituales, como no morirse de aburrimiento. A estas dificultades reacciona el hombre inventando instrumentos corporales y espirituales, que facilitan su lucha con aquéllas. La suma de estas facilidades que el hombre se crea es la cultura. Las ideas que sobre las cosas nos forjamos son el mejor ejemplo de ese instrumental que interponemos entre nosotros y las dificultades que nos rodean. Una idea clara sobre un problema es como un aparato maravilloso que convierte su angustiosa dificultad en holgada y ágil facilidad. Pero la idea es fugaz; un instante alumbra en nosotros el claror, como mágico, de su evidencia, mas a poco se extingue. Es preciso que la memoria se esfuerce en conservarla. Pero la memoria no es capaz siquiera de conservar todas nuestras propias ideas e importa mucho que podamos conservar las de otros hombres. Importa tanto, que es ello lo que más caracteriza nuestra humana condición. El tigre de hoy tiene que ser tigre como si no hubiera habido antes ningún tigre; no aprovecha las experiencias milenarias que han hecho sus semejantes en el fondo sonoro de las selvas. Todo tigre es un primer tigre; tiene que empezar desde el principio su profesión de tigre. Pero el hombre de hoy no empieza a ser hombre, sino que hereda ya las formas de existencia, las ideas, las experiencias vitales de sus antecesores, y parte, pues, del nivel que representa el pretérito humano acumulado bajo sus plantas. Ante un problema cualquiera, el hombre no se encuentra sólo con su personal reacción, con lo que buenamente a él se le ocurre, sino con todas o muchas de las reacciones, ideas, invenciones que los antepasados tuvieron. Por eso su vida está hecha con la acumulación de otras vidas; por eso su vida es sustancialmente progreso; no discutamos ahora si progreso hacia lo mejor, hacia lo peor o hacia nada.

De aquí que fuera tan importante añadir al instrumento que es la idea un instrumento que facilitase la dificultad de conservar todas las ideas. Este instrumento es el libro. Inevitablemente, cuanto más se acumule del pasado, mayor es el progreso. Y así ha acaecido que apenas se resuelve con la imprenta el problema técnico de que haya libros, comienza a acelerarse el *tempo* de la historia, la velocidad del progreso, llegando en nuestros días a un ritmo que nos parece a nosotros mismos vertiginoso, no digamos lo que parecería a hombres de épocas más tardígradas. Porque, señores, no se trata sólo de que nuestras máquinas produzcan a velocidades pasmosas, de que nuestros vehículos desplacen nuestros cuerpos con celeridad casi mitológica; se trata de que la realidad total que es nuestra vida, el volumen íntegro de la historia, ha aumentado prodigiosamente la frecuencia de sus cambios; por tanto, su movimiento absoluto, su

222

progreso. Y todo ello debido, principalmente, a la facilidad que el libro representa.

He aquí por qué nuestras sociedades sintieron el libro como una necesidad; era la necesidad de una facilidad, de un utensilio benéfico. Pero imaginad que el instrumento inventado por el hombre para facilitarse una dimensión de la vida se convierta él, a su vez, en una nueva dificultad, que se revuelva contra el hombre, que se haga insumiso e indócil, que provoque efectos morbosos antes imprevistos. No por eso dejará de ser necesario en el sentido de facilitar aquel problema en vista del cual fue inventado; lo que pasa es que, además, y precisamente porque es necesario para eso, viene a añadir a nuestra vida una nueva e inesperada angustia. Antes era para nosotros pura facilidad y, por tanto, era en nuestra vida un factor que tenía tan sólo signo positivo. Ahora su relación con nosotros se complica y se carga con un signo negativo.

Pues bien, señores, este caso no es hipotético. Todo lo que el hombre inventa y crea para facilitarse la vida, todo eso que llamamos civilización y cultura, llega un momento en que se revuelve contra él. Precisamente porque es una creación queda ahí, en el mundo, fuera del sujeto que lo creó, goza de existencia propia, se convierte en cosa, en mundo frente al hombre, y lanzado a su particular e inexorable destino, se desentiende de la intención con que el hombre lo creó para salir de un apuro ocasional. Es el inconveniente de ser creador. Al Dios del cristianismo le aconteció ya esto: creó el ángel de grandes alas místicas y el ángel se le rebeló. Creó al hombre sin más alas que las de la fantasía, pero el hombre también se rebeló, se revolvió contra Él y empezó a ponerle dificultades. Maravillosamente, el cardenal Cusano decía que el hombre, por ser libre, crea, pero es libre y crea inserto en el instante temporal, bajo la presión de la circunstancia: de aquí que merezca el título de *Deus occasionatus*, «Dios de ocasión». Por eso también se revuelven contra él sus creaciones.

Hoy vivimos una hora sobremanera característica de esta trágica peripecia. La economía, la técnica, facilidades que el hombre inventa, le han puesto hoy cerco y amenazan estrangularle. Las ciencias, al engrosar fabulosamente y multiplicarse y especializarse, rebasan las capacidades de adquisición que el hombre posee y le acongojan y oprimen como plagas de la naturaleza. Está el hombre en peligro de convertirse en esclavo de sus ciencias. El estudio no es ya el *otium*, la *scholé*, que fue en Grecia —empieza ya a inundar la vida del hombre y rebosar sus límites. La inversión carac-

223

terística de esa rebelión contra su creador de las creaciones humanas es ya inminente: en vez de estudiar para vivir va a tener que vivir para estudiar.

En una u otra forma ha acontecido ya esto varias veces en la historia. El hombre se pierde en su propia riqueza: su propia cultura, vegetando tropicalmente en torno a él, acabó por ahogarle. Las llamadas crisis históricas no son, a la postre, sino esto. El hombre no puede ser demasiado rico: si un exceso de facultades, de posibilidades, se ofrece a su elección, naufraga en ellas y a fuerza de posibles pierde el sentido de lo necesario (1). Éste ha sido perennemente el trágico destino de las aristocracias: todas, al cabo, degeneran, porque el exceso de medios, de facilidades, atrofia su energía.

¿Es demasiado decir invitaros a reflexionar si las sociedades de Occidente no empiezan a sentir el libro como instrumento rebelado y como nueva dificultad? En Alemania se lee el libro del señor Jünger, donde encontramos frases aproximadamente como ésta: «¡Es una pena que hayamos llegado a esta cultura de nuestra historia sin una porción suficiente de analfabetos!» Me diréis que esto es una exageración. Pero no nos hagamos ilusiones: una exageración es siempre la exageración de algo que no lo es.

En toda Europa existe la impresión de que hay demasiados libros, al revés que en el Renacimiento. ¡El libro ha dejado de ser una ilusión y es sentido como una carga! El mismo hombre de ciencia advierte que una de las grandes dificultades de su trabajo está en orientarse en la bibliografía de su tema.

No olvidéis que siempre, cuando un instrumento creado por el hombre se revuelve contra él, la sociedad, a su vez, se revuelve contra aquella creación, duda de su eficacia, siente antipatía hacia ella y le exige que cumpla su primitiva misión de pura facilidad.

Hay aquí, pues, un drama: el libro es imprescindible en estas alturas de la historia, pero el libro está en peligro porque se ha vuelto un peligro para el hombre.

Puede decirse que una necesidad humana deja de ser puramente positiva y empieza a cargarse de negatividad en el momento en que

---

(1) Chateaubriand, que tenía mucho más talento y era mucho más profundo de lo que la estúpida crítica literaria de los últimos ochenta años reconoce, decía ya: «L'invasion des idées a succédé à l'invasion des barbares; la civilisation actuelle décomposée se perd en elle-même». *Mémoires d'Outre-tombe*, VI, 450.

224

empieza a parecer imprescindible (1). No es bueno, en efecto, que algo sea rigorosamente imprescindible, aunque lo poseamos en abundancia, aunque no nos plantee su uso y aprovechamiento ninguna nueva dificultad. El simple carácter de imprescindible hace que nos sintamos esclavizados por ello. En este sentido cabe decir que las necesidades sociales se hacen propiamente asunto de Estado cuando son ya negativas. Por eso es tan triste todo lo estatal, tan penoso, sin que haya modo de extirparle por completo un desapacible cariz de hospital, de cuartel, de cárcel.

Sin embargo, el pleno carácter negativo brota cuando el instrumento creado como facilidad suscita espontáneamente una dificultad imprevista y practica agresión contra el hombre. Esto es lo que hoy empieza a acontecer con el libro y ha hecho que en toda Europa desaparezca casi por completo la antigua alegría ante lo impreso.

Lo cual significa para mí que vuestra profesión inicia su edad madura. Si la vida es quehacer, quiere decirse que cada edad de ella se diferencia por el estilo predominante en la actuación del hombre. La juventud no suele hacer lo que hace porque haya que hacerlo,

---

(1) Toda necesidad humana, si lo es, puede, en algún sentido, calificarse de imprescindible. La cosa es obvia. Pero si se intenta obtener un concepto claro de la necesidad o menester, se descubre pronto una doble significación que fuera preciso dar al término «imprescindible». No puedo aquí entrar en el tema y me limito a transcribir unas palabras del curso sobre «Principios de metafísica» dado en 1933 en la Universidad de Madrid, algunos de cuyos trozos han sido publicados. «Llamo necesidad humana todo aquello que, o es sentido como literalmente imprescindible —esto es, tal que sin ello creemos no poder vivir—, o que, aunque podamos de hecho prescindir de ello, seguiríamos sintiéndolo como un hueco o defecto que había en nuestra vida. Así: comer es una necesidad literalmente imprescindible. Pero ser feliz, y ser feliz de cierta precisa manera, es también una necesidad. Claro es que no lo somos, esto es, que de hecho prescindimos de la felicidad y vivimos infelizmente, pero —¡ahí está!— la sensación de necesitarla perdura siempre activa en nosotros. Se dirá que el ser feliz no es una necesidad, sino un mero deseo. En efecto, lo es; pero esto nos revela que mientras muchos de nuestros deseos son sólo deseos —por tanto, algo de que por completo podemos prescindir sin que esta renuncia deje un muñón, una amputación, un vacío en nuestra vida—, hay otros deseos de que, *como deseos*, no podemos prescindir; esto es, que aunque de hecho tengamos que renunciar a satisfacerlos, a la realidad que ellos desean, a desearlos no podemos prescindir, aunque queramos. Por eso exigen que los llamemos necesidades».

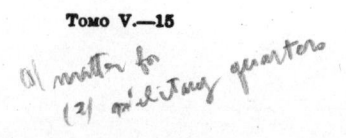

Tomo V.—15

por considerarlo inexcusable. Al contrario: en cuanto advierte que algo es forzoso, ineludible, procurará evitarlo, y si no lo logra, cumplirá la tarea con tristeza y desgana. La falta de lógica que ello implica pertenece al tesoro magnífico de incongruencias en que, por su fortuna, la mocedad consiste. El joven sólo se embarca con ilusión en aquellas ocupaciones que se le presentan con el aspecto de revocables, es decir, que no son forzosas, que podían perfectamente ser sustituídas por otras, ni más ni menos oportunas y recomendables. Necesita pensar que en todo momento está en su mano dejar aquella faena y brincar a otra, con lo cual evita sentirse prisionero de un solo quehacer. En suma, el joven no se adscribe a lo que hace, o lo que es lo mismo, aunque lo haga con todo esmero y heroísmo, no lo hace casi nunca completamente en serio, sino que en su secreto fondo rechaza sentirse irrevocablemente comprometido y prefiere quedar en permanente disponibilidad para hacer otra cosa distinta y aun opuesta. De este modo, su concreta ocupación se le aparece como un mero ejemplo de las innumerables otras cosas a que podía en aquel instante dedicarse. Merced a este íntimo ardid consigue virtualmente lo que ambiciona: hacer todas las cosas a un tiempo, ser de un golpe todos los modos de ser hombre. Es inútil intentar negarlo; el joven es por esencia poco leal consigo mismo y torea a su misión. Su hacer conserva algo del juego infantil y es casi siempre mero ensayo, prueba, *échantillon sans valeur*.

La edad madura se comporta con un estilo opuesto. Siente la fruición de la realidad, y la realidad en el hacer es precisamente lo que no es capricho, lo que no da igual que sea hecho o no, sino que parece inexcusable, urgente. En esta edad llega la vida a la verdad de sí misma y descubre la esencial perogrullada de que no se pueden vivir todas las vidas, sino que, al revés, consiste cada una en desvivir todas las demás, quedándose sólo consigo. Esta vívida conciencia de que no podamos ser, de que no podamos hacer en cada momento más que una cosa apura nuestras exigencias en la elección de cuál sea ella. Nos repugna el narcisismo juvenil que hace una cosa cualquiera precisamente porque es cualquiera y, sin embargo, cree vanidosamente estar haciendo algo. A la madurez no le suele parecer digno de ser hecho sino aquello que fuera ilusorio evitar porque es inexcusable. De aquí su preferencia por los problemas que lo son superlativamente, por los problemas que son ya conflictos, necesidades de signo negativo.

Si trasladamos este deslinde entre las edades de la vida personal a la «vida» colectiva y en ella a las profesiones, descubrimos cómo la vuestra llega al instante de tener que habérselas con el libro bajo la especie de conflicto.

Pues bien, he aquí dónde veo yo surgir la nueva misión del bibliotecario, incomparablemente superior a todas las anteriores. Hasta ahora se ha ocupado principalmente del libro como cosa, como objeto material. Desde hoy tendrá que atender al libro como función viviente: habrá de ejercer la policía sobre el libro y hacerse domador del libro enfurecido.

EL LIBRO COMO CONFLICTO

Los más graves atributos negativos que comenzamos hoy a percibir en el libro son éstos:

1.º Hay ya demasiados libros. Aun reduciendo sobremanera el número de temas a que cada hombre dedica su atención, la cantidad de libros que necesita injerir es tan enorme que rebosa los límites de su tiempo y de su capacidad de asimilación. La mera orientación en la bibliografía de un asunto representa hoy para cada autor un esfuerzo considerable que gasta en pura pérdida. Pero una vez hecho este esfuerzo se encuentra con que no puede leer todo lo que debería leer. Esto le lleva a leer de prisa, a leer mal y, además, le deja con una impresión de impotencia y fracaso, a la postre de escepticismo hacia su propia obra.

Si cada nueva generación va a seguir acumulando papel impreso en la proporción de las últimas, el problema que plantee el exceso de libros será pavoroso. La cultura que había libertado al hombre de la selva primigenia, le arroja de nuevo en una selva de libros no menos inextricable y ahogadora.

Y es vano querer resolver el conflicto suponiendo que esa necesidad de leer los libros acumulados por el pretérito no existe, que se trata de uno entre los muchos tópicos inanes de la beatería ante la «cultura», vigente todavía en las almas hace unos pocos años. La verdad es lo contrario. Bajo la superficie de nuestro tiempo está germinando, sin que los individuos lo aperciban, aún, un nuevo y radical imperativo de la inteligencia: el imperativo de la conciencia histórica. Pronto va a brotar con enérgica evidencia la convicción de que si el hombre quiere de verdad poner en claro su ser y su destino, es preciso que logre adquirir la conciencia histórica de sí mismo, esto es, que se ponga en serio a hacer historia como hacia 1600 se puso en serio a hacer física. Y esa historia será, no la utopía de ciencia que hasta ahora ha sido, sino un conocimiento efectivo.

Y para que lo sea, hacen falta muchos ingredientes exquisitos; por lo pronto, uno, el más obvio: la precisión. Este atributo de la precisión, en apariencia formal y extrínseco, es el primero que aparece en una ciencia cuando le llega la hora de su auténtica constitución. La historia que se hará mañana no hablará tan galanamente de épocas y de centurias, sino que articulará el pasado en muy breves etapas de carácter orgánico, en generaciones, e intentará definir con todo rigor la estructura de la vida humana en cada una de ellas. Y para hacer esto no se contentará con destacar estas o las otras obras que arbitrariamente se califican de «representativas», sino que necesitará real y efectivamente leerse todos los libros de un tiempo y filiarlos cuidadosamente, llegando a establecer lo que yo llamaría una «estadística de las ideas», a fin de precisar con todo rigor el instante cronológico en que una idea brota, el proceso de su expansión, el período exacto que dura como vigencia colectiva y luego la hora de su declinación, de su anquilosamiento en mero tópico, en fin, su ocaso tras el horizonte del tiempo histórico.

No podrá darse cima a toda esta enorme tarea si el bibliotecario no procura reducir su dificultad en la medida que a él le corresponde, exonerando de esfuerzos inútiles a los hombres cuya triste misión es y tiene que ser leer muchos libros, los más posibles; al naturalista, al médico, al filólogo, al historiador. Es preciso que deje, por completo, de ser cuestión para un autor reunir la bibliografía sobre su asunto previamente razonada y cribada. Que esto no acontezca ya parece incompatible con la altura de los tiempos. La economía del esfuerzo mental lo exige con urgencia. Hay, pues, que crear una nueva técnica bibliográfica de un automatismo rigoroso. En ella conquistará su última potencia lo que vuestro oficio inició siglos hace bajo la figura de catalogación.

2.º Mas no sólo hay ya demasiados libros, sino que constantemente se producen en abundancia torrencial. Muchos de ellos son inútiles o estúpidos, constituyendo su presencia y conservación un lastre más para la humanidad, que va de sobra encorvada bajo sus otras cargas. Pero, a la vez, acaece que en toda disciplina se echan de menos con frecuencia ciertos libros cuyo defecto traba la marcha de la investigación. Esto último es mucho más grave de lo que su vaga enunciación hace suponer. Es incalculable cuantas soluciones importantes sobre las cuestiones más diversas no llegan a madurez por tropezar con vacíos en investigaciones previas. La sobra y el defecto de libros proceden de lo mismo: que la producción se efectúa sin régimen, abandonada casi totalmente a su espontáneo azar.

228

¿Es demasiado utópico imaginar que en un futuro nada lejano será vuestra profesión encargada por la sociedad de regular la producción del libro, a fin de evitar que se publiquen los innecesarios, y que, en cambio, no falten los que el sistema de problemas vivos en cada época reclaman? Todas las faenas humanas comienzan por un ejercicio espontáneo y sin reglamento; pero todas, cuando por su propia plenitud se complican y atropellan, entran en un período de sometimiento a la organización. Me parece que ha llegado la hora de organizar colectivamente la producción del libro. Es para el libro mismo, como modo humano, cuestión de vida o muerte.

No se venga con la tontería de que tal organización sería atentatoria a la libertad. La libertad no ha aparecido en el planeta para desnucar al sentido común. Porque se la ha querido emplear en esta empresa, porque se ha pretendido hacer de ella el gran instrumento de la insensatez, la libertad está pasando en el planeta un mal cuarto de hora. La organización colectiva de la producción libresca no tiene nada que ver con el tema de la libertad como no tiene que ver con él la necesidad que se ha impuesto de reglamentar la circulación en las grandes urbes. Sobre que esa organización —dificultar la emisión de libros inútiles o necios y fomentar la de determinadas obras cuya ausencia daña— no había de tener carácter autoritario, como no lo tiene la organización interior de los trabajos en una buena Academia de Ciencias.

3.º Por otra parte, tendrá el bibliotecario del porvenir que dirigir al lector no especializado por la *selva selvaggia* de los libros y ser el médico, el higienista de sus lecturas. (También en este punto nos encontramos en una situación con signo inverso a la de 1800. Hoy se lee demasiado: la comodidad de poder recibir con poco o ningún esfuerzo innumerables ideas almacenadas en los libros y periódicos, va acostumbrando al hombre, ha acostumbrado ya al hombre medio, a no pensar por su cuenta y a no repensar lo que lee, única manera de hacerlo verdaderamente suyo. Éste es el carácter más grave, más radicalmente negativo del libro. Por ello merece la pena de que le dediquemos, como voy a hacerlo en seguida, nuestra última consideración. Buena parte de los terribles problemas públicos que hay hoy planteados proceden de que las cabezas medias están atestadas de ideas inercialmente recibidas, entendidas a medias, desvirtualizadas —atestadas, pues, de pseudo-ideas. En esta dimensión de su oficio imagino al futuro bibliotecario como un filtro que se interpone entre el torrente de los libros y el hombre.

229

En suma, señores, que a mi juicio la misión del bibliotecario habrá de ser, no como hasta aquí, la simple administración de la cosa libro, sino el ajuste, la *mise au point* de la función vital que es el libro.

¿QUÉ ES UN LIBRO? (1)

Se habla mucho —y yo estoy ahora hablando un poco— sobre la misión del bibliotecario, sobre lo que éste hace o debe hacer con los libros. Pero es curioso que al hablar de esto no se suele hablar nada sobre el libro mismo —sobre esa entidad cuyo manejo constituye la profesión del bibliotecario. Se da por supuesto que los que escuchan saben lo que es el libro y además de saberlo lo tienen presente en la ocasión. ¿No es esto utópico? Más aún: ¿Tiene derecho el que escucha —en este caso vosotros— a suponer que el que habla lo sabe y lo tiene presente? ¿No corremos el riesgo de que él mismo al pensar lo que nos habla lo dé por supuesto, por tanto, que no haya pensado jamás en ello de puro creer que ya desde siempre lo sabe, que es «cosa sabida»?

En muchos órdenes intelectuales pasa esto de continuo: que en el «dar por supuesto y por sabido» lo esencial, lo sustantivo, procedemos al infinito. Es ello una de las mayores enfermedades del pensamiento, sobre todo del contemporáneo.

Puesto todo lo pensado u oído acerca —por ejemplo— del libro en que no actúa con pleno vigor la hiperestésica conciencia de lo que es el libro —esa tremenda realidad humana que es el libro— carecerá de auténtico sentido, será cosa muerta, frases cuyo sujeto no entendemos y, por lo tanto, puro despropósito.

No pretendo que sea preciso siempre que se habla acerca del libro emplear una larga disertación sobre lo que éste es. Me es indiferente si hacen falta muchas o pocas palabras: reclamo sólo las bastantes —y al buen entendedor con media le basta.

Por este motivo —no porque lo ignoréis, sino porque en un Congreso como éste conviene partir de una conciencia agudísima en que conste lo que es el libro y la dignidad de vuestra reunión exige una como oficial seguridad de que consta —es por lo que me creo obligado a recordaros lo que sabéis mejor que yo: qué es un libro.

---

(1) Las páginas que siguen hasta el fin, quedaron reducidas a algunas líneas en la lectura de este discurso para no fatigar a los oyentes y porque su contenido, un poco difícil, no se presta a una fácil audición.

230

Hace veintitrés siglos que en el *Fedro* se esforzó Platón por dejarlo esclarecido; abre allí y tramita todo el proceso del libro. ¡Releed ese maravilloso diálogo donde se define el ala, se define el ángel, se define el alma, se define el libro! Si integramos con algunos complementos el texto platónico, obtendremos lo siguiente:

Los libros son «decires escritos» —λόγους γεγραμμένους, 275, c.— y decir, claro está, no es sino una de las cosas que el hombre hace. Ahora bien, todo lo que se hace, se hace para algo y por algo; estos dos ingredientes definen el hacer y gracias a ellos existe en el universo pareja realidad. Enorme error es confundirla con lo que suele llamarse actividad: el átomo que vibra, la piedra que cae, la célula que prolifica, actúan pero no «hacen». El pensar mismo y el mismo querer, en cuanto estrictas funciones psíquicas, son actividades, pero no son «hacer». Cuando movilizamos para algo y por algo nuestra actividad de pensar o la actividad de nuestros músculos, entonces propiamente «hacemos» algo.

Decimos: «¿Dónde están las llaves?» «¡Llevad la izquierda!» «¡Amor mío!» En todos estos casos, la finalidad de nuestro decir, su justificación, se halla fuera de él, más allá de él. Decimos eso precisamente *para que* ciertas cosas acontezcan, *para* poder abrir un armario, *para que* se circule en una sola dirección, *para que* la mujer amada sepa de nuestro sentimiento o que éste goce de sí mismo en su exteriorización.

Mas cuando el geómetra enuncia un teorema de geometría que acaba de descubrir no se propone con su decir nada allende de él; al contrario, lo que se propone es dejarlo dicho y nada más. El decir aquí tiene la finalidad, la justificación en sí mismo. Lo propio acontece con el soneto a la rosa. El poeta *hace* el soneto, que es un decir, precisamente por hacerlo, para que el soneto exista, para que su poético decir sea.

En esta segunda clase de decires aparece, pues, el decir sustantivado y rico de un valor que le es inmanente. ¿Por qué esta diferencia tan radical con los casos antedichos? Sin duda porque el geómetra cree haber dicho sobre el triángulo, no lo que a él le conviene para este o el otro fin, sino *lo que hay que decir* sobre él, como al poeta le parece haber dicho sobre la rosa lo que sobre ella debe ser dicho. En aquellos casos se usaba del decir como de un medio, puesto al servicio de utilidades forasteras, mientras que aquí el decir es fin del propio decir, se satisface y justifica con su simple ejecución. Pero esto nos mueve, al mismo tiempo, a sospechar que el hacer vital, la función viviente que es decir, culmina en aquel de sus modos con-

231

sistente en decir lo que hay que decir sobre algo, y que todos los demás son utilizaciones secundarias y subalternas de ella.

Sólo este decir reclama esencialmente su conversación y, por tanto, que quede escrito. No tiene sentido conservar nuestra frase cotidiana: «¿Dónde están las llaves?», que una urgencia transitoria motivó. Un poco más de sentido tiene fijar en un cartel público el imperativo municipal «Llevad la izquierda» y, en general, escribir las leyes para que consten a todos y produzcan sus sociales consecuencias. Pero esto no significa que lo dicho en la ley merezca por sí mismo y, simplemente en cuanto dicho, ser conservado.

El libro es, pues, el decir ejemplar que, por lo mismo, lleva en sí esencialmente el requerimiento de ser escrito, fijado, ya que al quedar escrito, fijado, es como si virtualmente una voz anónima lo estuviese diciendo siempre, al modo que los «molinos de oraciones», en el Tibet, encargan al viento de rezar perpetuamente. Éste es el primer momento del libro como auténtica función viviente: que está en potencia, diciendo siempre lo que hay que decir —τὰ δέοντα εἰρηχότος, 234, e.

Hay, por tanto, abuso sustancial de la forma de vida humana que es el libro, siempre que alguien se pone a escribir uno sin tener previamente algo que decir de entre lo que hay que decir y que no haya sido escrito antes. Mientras el libro fue afán individual se conservó su auténtico sentido con relativa pureza. Mas apenas se convirtió en interés social y con ello resultó un negocio crematístico o de prestigio hacer libros, comenzó la fabricación del falso libro, de unos objetos impresos que benefician de su externo parecido con el verdadero libro. La cosa no debe sorprendernos porque obedece a una ley constitutiva de lo social. En comparación con la vida personal, todo lo colectivo es, más o menos, inauténtico y fraudulento. Sólo la ignorancia pavorosa en que hoy se está de qué sea propiamente la «vida» colectiva, la sociedad, etc., impide la clara visión de ello.

Mas con lo indicado no basta para saber lo que es un libro. Obvio es decir alguna curiosidad sobre qué le pasa a un decir cuando se le fija, esto es, se le deja escrito. Evidentemente se intenta con ello proporcionarle algo que por sí no tenía: la permanencia. El decir, como todo lo viviente, es fungible. Nacer es en él ya irse muriendo. El decir es tiempo, y el tiempo es el gran suicida. Merced a la memoria puede el hombre salvar un poco a su decir, o al que ha escuchado, de la fulminante corrupción ajena a todo lo temporal. Antes del libro manuscrito no había, en efecto, otra forma en que

232

pudiera conservarse y acumularse el saber pretérito —del pasado, propio o ajeno— que la memoria. El cultivo de ella para este concreto fin llegó, por ejemplo, en la India, a rendimientos casi prodigiosos. Mas la memoria es intransferible, queda adscrita a la persona. He aquí uno de los fundamentos más robustos para la autoridad de los ancianos: eran los que sabían más porque tenían más larga memoria, eran más «libros vivientes» que los jóvenes, libros, por decirlo así, con más páginas. Mas la invención de la escritura, creando el libro, desestancó el saber de la memoria y acabó con la autoridad de los viejos.

El libro, al objetivar la memoria, materializándola, la hace, en principio, ilimitada y pone los decires de los siglos a la disposición de todo el mundo.

Pero ¿es esto de verdad así? ¿Tiene el alfabeto tan mágico poder que logre, sin más, salvar lo viviente de su ingénito morir? ¿El decir que se escribe queda por ello vivo? —ζῶντα, 275, d.—. O, lo que es igual, ¿sigue diciendo lo que quiso decir?

Todo lo que el hombre hace, lo hace en vista de las circunstancias. Muy especialmente cuando lo que hace es decir. Brota el decir siempre de una situación y se refiere a ella. Mas, por lo mismo, él no dice esta situación: la deja tácita, la supone. Lo cual significa que todo decir es incompleto, es fragmento de sí mismo y tiene en la escena vital, donde nace, la mayor porción de su propio sentido. Imagínense todos los supuestos tácitos sin los cuales el más simple enunciado matemático resulta ininteligible. Para entenderlo fuera, por lo menos, necesario haber caído en la cuenta de que el que nos habla pretende hacer una cosa llamada ciencia o teoría. Ahora bien, la ciencia, la teoría, no es sino una situación en que el hombre se encontró ante las cosas desde una fecha determinada y sólo en ciertos lugares del planeta. Esta situación dura, en lo esencial, desde hace muchos siglos, seguimos en ella y por eso entendemos el enunciado matemático. Pero ni ha sido siempre ni es seguro que perdure indefinidamente.

Esto nos coloca de pronto ante una paradoja, como tal impertinente, pero que es ineludible, a saber: que el decir se compone, sobre todo, de silencios, de cosas que por sabidas se callan o que son por completo inefables y en las cuales, sin embargo, se apoya, como en una tierra nutriz, lo que efectivamente declaramos. Nuestras palabras son, en rigor, inseparables de la situación vital en que surgen. Sin ésta carecen de sentido preciso, esto es, de evidencia.

Ahora bien; la escritura, al fijar un decir, sólo puede conservar

233

las palabras, pero no las intuiciones vivientes que integran su sentido. La situación vital donde brotaron se volatiliza inexorablemente: el tiempo, en su incesante galope, se la lleva sobre el anca. El libro, pues, al conservar sólo las palabras, conserva sólo la ceniza del efectivo pensamiento. Para que éste reviva y perviva no basta con el libro. Es preciso que otro hombre reproduzca en su persona la situación vital a que aquel pensamiento respondía. Sólo entonces puede afirmarse que las frases del libro han sido entendidas y que el decir pretérito se ha salvado. Platón expresa esto diciendo que sólo entonces los pensamientos del libro son hijos legítimos —υἱεῖς γνησίους, 278, a— porque sólo entonces quedan verdaderamente pensados y recobran su nativa evidencia —ἐναργές. Pero esto no podrá hacerlo sino aquel que se encuentra siguiendo la misma pista que el autor —τῷ ταὐτὸν ἴχνος μετιόντι 276, d.—, por tanto, que antes de leer el libro ha pensado por sí sobre el tema y conoce sus veredas.

Cuando no se hace esto, cuando se lee mucho y se piensa poco, el libro es un instrumento terriblemente eficaz para la falsificación de la vida humana: «Confiando los hombres en lo escrito, creerán hacerse cargo de las ideas, siendo así que las toman por de fuera, gracias a señales externas, y no desde dentro, por sí mismos... Atestados de presuntos conocimientos, que no han adquirido de verdad, se creerán aptos para juzgar de todo cuando, en rigor, no saben nada y, además, serán inaguantables porque, en vez de ser sabios, como se supone, serán sólo cargamentos de frases», 275 a. C. Así Platón hace veintitrés siglos.

Revista de Occidente, mayo 1935.

ARTÍCULOS

(1935-1937)

LO QUE MÁS FALTA HACE HOY

(Versión taquigráfica de una emisión por Radio Madrid a Buenos Aires, en mayo de 1935.)

Envidio mi voz; la envidio porque de un brinco se planta ahora en vuestra tierra, y se está ya estremeciendo en ese aire argentino, tan excitante, tan eléctrico. Es en verdad una pena que no sea posible cabalgar la propia voz para andar ahora entre vosotros, paladeando el sabor que tiene la vida americana, especialmente la argentina, un sabor que nadie ha definido bien todavía y que, en nosotros los viejos europeos, por lo menos en mí, despierta siempre como un nuevo apetito de existir. Pero no hay remedio: yo tengo que quedar aquí, adscrito a mi vida castellana que en estas horas de mayo hace un esfuerzo extremo por florecer. Sólo mi voz va flotando a vuestro derredor, recorre vuestros campos, la ciudad, entra en un bar para ver si gentilmente hay alguien que le ofrezca un copetín, y, sobre todo, se filtra en la intimidad de las casas donde están reunidos los familiares, los amigos, con la aparente inacción del que escucha, pero sin poder reprimir esas miradas justas, inteligentes, esos relámpagos que lanzan de pupila a pupila, y que son opiniones fulminantes sobre lo que digo, sobre cómo lo digo, sobre por qué lo digo. Pero sería vano que yo me extenuase en el intento de dar presencia a mi persona allí donde ahora suena mi voz. La radio inevitablemente presta a la voz un carácter anónimo, impersonal, casi extrahumano; la convierte en voz de nadie. Y como deseo no haceros perder por completo vuestros minutos, que los tenéis tan contados en vuestra ciudad, voy a aprovechar la audacia que ese anonimato me proporciona, y, disfrazado de nadie, deciros qué es lo que hoy hace más falta.

Ya veréis cómo eso que más falta hace hoy no es nada brillante. Es más. Veréis cómo precisamente porque no son cosas brillantes son las que más falta hacen.

Nuestro mundo occidental, y de paso casi todo el resto del mundo, se encuentra en una de esas situaciones, la más grave tal vez de las más graves, cuando menos, que recuerda la historia. Comprenderéis que no me refiero con eso a la famosa crisis económica ni a la situación de paz internacional ni a nada dentro de este orden ni nivel. A ninguna de esas cosas, de por sí verdadera y especialmente graves. La historia está llena hasta los bordes de guerra, y la crisis constituye aproximadamente, en un día sí y otro no, una parte de la historia. Más aún: eso que llamamos la crisis actual, para sí lo hubieran querido casi todos los siglos del pretérito. Nuestra penuria les habría parecido abundancia y delicia. La cosa es sobremanera extraña. Nunca, ni de lejos, han contado estos pueblos de Occidente, y en general la humanidad, con más medios ni facilidades para vivir. ¿Cómo se explica, entonces, esa radical desazón? Parece evidente que la causa debe ser muy honda, secreta y sutil. Y si queremos de verdad desentrañarla nos es preciso descender a las profundidades de la convicción humana y hacernos bien cargo de la extrañísima realidad que es el hombre.

El hombre no tiene otra realidad que su vida. Consiste en ella. Ahora bien: no nos hemos dado nosotros la vida, sino que ésta nos es dada. Nos encontramos de pronto en ella sin saber cómo ni por qué. Pero esa vida que nos ha sido dada, no nos fue dada hecha, sino que tenemos que hacérnosla nosotros, cada cual la suya. Se trata de una elemental e inexplicable perogrullada. Para vivir tenemos que estar siempre haciendo algo, so pena de sucumbir. La vida es quehacer; sí, la vida da mucho quehacer, y el mayor de todos averiguar qué es lo que hay que hacer. Porque en todo instante cada uno de nosotros se encuentra ante muchas cosas que podría hacer, y no tiene más remedio que resolverse por una de ellas. Mas, para resolverse por hacer esto y no aquello tiene, quiera o no, que justificar ante sus propios ojos la elección, es decir, tiene que descubrir cuál de sus acciones posibles en aquel instante es la que da mayor realidad a su vida, la que posee más sentido, la más suya. Si no elige, sabe que se ha engañado a sí mismo, que ha falsificado su propia realidad, que ha aniquilado un instante de su tiempo vital, por cuanto, como antes dije, tiene contados sus instantes. No hay caso de misticismo alguno; es evidente que el hombre no puede dar un solo paso sin justificarlo ante su propio íntimo tribunal.

Cuando dentro de unos minutos dejéis de escucharme, tendréis que decidir en qué nueva cosa vais a ocuparos; y para decidirlo, veréis surgir ante vosotros la imagen de lo que tenéis que hacer esta tarde, que a su vez depende de lo que tenéis que hacer mañana, y todo ello, en definitiva, da la figura general de vida que os parece que es la más vuestra, la que tenéis que vivir para ser lo que más auténticamente sois, de suerte, que cada acción nuestra nos exige que la hagamos brotar de la anticipación total de nuestro destino y derivarla de un programa general trazado en nuestras existencias, como el matemático deriva sus teoremas del cuerpo de sus axiomas. Y esto vale lo mismo para el hombre honrado y heroico, que para el perverso y el ruin. También el perverso se ve obligado a justificar ante sí mismo sus actos, buscándoles el sentido dentro de su programa de vida. De otro modo quedaría inmóvil, paralítico como el asno de Buridán.

Según esto, el factor más importante de la condición humana es el proyecto de vida que inspira y dirige todos nuestros actos. Cuando las circunstancias nos estorban o impiden ser el personaje anticipado que constituye nuestra más auténtica realidad, nos sentimos profundamente inhibidos. Esto mismo manifiesta que no cabe hablar de dificultades y facilidades, de cosas más o menos graves. Una circunstancia determinada sólo es difícil o grave en realidad frente a un programa vital determinado, como, por ejemplo, para el corredor de los juegos olímpicos una cojera es una cosa extraordinaria; en cambio, para un poeta romántico como Byron u otros contemporáneos no puede resultar agobiante el que sus gallardas figuras se menoscaben porque al tropezar con una piedra se han quebrado el tobillo. Es sin duda doloroso el caso de un hombre que por circunstancias del destino no pueda hacer lo que tiene que hacer, lo que tiene que ser.

Pero yo os invito a que imaginéis bien otro caso: el de un hombre que se encuentra sin saber lo que tiene que hacer, lo que tiene que ser; que no lleva dentro de sí ningún horizonte de vida sinceramente suyo que se le imponga con plenitud y sin reserva. Como aquello de que todo lo que jamás depende de nadie es el verdadero programa, como ese perfil ideal de existencia es la base misma de la vida, es evidente que su situación resulta mucho más desazonadora que cualquiera otra. De nada sirve a un hombre tal el que se acumulen en su derredor los medios más abundantes y poderosos. No sabrá qué hacer con ellos porque no conoce su objetivo; no le fallan las cosas en torno a él, sino que se falla a sí mismo. Se es a sí mismo estorbo y radical dificultad. Pues bien: yo creo que esto es lo que hoy acontece a los hombres de Occidente: no saben de verdad qué hacer, qué ser, ni individual ni colectivamente.

Esto sí que representa una situación muy poco frecuente en la historia. Lo normal en ésta ha sido que los hombres tropezasen con dificultades para vencer la resistencia de lo que ambicionaban.

Planteada así la cuestión, yo pregunto a quemarropa qué es lo que hay que hacer en un momento que se caracteriza precisamente porque no se sabe lo que en última instancia hay que hacer. La respuesta certera surgirá ante nosotros con toda evidencia si reparamos antes en lo que se está haciendo. En la mayor parte de las gentes y de los pueblos la situación de no saber en verdad qué hacer, de no tener un proyecto de vida claro, sincero, auténtico, dispara insensatamente un afán de actividad superlativa, precisamente porque ante el vacío de un auténtico quehacer pierden la serenidad y, atropelladamente, procuran llenarlo con un furor de actuación y un entusiasmo frenético que sean capaces de compensar su sinceridad con un aspecto de empresa tremebunda y definitiva. Todos conocemos esta reacción, sufrida ante el desesperado intento de aplacar la desesperación. En suma, que individualmente y colectivamente adopta esto ese carácter de íntimo engaño, de secreta falsificación propia de alcoholismo agudo. En todas partes se advierte una protesta, una urgencia por reformar todo y por reformarlo hasta la raíz, que contrasta ostensiblemente con la falta de ideas claras sobre la sociedad, sobre el individuo. Frente a conducta semejante recuerdo la pregunta hecha a un gran pintor en el sentido de qué había que hacer para ver bien un cuadro. Y el gran pintor respondió: «Pues tomar una silla y sentarse delante». La excelencia de esta respuesta consiste justamente en que se rehusa la brillantez para atenerse a la verdad de la situación. Pues algo parecido hallaremos al contestarnos la anterior pregunta: qué es lo que hay que hacer cuando no se sabe lo que hay que hacer.

Los minutos que me han sido concedidos para hablaros se van consumiendo y me encuentro con que no me quedan los bastantes para intentar yo mismo la respuesta. Tal no era lo que estaba en mi propósito, sino, más bien, traeros la pregunta, despertar vuestra curiosidad por la gran cuestión y esperar que vosotros mismos, cada uno de vosotros, ensayara la solución del enigma, cada uno en silencio, en soledad consigo, con plena autenticidad; evitando toda actitud petulante, leyendo poco y pensando mucho, y, de leer, leyendo historia, sobre todo la del siglo XIX. Quién sabe si estas condiciones bajo las cuales os invito a buscar la gran respuesta no es precisamente la visión de las cosas que más falta hacen hoy. Sírvanos de ejemplo, y con esto termino, la conducta de Inglaterra. Los ingleses sienten tan vivamente como cualquier pueblo lo mal que andan las cosas. Y ante las necesidades han hecho grandes reformas, pero con una visión clara de qué es lo que hay que hacer. En vez de enredarse en revoluciones resuelven hacer lo menos posible. Toman un poco de las reservas de sus monarcas, rectifican hasta en los detalles la administración, solicitan de sus ricos el 50 por 100 de sus rentas, y, sin más aspavientos, resuelven serenamente hacer lo único que pueden hacer, que es: hacer tiempo, esperar..., esperar a que los designios del hombre se aclaren y precisen.

El síntoma es de sumo interés, pues cuando se ha estudiado a fondo la historia, se tiene la convicción de que el pueblo inglés ha precedido en todo a los demás.

Esto es lo más urgente e importante que debía hoy hacerse.

Ahora bien: el quehacer de un intelectual ha estado precisamente en decir, y ha cumplido con esa misión cuando ha procurado decir lo que hay que decir.

Nada más, amigos de la Argentina.

LA ESTRANGULACIÓN DE «DON JUAN»

En espera de que llegue la hora oportuna para poder ocuparme de asuntos un poco mayores —los temas tienen su tiempo, que a veces no coinciden con el nuestro, y el escritor y el político, si lo son de verdad, aguardan pacientes su paso a uso de buen cazador—, no puedo menos de escribir unas líneas irritadas sobre la representación que se hace de *Don Juan Tenorio*.

No he sido nunca nacionalista; pero he sido siempre nacional, y esto significa para mí sentir un entusiasmo siempre renaciente ante las dos docenas de cosas españolas que están verdaderamente bien y un odio inextinguible hacia todo lo demás que está verdaderamente mal. Claro es que este amor y este odio ejercitan su contraria operación sobre un fondo de radical solidaridad con todo lo que ha sido y es el pueblo a que pertenezco. Porque no hay duda: se pertenece a un pueblo, se es propiedad de una nación. No que deba ser así, sino que inexorablemente es así, débase o no, quiérase o no. Y la gran cuestión de cada vida consiste en que siendo tan forzosamente propiedad de un pueblo, marioneta de una colectividad, logre uno además ser persona, individuo, propietario de sí mismo, autor y responsable de sus propios actos; el *tuus fias* de nuestro Séneca. Mas, por lo pronto, carece de sentido rehusar o escatimar nuestra solidaridad con todo lo que nuestro pueblo ha sido y es, como sería estúpido insolidarizarse con nuestro personal pasado, donde seguramente hay trozos que detestamos. Por mucho que los detestemos, no dejamos de serlos. Se ha dicho siempre de mí que era un extranjerizante. Esto que se ha dicho era necio. En general, lo que *se dice* es necedad. Se me tachaba de extranjerizante por haberme esforzado denodadamente en meter dentro del buche de España todo lo más sabroso que había por el mundo. (¡Y ahí está ya, amigos, para siempre y sin remedio!) Pero si alguien mira la miseria de mi obra no más que al trasluz, lo que ve es un hombre estremecido en torno a ciertos grandes temas españoles, danzando ante ellos en frenesí ritual, como David delante del arca. Nada español me es ajeno; todo forma parte de mí; mas, por lo mismo, tengo que amar y rendir culto a lo que está bien en España, que es muy poco, y odiar todo lo que está mal, que es el resto.

Y una de las cosas que están bien, verdaderamente bien, es esta maravilla de *Don Juan Tenorio*. Por eso he ido una vez más a verlo representar. Quise asistir al peor «Don Juan» y al mejor. Me dijeron que el peor era el del valenciano señor Rambal, y el mejor, el del teatro Español. La verdad ha resultado inversa. El peor «Don Juan», el del valenciano señor Rambal

>   (desde la princesa altive
>   a la que pesca en ruin bar*que*).

con ser orrendo, no es el peor: el peor es el mejor, el del Español. Es tan malo, que atropella y desborda las más amplias medidas otorgables al error, a la equivocación, a la adversa fortuna, y reviste los síntomas de un delito, delito de derecho público contra el cual —aun creyendo yo que se debe ahorrar sobremanera las intervenciones de la Gran Bestia del Estado en los negocios humanos— reclamo la protección de los gobernantes. Todos los años, los españoles, que no solemos ir a ninguna parte, vamos a ver y oír el «Don Juan» de Zorrilla. Vamos todos y todos juntos —ésta es una de las dimensiones maravillosas—: vamos los que somos pedantes de oficio y los que son ingenuos y espontáneos por misterioso destino. Vamos a poner los labios resecos, sedientos de gracia, de irrealidad, de magia, de extravagancia, en este efímero torrentillo que una vez al año baja de nuestras sierras, tan ásperas, tan áridas. ¿Es que la vida española es tan rica en resortes animadores, en presencias de lo bien logrado, en triunfos y perfecciones para que no cuidemos celosamente de que no nos birlen nuestro exiguo tesoro efectivo? Vamos al «Don Juan». ¿Y a qué vamos? ¡Ah! Sobre todo esto no hay tampoco duda: vamos a escuchar una vez más los consonantes que nos sabemos todos de memoria; vamos en busca deliciosa de aquel disparatado «Provincial jerónimo» que. nos es firme esperanza y segura promesa de un «anónimo» que llega después, puntual como una estrella. Estos consonantes de «Don Juan» son uno de los pocos tesoros que hay en nuestra tierra, y nos gusta que periódicamente vuelquen ante nosotros el bolso y caigan una a una, sin fallo ni ausencia, las monedas —¡*tin, tin, tin*¡—, regalando el oído. El actor que rompiendo el verso nos oculte uno solo de esos consonantes es un criminal que nos estafa, que roba al español uno de sus escasísimos haberes. ¡Qué angustia, qué irritación —¿no es cierto?—, caer en la cuenta, al volver a casa, de que no hemos oído el «Gante» o el «Sí, mañana», del ovillejo! Otros pueblos más afortunados y que viven como desparramados sobre sus propias riquezas pueden permitirse el lujo de no singularizar sus delicias, prescindir sin rencor de una, porque tienen otras mil. Pero repito que para el español cada rima de «Don Juan» es un ente absoluto e insustituíble. Pues bien, estos criminosos actores parecen como si sintieran vergüenza de que los versos sean versos, de que el *Don Juan Tenorio* de Zorrilla sea el *Don Juan Tenorio* de Zorrilla, y entienden por representarlo ocultar los consonantes y el ritmo octosilábico y el encanto prosódico de cada palabra española entre los pliegues de sus capas mal terciadas. Primero, alevosamente, trituran el verso, y luego nos ponen en la mano sus tiestos.

Este señor Calvo, sobre todo, debía ser conducido a la cárcel directamente desde el escabel, sentado en el cual requiebra lacio a Doña Inés. No es lícito ejercitar una profesión pública, como es la de actor, con insuficiencia tan superlativa. El señor Calvo tenía fama de ser un buen recitador, y es evidente que fuera capaz de hacer las cosas bastante mejor de como las hace. ¿Por qué ese miserable abandono de que ahora es reo? El Estado, lo mismo que no tolera a sabiendas el ejercicio de la profesión médica por debajo de cierto nivel en la aptitud, no debe tolerar que se sea tan inaceptable comediante como lo es el señor Calvo en el «Don Juan». Es un daño público el que causa haciendo fracasar una de las pocas ilusiones que al español pueden lograrse: la de oír los versos del «Tenorio».

Pero no vamos sólo a oír. Vamos también a ver, a apacentar los ojos en el ir y venir de una fauna a la vez grácil e insensata, que halaga no sabemos qué raíz de secreta absurdidad metida en lo más hondo de nuestro fondo insobornable. Nos gusta contemplar la vitalidad juvenil y elástica de Don Juan, de Don Luis, para quienes todo es posible, que les permite todas las audacias, y verlos brincar como corzos sobre todas las leyes, sobre todas las normas, sobre todas las mesuras y todos los respetos. Estos hombres no tienen puesta su vida a nada. Son existencias hueras, sin equipaje de trascendencia. Por eso pesan tan poco, por eso parecen tan ágiles. Creen que no creen en nada, y esto les proporciona una fabulosa ilusión de libertad. Son ateos de todo. Es penoso, pero es forzoso decir que el español ha sentido casi siempre una tácita simpatía hacia el sinvergüenza. Por eso es tan inútil en nuestro país demostrar que alguien es un sinvergüenza. La sentencia no se ejecuta; más bien se convierte en diploma. Ello es que el castizo espectador de «Don Juan» encuentra con fruición en la escena mucho de lo que él lleva dentro; vanidad pueblerina que inspira las perpetuas apuestas de casino en villa y villorrio, insolencia, majeza, jacaranda, y sobre todo, desesperación. ¿Por qué el español ha sido y es casi siempre un desesperado de nacimiento, es decir, que su desesperación no es algo que resulta de las experiencias de la vida, sino algo que previamente trae y con que desde luego toma todo en la vida, es decir, no lo toma? ¿Por qué inclusive las grandes cosas que el español ha hecho ha solido hacerlas «a la desesperada» (Numancia, jornadas de los conquistadores de Indias, Guerra de la Independencia)? ¿Por qué no prueba (o vuelve a probar, si alguna vez lo ha hecho en su historia, cosa de que no estoy muy seguro), por qué no prueba, digo, a adoptar una actitud radicalmente distinta, y ensaya someter su vida al tratamiento de la esperanza y hace gimnasia para creer en algo? ¡Es tan fácil! Basta con abrirse un poco al prójimo, al contorno, al universo —hacerse poroso, rompiendo el hermetismo de sí propio donde vive encarcelado el español como en un pozo.

Pero yo no voy a elucidar ahora tan enormes materias: pretendía sólo describir las caricias furtivas que nos hace la obra de Zorrilla a los buenos espectadores castizos, palpando las más recónditas raíces de nuestro ser. A lo cual conviene añadir que, siendo Don Juan y Don Luis todo eso, son también, y a la par, unos infelices que en la hora última se dejan tocar el corazón por cualquiera cosa y por todo. ¡Ah! De manera que aquella insolencia, agresividad, audacia; aquel estar más allá y por encima de todo, ¿era sólo apariencia? ¿De modo que Don Juan y Don Luis eran todo eso precisamente porque no lo eran en serio, definitiva e irrevocablemente, sino al revés, porque sabían que todo aquello no iba a «traer consecuencias», antes bien, que toda aquella vida podía ser borrada, abolida, sin dejar rastro? Y como una realidad no se deja aniquilar, ¿quiere decirse que todo eso que eran —ateos, insolentes, preocupados sólo de sí mismos, imprevisores del porvenir— no lo eran «en realidad», sino... metafóricamente —que su vida era retórica de sí misma? Yo no voy a responder hoy— me siento estos días muy poco pretencioso —a semejantes preguntas. ¡Allá el lector se las entienda con ellas, como los sevillanos con Don Juan! Sólo me atrevo a insinuar esto: si en el *Don Juan Tenorio* hubiera la dimensión de lo irrevocable, de auténtica tragedia, que hay en *El Convidado de Piedra*, de Tirso, y aun en el *Don Álvaro*, del duque de Rivas; en suma, si «Don Juan» «acabase mal», ¿iríamos los españoles tan a gusto todos los años, por estos días de melancólica otoñada, a oír y a ver «Don Juan»? ¿Sería «Don Juan» tan popular?

Porque el hecho incuestionable de esta absoluta popularidad de «Don Juan» es la maravilla que no han logrado pulverizar esos actores a quienes cuesta trabajo oír aun en el puro sentido acústico y que se arrastran por el escenario sin ritmo ni elasticidad, como paralíticos generales.

No hay ejemplo más claro, más saturado, que el «Tenorio» del portentoso fenómeno histórico —por tanto, real y no imaginario y no supuesto o meramente deseado— que es una obra de arte plenamente popular. Apenas habrá, efectivamente, un individuo en toda la colectividad española en quien no vivan y no operen sus influjos positivos o negativos los personajes todos de este drama y una enorme porción de sus versos. Ahí están, dentro de cada español, como uno de sus ingredientes, actuando en permanente presencia y con enérgica dinamicidad. En cambio, se podrá repetir infinitas veces, a fin de obtener con la reiteración lo que falta de evidencia, que Vega es poéticamente el pueblo español mismo. Lo cierto es que ese pueblo español desde hace siglos no conserva en su memoria ni un verso ni una figura de Lope. Será todo lo Lope que se quiera, y los eruditos se hartarán de llamarle Lope, como si con ello se metiesen al pueblo español en el bolsillo; pero la verdad es que Lope no existe en la vida española, no colabora en ella, no es un tema, un incitamiento, un ingrediente de realidad alguna española, desde su muerte a la fecha. Y redunda lo sorprendente del caso en que de ese Lope popular se ha hecho una beatería de los «cultos», de los eruditos, en que se ha complicado al Estado protegiendo teatros que lo representen, academias que lo publiquen, filólogos que lo galvanicen.

No se vea en esto objeción alguna a Lope de Vega, sino a lo que de él *se dice*. Más fértil que asegurar arbitrariamente, y aun que procurar su popularidad, sería aclaratnos el hecho evidente de que no sea popular y por qué no lo es. Ahí late un secreto grave de la historia de España. Y los filólogos existen y justifican sólo su presencia en la medida en que aclaran a un pueblo los secretos graves de su pasado. *Porque un pueblo no es, por lo pronto, sino «lo que le ha pasado».*

En cambio, el «Tenorio» sencillamente y sin filólogos resulta que es en absoluto popular (no hablo del porvenir). La cosa no se explica sino se cae en la cuenta de lo que es la obra de Zorrilla como género literario. Sabido es que Zorrilla lo escribió «en broma», es decir, sin la pretensión de hacer una obra personal que le conquistase un más alto rango en la jerarquía de los poetas. Al contrario, para escribirla aflojó todas las cuerdas de su lira; en vez de azuzar su inspiración hacia lo alto, la dejó caer cómodamente, abandonada a su propio peso; en suma, tuvo la voluntad de «no hacer nada de particular», de vulgarizarse.

El *Don Juan Tenorio* pertenece a un género literario que carecía de nombre y acotamiento hasta que Valle-Inclán, genialmente, se lo proporcionó, llamándole «esperpento». La invención de este nombre y de la idea que expresa puede servir como ejemplo excepcional de lo que es entender verdaderamente de «literatura». El esperpento es lo mismo que Lesmes Jaureguibería, mi mecánico eibarrés, llama un «crimen de Cuenca». El «Crimen de Cuenca», el «esperpento», es toda una forma de poesía cuyos productos más elementales son los telones con escenas de un crimen, pintadas con chafarrinones, que en las plazas y plazuelas explican los charlatanes a los papanatas. Conste, pues, *Don Juan Tenorio* es una obra deliberadamente dedicada a los papanatas; se entiende al papanatismo que afortunadamente llevamos todos dentro. Y por eso, ante el escenario de «Don Juan» nos encontramos todos —altos y bajos, pedantes e ingenuos—, todos juntos, en maravillosa comunión de esencial papanatería.

De esta intención deriva todo lo demás. Por lo pronto, la simplicidad y el primitivismo de cuanto allí se dice y cuanto allí se hace. Recordad la construcción del primer acto: está urdido, como un primitivo, mediante una serie de simetrías: el Comendador que entra y Don Diego que llega —los dos viejos—; Don Juan y Don Luis; tirada del uno y tirada del otro; regañeta de Don Diego y regañeta de Don Gonzalo; pareja de rondas que se llevan a la pareja de truhanes. Así avanza la obra. Pasan en ella muchas cosas —muchas más de las que pasarían en una obra «literaria» normal; es casi una película. Y eso que pasa acontece con un ritmo tan claro, tan elemental, que lo puede seguir un niño y pone en el drama un vaho musical como de *ballet* y de opereta (dimensión que una buena interpretación procuraría acusar).

Zorrilla ha querido aquí operar con un mínimum de literatura: más que un drama, es un *scenario* que se ha rellenado de versos. ¿Versos? Entendámonos. Zorrilla pertenece a la generación post-romántica que nace en España como en Francia —entre 1805 y 1819— (1). Ya en el romanticismo fermentaba mucho más afán de prosa que cuanto suele decirse; pero este prosaísmo se destaca sobremanera en la generación siguiente, para llegar a la exacerbación hacia 1850. Por esta época, el ideal de la poesía es hablar en verso; por tanto, hacer versos «tan naturales», que parezcan prosa. Esto no quiere decir que el ritmo y la rima queden borrosos. Todo lo contrario. Se trata de que la prosa aparezca de súbito disfrazada chillonamente como «verso». Si el contenido fuese por sí y desde luego poético, el metro quedaría en segundo plano, como pasa con el traje normal de una persona. Pero siendo aquí disfraz, carnaval y clonería, se acusa más o menos caricaturescamente. Todo esto que digo se manifiesta ya bien claro en las primeras producciones de Musset, donde es esencial al placer de la rima un elemento de comicidad. El campeonato de estilo solía atribuirse a aquellos versos, creo que de Narciso Serra (n. 1830):

> *¡Hombre, se parece usted*
> *al perro del tío Alegría,*
> *que para ladrar tenía*
> *que arrimarse a la pared!* (2).

Importa mucho para justificar el «Tenorio» hacer presente este carácter a un tiempo prosaico y funambulesco del post-romanticismo, y añádase, porque no sobra, que aquella época se complacía a menudo en componer lo que llamaban «disparates» —de que es

---

(1) Imposible desarrollar aquí todo lo que va resumido en estas palabras, especialmente las diferencias que hay entre españoles y franceses de aquel tiempo. Con ánimo tan sólo de que el lector no quede desorientado, diré que es, a mi juicio, esencial para entender la evolución del siglo XIX —y no sólo en su arista literaria— distinguir enérgicamente entre esta generación que llamo «post-romántica» y la que propiamente debe denominarse «romántica», que es la anterior: 1790-1804. Basta con presentar en dos grupos, frente a frente, unos cuantos nombres para que se percate el lector de cuáles son las diferencias. Entre 1790 y 1804 nacen Lamartine, Víctor Hugo, Vigny, Dumas, «Jorge Sand», Balzac, Michelet, Espronceda, Duque de Rivas. Entre 1805 y 1819, Alfredo de Musset, Gauthier, Alfonso Karr, Labiche, Tocqueville, Larra, Zorrilla.

(2) Para citar algo de Zorrilla no conocido y muy de este jaez, re-

un buen ejemplo la quintilla del «Provincial jerónimo»—, donde en forma no ya franca, sino insolente, se hace consistir la poesía en el material castañeteo de la rima.

Así se explica que el «Don Juan» sea casi por entero pura prosa a quien se ha puesto el arreo del verso, subrayando lo que tiene de externo arreo, charretera y gualdrapa. Pero esto es precisamente una de las causas de su popularidad. Porque el verso es primitivamente —y el pueblo es siempre primitivo— no contenido poético, sino ese misterioso «prestigio» que de pronto sobreviene a la palabra cuando se ve a sí misma cristalizada en metro y rima. Entonces la frase deja de ser habla práctica y corriente para transustanciarse en fórmula mágica, en encantamiento, en «carmen».

De aquí que sea tan inconcebiblemente absurdo que el actor al recitar el «Tenorio» escamotee la música, el sonsonete del verso, y rehuse entregarse a su magia. Zorrilla hace de la prosa verso, y el señor Calvo deshace la faena de Zorrilla, volviendo a poner el verso en prosa. Este señor no comprende que quien se fatiga en fabricar cosa tan absurda como es un ovillejo lo hace por algo y no para que el actor se lo chafe y lo retraduzca en charla de café.

Lo más sorprendente y lo más irritante del caso es que bastaba al señor Calvo con ser fiel a su tradición familiar. Su padre, el gran actor romántico, hacía un «Don Juan» espléndido, a pesar de que no tenía figura esbelta y de los hombros le caían unos brazos de chimpancé. Pero se entregaba furiosamente a la locura del verso, aceptaba su inverosimilitud y recitaba en franca canturía, hasta el punto de que solía adelantarse a las candilejas en postura de tenor

---

cordaré haber leído en mi infancia una carta de primero de año, dirigida a mi padre, que decía así:

> *Mi querido José Ortega Munilla:*
> *le desea un buen año y buen dinero*
> *el poeta más viejo y marrullero*
> *de toda la nación.*—José Zorrilla.

Pero conste que todo esto, y en forma extrema, está ya en el primer libro de Musset. Por ejemplo:

> *Un dimanche (observez qu'un dimanche la rue*
> *Vivienne est tout à fait vide, et que la cohue*
> *est aux Panoramas, ou bien au boulevard),*
> *un dimanche matin, une heure, une heure un quart.*

(Décima XIX de *Mardoche*.)

que da al viento su aria, moviendo los brazos no con gestos realistas, sino al compás que el metro proponía. Rafael Calvo era él romántico y recitaba el «Tenorio» completamente en serio. No se trata de reiterar hoy ese modo; pero sí de conservarlo, ironizándolo. Lo que en Rafael Calvo era espontáneo sea hoy estilización.

El «Don Juan» de Zorrilla no pretendió nunca ser una nueva interpretación del tema donjuanesco, sino todo lo contrario: un retorno a la imagen más tradicional, más convencional y tópica de la leyenda. Por eso se ha hecho tan esencialmente popular: porque lo era desde luego. En él, el tema ilustre en torno al cual se han urdido tan complicadas psicologías y teologías retrocede sabrosamente al pliego de cordel, a la aleluya, a la *image d'Epinal*.

Se procura deliberadamente el convencionalismo en las psicologías de los personajes, que son figurones, puro chafarrinón, mascarones de proa; los rostros sempiternos de feria y verbena. Porque es preciso que todo lo que pasa en la obra esté bien patente, que nada sea cuestión, nada problemático, y pueda vacar el ánimo a la delicia de que todo sea lo que es: que Don Juan sea el consabido Don Juan, y el Comendador, el consabido Comendador. En esto se origina esa extraña *comodidad* que todos sentimos al presenciar el drama de Zorrilla, y la causa radical de que sea tan popular, tan nacional. Nos canta y nos cuenta lo consabido; es decir, que no sólo cada uno sabe ya desde siempre toda la historia, sino que cada uno sabe que la saben también los demás. Por eso es lo consabido. Lo que con vaga expresión suele llamarse «alma» de un pueblo es, en términos más precisos, el conjunto de lo consabido, el acervo de comunes experiencias. Y siempre me he quejado de que los españoles consabemos muy pocas cosas: por eso vivimos en atroz dispersión.

Hago, pues, constar mi protesta contra el hecho de que todos los años, por estos días, los actores peninsulares rodeen a «Don Juan» y lo estrangulen.

El Sol, 17 de noviembre de 1935.

«LIBROS DEL SIGLO XIX»

GUIZOT Y LA «HISTORIA DE LA CIVILIZACIÓN EN EUROPA» (1)

La cosa no ofrece duda: quien quiera de verdad ver claro qué es lo que pasa hoy en el mundo, lo primero que necesita hacer es repasar a fondo y con mirada alerta la historia europea del siglo XIX. Aunque personalmente carezca de superior perspicacia se sorprenderá al advertir la sencillez con que le son revelados misterios que parecían inasequibles. El presente de Europa —y del mundo— cobrará a sus ojos inesperada transparencia.

Siempre ha acontecido esto. Cuando el inmediato futuro se hace demasiado turbio y se presenta excesivamente problemático el hombre vuelve atrás la cabeza, como instintivamente —esperando que allí, atrás, aparezca la solución. Este recurso del futuro al pretérito es el origen de la historia misma.

Y cabe decir más. La mirada hacia el pasado busca en él a mayor o menor profundidad según sea el calado del azoramiento ante el futuro, según sean más o menos básicas las cosas que se han vuelto problemáticas.

Como en nuestro tiempo la inseguridad del porvenir —de qué es posible y qué es imposible— afecta a los estratos últimos de la vida actual, como «no se está seguro de nada», será preciso sumergirse en la historia hasta honduras abisales. Pero es el caso que entre el largo pretérito y nosotros se interpone este próximo pasado del siglo XIX sobre el cual nos faltan ideas claras. Sabemos mucho más de las centurias anteriores, pero este saber no nos sirve porque nuestra ignoran-

---
(1) Véase la Colección «Libros del siglo XIX» publicada por *Revista de Occidente*. Madrid.

cia del siglo último impide que la luz hecha sobre aquellos milenios ilumine nuestro presente. Urge, pues, disipar la neblina sobre la cual brilla un sol magnífico.

Esta colección de «Libros del siglo XIX», cuya palmaria modestia nos liberta de toda pretensión, tiene, sí, el propósito de incitar al contacto mental con esa época tan cerca de nuestra realidad y tan lejana a nuestro conocimiento. Ni capricho ni azar han hecho que comencemos con libros que se refieren a Francia. En cada época la realidad histórica tiene una peculiar topografía. Tal vez el símil mejor fuera la atmósfera que en cada instante está organizada en un sistema espacial de altas y bajas presiones, las cuales determinan la trayectoria de las corrientes aéreas. Las históricas parten del centro de mayor presión y soplan hacia lo débil. Este mapa de las corrientes vivas es lo primero que ha de hacerse cuando se pretende entender un tiempo humano.

En el siglo XIX, el centro es Francia para bien como para mal. Inglaterra, que en todos los órdenes se ha anticipado al continente, no ha influído nunca sobre él de manera directa. Siempre fue menester que primero ejerciese un influjo particular sobre Francia y ésta luego lo transmitiese a la redonda.

Al libro de Heine sobre el estado de Francia en 1831 (1) hacemos que siga el curso clásico de Guizot, *Historia de la civilización en Europa*. Este curso fue dado en la Sorbona el año 1828. Guizot tenía entonces cuarenta y un años. Reinaba Carlos X, que iba a ser destronado dos años más tarde.

Este libro es un buen ejemplo de lo que acabo de decir. Su propósito es hacer ver con alguna claridad qué era lo que *de verdad* pasaba en el mundo por aquella fecha. Lo que en la superficie pasaba se llamaba Restauración. Siempre, claro está, pasa algo en la superficie de la historia. Quiera o no, como los cuerpos, la realidad histórica tiene que tener una superficie. Conviene hacer constar esta gedeonada para añadir en seguida que ese acontecer somero no es nunca propiamente lo que de verdad está pasando. La incongruencia entre el haz y el fondo es unas veces menor, otras veces mayor, pero existe siempre.

La Restauración es un caso bien claro de esta ley: se presentaba como la vuelta de la legitimidad borbónica. Pero ¿puede *pasar* que algo de verdad vuelva?

---

(1) Véase *Lo que pasa en Francia*, por Enrique Heine, en la Colección «Libros del siglo XIX» publicada por *Revista de Occidente*. Madrid.

De 1780 a 1815 Francia había hecho las tres experiencias puras que cabe hacer y que son siempre las más fáciles: primero había vivido bajo la monarquía tradicional; luego, con la Revolución, había intentado la democracia radical; más tarde, con Napoleón, el autoritarismo no menos radical. Agotado el ciclo de las experiencias puras no quedaba otro remedio que ensayar las mezclas. La Restauración fue la primera combinación de principios antagónicos. Se llama a los Borbones, mejor dicho, se los aguanta, pero atándoles antes las manos. La nueva Monarquía llega previa otorgación de una Carta constitucional. El Poder público es ahora un pacto entre el rey y el pueblo. La cosa no resulta muy clara. Lo claro era una de estas dos cosas: el soberano es el rey o el soberano es el pueblo. Pero en esta monarquía, según la Carta, ni el rey ni el pueblo son soberanos. Cada uno de ellos posee sólo un fragmento de soberanía que sólo ajustado con el otro engendra ésta. Pero ello significa que a ningún poder puede atribuirse soberanía, es decir, último e incondicionado derecho a mandar. Tal situación era completamente nueva en el continente. Para encontrar algo parecido fuera menester retroceder a la Edad Media. Pero entonces nos encontramos con algo que sólo negativamente se asemeja. Encontramos, sí, que nadie manda con carácter absoluto, pero es porque, en rigor, en la Edad Media nada manda en el sentido plenario que esta palabra tiene desde el siglo XVI y XVII —es decir, mando de Estado, Poder público. Al aparecer primero en España con los Austrias, luego en Francia con Luis XIV, esa extraña cosa que es el Estado con toda su pureza y su vigor, surgen dos cuestiones, no sólo ideológicas, sino harto pragmáticas, antes desconocidas en Europa. ¿Quién tiene derecho a ejercer esa terrible operación de mandar estatalmente, de usar el Poder público? ¿Qué límites tiene, si es que los tiene, la imperación gubernamental? El antiguo régimen, la soberanía nacional de la república democrática, el cesarismo son tres situaciones de ello tan claras que es sobremanera fácil formarse una idea de ellas no menos clara. Pero esta monarquía cartista que es el hecho con que se encuentran los franceses en 1815 es, como hecho, materia confusa y que nadie por esos años había logrado digerir intelectualmente. Sólo un hombre nacido en 1763, el solemne y mordaz Royer-Collard, había extraído de él algunos pensamientos agudos. De ellos parte Guizot para llegar a ser el verdadero constructor de una doctrina política en que esta mezcla de principios —el derecho histórico de los reyes y el derecho ideal, racional, *a priori* del pueblo— viene a cohabitación. Ésta fue la doctrina de los famosos «doctrinarios». Este nombre revela fulminantemente lo que entonces acontecía en la superficie de la historia: nadie sabía qué pensar de lo que estaba pasando. El grupo de Royer-Collard y Guizot fue el primero que dominó intelectualmente los hechos, que tuvo una «doctrina». Y, como es inevitable, se hizo dueño de ellos. Parece una broma, pero es así, irremediablemente: la cosa más etérea del mundo, que es la claridad, tiene mayor poder que el puño más fuerte.

La Nación, de Buenos Aires, 1 de diciembre de 1935.

CUESTIONES HOLANDESAS

I

PRECAUCIONES QUE TOMA EL VIAJERO ANTES DE HABLAR

Al visitar por vez primera un país, el alma del viajero se va cargando de interrogaciones. Es natural: un pueblo se compone, ante todo, de secretos. Cada nación es un tenaz ensayo de vivir según cierta manera, de afrontar las dificultades de la existencia partiendo de ciertos supuestos, como un poeta que se obliga a construir un soneto con rimas forzadas. Esos supuestos consisten en la actitud adoptada ante las cosas más elementales que intervienen en toda vida humana. Por eso son secretos. Lo patente es siempre el compuesto. Los ingredientes, los elementos, por definición, no aparecen nunca aislados. Para descubrirlos hace falta emplear una fuerte operación analítica, una química enérgica. El viajero, rápido siempre y tangente a aquella figura de vida para él nueva, no posee el laboratorio que le permitiría descomponerla en sus simples y comprender de verdad *por qué* las cosas son así. Le falta casi siempre *le mot de l'enigme*. Sólo ve claro que no ve claro, que no entiende lo que ve, que le es cuestión precisamente lo que al indígena parece más natural y sin problema.

De aquí que todas las afirmaciones del viajero deben entenderse al revés; no como aserciones, sino como preguntas.

No se crea, por otra parte, que esos secretos en que un pueblo, ante todo, consiste, que esas actitudes tomadas ante los factores más elementales de la vida son predisposiciones misteriosas insitas en el pueblo y que proceden, en consecuencia, de la raza. La noción —suponiendo que sea noción y no, más bien, una idea vaga y mágica—, la noción zoológica de raza no sirve de nada en asuntos de vida humana. El hombre no tiene un ser, una consistencia fijos que le fueron dados de una vez para siempre. Al contrario: todo lo que el hombre es ha *llegado* a serlo; más aún, se lo ha hecho él. Aplicado al hombre, el concepto de raza no significa más que el precipitado de su historia —es historia consolidada.

Me parece indigno de la actitud a que han llegado nuestras experiencias intelectuales no romper resueltamente con esa interpretación zoológica, peor aun, botánica de lo humano, según la cual nuestra vida —individual o nacional— consistiría en el mero despliegue o *evolución* de una semilla o germen que desde un principio contenía ya, preformado, todo lo que vamos a ser.

Invitado desde hace tres años por los estudiantes holandeses, con la colaboración de su profesor más ilustre —hoy la más alta figura de Holanda—, el historiador Huizinga, he podido, por fin, en esta primavera atender su solicitud y rendir el viaje de los Países Bajos. Este viaje ha sido raudo. Comprometido a dar conferencias en varias Universidades, Escuelas técnicas, Sociedades privadas de Cultura, en Rotterdam, en Delft, en Leiden, en Amsterdam, en La Haya, sólo he podido mirar al país con el rabillo del ojo. No hay peor manera de visitar un país que ir a él para dar conferencias. A poco escrupuloso que sea, el conferenciante tiene que mantenerse concentrado hacia dentro, alerta la pupila sobre el rebaño fugaz de sus ideas. Avanza, pues, cerrado hacia sí mismo, sin poder abrirse al contorno concentrándose hacia fuera. Disposición tal no tiene más que una ventaja: que no hace mal de ojo a lo que surge ante él. Precisamente porque no busca impresiones, las que en él se producen son vigorosas, espontáneas y como ineludibles.

No menos ineludibles son las series dialécticas que esas impresiones disparan automáticamente en su mecanismo intelectual. Los filósofos idealistas no quisieron nunca reconocer que el pensamiento es puro mecanismo como la digestión o la locomoción. Beatos de lo que llamaban «espíritu» y haciendo consistir al hombre principalmente en su intelecto, les parecía poco digno aceptar el carácter mecánico del intelecto. Los que creemos que el hombre, la persona, no es su inteligencia, sino que el hombre, la persona se encuentra con su inteligencia ni más ni menos que con su estómago, tal vez hiperclorhídrico, o con sus piernas, acaso zambas, o con un suelo a setecientos metros de altitud sobre el nivel del mar, hemos quedado con la visión franca para reconocer la evidente condición mecánica del intelecto. Dicho en otra forma: yo no soy responsable ni causante del proceso mental que en mí se dispara. A lo sumo, seré responsable ocasionalmente de que se inicie o de que se prolongue, pero de lo que pasa en mi intelecto una vez que se pone en marcha, no puede inculpárseme.

¿Se quiere un ejemplo? Hablemos de las bicicletas en Holanda. Será un buen ejemplo de lo antedicho y además de humildad. Porque no hay viajero que no reciba, como primera impresión; como primer hecho sorprendente, la abundancia de ciclistas en los Países Bajos. Un lindo rehusaría por lo mismo hablar de ello juzgando que es un tema vulgar y tópico. Pero yo no soy un lindo y no me hago la ilusión de que al rehusarlo suprimo su realidad. La cosa no tiene remedio: lo primero que al llegar a Holanda pasa al viajero es que le atropellan las bicicletas, quiero decir, que asaltan su sensibilidad, que engendran la primera retracción, la primera extrañeza, la primera pregunta. Si es sincero y tiene buen humor inicia sus notas de andar y ver apuntando esta frase: «Holanda es un país habitado por ocho millones de hombres y cincuenta millones de bicicletas». En las calles pululan enjambres de ciclistas. En Holanda va en bicicleta todo el mundo: el rico y el pobre, el joven y el viejo, el hombre y la mujer, el súbdito y la autoridad. Los guardias de orden público, con sus largos levitones negros, hacen el servicio encaramados en sus ciclos.

Pero sería impreciso suponer que es la abundancia de ciclistas lo que efectivamente sorprende. No: lo que extraña es el uso de la bicicleta. Tenemos la impresión de que se ha violentado el empleo natural de este artefacto. Esto es lo que sacude nuestra máquina de pensar y dispara en nosotros, queramos o no, un ingenuo proceso dialéctico que, a modo de ejemplo, debe el viajero revelar impudorosamente.

La Nación, de Buenos Aires, julio, 1936.

II

LO QUE EL VIAJERO PERCIBE EN LAS BICICLETAS DE HOLANDA

Los demás pueblos del mundo consideran la bicicleta como un aparato adscrito al juego y al deporte. Proporciona velocidad extraordinaria con medios sencillos, demanda algún esfuerzo, y al propio tiempo, su uso implica riesgo. Todos estos caracteres consignan el velocípedo al ámbito de las actividades deportivas y entre ellas, a las que exigen juventud. No obstante, dondequiera se amplía su uso a servicios de mera utilidad. El obrero que vive en el suburbio distante va al trabajo y retorna de él en bicicleta. El repartidor de ciertas pequeñas mercancías, el muchacho recadero la emplean también. Mas precisamente esta ampliación utilitaria que dondequiera se observa subraya la conciencia predominante de que no es ése el adecuado fin de la bicicleta, sino el otro. Y lo subraya el hecho de que este aprovechamiento secundario se reduce a lo estrictamente inexcusable: sólo se acude a él cuando no hay otro remedio o cuando la humildad de los medios económicos lo impone como una triste necesidad. Por eso no nos extraña: el obrero mal vestido que pedalea hacia su hogar nos va gritando tácitamente que preferiría otro medio de locomoción y que usa ése precisamente porque no es el deseable, sino una triste imposición. Con lo cual queda nivelada la incongruencia, la vemos explicada y no provoca en nosotros extrañeza.

Pero en Holanda va todo el mundo en bicicleta, cualquiera que sea su edad, su sexo, su volumen, su fortuna, y agita sus piernas sobre los pedales, iba a decir que cínicamente, esto es, como si fuera lo más natural del mundo, como si fuera lo debido. Ahora bien, esto es lo que irrita al viajero, lo que le extraña y no entiende: cómo se puede considerar natural y perfecto lo que a él le parece inadecuado y erróneo.

Al llegar aquí nuestro intelecto, luchando dialécticamente consigo mismo se hace esta objeción: ¿no será que considero natural y correcto simplemente lo que me es habitual, lo que he visto en los otros pueblos? ¿Por qué no ha de ser Holanda el pueblo elegido por el dios de las bicicletas, aquel a quien ha sido revelado su más auténtico destino?

A este puñetazo lógico nuestro intelecto se responde a sí mismo con cierta impaciencia enojada: ¡Ah, no! ¡Nada de eso! No es sólo cuestión de hábito: no se trata sólo de dos comportamientos, uno a que estamos, por azar, acostumbrados y otro insólito que, nada más por serlo, nos perturba. Si analizamos nuestra extrañeza, vemos que se nutre de razones nada accidentales. Que personas de edad y volumen caminen en bicicleta constantemente en medio del tráfago de una gran ciudad es estúpidamente arriesgado, es injustificadamente fatigoso y es... deplorablemente antiestético. La línea fina de la bicicleta no tolera, sin que sufra la estética, ser encargada de sostener la mole de una abundante señora cincuentona o de un magistrado bebedor de cerveza. Esto no es accidental ni es habitual, sino que es inexorable y esencial. No hablemos de lo penoso que resulta asistir al frecuente y vano combate de las mujeres ciclistas con sus faldas para evitar ostentaciones impudorosas. El viajero que va por la calle respetuosamente interesado por la nueva humanidad que visita y que no se siente en vena erótica, experimenta algún enojo de que se le ofrezca a la mirada, tan inoportunamente, un muslo femenino.

No, no. El uso de las bicicletas en Holanda es, por lo pronto, un abuso, algo que no es debido, que es antinatural. Pero todo, dentro de la órbita humana, aun lo peor, puede ser compensado. Y esta compensación, esta explicación del abuso en el uso de la bicicleta es la que demanda el viajero y por eso le es cuestión hecho tan simple, tan vulgar y tan cotidiano para el holandés.

Este es un país llano —nos decimos— y el desplazamiento sobre un ciclo resulta menos fatigoso que en tierras con desniveles. Bien, pero existen muchas otras tierras llanas donde se ha evitado recurrir a la bicicleta. No basta, pues, con esa explicación. Sobre que el viajero, en este caso mío, no acepta fácilmente como explicación radical de ninguna conducta humana la que deriva un comportamiento, mecánicamente, de las condiciones del medio. En el hombre toda resolución es, en última instancia, lírica. A la postre, hacemos lo que hacemos porque queremos, es decir, porque motivos íntimos nos llevan a preferir esa conducta. No cabe disculpar al holandés porque emplea inadecuadamente, antinaturalmente la bicicleta, cargando el pecado a su tierra llana. No; el holandés es responsable de la fechoría.

En este punto, nuestro intelecto se abre a una súbita iluminación que desde hace un rato pugnaba por brotar en su interior pero que, sin saber bien por qué, manteníamos suspensa. Pensamos, por fin, esto: el holandés sabe —no importa con qué grado de conciencia— que su uso de la bicicleta es arriesgado, fatigoso y antiestético, como podamos saberlo nosotros. Pero sabe también que es el medio de locomoción más barato, y, *a diferencia de nosotros*, prefiere la calidad «baratura» a la belleza, a la comodidad y a la evitación de aquellos riesgos. En esta preferencia radica su absoluta responsabilidad.

La advertencia no puede ser más modesta, y, sin embargo, la sentimos como una súbita iluminación. Y es que por medio de ella nos parece que hemos caído por escotillón de un tema trivial y suelto como es éste de las bicicletas a un ámbito de cuestiones amplísimo y de largas perspectivas. Nos parece, en efecto, que por vez primera palpamos, no éste o el otro síntoma casual de la vida holandesa, sino el carácter mismo del hombre holandés, que damos un primer paso en el interior de su carácter como en una cripta. De paso, nos revela la causa de nuestra extrañeza. Ésta sería, en verdad, imposible si el hecho que la provoca consistiese sólo en sí mismo —en que las gentes caminen en bicicleta. Mas ahora vemos con toda evidencia que, sin tener de ello una conciencia precisa, habíamos percibido en ese hecho la resuelta voluntad de supeditar demasiadas cosas a un entusiasmo por el ahorro. Sin saberlo bien, algo en nosotros protestaba ya contra este modo de ser.

Probablemente a un buen holandés le parecerá absurda nuestra impresión. Pues qué, ¿no es importante que un problema práctico se resuelva del modo más barato posible? Sin duda —diremos nosotros—: la cuestión está en si eso es más importante que la belleza, que la comodidad.

Porque el asunto no termina ahí. Nuestra dialéctica, una vez embalada, sigue su trayectoria y piensa: este hombre respetable que con su largo abrigo y con aires cómicos de gran seriedad, erguido y solemne se afana sobre los pedales, no ve que hace una figura ridícula. No lo ve porque la preocupación de economizar él sus dineros no le consiente abrir generosamente su atención hasta ponerse en el punto de vista del prójimo que le está contemplando. Si lo hiciera se vería a sí mismo como objeto, como espectáculo y descubriría que su figura es un poco grotesca, un mucho inelegante; por tanto, algo penoso para el prójimo. ¿Por qué no evitarle este enojo? ¿Por qué no hacer de sí mismo, un poco, fiesta para el prójimo? ¿No es esto también un deber humano? O ¿es que el holandés sabe que tampoco el otro se fija en él porque también le preocupa demasiado el lado económico de las cosas; es decir, que el holandés no existe para el otro holandés como el ser que cada cual es, sino sólo indirectamente, en cuanto interviene en una relación económica y sus derivados —política, científica, etc.— pero no frente a frente, escuetamente, hombre frente a hombre?

Yo no sé si esto es así. Porque no lo sé lo pregunto, lo cuestiono o me hago cuestión de ello. Pero conste que no es indiferente usar o no usar con excesiva abundancia de la bicicleta para circular por las grandes urbes. Entre los muchos riesgos que se corren es uno poner en la pista al viajero de ciertos secretos profundos que operan en el alma holandesa. Yo no tengo nada que oponer a que use usted la bicicleta *porque* es medio muy barato de locomoción. Pero si usted lo hace no le sorprenda que yo lo perciba y con ello todos los demás secretos que este hecho grita. Porque aún nos queda bastante que decir sobre las bicicletas de Holanda.

La Nación, de Buenos Aires, julio 1936.

EL DERECHO A LA CONTINUIDAD

INGLATERRA COMO ESTUPEFACIENTE

DESDE hace un cuarto de siglo todo lo que pasa es estupefaciente. No vivimos casi de otra cosa que de estupores. Cuando uno va a cesar, tal nuevo acontecimiento vuelve a dejarnos patidifusos. La constancia del fenómeno podía, al menos, habernos bonificado con una ventaja: la de que nos hubiésemos habituado. Pero es el caso que tampoco esto nos ha sido otorgado. Cuando ya íbamos acostumbrándonos a que cada día trajera algo increíblemente absurdo, atroz o repugnante, he aquí que estas semanas hacen caer a Europa en un estupor de nueva índole para el cual se hallaba completamente desapercibida. Y es que esta vez se trata de un hecho increíblemente correcto, digno, ejemplar. ¿Cómo? ¿Podía acontecer aún algo en el mundo que fuese correcto, digno, ejemplar? Me refiero a la conducta del pueblo inglés ante la abdicación de Eduardo VIII y la exaltación de Jorge VI.

Habían fallado tantos pueblos, tantos hombres, tantas cosas que no teníamos derecho íntimo a confiar en nada. Como dijo Cocteau, ya no creíamos ni en los prestidigitadores. Y he aquí que los amores inoportunos de David Windsor plantean en Inglaterra el problema más grave que podía allí suscitarse.

El Imperio inglés gravita íntegramente sobre la institución monárquica. Y la institución monárquica es en Inglaterra de una tenuidad casi arcangélica: una figura y un poder indefinidos e indefinibles. Para ser en todo inverosímil, el pueblo inglés ha hecho que la pesadumbre de su Imperio, tan compacto y tremendo, se apoye en una burbuja de jabón, compuesta de puros reflejos e irisaciones impalpables. De aquí, el dramatismo que, desde el primer momento, rezumaba de la escena. ¿Cómo un pueblo de setenta millones de hombres va a manejar una burbuja de jabón? Hemos vivido un par de semanas con el alma en un hilo. El menor gesto insolente, la más leve contracción histérica, una mínima incorrección y la burbuja se desvanecía.

Pero ese pueblo de setenta millones de hombres, con tantos bebedores de cerveza, con tantos fumadores en pipa, ha resuelto su terrible conflicto con una perfección maravillosa. Y esto, esto es lo que ha causado el nuevo y más imprevisto estupor.

Rusia, Alemania, Italia, se han quedado de una pieza. En el secreto de sí mismas, esas naciones han debido decirse: «Para obtener un poco de disciplina en nuestros ciudadanos, nosotros hemos tenido que emplear los medios de Poder público más anormales que registra la historia. Hemos llevado al extremo la tiranía sometiendo a ella zonas de la vida individual que jamás habían sido requisadas por la autoridad. Para conseguir algún buen rendimiento público de nuestros hombres, hemos tenido que alcoholizarlos con credos frenéticos y crisparlos con prácticas catalépticas. Y este demonio de Inglaterra, con un *minimum* de autoridad, de Estado, entregándose simplemente a la disciplina que espontáneamente pudiera emanar del fondo íntimo de cada ciudadano, consigue reacciones políticas y nacionales de una perfección insuperable.» Pero no sólo esto se habrán dicho, sino que habrán agregado a la anterior reflexión, puramente contemplativa, esta otra más inquietante: «Si este pueblo inglés se comporta así en un conflicto interior, civil y casi etéreo, ¿cómo se comportará en una guerra contra otro u otros pueblos? Diablo...»

No es fácil, tal vez, exagerar las consecuencias que la conducta de los ingleses en este asunto va a traer para el inmediato porvenir. No se hablará mucho de ello —lo característico de la estupefacción es que estrangula la verbosidad—, pero en las secretas oficinas de la conciencia europea seguirá operando con química eficaz. Y es que, de pronto, hemos vuelto a tener experiencia clara de lo históricamente sano frente a lo morboso. Al contraste de ese hecho, que era la salud misma, todo lo demás que pasa en Europa revela, declara, grita su condición patológica; todo lo demás sabe a hospital y suena a manicomio. Comunismo y fascismo son ortopedia. En Inglaterra volvemos a descubrir lo que es un pueblo saludable que marcha sobre sus piernas naturales, sin deformaciones ni complementos mecánicos.

Y una vez más, los europeos se preguntan: ¿Qué misterio es

éste de Inglaterra? ¿Por qué es un pueblo aparte y tan esencialmente distinto de todos los demás? ¿De qué materias extrañas está hecho el hombre inglés? Y lo escandaloso del caso —muchas veces lo he hecho constar— es que no existe en toda la bibliografía un solo intento serio de contestar a esas interrogaciones, un solo libro que ensaye a fondo aclararnos el enigma y que yo pudiera ahora recomendar al lector.

En los artículos que siguen no pretendo llenar ese vacío. Están pensados y, en parte, escritos antes de que David Windsor diese lugar con su inoportunidad a la lección política más oportuna. En ellos se habla de Inglaterra sólo incidentalmente. Sin embargo, fue el espectáculo de esta nación —que no he visitado nunca— lo que hace años inspiró esta serie de meditaciones. Porque yo veía siempre a Europa consistiendo en un montón de pueblos geniales pero exentos de serenidad, nunca maduros, siempre pueriles y, al fondo, detrás de ellos, Inglaterra... como la *nurse* de Europa.

La Nación, de Buenos Aires, enero 1937.

EN LA MUERTE DE UNAMUNO

En esta primera noche de 1937, cuando termina el que ha sido para España el «año terrible» —este año de purificación, año de cauterio— me telefonean de las oficinas de *La Nación*, en París, que Unamuno ha muerto. Ignoro todavía cuáles sean los datos médicos de su acabamiento, pero, sean los que fueren, estoy seguro de que ha muerto de «mal de España». El lector tiene perfecto derecho a creer que esto no es más que una frase. No voy a disputar con él, entre otras razones, porque me obligaría a hablar sobre temas acerca de los cuales hace años me he propuesto a mí mismo el silencio. Pero la verdad es, pese al lector, que lo dicho no es una frase, sino el enunciado de realidades pavorosamente concretas. Hace un par de semanas me visitó aquí mi traductor holandés, el Dr. Brouwer, que había estado por el mes de septiembre u octubre en Salamanca. Me refirió su conversación con Unamuno. Y al oírle yo, pensaba: Unamuno morirá de esto. Ha inscrito su muerte individual en la muerte innumerable que es hoy la vida española. Ha hecho bien. Su trayectoria estaba cumplida. Se ha puesto al frente de doscientos mil españoles y ha emigrado con ellos más allá de todo horizonte. Han muerto en estos meses tantos compatriotas que los supervivientes sentimos como una extraña vergüenza de no habernos muerto también. A algunos nos consuela un poco lo cerca que hemos estado de ejecutar esa sencilla operación de sucumbir.

Ya está Unamuno con la muerte, su perenne amiga-enemiga. Toda su vida, toda su filosofía han sido, como las de Spinoza, una *meditatio mortis*. Hoy triunfa en todas partes esta inspiración, pero es obligado decir que Unamuno fue el precursor de ella. Precisamente en los años en que los europeos andaban más distraídos de la esencial vocación humana, que es «tener que morir», y más divertidos con las cosas de dentro de la vida, este gran celtíbero —porque, no hay duda, era el gran celtíbero, lo era en el bien y en el mal— hizo de la muerte su amada. De aquí el sabor o, al menos, el dejo macabro, que nos llega de todas sus páginas, hable de lo que hable, juegue con lo que juegue. Muchas veces he hecho notar la sorpresa que causaba a los romanos, y que Tito Livio nos transmite, el ver que los celtíberos eran el único pueblo que vestía de negro y adoraba a la muerte.

Unamuno pertenecía a la generación de Bernard Shaw. Uno ambos nombres porque al hallarlos juntos nos salta a la vista, sobre las peculiaridades individuales, el gesto común que la coetaneidad impone. Fue la última generación de «intelectuales» convencida aún de que la humanidad existe sin más elevado fin que servir de público a sus gracias de juglar, a sus arias, a sus polémicas. En Grecia hubo también una época en que los poetas creían que los hombres habían combatido en torno a Troya no más que para dar lugar a que Homero los cantase. Por esta razón, se adelantaban constantemente a las candilejas y no podían respirar si no sentían en derredor su nación como espectadora. No habían descubierto la táctica y la delicia que es para el verdadero intelectual ocultarse e inexistir.

No he conocido un yo más compacto y sólido que el de Unamuno. Cuando entraba en su sitio, instalaba desde luego en el centro su yo, como un señor feudal hincaba en el medio del campo su pendón. Tomaba la palabra definitivamente. No cabía el diálogo con él. Repito que toda su generación conservaba el ingrediente de juglar que adquirió el intelectual en los comienzos del romanticismo, que existía ya en Chateaubriand y en Lamartine. No había, pues, otro remedio que dedicarse a la pasividad y ponerse en corro en torno a don Miguel, que había soltado en medio de la habitación su yo, como si fuese un ornitorrinco.

Pero todo esto, entiéndase en superlativo. Hay siempre en las virtudes y en los defectos de Unamuno mucho de gigantismo. A esa idea del escritor como hombre que se da en espectáculo a los demás, hay que ponerla una espoleta de enorme dinamismo, y más aún de feroz dinamismo. Porque Unamuno era, como hombre, de un coraje sin límites. No había pelea nacional, lugar y escena de peligro, al medio de la cual no llevase el ornitorrinco de su yo, obligando a unos y a otros a oírle, y disparando golpes líricos contra los unos y contra los otros.

Fue un gran escritor. Pero conviene decir que era vasco, y que su castellano era aprendido. Él lo reconocía y lo declaraba con orgullo, mas acaso no se daba cuenta de lo que esto traía consigo. Aun siendo espléndido su castellano, tiene siempre ese carácter de aprendido, y si se me quiere entender bien, todo idioma aprendido, el carácter de lengua muerta. De aquí muchas particularidades de su estilo. Cuando escribimos o hablamos en nuestra lengua, nuestra atención atraviesa los vocablos sin reparar en ellos, como nuestra vista el vidrio de la ventana, para fijarse en el parque. Con la lengua aprendida no pasa lo mismo. El vocablo se interpone entre nosotros, y nuestro pensamiento hace constar su presencia y nos obliga a atenderlo. En suma, nuestra mente tropieza con la palabra en cuanto tal. De aquí la frecuencia con que Unamuno da espantadas ante los vocablos y ve en ellos más de lo que en su uso corriente —en que desaparecen transparentes— suelen significar. A su valor usual prefiere su sentido etimológico, y esto le induce a darles mil vueltas y a sacar del vientre semántico de cada vocablo serpentinas de retruécanos y otros juegos de palabras. Ahora bien, esta propensión etimológica a la manera de Unamuno es característica de quien escribe o habla en su idioma aprendido. Unamuno sabía mucho, y mucho más de lo que aparentaba, y lo que sabía, lo sabía muy bien. Pero su pretensión de ser poeta le hacía evitar toda doctrina. En esto también se diferencia su generación de las siguientes, sobre todo de las que vienen, para las cuales la misión inexcusable de un intelectual es ante todo tener una doctrina taxativa, inequívoca y, a ser posible, formulada en tesis rigorosas, fácilmente inteligibles. Porque los intelectuales no estamos en el planeta para hacer juegos malabares con las ideas y mostrar a las gentes los bíceps de nuestro talento, sino para encontrar ideas con las cuales puedan los demás hombres vivir. No somos juglares: somos artesanos, como el carpintero, como el albañil.

La voz de Unamuno sonaba sin parar en los ámbitos de España desde hace un cuarto de siglo. Al cesar para siempre, temo que padezca nuestro país una era de atroz silencio.

La Nación, de Buenos Aires, 4 de enero de 1937.

GRACIA Y DESGRACIA DE LA
LENGUA FRANCESA

La situación en que, tal vez, aparecen con más evidencia las virtudes y limitaciones de cada lengua es la del escritor que lucha con los traductores de su obra. Como es natural, desde su punto de vista interesado, el carácter que primero advierte es la dosis de blandura o de dureza, de maleabilidad o de rigidez que cada lengua posee. Hay idiomas inhospitalarios que no toleran la menor infracción de los usos en que consisten: por ejemplo y más que ninguno, el francés. Nadie lo diría cuando contempla, por decirlo así, desde fuera, esta lengua: todo en ella es suavidad, gracia, agilidad, facilidad. ¡Qué delicia —piensa uno— poder hablar o escribir en lenguaje tal! Pero todo lo que *ad extra* tiene aspecto de virtud vive *ad intra* merced a una férrea disciplina. Esos encantos de la lengua francesa se deben a que es inexorable.

Por el contrario, la lengua alemana acepta en amplísima medida las deformaciones que se le quieran imponer: como el buche de la gallina aguanta casi todo lo que se le eche, el grano de trigo y el pedrusco. En cambio, le faltan aquellos garbos.

Los idiomas tienen sus fronteras, sus límites y en ellos su aduana. Al ser traducido al francés, nota, por lo pronto, el autor que la mitad de su equipaje queda detenido y con ingenua sorpresa advierte que en esa lengua maravillosa no se pueden decir muchas cosas. ¡Así, en redondo! Impreca, suplica usted, hace usted ver que no se puede prescindir de decir aquello, que es para usted cuestión de vida o muerte literaria expresarlo... Todo es inútil. El traductor, cortés, pero impasible, le responde a usted: «En francés no se puede decir eso». Y lo más sorprendente del caso es que se queda tan tranquilo y tan satisfecho y hasta un poco orgulloso. El autor que escribe en su lengua, en una lengua romántica, desarrapada, exenta de toda superior disciplina, y en que por lo mismo se pueden decir muchas más cosas, no comprende cómo cabe enorgullecerse de un idioma en que no podemos expresar sino una fracción de lo que se nos ocurre. Y, sin embargo, no le falta razón a nuestro traductor francés.

La existencia de la lengua francesa, tal cual aún hoy es, nos ofrece un fenómeno histórico maravilloso, único. No puedo ahora entretenerme en discutir y llevar a términos precisos cuáles son las calidades preciosas del habla francesa. Partamos de las más notorias. El habla francesa sobresale entre las demás de Europa por su claridad, su lógica o buen sentido, su elegancia, su sabrosa gracia. ¿Cómo puede una lengua *llegar a tener* esas calidades? —quiero decir, ¿qué necesita pasar para que ese hecho se produzca?

Téngase en cuenta que la lengua no es, sin más ni más, el modo de hablar de cada individuo, sino que es el modo de hablar colectivo, el sistema de signos verbales y combinaciones de ellos que tiene vigencia, como medio de expresión, en una colectividad. Si cada individuo se expresase a su antojo, no lograría lo que al hablar se propone, que es ser entendido de los demás. Para conseguir esto con máxima probabilidad tendrá que echar mano de los signos preestablecidos y decir las cosas como se dicen. En todo momento encuentra cada individuo ante sí constituída la lengua, y si quiere ser entendido, no tiene más remedio que contar con ella como al circular por la ciudad se ve obligado a contar con la disposición de las calles. La lengua es un hecho social y no un hecho personal: cada uno de sus elementos, por ejemplo, cada giro expresivo, cada cambio en la pronunciación se originó, sin duda, en algún individuo, pero ese giro y ese cambio fonético no son lengua si no han dejado de ser cosa del individuo y no se han transformado en vigencia anónima que se impone a todos los individuos, incluso al que los engendró.

Si, pues, en la lengua francesa se dan los susodichos caracteres tenemos que atribuir su origen al pueblo francés como tal colectividad. Y viceversa: nos bastaría observar el idioma francés para poder colegir no pocas cualidades del pueblo que lo ha forjado.

Claro está que una lengua no existe si no se dan ciertas cualidades mínimas en el pueblo que la habla. Esas cualidades son, por lo mismo, comunes a todos los idiomas y activas en todos los pueblos. Sin un mínimum de solidaridad en el decir, si, en absoluto, al hablar cada cual tira por su lado, no hay lengua posible ni tampoco sociedad. Sin un mínimum de lógica el lenguaje tampoco tendría estructura —morfología, sintaxis— y sería cada expresión puro acertijo. Estas condiciones elementales de toda habla carecen, en consecuencia, de valor sintomático.

Pero las virtudes de la francesa no se refieren a ese estrato primario, imprescindible y espontáneo del lenguaje. Son gracias que sólo existen cuando deliberadamente se las busca y persigue. Y si lo deliberado frente a lo espontáneo merece llamarse artificioso, podemos decir que la lengua francesa es el único idioma nativo y a la vez artificial. Por eso es un caso único, al menos entre las lenguas vivas.

Las lenguas se forman por aluvión. Cada individuo, cada grupo territorial o profesional vuelca en la cuenca lingüística de un gran pueblo sus modos de decir propios. Esta abundancia vegetativa y exótica es sometida a una primera selección que va regida por el imperativo más elemental del habla: la inteligibilidad. Si la lengua fuese sólo aluvión sería guirigay y babelismo. La necesidad de entenderse elimina buena parte de ese acarreo constante de dicciones y fija sólo una porción, consolida sólo lo más homogéneo. Pero la inteligibilidad así espontáneamente lograda es todavía muy deficiente. Cabe un superlativo en ella que es la claridad. Para nuestro Quintiliano era ésta la máxima dote de un idioma: *Oratio vero cuius summa virtus est perspecuitas.*

Una lengua es clara cuando evita toda expresión equívoca o complicada. Mas no se podrá hacer esto si de antemano no son claras las ideas que se van a expresar y esta claridad de las ideas no es cosa que haya sido regalada a ningún pueblo. Es preciso que éste aspire a ella, sienta por ella comezón y se someta secularmente a la disciplina que la produce. (Para lograr algo valioso —como el caso de la lengua francesa nos lo va a demostrar— necesita un pueblo resolverse a pensar, querer y sentir en unidades de centuria. El efimerismo de la conducta de las naciones europeas actuales —salvo Inglaterra— es la prueba más segura de que no se está creando nada, sino que, al revés, se está dilapidando lo adquirido y aventando una rica herencia).

No entremos ahora en la cuestión de qué sea esta famosa claridad del pensamiento francés. El que quiera *no* enterarse de en qué consiste puede leer el libro de Mornet, *Histoire de la clarté française.* Lo único útil de este volumen es advertirnos de que la claridad en el pensar condiciona la claridad de la lengua, pero, a la vez, ésta reobra sobre aquélla. Dejemos, pues, el asunto sin más indicación que ésta: pensar con claridad es una gran virtud del intelecto. Grande, pero sólo una. No se vaya a creer que pensar claro es, sin más, pensar bien, pensar todo lo que hace falta pensar. Tal vez la claridad francesa —en las ideas y en las palabras— consista, ante todo, en renunciar a pensar y a decir lo más importante. Porque lo más importante es siempre difícil, difícil...

La Nación, de Buenos Aires, junio 1937.

BRONCA EN LA FÍSICA

I

UNA POLÉMICA EN LA REGIÓN MÁS PACÍFICA

EL planeta se ha puesto nervioso y apenas hay países, grupos, hombres que conserven su plena serenidad. Esto revela, claro está, que la serenidad anterior no era profunda ni sólida. Y ello invita a que se vaya pensando en serio sobre cuáles son las condiciones que permitirían al hombre, por lo menos al hombre de Occidente, constituirse una serenidad más robusta y de más firme asiento. Porque la serenidad es el atributo primario del hombre. Todos sus demás dones o no son específicamente humanos o son fruto nacido en la gleba noble de su serenidad. Cuando el hombre la pierde decimos que está «fuera de sí». Y entonces rebrota en él el animal. Porque «estar fuera de sí», esclavo de la inquietud de su contorno, en perpetuo azoramiento y nerviosismo, es la característica del animal. Conseguir liberarse de ese servilismo, dejar de ser un autómata que el contorno moviliza mecánicamente, desprenderse del alrededor y meterse en sí mismo, ensimismarse, es el privilegio y el honor de nuestra especie. Hagamos, pues, propaganda de la serenidad, supremo específico.

Porque cada día la desazón aumenta y, como una marea viva, llega a alturas que parecían inasequibles. «En toda cima hay calma», decía Goethe. Pues bien, no hay duda que una de las cimas de nuestra vida occidental era la ciencia física y el grupo de hombres que la cultivan, sobre todo en Inglaterra. Mas he aquí que también los físicos ingleses se ponen un poco nerviosos.

Desde hace generaciones, tal vez el lugar más tranquilo de la tierra era el semanario científico que se publica en las Islas Británicas bajo el título *Nature*. ¿No es sintomático el hecho de que también en ese bonancible periódico de naturalistas haya habido bronca?

En el número de 8 de mayo, el doctor Herbert Dingler publica un artículo titulado «Nuevo aristotelismo», *Modern Aristotelianism*. El artículo es breve, como un trallazo. El autor lo sacude sobre los lomos de los más grandes físicos ingleses actuales, que son, tal vez, aparte Einstein, los mayores del mundo. Eddington, Milne, Dirac, todos reciben su *vobiscum*. La resolución y el laconismo con que en materia tan grave, tan complicada y... tan discutible procede el doctor Dingler dejan ver, a pesar de todo el *self-control* británico, que lo ha inspirado el mal humor. Entre las líneas nos parece ver la cara del autor, a quien no conocemos, la cara de un hombre que está harto de cosas que le son antipáticas y contra las cuales arremete simplemente porque le son antipáticas. El doctor Dingler llega a disparar, al parecer contra aquellos grandes físicos, la acusación de «traidores». ¿Traidores a quién o a qué? Esto es lo que vamos a ver.

El artículo del irascible señor Dingler ha atraído sobre el periódico un diluvio de cartas. Tantas, que el director ha creído forzoso dedicar en el número de 12 de junio un suplemento a esta polémica.

Desde hace años se publican con progresiva frecuencia libros de cuestiones físicas que pertenecen a un nuevo tipo de producción intelectual. En estos libros se determina la estructura del «universo» y esto se hace *a priori*, en pura deducción matemática. Partiendo de ciertas hipótesis mínimas a que se da forma de puros axiomas, se constituye un cuerpo de doctrina estrictamente racional, en el cual aparecen las leyes físicas conocidas como teoremas derivados de aquellos axiomas y, lo que es más sorprendente aún, se obtienen, por simple inferencia de la lógica matemática, nuevas leyes. El experimento, la inducción no aparecen por parte alguna.

Al señor Dingler le corrompe las oraciones este nuevo uso intelectual. ¿Qué es eso de hablar del «universo»? La ciencia física nace con Galileo cuando la ciencia renuncia a hablar del universo y se constriñe a decirnos cómo son los «fenómenos manifiestos». Para ello, procura atenerse a la observación sensible y evita confundir las leyes con las hipótesis de trabajo. En suma, Galileo y las generaciones que han levantado el edificio de la física clásica se han abstenido del razonamiento *a priori*. Partían de los hechos perceptibles y depurándolos, generalizando la descripción de ellos, llegaban a los «hechos generales» que son las leyes físico-matemáticas. Hablar del «universo» y hablar *a priori* eran, precisamente, las dos feas cosas que venían haciendo desde siglos los aristotélicos contra los cuales luchó tan denodadamente Galileo. El aristotélico —ente vago que, sin más precisiones, conjura aquí el doctor Dingler— cree que analizando y barajando, sin otro instrumento que la lógica, nuestros conceptos, es decir, las ideas que encontramos en nuestra mente, podemos averiguar lo que absolutamente pasa en el mundo, que, tomado así, como algo absoluto, tendría derecho al nombre de universo. Esto viene a ser sacarse el mundo de la cabeza. El aristotélico se comportaba así porque pensaba por anticipado, es decir, creía que el mundo obedece a las mismas reglas que los pensamientos humanos. Según el doctor Dingler, el aristotelismo consiste en presumir que el hombre es la medida de las cosas.

En cambio, Galileo cayó en la cuenta de que la naturaleza es independiente del hombre. Éste no tiene previamente garantía alguna de cómo se comporta la naturaleza. Y, por eso, si quiere averiguar algo de ella no tiene más remedio que observarla y tiene que contentarse con lo que esta observación le descubra. Este oficio de observar con precisión los hechos sensibles es la disciplina física que lleva tres siglos de ilustre ejercicio. Como lema de su artículo copia el señor Dingler una frase de la primera *Charla* fundacional —1662— de la Sociedad Real de Londres, «cuyos estudios se emplearán en promover el conocimiento de las cosas naturales y las artes útiles *por medio de experimentos*». Y a continuación, como segundo lema de combate, cita estas palabras de Galileo: «La naturaleza no se preocupa de si sus abstrusas razones y métodos de operar son o no asequibles a la capacidad del hombre». Pues bien, según nuestro atrabiliario articulista, los físicos actuales han hecho traición a esta tricentenaria consigna. Han desertado de so la bandera galileana y se han pasado al enemigo.

Se advierte que el doctor Dingler es un inglés ciento por ciento. Cómodamente instalado en el empirismo tradicional de su nación, no puede soportar que otro de la misma tribu y clan, otro británico, otro físico, Eddington, tenga la avilantez de escribir cosas como éstas: «En todo el sistema de las leyes físicas no hay ninguna que no pueda ser inequívocamente deducida de consideraciones epistemológicas. Una inteligencia que no supiese nada de nuestro universo, pero que supiese cuál es el sistema intelectual mediante el cual la mente humana se interpreta a sí misma el contenido de su experiencia sensible, sería capaz de adquirir todo el conocimiento físico que nosotros hemos adquirido a fuerza de experimentos».

La impertenencia contra el método experimental no puede ser de más grueso calibre. Para saber lo que, según nuestra ciencia, pasa en este mundo, no hace falta ni siquiera haber estado en él; menos aún, ni siquiera haber oído hablar de él. Basta con tener noticia de la matemática y del principio de economía del pensamiento, que es un principio doméstico, intrahumano, y, por qué no decirlo, filosófico.

Para el doctor Dingler todo esto es puro aristotelismo, término que bajo su pluma se carga de un significado bochornoso, como el de esas palabras confinadas en los barrios bajos del diccionario y que no se pueden pronunciar en sociedad. Aristotelismo es «la doctrina según la cual la naturaleza es la manifestación visible de principios generales que la mente humana conoce sin necesidad de la percepción sensible».

No podemos reprimir un ligero movimiento de sorpresa al leer esto porque es de sobra conocido que Aristóteles y sus fieles no admiten nada en el intelecto que no haya estado antes en los sentidos. Por otra parte, el fundador del pensamiento moderno, Descartes, pelea a muerte con Aristóteles y el escolasticismo porque son sensualistas. La cruzada cartesiana va contra el conocimiento sensible, quiere liberar al hombre de su esclavitud sensorial. Pero hay más.

«No es fácil —prosigue el señor Dingler— enunciar en una frase la idea que, por primera vez en el siglo XVII, produjo la «ciencia experimental» llamada hoy ciencia, pero no creemos cometer error apreciable si afirmamos que el primer paso en el estudio de la naturaleza debe ser la observación y que no deben admitirse principios generales que no sean derivados de la inducción a que se somete lo observado.»

El caso es que desde hace trescientos años se discute precisamente eso que el señor Dingler da como cosa libre de posible error. Se discute, desde tiempos del mismo Galileo, si la ciencia es observación o algo más. Porque las objeciones más fuertes que los aristotélicos opinan a Galileo consistían en motejarle por no ajustarse estrictamente a lo que se observa, al experimento.

Pues fuera oportuno recordar al articulista que los aristotélicos, frente a los cuales se hallaba Galileo, eran predominantemente nominalistas, gentes que no creían —hacía ya dos siglos— que la naturaleza fuese racional y que, por lo mismo, sólo cabía de ella un conocimiento empírico, de observación, que se contentase con formar teorías donde «se salvasen las apariencias», donde los «fenómenos manifiestos» fuesen de alguna manera ordenados. Y por eso en París y en Padua se hacían experimentos cien años antes que en Padua estudiase Galileo.

Como se ve, basta con recoger nuestras primeras reacciones al artículo del señor Dingler para hacernos pensar que este enérgico paladín anda un poco a trompicones con la historia de la ciencia y propende a creer que las cosas son menos desesperadamente complicadas y problemáticas de lo que son. Pues con sorprendente ingenuidad y como dando el dilema por resuelto de antemano, intenta apretar la cuestión para no dejarnos escapar, en esta fórmula: «La cuestión que ahora está ante nosotros es si el *fundamento* de la ciencia debe ser la observación o la invención».

¡Trescientos años, señor Dingler, trescientos años hace que las gentes de Europa rumian esa cuestión para usted resuelta, desde luego!

Y, sin embargo, ¿no hay algo de razón o, cuando menos de comprensible motivo, en esta quijotesca salida del apasionado doctor? ¿No hay algo en la física actual que inquieta, que preocupa por el porvenir de esta ciencia? Nadie duda de que estos últimos veinticinco años han sido una de las grandes épocas de la física y de que ésta es una de las grandes cosas que hasta la fecha ha parido la humanidad, una de las grandes etapas de la historia humana. Y, sin embargo...

La Nación, de Buenos Aires, 19 de septiembre de 1937.

II

PROPAGANDA DEL BUEN HUMOR.—FÍSICA Y GUARDARROPÍA.—O FILÓSOFO O SONÁMBULO

No creo que la polémica suscitada por el doctor Herbert Dingler en el semanario inglés *Nature* contribuya a aclarar las cosas. La ha inspirado el mal humor. Y el mal humor es estéril. Todas las grandes épocas han sabido sostenerse sobre el abismo de miseria que es la existencia, merced al esfuerzo deportivo de la sonrisa. Por eso los griegos pensaban que el oficio principal de los dioses era sonreír y hasta reír. El rumor olímpico es, por excelencia, la carcajada. Si un pueblo nuevo como la Argentina se resolviese a hacer del buen humor una institución nacional a que todo el mundo se sometiese, su triunfo en la historia estaría asegurado. Pero no es fácil que lo logre. Porque todas las potencias del mal están muy interesadas en instaurar donde quiera el mal humor. Saben que un pueblo donde el mal humor se establezca es un pueblo destruido, aventurado, pulverizado. Entre paréntesis: ¡Qué estupendo momento para los pensadores de un pueblo joven! ¡Libres de todo prejuicio, poder espumar los milenios de la experiencia humana y enseñar a su pueblo los mandamientos de la alta higiene histórica! ¡Son tan evidentes, tan sencillos de ver, tan claros de decir! Lo malo es que los pueblos no pueden atender esos evidentes imperativos sino en un cierto y preciso momento, pasado el cual se vuelven irremediablemente sordos. ¡Pues bien, para la Argentina el momento es éste, éste de ahora! Pero yo no tengo por qué meterme en asuntos tales. La noria cotidiana me espera: tengo que seguir dando vueltas en torno a ella, hoy como ayer, mañana como hoy. ¡Sonriamos un artículo más!

Es indudable, decía yo, que los entresijos de la física necesitan un buen limpión. El esfuerzo gigantesco que ha hecho en el último cuarto de siglo ha dejado la máquina un poco desvencijada. El crecimiento de su imperio cósmico ha sido —en precisión y en extensión— fabuloso. Por eso conviene un alto en la marcha y un tratamiento de serenidad.

Desde hace años, en las revistas más técnicas de esta ciencia aparecen con frecuencia artículos en que se manifiesta la más justificada inquietud. Empieza a no verse clara la relación entre la doctrina a que se ha llegado y la realidad. De un lado están los grandes hechos observados, de otro el aparato hipertenue de las teorías, telas de araña sutilísimas, como espectrales, reducidas casi a puras abstracciones de simbolismo matemático. La correspondencia entre estas teorías y aquellos hechos, entre el cuerpo de las observaciones y el cuerpo de los conceptos o doctrinas se ha hecho equívoca. Hay, sin duda, correspondencia, pero no se sabe bien en qué consiste. A veces parece como si lo que la teoría física actual *dice* no tuviera nada que ver con las «cosas».

Para que el lector profano se represente en alguna manera la cuestión, imagine que alguien le presenta en un papel una serie de operaciones aritméticas. En ese papel no hay más que números y signos matemáticos. Allí no se dice si se trata de contar libras esterlinas o sillas o cisnes. Supongamos que el lector entiende esas cuentas en lo que tienen de puras cuentas. Pero he aquí que entonces mismo alguien añade: eso que acaba usted de entender es la realidad de las cosas, la naturaleza, el mundo, el «universo». Cuanto mejor haya entendido aquellos cálculos aritméticos, menos podrá entender que ellos sean la realidad, es decir, que en algún modo la representen, la descubran, la enuncien o declaren. Su impresión era precisamente que allí, en aquel papel, no se hablaba para nada de las cosas reales. Sentirá, pues, azoramiento, el mismo que de muchachos sentíamos cuando por vez primera oíamos hablar de los pitagóricos, de unos hombres extraños, según los cuales las cosas son números. Los espectadores dejan en el guardarropa del teatro sus sobretodos y reciben, en cambio, fichas donde hay inscritos números. A cada ficha corresponde un sobretodo y un lugar del guardarropa; al conjunto de las fichas corresponde el conjunto ordenado de los sobretodos y de sus lugares. Merced a ello puede cualquiera con nuestra ficha encontrar nuestro sobretodo, aunque no lo haya visto nunca. Es decir, que las fichas nos hacen saber no poco acerca de los sobretodos. Y, sin embargo, una ficha no se parece mayormente a un sobretodo. He aquí cómo puede haber correspondencia sin haber semejanza. El conjunto de las fichas es la teoría física; el conjunto de los sobretodos es la naturaleza. Con una diferencia: las fichas son, al fin y al cabo, cosas tangibles y visibles como los sobretodos. Suprímanse las fichas, queden sólo los entes ideales que son los números y sus combinaciones, y esto es lo que constituye la teoría física. Por tanto, algo que se parece a la naturaleza mucho menos que una ficha o un sobretodo y que los caballos a las ostras.

A esta situación ha llegado la física actual. Una situación bastante paradójica y un si no es azorante. Es ella para el hombre occidental la ciencia por excelencia, el orgullo de toda su civilización. Pero ciencia parece querer decir conocimiento, y conocimiento parece significar presencia en nuestra mente de lo que las cosas son. Mas la ciencia física no nos pone en la cabeza más que fichas, menos aún, números. De las cosas mismas no pasa nada o pasa poco más que nada a nuestra mente. ¿Cabe seguir llamando a eso conocimiento? ¿No podría, con igual fundamento, llamársele guardarropía?

Yo no voy a dirimir la cuestión. Mas es el caso que los físicos mismos no han podido menos de percibir el extraño carácter que en cuanto conocimiento ofrece su ciencia. Y algunos de ellos se han resuelto a declarar que la física es un «conocimiento simbólico», el que tiene de los sobretodos quien no los ha visto jamás, pero posee el conjunto de las fichas y sabe que a cada una de éstas corresponde uno de aquéllos y el lugar de la percha en que está colgado. A lo que no se han resuelto ni éstos ni los otros físicos es a reflexionar enérgicamente sobre si un conocimiento simbólico es en serio conocimiento. ¿Por qué ha de ser la física un conocimiento? ¿Por ventura es el conocimiento una cosa tan clara que parezca justificado el empeño de las «ciencias» en ser tenidas por conocimientos? ¿Por qué no ha de ser la física, y en general las «ciencias», otra cosa: por ejemplo, técnica y nada más, técnica y nada menos? Después de todo, si alguien dijese que el conocimiento fue sólo un ensayo y una ilusión de los hombres de Grecia, que terminó en glorioso fracaso, diría algo mucho menos extravagante y mucho más profundo de lo que al pronto parece, aunque acaso no sea lo últimamente verdadero.

Véase, pues, cómo en la cuestión planteada por el doctor Dingler fermentan otras mucho más graves y más radicales. Pero el doctor Dingler y la mayor parte de sus víctimas mantienen la polémica dentro de la órbita gremial. No quieren embarcarse en problemas filosóficos. Hacen bien, ¡qué diablo! La física sirve para muchas cosas, mientras que la filosofía no sirve para nada. Ya lo dijo, conste, un filósofo, el patrón de los filósofos, Aristóteles. Precisamente por eso soy yo filósofo; porque no sirve para nada serlo. La notoria «inutilidad» de la filosofía es acaso el síntoma más favorable para que veamos en ella el verdadero conocimiento. Una cosa que sirve es una cosa que sirve para otra, y en esa medida es servil. La filosofía, que es la vida auténtica, la vida poseyéndose a sí misma, no es útil para nada ajeno a ella misma. En ella, el hombre es sólo siervo de sí mismo, lo cual quiere decir que sólo en ella el hombre es señor de sí mismo. Mas, por supuesto, la cosa no tiene importancia. Queda usted en entera libertad de elegir entre estas dos cosas: o ser filósofo o ser sonámbulo. Los físicos, en general, van sonámbulos dentro de su física, que es el sueño egregio, la modorra genial de Occidente.

Sin embargo, algunos de estos hombres formidables que han irritado al excelente doctor Dingler, hombres como Eddington, como Milme, Wittrow, Wheele, Robertson, es decir, la extrema vanguardia de la física en la fecha que escribo, se han encontrado con que la física que estaban amasando con sus pulcras manos matemáticas se les fermentaba y se les convertía en algo así como filosofía. Recuérdense las palabras de la respuesta que da Eddington a su agresor y que cité en el artículo anterior: «No hay nada en todo el sistema de las leyes físicas que no pueda ser deducido inequívocamente de consideraciones epistemológicas». Ésta es una de las cosas que han puesto más frenético a Dingler. ¡Consideraciones epistemológicas! Pero ¡eso es filosofía! ¡Eddington y congéneres entregan maniatada la física a la filosofía! ¡Traición!

Porque, como dije, han sonado palabras fuertes en esta gresca de científicos. Dingler usa literalmente la palabra «traidores». Ya veremos con qué gentil gracia Milne casi llama a Dingler «gitano».

Sigamos asistiendo a la pendencia con buen humor, pero a la vez con sincero fervor. No puede sernos indiferente lo que le pase a la física. Sea o no conocimiento, séalo en uno u otro sentido, lo indiscutible es que constituye la maravilla de Occidente. Si es ella cuestionable, lo es hasta la raíz toda la cultura occidental. Sin la rigorosa disciplina secularmente depurada y sostenida por el pensamiento físico, la mente europea perdería todas sus aristas específicas y retrogradaría al confuso y pesadillesco pensar del asiático o del africano. La filosofía misma, que necesita tan pocas cosas, ha menester, sin remisión, de la física para poder ser lo contrario de ella, que es su misión.

La Nación, de Buenos Aires, 10 de octubre de 1937.

III

CONVERSIÓN DE LA FÍSICA EN GEOMETRÍA.—OBSERVACIÓN O INVENCIÓN.—GRECIA O EGIPTO

Se trata aquí de una cuestión importante: la física, nuestra ciencia ejemplar, se encuentra a punto de cambiar súbitamente de aspecto y de carácter. El lector, por muy alejado que esté de los estudios científicos, tiene obligación de esforzarse en conocer por lo menos sus grandes vicisitudes. Claro es que el «lector», acostumbrado como está a que se dirijan a él demagogos —buena porción de los que hoy escriben lo son en una u otra dosis—, cree que sólo tiene derechos, que él no está obligado a nada. Pero conviene que vaya cambiando de opinión, y sobre todo de conducta, so pena de pasarlo muy mal en los años que vienen sobre nuestra especie.

Milne es el físico contra el cual el doctor Dingler dirigió su más violento ataque. Había aquél dicho que «si el universo efectivo no sigue los detalles de la construcción matemática, la cosa no tiene importancia». Esto ha sublevado al doctor Dingler. ¿De qué hablan entonces estos nuevos físicos —se pregunta el señor Dingler— si les trae sin cuidado que las cosas coincidan o no con sus lucubraciones? A estas extravagancias lleva el «apriorismo», el aristotelismo. Galileo representa frente a Aristóteles la no creencia en que la razón de la naturaleza sea la misma del hombre, y la forzosidad consecuente en que éste se halla de buscar en las «observaciones sensibles» los principios que aquélla deja entrever. «La historia —prosigue Dingler con cierta solemnidad patética— muestra pocos ejemplos de lealtad a un legado comparable con la de las generaciones de trabajadores científicos que siguieron». Por faltar a esa lealtad cae ahora la física en una extraña «combinación de parálisis de la razón con intoxicación de la fantasía».

Veamos qué hay de verdad en todo esto. Milne, con una admirable serenidad de joven atleta matemático, contesta en un artículo escrito como sólo saben escribir los matemáticos. Los demás escritores podemos, con esfuerzo, llegar a una claridad plástica, casi tangible. Pero hay otra claridad más esencial y opuesta a ésa, una claridad hecha de diafanidad y transparencia, como ultraterrena, en que las cosas mismas desaparecen y queda sólo en el aire limpio, alciónico, su pura voz. Nos parece, leyendo a estos autores, que las cosas, sin intermediario, sin truchimán, se declaran por sí mismas, se nos dicen.

Milne se propone orientarnos sobre el uso intelectual, el procedimiento que en sus investigaciones ha seguido.

La física padece una dualidad que es irracional. De un lado nos dice qué *es lo que hay*, construye una realidad pura —llámesela átomos o como se quiera. Luego, y aparte, investiga experimentalmente *cómo se comporta* esa realidad. Es evidente que la física no será una disciplina suficientemente racional mientras estas dos partes de ella no vengan a unidad; es decir, mientras no se logre derivar racionalmente el comportamiento de las cosas de su realidad o estructura.

Esto es lo que ha intentado, y en buena parte logrado, hacer Milne, y con él Wittrow, Wheele, Robertson, etc.

Milne se propone aplicar de la manera más radical posible el principio de la economía de pensamiento, que es un principio filosófico, por lo menos, epistemológico y no físico. A este fin ensayará derivar todas las leyes físicas de un *mínimum* de admisiones consistentes en la descripción mínima de lo que hay. Estas admisiones son dos: la homogeneidad del Universo —en distribución y movimiento— y la existencia de alguien que perciba la relación de antes y después; en suma, el movimiento. Estas admisiones o supuestos son constituídos en axiomas, en el sentido riguroso que este término tiene hoy en la pura matemática. De esos axiomas Milne deriva *teoremas* sin emplear noticia alguna experimental, eliminando todas las leyes cuantitativas (obtenidas por observación) de la física. La teoría de la relatividad le indujo a este ensayo. Pues bien, dice Milne: «es una cosa sorprendente que la eliminación de todo auxilio empírico, incluyendo todo apoyo en leyes cuantitativas de la física, pueda ser llevada tan lejos como, en efecto, acontece, no obstante la imperfección del estado presente de la teoría». Nadie ha podido sorprenderse más que el presente escritor. No se trata, pues, de una fe *a priori* que invite a la burla, sino que es preciso reconocer como un hecho de experiencia que cuando eliminamos todos esos apoyos empíricos emergen ante nosotros regularidades (como consecuencias lógicas de las hipótesis), las cuales tienen el mismo papel que las auténticas leyes de la naturaleza, cuya vigencia está garantizada por la observación. Ahora bien, estas regularidades tienen la dignidad de *teoremas*, y la estructura o cuerpo lógico resultante tiene la dignidad (o la tendría si hubiese llegado a perfección) de una abstracta geometría basada en axiomas. En ella derivamos racionalmente *de lo que hay* las leyes de su comportamiento. Merced a ello dejan éstas de ser, como hasta aquí, costumbres contingentes que observamos en las cosas y se convierten en consecuencias inexorables de su propia constitución o estructura. Ahora son de verdad leyes de la Naturaleza y no caprichos de ella.

Es decir —y esto es lo enorme del hecho— que la física está a punto de convertirse en una geometría que entre sus varios axiomas incluye uno donde se anticipa la noción de movimiento. Lo cual —pasando ahora nuevamente de la claridad matemática a la claridad plástica —significa que un hombre encerrado en su habitación, sin aparatos, sin materias observables, por simple combinación de ideas, puede en pocas semanas redescubrir lo que ha requerido emplear trescientos años y treinta mil laboratorios. Con esta agravante: que no hay razón para que esta nueva física-geometría no prosiga sus deducciones y averigüe innumerables leyes nuevas.

La dignidad o carácter matemático de esta investigación no permite, claro está, garantizar que las cosas se comportan según esos *teoremas*. La observación será quien decida si, en efecto, es así. Pero es evidente que el papel de ésta queda, en principio, invertido. Según Dingler, sólo la observación nos permite descubrir las leyes de la naturaleza. Según Milne, se puede llegar a ellas *a priori* y la observación reduce su papel a confirmarlas.

De aquí que aun en el caso de que los *teoremas* hallados por ese método no encontrasen cumplimiento de los fenómenos observables, el cuerpo de doctrina obtenido seguirá teniendo su valor independiente como lo tienen las geometrías de espacios inobservables. Hubiera sido un crimen de lesa ciencia aplastar los ensayos de crear geometrías no-euclidianas con el pretexto de que *los medios* experimentales de hace setenta años no permitían decidir si eran aplicables o no. La teoría de la relatividad, auxiliada por medios de observación más precisos, ha mostrado que el cuerpo de puros teoremas llamado geometría euclidiana no se cumple en los fenómenos de la naturaleza y que, en cambio, se cumplen los teoremas de la geometría de Riemann. Lo mismo pasará ahora. Es preciso crear una serie de puras físicas-geometrías partiendo de axiomáticas diferentes.

Recuérdese que una de las cosas que contraían el diafragma del doctor Dingler era oír a estos nuevos físicos hablar del «universo». El físico no puede hablar sino de la porción de realidad que está al alcance de su observación. El término «universo» implica que hemos trascendido los límites de lo observable y que nos hemos permitido suponer dogmáticamente cómo es la porción de realidad inobservable. Esto es lo que hace Milne y con él toda física-geometría al anticipar, en forma axiomática, que el «universo» es homogéneo e isótropo.

Desde el punto de vista de la física tradicional, tiene razón el doctor Dingler en este extremo. Pero Milne responderá a esto con insuperable claridad: en primer lugar, el Universo de que yo hablo no es el Universo real, sino el definido por mí en el conjunto de mis axiomas. A él me atengo, y de sus caracteres imaginarios deduzco mis teoremas. Luego comparo éstos con las leyes de la física experimental, que ella, sí, habla de lo real y veo que coinciden. Sólo entonces, pero sí entonces, adquiere mi Universo el carácter de real y no imaginario. En segundo lugar, yo parto axiomáticamente de la homogeneidad del Universo para construir un cuerpo de consecuencias lógicas, es decir, para ver a qué resultados racionales, a qué serie de puros teoremas lleva esa suposición. En mi teoría, la homogeneidad del Universo representa exactamente el mismo papel que el axioma del plano en la geometría de Euclides. Mas ni que decir tiene que no sólo pueden, sino que deben construirse otras físicas-geometrías partiendo de otros supuestos. Yo he creído que debía comenzar por el caso más sencillo: el de un Universo homogéneo. Pero luego convendría ensayar, por ejemplo, este otro: un Universo en que alrededor de un núcleo homogéneo existan aros de heterogeneidad creciente.

Como se advierte, el cambio es radical. Ahora se trata de llegar a los hechos, no por medio de la observación, sino al revés, por medio de construcciones imaginarias. Dicho de otro modo: la física consistiría en la creación de un repertorio de mundos ideales, puramente inventados. Cada uno de esos mundos, *tomado en su totalidad*, es lo que hay que comparar con el conjunto de los hechos observados. Aquel mundo ideal deberá ser considerado como el real, en que estos hechos observados encuentran mejor acomodo.

¿Qué contestaremos, pues, al dilema en que el señor Dingler aprieta la cuestión, al dilema de si el *fundamento* de la ciencia debe ser la observación o la invención?

Contestaremos, como ya hemos hecho, que eso es lo que se discute, no ahora, sino desde hace trescientos años, que ese dilema no es, como pretende ser, un planteamiento inequívoco del problema. La mera observación no *funda* la ciencia. El doctor Dingler tiene una idea bastante ridícula de la historia del pensamiento si cree que los hombres no observaron antes de Galileo y si cree que la innovación genial de éste fue observar. La observación, la de Galileo como la del hombre paleolítico, es imposible sin invención previa. Los hechos no nos dicen nada espontáneamente. Esperan a que nosotros les dirijamos preguntas de este tipo: ¿Sois A o sois B? Pero A y B son imaginaciones nuestras, invenciones.

Después de todo, no le pasa ahora a la física sino lo mismo que aconteció ya a la geometría. Los egipcios tenían una geometría que era empírica. Los griegos hicieron de esa geometría empírica una disciplina racional. En la física hay también un aspecto griego y un aspecto egipcio. El señor Dingler se queda con el aspecto *egyptian*, que en inglés suena a algo así como «gitano».

La Nación, de Buenos Aires, 26 de octubre de 1937.

IV

De estas consideraciones sobre la polémica abierta en Inglaterra en torno a las investigaciones físicas más características de la hora actual se desprende, por lo menos, que esta gran ciencia atraviesa una etapa peligrosa. Peligrosa porque camina sin claridad suficiente sobre sí misma. No se sabe bien cuál es el carácter de conocimiento propio a la física. No se sabe bien cuál es el papel de la experiencia y el del puro razonamiento en la faena de su edificación. Y ni siquiera se sabe bien lo que sus grandes iniciadores de los siglos XVI y XVII —Kepler, Galileo, Newton— pretendieron hacer.

Porque dar como cosa patente e incuestionable, según intenta el doctor Dingler, que la obra de Galileo consiste en desechar los razonamientos *a priori*, como fundamento de la física, y partir, sin más, de la observación, es una arbitrariedad del enérgico doctor.

Concédame el lector la satisfacción de leer ahora lo que en 1927 escribía yo como nota a mi ensayo *La filosofía de la historia de Hegel y la historiología* (1):

«Nada hubiera sorprendido tanto a Galileo, Descartes y demás instauradores de la *nuova scienza* como saber que tres siglos más tarde iban a ser considerados como los descubridores y entusiastas del «experimento». Al estatuir Galileo la ley del plano inclinado, fueron los escolásticos quienes se hacían fuertes en el experimento contra aquella ley. Porque, en efecto, los fenómenos contradecían la fórmula de Galileo. Es éste un buen ejemplo para entender lo que significa el «análisis de la naturaleza» frente a la simple observación de los fenómenos. Lo que observamos en el plano inclinado es siempre una desviación de la ley de caída, no sólo en el sentido de que nuestras medidas dan sólo valores aproximados a aquélla, sino que el hecho tal y como se presenta no es una caída. Al interpretarlo *como* una caída, Galileo comienza por negar el dato sensible, se revuelve contra el fenómeno y opone a él un «hecho imaginario», que es la ley: el puro caer en el puro vacío de un cuerpo sobre otro. Esto le permite descomponer (analizar) el fenómeno, medir la desviación entre éste y el comportamiento ideal de dos cuerpos imaginarios. Esta parte del fenómeno, que es desviación de la ley de caída, es, a su vez, interpretada imaginariamente *como* choque con el viento y roce del cuerpo sobre el plano inclinado, que son otros dos hechos imaginarios, otras dos leyes. Luego puede recomponerse el fenómeno, el hecho sensible como nudo de esas varias leyes, como combinación de varios hechos imaginarios.

«Lo que interesa a Galileo no es, pues, adaptar sus ideas a los fenómenos, sino al revés, adaptar los fenómenos mediante una interpretación a ciertas ideas rigorosas y *a priori* independientes del experimento; en suma, a formas matemáticas. Ésta era su innova-

---

(1) Véase *Goethe desde dentro*, «Revista de Occidente». Madrid. [Véase página 521 del tomo IV de estas *Obras Completas*.]

ción; por tanto, todo lo contrario de lo que vulgarmente se creía hace cincuenta años. No observar, sino construir *a priori*, matemáticamente, es lo específico del galileísmo. Por eso decía para diferenciar su método: «Giudicate, signore Rocco, qual dei due modi di filosofare cammini piú a segno, o il vostro fisico puro e simplice bene, o il mio condito con qualche spruzzo di matematica» (Opere, II, 329).

«Con claridad casi ofensiva aparece este espíritu en un lugar de Toscanelli: «Che i principii della dottrina *de motu* siano veri o falsi a me importa poquissimo. Poichè se non son veri, fingasi che sian veri conforme habbiamo supposto, e poi prendansi tutte le altre specolazioni derivate da essi principii non come cosi miste, ma pure geometriche. Io fingo o suppongo que qualche corpo o punto si muova all'ingiù de all'insù con la nota proporzione ed horizontalmente con moto equabile. Quando questo sia io dico che seguirà tutto quello che ha detto il Galileo, ed io anchora. Se poi le palle di piombo, di ferro, di pietra, non osservano quella supposta proporzione, suo danno, noi diremmo che non parliamo di esse» (Opere-Faenza, 1919. Vol. III, 357).

«De modo que si los fenómenos —las bolas de plomo, de hierro y de piedra— no se comportan según nuestra construcción, peor para ellas, *suo danno*.

»Claro es que la física actual se diferencia mucho de la de Galileo y Toscanelli, no sólo por su contenido, sino por su método. Pero esta diferencia metódica no es contraposición, sino, al contrario, continuación y perfeccionamiento, depuración y enriquecimiento de aquella táctica intelectual descubierta por los gigantes del postrenacimiento.»

Diez años han pasado, y, a lo que ha podido ver el lector, toda la vanguardia de la física viene a coincidir de la manera más literal con aquella caracterización mía, incluyendo en ella las frases de los clásicos que yo adoptaba, una de las cuales, la más audaz, la de Toscanelli, era muy poco conocida. Como Milne dice, provocando el enojo de Dingler: «No importa que las cosas no coincidan con el detalle de la construcción matemática» (Milne habla propiamente de la extrapolación), el gran Toscanelli dice que si las cosas no se comportan como la teoría, «peor para ellas». Ahora bien: Toscanelli es el máximo discípulo de Galileo y es el jefe de la generación inmediata a éste. ¿Qué queda de la patética afirmación del doctor Dingler sobre la fidelidad sin par al programa galileano de las generaciones subsecuentes? Claro que, en el fondo, tiene razón, contra su voluntad. Toscanelli es fiel a Galileo, porque el programa de Galileo no es el que el doctor Dingler supone.

Cuando hacia 1920 ó 1921 visitó Einstein Madrid, me ocurrió decirle: «¡Acabará usted haciendo de la física una geometría!» No son para enunciadas aquí las razones que me movían ya entonces a pensar así, porque su comprensión requiere inexcusablemente cierto, aunque muy modesto, tecnicismo. (Para el lector matemático me basta referirme a la evidente tendencia que manifestaba desde luego la mecánica relativista a absorber la dinámica en la cinemática). Los que sí son para dichos son los aspavientos que hizo Einstein, los ojos estupefactos que puso. Era toda la escenografía y el juego pantomímico con que se suele afrontar la audición de una gigantesca estupidez, una de esas estupideces sin tratamiento ni ortopedia posibles. Estoy tan convencido de que hemos venido a este mundo para no entendernos los unos a los otros, somos en la mutua incomprensión tan geniales y empleamos tal refinamiento, que se ha tornado para mí en regocijante diversión estudiar este arte de no entendernos, analizar sus diferentes formas y reconstruir en cada caso su mecanismo. La diversión llega al superlativo cuando el mal entendido soy yo y ante mí veo una persona convencida plenamente de que soy un imbécil. En este alborozo entra el altruismo por más de lo que se sospecha, porque en la mayor parte de las ocasiones yo sé que el otro *necesita* creer que soy un imbécil, le conviene convencerse de ello para nutrir la fe en sí mismo que lleva herida o claudicante. Le hago, pues, un gran favor siendo yo un mentecato. No era éste, claro está, el caso de Einstein, por lo menos en aquel momento. Pocos hombres han tenido tanto derecho como él a creer en sí mismos, puesto que venían a adularle hasta las mismas constelaciones. Precisamente su cerrazón —que es enorme— proviene del mecanismo inverso. Para comprender tenemos que estar muy alerta, es decir, muy prevenidos de que no vamos a comprender. Ahora bien: esto es muy difícil cuando todo el Zodíaco ha venido a darnos de golpe la razón y paseamos por el planeta, llevando como dijes, colgados de la cadenilla del reloj, al propio Sagitario y al León, la Balanza y la Virgen. Por eso Einstein se cree con cierto derecho a no decir más que bobadas cuando habla de asuntos ajenos a la física.

Y aun en este asunto que pertenecía a la física podía haberse ahorrado los aspavientos. Es, en fecto, un hecho que hoy Milne llama con todas sus letras geometría a la física que se está haciendo y que declara haber sido impulsada en esta dirección por la teoría de la relatividad.

Pero no olvidemos, ante todo y después de todo, la principal enseñanza que de esta bronca en la física debemos retener: la falta de claridad en que esta ciencia se halla hoy respecto a sí misma como ciencia. Porque esta conversión de la física en geometría que la vanguardia de los físicos está ejecutando, no es más, como el propio Milne dice, que un «hecho sorprendente», es decir, un fenómeno surgido en la vida del pensamiento, pero cuyo sentido y cuyos fundamentos no conocemos.

Y esta falta de claridad en la ciencia más ejemplar procede de la misma causa que la falta de claridad reinante hoy en los demás órdenes de la vida; por ejemplo, en la política, a saber: de la resistencia anárquica a someter toda disciplina a *una* filosofía que lo sea de verdad, por tanto que sea una arquitectura radical de nuestras ideas. Como una colectividad numerosa no puede vivir sin un poder público y su política, la exuberante civilización europea no puede existir sin la instancia última de una filosofía. Ni siquiera durante la Edad Media fue esto posible, a pesar de que la Religión conservaba toda su vigencia sobre las almas. El escolasticismo fue durante muchos siglos el gendarme de las ideas occidentales, inclusive de las ideas teológicas.

La Nación, de Buenos Aires, 7 de noviembre de 1937.

ENSIMISMAMIENTO
Y
ALTERACION

(1939)

PRÓLOGO

Bajo el epígrafe Ensimismamiento y alteración, *doy al público la primera lección del curso titulado «Seis lecciones sobre el hombre y la gente», que estoy desarrollando en la Asociación de Amigos del Arte, de Buenos Aires, y que en su casi totalidad puede desintegrarse del resto de ese curso, como prólogo a él. Algunos puntos que esta lección no hacen sino anunciar, sobre todo el toque de bélico clarín contra ciertas frivolidades de los sociólogos, han recibido en las lecciones sucesivas la demostración concreta y reiterada que aquí había de faltar.*

Agrego, con el nombre de Meditación de la técnica, *otro curso dado en el año 1933 en la Universidad de Verano de Santander, que entonces fue inaugurada. Este curso, como observará en seguida el lector, no ha sido, propiamente, escrito, sino que consiste en los dictados hechos a la carrera para el uso de la cátedra. No se busque en ellos ni aun, tal vez, aseada corrección gramatical. Tal y como fueron pronunciadas estas lecciones aparecieron en* La Nación, *de Buenos Aires, segmentadas mecánicamente en artículos dominicales. No debía publicarlas en volumen, porque ni su forma ni su contenido son labor conclusa. Pero en* La Nación *yace labor mía de este género, e igualmente inmatura, para llenar muchos volúmenes. En ella creo que hay, toscas aún o balbucientes, ideas que pueden ser de importancia. Yo esperaba, para publicarlas, la hora de darles figura más noble y más depurada entraña. Pero veo que los editores fraudulentos de Chile recortaban de* La Nación *estas informales prosas mías y formaban con ellas volúmenes. En vista de lo cual he decidido hacer concurrencia a esos piratas del Pacífico y cometer el fraude de publicar yo estos libros suyos, que son míos.*

JOSÉ ORTEGA Y GASSET.

Buenos Aires, 27 de octubre de 1939.

ENSIMISMAMIENTO Y ALTERACIÓN

Señoras, señores:

SE trata de lo siguiente: Hablan los hombres hoy, a toda hora, de la ley y del derecho, del Estado, de la nación y de lo internacional, de la opinión pública y del Poder público, de la política buena y de la mala, de pacifismo y belicismo, de la patria y de la humanidad, de justicia e injusticia social, de colectivismo y capitalismo, de socialización y de liberalismo, de autoritarismo, de individuo y colectividad, etc., etc. Y no solamente hablan en el periódico, en la tertulia, en el café, en la taberna, sino que, además de hablar, discuten. Y no sólo discuten, sino que combaten por las cosas que esos vocablos designan. Y en el combate acontece que los hombres llegan a matarse, los unos a los otros, a centenares, a miles, a millones. Sería una inocencia suponer que en lo que acabo de decir hay alusión particular a ningún pueblo determinado. Sería una inocencia, porque tal suposición equivaldría a creer que esas faenas truculentas quedan confinadas en territorios especiales del planeta, cuando son, más bien, un fenómeno universal y de extensión progresiva, del cual serán muy pocos los pueblos europeos y americanos que logren quedar por completo exentos. Sin duda, la feroz contienda será más grave en unos que en otros y puede que alguno cuente con la genial serenidad necesaria para reducir al mínimo el estrago. Porque éste, ciertamente, no es inevitable; pero sí es muy difícil de evitar. Muy difícil, porque para su evitación tendrían que juntarse en colaboración muchos factores de calidad y rango diversos, magníficas virtudes junto a humildes precauciones.

(Agradeceré a ustedes, en el caso de que, no obstante la complicidad de este amplificador, mi voz —las cenizas de mi voz— no alcance a todos los lugares de estas salas, que me lo adviertan enérgicamente. Nada me será más grato. Pues sé muy bien que, si escuchar una conferencia es ya de suyo una operación heroica, escucharla sin oírla es el único tormento que Dante olvidó, tal vez porque le pareció excesivo.)

Una de esas precauciones, humilde —repito— pero imprescindible, si se quiere que un pueblo atraviese indemne estos tiempos atroces, consiste en lograr que un número suficiente de personas en él se den bien cuenta de hasta qué punto todas esas ideas —llamémoslas así—, todas esas ideas en torno a las cuales se habla, se combate, se discute y se trucida, son grotescamente confusas y superlativamente vagas.

Se habla, se habla de todas esas cuestiones, pero lo que sobre ellas se dice carece de la claridad mínima, sin la cual la operación de hablar resulta nociva. Porque hablar trae siempre algunas consecuencias, y como de los susodichos temas se ha dado en hablar mucho —desde hace años, casi no se habla ni se deja hablar de otra cosa—, las consecuencias de esas habladurías son, evidentemente, graves.

Una de las desdichas mayores del tiempo es la aguda incongruencia entre la importancia que al presente tienen todas esas cuestiones y la tosquedad y confusión de los conceptos sobre las mismas que esos vocablos representan.

Noten ustedes que todas esas ideas —ley, derecho, Estado, internacionalidad, colectividad, autoridad, libertad, justicia social, etc.—, cuando no lo ostentan ya en su expresión, implican siempre, como su ingrediente esencial, la idea de lo social, de sociedad. Si ésta no está clara, todas esas palabras no significan lo que pretenden y son meros aspavientos. Ahora bien; confesémoslo o no, todos, en nuestro fondo insobornable, tenemos la conciencia de no poseer, sobre esas cuestiones, sino nociones vagarosas, imprecisas, necias o turbias. Pues, por desgracia, la tosquedad y confusión respecto a materia tal, no existe sólo en el vulgo, sino también en los hombres de ciencia, hasta el punto de que no es posible dirigir al profano hacia ninguna publicación donde pueda, de verdad, rectificar y pulir sus conceptos sociológicos.

No olvidaré nunca la sorpresa teñida de vergüenza y de escándalo que sentí cuando, hace muchos años, consciente de mi ignorancia sobre este tema, acudí lleno de ilusión, desplegadas todas las velas de la esperanza, a los libros de sociología, y me encontré con una cosa increíble, a saber: que los libros de sociología no nos dicen nada claro sobre qué es lo social, sobre qué es la sociedad. Más aún: no sólo no logran darnos una noción precisa de qué es lo social, de qué es la sociedad, sino que, al leer esos libros, descubrimos que sus autores —los señores sociólogos— ni siquiera han intentado un poco en serio ponerse ellos mismos en claro sobre los fenómenos elementales en que el hecho social consiste. Inclusive, en trabajos que por su título parecen enunciar que van a ocuparse a fondo del asunto, vemos luego que lo eluden —diríamos concienzudamente. Pasan sobre esos fenómenos —repito, preliminares e inexcusables— como sobre ascuas; y, salvo alguna excepción, aun ella sumamente parcial —como Durkheim—, les vemos lanzarse con envidiable audacia a opinar sobre los temas más terriblemente concretos de la humana convivencia.

Yo no puedo, claro está, demostrar ahora a ustedes esto, porque intento tal consumiría mucho tiempo del escaso que tenemos a nuestra disposición. Básteme hacer esta simple observación estadística que parece ser un colmo.

Primero: Las obras en las cuales Augusto Comte inicia la ciencia sociológica suman por valor de más de cinco mil páginas con letra bien apretada. Pues bien: entre todas ellas no encontraremos líneas bastantes para llenar una página que se ocupen de decirnos lo que Augusto Comte entiende por *Sociedad*.

Segundo: El libro en que esta ciencia o pseudociencia celebra su primer triunfo sobre el horizonte intelectual —los *Principios de sociología*, de Spencer, publicados entre 1876 y 1896—, no contará menos de 2.500 páginas. No creo que lleguen a cincuenta las líneas dedicadas a preguntarse el autor qué cosa sean esas extrañas realidades, las sociedades, de que la obesa publicación se ocupa.

En fin: hace pocos años ha aparecido el libro de Bergson —por lo demás, encantador—, titulado *Las dos fuentes de la moral y la religión*. Bajo este título hidráulico, que por sí mismo es ya un paisaje, se esconde un tratado de sociología de 350 páginas, donde no hay una sola línea en que el autor nos diga formalmente qué son esas sociedades sobre las cuales especula. Salimos de su lectura, eso sí, como de una selva, cubiertos de hormigas y envueltos en el vuelo estremecido de las abejas, porque el autor, todo lo que hace para esclarecernos sobre la extraña realidad de las sociedades humanas es referirnos al hormiguero y a la colmena, a las presuntas sociedades animales, de las cuales —por supuesto— sabemos menos que de la nuestra.

No es esto decir, ni mucho menos, que en estas obras como en algunas otras falten entrevisiones, a veces geniales, de ciertos problemas sociológicos. Pero, careciendo de evidencia en lo elemental, esos aciertos quedan secretos y herméticos, inasequibles para el lector normal. Para aprovecharlos, tendríamos que hacer lo que sus autores no hicieron: intentar traer bien a luz esos fenómenos preliminares y elementales, esforzarnos denodadamente, sin excusa, en precisarnos qué es lo social, qué es la sociedad. Porque sus autores no lo hicieron, llegan como ciegos geniales a palpar ciertas realidades —yo diría, a tropezar con ellas—; pero no logran verlas, y mucho menos esclarecérnoslas. De modo que nuestro trato con ellos viene a ser el diálogo del ciego con el tullido:

—¿Cómo anda usted, buen hombre?—pregunta el ciego al tullido. Y el tullido responde al ciego:

—Como usted ve, amigo...

Si esto pasa con los maestros del pensamiento sociológico, mal puede extrañarnos que las gentes en la plaza pública vociferen en torno a estas cuestiones. Cuando los hombres no tienen nada claro que decir sobre una cosa, en vez de callarse suelen hacer lo contrario: *dicen* en superlativo, esto es, gritan. Y el grito es el preámbulo sonoro de la agresión, del combate, de la matanza. *Dove si grida non è vera scienza* —decía Leonardo. Donde se grita no hay buen conocimiento.

He aquí cómo la ineptitud de la sociología, llenando las cabezas de ideas confusas, ha llegado a convertirse en una de las plagas de nuestro tiempo. La sociología, en efecto, no está a la altura de los tiempos, y, por eso, los tiempos, mal sostenidos en su altitud, caen y se precipitan.

Si esto es así, ¿no les parece a ustedes que sería una de las mejores maneras de no perder por completo el tiempo durante estos ratos que vamos a pasar juntos, dedicarnos a aclararnos un poco qué es lo social, qué es la sociedad? Ustedes —por lo menos, muchos de entre ustedes— saben muy poco o no saben nada del asunto. Yo, por mi parte, no estoy seguro de que no me acontezca lo mismo. ¿Por qué no juntar nuestras ignorancias? ¿Por qué no formar una sociedad anónima, con un buen capital de ignorancia, y lanzarnos a la empresa, sin pedantería o con la menor dosis de ella posible, pero con vivo afán de ver claro, con alegría intelectual —una virtud que empezaba a perderse en Europa—, con esa alegría que suscita en nosotros la esperanza de que súbitamente vamos a llenarnos de evidencias?

Partamos, pues, una vez más, en busca de ideas claras. Es decir, de verdades.

La Argentina goza, por fortuna todavía, de la tranquilidad de horizonte que permite escoger la verdad, recogerse en la reflexión. Son muy pocos los pueblos que a estas horas —y me refiero a antes de estallar esta guerra tan torva, que extrañamente nace como no queriendo acabar de nacer—; son muy pocos —digo— los pueblos que en el último tiempo gozaban ya de esa tranquilidad. Casi todo el mundo está alterado, y en la alteración el hombre pierde su atributo más esencial: la posibilidad de meditar, de recogerse dentro de sí mismo para ponerse consigo mismo de acuerdo y precisarse qué es lo que cree y qué es lo que no cree; lo que de verdad estima y lo que de verdad detesta. La alteración le obnubila, le ciega, le obliga a actuar mecánicamente en un frenético sonambulismo.

En ninguna parte advertimos que la posibilidad de meditar es, en efecto, el atributo esencial del hombre mejor que en el Jardín Zoológico, delante de la jaula de nuestros primos, los monos. El pájaro y el crustáceo son formas de vida demasiado distantes de la nuestra para que, al confrontarnos con ellos, percibamos otra cosa que diferencias gruesas, abstractas, vagas de puro excesivas. Pero el simio se parece tanto a nosotros, que nos invita a afinar el parangón, a descubrir diferencias más concretas y más fértiles.

Si sabemos permanecer un rato quietos contemplando pasivamente la escena simiesca, pronto destacará de ella, como espontáneamente, un rasgo que llega a nosotros como un rayo de luz. Y es aquel estar las diablescas bestezuelas constantemente alerta, en perpetua inquietud, mirando, oyendo todas las señales que les llegan de su derredor, atentas sin descanso al contorno, como temiendo que de él llegue siempre un peligro al que es forzoso responder automáticamente con la fuga o con el mordisco, en mecánico disparo de un reflejo muscular. La bestia, en efecto, vive en perpetuo miedo del mundo, y a la vez en perpetuo apetito de las cosas que en él hay y que en él aparecen, un apetito indomable que se dispara también sin freno ni inhibición posibles, lo mismo que el pavor. En uno y otro caso son los objetos y acaecimientos del contorno quienes gobiernan la vida del animal, le traen y le llevan como una marioneta. Él no rige su existencia, no vive desde *sí mismo*, sino que está siempre atento a lo que pasa fuera de él, a *lo otro* que él. Nuestro vocablo *otro* no es sino el latino *alter*. Decir, pues, que el animal no vive desde *sí mismo* sino desde *lo otro*, traído y llevado y tiranizado por *lo otro*, equivale a decir que el animal vive siempre alterado, enajenado, que su vida es constitutiva *alteración*.

Contemplando este destino de inquietud sin descanso, llega un momento en que, con una expresión muy argentina, nos decimos: «¡qué trabajo!» Con la cual enunciamos con plena ingenuidad, sin darnos formalmente cuenta de ello, la diferencia más sustantiva entre el hombre y el animal. Porque esa expresión dice que sentimos una extraña fatiga, una fatiga gratuita, suscitada por el simple anticipo imaginario de que tuviésemos que vivir como ellos, perpetuamente acosados por el contorno y en tensa atención hacia él. Pues, qué, ¿por ventura el hombre no se halla lo mismo que el animal, prisionero del mundo, cercado de cosas que le espantan, de cosas que le encantan, y obligado de por vida, inexorablemente, quiera o no, a ocuparse de ellas? Sin duda. Pero con esta diferencia esencial: que el hombre puede, de cuando en cuando, suspender su ocupación directa con las cosas, desasirse de su derredor, desentenderse de él, y sometiendo su facultad de atender a una torsión radical —incomprensible zoológicamente—, volverse, por decirlo así, de espaldas al mundo y meterse dentro de sí, atender a su propia intimidad o, lo que es igual, ocuparse de sí mismo y no de *lo otro*, de las cosas.

Con palabras que de puro haber sido usadas, como viejas monedas, no logran ya decirnos con vigor lo que pretenden, solemos llamar a esa operación pensar, meditar. Pero estas expresiones ocultan lo que hay de más sorprendente en ese hecho: el poder que el hombre tiene de retirarse virtual y provisionalmente del mundo y meterse dentro de sí, o dicho con un espléndido vocablo, que sólo existe en nuestro idioma: que el hombre puede *ensimismarse*.

Noten ustedes que esta maravillosa facultad que el hombre tiene de libertarse transitoriamente de ser esclavizado por las cosas, implica dos poderes muy distintos: uno, el poder desatender más o menos tiempo el mundo en torno sin riesgo fatal; otro, el tener dónde meterse, dónde estar, cuando se ha salido virtualmente del mundo. Baudelaire expresa esta última facultad con romántico y amanerado dandismo, cuando al preguntarle alguien dónde preferiría vivir, él respondió: «¡En cualquier parte, con tal que sea fuera del mundo!» Pero el mundo es la total exterioridad, el absoluto *fuera* que no consiente ningún fuera más allá de él. El único fuera de ese *fuera* que cabe es, precisamente, un *dentro*, un *intus*, la intimidad del hombre, su *sí mismo* que está constituído principalmente por ideas.

Porque las ideas poseen la extravagantísima condición de que no están en ningún sitio del mundo, que están fuera de todos los lugares, aunque simbólicamente las alojemos en nuestra cabeza, como los griegos de Homero las alojaban en el corazón, y los prehoméricos las situaban en el diafragma o en el hígado. Noten ustedes que todos estos cambios de domicilio simbólico que hacemos padecer a las ideas coinciden siempre en colocarlas en una víscera; esto es, en una entraña, esto es, en lo más interior del cuerpo, bien que el *dentro* del cuerpo es siempre un *dentro* meramente relativo. De esta manera, damos una expresión materializada —ya que no podamos otra— a nuestra sospecha de que las ideas no están en ningún sitio del espacio, que es pura exterioridad, sino de que constituyen, frente al mundo exterior, otro mundo que no está en el mundo: nuestro mundo interior.

He aquí por qué el animal tiene que estar siempre atento a lo que pasa fuera de él, a las cosas en torno. Porque, aunque éstas menguasen sus peligros y sus incitaciones, el animal tiene que seguir siendo regido por ellas, por lo de fuera, *por lo otro* que él; porque no puede meterse *dentro de sí*, ya que no tiene un *sí mismo*, un *chez soi*, donde recogerse y reposar.

El animal es pura alteración. No puede ensimismarse. Por eso, cuando las cosas dejan de amenazarle o acariciarle; cuando le permiten una vacación; en suma, cuando deja de moverle y manejarle *lo otro* que él, el pobre animal tiene que dejar virtualmente de existir, esto es: se duerme. De aquí la enorme capacidad de somnolencia que manifiesta el animal, la modorra infrahumana, que continúa en parte en el hombre primitivo y, opuestamente, el insomnio creciente del hombre civilizado, la casi permanente vigilancia —a veces, terrible, indomable— que aqueja a los hombres de intensa vida interior. No hace muchos años, mi grande amigo Scheler —una de las mentes más fértiles de nuestro tiempo, que vivía en incesante irradiación de ideas— se murió de no poder dormir.

Pero bien entendido —y con esto topamos por vez primera algo que reiteradamente va a aparecérsenos en casi todos los rincones y los recodos de este curso, si bien cada vez en estratos más hondos y en virtud de razones más precisas y eficaces—, las que ahora doy no son ni lo uno ni lo otro; bien entendido, que esas dos cosas, el poder que el hombre tiene de sustraerse al mundo y el poder ensimismarse, no son dones hechos al hombre. Me importa subrayar esto para aquellos de entre ustedes que se ocupan de filosofía: no son dones hechos al hombre. *Nada que sea sustantivo ha sido regalado al hombre*. Todo tiene que hacérselo él.

Por eso, si el hombre goza de ese privilegio de libertarse transitoriamente de las cosas, y poder entrar y descansar en sí mismo, es porque con su esfuerzo, su trabajo y sus ideas ha logrado reobrar sobre las cosas, transformarlas y crear en su derredor un margen de seguridad siempre limitado, pero siempre o casi siempre en aumento. Esta creación específicamente humana es la técnica. Gracias a ella, y en la medida de su progreso, el hombre puede ensimismarse. Pero también, viceversa, el hombre es técnico, es capaz de modificar su contorno en el sentido de su conveniencia, porque aprovechó todo respiro que las cosas le dejaban para ensimismarse, para entrar dentro de sí y forjarse ideas sobre ese mundo, sobre esas cosas y su relación con ella, para fraguarse un plan de ataque a las circunstancias; en suma, para construirse un mundo interior. De este mundo interior emerge y vuelve al de fuera. Pero vuelve en calidad de protagonista, vuelve con un *sí mismo* que antes no tenía —con su plan de campaña—, no para dejarse dominar por las cosas, sino para gobernarlas él, para imponerles su voluntad y su designio, para realizar en ese mundo de fuera sus ideas, para modelar el planeta según las preferencias de su intimidad. Lejos de perder su propio sí mismo en esta vuelta al mundo, por el contrario lleva su sí mismo a lo otro, lo proyecta enérgica, señorialmente sobre las cosas, es decir, hace que lo otro —el mundo— se vaya convirtiendo poco a poco en él mismo. El hombre humaniza al mundo, le inyecta, lo impregna de su propia sustancia ideal y cabe imaginar que, un día de entre los días, allá en los fondos del tiempo, llegue a estar ese terrible mundo exterior tan saturado de hombre, que puedan nuestros descendientes caminar por él como mentalmente caminamos hoy por nuestra intimidad —cabe imaginar que el mundo, sin dejar de serlo, llegue a convertirse en algo así como un alma materializada y, como en *La tempestad*, de Shakespeare, las ráfagas del viento soplen empujadas por Ariel, el duende de las ideas.

Yo no digo que esto sea seguro —tal seguridad la tiene sólo el *progresista* y yo no soy *progresista*, como irán viendo ustedes—, pero sí digo que eso es posible.

Ni presuman ustedes, por lo que acaban de oír, que soy *idealista*. ¡Ni *progresista* ni *idealista*¡ Al revés, la idea del progreso y el idealismo —ese nombre de gálibo tan lindo y tan noble—; el progreso y el idealismo son dos de mis bestias negras, porque veo en ellas, tal vez, los dos mayores pecados de los dos últimos doscientos años, las dos formas máximas de irresponsabilidad. Pero dejemos este tema para tratarlo a su sazón y vayamos ahora gentilmente nuestro camino adelante.

Me parece que al presente podemos representarnos, siquiera sea en vago esquematismo, cuál ha sido la trayectoria humana mirada bajo este ángulo. Hagámoslo en un texto condensado, que nos sirva a la par como resumen y recordatorio de todo lo anterior.

Se halla el hombre, no menos que el animal, consignado al mundo, a las cosas en torno, a la circunstancia. En un principio, su existencia no difiere apenas de la existencia zoológica: también él vive gobernado por el contorno, inserto entre las cosas del mundo como una de ellas. Sin embargo, apenas los seres en torno le dejan un respiro, el hombre, haciendo un esfuerzo gigantesco, logra un instante de concentración, se mete dentro de sí, es decir, mantiene a duras penas su atención fija en las ideas que brotan dentro de él, ideas que han suscitado las cosas y que se refieren al comportamiento de éstas, a lo que luego el filósofo va a llamar «el ser de las cosas». Se trata, por lo pronto, de una idea tosquísima sobre el mundo, pero que permite esbozar un primer plan de defensa, una conducta preconcebida. Mas ni las cosas en torno le permiten vacar mucho tiempo a esa concentración ni aunque ellas lo consintieran sería capaz este hombre primigenio de prolongar más de unos segundos o minutos esa torsión atencional, esa fijación en los impalpables fantasmas que son las ideas. Esa atención hacia adentro, que es el ensimismamiento, es el hecho más antinatural, más ultrabiológico. El hombre ha tardado miles y miles de años en educar un poco —nada más que un poco— su capacidad de concentración. Lo que le es natural es dispersarse, distraerse hacia afuera, como el mono en la selva y en la jaula del Zoo.

El Padre Chevesta, explorador y misionero, que ha sido el primer etnógrafo especializado en el estudio de los pigmeos, probablemente la variedad de hombres —como ustedes saben— más antigua que se conoce y a la que ha ido a buscar en las selvas tropicales más recónditas, el Padre Chevesta, que ignora por completo la doctrina ahora expuesta por mí y se limita a describir lo que ve, dice en su última obra de 1932, sobre los enanos del Congo (1):

«Les falta por completo el poder de concentrarse. Están siempre absorbidos por las impresiones exteriores, cuya continua mutación les impide recogerse en sí mismos, lo que es condición inexcusable para todo aprendizaje. Sentarlos en el banco de una escuela sería para estos hombrecillos un tormento insoportable. De modo que la labor del misionero y del maestro se hace sumamente difícil.»

Pero, aun instantáneo y tosco, ese primitivo ensimismamiento va a separar radicalmente la vida humana de la vida animal. Porque ahora el hombre, este hombre primigenio, va a sumergirse de nuevo entre las cosas del mundo, resistiéndolas, sin entregarse del todo a ellas. Lleva un plan contra ellas, un proyecto de trato con ellas, de manipulación de sus formas que produce una mínima transformación de su derredor, la suficiente para que le opriman un poco menos y, en consecuencia, le permitan más frecuentes y holgados ensimismamientos... y así sucesivamente.

---

(1) *Bambutti, die Zwerge des Congo.*

Son pues, tres momentos diferentes, que cíclicamente se repiten a lo largo de la historia humana en formas cada vez más complejas y densas: 1.º, el hombre se siente perdido, náufrago en las cosas; es la *alteración;* 2.º, el hombre, con un enérgico esfuerzo, se retira a su intimidad, para formarse ideas sobre las cosas y su posible dominación; es el *ensimismamiento,* la *vita contemplativa,* que decían los romanos, el *theoretikós bíos,* de los griegos, la *theoría;* 3.º, el hombre vuelve a sumergirse en el mundo, para actuar en él conforme a un plan preconcebido; es la *acción,* la *vita activa,* la *praxis.*

Según esto, no puede hablarse de acción sino en la medida en que va a estar regida por una previa contemplación; y viceversa, el ensimismamiento no es sino un proyectar la acción futura.

El destino del hombre es, pues, primariamente *acción.* No vivimos para pensar, sino al revés: pensamos para lograr pervivir. Este es un punto capital en que, a mi juicio, urge oponerse radicalmente a toda la tradición filosófica y resolverse a negar que *el pensamiento,* en cualquier sentido suficiente del vocablo, haya sido dado al hombre de una vez para siempre, de suerte que lo encuentra, sin más, a su disposición, como una facultad o potencia perfecta, pronta a ser usada y puesta en ejercicio, como fue dado al pájaro el vuelo y al pez la natación.

Si esta pertinaz doctrina fuese válida, resultaría que, como el pez puede —desde luego— nadar, pudo el hombre —desde luego y sin más— pensar. Noción tal nos ciega deplorablemente para percibir el dramatismo peculiar, el dramatismo único, que constituye la condición misma del hombre. Porque si por un momento, para entendernos en este instante, admitimos la idea tradicional de que sea el pensamiento la característica del hombre —recuerden el *hombre, animal racional*—, de suerte que ser hombre equivaliese —como nuestro genial padre Descartes pretendía—, a ser *cosa pensante,* tendríamos que el hombre, al estar dotado de una vez para siempre de *pensamiento,* al poseerlo con la seguridad que se posee una cualidad constitutiva e inalienable, estaría seguro de ser hombre como el pez esté seguro —en efecto— de ser pez. Ahora bien: éste es un error formidable y fatal. El hombre no está nunca seguro de que va a poder ejercitar el pensamiento, se entiende, de una manera adecuada; y sólo si es adecuada, es pensamiento. O dicho en giro más vulgar: el hombre no está nunca seguro de que va a estar en lo cierto, de que va a acertar. Lo cual significa nada menos que esta cosa tremenda: que a diferencia de todas las demás entidades del universo, el hombre no está, no puede nunca estar seguro de que es, en efecto, hombre, como el tigre está seguro de ser tigre y el pez de ser pez.

Lejos de haber sido regalo al hombre el pensamiento, la verdad es —una verdad que yo ahora no puedo razonar suficientemente, sino sólo enunciarla—; la verdad es que se lo ha ido haciendo, fabricando poco a poco, merced a una disciplina, a un cultivo o cultura, a un esfuerzo milenario de muchos milenios, sin haber aún logrado —ni mucho menos— terminar esa elaboración. No sólo no fue dado el pensamiento, desde luego, al hombre, sino que, aún a estas alturas de la historia, sólo ha logrado forjarse una débil porción y una tosca forma de lo que, en el sentido ingenuo y normal del vocablo, solemos entender por tal. Y aun esa porción ya lograda, a fuer de cualidad adquirida y no constitutiva, está siempre en riesgo de perderse y en grandes dosis se ha perdido muchas veces, de hecho, en el pasado y hoy estamos a punto de perderla otra vez. Hasta ese grado, a diferencia de los demás seres del universo, el hombre no es nunca seguramente *hombre*, sino que ser *hombre* significa, precisamente, estar siempre a punto de no serlo, ser viviente problema, absoluta y azarosa aventura o, como yo suelo decir: ser, por esencia, drama. Porque sólo hay drama cuando no se sabe lo que va a pasar, sino que cada instante es puro peligro y trémulo riesgo. Mientras el tigre no puede dejar de ser tigre, no puede destigrarse, el hombre vive en riesgo permanente de deshumanizarse. No sólo es problemático y contingente que le pase esto o lo otro, como a los demás animales, sino que al hombre le pasa a veces nada menos que *no ser hombre*. Y esto es verdad, no sólo en abstracto y en género, sino que vale referido a nuestra individualidad. Cada uno de nosotros está siempre en peligro de no ser el *sí mismo* único e intransferible que es. La mayor parte de los hombres traiciona de continuo a ese *sí mismo* que está esperando ser y, para decir toda la verdad, es nuestra individualidad personal un personaje que no se realiza nunca del todo, una utopía incitante, una leyenda secreta que cada cual guarda en lo más hondo de su pecho. Se comprende muy bien que Píndaro resumiese su heroica ética en el conocido imperativo: Γένοιο ὡς ἐσσί «*llega a ser el que eres*».

La condición del hombre es, pues, incertidumbre sustancial. Por eso está tan bien aquel mote, grácilmente amanerado, de un señor borgoñón del siglo xv. «*Rien ne m'est sûr que la chose incertaine*». «*Sólo me es seguro lo inseguro e incierto*».

No hay adquisición humana que sea firme. Aun lo que nos parezca más logrado y consolidado, puede desaparecer en pocas generaciones. Eso que llamamos «civilización» —todas esas comodidades físicas y morales, todos esos descansos, todos esos cobijos, todas esas virtudes y disciplinas habitualizadas ya, con que solemos contar y que, en efecto, constituyen un repertorio o sistema de seguridades que el hombre se fabricó, como una balsa, en el naufragio inicial que es siempre vivir—, todas esas seguridades son seguridades inseguras que en un dos por tres, al menor descuido, escapan de entre las manos de los hombres y se desvanecen como fantasmas. La historia nos cuenta de innumerables retrocesos, de decadencias y degeneraciones. Pero no está dicho que no sean posibles retrocesos mucho más radicales que todos los conocidos, incluso el más radical de todos: la total volatilización del hombre como hombre y su taciturno reingreso en la escala animal, en la plena y definitiva alteración. La suerte de la cultura, el destino del hombre depende de que en el fondo de nuestro ser mantengamos siempre vivaz esta dramática conciencia y, como un contrapunto murmurante en nuestras entrañas, sintamos bien que sólo nos es segura la inseguridad.

No escasa porción de las angustias que retuercen hoy las almas de Occidente proviene de que durante la pasada centuria —y acaso por vez primera en la historia—, el hombre llegó a creerse seguro. ¡Porque la verdad es que, seguro, seguro, sólo ha conseguido sentirse y creerse el farmacéutico monsieur Homais, producto neto del progresismo! La idea progresista consiste en afirmar, no sólo que la humanidad —un ente abstracto, irresponsable, inexistente, que por entonces se inventó—; que la humanidad progresa, lo cual es cierto, sino que, además, progresa necesariamente. Idea tal cloroformizó al europeo y al americano para esa sensación radical de riesgo que es sustancia del hombre. Porque si la humanidad progresa inevitablemente, quiere decirse que podemos abandonar todo alerta, despreocuparnos, irresponsabilizarnos o, como decimos en España, tumbarnos a la bartola, y dejar que ella, la humanidad, nos lleve inevitablemente a la perfección y a la delicia. La historia humana queda, así, deshuesada de todo dramatismo y reducida a un tranquilo viaje turístico, organizado por cualquiera agencia «Cook» de rango trascendente. Marchando así, segura, hacia su plenitud, la civilización en que vamos embarcados sería como la nave de los feacios de que habla Homero, la cual, sin piloto, navegaba derecho al puerto. Esta seguridad es lo que estamos pagando ahora. He aquí, señores, una de las razones por las cuales dije a ustedes que no soy *progresista*. He aquí por qué prefiero renovar en mí, con frecuencia, la emoción que me causaron en la mocedad aquellas palabras de Hegel, al comienzo de su *Filosofía de la historia:* «*Cuando contemplamos el pasado, esto es, la historia* —dice—, *lo primero que vemos es sólo... ruinas*».

Aprovechemos, de paso, esta coyuntura para desde esta visión percibir lo que hay de frivolidad, y hasta de notable cursilería, en el imperativo famoso de Nietzsche: *Vivid en peligro*. (Que, por lo demás, no es tampoco de Nietzsche, sino la exasperación de un viejo mote del Renacimiento italiano que Nietzsche, creo yo, debía conocer al través de Burckhardt. Los italianos de hoy, especialmente los mayores italianos de hoy, sin embargo, vocean el lema nietzscheano. Porque es característico del supernacionalista contemporáneo ignorar su nación, el rico pasado de su nación. De otro modo, los italianos, en vez de tomar la vuelta por Nietzsche, hubieran podido aprender directamente de Aretino este lema que es otro y el mismo: *Vivere risolutamente*). Porque no dice: *Vivid alerta*, lo cual estaría bien: sino: *Vivid en peligro*. Y esto revela que Nietzsche, a pesar de su genialidad, ignoraba que la sustancia misma de nuestra vida es peligro y que, por tanto, resulta un poco afectado y superfetatorio proponernos como algo nuevo, añadido y original que lo busquemos y lo coleccionemos. Idea, por lo demás, típica de la época que se llamó *fin de siècle*, época que quedará en la historia —culminó hacia el 1900— como aquella en que el hombre se ha sentido más seguro, y, a la par, como la época —con sus plastrones y levitas, sus mujeres fatales, su pretensión de perversidad y su culto barresiano del Yo—, como la época cursi por excelencia. En toda época hay siempre ciertas ideas que yo llamaría ideas *fishing*, ideas que se enuncian y proclaman precisamente porque se sabe que no tendrán lugar; que no se las piensa sino a modo de juego y *folie* —como hace años gustaban tanto en Inglaterra los cuentos de lobos, porque Inglaterra es un país donde en 1668 se cazó el último lobo y carece, por tanto, de la experiencia auténtica del lobo. En una época que no tiene experiencia fuerte de la inseguridad —como aquélla— se jugaba a la vida peligrosa.

Vaya este dicho a cuenta de que el pensamiento no es un don del hombre, sino adquisición laboriosa, precaria y volátil.

Pensando así, comprenderán ustedes que me parezca un tanto ridícula la definición que Linneo y el siglo XVIII daban del hombre, como *homo sapiens*. Porque si entendemos esta expresión de buena fe, sólo puede significarnos que el hombre, en efecto, sabe; es decir, que sabe todo lo que necesita saber. Ahora bien; nada más lejos de la realidad. Jamás el hombre ha sabido lo que necesita saber.

Pues si entendemos *homo sapiens* en el sentido de que el hombre sabe algunas cosas, muy pocas, pero ignora el resto, como ese resto es enorme, parecería más oportuno definirlo como *homo insciens, insipiens*, como hombre ignorante. Y de cierto, si no fuésemos ahora tan a la carrera, podríamos ver la cordura con que Platón define al hombre precisamente por su ignorancia. Ésta es, en efecto, privilegio del hombre. Ni Dios ni la bestia ignoran —aquél, porque posee todo el saber, y ésta porque no lo ha menester.

Conste, pues, que el hombre no ejercita su pensamiento porque se lo encuentra como un regalo, sino porque no teniendo más remedio que vivir sumergido en el mundo y bracear entre las cosas, se ve obligado a organizar sus actividades psíquicas, no muy diferentes de las del antropoide, *en forma* de pensamiento —que es lo que no hace el animal.

El hombre, por tanto, más que por lo que es por lo que tiene, escapa de la escala zoológica por lo que hace, por su conducta. De aquí que tenga que estar siempre vigilándose a sí mismo.

Esto es algo de lo que yo quería insinuar en la frase —que no parece sino una frase— según la cual *no vivimos para pensar*, sino que *pensamos para lograr subsistir o pervivir*. Y vean ustedes cómo eso de atribuir al hombre el pensamiento como una cualidad ingénita —que, al pronto, parece un homenaje y hasta una adulación a su especie—, es, en rigor, una injusticia. Porque no hay tal don ni tal obsequio, sino que es una penosa fabricación y una conquista, como toda conquista —sea de una ciudad, sea de una mujer—, siempre inestable y huidiza.

Era necesaria esta advertencia sobre el pensamiento para ayudar a comprender mi enunciado anterior según el cual el hombre es primaria y fundamentalmente acción. Rindamos, de paso, homenaje al primer hombre que pensó con tal claridad esta verdad, el cual no fue Kant ni fue Fichte, sino Augusto Comte, el demente genial.

Vimos que *acción* no es cualquier andar a golpes con las cosas en torno, o con los otros hombres: eso es lo infrahumano, eso es *alteración*. La *acción* es actuar sobre el contorno de las cosas materiales o de los otros hombres conforme a un plan preconcebido en una previa contemplación o pensamiento. No hay, pues, acción auténtica si no hay pensamiento, y no hay auténtico pensamiento si éste no va debidamente referido a la acción y virilizado por su relación con ésta.

Pero esa relación —que es la efectiva— entre acción y contemplación ha sido desconocida pertinazmente. Cuando los griegos descubrieron que el hombre pensaba, que existía en el universo esa extraña realidad que es el pensamiento (hasta entonces los hombres no habían pensado o, como el *bourgeois gentilhomme*, lo habían hecho sin saberlo), sintieron tal entusiasmo por las gracias de las ideas, que atribuyeron a la inteligencia, al *logos*, el rango supremo en el orbe. En comparación con ello, todo lo demás les pareció cosa subalterna y menospreciable. Y como tendemos a proyectar en Dios cuanto nos parece óptimo, llegaron los griegos con Aristóteles a sostener que Dios no tenía otra ocupación que pensar. Y ni siquiera pensar en las cosas: esto se les antojaba un como envilecimiento de la operación intelectual. No; según Aristóteles, Dios no hace otra cosa que pensar en el pensar —lo cual es convertir a Dios en un intelectual, más precisamente, en un modesto profesor de filosofía. Pero, repito, que, para ellos, era esto lo más sublime que había en el mundo y que un ser puede hacer. Por eso creían que el destino del hombre no era otro que ejercitar su intelecto, que el hombre había venido al mundo para meditar, o, en nuestra terminología para ensimismarse.

Doctrina tal es lo que se ha llamado *intelectualismo*, la idolatría de la inteligencia, que aísla el pensamiento de su encaje, de su función en la economía general de la vida humana. ¡Como si el hombre pensase porque sí, y no porque, quiera o no, tiene que hacerlo para sostenerse entre las cosas! ¡Como si el pensamiento pudiese despertar y funcionar por sus propios resortes, como si empezase y acabase en sí mismo, y no — lo que es la verdad— engendrado por la acción y teniendo en ella sus raíces y su término! Innumerables cosas del más alto rango debemos a los griegos, pero también les debemos cadenas. El hombre de Occidente vive aún, en no escasa medida, esclavizado por preferencias que tuvieron los hombres de Grecia, las cuales, operando en el subsuelo de nuestra cultura, nos desvían desde hace ocho siglos de nuestra propia y auténtica vocación occidental. La más pesada de esas cadenas es el *intelectualismo* e importa mucho que en esta hora en que es preciso rectificar la ruta, iniciar nuevos caminos— en suma, acertar—, importa mucho deshacerse resueltamente de esa arcaica actitud que ha sido llevada al extremo en estas dos últimas centurias.

Bajo el nombre primero de *raison*, luego de *ilustración*, y, por fin, de *cultura*, se ejecutó la más radical tergiversación de los términos y la más discreta divinización de la inteligencia. En la mayor parte de casi todos los pensadores de la época, sobre todo en los alemanes, por ejemplo en los que fueron mis maestros al comienzo del siglo, vino la cultura, el pensamiento, a ocupar el puesto vacante de un dios en fuga. Toda mi obra, desde sus primeros balbuceos, ha sido una lucha contra esta actitud, que hace muchos años llamé *beatería de la cultura*. Beatería de la cultura, porque en ella se nos presentaba la cultura, el pensamiento, como algo que se justifica a sí mismo, es decir, que no necesitaba justificación, sino que es valioso por su propia esencia, cualesquiera sean su concreta ocupación y su contenido. La vida humana debía ponerse al servicio de la cultura porque sólo así se cargaba de sustancia estimable. Según lo cual, ella, la vida humana, nuestra pura existencia, sería por sí cosa baladí y sin aprecio.

Esta manera de poner al revés la relación efectiva entre *vida y cultura*, entre *acción y contemplación*, ocasionó que en los últimos cien años —por lo tanto, hasta hace muy poco— se suscitase una superproducción de ideas, de libros y obras de arte, una verdadera *inflación cultural*. Se ha caído en lo que, por broma —porque desconfío de los «ismos»—, podríamos llamar «capitalismo de la cultura», aspecto moderno del bizantinismo. Se ha producido por producir en vez de atender al consumo, a las ideas necesarias que el hombre de hoy necesita y puede absorber. Y, como en el capitalismo acontece, se saturó el mercado y ha sobrevenido la crisis. No se me dirá —al menos, en este local— que la mayor parte de los cambios grandes acontecidos en el último tiempo nos tomaron de sorpresa. Desde hace veinte años los anuncio y los denuncio. Para no referirme sino al tema estricto que ahora glosamos, véase mi ensayo titulado, formal y programáticamente, *Reforma de la inteligencia*, que se publicó hacia 1922 ó 1923, y que ha sido recogido en volumen (1).

Pero lo más grave en esa aberración intelectualista que significa «la beatería de la cultura» no es eso, sino que consiste en presentar al hombre la cultura, el ensimismamiento, el pensamiento, como una gracia o joya que éste debe añadir a su vida, por tanto, como algo que se halla por lo pronto fuera de ella, como si existiese un vivir sin cultura y pensar, como si fuese posible vivir sin ensimismarse. Con lo cual se colocaba a los hombres —como ante el escaparate de una joyería— en la opción de adquirir la cultura o prescindir de ella. Y, claro está, ante parejo dilema, a lo largo de estos años que estamos viviendo, los hombres no han vacilado, sino que han resuelto ensayar a fondo esto último e intentan rehuir todo ensimismamiento y

---

(1) En *Goethe desde dentro*, «Revista de Occidente». Madrid. [Véase página 493 del tomo IV de estas *Obras Completas*.]

entregarse a la plena alteración. Por eso en Europa hay sólo alteraciones.

A la aberración intelectualista que aísla la contemplación de la acción, ha sucedido la aberración opuesta: la *voluntarista*, que se exonera de la contemplación y diviniza la acción pura. Ésta es una otra manera de interpretar erróneamente la tesis anterior, de que el hombre es primaria y fundamentalmente *acción*. Sin duda, toda idea es susceptible —aun la más verídica— de ser mal interpretada; sin duda, toda idea es peligrosa: esto es forzoso reconocerlo formalmente y de una vez para siempre, a salvo de agregar que esa periculosidad, que ese riesgo latente no es exclusivo de las ideas, sino que va anejo a todo, absolutamente todo, lo que el hombre hace. Por eso he dicho que la sustancia del hombre no es otra cosa que *peligro*. Camina el hombre siempre entre precipicios, y quiera o no, su más auténtica obligación es guardar el equilibrio.

Como otras veces aconteció en el pasado conocido, vuelven ahora —y no me refiero a estas semanas, sino a estos años, casi a lo que va del siglo—, vuelven ahora los pueblos a sumergirse en la alteración. ¡Lo mismo que pasó en Roma! Comenzó Europa dejándose atropellar por el placer, como Roma, por lo que Ferrero ha llamado la *luxuria*, el exceso, el lujo de las comodidades. Luego ha sobrevivido el atropellamiento por el dolor y por el espanto. Como en Roma, las luchas sociales y las guerras consiguientes llenaron las almas de estupor. Y el estupor, la forma máxima de alteración, el estupor, cuando persiste, se convierte en estupidez. Ha llamado la atención a algunos que, desde hace tiempo, con reiteración de *leit-motiv*, en mis escritos me refiera al hecho no suficientemente conocido de que el mundo antiguo, ya en tiempos de Cicerón, comenzó a volverse estúpido. Se ha dicho que su maestro Posidonio fue el último hombre de aquella civilización capaz de ponerse delante de las cosas y pensar efectivamente en ellas. Se perdió —como amenaza perderse en Europa, si no se pone remedio— la capacidad de ensimismarse, de recogernos con serenidad en nuestro fondo insobornable. Se habla sólo de acción. Los demagogos, empresarios de la alteración que ya han hecho morir a varias civilizaciones, hostigan a los hombres para que no reflexionen, procuran mantenerlos hacinados en muchedumbres para que no puedan reconstruir su persona donde únicamente se reconstruye, que es en la soledad. Denigran el servicio a la verdad, y nos proponen en su lugar: *mitos*. Otro día veremos muy precisamente por qué. Y con todo ello, logran que los hombres se apasionen, y entre fervores y horrores se pongan *fuera de sí*. Y, claro está, como el hombre es el animal que ha logrado meterse *dentro de sí*, cuando el hombre se pone *fuera de sí* es que aspira a descender, y recae en la animalidad. Tal es la escena, siempre idéntica, de las épocas en que se diviniza la pura acción. El espacio se puebla de crímenes. Pierde valor, pierde precio la vida de los hombres, y se practican todas las formas de la violencia y del despojo. Sobre todo, del despojo. Por eso, siempre que se observe que asciende sobre el horizonte y llega al predominio la figura del puro hombre de acción, lo primero que uno debe hacer es abrocharse. Quien quiera aprender, de verdad, los efectos que el despojo causa en una gran civilización, puede verlo en el primer libro de alto bordo que sobre el Imperio romano se ha escrito —hasta ahora, no sabíamos lo que éste había sido. Me refiero al libro del gran ruso Rostovtzeff, profesor desde hace muchos años en Norteamérica, titulado *Historia social y económica del Imperio Romano*, sobre cuya reciente traducción española —en la que tantos años he trabajado y que no había visto hasta llegar aquí, produciéndome ello una de las primeras y más vivas emociones que he recibido al volver a la Argentina—, sobre cuya reciente traducción española —repito— quisiera, en el primer rato libre de que disponga, escribir algo para algún periódico de Buenos Aires.

Dislocada en esta forma de su normal coyuntura con la contemplación, con el ensimismamiento, la *pura acción* permite y suscita sólo un encadenamiento de insensateces, que mejor deberíamos llamar *desencadenamiento*. Así vemos hoy que una actitud absurda justifica el advenimiento de otra actitud antagónica, pero tampoco razonable; por lo menos, suficientemente razonable y así sucesivamente. Pues las cosas de la política han llegado en Occidente al extremo que, de puro haber perdido todo el mundo la razón, resulta que acaban teniéndola todos. Sólo que, entonces, la razón que cada uno tiene no es la suya, sino la que el otro ha perdido.

Estando así las cosas, parece cuerdo que allí donde las circunstancias dejen un respiro, por débil que éste sea, intentemos romper ese círculo mágico de la alteración, que nos precipita de insensatez en insensatez; parece cuerdo que nos digamos —como, después de todo, nos decimos muchas veces en nuestra vida más vulgar siempre que nos atropella el contorno, que nos sentimos perdidos en un torbellino de problemas—, que nos digamos: ¡Calma! ¿Qué sentido lleva este imperativo? Sencillamente, el de invitarnos a suspender un momento la acción que amenaza con enajenarnos y con hacernos perder la cabeza; suspender un momento la acción, para recogernos dentro de nosotros mismos, pasar revista a nuestras ideas sobre la circunstancia y forjar un plan estratégico.

No juzgo, pues, que sea ninguna extravagancia, ninguna insolencia, si al llegar a un país, que, como la Argentina —y no por casualidad—, goza aún de serenidad en su horizonte, pienso que la obra más fértil que pueda hacer para sí misma y para los demás humanos no es contribuir a la alteración del mundo; y, menos aún, alterarse ella más de lo debido, a cuenta de alteraciones ajenas —un vicio que, acaso, conviniera analizar—, sino aprovechar su afortunada situación para hacer lo que los otros no pueden ahora: ensimismarse un poco. Si ahora, allí donde es posible, no se crea un tesoro de nuevos proyectos humanos —esto es, de ideas—, poco podemos confiar en el futuro. La mitad de las tristes cosas que hoy pasan, pasan porque esos proyectos faltaron, como anuncié que pasarían, allá en 1922, en el prólogo de mi libro *España invertebrada* (1).

Sin retirada estratégica a sí mismo, sin pensamiento alerta, la vida humana es imposible. ¡Recuerden todo lo que el hombre debe a ciertos grandes ensimismamientos! No es un azar que todos los grandes fundadores de religiones antepusieran a su apostolado famosos retiros. Budha se retira al monte; Mahoma se retira a su tienda, y aun, dentro de su tienda, se retira de ella envolviéndose la cabeza en su albornoz; por encima de todos, Jesús se aparta cuarenta días al desierto. ¿Qué no debemos a Newton? Pues cuando alguien, maravillado de que hubiese logrado reducir a un sistema tan exacto y simple los innumerables fenómenos de la física, le preguntaba cómo había logrado hacerlo, éste respondió ingenuamente: *Nocte dieque incubando*, «dándoles vuelta día y noche», palabras tras de las cuales entrevemos vastos y abismáticos ensimismamientos.

Hay hoy, señores, una gran cosa en el mundo que está moribunda, y es la verdad. Sin cierto margen de tranquilidad, la verdad sucumbe. En la Argentina hay ese margen de tranquilidad. He aquí cómo ahora rizamos el rizo iniciado con nuestras palabras del comienzo, para dar plenamente sentido a las cuales he dicho cuanto he dicho.

Todo conspira para que este país —o diptongando—, para que este *páis*, durante una etapa más o menos larga, tenga que vivir de sus propios jugos, forjarse sus disciplinas e inventarse sus modos de existir, cuyos rasgos concretos nadie de fuera puede venir a definirle, como veremos en la última lección. Tarea tal sólo puede

---

(1) [Véase página 35 del tomo III de estas *Obras Completas*.]

hacerse desde un enérgico ensimismamiento. Sólo el que, en cierta medida, lleva la contraria a su tiempo puede estar satisfecho de sí mismo. Porque lo otro es declararse boya sin amarrar que flota a la deriva de las corrientes del tiempo.

Por ello, frente a las incitaciones para la alteración que hoy nos llegan de los cuatro puntos cardinales y de todos los recodos de la existencia, he creído que debía anteponer al presente curso, como prólogo, el esbozo de esta doctrina del ensimismamiento, bien que hecho a la carrera, sin poder demorarme a gusto en ninguna de sus partes, y aun dejando tácitas no pocas, pues ni siquiera, por ejemplo, he podido indicar que el ensimismamiento, como todo lo humano, es sexuado, quiero decir que hay un ensimismamiento masculino y otro ensimismamiento femenino. Como no puede menos de ser, ya que la mujer no es *sí mismo*, sino *sí misma*.

Parejamente, el hombre oriental se ensimisma de modo distinto que el hombre de Occidente. El occidental se ensimisma en claridad de la mente. Recuerden los versos de Goethe:

> *Yo me confieso del linaje de esos*
> *que de lo oscuro aspiran a lo claro.*

Europa y América significan el ensayo de vivir sobre ideas claras; no sobre mitos. Porque ahora han faltado esas ideas claras, el europeo se siente perdido y desmoralizado.

Maquiavelo —que es cosa muy distinta del *maquiavelismo*—, Maquiavelo nos dice, elegantemente, que, en cuanto un ejército se desmoraliza y desarticulado se desparrama, sólo hay una salvación: *Ritornare al segno*, «volver a la bandera», recogerse bajo su ondeo, y reagrupar bajo el signo las huestes dispersas. Europa y América tienen también que *ritornare al segno* de las ideas claras. Las nuevas generaciones, que gustan del cuerpo limpio y del acto neto, tienen que integrarse en la idea clara, de aristas rigorosas, la que no es superflua ni linfática, la que es necesaria para vivir. Volvamos —repito— de los mitos a las ideas claras y distintas, como hace siglos las llamó con solemnidad programática la mente más acerada que ha habido en Occidente: Renato Descartes, «aquel caballero francés que echó a andar de tan buen paso», decía Péguy. Bien sé que Descartes y su racionalismo son pretérito perfecto, pero el hombre no es nada positivo si no es continuidad. Para superar el pasado es preciso no perder contacto con él; por el contrario, sentirlo bien bajo nuestras plantas porque nos hemos subido sobre él.

De la inmensa maraña de temas que será forzoso aclarar si se ambiciona una nueva aurora, yo he elegido uno que me parece urgente: qué es lo social, qué es la sociedad —un tema, si se quiere, bastante humilde, desde luego, poco lucido y, lo que es peor, de sobra difícil; tanto, que el día próximo entraré en él algo azorado, pues me doy plena cuenta de que voy a llevar al extremo la elasticidad de esta tribuna, haciéndola coincidir con una cátedra universitaria. Pero el tema es urgente. Él constituye la raíz de esos conceptos —Estado, nación, ley, libertad, autoridad, colectividad, justicia, etc.— que hoy ponen en frenesí a los mortales. Sin luz sobre ese tema, todas esas palabras representan sólo mitos. Un poco de esa luz vamos a buscar. No se espere, por supuesto, cosa mayor. Doy lo que tengo: que otros capaces de hacer más hagan su más, como yo hago mi menos.

No vamos a hablar especialmente de esas cosas en torno a las cuales habla y discute la gente. El nivel en que ese hablar se mueve —la llamada «política»— está casi íntegramente invadido por estólidas pasiones que maneja una gigantesca intriga tendida por todo el planeta. Nosotros, por el contrario, vamos a retirarnos de todo ese hablar de la gente, a distanciarnos de la plazuela, del club, del comité, del salón, descendiendo verticalmente hasta un estrato donde los mitos no llegan y empiezan las evidencias.

De esto se trata. No se trata, pues, de literatura.

He dicho, señores.

MEDITACIÓN DE LA TÉCNICA

I

PRIMERA ESCARAMUZA CON EL TEMA

Uno de los temas que en los próximos años se va a debatir con mayor brío es el del sentido, ventajas, daños y límites de la técnica. Siempre he considerado que la misión del escritor es prever con holgada anticipación lo que va a ser problema, años más tarde, para sus lectores y proporcionarles a tiempo, es decir, antes de que el debate surja, ideas claras sobre la cuestión, de modo que entren en el fragor de la contienda con el ánimo sereno de quien, en principio, ya la tiene resuelta. *On ne doit écrire que pour faire connaître la vérité* —decía Malebranche volviendo la espalda a la literatura. Hace mucho tiempo, dándose o no cuenta de ello, el hombre occidental no espera nada de la literatura y vuelve a sentir hambre y sed de ideas claras y distintas sobre las cosas importantes.

Así ahora me atrevo a remitir a *La Nación* las notas, nada literarias, de un curso universitario dado hace dos años, en que se intentaba contestar a esta pregunta: ¿Qué es la técnica?

Intentemos un primer ataque, aun tosco y desde lejos, a esa interrogación.

Acontece que cuando llega el invierno, el hombre siente frío. Este «sentir frío el hombre» es un fenómeno en que aparecen unidas dos cosas muy distintas. Una, el hecho de que el hombre encuentre en torno a sí esa realidad llamada frío. Otra, que esa realidad le ofende, que se presenta ante él con un carácter negativo. ¿Qué quiere decir aquí negativo? Algo muy claro. Tomemos el caso extremo. El frío es tal que el hombre se siente morir, esto es, siente que el frío le mata, le aniquila, le niega. Ahora bien; el hombre no quiere morir, al contrario, normalmente anhela pervivir. Estamos tan habituados a experimentar en los demás y en nosotros este deseo de vivir, de afirmarnos frente a toda circunstancia negativa, que nos cuesta un poco caer en la cuenta de lo extraño que es, y nos parece absurda o tal vez ingenua la pregunta: ¿Por qué el hombre prefiere vivir a dejar de ser? Y, sin embargo, se trata de una de las preguntas más justificadas y discretas que podamos hacernos. Suele salírsele al paso hablando del instinto de conservación. Pero acaece: 1.º, que la idea de instinto es en sí misma muy oscura y nada esclarecedora; 2.º, que aunque fuese clara la idea, es cosa notoria que en el hombre los instintos están casi borrados, porque el hombre no vive, en definitiva, de sus instintos, sino que se gobierna mediante otras facultades como la reflexión y la voluntad, que reobran sobre los instintos. La prueba de ello es que algunos hombres prefieren morir a vivir y, por los motivos que sean, anulan en sí ese supuesto instinto de conservación.

Es, pues, fallida la explicación por el instinto. Con él o sin él desembocamos siempre en que el hombre pervive porque quiere y esto es lo que despertaba en nosotros una curiosidad acaso impertinente. ¿Por qué normalmente quiere el hombre vivir? ¿Por qué no le es indiferente desaparecer? ¿Qué empeño tiene en *estar* en el mundo?

Nosotros vamos ahora a soslayar la respuesta. Nos basta, al menos por hoy, con partir del hecho bruto: que el hombre quiere vivir y, *porque* quiere vivir, cuando el frío amenaza con destruirle, el hombre siente la necesidad de evitar el frío y proporcionarse calor. El rayo de la tormenta invernal incendia una punta del bosque: el hombre entonces se acerca al fuego benéfico que el azar le ha proporcionado para calentarse. Calentarse es un acto por el cual el hombre subviene a su necesidad de evitar el frío, aprovechando sin más el fuego que encuentra ante sí. Digo esto con el azoramiento con que se dice siempre una perogrullada. Sin embargo, nos conviene —ya lo verán ustedes— esta humildad inicial que nos empuja con Perogrullo. Ahora no vaya a resultar que encima de decir perogrulladas las digamos sin entenderlas. Eso sería el colmo, un colmo que con gran frecuencia practicamos. Conste, pues, que calentarse es la operación con la cual procuramos recibir sobre nosotros un calor que está ya ahí, que encontramos —y que esa operación se reduce a ejercitar una actividad con que el hombre se encuentra dotado desde luego—: la de poder caminar y así acercarse al foco caliente. Otras veces el calor no proviene de un incendio, sino que el hombre, transido de frío, se guarece en una caverna que encuentra en su paisaje.

Otra necesidad del hombre es alimentarse, y alimentarse es coger el fruto del árbol y comérselo, o bien la raíz masticable o bien el animal que cae bajo la mano. Otra necesidad es beber, etc.

Ahora bien; la satisfacción de estas necesidades suele imponer otra necesidad: la de desplazarse, caminar, esto es, suprimir las distancias, y como a veces importa que esta supresión se haga en muy poco tiempo, necesita el hombre suprimir tiempo, acortarlo, ganarlo. Lo inverso acontece cuando un enemigo —la fiera u otro hombre— pone en peligro su vida. Necesita huir, es decir, lograr en el menor tiempo la mayor distancia. Siguiendo por este modo llegaríamos, con un poco de paciencia, a definir un sistema de necesidades con que el hombre se encuentra. Calentarse, alimentarse, caminar, etc., son un repertorio de actividades que el hombre posee, desde luego, con que se encuentra lo mismo que se encuentra con las necesidades a que ellas subvienen.

Con ser todo esto tan obvio que —repito— da un poco de vergüenza enunciarlo, conviene reparar en el significado que aquí tiene el término necesidad. ¿Qué quiere decir que el calentarse, alimentarse, caminar, son necesidades del hombre? Sin duda que son ellas condiciones naturalmente necesarias para vivir. El hombre reconoce esta necesidad material u objetiva y porque la reconoce la siente *subjetivamente* como necesidad. Pero nótese que esta su necesidad es puramente condicional. La piedra suelta en el aire cae necesariamente, con necesidad categórica o incondicional. Pero el hombre puede muy bien no alimentarse, como ahora el mahatma Gandhi. No es pues, el alimentarse necesario por sí, es necesario *para* vivir. Tendrá, pues, tanto de necesidad cuanto sea necesario vivir *si* se ha de vivir. Este vivir es, pues, la necesidad originaria de que todas las demás son meras consecuencias. Ahora bien: ya hemos indicado que el hombre vive porque quiere. La necesidad de vivir no le es impuesta a la fuerza, como le es impuesto a la materia no poder aniquilarse. La vida —necesidad de las necesidades— es necesaria sólo en un sentido subjetivo; simplemente porque el hombre decide autocráticamente vivir. Es la necesidad creada por un acto de voluntad, acto cuyo sentido y origen seguiremos soslayando y de que partimos como un hecho bruto. Sea por lo que sea, acontece que el hombre suele tener un gran empeño en pervivir, en *estar* en el mundo, a pesar de ser el único ente conocido que tiene la facultad —ontológica o metafísicamente tan extraña, tan paradójica, tan azorante— de poder aniquilarse y dejar de estar ahí, en el mundo.

Y por lo visto ese empeño es tan grande, que cuando el hombre no puede satisfacer las necesidades inherentes a su vida, porque la naturaleza en torno no le presta los medios inexcusables, el hombre no se resigna. Si, por falta de incendio o de caverna, no puede ejercitar la actividad o hacer de calentarse, o por falta de frutos, raíces, animales, la de alimentarse, el hombre pone en movimiento una segunda línea de actividades: hace fuego, hace un edificio, hace agricultura o cacería. Es el caso que aquel repertorio de necesidades y el de actividades que las satisfacen directamente aprovechando los medios que están ya ahí cuando están son comunes al hombre y al animal. Lo único que no podemos estar seguros es de si el animal tiene el mismo empeño que el hombre en vivir. Se dirá que es imprudente y hasta injusta esta duda. ¿Por qué el animal ha de tener menos apego a la vida que el hombre? Lo que pasa es que no tiene las dotes intelectuales del hombre para defender su vida. Todo esto es probablemente muy discreto, pero una consideración un poco cautelosa, que se atiene a los hechos, se encuentra irrefragablemente con que el animal, cuando no puede ejercer la actividad de su repertorio elemental para satisfacer una necesidad —por ejemplo, cuando no hay fuego ni caverna—, no hace nada más y se deja morir. El hombre, en cambio, dispara un nuevo tipo de hacer que consiste en producir lo que no estaba ahí en la naturaleza, sea que en absoluto no esté, sea que no está cuando hace falta. Naturaleza no significa aquí sino lo que rodea al hombre, la circunstancia. Así hace fuego cuando no hay fuego, hace una caverna, es decir, un edificio, cuando no existe en el paisaje, monta un caballo o fabrica un automóvil para suprimir espacio y tiempo. Ahora bien; nótese que hacer fuego es un hacer muy distinto de calentarse, que cultivar un campo es un hacer muy distinto de alimentarse, y que hacer un automóvil no es correr. Ahora empieza a verse por qué antes tuvimos que insistir en la perogrullesca definición de calentarse, alimentarse y desplazarse.

Calefacción, agricultura y fabricación de carros o automóviles no son, pues, actos en que satisfacemos nuestras necesidades, sino que, por lo pronto, implican lo contrario: una supresión de aquel repertorio primitivo de haceres en que directamente procuramos satisfacerlas. En definitiva, a esta satisfacción y no a otra cosa va este segundo repertorio, pero —¡ahí está!— supone él una capacidad que es precisamente lo que falta al animal. No es tanto inteligencia lo que le falta —sobre esto ya hablaremos algo, si hay tiempo— como el ser capaz de desprenderse transitoriamente de esas urgencias vitales, despegarse de ellas y quedar franco para ocuparse en actividades que, por sí, no son satisfacción de necesidades. El animal, por el contrario, está siempre e indefectiblemente prendido a ellas. Su existencia no es más que el sistema de esas necesidades elementales que llamamos orgánicas o biológicas y el sistema de actos que las satisfacen. El ser del animal coincide con ese doble sistema o, dicho en otro giro, el animal no es más que eso. Vida, en el sentido biológico u orgánico de la palabra, es eso. Y yo pregunto: ¿tiene sentido, refiriéndose a un ser tal, hablar de necesidades? Porque recuerden ustedes que referido este concepto de necesidad al hombre, consistía en las condiciones *sine quibus non* con que el hombre se encuentra *para* vivir. Ellas, pues, no son su vida o, dicho al revés, su vida no coincide, por lo menos totalmente, con el perfil de sus necesidades orgánicas. Si coincidiera, como acontece en el animal, si su ser consistiese estrictamente y sólo en comer, beber, calentarse, etc., no las sentiría como necesidades, esto es, como imposiciones que desde fuera llegan a su auténtico ser, con que éste no tiene más remedio que contar, pero que no lo constituyen. Carece, pues, de buen sentido suponer que el animal tiene necesidades en el sentido subjetivo que a este término corresponde referido al hombre. El animal siente hambre, pero como no tiene otra cosa que hacer sino sentir hambre y tratar de comer, no puede sentir todo esto como una necesidad, como algo con que hay que contar, que no hay más remedio que hacer y que le viene impuesto. En cambio, si el hombre consiguiera no tener esas necesidades y consecuentemente no tener que ocuparse en satisfacerlas, aún le quedaría mucho que hacer, mucho ámbito de vida, precisamente los quehaceres y la vida que él considera como lo más suyo. Precisamente porque no siente el calentarse y el comer como lo suyo, como aquello en que su verdadera vida consiste y de otro lado no tiene más remedio que aceptarlo, es por lo que se le presenta con el carácter específico de necesidad, de ineludibilidad. Lo cual inesperadamente nos descubre la constitución extrañísima del hombre; mientras todos los demás seres coinciden con sus condiciones objetivas —con la naturaleza o circunstancia—, el hombre no coincide con ésta sino que es algo ajeno y distinto de su circunstancia; pero no teniendo más remedio, si quiere ser y estar en ella tiene que aceptar las condiciones que ésta le impone. De aquí que se le presenten con un aspecto negativo, forzado y penoso.

Por otra parte, esto aclara un poco que el hombre pueda desentenderse provisionalmente de esas necesidades, las suspenda o contenga y distanciado de ellas pueda vacar a otras ocupaciones que no son su inmediata satisfacción.

El animal no puede retirarse de su repertorio de actos naturales, de la naturaleza, porque no es sino ella y no tendría al distanciarse de ella dónde meterse. Pero el hombre, por lo visto, no es su circunstancia, sino que está sólo sumergido en ella y puede en algunos momentos salirse de ella, y meterse en sí, recogerse, ensimismarse y sólo consigue ocuparse en cosas que no son directa e inmediatamente atender a los imperativos o necesidades de su circunstancia. En estos momentos extra o sobrenaturales de ensimismamiento y retracción en sí, inventa y ejecuta ese segundo repertorio de actos: hace fuego, hace una casa, cultiva el campo y arma el automóvil.

Notemos que todos estos actos tienen una estructura común. Todos ellos presuponen y llevan en sí la invención de un procedimiento que nos permite, dentro de ciertos límites, obtener con seguridad, a nuestro antojo y conveniencia, lo que no hay en la naturaleza, pero que necesitamos. No importa, pues, que en la circunstancia, aquí y ahora, no haya fuego. Lo hacemos, es decir, ejecutamos aquí y ahora un cierto esquema de actos que previamente habíamos inventado de una vez para siempre. Este procedimiento consiste a menudo en la creación de un objeto cuyo simple funcionamiento nos proporciona eso que habíamos menester, el instrumento o aparato. Tales son los dos palitos y la yesca con que el hombre primitivo hace fuego o la casa que levanta y le separa del extremo frío ambiente.

De donde resulta que estos actos modifican o reforman la circunstancia o naturaleza, logrando que en ella haya lo que no hay —sea que no lo hay aquí y ahora cuando se necesita, sea que en absoluto no lo hay. Pues bien; éstos son los actos técnicos, específicos del hombre. El conjunto de ellos es la técnica, que podemos, desde luego, definir, como la reforma que el hombre impone a la naturaleza en vista de la satisfacción de sus necesidades. Éstas, hemos visto, eran imposiciones de la naturaleza al hombre. El hombre responde imponiendo a su vez un cambio a la naturaleza. Es, pues, la técnica, la reacción enérgica contra la naturaleza o circunstancia que lleva a crear entre ésta y el hombre una nueva naturaleza puesta sobre aquélla, una sobrenaturaleza. Conste, pues: la técnica no es lo que el hombre hace para satisfacer sus necesidades. Esta expresión es equívoca y valdría también para el repertorio biológico de los actos animales. La técnica es la reforma de la naturaleza, de esa naturaleza que nos hace necesitados y menesterosos, reforma en sentido tal que las necesidades quedan a ser posible anuladas por dejar de ser problema su satisfacción. Si siempre que sentimos frío la naturaleza automáticamente pusiese a nuestra vera fuego, es evidente que no *sentiríamos* la necesidad de calentarnos, como normalmente no sentimos la necesidad de respirar, sino que simplemente respiramos sin sernos ello problema alguno. Pues eso hace la técnica, precisamente eso: ponernos el calor junto a la sensación de frío y anular prácticamente ésta en cuanto necesidad, menesterosidad, negación, problema y angustia.

Quede aquí esta primera y tosca aproximación a la pregunta: ¿Qué es la técnica? Pero ahora, una vez lograda esa aproximación, es cuando empiezan a complicarse las cosas y a ponerse un tanto divertidas, como veremos en las lecciones próximas.

II

EL ESTAR Y EL BIENESTAR.—LA «NECESIDAD» DE LA EMBRIAGUEZ.—LO SUPERFLUO COMO NECESARIO.— RELATIVIDAD DE LA TÉCNICA

Enhebremos con la lección anterior.

Actos técnicos —decíamos— no son aquellos en que el hombre procura satisfacer directamente las necesidades que la circunstancia o naturaleza le hace sentir, sino precisamente aquellos que llevan a reformar esa circunstancia eliminando en lo posible de ella esas necesidades, suprimiendo o menguando el azar y el esfuerzo que exige satisfacerlas. Mientras el animal, por ser atécnico, tiene que arreglárselas con lo que encuentra dado ahí y fastidiarse o morir cuando no encuentra lo que necesita, el hombre, merced a su don técnico, hace que se encuentre siempre en su derredor lo que ha menester —crea, pues, una circunstancia nueva más favorable, segrega, por decirlo así, una sobrenaturaleza adaptando la naturaleza a sus necesidades. La técnica es lo contrario de la adaptación del sujeto al medio, puesto que es la adaptación del medio al sujeto. Ya esto bastaría para hacernos sospechar que se trata de un movimiento en dirección inversa a todos los biológicos.

Esta reacción contra su contorno, este no resignarse contentándose con lo que el mundo es, es lo específico del hombre. Por eso, aun estudiado zoológicamente, se reconoce su presencia cuando se encuentra la naturaleza deformada, por ejemplo, cuando se encuentran piedras labradas, con pulimento o sin él, es decir, utensilios. Un hombre sin técnica, es decir, sin reacción contra el medio, no es un hombre.

Pero hasta ahora se nos presentaba la técnica como una reacción a las necesidades orgánicas o biológicas. Recuerden ustedes que insistí en precisar el sentido del término «necesidad». Alimentarse era necesidad porque era condición *sine qua non* de la vida, es decir, del poder estar en el mundo. Y el hombre tiene, por lo visto, un gran empeño en estar en el mundo. Vivir, perdurar, era la necesidad de las necesidades.

Pero es el caso que la técnica no se reduce a facilitar la satisfacción de necesidades de ese género. Tan antiguos como los inventos de utensilios y procedimientos para calentarse, alimentarse, etc., son muchos otros cuya finalidad consiste en proporcionar al hombre cosas y situaciones innecesarias en ese sentido. Por ejemplo, tan viejo y tan extendido como el hacer fuego es el embriagarse... —quiero decir, el uso de procedimientos o sustancias que ponen al hombre en estado psicofisiológico de exaltación deliciosa o bien de delicioso estupor. La droga, el estupefaciente, es un invento tan primitivo como el que más. Tanto, que no es cosa clara, por ejemplo, si el fuego se inventó primero para evitar el frío —necesidad orgánica y condición *sine qua non*— o más bien para embriagarse. Los pueblos más primitivos usan las cuevas para encender en ellas fuego y ponerse a sudar en forma tal que entre el humo y el exceso de temperatura caen en trance de cuasi embriaguez. Es lo que se ha llamado las «casas de sudar». Resulta inacabable la lista de procedimientos hipnóticos, fantásticos —es decir, productores de imágenes deliciosas, de excitantes que dan placer al ejercitar un esfuerzo. Así, entre estos últimos, el «Kat» del Yemen y Etiopía, que hace grato el andar cuanto más se anda por los efectos de aquella sustancia en la próstata. Entre los «fantásticos» recuérdese la coca del Perú, el beleño, el estramonio o datura, etc. Parejamente discuten los etnólogos si es el arco de caza y guerra o el arco musical la forma primigenia del arco. La solución del debate no es cosa que ahora nos importe. El simple hecho de que quepa discutirlo demuestra que, sea o no el musical el arco originario, aparece entre los instrumentos más primitivos. Y esto nos basta.

Porque ello nos revela que el primitivo no sentía menos como necesidad el proporcionarse ciertos estados placenteros que el satisfacer sus necesidades mínimas para no morir; por lo tanto, que desde el principio, el concepto de «necesidad humana» abarca indiferentemente lo objetivamente necesario y lo superfluo. Si nosotros nos comprometiésemos a distinguir cuáles de entre nuestras necesidades son rigorosamente necesarias, ineludibles, y cuáles superfluas, nos veríamos en el mayor aprieto. Pues nos encontraríamos: 1.º Con que ante las necesidades que pensando *a priori* parecen más elementales e ineludibles —alimento, calor, por ejemplo—, tiene el hombre una elasticidad increíble. No sólo por fuerza sino hasta por gusto reduce a límites increíbles la cantidad de alimento y se adiestra a sufrir fríos de una intensidad superlativa. 2.º En cambio, le cuesta mucho o sencillamente no logra prescindir de ciertas cosas superfluas y cuando le faltan prefiere morir. 3.º De donde se deduce que el empeño del hombre por vivir, por estar en el mundo, es inseparable de su empeño de estar bien. Más aún: que vida significa para él no simple estar, sino bienestar, y que sólo siente como necesidades las condiciones objetivas del estar, porque éste, a su vez, es supuesto del bienestar. El hombre que se convence a fondo y por completo de que no puede lograr lo que él llama bienestar, por lo menos una aproximación a ello, y que tendría que contentarse con el simple y nudo estar, se suicida. El bienestar y no el estar es la necesidad fundamental para el hombre, la necesidad de las necesidades. Con lo cual llegamos a un concepto de necesidades humanas completamente distinto del que en el artículo anterior topamos, y además opuesto al que, por insuficiente análisis y descuidada meditación, suele adoptarse. Los libros sobre técnica que he leído —todos indignos, por cierto, de su enorme tema (1) —comienzan por no hacerse cargo de que el concepto de «necesidades humanas» es el más importante para aclarar lo que es la técnica. Todos esos libros, como no podía menos de ser, hacen uso de la idea de esas necesidades, pero como no ven su decisiva importancia, lo toman según está en la tópica ambiente.

Precisemos, antes de proseguir, la situación a que hemos llegado: en la lección anterior considerábamos el calentarse y el alimentarse como necesidades humanas, por ser condiciones objetivas del vivir, en el sentido de mero existir y simple estar en el mundo. Son, pues, necesarias en la medida en que sea al hombre necesario vivir. Y notábamos que, en efecto, el hombre mostraba un raro y obstinado empeño en vivir. Pero esta expresión, ahora lo advertimos, era equívoca. El hombre no tiene empeño alguno por estar en el mundo. En lo que tiene empeño es en estar bien. Sólo esto le parece necesario y todo lo demás es necesidad sólo en la medida en que haga posible el bienestar. Por lo tanto, para el hombre sólo es necesario lo objetivamente superfluo. Esto se juzgará paradójico, pero es la pura verdad. Las necesidades biológicamente objetivas no son, por sí, necesidades para él. Cuando se encuentra atenido a ellas se niega a satisfacerlas y prefiere sucumbir. Sólo se convierten en necesidades cuando aparecen como condiciones del «estar en el mundo», que a

---

(1) El único libro que, insuficiente también en lo que se refiere al problema general de la técnica, he podido aprovechar en uno o dos puntos, es el Gotl-Lilienfeld *Wirtschaft und Technik*.

su vez sólo es necesario en forma subjetiva; a saber, porque hace posibles el «bienestar en el mundo» y la superfluidad. De donde resulta que hasta lo que es objetivamente necesario sólo lo es para el hombre cuando es referido a la superfluidad. No tiene duda: el hombre es un animal para el cual sólo lo superfluo es necesario. Al pronto parecerá a ustedes esto un poco extraño y sin más valor que el de una frase, pero si repiensan ustedes la cuestión verán cómo por sí mismo, inevitablemente, llegan a ella. Y esto es esencial para entender la técnica. La técnica es la producción de lo superfluo: hoy y en la época paleolítica. Es, ciertamente, el medio para satisfacer las necesidades humanas. Ahora podemos aceptar esta fórmula que ayer rechazábamos, porque ahora sabemos que las necesidades humanas son objetivamente superfluas y que sólo se convierten en necesidades para quien necesita el bienestar y para quien vivir es esencialmente vivir bien. He aquí por qué el animal es atécnico: se contenta con vivir y con lo objetivamente necesario para el simple existir. Desde el punto de vista del simple existir el animal es insuperable y no necesita la técnica. Pero el hombre es hombre porque para él existir significa desde luego y siempre bienestar; por eso es *a nativitate* técnico creador de lo superfluo. Hombre, técnica y bienestar son, en última instancia, sinónimos. Otra cosa lleva a desconocer el tremendo sentido de la técnica: su significación como hecho absoluto en el universo. Si la técnica consistiese sólo en una de sus partes —en resolver más cómodamente las mismas necesidades que integran la vida del animal y en el mismo sentido que puedan serlo para éste—, tendríamos un doblete extraño en el universo: tendríamos dos sistemas de actos —los instintivos del animal y los técnicos del hombre—, que siendo tan heterogéneos servirían, no obstante, la misma finalidad: sostener en el mundo al ser orgánico. Porque el caso es que el animal se las arregla perfectamente con su sistema, esto es, que no se trata de un sistema defectuoso, en principio. No es ni más ni menos defectuoso que el del hombre.

Todo se aclara en cambio si se advierte que las finalidades son distintas: de un lado servir a la vida orgánica, que es adaptación del sujeto al medio, simple estar en la naturaleza. De otro, servir a la buena vida, al bienestar, que implica adaptación del medio a la voluntad del sujeto.

Quedamos, pues, en que las necesidades humanas lo son sólo en función del bienestar. Sólo podremos entonces averiguar cuáles son aquéllas si averiguamos qué es lo que el hombre entiende por su bienestar. Y esto complica formidablemente las cosas. Porque...

vaya usted a saber todo lo que el hombre ha entendido, entiende o entenderá por bienestar, por necesidad de las necesidades, por la sola cosa necesaria de que hablaba Jesús a Marta y María. (María, la verdadera técnica para Jesús).

Para Pompeyo no era necesario vivir, pero era necesario navegar, con lo cual renovaba el lema de la sociedad milesia de los *aeinautai* —los eternos navegantes—, a que Tales perteneció, creadores de un nuevo comercio audaz, una nueva política audaz, un nuevo conocimiento audaz —la ciencia occidental.

Hay el faquir, el asceta, de un lado; el sensual, el glotón, por otro.

Tenemos, pues, que mientras el simple vivir, el vivir en sentido biológico, es una magnitud fija que para cada especie está definida de una vez para siempre, eso que el hombre llama vivir, el buen vivir o bienestar es un término siempre móvil, ilimitadamente variable. Y como el repertorio de necesidades humanas es función de él, resultan éstas no menos variables, y como la técnica es el repertorio de actos provocados, suscitados *por* e inspirados *en* el sistema de esas necesidades, será también una realidad proteiforme, en constante mutación. De aquí que sea vano querer estudiar la técnica como una entidad independiente o como si estuviera dirigida por un vector único y de antemano conocido. La idea del progreso, funesta en todos los órdenes, cuando se la empleó sin críticas, ha sido aquí también fatal. Supone ella que el hombre ha querido, quiere y querrá siempre lo mismo, que los anhelos vitales han sido siempre idénticos y la única variación a través de los tiempos ha consistido en el avance progresivo hacia el logro de aquel único *desideratum*. Pero la verdad es todo lo contrario: la idea de la vida, el perfil del bienestar se ha transformado innumerables veces, en ocasiones tan radicalmente, que los llamados progresos técnicos eran abandonados y su rastro perdido. Otras veces —conste—, y es casi lo más frecuente en la historia, el inventor y la invención eran perseguidos como si se tratase de un crimen. El que hoy sintamos en forma extrema el prurito opuesto, el afán de invenciones, no debe hacernos suponer que siempre ha sido así. Al contrario, la humanidad ha solido sentir un misterioso terror cósmico hacia los descubrimientos, como si en éstos, junto a sus beneficios, latiese un terrible peligro. Y en medio de nuestro entusiasmo por los inventos técnicos, ¿no empezamos a sentir algo parecido? Sería de enorme y dramática enseñanza hacer una historia de las técnicas que, una vez logradas y pareciendo «adquisiciones eternas» —*ktesis eis aéi*—, se volatilizaron, se perdieron por completo.

III

EL ESFUERZO PARA AHORRAR ESFUERZO ES ESFUERZO.—EL PROBLEMA DEL ESFUERZO AHORRADO.—LA VIDA INVENTADA

Mi libro *La rebelión de las masas* (1) va inspirado, entre otras cosas, por la espantosa sospecha que sinceramente sentía entonces —allá por 1927 y 1928—, nótenlo ustedes, las fechas de la *prosperity* —de que la magnífica, la fabulosa técnica actual corría peligro y muy bien podía ocurrir que se nos escurriese de entre los dedos y desapareciese en mucho menos tiempo de cuanto se puede imaginar. Hoy, cinco años después, mi sospecha no ha hecho sino acrecentarse pavorosamente. Vean, pues, los ingenieros cómo para ser ingeniero no basta con ser ingeniero. Mientras se están ocupando en su faena particular, la historia les quita el suelo de debajo de los pies.

Es preciso estar alerta y salir del propio oficio: otear bien el paisaje de la vida, que es siempre total. La facultad suprema para vivir no la da ningún oficio ni ninguna ciencia: es la sinopsis de todos los oficios y todas las ciencias y muchas otras cosas además. Es la integral cautela. La vida humana y todo en ella es un constante y absoluto riesgo. La media toda se va por el punto menos previsible: una cultura se vacía entera por el más imperceptible agujero. Pero dejando a un lado éstas, que son, aunque inminentes, meras posibilidades, recapacite el técnico no más que comparando su situación de ayer con la que hace presumir el mañana.

Una cosa es, por lo menos, clarísima: que las condiciones de todo orden, sociales, económicas, políticas, en que va a trabajar mañana son sumamente distintas de aquellas en que trabajó hasta hoy.

---

(1) [Véase página 111 del tomo IV de estas *Obras Completas*.]

No se hable, pues, de la técnica como de la única cosa positiva, la única realidad inconmovible del hombre. Eso es una estupidez, y cuanto más cegados estén por ella los técnicos, más probable es que la técnica actual se venga al suelo y periclite.

Basta con que cambie un poco sustancialmente el perfil de bienestar que se cierne ante el hombre, que sufra una mutación de algún calibre la idea de la vida, de la cual, desde la cual y para la cual hace el hombre todo lo que hace, para que la técnica tradicional cruja, se descoyunte y tome otros rumbos.

Hay quien cree que la técnica actual está más firme en la historia que otras porque ella misma, como tal técnica, posee ingredientes que la diferencian de todas las demás, por ejemplo, su basamento en las ciencias. Esta presunta seguridad es ilusoria. La indiscutible superioridad de la técnica presente, como tal técnica, es, por otro lado, su factor de mayor debilidad. Si se basa en la exactitud de la ciencia, quiere decirse que se apoya en más supuestos y condiciones que las otras, al fin y al cabo más independientes y espontáneas.

Todas estas seguridades son las que precisamente están haciendo peligrar la cultura europea. El progresismo, al creer que ya se había llegado a un nivel histórico en que no cabía sustantivo retroceso, sino que mecánicamente se avanzaría hasta el infinito, ha aflojado las clavijas de la cautela humana y ha dado lugar a que irrumpa de nuevo la barbarie en el mundo.

Pero dejemos esto, ya que no es materia en que podamos entrar ahora seriamente. Resumamos, en cambio, cuanto he dicho últimamente:

1.º No hay hombre sin técnica.

2.º Esa técnica varía en sumo grado y es sobremanera inestable, dependiendo cuál y cuánta sea en cada momento de la idea de bienestar que el hombre tenga a la sazón. En tiempo de Platón, la técnica de los chinos, en no pocos órdenes, era incomparablemente superior a la de los griegos. Hay ciertas obras de la técnica egipcia que son superiores a cuanto hoy hace el europeo; por ejemplo, el lago Meris, de que habla Herodoto, que un tiempo se creyó fabuloso y cuyo residuo ha sido luego descubierto. En esta gigantesca obra hidráulica se recogían 3.430.000.000 de metros cúbicos, y gracias a ello la región del Delta, que hoy es un desierto, era superlativamente fértil. Lo propio acontece con los *foggara* del desierto sahárico.

3.º   Otra cuestión es si no hay en todas las técnicas pasadas un torso común en que ha ido acumulando sus descubrimientos, aun a través de no pocas desapariciones, retrocesos y pérdidas. En tal caso, podría hablarse de un absoluto progreso de la técnica. Pero siempre se correrá el riesgo de definir este absoluto progreso desde el punto de vista técnico peculiar al que habla, y ese punto de vista no es el absoluto, a lo mejor. Mientras él lo está afirmando con fe loca, la humanidad empieza a abandonarlo.

Ya hablaremos algo de los distintos tipos de técnica, de sus vicisitudes, de sus ventajas y de sus limitaciones; mas ahora nos conviene no perder de vista la idea fundamental de lo que es la técnica, porque ella encierra los mayores secretos.

Actos técnicos —decíamos— no son aquellos en que hacemos esfuerzos para satisfacer directamente nuestras necesidades, sean éstas elementales o francamente superfluas, sino aquellos en que dedicamos el esfuerzo, primero, a inventar y luego a ejecutar un plan de actividad que nos permita:

1.º   Asegurar la satisfacción de las necesidades, por lo pronto, elementales.

2.º   Lograr esa satisfacción con el mínimo esfuerzo.

3.º   Crearnos posibilidades completamente nuevas produciendo objetos que no hay en la naturaleza del hombre. Así, el navegar, el volar, el hablar con el antípoda mediante el telégrafo o la radio-comunicación.

Dejando por ahora el tercer punto, notemos los dos rasgos salientes de toda técnica: que disminuye, a veces casi elimina, el esfuerzo impuesto por la circunstancia y que lo consigue reformando ésta, reobrando contra ella y obligándola a adoptar formas nuevas que favorecen al hombre.

En el ahorro de esfuerzo que la técnica proporciona podemos incluir, como uno de sus componentes, la seguridad. La precaución, la angustia, el terror que la inseguridad provoca son formas del esfuerzo, de la imposición por parte de la naturaleza sobre el hombre.

Tenemos, pues, que la técnica es, por lo pronto, el esfuerzo para ahorrar el esfuerzo o, dicho en otra forma, es lo que hacemos para evitar por completo, o en parte, los quehaceres que la circunstancia primariamente nos impone. En esto se halla todo el mundo conforme; pero es curioso que sólo se entiende por una de sus caras, la menos interesante, el anverso, y no se advierte el enigma que su reverso representa.

¿No se cae en la cuenta de lo sorprendente que es que el hombre se esfuerce precisamente en ahorrarse esfuerzo? Se dirá que la técnica es un esfuerzo menor con que evitamos un esfuerzo mucho mayor y, por lo tanto, una cosa perfectamente clara y razonable. Muy bien; pero eso no es lo enigmático, sino esto otro: ¿Adónde va a parar ese esfuerzo ahorrado y que queda vacante? La cosa resalta más si empleamos los otros vocablos y decimos: si con el hacer técnico el hombre queda exento de los quehaceres impuestos por la naturaleza, ¿qué es lo que va a hacer, qué quehaceres van a ocupar su vida? Porque no hacer nada es vaciar la vida, es no vivir; es incompatible con el hombre. La cuestión, lejos de ser fantástica, tiene hoy ya un comienzo de realidad. Hasta una persona aguda, ciertamente, pero que es sólo economista —Keynes— se planteaba esta cuestión: dentro de poco —si no hay retroceso, se entiende— la técnica permitirá que el hombre no tenga que trabajar más que una o dos horas al día. Pues bien: ¿qué va a hacer el resto de las veinticuatro? De hecho, en no escasa medida, esa situación es ya la de hoy: el obrero trabaja hoy ocho horas en algunos países y sólo cinco días —y según parece éste será el porvenir inmediato general: trabajar sólo cuatro días semanales—; ¿qué hace ese obrero del resto enorme de su tiempo, del ámbito hueco que queda en su vida?

Pero el que la técnica actual presente tan a las claras esta cuestión no quiere decir que no preexista desde siempre en toda técnica, puesto que toda ella lleva a un ahorro de quehacer y no accidentalmente o como resultado que sobreviene al acto técnico, sino que ese afán de ahorrar esfuerzo es lo que inspira a la técnica. La cuestión, pues, no es adyacente, sino que pertenece a la esencia misma de la técnica, y ésta no se entiende si nos contentamos con confirmar que ahorra esfuerzo y no nos preguntamos en qué se emplea el esfuerzo vacante.

Y he aquí cómo la meditación sobre la técnica nos hace tropezar dentro de ella, como con el hueso en un fruto, con el raro misterio del ser del hombre. Porque es éste un ente forzado, si quiere existir, a existir en la naturaleza, sumergido en ella; es un animal. Zoológicamente, vida significa todo lo que hay que hacer para sostenerse en la naturaleza. Pero el hombre se las arregla para reducir al mínimum esa vida, para no tener que hacer lo que tiene que hacer el animal. En el hueco que la superación de su vida animal deja, vaca el hombre a una serie de quehaceres no biológicos, que no le son impuestos por la naturaleza, que él inventa a sí mismo. Y precisamente a esa vida inventada, inventada como se inventa una novela o una obra de teatro, es a lo que el hombre llama vida humana, bienestar. La vida humana, pues, trasciende de la realidad natural, no le es dada como le es dado a la piedra caer y al animal el repertorio rígido de sus actos orgánicos —comer, huir, nidificar, etc.—, sino que se la hace él, y este hacérsela comienza por ser la invención de ella. ¿Cómo? La vida humana ¿sería entonces en su dimensión específica... una obra de imaginación? ¿Sería el hombre una especie de novelista de sí mismo que forja la figura fantástica de un personaje con su tipo irreal de ocupaciones y que para conseguir realizarlo hace todo lo que hace, es decir, es técnico?

IV

EXCURSIONES AL SUBSUELO DE LA TÉCNICA

Las respuestas que se han dado a la pregunta ¿qué es la técnica? son de una pavorosa superficialidad. Y lo peor del caso es que no puede atribuirse al azar. Esa superficialidad es compartida por casi todas las cuestiones que se refieren verdaderamente a lo humano en el hombre. Y no será posible poner alguna claridad en ellas si no nos resolvemos a tomarlas en el estrato profundo donde surge todo lo propiamente humano. Mientras sigamos, al hablar de asuntos que nos afectan, dando por supuesto que sabemos bien lo que es lo humano, sólo lograremos dejarnos siempre la verdadera cuestión a nuestra espalda. Y esto acontece con la técnica. Conviene hacerse cargo de todo el radicalismo que debe inspirar nuestra interrogación. ¿Cómo es que en el universo existe esa cosa tan extraña, ese hecho absoluto que es la técnica, el hacer técnica el hombre? Si intentamos en serio aproximarnos a una respuesta, tenemos que resolvernos a sumergirnos en ciertas ineludibles honduras.

Y entonces nos encontramos con que en el universo acontece el siguiente hecho: un ente, el hombre, se ve obligado, si quiere existir, a estar en otro ente, el mundo o la naturaleza. Ahora bien: ese estar el uno en el otro —el hombre en el mundo— podía adoptar uno de estos tres carices:

1.º Que la naturaleza ofreciese al hombre para su estancia en ella puras facilidades. Esto querría decir que el ser del hombre y del mundo coincidían plenamente o, lo que es igual, que el hombre era un ser natural. Así acontece con la piedra, con la planta, probablemente con el animal. Si así fuese, el hombre carecería de necesidades, no echaría de menos nada, no sería menesteroso. Sus deseos no se diferenciarían de la satisfacción de esos mismos deseos. No desearía sino lo que hay en el mundo tal y como lo hay, o viceversa, lo que él desease lo habría *ipso facto*, como en el cuento de la varita de las virtudes. Un ente así no podría sentir el mundo como algo distinto de él, puesto que no le ofrecería resistencia. Andar por el mundo sería igual que andar por dentro de sí mismo.

2.º Pero podría ocurrir lo inverso. Que el mundo no ofreciese al hombre sino puras dificultades o, lo que es igual, que el ser del hombre y el del mundo fuesen totalmente antagónicos. En este caso, el hombre no podría alojarse en el mundo, no podría estar en él ni una fracción de segundo. Eso que llamamos vida humana no existiría y, por lo tanto, tampoco la técnica.

3.º La tercera posibilidad es la que efectivamente se da: que el hombre, al tener que estar en el mundo, se encuentra con que éste es en derredor suyo una intrincada red, tanto de facilidades como de dificultades. Apenas hay cosas en él que no sean en potencia lo uno o lo otro. La tierra es algo que le sostiene con su solidez y le permite tenderse para descansar o correr cuando tiene que huir. El que naufraga o se cae de un tejado se da bien cuenta de lo favorable que es esa cosa tan humilde por lo habitual que es la solidez de la tierra. Pero la tierra es también distancia; a lo mejor mucha tierra le separa de la fuente cuando está sediento, y a veces la tierra se empina; es una cuesta penosa que hay que subir. Este fenómeno radical, tal vez el más radical de todos —a saber: que nuestro existir consiste en estar rodeado tanto de facilidades como de dificultades—, da su especial carácter ontológico a la realidad que llamamos vida humana, al ser del hombre.

Porque si no encontrase facilidad alguna, estar en el mundo le sería imposible, es decir, que el hombre no existiría y no habría cuestión. Como encuentra facilidades en qué apoyarse, resulta que le es posible existir. Pero como halla también dificultades, esa posibilidad es constantemente estorbada, negada, puesta en peligro. De aquí que la existencia del hombre, su estar en el mundo, no sea un pasivo estar, sino que tenga, a la fuerza y constantemente, que luchar contra las dificultades que se oponen a que su ser se aloje en él. Nótese bien: a la piedra le es dada hecha su existencia, no tiene que luchar para ser lo que es: piedra en el paisaje. Mas para el hombre existir es tener que combatir incesantemente con las dificultades que el contorno le ofrece; por lo tanto, es tener que hacerse en cada momento su propia existencia. Diríamos, pues, que al hombre le es dada la abstracta posibilidad de existir, pero no le es dada la realidad. Ésta tiene que conquistarla él, minuto tras minuto: el hombre, no sólo económicamente, sino metafísicamente, tiene que ganarse la vida.

Y todo esto ¿por qué? Evidentemente —no es sino decir lo mismo con otras palabras—, porque el ser hombre y el ser de la naturaleza no coinciden plenamente. Por lo visto, el ser del hombre tiene la extraña condición de que en parte resulta afín con la naturaleza, pero en otra parte no, que es a un tiempo natural y extranatural, una especie de centauro ontológico, que media porción de él está inmersa, desde luego, en la naturaleza, pero la otra parte trasciende de ella. Dante diría que está en ella como las barcas arrimadas a la marina, con media quilla en la playa y la otra media en la costa. Lo que tiene de natural se realiza por sí mismo: no le es cuestión. Mas, por lo mismo, no lo siente como su auténtico ser. En cambio, su porción extranatural no es, desde luego, y sin más, realizada, sino que consiste, por lo pronto, en una mera pretensión de ser, en un proyecto de vida. Esto es lo que sentimos como nuestro verdadero ser, lo que llamamos nuestra personalidad, nuestro yo. No ha de interpretarse esa porción extranatural y antinatural de nuestro ser en el sentido del viejo espiritualismo. No me interesan ahora los angelitos, ni siquiera eso que se ha llamado espíritu, idea confusa cargada de mágicos reflejos.

Si recapacitan ustedes un poco hallarán que eso que llaman su vida no es sino el afán de realizar un determinado proyecto o programa de existencia. Y su «yo», el de cada cual, no es sino ese programa imaginario. Todo lo que hacen ustedes lo hacen en servicio de ese programa. Y si están ustedes ahora oyéndome es porque creen, de uno u otro modo, que hacer eso les sirve para llegar a ser, íntima y socialmente, ese yo que cada uno de ustedes siente que debe ser, que quiere ser. El hombre es, pues, ante todo, algo que no tiene realidad ni corporal ni espiritual; es un programa como tal; por lo tanto, lo que aún no es, sino que aspira a ser. Se dirá que no puede haber programa si alguien no lo piensa, si no hay, por lo tanto, idea, mente, alma o como se le quiera llamar. Yo no puedo discutir esto a fondo porque tendría que embarcarme en un curso de filosofía. Sólo puedo hacer esta observación: aunque el programa o proyecto de ser un gran financiero tiene que ser pensado en una idea, *ser ese proyecto* no es ser esa «idea». Yo pienso sin dificultad esa idea y, sin embargo, estoy muy lejos de ser ese proyecto.

He aquí la tremenda y sin par condición del ser humano, lo que hace de él algo único en el universo. Adviértase lo extraño y desazonador del caso. Un ente cuyo ser consiste, no en lo que ya es, sino en lo que aún no es, un ser que consiste en aún no ser. Todo lo demás del universo consiste en lo que ya es. El astro es lo que ya es ni más ni menos. Todo aquello cuyo modo de ser consiste en ser lo que ya es y en el cual, por lo tanto, coincide, desde luego, su potencialidad con su realidad, lo que puede ser con lo que, en efecto, es ya, llamamos cosa. La cosa tiene su ser dado ya y logrado.

En este sentido, el hombre no es una cosa sino una pretensión, la pretensión de ser esto o lo otro. Cada época, cada pueblo, cada individuo modula de diverso modo la pretensión general humana.

Ahora, pienso, se comprenden bien todos los términos del fenómeno radical que es nuestra vida. Existir es para nosotros hallarnos de pronto teniendo que realizar la pretensión que somos en una determinada circunstancia. No se nos permite elegir de antemano el mundo o circunstancia en que tenemos que vivir, sino que nos encontramos, sin nuestra anuencia previa, sumergidos en un contorno, en un mundo que es el de aquí y ahora. Ese mundo o circunstancia en que me encuentro sumido no es sólo el paisaje que me rodea, sino también mi cuerpo y también mi alma. Yo no soy mi cuerpo; me encuentro con él y con él tengo que vivir, sea sano, sea enfermo, pero tampoco soy mi alma: también me encuentro con ella y tengo que usar de ella para vivir, aunque a veces me sirva mal porque tiene poca voluntad o ninguna memoria. Cuerpo y alma son cosas, y yo no soy una cosa, sino un drama, una lucha por llegar a ser lo que tengo que ser. La pretensión o programa que somos oprime con su peculiar perfil ese mundo en torno, y éste responde a esa presión aceptándola o resistiéndola, es decir, facilitando nuestra pretensión en unos puntos y dificultándola en otros.

Ahora puedo decir lo que antes no hubiera podido entenderse bien. Eso que llamamos naturaleza, circunstancia o mundo no es originariamente sino el puro sistema de facilidades y dificultades con que el hombre-programático se encuentra. Aquellos tres nombres —naturaleza, mundo, circunstancia— son ya interpretaciones que el hombre da a lo que primariamente encuentra, que es sólo un complejo de facilidades y dificultades. Sobre todo, «naturaleza» y «mundo» son dos conceptos que califican aquello a que se refieren como algo que está ahí, que existe por sí, con independencia del hombre. Lo propio acontece con el concepto «cosa», el cual significa algo que tiene un ser determinado y fijo y que lo tiene aparte del hombre y por sí. Pero, repito, todo esto es ya reacción intelectual interpretativa, a lo que primitivamente hallamos en torno de nuestro yo. Y eso que primitivamente hallamos no tiene un ser aparte e independiente de nosotros, sino que agota su consistencia en ser facilidad o dificultad, por lo tanto, en lo que es respecto a nuestra pretensión. Sólo en función de ésta, es algo facilidad o dificultad. Y según sea la pretensión que nos informa, así serán éstas o las otras, mayores o menores, las facilidades y dificultades que integran el puro y radical contorno. Así se explica que el mundo sea para cada época, y aun para cada hombre, algo distinto. Al perfil de nuestro personal programa, perfil dinámico que oprime la circunstancia, responde ésta con otro perfil determinado compuesto de facilidades y dificultades peculiares. Evidentemente, no es lo mismo el mundo para un comerciante que para un poeta: donde éste propieza, aquél nada a sabor: lo que a éste repugna, a aquél le regocija. Claro es que el mundo de ambos tendrá muchos elementos comunes: los que responden a la pretensión genérica que es el hombre en cuanto especie. Mas precisamente porque el ser del hombre no le es dado sino que es, por lo pronto, pura posibilidad imaginaria, la especie humana es de una inestabilidad y variabilidad incomparables con las especies animales. En suma, que los hombres son enormemente desiguales, contra lo que afirmaban los igualitarios de los dos últimos siglos y siguen afirmando los arcaicos del presente.

V

LA VIDA COMO FABRICACIÓN DE SÍ MISMA. TÉCNICA Y DESEOS

Bajo esta perspectiva, la vida humana, la existencia del hombre, aparece consistiendo formalmente, esencialmente, en un problema. Para los demás entes del universo, existir no es problema —porque existencia quiere decir efectividad, realización de una esencia—; por ejemplo, que «el ser toro» se verifique, acontezca. Ahora bien, el toro, si existe, existe ya siendo toro. En cambio, para el hombre existir no es ya, sin más ni más, existir como el hombre que es, sino meramente posibilidad de ello y esfuerzo hacia lograrlo. ¿Quién de ustedes es, efectivamente, el que siente que tendría que ser, que debería ser, que anhela ser? A diferencia, pues, de todo lo demás, el hombre, al existir, tiene que hacerse su existencia, tiene que resolver el problema práctico de realizar el programa en que, por lo pronto, consiste. De ahí que nuestra vida sea pura tarea e inexorable quehacer. La vida de cada uno de nosotros es algo que no nos es dado hecho, regalado, sino algo que hay que hacer. La vida da mucho quehacer; pero además no es sino ese quehacer que da a cada cual, y un quehacer, repito, no es una cosa, sino algo activo, en un sentido que trasciende todos los demás. Porque en el caso de los demás seres se supone que alguien o algo que ya es, actúa; pero aquí se trata de que precisamente para ser hay que actuar, que no se es sino esa actuación. El hombre, quiera o no, tiene que hacerse a sí mismo, autofabricarse. Esta última expresión no es del todo inoportuna. Ella subraya que el hombre, en la raíz misma de su esencia, se encuentra, antes que en ninguna otra, en la situación del técnico. Para el hombre, vivir es, desde luego, y antes que otra cosa, esforzarse en que haya lo que aún no hay; a saber, él, él mismo, aprovechando para ello lo que hay; en suma, es producción. Con esto quiero decir que la vida no es fundamentalmente como tantos siglos han creído: contemplación, pensamiento, teoría. No; es producción, fabricación, y sólo porque éstas lo exigen; por lo tanto, después, y no antes, es pensamiento, teoría y ciencia. Vivir..., es decir, hallar los medios para realizar el programa que se es. El mundo, la circunstancia, se presenta desde luego como primera materia y como posible máquina. Ya que para existir tiene que estar en el mundo, y éste no realiza por sí y sin más el ser del hombre, sino que le pone dificultades, el hombre se resuelve a buscar en él la máquina oculta que encierra para servir al hombre. La historia del pensamiento humano se reduce a la serie de observaciones que el hombre ha hecho para sacar a la luz, para descubrir esa posibilidad de máquina que el mundo lleva latente en su materia. De aquí que al invento técnico se le llame también descubrimiento. Y no es, como veremos, una casualidad que la técnica por antonomasia, la plena madurez de la técnica, se iniciase hacia 1600; justamente cuando en su pensamiento teórico del mundo llegó el hombre a entenderlo como una máquina. La técnica moderna enlaza con Galileo, Descartes, Huygens; en suma, con los creadores de la interpretación mecánica del universo. Antes se creía que el mundo corporal era un ente amecánico, cuyo ser último estaba constituido por poderes espirituales, más o menos voluntarios e incoercibles. El mundo, como puro mecanismo, es, en cambio, la máquina de las máquinas.

Es, pues, un error fundamental creer que el hombre no es sino un animal casualmente dotado con talento técnico o, dicho en otro giro, que si a un animal le agregásemos mágicamente el don técnico, tendríamos sin más el hombre. La verdad es lo contrario, porque el hombre tiene una tarea muy distinta de la del animal, una tarea extranatural, no puede dedicar sus energías como aquél a satisfacer sus necesidades elementales, sino que, desde luego, tiene que ahorrarlas en ese orden para poder vacar con ellas a la improbable faena de realizar su ser en el mundo.

He aquí por qué el hombre empieza cuando empieza la técnica. La holgura, menor o mayor, que ésta le abre en la naturaleza es el alvéolo donde puede alojar su excéntrico ser. Por eso insistía ayer en que el sentido y la causa de la técnica están fuera de ella; a saber: en el empleo que da el hombre a sus energías vacantes, liberadas por aquélla. La misión inicial de la técnica es ésa: dar franquía al hombre para poder vacar a ser sí mismo.

Los antiguos dividían la vida en dos zonas: a una, que llamaban *otium*, el ocio, que no es la negación del hacer, sino ocuparse en ser lo humano del hombre, que ellos interpretaban como mando, organización, trato social, ciencia, artes. La otra zona, llena de esfuerzos para satisfacer las necesidades elementales, todo lo que hacía posible aquel *otium*, la llamaban *nec-otium*, señalando muy bien el carácter negativo que tiene para el hombre.

En vez de vivir al azar y derrochar su esfuerzo, necesita éste actuar conforme a plan para obtener seguridad en su choque con las exigencias naturales y dominarlas con un máximo de rendimiento. Esto es su hacer técnico frente al hacer a la buena de Dios del animal, del pájaro del buen Dios, por ejemplo.

Todas las actividades humanas que especialmente han recibido o merecen el nombre de técnicas, no son más que especificaciones, concreciones de ese carácter general de autofabricación propio a nuestro vivir.

Si nuestra existencia no fuese ya desde un principio la forzosidad de construir con el material de la naturaleza la pretensión extranatural que es el hombre, ninguna de esas técnicas existiría. El hecho absoluto, el puro fenómeno del universo que es la técnica, sólo puede darse en esa extraña, patética, dramática combinación metafísica de que dos entes heterogéneos —el hombre y el mundo— se vean obligados a unificarse, de modo que uno de ellos, el hombre, logre insertar su ser extramundano en el otro, que es precisamente el mundo. Ese problema, casi de ingeniero, es la existencia humana.

Y, sin embargo, o por lo mismo, la técnica no es en rigor lo primero. Ella va a ingeniarse y a ejecutar la tarea, que es la vida; va a lograr, claro está, en una u otra limitada medida, hacer que el programa humano se realice. Pero ella por sí no define el programa; quiero decir que a la técnica le es prefijada la finalidad que ella debe conseguir. El programa vital es pre-técnico. El técnico o la capacidad técnica del hombre tiene a su cargo inventar los procedimientos más simples y seguros para lograr las necesidades del hombre. Pero éstas, como hemos visto, son también una invención; son lo que en cada época, pueblo o persona el hombre pretende ser; hay, pues, una primera invención pre-técnica, la invención por excelencia, que es el deseo original.

No se crea que es desear faena tan fácil. Observen ustedes la específica angustia que experimenta el nuevo rico. Tiene en la mano la posibilidad de obtener el logro de sus deseos, pero se encuentra con que no sabe tener deseos. En su secreto fondo advierte que no desea nada, que por sí mismo es incapaz de orientar su apetito y decidirlo entre las innumerables cosas que el contorno le ofrece. Por eso busca un intermediario que le oriente, y lo halla en los deseos predominantes de los demás. He aquí la razón por la cual lo primero que el nuevo rico se compra es un automóvil, una pianola y un fonógrafo. Ha encargado a los demás que deseen por él. Como hay el tópico del pensamiento, el cual consiste en la idea que no es pensada originariamente por el que la piensa, sino tan sólo por él repetida, ciegamente, maquinalmente reiterada, hay también un deseo tópico, que es más bien la ficción y el mero gesto de desear.

Esto acontece, pues, aun en la órbita del desear que se refiere a lo que ya hay ahí, a las cosas que ya tenemos en nuestro horizonte antes de desearlas. Imagínese hasta qué punto será difícil el deseo propiamente creador, el que postula lo inexistente, el que anticipa lo que aún es irreal. En definitiva, los deseos referentes a cosas se mueven siempre dentro del perfil del hombre que deseamos ser. Éste es, por lo tanto, el deseo radical, fuente de todos los demás. Y cuando alguien es incapaz de desearse a sí mismo, porque no tiene claro un sí mismo que realizar, claro es que no tiene sino pseudo-deseos, espectros de apetitos sin sinceridad ni vigor.

Acaso la enfermedad básica de nuestro tiempo sea una crisis de los deseos, y por eso toda la fabulosa potencialidad de nuestra técnica parece como si no nos sirviera de nada. Hoy la cosa comienza a hacerse patente, pero ya en 1921 se me ocurría enunciar el grave hecho: «Europa padece una extenuación en su facultad de desear». *(España invertebrada)* (1). Y esa obnubilación del programa vital traerá consigo una detención o retroceso de la técnica que no sabrá bien a quién, a qué servir. Porque ésta es la increíble situación a que hemos llegado y que confirma la interpretación aquí sustentada: la finca, es decir, el repertorio con que hoy cuenta el hombre para vivir, no sólo es incomparablemente superior al que nunca ha gozado (las fuerzas creadas en la técnica equivalen a 2.500 millones de esclavos, es decir, dos servidores para cada civilizado), sino que tenemos la clara conciencia de que son superabundantes, y, sin embargo, la desazón es enorme, y es que el hombre actual no sabe qué ser, le falta imaginación para inventar el argumento de su propia vida.

¿Por qué? ¡Ah!, eso no pertenece a este ensayo. Sólo nos preguntaremos: ¿Qué en el hombre, o qué clase de hombres son los especialistas del programa vital? ¿El poeta, el filósofo, el fundador

---

(1) [Véase página 35 del tomo III de estas *Obras Completas*.]

de religión, el político, el descubridor de valores? No lo decidamos; baste con advertir que el técnico los supone y que esto explica una diferencia de rango que siempre ha habido y contra la cual es en vano protestar.

Tal vez tenga que ver con esto el extrañísimo hecho de que la técnica es casi siempre anónima, o por lo menos que los creadores de ella no gocen de la fama nominativa que ha acompañado siempre a aquellos otros hombres. Uno de los inventos más formidables de los últimos sesenta años ha sido el motor de explosión. Pues bien, ¿cuántos de ustedes, que no sean por su oficio técnicos, recuerdan en este momento la lista de nombres egregios que llevaron sus inventores?

De aquí también la enorme improbabilidad de que se constituya una «tecnocracia». Por definición, el técnico no puede mandar, dirigir en última instancia. Su papel es magnífico, venerable, pero irremediablemente de segundo plano.

Resumamos:

La reforma de la naturaleza o técnica, como todo cambio o mutuación, es un movimiento con sus dos términos, *a quo y ad quem*. El término *a quo* es la naturaleza, según está ahí. Para modificarla hay que fijar el otro término, hacia el cual se la va a conformar. Este término *ad quem* es el programa vital del hombre. ¿Cómo llamaríamos al logro pleno de éste? Evidentemente, bienestar del hombre, felicidad. He aquí que con ello cerramos el rizo de todas las consideraciones hechas en las anteriores lecciones.

VI

EL DESTINO EXTRANATURAL DEL HOMBRE. — PROGRAMAS DE SER QUE HAN DIRIGIDO AL HOMBRE.— EL ORIGEN DEL ESTADO TIBETANO

En las lecciones anteriores he procurado sugerir cuáles son los supuestos que tienen que darse en el universo para que en él aparezca eso que llamamos técnica. Dicho en otra forma, la técnica implica todo eso que hemos enunciado: que hay un ente cuyo ser consiste, por lo pronto, en lo que aún no es, en un mero proyecto, pretensión o programa de ser; que, por tanto, ese ente tiene que afanarse en la realización de sí mismo. No puede lograrla sino con elementos reales; como el artista no puede realizar la estatua imaginada si no tiene una materia sólida en que plasmarla. La materia, el elemento real donde y con el cual el hombre *puede* llegar a ser de hecho lo que en proyecto es, es el mundo. Éste le ofrece la posibilidad de existir y, a la par, grandes dificultades para ello. En tal disposición de los términos la vida parece constituída como un problema casi ingenieril: aprovechar las facilidades que el mundo ofrece para vencer las dificultades que se oponen a la realidad de nuestro programa. En esta condición radical de nuestra vida es donde prende el hecho de la técnica.

Dicho así, en fórmula abstracta, resulta acaso difícil de comprender. Porque ese programa extranatural que afirmamos ser el hombre y para servir al cual se afana la técnica, suena a algo místico e inconcretable. Alguna claridad, sin embargo, aportó al asunto la rápida enumeración que hice de algunos entre los muchos programas vitales en que el hombre históricamente ha concretado su ser: el bodhisatva hindú, el hombre agonal de la Grecia aristocrática del siglo VI, el buen republicano de Roma y el estoico de la época del Imperio, el asceta medieval, el hidalgo del XVI, el *homme de bonne compagnie* de Francia en el XVII, la *schöne Seele* de fines del XVIII en Alemania o el *Dichter und Denker* de comienzos del XIX, el *gentleman* de 1850 en Inglaterra, etc.

No me es lícito dejarme llevar a la sugestiva labor de ir describiendo el perfil presionador del mundo que es cada uno de estos modos de ser del hombre.

Únicamente haré notar algo que me parece de toda evidencia. El pueblo en que predomina la idea de que el verdadero ser del hombre es ser bodhisatva, no puede crear una técnica igual a aquel otro en que se aspira a ser *gentleman*. Ser bodhisatva es, por lo pronto, creer que existir en este mundo de meras apariencias es precisamente no existir de verdad. La verdadera existencia consiste para él en no ser individuo, trozo particular del universo, sino fundirse en el Todo y desaparecer en él. El bodhisatva, pues, aspira a no vivir o a vivir lo menos posible. Reducirá su alimento al mínimo; ¡mal para la técnica de la alimentación! Procurará la inmovilidad máxima, para recogerse en la meditación, único vehículo que permite al hombre llegar al éxtasis, es decir, a ponerse en vida fuera de este mundo. No es verosímil que invente el automóvil este hombre que no quiere moverse. En cambio, suscitará todas esas técnicas tan ajenas a nosotros europeos como son las de los fakires y yogas, técnicas del éxtasis, técnicas que no producen reformas en la naturaleza material, sino en el cuerpo y la psique del hombre. Por ejemplo, la técnica de la insensibilidad y la catalepsia, de la concentración, etcétera. Esto por lo que hace a mi advertencia de que la técnica es función del variable programa humano. De otra parte, nos aclara ya del todo aquello de que el hombre, en una de sus dimensiones, tiene un ser extranatural y que antes no conseguíamos traer a intuición.

Es evidente que existir como mediador y como estático, vivir precisamente como no viviente, en constante procuración de anular el mundo y la existencia misma, no es un modo natural de existir. Ser bodhisatva es, en principio, no comer, no moverse, no sexualizar, no sentir placer ni dolor; ser, en consecuencia, la negación viviente de la naturaleza. Por eso es un ejemplo drástico de la extranaturalidad del ser humano y de lo difícil que es su realización en la naturaleza. Ello requiere una preadaptación de ésta que deje huelgo para una calidad de ser que tan radicalmente la contradice. Pero la explicación naturalista de lo humano saltará aquí sosteniendo que la relación entre el proyecto de ser y la técnica es inversa de la que yo supongo, a saber: que es el proyecto quien suscita la técnica, la cual, a su vez, reforma la naturaleza. Todo lo contrario, se dirá: en la India el clima y el suelo facilitan tan enormemente la vida que el hombre apenas necesita moverse ni alimentarse. Es, pues, el clima y el suelo quienes preforman ese tipo de vida búdica. Con esto, por vez primera acaso, les sonará algo bien en este ensayo a los hombres de ciencia que me escuchan.

Pero ahora no puedo menos de chafar al naturalista imaginario que me objeta aún aquella pequeñísima satisfacción. No: existe, sin duda, una relación entre clima y suelo de un lado y programa de humanidad de otro, pero es muy distinta de la que la anterior explicación supone. No voy ahora a exponer cuál es, a mi juicio; por una vez voy a excusarme de razonar y en su lugar voy a oponer al pretendido hecho que el presunto objetante ha presentado, sencillamente, otro hecho positivo que da al traste con aquella explicación.

Sin son el clima y la tierra de la India quienes explican el budismo de la India, no se comprende por qué hoy la región budista por excelencia es el Tibet. Porque su clima y su tierra son la antítesis de la región del Ganges o de Ceylán. Las altiplanicies tras el Himalaya son uno de los lugares más ásperos y crudos del planeta. Feroces vendavales señorean aquellas llanuras inmensas, aquellos amplísimos valles. Tormentas y hielos las castigan durante gran parte del año. Por eso no había allí sino hordas trashumantes, inquietas y broncas, en continua agresión las unas con las otras. Se guarecían en sus tiendas, hechas con la piel de los grandes ovinos altaicos. Nunca pudo allí constituirse un Estado. He aquí que un buen día transpusieron los sublimes puertos del Himalaya algunos misioneros budistas y convirtieron a su religión algunas de aquellas hordas. Pero el budismo es, más esencialmente que ninguna otra religión, faena de meditación. En el budismo no hay un dios que se encargue de salvar al hombre. Es el hombre quien tiene que salvarse a sí mismo por medio de la meditación, de la oración. ¿Cómo meditar en la crudísima temperie tibetana? Fue menester construir conventos de cal y canto, los primeros edificios que hubo allí nunca. No, pues, para simplemente vivir surge en el Tibet la casa, sino para orar. Pero ocurrió que en las contiendas tradicionales de aquel país las hordas budistas se acogían en sus conventos, que adquirieron así un papel guerrero, proporcionando a sus poseedores superioridad sobre los no budistas. En suma, que el convento, haciendo de castillo, creó el Estado tibetano. Aquí no es el clima y la tierra quienes engendran el budismo, sino al revés, el budismo como necesidad humana, esto es, innecesaria, quien modifica el clima y la tierra mediante la técnica de la construcción.

Sirva al paso lo dicho como un buen ejemplo de la solidaridad que existe entre las técnicas; quiero decir de la facilidad con que un artefacto ideado para servir una determinada finalidad se desplaza hacia otras utilizaciones. Más arriba vimos cómo el arco primitivo, probablemente musical, se convierte en arma de caza y pelea. Parejo es el caso de Tirteo, aquel ridículo general que los atenienses prestaron a los espartanos. Viejo y cojo, era, además, por el estilo anticuado de sus elegías, el hazmerreír de la juventud vanguardista en el Ática. Pero llega a Esparta y desde entonces los desmoralizados lacedemonios comienzan a ganar todas las batallas. ¿Por qué? Pues, por lo pronto, por una razón técnica de táctica. Las elegías de Tirteo estaban compuestas en un ritmo arcaico, que, por ser muy claro y pronunciado, facilitaba la unidad de marcha y movimiento en la falange. He aquí una técnica poética que se transforma en ingrediente creador dentro de la técnica militar.

Pero no nos perdamos. Intentábamos brevemente confrontar la situación del hombre cuando es, como proyecto, bodhisatva, con la del hombre cuando se propone ser *gentleman*. La oposición es radical. Basta para advertirlo que insinuemos algunos rasgos constituyentes del *gentleman*. Antes conviene notar que el *gentleman* no es el aristócrata. Sin duda fueron los aristócratas ingleses los que principalmente idearon este modo de ser hombre, pero inspirados por lo que diferencia al aristócrata inglés de todas las demás clases de nobles. Mientras las demás son cerradas como clases, y además cerradas en cuanto al tipo de ocupaciones a que se dignaban dedicarse —guerra, política, diplomacia, deporte y alta dirección de la economía agrícola—, el aristócrata inglés, desde el siglo xvi, acepta la lucha en el terreno económico del comercio, de la industria y de las carreras liberales. Como la historia iba a consistir desde entonces principalmente en estas faenas, ha sido la única que se salvó, manteniéndose en la brecha de la plena eficiencia. De aquí que al llegar el siglo xix créase un prototipo de existencia —el *gentleman*— que vale para todo el mundo. El burgués y el obrero pueden, en cierta medida, ser *gentleman*; es más, pase lo que pase en un futuro, acaso inmediato, quedará como una de las maravillas de la historia el hecho de que hoy, hasta el obrero más modesto de Inglaterra, es, en su órbita, un *gentleman*. Ese modo de ser hombre no implica, pues, aristocra-

349

tismo. El aristócrata continental de los últimos cuatro siglos es, ante todo, heredero: el hombre que ha heredado grandes medios de vida, pero no ha tenido que luchar en ésta para conquistarlos. El *gentleman* como tal, no es el heredero; al contrario, supone que el hombre tiene que luchar en la vida, que ejercitar todas las profesiones y oficios, sobre todo los prácticos (el *gentleman* no es intelectual), y precisamente en esa lucha tiene que ser *gentleman*. El polo opuesto al *gentleman* es el *gentilhomme* de Versalles o el *Junker* alemán.

VII

EL TIPO «GENTLEMAN». — SUS EXIGENCIAS TÉCNICAS. EL «GENTLEMAN» Y EL «HIDALGO»

Pero, ¿qué es ser *gentleman?* El camino más rápido para comprenderlo —ya que necesitamos ahorrar al extremo el número de palabras— se nos ofrece si, exagerando las cosas, decimos: el comportamiento que el hombre suele adoptar durante los breves momentos en que las penosidades y apremios de la vida dejan de abrumarle y se dedica, para distraerse, a un juego aplicado al resto de la vida, es decir, a lo serio, a lo penoso de la vida; eso es el *gentleman.* Aquí se ve también en forma hiriente, por lo paradójica, en qué sentido el programa vital es extranatural. Porque los juegos y los modos de comportamiento que en ellos rigen son pura invención, frente al tipo de vida que la naturaleza da por sí. Aquí, aun dentro de la vida humana misma, se invierten los términos y se propone que el hombre sea en su existencia forzada, de lucha con el medio, según es en el rincón irreal y puramente inventado de sus juegos y deportes.

Ahora bien, cuando el hombre se dedica a jugar suele ser porque se siente seguro en lo que respecta a las urgencias elementales del vivir. El juego es un lujo vital y supone previo dominio sobre las zonas inferiores de la existencia, que éstas no aprieten, que el ánimo, sintiéndose sobrado de medios, se mueva en tan amplio margen de serenidad, de calma, sin el azoramiento y feo atropellarse a que lleva una vida escasa, en que todo es terrible problema. Un ánimo así se complace en su propia elasticidad y se da el lujo de jugar limpio, el *fair play*, de ser justo, de defender sus derechos, pero respetando los del prójimo, de no mentir. Mentir en el juego es falsificar el juego y, por tanto, no jugar. Asimismo, el juego es un esfuerzo, pero que no siendo provocado por el premioso utilitarismo que inspira el esfuerzo impuesto por una circunstancia del trabajo, va reposando en sí mismo sin ese desasosiego que infiltra en el trabajo la necesidad de conseguir a toda costa su fin.

De aquí las maneras del *gentleman;* su espíritu de justicia, su veracidad, el pleno dominio de sí fundado en el previo dominio de lo que le rodea, la clara conciencia de lo que es su derecho personal frente a los demás y del de los demás frente a él; es decir, de sus deberes. Para él no tiene sentido la trampa. Lo que se hace hay que hacerlo bien y no preocuparse de más. El producto industrial inglés se caracteriza por estas calidades: es todo en él bueno, sólido, acabado, la materia prima y la mano de obra. No está hecho para venderlo sea como sea, es lo contrario de la pacotilla. Sabido es que el fabricante inglés no se amoldaba, como luego el alemán, a los gustos y caprichosas exigencias de los clientes, sino al revés, esperaba con gran pachorra que el cliente se acomodase a su producto. No hacía, apenas, propaganda, que es siempre falsedad, juego sucio y retórica. El buen paño en el arca se vende. Y lo mismo en política: nada de frases, farsas, provocación vil de contagios demagógicos —nada de intolerancia—, pocas leyes, porque la ley una vez escrita se convierte en el imperio de puras palabras, que como no se pueden literalmente cumplir, obliga a la indecencia gubernamental que falsea su propia ley. Un pueblo de *gentleman* no necesita constitución; por eso, en rigor, Inglaterra se ha pasado muy bien sin ella, etc.

Como se ve, el *gentleman* en oposición al bodhisatva quiere vivir con intensidad en este mundo y ser lo más individuo que pueda, centrarse en sí mismo y nutrirse de una sensación de independencia frente a todo. En el cielo no tiene sentido ser *gentleman*, porque allí la existencia misma sería efectivamente la delicia de un juego y el *gentleman* a lo que aspira es a ser un buen jugador en la aspereza mundanal, en lo más rudo de la ruda realidad. De aquí que el elemento principal y, por decirlo así, la atmósfera del ser *gentleman* reside en una sensación básica de holgura vital, de dominio superabundante sobre la circunstancia. Si ésta ahoga, no es posible educarse hacia la *gentlemanerie*. Por esto, este hombre que aspira a hacer de la existencia un juego y un deporte, es lo contrario de un iluso; precisamente porque quiere eso sabe que la vida es cosa dura, seria y difícil. Por ello se ocupará a fondo en asegurarse ese dominio sobre la circunstancia —dominio sobre la materia— y sobre los hombres. De aquí que haya sido el gran técnico y el gran político. Su afán de ser individuo y de dar a su destino mundanal la gracia de un juego le ha hecho sentir la necesidad de separarse hasta físicamente de los demás y de las cosas y atender al cuidado de su cuerpo ennobleciendo sus funciones más humildes.

El aseo, el cambio de camisa, el baño —desde los romanos, en Occidente no se lavaba nadie—, serán cosas que tome el *gentleman* con gran formalidad. Séame perdonado recordar que el *water-closet* nos viene de Inglaterra. Un hombre de módulo muy intelectual no hubiera nunca ideado el *water-closet*, porque despreciaba su cuerpo. El *gentleman*, repito, no es intelectual. Busca el *decorum* en toda su vida: alma limpia y cuerpo limpio.

Pero, claro es, todo esto supone riqueza; el ideal del *gentleman* llevó, en efecto, a crear una enorme riqueza, y a la vez la supuso. Sus virtudes sólo pueden respirar y abrir sus alas en un amplio margen de poderío económico. Y, efectivamente, no se logró de hecho el tipo de *gentleman* hasta mediados del siglo último, cuando el inglés gozaba de una riqueza formidable. El obrero inglés puede, en alguna medida ser *gentleman* porque gana más que el burgués medio de otros países.

Sería de gran interés que alguien bien dotado y que de antiguo posea intimidad con las cosas inglesas, se ocupase en estudiar cuál es el estado en que hoy se encuentra el sistema de normas vitales que hemos llamado *gentleman*. En los últimos veinte años la situación económica del hombre inglés ha cambiado; hoy es mucho menos rico que a comienzos del siglo. ¿Cabe ser pobre y, *sin embargo*, ser inglés? ¿Pueden subsistir sus virtudes características en un ámbito de escasez?

He oído que precisamente en las clases superiores inglesas se advierte la decadencia del tipo *gentleman*, coincidiendo con el descenso de las técnicas específicas del hombre británico y con la atroz mengua de las fortunas aristocráticas. Pero no garantizo al lector la exactitud de estas noticias. La incapacidad para percibir con precisión los fenómenos sociales que padecen aún las personas en apariencia más inteligentes es incalculable.

De todas suertes, hay que ir pensando en un tipo ejemplar de vida que conserve lo mejor del *gentleman* y sea, a la vez, compatible con la pobreza que inexorablemente amenaza a nuestro planeta. En los ensayos mentales que para construir esa nueva figura ejecute el lector, surgirá inevitablemente, como término de comparación, otro gran perfil histórico, en algunos rasgos el más próximo al *gentleman* y que, no obstante, lleva en sí la condición de florecer en tierra de pobreza. Me refiero al «hidalgo». Su diferencia más grave del *gentleman* consiste en que el hidalgo no trabaja, reduce al extremo sus necesidades materiales y, en consecuencia, no crea técnicas. Vive alojado en la miseria como esas plantas del desierto que saben vegetar sin humedad. Pero es no menos incuestionable que supo dar a esas terribles condiciones de existencia una solución digna. Por la dimensión de dignidad se enlaza con el *gentleman*, su hermano más afortunado.

VIII

LAS COSAS Y SU «SER».—LA PRE-COSA.—EL HOMBRE, EL ANIMAL Y LOS INSTRUMENTOS.—LA EVOLUCIÓN DE LA TÉCNICA

He gastado este poco de tiempo en desarrollar, aunque brevísimamente, los anteriores ejemplos, movido por el afán de que no quedase abstracto y confuso en la mente de ustedes qué sea ese programa, ese ser extranatural del hombre, en realizar el cual consiste nuestra vida, y, por otra parte, mostrar, aunque sea muy vagamente, cierta funcionalidad entre la cuantía o dirección de la técnica y el modo de ser hombre que se ha escogido. Por supuesto que todo este problema de la vida, del ser del hombre, tiene una última dimensión estrictamente filosófica, que yo he procurado eludir en este ensayo. Me urgía en él subrayar aquellos supuestos o implicaciones que el hecho de la técnica contiene y que suelen pasar desapercibidos, no obstante constituir lo más esencial en la esencia de la técnica. Porque una cosa es, ante todo, la serie de condiciones que la hacen posible —Kant decía «condiciones de su posibilidad», y, más sobria y claramente, Leibniz sus «ingredientes», sus «requisitos». Y es curioso observar que de ordinario esos más auténticos ingredientes o requisitos de una cosa son los que nos pasan inadvertidos, los que dejamos a nuestra espalda, como si no fueran lo que son: el ser más profundo de la cosa. Con casi toda seguridad algunos de ustedes, que pertenezcan a un tipo de oyentes cuya psicología no quiero hacer ahora, para quienes oír es ir a buscar lo que ellos ya saben, sea en detalle, sea en vaga aproximación, en vez de, por lo pronto, ya que han decidido escuchar, abrirse sin más a lo que venga, cuanto más imprevisto, mejor; ésos, digo, habrán pensado: Bueno, pero eso no es la técnica, yo no veo ahí la técnica en su realidad, que es funcionando. No se advierte que, en efecto, para responder a la pregunta: ¿Qué es tal cosa?, lo que hacemos es deshacerla; precisamente recurrir de su forma, tal y como está ahí funcionando, a sus ingredientes, que procuramos aislar y definir. Y claro está que, suelto, cada uno de los ingredientes no es la cosa: ésta es el resultado de sus ingredientes, y para que esté ahí funcionando es preciso que los ingredientes desaparezcan de nuestra vista como tales y sueltos. Para que veamos agua es preciso que desaparezcan ante nosotros el hidrógeno y el oxígeno. La definición de una cosa, el enumerar sus ingredientes, sus supuestos, lo que ella implica si ha de ser —se convierte, por tanto, en algo así como la pre-cosa. Pues esa pre-cosa es el ser de la cosa, y es lo que hay que buscar, porque ésta ya está ahí: no hay que buscarla. En cambio, el ser y la definición, la pre-cosa, nos muestra la cosa en *statu nascendi*, y sólo se conoce bien lo que, en uno u otro sentido, se ve nacer.

Los supuestos por mí subrayados hasta aquí no son ciertamente, los únicos, pero son los más radicales; por lo mismo, los más ocultos y, en consecuencia, los que suelen pasar más desapercibidos.

En cambio, a todo el mundo se le ocurre advertir que si el hombre no tuviese inteligencia capaz de descubrir nuevas relaciones entre las cosas que le rodean, no inventaría instrumentos ni métodos ventajosos para satisfacer sus necesidades. Por lo mismo que esto es obvio, no urgía decirlo. Es tan obvio, que se pasa y lleva a un error: a creer que cuando un ente posee una cierta clase de actividad, basta el hecho de que la posee para explicar que la ejercite. A pesar de que con harta frecuencia observamos hombres que tienen ojos para ver y que, no obstante, no ven lo que les pasa por delante, merced, sencillamente, a que están absortos meditando algo. Aunque pueden ver, no ven; no ejercitan esta actividad, porque no les interesa lo que pase por delante de ellos, y, en cambio, les interesa lo que pasa en su interior. Hay quien tiene talento para matemáticas, pero no lo ejercita porque no le interesa.

No basta, pues, poder hacer algo para que lo hagamos, ni basta que el hombre posea inteligencia técnica para que la técnica exista. La inteligencia técnica es una capacidad, pero la técnica es el ejercicio efectivo de esa capacidad, que muy bien podía quedar en vacación. Y la cuestión importante no es apuntar si el hombre tiene tal o cual aptitud para la técnica, sino por qué se da el hecho de ésta y ello sólo se hace inteligible cuando se descubre que el hombre, quiera o no, tiene que ser técnico, sean mejores o peores sus dotes para ello. Y eso es lo que he intentado hacer en las lecciones anteriores.

Es muy obvio, repito, hablar de la inteligencia en cuanto se habla de la técnica, y con excesiva celeridad atribuir a aquélla la distancia entre el hombre y el animal. No se puede hoy con la misma tranquila convicción que hace un siglo, definir al hombre como hace Franklin, llamándole *animal instrumentificum, animal tools making*. No sólo en los famosos estudios de Köhler sobre los chimpancés, sino en otras muchas provincias de la psicología animal, aparece más o menos problemáticamente la capacidad del animal para producir instrumentos elementales. Lo importante en todas estas observaciones es advertir que la inteligencia estrictamente requerida para la invención del instrumento parece existir en él. La insuficiencia, lo que en efecto hace imposible al animal llegar con eficaz plenitud a la posesión del instrumento, no está, pues, en la inteligencia *sensu stricto*, sino en otro lado de su condición. Así Köhler muestra que lo esencialmente defectuoso del chimpancé es la memoria, su incapacidad de conservar lo que poco antes le ha pasado y, consecuentemente, la escasísima materia que ofrece a su inteligencia para la combinación creadora.

Sin embargo, la diferencia decisiva entre el animal y el hombre no está tanto en la primaria que se encuentra comparando sus mecanismos psíquicos, sino en los resultados que esta diferencia primaria trae consigo y que dan a la existencia animal una estructura completamente distinta de la humana. Si el animal tiene poca imaginación, será incapaz de formarse un proyecto de vida distinto de la mera reiteración de lo que ha hecho hasta el momento. Basta esto para diferenciar radicalmente la realidad vital de uno y otro ente. Pero si la vida no es realización de un proyecto, la inteligencia se convierte en una función puramente mecánica, sin disciplina ni orientación. Se olvida demasiado que la inteligencia, por muy vigorosa que sea, no puede sacar de sí su propia dirección; no puede, por tanto, llegar a verdaderos descubrimientos técnicos. Ella, por sí, no sabe cuáles, entre las infinitas cosas que se pueden «inventar», conviene preferir, y se pierde en sus infinitas posibilidades. Sólo en una entidad donde la inteligencia funciona al servicio de una imaginación, no técnica, sino creadora de proyectos vitales, puede constituirse la capacidad técnica.

Lo dicho hasta aquí, entre sus múltiples intenciones, llevaba una: la de reobrar contra una tendencia, tan espontánea como excesiva, reinante en nuestro tiempo, a creer que, en fin de cuentas, no hay verdaderamente más que una técnica, la actual europeoamericana, y que todo lo demás fue sólo torpe rudimento y balbuceo hacia ella. Yo necesitaba contrarrestar esta tendencia y sumergir la técnica actual como una de tantas en el panorama vastísimo y multiforme de las humanas técnicas, relativizando así su sentido y mostrando cómo a cada proyecto y módulo de humanidad corresponde la suya. Pero una vez hecho eso, claro está que necesito destacar lo que la técnica actual tiene de peculiar, lo que en ella da lugar precisamente a ese espejismo que, con algún viso de verdad, nos la presenta como la técnica por antonomasia. Por muchas razones, en efecto, la técnica ha llegado hoy a una colocación, en el sistema de factores integrantes de la vida humana, que no había tenido nunca. La importancia que siempre le ha correspondido, aun aparte de los razonamientos en que he procurado demostrarla, trasparecería sin más en el simple hecho de que, cuando el historiador toma ante sus ojos vastos ámbitos de tiempo, se encuentra con que no puede denominarlos si no es aludiendo a la peculiaridad de su técnica. La edad más primitiva de la humanidad, que inciertamente, como entre dos luces, logra entreverse, se llama la edad auroral de la piedra o eolítica —luego es la edad de la piedra vieja e impoluta, paleolítica, la edad del bronce, etc. Pues bien, no sería descaminado situar en esa lista nuestro tiempo, calificándolo como la edad, no de esta o la otra técnica, sino simplemente de la «técnica» como tal. ¿Qué ha pasado en la evolución de la capacidad técnica del hombre para que llegue una época en que, a pesar de haber sido él siempre técnico, merezca con alguna congruencia ser fichada formalmente por la técnica? Evidentemente, esto no ha podido acontecer sino porque la relación entre el hombre y la técnica se ha elevado a una potencia peculiarísima que conviene precisar, y esa elevación, a su vez, sólo ha podido producirse porque la función técnica misma se haya modificado en algún sentido muy sustancial.

Para hacernos cargo, pues, de lo que es nuestra técnica, conviene de intento destacar su peculiar silueta sobre el fondo de todo el pasado técnico del hombre; en suma, conviene dibujar, aunque sea somerísimamente, los grandes cambios que la función técnica misma ha sufrido o, dicho todavía con otras palabras, sería oportuno definir los grandes estadios en la evolución de la técnica. De este modo, haciendo algunos cortes en el pasado o peraltando algunos jalones, ese pretérito confuso adquirirá perspectiva y movimiento; nos dejará ver de dónde, de qué formas ha ido viniendo y hacia dónde, a qué forma ha ido llegando la técnica.

IX

LOS ESTADIOS DE LA TÉCNICA

El asunto es difícil y yo he vacilado no poco antes de decidirme por uno u otro principio siguiendo al cual pudiésemos distinguir esos estadios. Desde luego, hay que rechazar el que fuera más obvio: segmentar la evolución fundándose en la aparición de tal o cual invento que se considera muy importante y característico. Todo lo que vengo diciendo en este ensayo conspira a la corrección del error tópico que cree que lo importante en la técnica es este o el otro invento. ¿Qué es el de mayor calibre que se pueda citar en comparación con la mole enorme de la técnica toda en una época? Lo que ésta sea en su modo general es lo verdaderamente importante, lo que puede significar un cambio o avance sustantivo. No hay ningún invento que sea, en última instancia, importante, medido con las dimensiones gigantes de la evolución integral. Además ya hemos visto cómo técnicas magníficas se pierden después de logradas o desaparecen definitivamente —se entiende hasta la fecha— o hubo que redescubrirlas. Además, no basta que se invente algo en cierta fecha y lugar para que el invento represente su verdadero significado técnico. La pólvora y la imprenta, dos de los descubrimientos que parecen más importantes, existían en China siglos antes de que sirviesen para nada apreciable. Sólo en el siglo XV y en Europa, probablemente en Lombardía, se hace la pólvora una potencia histórica, y en Alemania, por el mismo tiempo, la imprenta. En vista de ello, ¿cuándo diremos que se han inventado ambas técnicas? Evidentemente, sólo integradas en el cuerpo general de la técnica fin-medieval e inspiradas por el programa vital del tiempo traspasan el umbral de la eficiencia histórica. La pólvora como arma de fuego y la imprenta son auténticamente contemporáneas de la brújula y el compás: los cuatro, como pronto se advierte, de un mismo estilo, muy característico de esta hora entre gótica y renacentista que va a culminar en Copérnico. Noten ustedes que esos cuatro inventos obtienen la unión del hombre con lo distante —son la técnica de la *actio in distants*, que es el subsuelo de la técnica actual. El cañón pone en contacto inmediato a los enemigos lejanos; la brújula y el compás al hombre con el astro y los puntos cardinales; la imprenta al individuo solitario, ensimismado, con esa periferia infinita —en espacio y tiempo—, infinita en el sentido de no finito —que es la humanidad de posibles lectores.

A mi entender, un principio radical para periodizar la evolución de la técnica es atender la relación misma entre el hombre y su técnica o, dicho en otro giro, a la idea que el hombre ha ido teniendo de su técnica, no de esta o la otra determinadas, sino de la función técnica en general. Veremos cómo este principio no sólo aclara el pasado, sino que de un golpe ilumina las dos cuestiones enunciadas por mí: el cambio sustantivo que engendró nuestra técnica actual y por qué ocupa ésta en la vida humana un papel sin par al representado en ningún otro tiempo.

Partiendo de este principio podemos distinguir tres enormes estadios en la evolución de la técnica:

1.º La técnica del azar.
2.º La técnica del artesano.
3.º La técnica del técnico.

La técnica que llamo del azar, porque el azar es en ella el técnico, el que proporciona el invento, es la técnica primitiva del hombre pre y proto-histórico y del actual salvaje —se entiende, de los grupos menos avanzados—, como los Vedas de Ceylán, los Semang de Borneo, los pigmeos de Nueva Guinea y Centro Africa, los australianos, etc.

¿Cómo se presenta la técnica a la mente de este hombre primitivo? La respuesta puede ser aquí sobremanera taxativa: el hombre primitivo ignora su propia técnica como tal técnica; no se da cuenta de que entre sus capacidades hay una especialísima que le permite reformar la naturaleza en el sentido de sus deseos.

En efecto:

1.º El repertorio de actos técnicos que usufructúa el primitivo es sumamente escaso y no llega a formar un cuerpo suficientemente voluminoso para que pueda destacar y diferenciarse del repertorio de actos naturales que es en su vida incomparablemente mayor que aquél. Esto equivale a decir que el primitivo es mínimamente hombre y casi todo él puro animal. Los actos técnicos, pues, se desperdigan y sumergen en el conjunto de sus actos naturales y se presentan a su mente como perteneciendo a su vida no técnica. El primitivo se encuentra con que puede hacer fuego lo mismo que se encuentra con que puede andar, nadar, golpear, etc. Y como los actos naturales son un repertorio fijo y dado de una vez para siempre, así también sus actos técnicos. Desconoce por completo el carácter esencial de la técnica, que consiste en ser ella una capacidad de cambio y progreso, en principio, ilimitados.

2.º La sencillez y escasez de esa técnica primigenia traen consigo que sean ejercitados sus actos por todos los miembros de la colectividad. Todos hacen fuego, elaboran arcos y flechas, etc. Es decir, que la técnica no parece destacada ni siquiera por el hecho que va a constituir la segunda etapa en la evolución, a saber, que sólo ciertos hombres —los artesanos— saben hacer determinadas cosas. La única diferenciación que se produce muy pronto estriba en que las mujeres se ocupan en ciertas faenas técnicas y los varones en otras. Pero esto no basta para aislar el hecho técnico como algo peculiar a los ojos del primitivo, porque también el repertorio de actos naturales es un poco diferente en la mujer y en el varón. Que la mujer cultive campo —fue la mujer la inventora de la técnica agrícola— le parece tan natural como que de cuando en cuando se ocupe en parir.

3.º Pero tampoco cobra conciencia de la técnica en su momento más característico y delator —en la invención. El primitivo no sabe que puede inventar, y porque no lo sabe, su inventar no es un previo y deliberado buscar soluciones. Como antes sugerí, es más bien la solución quien le busca a él. En el manejo constante e indeliberado de las cosas circundantes se produce de pronto, por puro azar, una situación que da un resultado nuevo y útil. Por ejemplo, rozando por diversión o prurito un palo con otro brota el fuego. Entonces el primitivo tiene una súbita visión de un nuevo nexo entre las cosas. El palo, que era algo para pegar, para apoyarse, aparece como algo nuevo, como lo que produce fuego. El primitivo, así tenemos que imaginarlo, queda anonadado, porque siente como si la naturaleza de improviso hubiese hecho penetrar en él uno de sus misterios. Ya el fuego era para él un poder divinoide del mundo y le suscitaba emociones religiosas. El nuevo hecho, el palo que hace fuego, se carga por una y otra razón de sentido mágico. Todas las técnicas primitivas tienen originariamente un halo mágico y sólo son técnicas para aquel hombre por lo que tienen de magia. Ya veremos luego cómo la magia es, en efecto, una técnica, aunque fallida e ilusoria.

Este hombre, pues, no se sabe a sí mismo como inventor de sus inventos. La invención le aparece como una dimensión más de la naturaleza —el poder que ésta tiene de proporcionarle ella a él, y no al revés, ciertos poderes. La producción de utensilios no le parece provenir de él, como no provienen de él sus manos y sus piernas. No se siente *homo faber*. Se encuentra, pues, en una situación muy parecida a la que Köhler describe cuando el chimpancé cae súbitamente en la cuenta de que un palo que tiene en la mano puede servir para un cierto fin antes insospechado. Köhler la llama «impresión del ¡ajá!», ya que ésta es la expresión del hombre cuando de pronto se le hace patente una nueva relación posible entre las cosas. Se trataría, pues, de la ley biológica llamada *trial and error*, ensayo y error, aplicada al orden consciente. El infusorio «ensaya» innumerables posturas y encuentra que una de ellas le produce efectos favorables. Entonces la fija como hábito.

Pero volvamos a la técnica primitiva. Se da, pues, en el hombre todavía como naturaleza. La expresión más propia de ella sería decir que verosímilmente las invenciones del hombre auroral, producto del puro azar, obedecen al cálculo de probabilidades; es decir, que dado el número de combinaciones espontáneas que son posibles entre las cosas corresponde a ellas una cifra de probabilidad para que se le presenten un día en forma tal que él vea en ellas preformado un instrumento.

X

LA TÉCNICA COMO ARTESANÍA.—LA TÉCNICA DEL TÉCNICO

Pasemos al segundo estadio: la técnica del artesano. Es la técnica de la vieja Grecia, es la técnica de la Roma pre-imperial y de la Edad Media. He aquí, en rapidísima enumeración, algunos de sus caracteres:

1.º El repertorio de actos técnicos ha crecido enormemente. No tanto, sin embargo —es importante advertirlo—, para que la súbita desaparición, crisis o atasco de las técnicas principales hiciera materialmente imposible la vida de las colectividades. Más claro aún: la diferencia entre la vida que lleva el hombre en este estadio con todas sus técnicas y la que llevaría sin ellas, no es tan radical que impidiera, fallidas o suspensas aquéllas, retrotraerse a una vida primitiva o cuasi primitiva. Aun la proporción entre lo no técnico y lo técnico no es tal que lo técnico se haya hecho la base absoluta de sustentación. No: aun la base sobre que el hombre se apoya es lo natural —por lo menos, y esto es lo importante, así lo siente él—, y por eso, cuando comienzan las crisis técnicas, no se da cuenta de que éstas van a imposibilitar la vida que lleva; por eso no reacciona a tiempo y enérgicamente ante aquellas crisis.

Pero hecha esta salvedad y comparando la nueva situación técnica que este segundo estadio representa con la primitiva, conviene subrayar lo contrario: el enorme crecimiento de los actos técnicos. No pocos de éstos se han hecho tan complicados que no puede ejercitarlos todo el mundo y cualquiera. Es preciso que ciertos hombres se encarguen a fondo de ellos, dediquen a ellos su vida: son los artesanos. Pero esto acarrea que el hombre adquiera ya una conciencia de la técnica como algo especial y aparte. Ve la actuación del artesano —zapatero, herrero, albañil, talabartero, etc.—, y entiende la técnica bajo la especie o figura de los técnicos que son los artesanos; quiero decir: aun no sabe que hay técnica, pero ya sabe que hay técnicos-hombres que poseen un repertorio peculiar de actividades que no son, sin más ni más, las generales y naturales en todo hombre. La lucha tan moderna de Sócrates con las gentes de su tiempo empieza por querer convencerles de que la técnica no es el técnico, sino una capacidad *sui géneris*, abstracta, peculiarísima, que no se confunde con este hombre determinado o con aquel otro. Para ellos, al contrario, la zapatería no es sino una destreza que poseen ciertos hombres llamados zapateros. Esa destreza podría ser mayor o menor y sufrir algunas pequeñas variaciones, exactamente como acontece con las destrezas naturales, el correr y el nadar, por ejemplo; mejor aún, como el volar del pájaro y el cornear del toro. Bien entendido, ellos saben ya que la zapatería no es natural —quiero decir no es animal—, sino algo exclusivo del hombre, pero que lo posee como un dote fijo y dado de una vez para siempre. Lo que tiene de sólo humano es lo que tiene de extranatural, pero lo que tiene de fijo y limitado le da un carácter de naturaleza —pertenece, pues, la técnica a la naturaleza del hombre—, es un tesoro definido y sin ampliaciones sustantivas posibles. Lo mismo que el hombre se encuentra al vivir instalado en el sistema rígido de los movimientos de su cuerpo, así se encuentra instalado, además, en el sistema fijo de las artes, que es como se llaman en pueblos y épocas de este estadio las técnicas. El sentido propio de *techne* en griego es ése.

2.º Tampoco el modo de adquisición de las técnicas favorece la clara conciencia de ésta como función genérica e ilimitada. En este estadio se da aún menos que en el primitivo —aunque de pronto pensaría uno lo contrario—, ocasión para que el hecho de inventar haga surgir en la memoria la idea clara, aislada, exenta, de lo que la técnica es en verdad. Al fin y al cabo, los pocos inventos primitivos, tan fundamentales, debieron destacarse melodramáticamente sobre la cotidianeidad de los hábitos animales. Pero en la artesanía no se concibe la conciencia del invento. El artesano tiene que aprender en largo aprendizaje —es la época de maestros y aprendices— técnicas que ya están elaboradas y vienen de una insondable tradición. El artesano va inspirado por la norma de encajarse en esa tradición como tal: está vuelto al pasado y no abierto a posibles novedades. Sigue el uso constituído. Se producen, sin embargo, modificaciones, mejoras, en virtud de un desplazamiento continuo y por lo mismo imperceptible; modificaciones, mejoras, que se presentan con el carácter, no de innovaciones sustantivas, sino, más bien, como variaciones de estilo en las destrezas. Estos estilos de tal o cual maestro se transmiten en forma de escuelas; por tanto, con el carácter formal de tradición.

3.º Otra razón hay, y decisiva, para que la idea de la técnica no se desprenda y aísle de la idea del hombre que la ejercita, y es que todavía el inventor sólo ha llegado a producir instrumentos y no máquinas. Esta distinción es esencial. La primera máquina propiamente tal, y con ello anticipo el tercer estadio, es el telar de Robert creado en 1825. Es la primera máquina, porque es el primer instrumento que actúa por sí mismo y por sí mismo produce el objeto. Por eso se llamó *self-actor*, y de aquí *selfatinas*. La técnica deja de ser lo que hasta entonces había sido, manipulación, maniobra, y se convierte *sensu stricto* en fabricación. En la artesanía el utensilio o trebejo es sólo suplemento del hombre. Éste, por tanto el hombre con sus actos «naturales», sigue siendo el actor principal. En la máquina, en cambio, pasa el instrumento a primer plano y no es él quien ayuda al hombre, sino al revés: el hombre quien simplemente ayuda y suplementa a la máquina. Por eso ella, al trabajar por sí y desprenderse del hombre, ha hecho a éste caer intuitivamente en la cuenta de que la técnica es una función aparte del hombre natural, muy independiente de éste y *no atenida a los límites de éste*. Lo que un hombre con sus actividades fijas de animal puede hacer, lo sabemos de antemano: su horizonte es limitado. Pero lo que pueden hacer las máquinas que el hombre es capaz de inventar es, en principio, ilimitado.

4.º Pero aún queda un rasgo de la artesanía que contribuye profundamente a impedir la conciencia adecuada de la técnica y, como los rasgos anteriores, tapa el hecho técnico en su pureza. Y es que toda técnica consiste en dos cosas: una, invención de un plan de actividad, de un método, procedimiento —*mechané*, decían los griegos—, y otra, ejecución de ese plan. Aquélla es en estricto sentido la técnica; ésta es sólo la operación y el obrar. En suma: hay el técnico y hay el obrero que ejercen en la unidad de la faena técnica dos funciones muy distintas. Pues bien: el artesano es, a la par e indivisamente, el técnico y el obrero. Y lo que más se ve de él es su maniobra y lo que menos su «técnica» propiamente tal. La disociación del artesano en sus dos ingredientes, la separación radical entre el obrero y el técnico, es uno de los síntomas principales del tercer estadio.

Hemos anticipado alguno de sus caracteres. Le hemos denominado «la técnica del técnico». El hombre adquiere la conciencia suficientemente clara de que posee una cierta capacidad por completo distinta de las rígidas, inmutables, que integran su porción natural o animal. Ve que la técnica no es un azar, como en el estadio primitivo, ni un cierto tipo dado y limitado de hombre —el artesano—; que la técnica no es esta técnica ni aquella determinadas y, por lo tanto, fijas, sino precisamente un hontanar de actividades humanas, en principio, ilimitadas. Esta nueva conciencia de la técnica como tal coloca al hombre, por vez primera, en una situación radicalmente distinta de la que nunca experimentó; en cierto modo, antitética. Porque hasta ella había predominado en la idea que el hombre tenía de su vida la conciencia de todo lo que no podía hacer, de lo que era incapaz de hacer; en suma, de su debilidad y de su limitación. Pero la idea que hoy tenemos de la técnica —reavive ahora cada uno de ustedes esa idea que tiene— nos coloca en la situación tragicómica —es decir, cómica, pero también trágica— de que cuando se nos ocurre la cosa más extravagante nos sorprendemos en azoramiento porque en nuestra última sinceridad no nos atrevemos a asegurar que esa extravagancia —el viaje a los astros, por ejemplo— es imposible de realizar. Temernos que, a lo mejor, en el momento de decir eso, llegase un periódico y nos comunicara que, habiéndose logrado proporcionar a un proyectil una velocidad de salida superior a la fuerza de gravedad, se había colocado un objeto terrestre en las inmediaciones de la Luna. Es decir, que el hombre está hoy, en su fondo, azorado precisamente por la conciencia de su principal ilimitación. Y acaso ello contribuye a que no sepa ya quién es —porque al hallarse, en principio, capaz de ser todo lo imaginable, ya no sabe qué es lo que efectivamente es. Y por si se me olvida o no tengo tiempo de decirlo, aun cuando pertenece a otro capítulo, aprovecho el conexo para hacer observar a ustedes que la técnica, al aparecer por un lado como capacidad, en principio ilimitada, hace que al hombre, puesto a vivir de fe en la técnica y sólo en ella, se le vacíe la vida. Porque ser técnico y sólo técnico es poder serlo todo y consecuentemente no ser nada determinado. De puro llena de posibilidades, la técnica es mera forma hueca —como la lógica más formalista—; es incapaz de determinar el contenido de la vida. Por eso estos años en que vivimos, los más intensamente técnicos que ha habido en la historia humana, son de los más vacíos.

XI

RELACIÓN EN QUE EL HOMBRE Y SU TÉCNICA SE ENCUENTRAN HOY.—EL TÉCNICO ANTIGUO

Hemos visto cómo el estadio de evolución técnica en que hoy nos hallamos se caracteriza: 1.º Por el fabuloso crecimiento de actos y resultados técnicos que integran la vida actual. Mientras en la Edad Media, en la época del artesano, la técnica y la naturalidad del hombre parecían compensarse y la ecuación de condiciones en que la existencia se apoyaba le permitía beneficiar ya del don humano para adaptar el mundo al hombre, pero sin que ello llevase a desnaturalizarle, hoy los supuestos técnicos de la vida superan gravemente los naturales, de suerte tal que materialmente el hombre no puede vivir sin la técnica a que ha llegado. Esto no es una manera de decir, sino que significa una verdad literal. En uno de mis libros he destacado, como uno de los datos que el hombre contemporáneo debe mantener más vivaces en su mente, el hecho siguiente: Europa desde el siglo v hasta 1800 —por tanto, en trece siglos— no consigue llegar a más de 180 millones de habitantes. Pues bien, de 1800 a la hora presente, por tanto, en poco más de un solo siglo, ha alcanzado la cifra de unos 500 millones de hombres, sin contar los millones que ha centrifugado a la emigración. En un solo siglo ha crecido, pues, tres veces y media. Y es evidente que cualesquiera sean las causas adyacentes de tan prodigioso fenómeno —el hecho de que hoy *puedan* vivir bien tres veces y media más de hombres en el mismo espacio en que antes malvivían tres veces y media menos—, la causa inmediata y el supuesto menos eludible es la perfección de la técnica. Si ésta retrocediese súbitamente, cientos de millones de hombres dejarían de existir.

La proliferación sin par de la planta humana acontecida en ese siglo es probablemente el origen de no pocos conflictos actuales.

Hecho tal sólo podía acontecer cuando el hombre había llegado a interponer entre la naturaleza y él una zona de pura creación técnica tan espesa y profunda que vino a constituir una sobrenaturaleza. El hombre de hoy —no me refiero al individuo, sino a la totalidad de los hombres— no puede elegir entre vivir en la naturaleza o beneficiar esa sobrenaturaleza. Está ya irremediablemente adscrito a ésta y colocado en ella como el hombre primitivo en su contorno natural. Y esto tiene un riesgo entre otros: como al abrir los ojos a la existencia se encuentra el hombre rodeado de una cantidad fabulosa de objetos y procedimientos creados por la técnica que forman un primer paisaje artificial tan tupido que oculta la naturaleza primaria tras él, tenderá a creer que, como ésta, todo aquello está ahí por sí mismo: que el automóvil y la aspirina no son cosas que hay que fabricar, sino cosas, como la piedra o la planta, que son dadas al hombre sin previo esfuerzo de éste. Es decir, que puede llegar a perder la conciencia de la técnica y de las condiciones, por ejemplo, morales en que ésta se produce, volviendo, como el primitivo, a no ver en ella sino dones naturales que se tienen desde luego y no reclaman esforzado sostenimiento. De suerte que la expansión prodigiosa de la técnica la hizo primero destacarse sobre el sobrio repertorio de nuestras actividades naturales y nos permitió adquirir plena conciencia de ella, pero luego, al seguir en fantástica progresión, su crecimiento amenaza con obnubilar esa conciencia.

2.º El otro rasgo que lleva al hombre a descubrir el carácter genuino de su propia técnica fue, dijimos, el tránsito del mero instrumento a la máquina, esto es, al aparato que actúa por sí mismo. La máquina deja en último término al hombre, al artesano. No es ya el utensilio que auxilia al hombre, sino al revés: el hombre queda reducido a auxiliar de la máquina. Una fábrica es hoy un artefacto independiente al que ayudan en algunos momentos unos pocos hombres, cuyo papel resulta modestísimo.

3.º Consecuencia de ello fue que el técnico y el obrero, unidos en el artesano, se separasen, y al quedar aislado se convirtiese el técnico como tal en la expresión pura, viviente, de la técnica como tal: en suma, el ingeniero.

Hoy está la técnica ante nuestros ojos, tal y como es, exenta, aparte y sin confundirse y ocultarse en lo que no es ella. Por eso se dedican concretamente a ella ciertos hombres, los técnicos. En la Edad paleolítica o en la Edad Media, el inventar no podía constituir un oficio porque el hombre ignoraba su propio poder de invención. Hoy, por el contrario, el técnico se dedica, como a la actividad más normal y preestablecida, a la faena de inventar. Al revés que el primitivo, antes de inventar sabe que puede inventar; esto equivale a que antes de tener una técnica tiene *la* técnica. Hasta este punto y aun en este sentido casi material es cierto lo que vengo sosteniendo: que las técnicas son sólo concreciones *a posteriori* de la función general técnica del hombre. El técnico no tiene que esperar los azares y someterse a cifras evanescentes de probabilidad, sino que, en principio, está seguro de llegar a descubrimientos. ¿Por qué?

Esto nos obliga a hablar algo del tecnicismo de la técnica.

Para algunos eso y sólo eso es la técnica. Y, sin duda, no hay técnica sin tecnicismo, pero no es sólo eso. El tecnicismo es sólo el método intelectual que opera en la creación técnica. Sin él no hay técnica, pero con él solo tampoco la hay. Ya vimos que no basta poseer una facultad para que, sin más, la ejercitemos.

Yo hubiera deseado hablar largo y tendido sobre el tecnicismo de la técnica, así actual como pretérita. Es tal vez el tema que personalmente me interesa más. Pero hubiera sido un error, a mi juicio, hacer gravitar hacia él todo este ensayo. Ahora, en su agonía, tengo que reducirme a dedicarle una brevísima consideración: brevísima, pero, según espero, suficientemente clara.

Es incuestionable que ni la técnica habría logrado tan fabulosa expansión en estos últimos siglos, ni al instrumento hubiera sucedido la máquina, ni consecuentemente el técnico se habría separado del obrero, si el tecnicismo no hubiese previamente sufrido una radical transformación.

En efecto, el tecnicismo moderno es completamente distinto del que ha actuado en todas las técnicas pretéritas. ¿Cómo expresar en pocas palabras la radical diferencia? Tal vez haciéndonos esta otra pregunta: el técnico del pasado, cuando lo era propiamente, es decir, cuando el invento no surgía por puro azar, sino que deliberadamente era buscado, ¿qué es lo que hacía? Pongamos un ejemplo esquemático, por tanto, exagerado, aunque se trata de un hecho histórico y no imaginario. El arquitecto nilota necesitaba elevar los sillares de piedra a las partes más altas de la pirámide de Cheops. El técnico egipcio parte, como no puede menos, del resultado que se propone: elevar el sillar. Para ello busca medios. Para ello, he dicho; es decir, busca medios para el resultado —que la piedra quede en lo alto— tomando en bloque ese resultado. Su mente está prisionera de la finalidad propuesta tal y como es propuesta en su integridad última y perfecta. Tenderá, pues, a no buscar como medios sino aquellos actos o procedimientos que, a ser posible, produzcan de un solo golpe, con una sola operación breve o prolongada, pero de tipo único, el resultado total. La unidad indiferenciada del fin incita a buscar un método también único e indiferenciado. Esto lleva en los comienzos de la técnica a que el medio por el cual se hace la cosa se parezca mucho a la cosa misma que se hace. Así en la pirámide: para subir la piedra a lo alto se adosa a la pirámide tierra en forma de pirámide; con base más ancha y menor declive sobre el cual se arrastran hacia la cúspide los sillares. Como este principio de similitud —*similia similibus*— no es aplicable en muchos casos, el técnico se queda sin regla alguna, sin método para pasar mentalmente del fin propuesto al medio adecuado, y se dedica empíricamente a probar esto y lo otro y lo de más allá que vagamente se ofrezca como congruente al propósito. Dentro, pues, del círculo que se refiere a este propósito, recae en la misma actitud del «inventor primitivo».

XII

EL TECNICISMO MODERNO.- LOS RELOJES DE CARLOS V. — CIENCIA Y TALLER. — EL PRODIGIO DEL PRESENTE

El tecnicismo de la técnica moderna se diferencia radicalmente del que ha inspirado todas las anteriores. Surge en las mismas fechas que la ciencia física y es hijo de la misma matriz histórica. Hemos visto cómo hasta aquí el técnico, obseso por el resultado final que es el apetecido, no se siente libre ante él y busca medios que de un golpe y en totalidad consiga producirlo. El medio, he dicho, imita a su finalidad.

En el siglo XVI llega a madurez una nueva manera de funcionar las cabezas que se manifiesta a la par en la técnica y en la más pura teoría. Más aún, es característico de esta nueva manera de pensar que no pueda decirse dónde empieza; si en la solución de problemas prácticos o en la construcción de meras ideas. Vinci fue en ambos órdenes el precursor. Es hombre de taller, no sólo ni siquiera principalmente de taller de pintura, sino de taller mecánico. Se pasa la vida inventando «artificios».

En la carta donde solicita empleo de Ludovico Moro, adelanta una larga lista de invenciones bélicas e hidráulicas. Lo mismo que en la época helenística los grandes *poliorcetas* dieron ocasión a los grandes avances de la mecánica que terminan prodigiosamente en el prodigioso Arquímedes, en estas guerras de fines del siglo XV y comienzos del XVI se prepara el crecimiento decisivo del nuevo tecnicismo. *Nota bene:* unas y otras guerras eran guerras falsas, quiero decir, no eran guerras de pueblos, guerras férvidas, peleas de sentimientos enemigos, sino guerras de militares contra militares, guerras frígidas, guerras de cabeza y puño, no de víscera cordial. Por lo mismo guerras... técnicas.

Ello es que hacia 1540 están de moda en el mundo las «mecánicas». Esta palabra, conste, no significa entonces la ciencia que hoy ha absorbido ese término que aún no existía: significa las máquinas y el arte de ellas. Tal es el sentido que tiene todavía en 1600 para Galileo, padre de la ciencia mecánica. Todo el mundo quiere tener aparatos, grandes y chicos, útiles o simplemente divertidos. Nuestro enorme Carlos, el V, el de Mülhberg, cuando se retira a Yuste, en la más ilustre bajamar que registra la historia, se lleva en su formidable resaca hacia la nada sólo estos dos elementos del mundo que abandona: relojes y Juanelo Turriano. Éste era un flamenco, verdadero mago de los inventos mecánicos, el que construye lo mismo el artificio para subir aguas a Toledo —de que aún quedan restos— que un pájaro semoviente que vuela con sus alas de metal por el vasto vacío de la estancia donde Carlos, ausente de la vida, reposa.

Importa mucho subrayar este hecho de primer orden: que la maravilla máxima de la mente humana, la ciencia física, nace en la técnica. Galileo joven no está en la Universidad, sino en los arsenales de Venecia, entre grúas y cabrestantes. Allí se forma su mente.

El nuevo tecnicismo, en efecto, procede exactamente como va a proceder la *nuova scienza*. No va sin más de la imagen del resultado que se quiere obtener a la busca de medios que lo logran. No. Se detiene ante el propósito y opera sobre él. Lo *analiza*. Es decir, descompone el resultado total —que es el único primeramente deseado— en los resultados parciales de que surge, en el proceso de su génesis. Por tanto, en sus «causas» o fenómenos ingredientes.

Exactamente esto es lo que va a hacer en su ciencia Galileo, que fue a la par, como es sabido, un gigantesco «inventor». El aristotélico no descomponía el fenómeno natural, sino que a su conjunto le buscaba una causa también conjunta, a la modorra que produce la infusión de amapolas una *virtus dormitiva*. Galileo cuando ve moverse un cuerpo hace todo lo contrario: se pregunta de qué movimientos elementales y, por tanto, generales, se compone aquel movimiento concreto. Esto es el nuevo modo de operar con el intelecto: «análisis de la naturaleza».

Tal es la unión inicial —y de raíz— entre el nuevo tecnicismo y la ciencia. Unión como se ve nada externa, sino de idéntico método intelectual. Esto da a la técnica moderna independencia y plena seguridad en sí misma. No es una inspiración como mágica ni puro azar, sino «método», camino preestablecido, firme, consciente de sus fundamentos.

¡Gran lección! Conviene que el intelectual *maneje* las cosas, que esté cerca de ellas; de las cosas materiales si es físico, de las cosas humanas si es historiador. Si los historiadores alemanes del siglo XIX hubiesen sido más hombres políticos, o siquiera más «hombres de mundo», acaso la historia fuese hoy ya una ciencia y junto a ella existiese una técnica realmente eficaz para actuar sobre los grandes fenómenos colectivos, ante los cuales, sea dicho con vergüenza, el actual hombre se encuentra como el paleolítico ante el rayo.

El llamado «espíritu» es una potencia demasiado etérea que se pierde en el laberinto de sí misma, de sus propias infinitas posibilidades. ¡Es demasiado fácil pensar! La mente en su vuelo apenas si encuentra resistencia. Por eso es tan importante para el intelectual palpar los objetos materiales y aprender en su trato con ellos una disciplina de contención. Los cuerpos han sido los maestros del espíritu, como el centauro Quirón fue el maestro de los griegos. Sin las cosas que se ven y se tocan, el presuntuoso «espíritu» no sería más que demencia. El cuerpo es el gendarme y el pedagogo del espíritu.

De aquí la ejemplaridad del pensamiento físico frente a todos los demás usos intelectuales. La física, como ha notado Nicolai Hartmann, debe su sin par virtud a ser hasta ahora la única ciencia donde la verdad se establece mediante el acuerdo de dos instancias independientes que no se dejan sobornar la una por la otra. El puro pensar *a priori* de la mecánica racional y el puro mirar las cosas con los ojos de la cara: análisis y experimento.

Todos los creadores de la nueva ciencia se dieron cuenta de su consustancialidad con la técnica. Lo mismo Bacon que Galileo, Gilbert que Descartes, Huygens que Hooke o Newton.

De entonces acá el desarrollo —en sólo tres siglos— ha sido fabuloso: lo mismo el de la teoría que el de la técnica. Vea el lector en el librito de Allen Raymond, *¿Qué es la tecnocracia?*, traducido en las ediciones de la *Revista de Occidente*, algunos datos sobre lo que hoy puede hacer aquel técnico. Por ejemplo:

«El motor humano, en una jornada de ocho horas, es capaz de rendir trabajo, aproximadamente, en la proporción de un décimo de caballo. Hoy día poseemos máquinas que trabajan con 300.000 caballos de potencia, capaces de funcionar durante veinticuatro horas del día por mucho tiempo.

»La primera máquina de conversión de energía distinta del mecanismo humano fue la tosca máquina de vapor atmosférico de Newcomen, en 1712. La primera máquina de esa marca desarrolla 5,5 caballos de fuerza, calculada por la cantidad de agua que eleva en un tiempo determinado. Esta máquina alcanzó su máximo tamaño hacia 1780, con gigantescos cilindros y 16 a 20 recorridos de émbolo por minuto. Tenía una potencia de 50 caballos, o sea, 500 veces la del motor humano. Pero la eficiencia de la máquina Newcomen era un décimo de la máquina humana y requería 15,8 libras de carbón por caballo. Tenía otros defectos, tanto en energía como en la parte mecánica, que impidieron su adopción general.

»La introducción de la turbina trajo un nuevo tipo de conversión de energía. Mientras las primeras turbinas construidas poseían menos de 700 caballos y la primera turbina que se instaló en una estación central era de 5.000 caballos, las turbinas modernas llegan a alcanzar 300.000 caballos, o sea, 3.000.000 de veces el rendimiento de un ser humano en jornada de ocho horas. Calculada sobre la base de veinticuatro horas de funcionamiento, la turbina tiene nueve millones de veces el rendimiento del cuerpo humano.

»La primera turbina montada en una estación central consumía 6,88 libras de carbón por kilovatio hora en 1903.

»Ha habido un descenso en consumo de carbón de 6,88 libras a 0,84 libras en un período de 30 años, lo que indica la variación del rendimiento al efectuar el trabajo humano por medio de las máquinas.

»El rendimiento máximo de civilización en el antiguo Egipto nunca excedió de 150.000 caballos en jornada de ocho horas, suponiéndole 3.000.000 de habitantes. Grecia, Roma, los pequeños Estados e Imperios de la Edad Media y las naciones modernas tuvieron el mismo índice de rendimiento hasta la época de Jaime Watt. Cambios cada vez más rápidos ocurrieron desde entonces. El progreso social, desconocido hasta ahora, avanzó lentamente al principio, después dio una carrera, tomó vuelo y avanzó con la rapidez de un cohete. Serie tras serie de desarrollos técnicos han barrido los procesos industriales de cada década, desde 1800, para dejarlos reducidos a métodos anticuados del pasado.

»La primera máquina, la de Newcomen, no sobrevivió a su siglo. El segundo cambio en la conversión de energía, la máquina de Watt, no sobrevivió un siglo para ser reemplazada por una nueva máquina de mayor rendimiento. De los 9.000.000 de veces por los que hemos multiplicado la energía del cuerpo humano para obtener las unidades modernas de energía mecánica alcanzadas, un aumento de 8.766.000 veces ha ocurrido en los últimos veinticinco años.

»Sobre disminución de horas de trabajo humano desde 1840,

notemos que, en acero, el grado de disminución ha sido la inversa de la cuarta potencia del tiempo; en automóviles, aún mayor; en producción de lingotes de hierro, una hora de trabajo humano consigue hoy día lo que seiscientas horas del mismo trabajo hace cien años. En agricultura, sólo $1/_{3.000}$ de horas de trabajo humano por unidad de producto se necesitan comparadas con 1840. En la fabricación de lámparas incandescentes, una hora de trabajo humano realiza tanto como nueve mil horas del mismo trabajo en 1914.

»El grado de disminución en horas de trabajo humano por unidad de producción, tomadas en conjunto, es, pues, aproximadamente $1/_{3.000}$.

»Los fabricantes de ladrillos durante más de cinco mil años, nunca lograron por término medio más de 450 ladrillos por día y por individuo, en jornada de más de diez horas.

»Una fábrica moderna de fabricación continua de ladrillos producirá 400.000 ladrillos por día y por hombre.»

No respondo de la exactitud de estas cifras. Los «tecnócratas» de quienes proceden, son demagogos y, por tanto, gente sin exactitud, poco escrupulosa y atropellada. Pero lo que tenga ese cuadro numérico de caricatura y exageración, no hace sino poner de manifiesto un fondo verdadero e incuestionable: la casi ilimitación de posibilidades en la técnica material contemporánea.

Pero la vida humana no es sólo lucha con la materia, sino también lucha del hombre con su alma. ¿Qué cuadro puede Euramérica oponer a ése como repertorio de técnicas del alma? ¿No ha sido, en este orden, muy superior el Asia profunda? Desde hace años sueño con un posible curso en que se muestren frente a frente las técnicas de Occidente y las técnicas del Asia.

IDEAS Y CREENCIAS
(1940)

PRÓLOGO

Desde hace cinco años ando rodando por el mundo, parturiento de dos gruesos libros que condensan mi labor durante los últimos dos lustros anteriores. Uno se titula Aurora de la razón histórica, *y es un gran mamotreto filosófico; el otro se titula* El hombre y la gente, *y es un gran mamotreto sociológico. Pero la malaventura parece complacerse en no dejarme darles la última mano, esa postrera soba que no es nada y es tanto, ese ligero pase de piedra pómez que tersifica y pulimenta. He vivido esos cinco años errabundo de un pueblo en otro y de uno en otro continente, he padecido miseria, he sufrido enfermedades largas de las que tratan de tú por tú a la muerte, y debo decir que si no he sucumbido en tanta mareiada ha sido porque la ilusión de acabar esos dos libros me ha sostenido cuando nada más me sostenía. Al volver luego a mi vida, como pájaros anuales, un poco de calma y un poco de salud, me hallé lejos de las bibliotecas, sin las cuales aquella última mano es precisamente imposible, y me encuentro con que ahora menos que nunca sé cuándo los podré concluir. Nunca había yo palpado con tal vehemencia la decrépita verdad del* Habent sua fata libelli. *En vista de ello, y movido por la conveniencia de dar un complemento a mis actuales lecciones en la Facultad de Filosofía y Letras de Buenos Aires, me he resuelto a publicar el primer capítulo del primero de los libros nombrados, bien que en su redacción más primitiva. Lleva el título de* Ideas y creencias. *La porción primera de él apareció traducida al alemán hacia 1936 en la* Europäische Revue.

A él sigue en este tomito un discurso pronunciado en 1932 en el paraninfo de la Universidad de Granada, con ocasión de su cuarto centenario. En él anunciaba que la Universidad se había acabado por ahora en el mundo precisamente cuando los que me escuchaban creían que había triunfado más. Sólo el viejo zorro que era Unamuno —decía de sí mismo que todo vasco lleva un zorro dentro, pero que él llevaba dos—, percibió el larvado vaticinio y dedicó a este trabajo mío unos artículos. Unamuno, de quien había vivido durante veinte años distante, se aproximó a mí en los postreros días de su vida, y hasta poco antes de la guerra civil y de su muerte recalaba a prima noche en la tertulia de la Revista de Occidente, *con su cuerpo prócer ya muy combado, como el arco próximo a disparar la última flecha. Algún día contaré la causa de esta aproximación que nos honra a ambos.*

Añado unos papeles leídos en la fecha del centenario de Hegel, 1932, ante un público formado principalmente por muchachas más florecientes que meditabundas, y a quienes era forzoso evitar la impudorosa dificultad de la filosofía —la verdad desnuda. Mezclo con ello otros papeles que creo de cierto interés sobre lo que es la geografía en el pensamiento histórico de Hegel. Van también «Miseria y esplendor de la traducción», publicado en La Nación, *de Buenos Aires, y «Defensa del teólogo frente al místico», trozo de un curso.*

Termino con unos artículos donde hace tiempo di a conocer unos trozos de las más curiosas memorias que en seis gruesos volúmenes escribió don Gaspar de Mestanza, por las cuales pasan como bajo un microscopio los diez años últimos del siglo XIX y los treinta primeros del XX. Espero no tardar mucho en publicar, ya que no toda la obra manuscrita, que es ciclópea por su tamaño, una selección más amplia. En ella se verá lo que fue aquel claro espíritu español que nadie supo descubrir, tal vez porque siempre siguió el otro viejo y prudente lema: Bene vixit qui latuit.

Buenos Aires, octubre de 1940.

IDEAS Y CREENCIAS

CAPÍTULO PRIMERO

CREER Y PENSAR

I

Las ideas se tienen; en las creencias se está. — *«Pensar en las cosas» y «contar con ellas».*

Cuando se quiere entender a un hombre, la vida de un hombre, procuramos ante todo averiguar cuáles son sus ideas. Desde que el europeo cree tener «sentido histórico», es ésta la exigencia más elemental. ¿Cómo no van a influir en la existencia de una persona sus ideas y las ideas de su tiempo? La cosa es obvia. Perfectamente; pero la cosa es también bastante equívoca, y, a mi juicio, la insuficiente claridad sobre lo que se busca cuando se inquieren las ideas de un hombre —o de una época— impide que se obtenga claridad sobre su vida, sobre su historia.

Con la expresión «ideas de un hombre» podemos referirnos a cosas muy diferentes. Por ejemplo: los pensamientos que se le ocurren acerca de esto o de lo otro y los que se le ocurren al prójimo y él repite y adopta. Estos pensamientos pueden poseer los grados más diversos de verdad. Incluso pueden ser «verdades científicas». Tales diferencias, sin embargo, no importan mucho, si importan algo, ante la cuestión mucho más radical que ahora planteamos. Porque, sean pensamientos vulgares, sean rigorosas «teorías científicas», siempre se tratará de ocurrencias que en un hombre surgen, originales suyas o insufladas por el prójimo. Pero esto implica evidentemente que el hombre estaba ya ahí antes de que se le ocurriese o adoptase la idea. Ésta brota, de uno u otro modo, dentro de una vida que preexistía a ella. Ahora bien, no hay vida humana que no esté desde luego constituída por ciertas creencias básicas y, por decirlo así, montada sobre ellas. Vivir es tener que habérselas con algo —con el mundo y consigo mismo. Mas ese mundo y ese «sí mismo» con que el hombre se encuentra le aparecen ya bajo la especie de una interpretación, de «ideas» sobre el mundo y sobre sí mismo.

Aquí topamos con otro estrato de ideas que un hombre tiene. Pero ¡cuán diferente de todas aquellas que se le ocurren o que adopta! Estas «ideas» básicas que llamo «creencias» —ya se verá por qué— no surgen en tal día y hora *dentro* de nuestra vida, no arribamos a ellas por un acto particular de pensar, no son, en suma, pensamientos que tenemos, no son ocurrencias ni siquiera de aquella especie más elevada por su perfección lógica y que denominamos razonamientos. Todo lo contrario: esas ideas que son, de verdad, «creencias» constituyen el continente de nuestra vida y, por ello, no tienen el carácter de contenidos particulares dentro de ésta. Cabe decir que no son ideas que tenemos, sino ideas que somos. Más aún: precisamente porque son creencias radicalísimas se confunden para nosotros con la realidad misma —son nuestro mundo y nuestro ser—, pierden, por tanto, el carácter de ideas, de pensamientos nuestros que podían muy bien no habérsenos ocurrido.

Cuando se ha caído en la cuenta de la diferencia existente entre esos dos estratos de ideas aparece, sin más, claro el diferente papel que juega en nuestra vida. Y, por lo pronto, la enorme diferencia de rango funcional. De las ideas-ocurrencias —y conste que incluyo en ellas las verdades más rigorosas de la ciencia— podemos decir que las producimos, las sostenemos, las discutimos, las propagamos, combatimos en su pro y hasta somos capaces de morir por ellas. Lo que no podemos es ... vivir *de* ellas. Son obra nuestra y, por lo mismo, suponen ya nuestra vida, la cual se asienta en ideas-creencias que no producimos nosotros, que, en general, ni siquiera nos formulamos y que, claro está, no discutimos ni propagamos ni sostenemos. Con las creencias propiamente no *hacemos* nada, sino que simplemente *estamos* en ellas. Precisamente lo que no nos pasa jamás— si hablamos cuidadosamente— con nuestras ocurrencias. El lenguaje vulgar ha inventado certeramente la expresión «estar en la creencia». En efecto, en la creencia se está, y la ocurrencia se tiene y se sostiene. Pero la creencia es quien nos tiene y sostiene a nosotros.

Hay, pues, ideas *con* que nos encontramos —por eso las llamo ocurrencias— e ideas *en* que nos encontramos, que parecen estar ahí ya antes de que nos ocupemos en pensar.

Una vez visto esto, lo que sorprende es que a unas y a otras se les llame lo mismo: ideas. La identidad de nombre es lo único que estorba para distinguir dos cosas cuya disparidad brinca tan claramente ante nosotros sin más que usar frente a frente estos dos términos: creencias y ocurrencias. La incongruente conducta de dar un mismo nombre a dos cosas tan distintas no es, sin embargo, una casualidad ni una distracción. Proviene de una incongruencia más honda: de la confusión entre dos problemas radicalmente diversos que exigen dos modos de pensar y de llamar no menos dispares.

Pero dejemos ahora este lado del asunto: es demasiado abstruso. Nos basta con hacer notar que «idea» es un término del vocabulario psicológico y que la psicología, como toda ciencia particular, posee sólo jurisdicción subalterna. La verdad de sus conceptos es relativa al punto de vista particular que la constituye y vale en el horizonte que ese punto de vista crea y acota. Así, cuando la psicología dice de algo que es una «idea», no pretende haber dicho lo más decisivo, lo más real sobre ello. El único punto de vista que no es particular y relativo es el de la vida, por la sencilla razón de que todos los demás se dan dentro de ésta y son meras especializaciones de aquél. Ahora bien, como fenómeno vital la creencia no se parece nada a la ocurrencia: su función en el organismo de nuestro existir es totalmente distinta y, en cierto modo, antagónica. ¿Qué importancia puede tener en parangón con esto el hecho de que, bajo la perspectiva psicológica, una y otra sean «ideas» y no sentimientos, voliciones, etcétera?

Conviene, pues, que dejemos este término —«ideas»— para designar todo aquello que en nuestra vida aparece como resultado de nuestra ocupación intelectual. Pero las creencias se nos presentan con el carácter opuesto. No llegamos a ellas tras una faena de entendimiento, sino que operan ya en nuestro fondo cuando nos ponemos a pensar sobre algo. Por eso no solemos formularlas, sino que nos contentamos con aludir a ellas como solemos hacer con todo lo que nos es la realidad misma. Las teorías, en cambio, aun las más verídicas, sólo existen mientras son pensadas: de aquí que necesiten ser formuladas.

Esto revela, sin más, que todo aquello en que nos ponemos a pensar tiene *ipso facto* para nosotros una realidad problemática y ocupa en nuestra vida un lugar secundario si se le compara con nuestras creencias auténticas. En éstas no pensamos ahora o luego: nuestra relación con ellas consiste en algo mucho más eficiente; consiste en... contar con ellas, siempre, sin pausa.

Me parece de excepcional importancia para inyectar, por fin, claridad en la estructura de la vida humana esta contraposición entre pensar en una cosa y contar con ella. El intelectualismo que ha tiranizado, casi sin interrupción, el pasado entero de la filosofía ha impedido que se nos haga patente y hasta ha invertido el valor respectivo de ambos términos. Me explicaré.

Analice el lector cualquier comportamiento suyo, aun el más sencillo en apariencia. El lector está en su casa y, por unos u otros motivos, resuelve salir a la calle. ¿Qué es en todo este su comportamiento lo que propiamente tiene el carácter de pensado, aun entendiendo esta palabra en su más amplio sentido, es decir, como conciencia clara y actual de algo? El lector se ha dado cuenta de sus motivos, de la resolución adoptada, de la ejecución de los movimientos con que ha caminado, abierto la puerta, bajado la escalera. Todo esto en el caso más favorable. Pues bien, aun en ese caso y por mucho que busque en su conciencia no encontrará en ella ningún pensamiento en que se haga constar que hay calle. El lector no se ha hecho cuestión ni por un momento de si la hay o no la hay. ¿Por qué? No se negará que para resolverse a salir a la calle es de cierta importancia que la calle exista. En rigor, es lo más importante de todo, el supuesto de todo lo demás. Sin embargo, precisamente de ese tema tan importante no se ha hecho cuestión el lector, no ha *pensado* en ello ni para negarlo ni para afirmarlo ni para ponerlo en duda. ¿Quiere esto decir que la existencia o no existencia de la calle no ha intervenido en su comportamiento? Evidentemente, no. La prueba se tendría si al llegar a la puerta de su casa descubriese que la calle había desaparecido, que la tierra concluía en el umbral de su domicilio o que ante él se había abierto una sima. Entonces se produciría en la conciencia del lector una clarísima y violenta sorpresa. ¿De qué? De que no había aquélla. Pero ¿no habíamos quedado en que antes no había pensado que la hubiese, no se había hecho cuestión de ello? Esta sorpresa pone de manifiesto hasta qué punto la existencia de la calle actuaba en su estado anterior, es decir, hasta qué punto el lector *contaba con* la calle aunque no pensaba en ella y precisamente porque no pensaba en ella.

El psicólogo nos dirá que se trata de un pensamiento habitual, y que por eso no nos damos cuenta de él, o usará la hipótesis de lo subconsciente, etc. Todo ello, que es muy cuestionable, resulta para nuestro asunto por completo indiferente. Siempre quedará que lo que decisivamente actuaba en nuestro comportamiento, como que era su básico supuesto, no era *pensado* por nosotros con conciencia clara y aparte. Estaba en nosotros, pero no en forma consciente, sino como implicación latente de nuestra conciencia o pensamiento. Pues bien, a este modo de intervenir algo en nuestra vida sin que lo pensemos llamo «contar con ello». Y ese modo es el propio de nuestras efectivas creencias.

El intelectualismo, he dicho, invierte el valor de los términos. Ahora resulta claro el sentido de esta acusación. En efecto, el intelectualismo tendía a considerar como lo más eficiente en nuestra vida lo más consciente. Ahora vemos que la verdad es lo contrario. La máxima eficacia sobre nuestro comportamiento reside en las implicaciones latentes de nuestra actividad intelectual, en todo aquello con que contamos y en que, de puro contar con ello, no pensamos.

¿Se entrevé ya el enorme error cometido al querer aclarar la vida de un hombre o una época por su ideario; esto es, por sus pensamientos especiales, en lugar de penetrar más hondo, hasta el estrato de sus creencias más o menos inexpresas, de las cosas con que contaba? Hacer esto, fijar el inventario de las cosas con que se cuenta, sería, de verdad, construir la historia, esclarecer la vida desde su subsuelo.

II

El azoramiento de nuestra época. — Creemos en la razón y no en sus ideas. La ciencia casi poesía.

Resumo: cuando intentamos determinar cuáles son las ideas de un hombre o de una época, solemos confundir dos cosas radicalmente distintas: sus creencias y sus ocurrencias o «pensamientos». En rigor, sólo estas últimas deben llamarse «ideas».

Las creencias constituyen la base de nuestra vida, el terreno sobre que acontece. Porque ellas nos ponen delante lo que para nosotros es la realidad misma. Toda nuestra conducta, incluso la intelectual, depende de cuál sea el sistema de nuestras creencias auténticas. En ellas «vivimos, nos movemos y somos». Por lo mismo, no solemos tener conciencia expresa de ellas, no las pensamos, sino que actúan latentes, como implicaciones de cuanto expresamente hacemos o pensamos. Cuando creemos de verdad en una cosa no tenemos la «idea» de esa cosa, sino que simplemente «contamos con ella».

En cambio, las ideas, es decir, los pensamientos que tenemos sobre las cosas, sean originales o recibidos, no poseen en nuestra vida valor de realidad. Actúan en ella precisamente como pensamientos nuestros y sólo como tales. Esto significa que toda nuestra «vida intelectual» es secundaria a nuestra vida real o auténtica y representa a ésta sólo una dimensión virtual o imaginaria. Se preguntará qué significa entonces la verdad de las ideas, de las teorías. Respondo: la verdad o falsedad de una idea es una cuestión de «política interior» dentro del mundo imaginario de nuestras ideas. Una idea es verdadera cuando corresponde a la idea que tenemos de la realidad. Pero *nuestra idea de la realidad* no es nuestra *realidad*. Ésta consiste en todo aquello con que de hecho contamos al vivir. Ahora bien, de la mayor parte de las cosas con que de hecho contamos no tenemos la menor idea, y si la tenemos —por un especial esfuerzo de reflexión sobre nosotros mismos— es indiferente porque no nos es realidad en cuanto idea, sino, al contrario, en la medida en que no nos es sólo idea, sino creencia infraintelectual.

Tal vez no haya otro asunto sobre el que importe más a nuestra época conseguir claridad como éste de saber a qué atenerse sobre el papel y puesto que en la vida humana corresponde a todo lo intelectual. Hay una clase de épocas que se caracterizan por su gran azoramiento. A esa clase pertenece la nuestra. Mas cada una de esas épocas se azora un poco de otra manera y por un motivo distinto. El gran azoramiento de ahora se nutre últimamente de que tras varios siglos de ubérrima producción intelectual y de máxima atención a ella el hombre empieza a no saber qué hacerse con las ideas. Presiente ya que las había tomado mal, que su papel en la vida es distinto del que en estos siglos les ha atribuido, pero aún ignora cuál es su oficio auténtico.

Por eso importa mucho que, ante todo, aprendamos a separar con toda limpieza la «vida intelectual» —que, claro está, no es tal vida— de la vida viviente, de la real, de la que somos. Una vez hecho esto y bien hecho, habrá lugar para plantearse las otras dos cuestiones: ¿En qué relación mutua actúan las ideas y las creencias? ¿De dónde vienen, cómo se forman las creencias?

Dije en el parágrafo anterior que inducía a error dar indiferentemente el nombre de ideas a creencias y ocurrencias. Ahora agrego que el mismo daño produce hablar, sin distingos, de creencias, convicciones, etc., cuando se trata de ideas. Es, en efecto, una equivocación llamar creencia a la adhesión que en nuestra mente suscita una combinación intelectual, cualquiera que ésta sea. Elijamos el caso extremo que es el pensamiento científico más rigoroso, por tanto, el que se funda en evidencias. Pues bien, aun en ese caso, no cabe hablar en serio de creencia. Lo evidente, por muy evidente que sea, no nos es realidad, no creemos en ello. Nuestra mente no puede evitar reconocerlo como verdad; su adhesión es automática, mecánica. Pero, entiéndase bien, esa adhesión, ese reconocimiento de la verdad no significa sino esto: que, puestos a pensar en el tema, no admitiremos en nosotros un pensamiento distinto ni opuesto a ese que nos parece evidente. Pero... ahí está: la adhesión mental tiene como condición que nos pongamos a pensar en el asunto, que queramos pensar. Basta esto para hacer notar la irrealidad constitutiva de toda nuestra «vida intelectual». Nuestra adhesión a un pensamiento dado es, repito, irremediable; pero, como está en nuestra mano pensarlo o no, esa adhesión tan irremediable, que se nos impondría como la más imperiosa realidad, se convierte en algo dependiente de nuestra voluntad e *ipso facto* deja de sernos realidad. Porque realidad es precisamente aquello con que contamos, queramos o no. Realidad es la contravoluntad, lo que nosotros no ponemos; antes bien, aquello con que topamos.

Además de esto, tiene el hombre clara conciencia de que su intelecto se ejercita sólo sobre materias cuestionables; que la verdad de las ideas se alimenta de su cuestionabilidad. Por eso, consiste esa verdad en la prueba que de ella pretendemos dar. La idea necesita de la crítica como el pulmón del oxígeno y se sostiene y afirma apoyándose en otras ideas que, a su vez, cabalgan sobre otras formando un todo o sistema. Arman, pues, un mundo aparte del mundo real, un mundo integrado exclusivamente por ideas de que el hombre se sabe fabricante y responsable. De suerte que la firmeza de la idea más firme se reduce a la solidez con que aguanta ser referida a todas las demás ideas. Nada menos, pero también nada más. Lo que no se puede es contrastar una idea, como si fuera una moneda, golpeándola directamente contra la realidad, como si fuera una piedra de toque. La verdad suprema es la de lo evidente, pero el valor de la evidencia misma es, a su vez, mera teoría, idea y combinación intelectual.

Entre nosotros y nuestras ideas hay, pues, siempre una distancia infranqueable: la que va de lo real a lo imaginario. En cambio, con nuestras creencias estamos inseparablemente unidos. Por eso cabe decir que las somos. Frente a nuestras concepciones gozamos un margen, mayor o menor, de independencia. Por grande que sea su influencia sobre nuestra vida, podemos siempre suspenderlas, desconectarnos de nuestras teorías. Es más, de hecho exige siempre de nosotros algún especial esfuerzo comportarnos conforme a lo que pensamos, es decir, tomarlo completamente en serio. Lo cual revela que no creemos en ello, que presentimos como un riesgo esencial fiarnos de nuestras ideas, hasta el punto de entregarles nuestra conducta tratándolas como si fueran creencias. De otro modo, no apreciaríamos el ser «consecuente con sus ideas» como algo especialmente heroico.

No puede negarse, sin embargo, que nos es normal regir nuestro comportamiento conforme a muchas «verdades científicas». Sin considerarlo heroico, nos vacunamos, ejercitamos usos, empleamos instrumentos que, en rigor, nos parecen peligrosos y cuya seguridad no tiene más garantía que la de la ciencia. La explicación es muy sencilla y sirve, de paso, para aclarar al lector algunas dificultades con que habrá tropezado desde el comienzo de este ensayo. Se trata simplemente de recordarle que entre las creencias del hombre actual es una de las más importantes su creencia en la «razón», en la inteligencia. No precisemos ahora las modificaciones que en estos últimos años ha experimentado esa creencia. Sean las que fueren, es indiscutible que lo esencial de esa creencia subsiste, es decir, que el hombre continúa contando con la eficiencia de su intelecto como una de las realidades que hay, que integran su vida. Pero téngase la serenidad de reparar que una cosa es fe en la inteligencia y otra creer en las ideas determinadas que esa inteligencia fragua. En ninguna de estas ideas se cree con fe directa. Nuestra creencia se refiere a la *cosa*, inteligencia, así en general, y esa fe no es una idea *sobre* la inteligencia. Compárese la precisión de esa fe en la inteligencia con la imprecisa idea que casi todas las gentes tienen de la inteligencia. Además, como ésta corrige sin cesar sus concepciones y a la verdad de ayer sustituye la de hoy, si nuestra fe en la inteligencia consistiese en creer directamente en las ideas, el cambio de éstas traería consigo la pérdida de fe en la inteligencia. Ahora bien, pasa todo lo contrario. Nuestra fe en la razón ha aguantado imperturbable los cambios más escandalosos de sus teorías, inclusive los cambios profundos de la teoría sobre qué es la razón misma. Estos últimos han influido, sin duda, en la forma de esa fe, pero esta fe seguía actuando impertérrita bajo una u otra forma.

He aquí un ejemplo espléndido de lo que deberá, sobre todo, interesar a la historia cuando se resuelva verdaderamente a ser ciencia, la ciencia del hombre. En vez de ocuparse sólo en hacer la «historia» —es decir, en catalogar la sucesión— de las ideas sobre la razón desde Descartes a la fecha, procurará definir con precisión cómo era la fe en la razón que efectivamente operaba en cada época y cuáles eran sus consecuencias para la vida. Pues es evidente que el argumento del drama en que la vida consiste es distinto si se está *en la creencia* de que un Dios omnipotente y benévolo existe que si se está en la creencia contraria. Y también es distinta la vida, aunque la diferencia sea menor, de quien cree en la capacidad absoluta de la razón para descubrir la realidad, como se creía a fines del siglo XVII en Francia, y quien cree, como los positivistas de 1860, que la razón es por esencia conocimiento relativo.

Un estudio como éste nos permitiría ver con claridad la modificación sufrida por nuestra fe en la razón durante los últimos veinte años, y ello derramaría sorprendente luz sobre casi todas las cosas extrañas que acontecen en nuestro tiempo.

Pero ahora no me urgía otra cosa sino hacer que el lector cayese en la cuenta de cuál es nuestra relación con las ideas, con el mundo intelectual. Esta relación no es de fe en ellas: las cosas que nuestros pensamientos, que las teorías nos proponen, no nos son realidad, sino precisamente y sólo... ideas.

Mas no entenderá bien el lector lo que algo nos es, cuando nos es sólo idea y no realidad, si no le invito a que repare en su actitud frente a lo que se llama «fantasías, imaginaciones». Pero el mundo de la fantasía, de la imaginación, es la poesía. Bien, no me arredro; por el contrario, a esto quería llegar. Para hacerse bien cargo de lo que nos son las ideas, de su papel primario en la vida, es preciso tener el valor de acercar la ciencia a la poesía mucho más de lo que hasta aquí se ha osado. Yo diría, si después de todo lo enunciado se me quiere comprender bien, que la ciencia está mucho más cerca de la poesía que de la realidad, que su función en el organismo de nuestra vida se parece mucho a la del arte. Sin duda, en comparación con una novela, la ciencia parece la realidad misma. Pero en comparación con la realidad auténtica se advierte lo que la ciencia tiene de novela, de fantasía, de construcción mental, de edificio imaginario.

III

La duda y la creencia.—El «mar de dudas».—*El lugar de las ideas.*

El hombre, en el fondo, es crédulo o, lo que es igual, el estrato más profundo de nuestra vida, el que sostiene y porta todos los demás, está formado por creencias (1). Éstas son, pues, la tierra firme sobre que nos afanamos. (Sea dicho de paso que la metáfora se origina en una de las creencias más elementales que poseemos y sin la cual tal vez no podríamos vivir: la creencia en que la tierra es firme, a pesar de los terremotos que alguna vez y en la superficie de algunos de sus lugares acontecen. Imagínese que mañana, por unos u otros motivos, desapareciera esa creencia. Precisar las líneas mayores del cambio radical que en la figura de la vida humana esa desaparición produciría, fuera un excelente ejercicio de introducción al pensamiento histórico).

Pero en esa área básica de nuestras creencias se abren, aquí o allá, como escotillones, enormes agujeros de duda. Éste es el momento de decir que la duda, la verdadera, la que no es simplemente metódica ni intelectual, es un modo de la creencia y pertenece al mismo estrato que ésta en la arquitectura de la vida. También en la duda *se está*. Sólo que en este caso el estar tiene un carácter terrible. En la duda se está como se está en un abismo, es decir, cayendo. Es, pues, la negación de la estabilidad. De pronto sentimos que bajo nuestras plantas falla la firmeza terrestre y nos parece caer, caer en el vacío, sin poder valernos, sin poder hacer nada para afirmarnos, para vivir. Viene a ser como la muerte dentro de la vida, como asistir a la anulación de nuestra propia existencia. Sin embargo, la duda conserva de la creencia el carácter de ser algo en que se está, es decir, que no lo hacemos o ponemos nosotros. No es una idea que podríamos pensar o no, sostener, criticar, formular, sino que, en absoluto, la somos. No se estime como paradoja, pero considero muy difícil describir lo que es la verdadera duda si no se dice que creemos nuestra duda.

---

(1) Dejemos intacta la cuestión de si bajo ese estrato más profundo no hay aún algo más, un fondo metafísico al que ni siquiera llegan nuestras creencias.

Si no fuese así, si dudásemos de nuestra duda, sería ésta innocua. Lo terrible es que actúa en nuestra vida exactamente lo mismo que la creencia y pertenece al mismo estrato que ella. La diferencia entre la fe y la duda no consiste, pues, en el creer. La duda no es un «no creer» frente al creer, ni es un «creer que no» frente a un «creer que sí». El elemento diferencial está en lo que se cree. La fe cree que Dios existe o que Dios no existe. Nos *sitúa*, pues, en una realidad, positiva o «negativa», pero inequívoca, y, por eso, al estar en ella nos sentimos colocados en algo estable.

Lo que nos impide entender el papel de la duda en nuestra vida es presumir que no nos pone delante una realidad. Y este error proviene, a su vez, de haber desconocido lo que la duda tiene de creencia. Sería muy cómodo que bastase dudar de algo para que ante nosotros desapareciese como realidad. Pero no acaece tal cosa, sino que la duda nos arroja ante lo dudoso, ante una realidad tan realidad como la fundada en la creencia, pero que es ella ambigua, bicéfala, inestable, frente a la cual no sabemos a qué atenernos ni qué hacer. La duda, en suma, es estar en lo inestable como tal: es la vida en el instante del terremoto, de un terremoto permanente y definitivo.

En este punto, como en tantos otros referentes a la vida humana, recibimos mayores esclarecimientos del lenguaje vulgar que del pensamiento científico. Los pensadores, aunque parezca mentira, se han saltado siempre a la torera aquella realidad radical, la han dejado a su espalda. En cambio, el hombre no pensador, más atento a lo decisivo, ha echado agudas miradas sobre su propia existencia y ha dejado en el lenguaje vernáculo el precipitado de esas entrevisiones. Olvidamos demasiado que el lenguaje es ya pensamiento, doctrina. Al usarlo como instrumento para combinaciones ideológicas más complicadas, no tomamos en serio la ideología primaria que él expresa, que él es. Cuando, por un azar, nos despreocupamos de lo que queremos decir nosotros mediante los giros preestablecidos del idioma y atendemos a lo que ellos nos dicen por su propia cuenta, nos sorprende su agudeza, su perspicaz descubrimiento de la realidad.

Todas las expresiones vulgares referentes a la duda nos hablan de que en ella se siente el hombre sumergido en un elemento insólito, infirme. Lo dudoso es una realidad líquida donde el hombre no puede sostenerse, y cae. De aquí el «hallarse en un mar de dudas». Es el *contrapposto* al elemento de la creencia: la tierra firme (1). E insis-

---

(1) La voz *tierra* viene de *tersa*, seca, sólida.

tiendo en la misma imagen, nos habla de la duda como una fluctuación, vaivén de olas. Decididamente, el mundo de lo dudoso es un paisaje marino e inspira al hombre presunciones de naufragio. La duda, descrita como fluctuación, nos hace caer en la cuenta de hasta qué punto es creencia. Tan lo es, que consiste en la superfetación del creer. Se duda porque se está en dos creencias antagónicas, que entrechocan y nos lanzan la una a la otra, dejándonos sin suelo bajo la planta. El *dos* va bien claro en el *du* de la duda.

Al sentirse caer en esas simas que se abren en el firme solar de sus creencias, el hombre reacciona enérgicamente. Se esfuerza en «salir de la duda». Pero ¿qué hacer? La característica de lo dudoso es que ante ello no sabemos qué hacer. ¿Qué haremos, pues, cuando lo que nos pasa es precisamente que no sabemos qué hacer porque el mundo —se entiende, una porción de él— se nos presenta ambiguo? Con él no hay nada que hacer. Pero en tal situación es cuando el hombre ejercita un extraño hacer que casi no parece tal: el hombre se pone a pensar. Pensar en una cosa es lo menos que podemos hacer con ella. No hay ni que tocarla. No tenemos ni que movernos. Cuando todo en torno nuestro falla, nos queda, sin embargo, esta posibilidad de meditar sobre lo que nos falla. El intelecto es el aparato más próximo con que el hombre cuenta. Lo tiene siempre a mano. Mientras cree no suele usar de él, porque es un esfuerzo penoso. Pero al caer en la duda se agarra a él como a un salvavidas.

Los huecos de nuestras creencias son, pues, el lugar vital donde insertan su intervención las ideas. En ellas se trata siempre de sustituir el mundo inestable, ambiguo, de la duda, por un mundo en que la ambigüedad desaparece. ¿Cómo se logra esto? Fantaseando, inventando mundos. La idea es imaginación. Al hombre no le es dado ningún mundo ya determinado. Sólo le son dadas las penalidades y las alegrías de su vida. Orientado por ellas, tiene que inventar el mundo. La mayor porción de él la ha heredado de sus mayores y actúa en su vida como sistema de creencias firmes. Pero cada cual tiene que habérselas por su cuenta con todo lo dudoso, con todo lo que es cuestión. A este fin ensaya figuras imaginarias de mundos y de su posible conducta en ellos. Entre ellas, una le parece *idealmente* más firme, y a eso llama verdad. Pero conste: lo verdadero, y aun lo *científicamente* verdadero, no es sino un caso particular de lo fantástico. Hay fantasías exactas. Más aún: sólo puede ser exacto lo fantástico. No hay modo de entender bien al hombre si no se repara en que la matemática brota de la misma raíz que la poesía, del don imaginativo.

CAPÍTULO SEGUNDO

LOS MUNDOS INTERIORES

I

La ridiculez del filósofo. — La «panne» del automóvil y la histórica. Otra vez «ideas y creencias».

Se trata de preparar las mentes contemporáneas para que llegue a hacerse claridad sobre lo que acaso constituye la raíz última de todas las actuales angustias y miserias, a saber: que tras varios siglos de continuada y ubérrima creación intelectual y, habiéndolo esperado todo de ella, empieza el hombre a no saber qué hacerse con las ideas. No se atreve, sin más ni más, a desentenderse radicalmente de ellas porque sigue creyendo, en el fondo, que es la función intelectiva algo maravilloso. Pero al mismo tiempo tiene la impresión de que el papel y puesto que en la vida humana corresponde a todo lo intelectual no son los que le fueron atribuidos en los tres últimos siglos. ¿Cuáles deben ser? Esto es lo que no sabe.

Cuando se están sufriendo en su inexorable inmediatez esas angustias y miserias del tiempo en que vivimos, decir que provienen, como de su raíz, de cosa tan abstracta y perespiritual como la indicada, parece al pronto una ridiculez. Al confrontar con ella la faz terrible de lo que sufrimos —crisis económica, guerra y asesinatos, desazón, desesperanza—, no se descubre similitud alguna. A lo cual yo opondría sólo dos advertencias. Una: que no he visto nunca parecerse nada la raíz de la planta a su flor ni a su fruto. Probablemente, pues, es condición de toda causa no parecerse nada a su efecto. Creer lo contrario fue el error cometido por la interpreta-

395

ción mágica del mundo: *similia similibus*. La obra es ésta: hay ciertas ridiculeces que deben ser dichas, y para eso existe el filósofo. Al menos, Platón declara literalmente, del modo más formal y en la coyuntura más solemne, que el filósofo tiene una misión de ridiculez. (Véase el diálogo *Parménides*). No se crea que es cosa tan fácil cumplirla. Requiere una especie de coraje que ha solido faltar a los grandes guerreros y a los más atroces revolucionarios. Éstos y aquéllos han solido ser gente bastante vanidosa y se les encogía el ombligo cuando se trataba, simplemente, de quedar en ridículo. De aquí que convenga a la humanidad aprovechar el heroísmo peculiar de los filósofos.

No se puede vivir sin alguna instancia última cuya plena vigencia sintamos sobre nosotros. A ella referimos todas nuestras dudas y disputas como a un tribunal supremo. En los últimos siglos constituían esta sublime instancia las ideas, lo que solía llamarse la «razón». Ahora, esa fe en la razón vacila, se obnubila, y como ella soporta todo el resto de nuestra vida, resulta que no podemos vivir ni convivir. Porque acontece que no hay en el horizonte ninguna otra fe capaz de sustituirla. De aquí ese cariz de cosa desarraigada que ha tomado nuestra existencia y esa impresión de que caemos, caemos en un vacío sin fondo, y por mucho que agitemos los brazos no hallamos nada a que agarrarnos. Ahora bien, no es posible que una fe muera si no es porque otra fe ha nacido; por el mismo motivo que es imposible caer en la cuenta de un error sin encontrarse *ipso facto* sobre el suelo de una nueva verdad. Se trataría, pues, en nuestro caso de que la fe en la razón sufre una enfermedad, pero no de que ha muerto. Preparemos la convalecencia.

Recuerde el lector el pequeño drama que en su intimidad se disparaba cuando, viajando en automóvil, ignorante de su mecánica, se producía una *panne*. Primer acto: el hecho acontecido tiene, para los efectos del viaje, un carácter absoluto, porque el automóvil se ha parado, no un poco o a medias, sino por completo. Como desconoce las partes de que se compone el automóvil, es éste para él un todo indiviso. Si se estropea, quiere decirse que se estropea íntegramente. De aquí que al hecho absoluto de pararse el vehículo busque la mente profana una causa también absoluta y toda *panne* le parezca, por lo pronto, definitiva e irremediable. Desolación, gestos patéticos. «¡Tendremos que pasar aquí la noche!» Segundo acto: el mecánico se acerca con sorprendente serenidad al motor. Manipula con este o el otro tornillo. Vuelve a tomar el volante. El coche arranca victorioso, como renaciendo de sí mismo. Regocijo.

Emoción de salvamento. Tercer acto: bajo el torrente de alegría que nos inunda fluye un hilito de emoción contraria: es un dejo como vergüenza. Nos parece que nuestra reacción primera y fatalista era absurda, irreflexiva, pueril. ¿Cómo no pensamos que una máquina es una articulación de muchas piezas y que el menor desajuste de una de éstas puede engendrar su detención? Caemos en la cuenta de que el hecho «absoluto» de pararse no tiene por fuerza una causa también absoluta, sino que basta, tal vez, una leve reforma para restablecer el mecanismo. Nos sentimos, en suma, avergonzados por nuestra falta de serenidad y llenos de respeto hacia el mecánico, hacia el hombre que sabe del asunto.

De la formidable *panne* que hoy padece la vida histórica nos hallamos hoy en el primer acto. Lo que hace más grave el caso es que, tratándose de asuntos colectivos y de la máquina pública, no es fácil que el mecánico pueda manipular con serenidad y eficacia los tornillos si no cuenta previamente con que los viajeros ponen en él su confianza y su respeto, si no creen que hay quien «entiende del asunto». Es decir, que el tercer acto tendría que anticiparse al segundo, y esto no es faena mollar. Además, el número de tornillos que fuera preciso ajustar es grande y de lugares muy diversos. ¡Bien! Que cada cual cumpla con su oficio sin presuntuosidad, sin gesticulación. Por eso yo estoy, súcubo bajo la panza del motor, apañando uno de sus rodamientos más secretos.

Retornemos a mi distinción entre creencias e ideas u ocurrencias. Creencias son todas aquellas cosas con que absolutamente contamos, aunque no pensemos en ellas. De puro estar seguros de que existen y de que son según creemos, no nos hacemos cuestión de ellas, sino que automáticamente nos comportamos teniéndolas en cuenta. Cuando caminamos por la calle no intentamos pasar al través de los edificios: evitamos automáticamente chocar con ellos sin necesidad de que en nuestra mente surja la idea expresa: «los muros son impenetrables». En todo momento, nuestra vida está montada sobre un repertorio enorme de creencias parejas. Pero hay cosas y situaciones ante las cuales nos encontramos sin creencia firme: nos encontramos en la duda de si son o no y de si son así o de otro modo. Entonces no tenemos más remedio que *hacernos* una idea, una opinión sobre ellas. Las ideas son, pues, las «cosas» que nosotros de manera consciente construímos, elaboramos, precisamente porque *no creemos en ellas*. Pienso que es éste el planteamiento mejor, más hiriente, que menos escape deja a la gran cuestión de cuál es el extraño y sutilísimo papel que juegan en nuestra vida las ideas. Nótese que bajo este título van incluidas todas: las ideas vulgares y las ideas científicas, las ideas religiosas y las de cualquier otro linaje. Porque realidad plena y auténtica no nos es sino aquello en que creemos. Mas las ideas nacen de la duda, es decir, en un vacío o hueco de creencia. Por tanto, lo que ideamos no nos es realidad plena y auténtica. ¿Qué nos es entonces? Se advierte, desde luego, el carácter ortopédico de las ideas: actúan allí donde una creencia se ha roto o debilitado.

No conviene preguntarse ahora cuál sea el origen de las creencias, de dónde nos vienen, porque la respuesta, como se verá, requiere haberse hecho antes bien cargo de lo que son las ideas. Es mejor método partir de la situación presente, del hecho incuestionable, y éste consiste en que nos encontramos constituídos de un lado por creencias —vengan de donde vengan— y de ideas; que aquéllas forman nuestro mundo real, y éstas son... no sabemos bien qué.

II

La ingratitud del hombre y la desnuda realidad

El efecto más grave del hombre es la ingratitud. Fundo esta calificación superlativa en que, siendo la sustancia del hombre su historia, todo comportamiento antihistórico adquiere en él un carácter de suicidio. El ingrato olvida que la mayor parte de lo que tiene no es obra suya, sino que le vino regalado de otros, los cuales se esforzaron en crearlo u obtenerlo. Ahora bien, al olvidarlo desconoce radicalmente la verdadera condición de eso que tiene. Cree que es don espontáneo de la naturaleza y, como la naturaleza, indestructible. Esto le hace errar a fondo en el manejo de esas ventajas con que se encuentra e irlas perdiendo más o menos. Hoy presenciamos este fenómeno en grande escala. El hombre actual no se hace eficazmente cargo de que casi todo lo que hoy poseemos para afrontar con alguna holgura la existencia lo debemos al pasado y que, por tanto, necesitamos andar con mucha atención, delicadeza y perspicacia en nuestro trato con él —sobre todo, que es preciso tenerlo muy en cuenta porque, en rigor, está presente en lo que nos legó. Olvidar el pasado, volverle la espalda, produce el efecto a que hoy asistimos: la rebarbarización del hombre.

Pero no me interesan ahora estas formas extremas y transitorias de ingratitud. Me importa más el nivel normal de ella que acompaña siempre al hombre y le impide hacerse cargo de cuál es su verdadera condición. Y como en percatarse de sí mismo y caer en la cuenta de lo que somos y de lo que es en su auténtica y primaria realidad cuanto nos rodea consiste la filosofía, quiere decirse que la ingratitud engendra en nosotros ceguera filosófica.

Si se nos pregunta qué es realmente eso sobre que pisan nuestros pies, respondemos al punto que es la Tierra. Bajo este vocablo entendemos un astro de tal constitución y tamaño, es decir, una masa de cósmica materia que se mueve alrededor del Sol con regularidad y seguridad bastantes para que podamos confiar en ella. Tal es la firme creencia en que estamos, y por eso nos es *la* realidad, y porque nos es la realidad contamos con ello sin más, no nos hacemos cuestión del asunto en nuestra vida cotidiana. Pero es el caso que, hecha la misma pregunta a un hombre del siglo VI antes de J. C., su respuesta hubiera sido muy distinta. La Tierra le era una diosa, la diosa madre, Demeter. No un montón de materia, sino un poder divino que tenía su voluntad y sus caprichos. Basta esto para advertirnos que la realidad auténtica y primaria de la Tierra no es ni lo uno ni lo otro, que la Tierra-astro y la Tierra-diosa no son sin más ni más la realidad, sino dos ideas; si se quiere, una idea verdadera y una idea errónea *sobre* esa realidad que inventaron hombres determinados un buen día y a costa de grandes esfuerzos. De suerte que la realidad que nos es la Tierra no procede sin más ni más de ésta, sino que la *debemos* a un hombre, a muchos hombres antepasados, y, además, depende su verdad de muchas difíciles consideraciones; en suma, que *es* problemática y no incuestionable.

La misma advertencia podríamos hacer con respecto a todo, lo cual nos llevaría a descubrir que la realidad en que creemos vivir, con que contamos y a que referimos últimamente todas nuestras esperanzas y temores, es obra y faena de otros hombres y no la auténtica y primaria realidad. Para topar con ésta en su efectiva desnudez fuera preciso quitar de sobre ella todas esas creencias de ahora y de otros tiempos, las cuales son no más que interpretaciones ideadas por el hombre de lo que encuentra al vivir, en sí mismo y en su contorno. Antes de toda interpretación, la Tierra no es ni siquiera una «cosa», porque «cosa» es ya una figura de ser, un modo de comportarse algo (opuesto, por ejemplo, a «fantasma») construido por nuestra mente para explicarse aquella realidad primaria.

Si fuésemos agradecidos habríamos, desde luego, caído en la cuenta de que todo eso que nos es la Tierra como realidad y que nos permite en no escasa medida saber a qué atenernos respecto a ella, tranquilizarnos y no vivir estrangulados por un incesante pavor, lo debemos al esfuerzo y el ingenio de otros hombres. Sin su intervención estaríamos en nuestra relación con la Tierra y lo mismo con lo demás que nos rodea como estuvo el primer hombre, es decir, aterrados. Hemos heredado todos aquellos esfuerzos en forma de creencia que son el capital sobre que vivimos. La grande y, a la vez, elementalísima averiguación que va a hacer el Occidente en los próximos años, cuando acabe de liquidar la borrachera de insensatez que agarró en el siglo XVIII, es que el hombre es, por encima de todo, heredero. Y que esto y no otra cosa es lo que le diferencia radicalmente del animal. Pero tener conciencia de que se es heredero, es tener conciencia histórica.

La realidad auténtica de la Tierra no tiene figura, no tiene un modo de ser, es puro enigma. Tomada en esa su primaria y nuda consistencia, es suelo que por el momento nos sostiene sin que nos ofrezca la menor seguridad de que no nos va a fallar en el instante próximo; es lo que nos ha facilitado la huída de un peligro, pero también lo que en forma de «distancia» nos separa de la mujer amada o de nuestros hijos; es lo que a veces presenta el enojoso carácter de ser cuesta arriba y a veces la deliciosa condición de ser cuesta abajo. La Tierra por sí y mondada de las ideas que el hombre se ha ido formando sobre ella no es, pues, «cosa» ninguna, sino un incierto repertorio de facilidades y dificultades para nuestra vida.

En este sentido digo que la realidad auténtica y primaria no tiene por sí figura. Por eso no cabe llamarla «mundo». Es un enigma propuesto a nuestro existir. Encontrarse viviendo es encontrarse irrevocablemente sumergido en lo enigmático. A este primario y preintelectual enigma reacciona el hombre haciendo funcionar su aparato intelectual, que es, sobre todo, imaginación. Crea el mundo matemático, el mundo físico, el mundo religioso, moral, político y poético, que son efectivamente «mundos», porque tienen figura y son un orden, un plano. Esos mundos imaginarios son confrontados con el enigma de la auténtica realidad y son aceptados cuando parecen ajustarse a ésta con máxima aproximación. Pero, bien entendido, no se confunden nunca con la realidad misma. En tales o cuales puntos, la correspondencia es tan ajustada que la confusión parcial se produciría —y ya veremos las consecuencias que esto trae—, pero como esos puntos de perfecto encaje son inseparables del resto, cuyo encaje es insuficiente, quedan esos mundos, tomados en su totalidad, como lo que son, como mundos imaginarios, como mundos que sólo existen por obra y gracia nuestra; en suma, como mundos «interiores». Por eso podemos llamarlos «nuestros». Y como el matemático en cuanto matemático tiene *su* mundo y el físico en cuanto físico, cada uno de nosotros tiene el suyo.

Si esto que digo es verdad, ¿no se advierte lo sorprendente que es? Pues resulta que ante la auténtica realidad, que es enigmática y, por tanto, terrible —un problema que sólo lo fuese para el intelecto, por tanto, un problema irreal, no es nunca terrible, pero una realidad que, precisamente como realidad y por sí, consiste en enigma es la terribilidad misma—, el hombre reacciona segregando en la intimidad de sí mismo un mundo imaginario. Es decir, que por lo pronto se retira de la realidad, claro que imaginariamente, y se va a vivir a su mundo interior. Esto es lo que el animal no puede hacer. El animal tiene que estar siempre atento a la realidad según ella se presenta, tiene que estar siempre «fuera de sí». Scheler, en *El puesto del hombre en el cosmos*, entrevé esta diferente condición del animal y el hombre, pero no la entiende bien, no sabe su razón, su posibilidad. El animal tiene que estar fuera de sí por la sencilla razón de que no tiene un «dentro de sí», un *chez soi*, una intimidad donde meterse cuando pretendiese retirarse de la realidad. Y no tiene intimidad, esto es, mundo interior, porque no tiene imaginación. Lo que llamamos nuestra intimidad no es sino nuestro imaginario mundo, el mundo de nuestras ideas. Ese movimiento merced al cual desatendemos la realidad unos momentos para atender a nuestras ideas es lo específico del hombre y se llama «ensimismarse». De ese ensimismamiento sale luego el hombre para volver a la realidad, pero ahora mirándola, como con un instrumento óptico, desde su mundo interior, desde sus ideas, algunas de las cuales se consolidaron en creencias. Y esto es lo sorprendente que antes anunciaba: que el hombre se encuentra existiendo por partida doble, situado a la vez en la realidad enigmática y en el claro mundo de las ideas que se le han ocurrido. Esta segunda existencia es, por lo mismo, «imaginaria», pero nótese que el tener una existencia imaginaria pertenece como tal a su absoluta realidad (1).

---

(1) Este ensayo desarrolla ciertos fundamentos de lo expuesto en mi conferencia «Ensimismamiento y alteración» [véase este mismo volumen], y, a la vez, encuentra en ésta desarrollado lo que el párrafo del texto deja sólo enunciado.

III

La ciencia como poesía. — El triángulo y Hamlet. — El tesoro de los errores.

Conste, pues, que lo que solemos llamar mundo real o «exterior» no es la nuda, auténtica y primaria realidad con que el hombre se encuentra, sino que es ya una interpretación dada por él a esa realidad, por tanto, una idea. Esta idea se ha consolidado en creencia. Creer en una idea significa creer que es la realidad, por tanto, dejar de verla como mera idea.

Pero claro es que esas creencias comenzaron por «no ser más» que ocurrencias o ideas *sensu stricto*. Surgieron un buen día como obra de la imaginación de un hombre que se *ensimismó* en ellas, desatendiendo por un momento el mundo real. La ciencia física, por ejemplo, es una de estas arquitecturas ideales que el hombre se construye. Algunas de esas ideas físicas están hoy en nosotros actuando como creencias, pero la mayor parte de ellas son para nosotros ciencia —nada más, nada menos. Cuando se habla, pues, del «mundo físico» adviértase que en su mayor porción no lo tomamos como mundo real, sino que es un mundo imaginario o «interior».

Y la cuestión que yo propongo al lector consiste en determinar con todo rigor, sin admitir expresiones vagas o indecisas, cuál es esa actitud en que el físico vive cuando está pensando las verdades de su ciencia. O dicho de otro modo: ¿qué le es al físico su mundo, el mundo de la física? ¿Le es realidad? Evidentemente, no. Sus ideas le parecen verdaderas, pero ésta es una calificación que subraya el carácter de meros pensamientos que aquéllas le presentan. No es ya posible, como en tiempos más venturosos, definir galanamente la verdad diciendo que es la adecuación del pensamiento con la realidad. El término «adecuación» es equívoco. Si se lo toma en el sentido de «igualdad», resulta falso. Nunca una idea es igual a la cosa a que se refiere. Y si se lo toma más vagamente en el sentido de «correspondencia», se está ya reconociendo que las ideas *no son* la realidad, sino todo lo contrario, a saber, ideas y sólo ideas. El físico sabe muy bien que *lo que* dice su teoría *no lo hay* en la realidad.

Además, bastaría advertir que el mundo de la física es incompleto, está abarrotado de problemas no resueltos que obligan a no confundirlo con la realidad misma, la cual es precisamente quien le plantea esos problemas. La física no le es, por tanto, realidad, sino un orbe imaginario en el cual imaginariamente vive mientras, a la vez, sigue viviendo la auténtica y primaria realidad de su vida.

Ahora bien, esto, que se hace un poco difícil de entender cuando nos referimos a la física y, en general, a la ciencia, ¿no es obvio y claro cuando observamos lo que nos pasa al leer una novela o asistir a una obra teatral? El que lee una novela está, claro es, viviendo la realidad de su vida, pero esta realidad de su vida consiste ahora en haberse evadido de ella por la dimensión virtual de la fantasía y estar cuasi-viviendo en el mundo imaginario que el novelista le describe.

He aquí por qué considero tan fértil la doctrina iniciada en el capítulo primero de este ensayo: que sólo se entiende bien qué nos es algo cuando no nos es realidad, sino idea, si paramos mientes en lo que representa para el hombre la poesía y acertamos valerosamente a ver la ciencia *sub specie poieseos*.

El «mundo poético» es, en efecto, el ejemplo más transparente de lo que he llamado «mundos interiores». En él aparecen con descuidado cinismo y como a la intemperie los caracteres propios de éstos. Nos damos cuenta de que es pura invención nuestra, engendro de nuestra fantasía. No lo tomamos como realidad y, sin embargo, nos ocupamos con sus objetos lo mismo que nos ocupamos con las cosas del mundo exterior, es decir —ya que vivir es ocuparse—, vivimos muchos ratos alojados en el orbe poético y ausentes del real. Conviene, de paso, reconocer que nadie hasta ahora ha dado una mediana respuesta a la cuestión de por qué hace el hombre poesía, de por qué se crea con no poco esfuerzo un universo poético. Y la verdad es que la cosa no puede ser más extraña. ¡Como si el hombre no tuviera de sobra qué hacer con su mundo real para que no necesite explicación el hecho de que se entretenga en imaginar deliberadamente irrealidades!

Pero de la poesía nos hemos acostumbrado a hablar sin gran patetismo. Cuando se dice que no es cosa *seria*, sólo los poetas se enfadan, que son, como es sabido, *genus irritabile*. No nos cuesta, pues, gran trabajo reconocer que una cosa tan poco seria sea pura fantasía. La fantasía tiene fama de ser la loca de la casa. Mas la ciencia y la filosofía, ¿qué otra cosa son sino fantasía? El punto matemático, el triángulo geométrico, el átomo físico, no poseerían las exactas calidades que los constituyen si no fuesen meras construcciones mentales. Cuando queremos encontrarlos en la realidad, esto es, en lo perceptible y no imaginario, tenemos que recurrir a la medida, e *ipso facto* se degrada su exactitud y se convierten en un inevitable «poco más o menos». ¡Qué casualidad! Lo propio que acontece a los personajes poéticos. Es indubitable: el triángulo y Hamlet tienen el mismo *pedigree*. Son hijos de la loca de la casa, fantasmagorías.

El hecho de que las ideas científicas tengan respecto a la realidad compromisos distintos de los que aceptan las ideas poéticas y que su relación con las cosas sea más prieta y más *seria*, no debe estorbarnos para reconocer que ellas, las ideas, no son sino fantasías y que sólo debemos vivirlas como tales fantasías, pese a su seriedad. Si hacemos lo contrario, tergiversamos la actitud correcta ante ellas: las tomamos como si fuesen la realidad, o, lo que es igual, confundimos el mundo interior con el exterior, que es lo que, un poco en mayor escala, suele hacer el demente.

Refresque el lector en su mente la situación originaria del hombre. Para vivir tiene éste que hacer algo, que habérselas con lo que le rodea. Mas para decidir qué es lo que va a hacer con todo eso, necesita saber a qué atenerse respecto a ello, es decir, saber *qué es*. Como esa realidad primaria no le descubre amistosamente su secreto, no tiene más remedio que movilizar su aparato intelectual cuyo órgano principal —sostengo yo— es la imaginación. El hombre imagina una cierta figura o modo de ser la realidad. Supone que es tal o cual, inventa el mundo o un pedazo de él. Ni más ni menos que un novelista por lo que respecta al carácter imaginario de su creación. La diferencia está en el propósito con que la crea. Un plano topográfico no es más ni menos fantástico que el paisaje de un pintor. Pero el pintor no ha pintado su paisaje para que le sirva de guía en su viaje por la comarca, y el plano ha sido hecho con esta finalidad. El «mundo interior» que es la ciencia, es el ingente plano que elaboramos desde hace tres siglos y medio para caminar entre las cosas. Y viene a ser como si nos dijéramos: «*suponiendo* que la realidad fuera tal y como yo la imagino, mi comportamiento mejor en ella y con ella debía ser tal y tal. Probemos si el resultado es bueno». La prueba es arriesgada. No se trata de un juego. Va en ello el acierto de nuestra vida. ¿No es insensato hacer que penda nuestra vida de la improbable coincidencia entre la realidad y una fantasía nuestra? Insensato lo es, sin duda. Pero no es cuestión de albedrío. Porque podemos elegir —ya veremos en qué medida— entre una fantasía y otra para dirigir nuestra conducta y hacer la prueba, pero no podemos elegir entre fantasear o no. El hombre está condenado a ser novelista. El posible acierto de sus fantasmagorías será todo lo imposible que se quiera; pero, aun así, ésa es la única probabilidad con que el hombre cuenta para subsistir. La prueba es tan arriesgada que ésta es la hora en que todavía no ha conseguido con holgada suficiencia resolver su problema y *estar en lo cierto* o acertar. Y lo poco que en este orden ha conseguido ha costado milenios y milenios y lo ha logrado a fuerza de errores, es decir, de embarcarse en fantasías absurdas, que fueron como callejones sin salida de que tuvo que retirarse maltrecho. Pero esos errores, experimentados como tales, son los únicos *points de repere* que tiene, son lo único verdaderamente logrado y consolidado. Sabe hoy que, por lo menos, esas figuras de mundo por él imaginadas en el pasado *no son* la realidad. A fuerza de errar se va acotando el área del posible acierto. *De aquí la importancia de conservar los errores*, y esto es la historia. En la existencia individual lo llamamos «experiencia de la vida» y tiene el inconveniente de que es poco aprovechable porque el mismo sujeto tiene que errar primero, para acertar luego, y el luego es, a veces, ya demasiado tarde. Pero en la historia fue un tiempo pasado quien erró y nuestro tiempo quien puede aprovechar la experiencia.

IV

La articulación de los mundos interiores.

Mi mayor afán es que el lector, aun el menos cultivado, no se pierda por estos vericuetos en que le he metido. Esto me obliga a repetir las cosas varias veces y a destacar las estaciones de nuestra trayectoria.

* * *

Lo que solemos llamar realidad o «mundo exterior» no es ya la realidad primaria y desnuda de toda interpretación humana, sino que *es lo que creemos*, con firme y consolidada creencia, ser la realidad. Todo lo que en ese mundo real encontramos de dudoso o insuficiente nos obliga a hacernos ideas sobre ello. Esas ideas forman los «mundos interiores», en los cuales vivimos a sabiendas de que son invención nuestra como vivimos el plano de un territorio mientras viajamos por éste. Pero no se crea que el mundo real nos fuerza sólo a reaccionar con ideas científicas y filosóficas. El mundo del conocimiento es sólo uno de los muchos mundos interiores. Junto a él está el mundo de la religión y el mundo poético y el mundo de la *sagesse* o «experiencia de la vida».

Se trata precisamente de aclarar un poco por qué y en qué medida posee el hombre esa pluralidad de mundos íntimos, o, lo que es igual, por qué y en qué medida el hombre es religioso, científico, filosófico, poeta y «sabio» y «hombre de mundo» (lo que nuestro Gracián llamaba el «discreto»). A este fin, invitaba yo al lector, ante todo, a hacerse bien cargo de que todos esos mundos, incluso el de la ciencia, tienen una dimensión común con la poesía, a saber: que son obra de nuestra fantasía. Lo que se llama pensamiento científico no es sino fantasía exacta. Más aún: a poco que se reflexione se advertirá que la realidad no es nunca exacta y que sólo puede ser exacto lo fantástico (el punto matemático, el átomo, el concepto en general y el personaje poético). Ahora bien, lo fantástico es lo más opuesto a lo real; y, en efecto, todos los mundos forjados por nuestras ideas se oponen en nosotros a lo que sentimos como la realidad misma, al «mundo exterior».

El mundo poético representa el grado extremo de lo fantástico, y, en comparación con él, el de la ciencia nos parece estar más cerca del real. Perfectamente; pero, si el mundo de la ciencia nos parece casi real *comparado* con el poético, no olvidemos que también es fantástico y que, *comparado con la realidad,* no es sino fantasmagoría. Pero esta doble advertencia nos permite observar que esos varios «mundos interiores» son encajados por nosotros dentro del mundo real o exterior, formando una gigantesca articulación. Quiero decir que uno de ellos, el religioso, por ejemplo, o el científico, nos parece ser el más próximo a la realidad, que sobre él va montado el de la *sagesse* o experiencia espontánea de la vida, y en torno a éste el de la poesía. El hecho es que vivimos cada uno de esos mundos con una dosis de «seriedad» diferente o, viceversa, con grados diversos de ironía.

Apenas notado esto, surge en nosotros el obvio recuerdo de que ese orden de articulación entre nuestros mundos interiores no ha sido siempre el mismo. Ha habido épocas en que lo más próximo a la realidad fue para el hombre la religión y no la ciencia. Hay una época de la historia griega en que la «verdad» era para los helenos —Homero, por tanto— lo que se suele llamar poesía.

Con esto desembocamos en la gran cuestión. Sostengo que la conciencia europea arrastra el pecado de hablar ligeramente sobre esa pluralidad de mundos, que nunca se ha ocupado de verdad en aclarar sus relaciones y en qué consisten últimamente. Las ciencias son maravillosas en sus contenidos propios, pero cuando se pregunta a quemarropa qué es la ciencia, como ocupación del hombre, frente a la filosofía, la religión, la sapiencia, etc., sólo se nos responden las más vagas nociones.

Es evidente que todo eso —ciencia, filosofía, poesía, religión— son cosas que el hombre hace, y que todo lo que se hace, se hace por algo y para algo. Bien, pero ¿por qué hace esas cosas diversas?

Si el hombre se ocupa en conocer, si hace ciencia o filosofía, es, sin duda, porque un buen día se encuentra con que *está en la duda* sobre asuntos que le importan y aspira a *estar en lo cierto*. Pero es preciso reparar bien en lo que semejante situación implica. Por lo pronto, notamos que no puede ser una situación originaria, quiero decir, que el *estar* en la duda supone que se ha *caído* en ella un cierto día. El hombre no puede comenzar por dudar. La duda es algo que pasa de pronto al que antes tenía una fe o creencia, en la cual se hallaba sin más y desde siempre. Ocuparse en conocer no es, pues, una cosa que no esté condicionada por una situación anterior. Quien cree, quien no duda, no moviliza su angustiosa actividad de conocimiento. Éste nace en la duda y conserva siempre viva esta fuerza que lo engendró. El hombre de ciencia tiene que estar constantemente ensayando dudar de sus propias verdades. Éstas sólo son verdades de conocimiento en la medida en que resisten toda posible duda. Viven, pues, de un permanente boxeo con el excepticismo. Ese boxeo se llama prueba.

La cual, por otro lado, descubre que la certidumbre a que aspira el conocedor —hombre de ciencia o filósofo— no es cualquiera. El que cree posee certidumbre precisamente porque él no se la ha forjado. La creencia es certidumbre en que nos encontramos sin saber cómo ni por dónde hemos entrado en ella. Toda fe es recibida. Por eso, su prototipo es «la fe de nuestros padres». Pero al ocuparnos en conocer hemos perdido precisamente esa certidumbre regalada en que estábamos y nos encontramos teniendo que fabricarnos una con nuestras exclusivas fuerzas. Y esto es imposible si el hombre no *cree* que tiene fuerzas para ello.

Ha bastado con apretar mínimamente la noción más obvia de conocimiento para que este peculiar hacer humano aparezca circunscrito por toda una serie de condiciones; esto es, para descubrir que el hombre no se pone a conocer, sin más ni más, en cualesquiera circunstancias. ¿No pasará lo mismo con todas esas otras grandes ocupaciones mentales: religión, poesía, etc.?

Sin embargo, los pensadores no se han esforzado todavía —aunque parezca mentira— en precisar las condiciones de ellas. En rigor, ni siquiera aprietan un poco la confrontación de cada una con las demás. Que yo sepa, únicamente Dilthey plantea la cuestión con alguna amplitud y se cree obligado, para decirnos qué es filosofía, a decirnos también qué es ciencia y qué es religión y qué es literatura (1). Porque es bien claro que todas estas cosas tienen algo de común. Cervantes o Shakespeare nos dan una idea del mundo como Aristóteles o Newton. Y la religión no es cosa que no tenga que ver con el universo.

Pues resulta que cuando los filósofos han descrito esa pluralidad de direcciones en el hacer, digamos, intelectual del hombre —este vago nombre es suficiente para oponerlo a todos los haceres de tipo «práctico»—, se quedan tranquilos y creen haber hecho cuanto en este tema tenían que hacer. No importa al caso que algunos añaden a esas direcciones el mito, distinguiéndolo confusamente de la religión.

Lo que sí importa es reparar que para todos ellos, incluso para Dilthey, se trataría en esas direcciones de modos permanentes y constitutivos del hombre, de la vida humana. El hombre sería un ente que posee con propiedad esencial esas disposiciones de actuación, como tiene piernas y aparato para emitir sonidos articulados y un sistema de reflejos fisiológicos. Por tanto, que el hombre es religioso porque sí, y conoce en filosofía o matemática porque sí, y hace porque sí poesía —donde el «porque sí» significa que tiene la religión, el conocimiento y la poesía como «facultades» o permanentes disponibilidades. Y, en todo instante, el hombre sería todas esas cosas —religioso, filósofo, científico, poeta—, bien que con una u otra dosis y proporción.

Al pensar esto, claro es que reconocían lo siguiente: el concepto de religión, de filosofía, de ciencia, de poesía, sólo se puede formar en vista de ciertas faenas humanas, conductas, obras muy determinadas, que aparecen en ciertas fechas y lugares de la historia. Por ejemplo, para no entretenernos sino en lo más claro, la filosofía sólo toma una figura clara desde el siglo v en Grecia; la ciencia sólo se perfila con peculiar e inequívoca fisonomía desde el siglo XVII en

---

(1) Si bien no lo hace suficientemente a fondo, aparte del error radical a que los párrafos siguientes se refieren.

Europa. Pero, una vez que ante un hacer humano cronológicamente determinado se ha formado una idea clara, se busca en toda época histórica algo que se le parezca, aunque se le parezca muy poco, y se concluye, en vista de ello, que el hombre también en esa época era religioso, científico, poeta. Es decir, que no ha servido de nada formar una idea clara de cada una de estas cosas, sino que luego se la envaguece y eteriza para poderla aplicar a fenómenos muy dispares entre sí.

El envaguecimiento consiste en que vaciamos esas formas de ocupación humana de todo contenido concreto, las consideramos como libres frente a todo determinado contenido. Por ejemplo, consideramos como religión no sólo toda creencia en algún dios, sea éste el que sea, sino que llamamos también religión al budismo, a pesar de que el budismo no cree en ningún dios. Y parejamente llamamos conocimiento a toda opinión sobre lo que hay, sea cual sea eso que el hombre opina que hay, fuere cual fuere la modalidad del opinar mismo; y llamamos poesía a toda obra humana verbal que place, sea la que quiera la vitola de aquel producto verbal en que se complace, y con ejemplar magnanimidad atribuímos la indomable y contradictoria variedad de contenidos poéticos a una ilimitada variación de los estilos y nada más.

Pues bien, a mi juicio, este tan firme uso tiene que sufrir cuando menos una revisión, y probablemente una profunda reforma. Esto es lo que intento en otro lugar.

Diciembre 1934.

EN EL CENTENARIO DE HEGEL

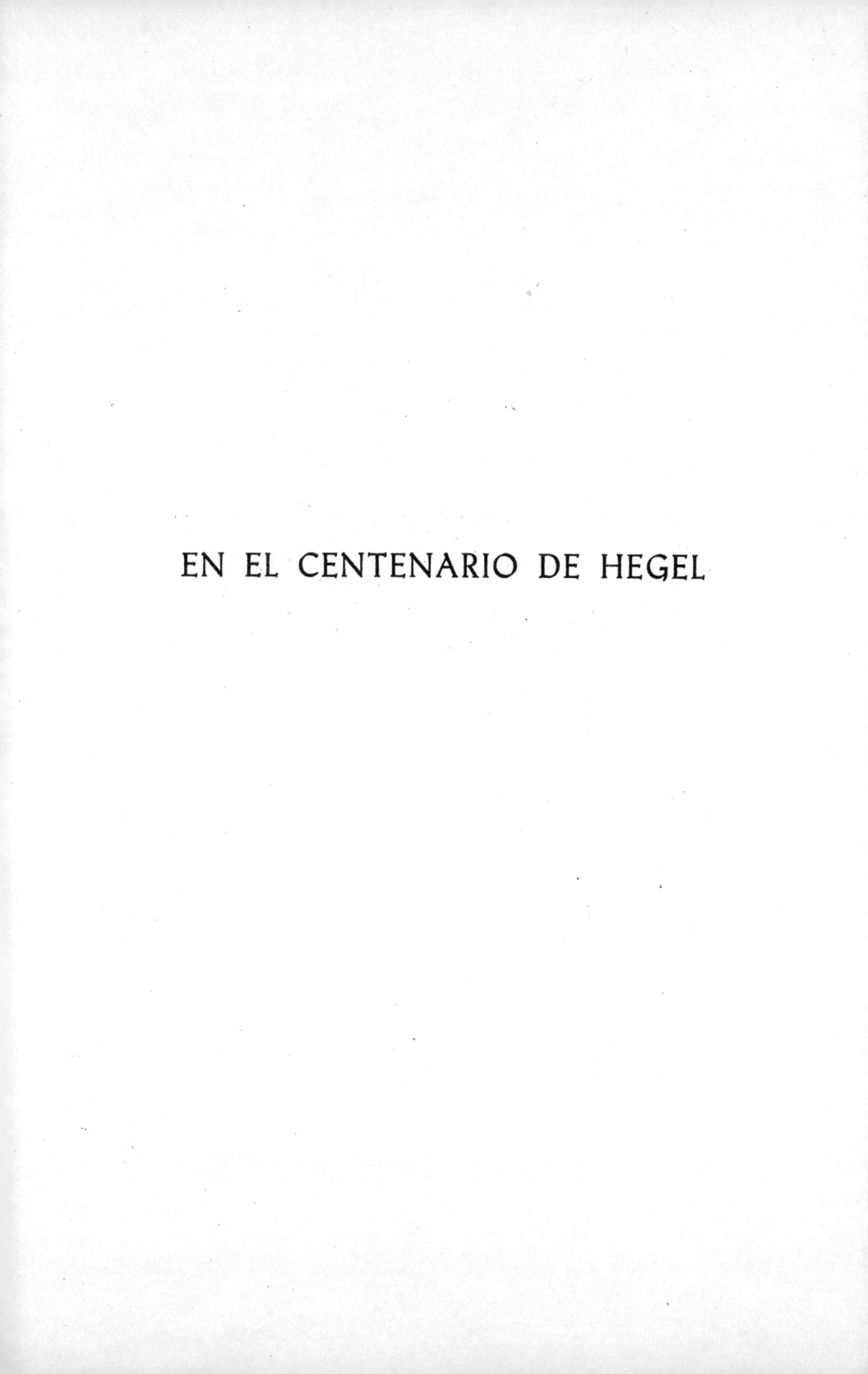

Conferencia dada en el Instituto Internacional de Señoritas, de Madrid, en 1931.

I

HISTORIA Y ESPÍRITU

GOLPEAMOS con los nudillos en la puerta. «¿Quién anda ahí?», preguntamos. Hemos oído ruidos en la habitación vecina. La puerta está cerrada. No podemos entrar. Del interior nos llegan sólo rumores. Oímos éstos perfectamente, pero cuanto mejor los oigamos y menos problemas nos sean por sí mismos, no podemos contentarnos con ellos. Inevitablemente llegan a nosotros convertidos en signos o síntomas de un acontecimiento o serie de ellos, en suma, de algo que pasa bajo ellos, de que ellos son manifestación parcial, anuncio incompleto. Y ese algo que pasa del otro lado de la puerta sólo se nos aclara cuando averiguamos a quién le pasa: el algo sospechado empuja nuestra mente hacia un alguien. Por eso preguntamos: «¿Quién anda ahí?» Tal vez es la criada que golpea los muebles o un hombre en frenesí que se martiriza. Cuando logramos averiguarlo, el tropel desordenado de ruidos cobra súbito orden, se organiza, como claro acontecimiento cuyo centro es el alguien que lo produce o padece.

Una vida individual es, por lo pronto, no más que un tropel de hechos pululantes e inconexos, como aquellos rumores. Pero al ser los hechos de una vida sabemos quién es el alguien a quien pasan. A cada cual le pasa su vida —es decir, la serie de hechos que la integran. En todos y cada uno de ellos está, solapado, el Mismo. Yo soy el Mismo, el punto de identidad o mismidad latente bajo la diversidad e inconexión aparente de los hechos que urden mi vida.

Pero los hechos de mi vida no terminan en ella, en su órbita individual, sino que actúan sobre la órbita de otras vidas como la mía, penetran en ellas produciendo múltiples efectos. Y viceversa, lo que a otros les pasa —su vida— rezuma sobre la mía. Tengo un amigo. La amistad es un hecho que me pasa a mí, pero que también le pasa a mi amigo. Por tanto, su realidad no consiste sólo en la parte de amistad que me toca a mí, sino también en la que toca al otro. No es, pues, rigorosamente hablando, un hecho exclusivo de mi vida, sino que es el hecho de dos vidas, entre dos vidas —es un hecho de convivencia. ¿Quién es, entonces, el «alguien» de la amistad? Evidentemente, ese alguien es un personaje extraño que se llama «dos seres humanos». Un alguien dual, que no es ninguno de los dos, ni la simple suma, sino alguien sobre ellos, sujeto del hecho amistad, y a quien podemos llamar indiferentemente «convivencia» o «compañía» o «sociedad».

Como se advierte, el «alguien» a quien las cosas pasan es el substrato del acontecer; pero, al mismo tiempo, es el punto de vista, el principio de la perspectiva desde el cual el acontecimiento se entiende. La vida individual es, en este sentido, una perspectiva. La convivencia es otra.

Pero no se puede negar que no nos parecen igualmente claros el alguien o mismo que soy yo o que eres tú y el alguien o mismo que es la compañía. Este nuevo personaje está menos a la mano; su perfil es más difuso y problemático. Por lo menos, a primera vista. No voy ahora a entrar en esta cuestión; pero, de paso, sugiero que esa presunta claridad de quién sea el alguien que soy yo se oscurece desesperantemente cuando con ánimo de hallar una respuesta rigorosa nos preguntamos: ¿Quién soy yo? Porque yo no soy mi cuerpo ni mi alma. Cuerpo y alma son cosas mías, cosas que me pasan a mí; los más próximos y permanentes acontecimientos de mi vida, pero no son yo. Yo tengo que vivir en este cuerpo enfermo o sano que me ha tocado en suerte y con esta alma dotada de voluntad, pero acaso deficiente de inteligencia o de memoria. ¿Qué diferencia últimamente esencial existe entre la relación de mi cuerpo y mi alma conmigo y la que conmigo tienen la tierra en que nazco y vivo, la suerte social, mejor o peor, que tengo, etc., etc.? Ninguna. Y si yo no soy mi alma ni mi cuerpo, ¿quién es el alguien, quién es el mismo a quien acontece la sarta de sucesos que integran mi vida? Como se ve, hay aquí un problema tremendo que va oculto y en cierto modo cloroformizado por la facilidad de habituación con que decimos «yo». La identidad de la palabra nos finge una evidencia de la cosa.

Pero el hombre muere y otras vidas suceden a la suya. La convivencia actual o sociedad de ahora se prolonga asimismo en la de mañana, en la de dentro de un siglo, como, viceversa, es continuación de la de ayer y de la de hace centurias y centurias. Es decir, que nos encontramos con un nuevo tropel de hechos —los históricos— enormemente más rico, multiforme, caótico, que el atribuíble a la vida individual o a la sociedad de hoy. En suma, nos encontramos con el rumor innumerable de la historia universal. Guerras y paces, angustias y alegrías, usos, leyes, Estados, mitos, ciencias: es la pululación superlativa, el *mare magnum* de lo confuso e ininteligible. Al pronto la mente se pierde en esa selva indómita de hechos inconexos y dispares. La historia es como el oído con que oímos tales ruidos; nos cuenta esto y esto y esto. Pero con ello no hace sino incitar nuestra incomprensión y movernos a demandar: ¿Qué pasa en la historia y a quién pasa?

En sus Memorias, la marquesa de La Tour-du-Pin, que vivió en tiempos de la Revolución francesa, nos cuenta que, siguiendo la moda anglómana de la época, encarga de sus caballos a un palafrenero inglés. Este hombre no consigue aprender la lengua francesa, e, incomunicante con el contorno, vive ensimismado, atento sólo a su menester. Cuando la revolución comienza y ve a las gentes ir y venir enloquecidas, juntarse y separarse, gritar y estremecerse, el pobre hombre cae en estupefacción. No entiende nada de lo que acontece, y cada cinco minutos se acerca a su señora y, quitándose la gorra, pregunta: *Please, milady, what are they all about?* (Señora, perdón, ¿qué les pasa a todos éstos?)

El palafrenero no podía entender lo que a éstos les pasaba, porque en realidad, la Revolución francesa no era un hecho de la vida privada o individual de ninguno de ellos, ni siquiera de su vida colectiva o social. Era un hecho de la historia, y sólo resultará comprensible cuando se golpee con los nudillos sobre el telón gigantesco de los hechos y se pregunte. ¿Quién anda ahí? ¿Quién produce y padece todos esos ruidos? En suma: ¿a quién le pasa la historia universal como a mí me pasa mi vida? ¿Quién es el alguien, el Mismo de la historia que pulsa y late bajo sus sucesos?

La *Filosofía de la Historia Universal* es el golpe de nudillos que da Hegel sobre los fenómenos del destino humano. Al buscar el Mismo de la historia, su substrato y sujeto, tiene que buscar también, como antes indiqué, una nueva perspectiva, distinta de la vida individual y de la vida social. Ahora se trata de la vida histórico-universal que comprende aquellas otras dos formas de vida; es decir, que la perspectiva histórico-universal que incluye la perspectiva individual y la social, es la perspectiva integral de lo humano.

Ahora bien, ¿cómo, sumergidos en el enjambre de los hechos históricos, podremos descubrir su sustancia permanente, ese alguien o Mismo de que ellos son manifestación, variación, modificación incesante? Hay varios caminos o métodos. Uno consiste en aplicar a los fenómenos históricos la misma táctica mental que seguimos para descubrir las leyes de los fenómenos naturales. Es el método empírico. Observando los hechos, ensayando hipótesis que esta observación nos sugiere, vemos si aquéllos se dejan reducir a un orden o regularidad. Este orden, si transparece, nos mostrará todos los cambios históricos con transformaciones comprensibles de algo que es el substrato de la transformación. Y, en efecto, la obra de Hegel, que no usa este método, provoca durante todo el siglo xix una serie de ensayos inspirados en este procedimiento. Todos ellos coinciden en elegir una clase de hechos como realidad fundamental de que todos los demás son consecuencias. Así, Carlos Marx cree haber hallado la sustancia, el alguien de la historia en la economía. Lo que diferencia las épocas y hace salir una de otra es el proceso de la producción. Cada etapa humana tiene su última realidad en lo que, a la sazón, sean los medios de producción. Cada nueva forma de éstos crea una nueva forma de organización social; suscita una clase social propietaria de ellos y otras sometidas a ésta. Las ideas, la moral, el derecho, el arte, no son más que reacciones de cada clase social según sea su puesto en la jerarquía colectiva. Ni las ideas ni la moral ni el derecho ni el arte son fuerzas primarias de la historia, sino, por el contrario, resultado de lo sustancial: la realidad económica. El hombre no actúa según sus ideas, sentimientos, etc., sino, al revés, las ideas, sentimientos de un hombre, son consecuencia de su situación social, esto es, económica. El alguien de la historia es, pues, el hombre como animal económico.

Frente a esta interpretación económica cabe poner innumerables otras en que se prefiere como sustancial otra especie de fenómenos. Cabe, por ejemplo, una interpretación bélica de la historia. Según ella, lo decisivo en los cambios históricos sería el cambio en los armamentos, en los medios de destrucción. Es el exacto *pendant* del marxismo. He aquí un ejemplo de su manera de razonar. Durante el siglo v dominan todavía sobre los estados griegos las viejas aristocracias, porque las guerras entre ellos se hacen con milicias poco numerosas compuestas de soldados calificados, portadores de armas cuyo empleo requiere largo y difícil entrenamiento. Pero he aquí que se anuncia la bajada de los persas contra Grecia. Los persas llegan por tierra y por mar. Temístocles tiene la genial intuición de que la parte decisiva de la lucha habrá de ser marina, y propone a Atenas la creación de una poderosa escuadra. Pero esto supone el empleo de catorce mil remeros. Los aristócratas no pueden pensar en proporcionar tan elevado contingente ni están dispuestos a remar. Es preciso recurrir a las clases inferiores, poner en sus manos la nueva arma —el remo. El efecto fue fulminante. La extensión del servicio militar trae consigo la extensión del poder político. Los catorce mil remeros son todo Atenas, y no ya unas cuantas familias nobles. El remo, como arma bélica, como medio de destrucción, suscita la democracia y todo lo que ésta trae inevitablemente consigo: el abandono de la tradición, el racionalismo, la ciencia, la filosofía (1).

La interpretación bélica de la historia no es ni más ni menos fantástica que cualquiera otro de los ensayos parejos emprendidos empíricamente con ánimo de reducir a un orden el caos que es la historia. Quien haya leído la *Historia del arte de la guerra*, compuesta por Delbrück, reconocerá que es esta interpretación una idea luminosa, capaz de esclarecer admirablemente no pocos estratos de la realidad histórica.

Es sorprendente la docilidad de la historia ante la furia de orden que lleva a ella el pensamiento. Se puede llegar a sistemas francamente cómicos y que, en principio, no son menos verídicos que los de aspecto más trágico y solemne. Cabe, por ejemplo, lo que yo llamaría la interpretación hidrológica de la historia. En efecto, la historia comienza con una civilización que brota entre dos ríos menores —la mesopotámica. Pasa luego a las riberas de un gran río —el Nilo. Se derrama después sobre un mar interior —el Mediterráneo. Avanza más tarde al mar abierto —el Atlántico—, y en nuestros días comienza a bañarse en el mar máximo —el Pacífico. Pero al seguir la línea de esta evolución caemos en la cuenta de otras posibilidades de interpretación: la interpretación sideral. En efecto, el centro de la historia se ha desplazado en el mismo sentido en que marchan las estrellas. El proceso universal de lo humano gira de Oriente a Occidente.

---

(1) Véase *El Espectador*, VI (1927): «La interpretación bélica de la Historia». [Véase página 525 del tomo II de estas *Obras Completas*.]

II

Todas estas ideas de la historia pretenden hacernos ver el claro proceso real que «pasa» verdaderamente bajo el confuso proceso aparente de ella. Y nos sorprende un poco que todas nos convencen en un momento, lo cual sería imposible si no poseyesen alguna dosis de verdad.

¿Cómo es posible que sean todas verdad, siendo dispares? Evidentemente, sólo de una manera: no siéndolo del todo ninguna. Son, en efecto, verdades parciales, cuasi-verdades. Los fenómenos, tanto de la naturaleza como de la historia, pueden ser ordenados por nuestra mente de infinitos modos. Imagínense ustedes delante de una cantidad grande de objetos. Pueden clasificarlos o por su tamaño o por su color o por su forma o por su peso o por innumerables caracteres. Con increíble maleabilidad, los objetos aguantan, reciben nuestra ordenación. Como cada uno de ellos tiene infinitas notas, siempre podremos tomarlos por una cualquiera de ellas como por un asa. Pero si luego comparamos unas ordenaciones con otras, notaremos que unas precisan más la clasificación y otras menos. Si dividimos los objetos en claros y oscuros, es evidente que habremos producido un orden colocándolos en dos enormes provincias. Mas, si nos fijamos luego en el contenido de cada una de ellas, advertiremos que dentro de lo claro hay objetos muy diferentes entre sí —rojos, azules, blancos, etc. Nuestra ordenación ha sido, pues, muy somera; no ha penetrado en las diferencias más detalladas. Dentro de cada provincia quedan desordenadas las cosas. El orden era superficial; no prendía bien, no definía cada objeto; no nos decía, en suma, nada sobre el objeto singular, sino sólo sobre grandes y vagos conjuntos. Ahora bien, lo que se trataba de aclarar, de definir y conocer, era precisamente cada objeto, cada fenómeno, porque ése es el auténtico problema que se ofrece al esfuerzo de nuestro pensamiento. Pensar es comprender las cosas en su plenitud, no sólo tomar vistas parciales, vagas, que digan algo sobre ellas, pero que dejen fuera mucho de ellas. Cuando lo que decimos de un fenómeno no coincide completamente con él, nuestro hablar, nuestro pensar, es abstracto. Y mientras el pensamiento es sólo abstracto, no ha hecho sino empezar.

* * *

Esas teorías sobre la historia son verdades abstractas, por tanto parciales. Son vistas tomadas arbitrariamente sobre la realidad. Toda vista es verdadera, puesto que nos da algo de la cosa. Pero como la hemos tomado desde un punto de vista cualquiera, sin dejar de ser verdadera resulta arbitraria. Lo arbitrario no es tanto la vista como el punto de vista.

Esta es la máxima preocupación de Hegel: encontrar un punto de vista que no sea uno cualquiera, sino que sea aquel único desde el cual se descubre la verdad entera, la verdad absoluta. Sea nuestro punto de vista no el nuestro, sino precisamente el universal o absoluto.

Este abandono de nuestro punto de vista y este esfuerzo por instalarnos en lo absoluto y mirar desde él todo y cada cosa es para Hegel la filosofía. No discutamos ahora si esto es factible. Mi tema no es la Metafísica de Hegel, sino su Metafísica de la historia.

Al hablar sobre las cosas materiales o históricas, Hegel quiere evitar decir sobre ellas verdades parciales. Se exige la verdad absoluta, y, por tanto, tiene que averiguar ante todo cuál es la absoluta realidad de que todo lo demás no es sino modificación, particularización, ingrediente o consecuencia. Hegel cree haberlo logrado en su Filosofía fundamental, que él llama Lógica. Con esa enorme averiguación, dueño del máximo secreto que es lo Absoluto, se dirige a la naturaleza, se dirige a la historia, que son no más que partes o modos de lo absoluto. Pero, claro es, va a ellas en una disposición intelectual opuesta a la que inspira el método empírico que acabo de dibujar. Hegel no es hombre de penetrar en la historia, sumirse en ella, perderse en la infinita pululación de sus hechos singulares para ver si consigue de ellos la esencial confidencia, para ver si los hechos le descubren su verdad latente. Todo lo contrario: cuando Hegel se acerca a la historia, sabe de antemano lo que en ella tiene que haber pasado y quién es el alguien de su acontecimiento. Llega, pues, a lo histórico autoritariamente, no con ánimo de aprender de la historia, sino, al revés, resuelto a averiguar si la historia, si la evolución humana se ha portado bien, quiero decir, si ha cumplido su deber de ajustarse a la verdad que la filosofía ha descubierto. Este método autoritario es lo que Hegel llama «Filosofía de la historia».

La realidad única, universal, absoluta, es lo que Hegel denomina «Espíritu». Por tanto, todo lo que no sea francamente Espíritu tendrá que ser manifestación disfrazada del Espíritu. En la medida en que no «parezca» ser Espíritu su realidad será pura apariencia, ilusión óptica no arbitraria, sino fundada en la necesidad que el Espíritu tiene de jugar al escondite consigo mismo.

* * *

¿Qué es el Espíritu en Hegel? No nos engañemos: el Espíritu en Hegel es una enormidad en todos los sentidos de la palabra: una enorme verdad, un enorme error y una enorme complicación. Hegel es de la estirpe de los titanes. Todo en él es gigantesco, miguelangelesco.

Yo no sé cómo en poquísimas palabras se pueda proporcionar un atisbo de lo que Hegel entiende bajo ese soplo verbal que es el vocablo «Espíritu».

Es preciso declarar que el vocablo «Espíritu», empleado por Hegel para denominar tan enorme y definitiva realidad como la que con él quiere enunciar, no es muy acertado. Se han llamado espíritu tantas cosas, que hoy no nos sirve esta deliciosa palabra para nada pulcro. Hegel mismo vaciló mucho antes de decidirse por esta terminología. En su juventud prefería hablar de «vida». Hoy le acompañaríamos en esta preferencia. ¿Por qué?

El atributo principal del Espíritu en Hegel es conocerse a sí mismo. Es, pues, una realidad que consiste en comprensión, pero lo comprendido es ella misma. Lo cual supone que es, a la vez, incomprensión, porque de otro modo no consistiría en un movimiento y esfuerzo y faena para hacerse transparente a sí misma. Tiene, pues, dos haces: por uno es constante problema para sí, por otro es interpretación de ese problema. ¿No es esto lo característico de la vida humana? ¿No es nuestro vivir sentirse cada cual sumergido en un absoluto problema? Cada acto vital, no sólo el específicamente intelectual, va inspirado por la necesidad de «salvar la vida», es decir, de hacer de ésta «lo que debe ser». Todas las éticas —la más egoísta o la más altruísta, el epicúreo y el kantiano, el asceta y Don Juan— buscan colocar nuestra vida en su verdad, y esto implica una interpretación, una idea de lo que nuestro destino «es». Ahora bien, ideal tal obliga a construirse una concepción del mundo en torno nuestro y de nuestra persona en él. La vida no es el sujeto solo, sino su enfronte con lo demás, con el terrible y absoluto «otro» que es el mundo donde al vivir nos encontramos náufragos. No creo que haya imagen más adecuada de la vida que esta del naufragio. Porque no se trata de que a nuestra vida le acontezca un día u otro naufragar, sino que ella misma es desde luego y siempre hallarse inmerso en un elemento negativo, que por sí mismo no nos lleva, sino, al contrario, nos anula. De aquí que vivir obligue constante y esencialmente a ejecutar actos para sostenerse en ese elemento o, lo que es igual, para convertirlo en medio positivo. Y de éstos, el fundamental y primario es formarse una idea de sí misma, ponerse en claro sobre qué sea ese elemento en que a ratos flotamos, a ratos nos hundimos, y qué sea nuestra pobre persona náufraga en él. Todos nuestros demás actos surgen ya dentro de esa interpretación de la vida y van inspirados por ella.

Pues bien, para Hegel, lo decisivo en la interpretación de la vida no es obra de ningún individuo por genial que sea, sino que procede de todo un pueblo. Cada uno de los grandes pueblos ha consistido en ser una nueva interpretación. Por eso, porque va «inspirado» por una idea unitaria y original, consigue llegar a una fuerte disciplina e imponerse durante una época en la historia universal.

* * *

Pero Hegel, que hasta aquí no tendría tal vez inconveniente en aceptar esta sustitución de su «Espíritu» por nuestra «vida», se resistiría a contentarse a la postre con ella. Pertenece él y con él nosotros, a la gran unidad occidental que llama «el mundo germánico». Tiene éste una interpretación de la vida según la cual todo es espíritu. Así piensa Hegel. Ésta es para él «la» verdad, por tanto, no una interpretación entre otras del misterio vital, sino la absoluta y la definitiva. Y creyéndolo así, no tiene más remedio que integrar en ella todo el proceso histórico y mostrar cómo todas las grandes interpretaciones de la vida han sido estadios necesarios para ese gran descubrimiento.

Mas esta resistencia de Hegel acaso no estuviese en lo esencial justificada. Para él, «Espíritu» no es el alma humana, ni el *nus* del cosmos, sino simplemente aquello que se sabe a sí mismo, es decir, que consiste en llegar a la transparencia de sí, cuyo ser estriba precisamente en averiguarse a sí propio y descubrirse, hacerse patente. Nuestra vida es, como he indicado, el parcial logro de eso. Una vida que en absoluto no se comprendiese y aclarase a sí misma, sucumbiría. Por otra parte, una vida que se viese con plena claridad a sí misma, sin tiniebla alguna, sin rincón de problema, sería la absoluta felicidad. Donde no hay problema no hay angustia, pero donde no hay angustia no hay vida humana. Por esto la vida humana no puede ser lo que Hegel llama «Espíritu», sino sólo movimiento y estación hacia él; afán de transparencia, parcial iluminación, constante descubrimiento y averiguación, mas por lo mismo nunca plenaria claridad.

III

HISTORIA Y GEOGRAFÍA

El espiritualismo radical de Hegel domina su concepción de la historia. Es éste un drama que consiste en un apasionado monólogo. No hay más que un personaje: el Espíritu. A este personaje le acontece perderse en sí mismo, en la selva magnífica de sí mismo, y se afana heroicamente en encontrarse. Para esto necesita caer en la cuenta de que él existe y de que todo lo demás —piedra, astro, ave, hombre— no es sino secreción suya, ensayos que va haciendo para llegar a la idea de que él es y que es todo. Cuando comienza la historia, ha terminado el primer acto, en el cual el Espíritu no se sospecha a sí mismo, «está fuera de sí» y parece ser pura Naturaleza. La Naturaleza es la selva preespiritual —lo mineral, lo animal. Ni el mineral ni el animal saben de sí mismos: gozan —¿o padecen?— una casta ignorancia de su propio ser. Su ser consiste simplemente en «estar ahí», hincados en un lugar y un instante. Vivir en un «ahí» y en un «ahora»; esta servidumbre de la gleba espacio-temporal es para Hegel la condición de todo lo «natural». El Espíritu, en cambio, es ubicuo y eterno, mejor dicho, no está en ningún lugar, en ningún tiempo, porque los contiene en sí todos. El ser del Espíritu no consiste, como el de la piedra, en «estar ahí», sino, por el contrario, en «estar en sí y sobre sí». Esto que Hegel insinúa se advierte muy bien en el hombre, que es, a la par, término de la Naturaleza e iniciación del Espíritu. Realidad fronteriza y oscilante, el hombre es unas veces lo uno, y otras, lo otro. Por eso distinguimos cuándo el prójimo «está fuera de sí» —y decimos: «¡Qué animal!»— y cuando «está sobre sí» —y decimos: «¡Qué espíritu!»

La Naturaleza es, pues, esencialmente prehistoria, preparación o material para la historia, ya que ésta es la lucha del Espíritu frente a la Naturaleza para encontrarse en ella. La Naturaleza es el escenario y la peripecia del drama, el laberinto extraño, el puro «lo otro» donde la razón se ha perdido. En esta peregrinación del Espíritu por la Naturaleza queda calificado por ella, influído por ella, y en este proceso terrenal del Espíritu consiste para Hegel la historia. El Espíritu procede condensándose en la serie de los grandes pueblos, cada uno de los cuales es una interpretación de sí mismo que el Espíritu ensaya. Por eso en la historia no ha triunfado en cada época más que un pueblo: porque sólo en él actuaba el Espíritu, que lo necesitaba como un peldaño para su genial ascensión hasta la pura idea de sí mismo. Una vez que ha usado de ese pueblo, el Espíritu lo abandona, y el pobre pueblo triunfante un día queda anulado históricamente, depotenciado como mera materia para el nuevo pueblo floreciente. Queda, en suma, «desespiritualizado».

Esta es la famosa idea del *Volksgeist*, del «espíritu nacional», que constituye, sin duda, una de las creaciones más originales del romanticismo alemán (Herder, Fichte, Schelling, la escuela histórica). El personaje único —Espíritu— se pluraliza en los «espíritus nacionales» de los grandes pueblos verdaderamente históricos —y no prehistóricos o «naturales»—: China, Egipto, India, Persia, Grecia, etc.

Ahora bien, esa multiplicación sobreviene al espíritu, que es, por esencia, uno, único, al ser tamizado por la Naturaleza. Al hacerse «nacional» el Espíritu «nace» —y por que nace, muere, como un animal. *Nat-uraleza* es lo que nace. La nación es espíritu mineralizado y animalizado; por tanto, adscrito a un lugar, a un paisaje. La historia con su enjambre de pueblos brota de la geografía. Ya en otra ocasión toqué este punto de las relaciones que en el sistema hegeliano guardan geografía e historia. Fue con motivo de precisar lo que Hegel pensaba sobre América, «cuyo principio es lo inconcluso y el no llegar nunca a plenitud» (1). Ahora me interesa tomar la cuestión en toda su generalidad. ¿Cómo ve Hegel esa inserción del Espíritu en la Naturaleza, en la tierra? ¿Cuál es la relación entre un pueblo y su horizonte geográfico? ¿Influye el clima en la historia que es siempre historia espiritual? ¿El «espíritu nacional» es producto del medio, una planta más en el paisaje?

Hegel no puede aceptar que el Espíritu «dependa» de la materia, es decir, que las condiciones naturales sean causa de un cierto modo de ser espiritual. «Es opinión tan generalizada como vulgar —dice—

---

(1) Véase «Hegel y América» en *El Espectador*, tomo VII, 1930. [Véase página 563 del tomo II de estas *Obras Completas*.]

que el peculiar espíritu nacional está en conexión con el clima de esa nación... Así, se habla mucho y con frecuencia del benigno cielo jónico que ha engendrado a Homero. Y, sin duda, ha contribuído no poco al encanto de los poemas homéricos. Pero la costa del Asia Menor ha sido siempre la misma y sigue siéndolo: no obstante, del pueblo jónico ha salido sólo un Homero. El pueblo no canta: sólo el hombre singular crea una poesía, sólo un individuo, y aunque fuesen varios los que han producido los cantos homéricos, siempre se trataría de individuos. A pesar del clima benigno no han vuelto a surgir Homeros, especialmente bajo la dominación turca».

No hay, pues, que hablar del influjo causal entre una tierra y una nación. El nexo entre ambos es de especie muy diversa.

«No nos interesa considerar el territorio como localidad externa, sino atender al tipo natural de la localidad en cuanto corresponde al tipo y carácter del pueblo que es hijo de tal territorio». «Siendo los pueblos espíritus de determinada configuración, ésta su determinación o peculiaridad sería de orden espiritual» —por tanto, no originada por peculiaridades geográficas, étnicas, etc. Pero a esa peculiaridad espiritual o modo de ser *corresponde* la peculiaridad de la Naturaleza en la región donde el pueblo se forma. Hegel no aventura más. Se contenta con hablar de «correspondencia» para designar relación entre pueblo y contorno físico.

Hace años, perescrutando yo el mismo problema, llegué a la conclusión de que las condiciones geográficas no determinan la historia de un pueblo. En un mismo rincón del planeta han acontecido las formas más diversas de historia, es decir, de existencia humana, de ser hombre. La humanidad india de la pampa era sobremanera distinta de la actual argentinidad. Distinta no sólo como dos estadios de evolución muy lejanos entre sí, sino como dos especies divergentes. Es posible que al cabo de los siglos la tierra pampera reabsorba al hombre actual y de él vuelva a formar un pueblo en que rebroten los caracteres fundamentales de las razas autóctonas. Más de un síntoma nos induciría a esta sospecha, sobre todo, si recordamos lo que acontece en Australia.

Pero si es posible que cada terruño sea como un escultor que crea indefectiblemente una forma de estilo siempre idéntico —dejemos el asunto para otra ocasión—, no por eso determina propiamente la historia. Hay un factor que podríamos llamar «la inspiración histórica del pueblo», que no puede explicarse zoológicamente. Y ese factor es el decisivo en sus destinos. Con el mismo material geográfico y aun antropológico se producen historias diferentes.

Hay además otro fenómeno de gran importancia: la emigración de los pueblos. La autoctonía es siempre problemática o utópica. De hecho no conocemos en la historia más que pueblos que se han movilizado, y al fijarse transitoriamente —con una transitoriedad de milenios a veces— en un lugar del planeta han creado allí su historia. Si nos atenemos, pues, al rigor de los hechos, lo que importa comprender es *por qué* un pueblo que se desplaza se detiene de pronto y se adscribe a un paisaje. Es como un hombre que avanza entre las mujeres y de pronto queda prendido, prendado de una. Es vano acudir, como se suele, con consideraciones utilitarias que sucumben siempre entre contradicciones de los hechos. Hay que acabar por reconocer una afinidad entre el alma de un pueblo y el estilo de su paisaje. Por eso se fija aquél en éste: porque le gusta. Para mí, pues, existe una relación simbólica entre nación y territorio. Los pueblos emigran en busca de su paisaje afín, que en el secreto fondo de su alma les ha sido prometido por Dios. La tierra prometida es el paisaje prometido.

Hegel no interpreta así la correspondencia entre geografía y cultura. Pero no anda muy lejos de ello.

IV

MESETA, VALLE, COSTA

Según Hegel hay tres tipos de tierra para los efectos históricos —lo que yo llamaría tres paisajes—: la altiplanicie, el valle fecundo, la costa. Esta división le ha sido inspirada por la consideración de que nuestro planeta no es sólo tierra, sino también agua. Los tres paisajes se caracterizan por la relación de la tierra al líquido elemento. La altiplanicie es la aridez. El valle es obra del río. En la costa «tremola la marina», como dice Dante.

En la *Filosofía de la Historia Universal* brotan súbitamente altos surtidores de espléndida poesía, géiseres cálidos, irisados, que se alzan sobre el horizonte lunar de su gélida dialéctica. Así, en este lugar: ¡Qué delicia oír que de pronto se nos habla —corroborando con un gesto romántico hacia significaciones infinitas— del «principio de la meseta, el privilegio del valle, el principio de la costa!» La mente nos queda repentinamente fecundada por el polen de estas palabras y germina en ilimitadas posibilidades de pensamiento.

Con esta preparación creo yo que podremos entender bastante bien la idea que Hegel se hace de las relaciones entre lo geográfico y lo histórico, aun cuando sus textos no pasan de ser vagas insinuaciones.

Recuérdese que, para Hegel, es el hombre una realidad oscilante entre la Naturaleza y el Espíritu, entre el «estar fuera de sí» y el «estar sobre sí». Cuando el hombre vive fuera de sí está dominado por la necesidad cósmica, lo mismo que el astro y la planta. Es una realidad esclava. Ahora bien: la historia es el proceso del espíritu, el cual consiste en libertad. El «progreso en la conciencia de libertad» constituye para Hegel el contenido de la historia universal.

¿Por qué el espíritu consiste en libertad? Por un razonamiento muy sencillo. Para Hegel —como hemos visto— es «Espíritu» el nombre de la realidad absoluta, de la única realidad verdadera. Esto significa que todo lo que el Espíritu sea lo será por su propia cuenta y riesgo, ya que no existe ninguna otra realidad de que él dependa. Realidad independiente y realidad libre son sinónimos. El Espíritu se determina a sí mismo, crea por sí sus propias determinaciones. De aquí que la forma más característica del Espíritu, su *facies* más evidente, sea la voluntad. Porque no hay voluntad si no es libre. «La voluntad es libre, como la materia es grave». Querer es resolverse; por tanto, decidir la propia determinación. Hegel combate la idea, a un tiempo inglesa y mediterránea, de la libertad, que nos hace pensar en un mero «libertarse de», en un movimiento de evasión y de fuga. El que no hace sino escaparse de una prisión habrá logrado desprenderse de lo que no es él; pero si no hace más que eso, no ha llegado a ser sí mismo. El que se limita a no ser prisionero se queda en mero no ser y carece de realidad positiva. La verdadera libertad es un nuevo acto creador por el cual el libertado de un mando forastero se manda a sí mismo, se da a sí mismo un ser positivo. Libre es, pues, quien manda —entiéndase—, quien manda sobre sí mismo, quien se da a sí propio la ley. Pero esto, ¿quién lo hace de verdad en el mundo? ¡El Estado, sólo el Estado! He aquí por qué, según Hegel, el Espíritu no aparece en el mundo, no tiene realidad efectiva sino en forma de Estado. Y la historia espiritual será para él historia del Estado. Por eso no pertenecen a la historia los pueblos salvajes, sin ley, sin mando, sin Poder público.

Mas la aparición sobre el planeta del fenómeno Ley, Orden, Imperio, representa un lujo vital. El hombre demasiado urgido por la necesidad animal no tiene holgura para que sus energías rebosen de la actuación al menester inmediato, de vivir zoológicamente y pueda ocuparse de sí mismo. Con esto tenemos definida la relación primaria entre geografía e historia. En aquellas zonas del planeta cuyas condiciones vitales son extremas —la tórrida, la gélida— no puede haber historia. «En ellas vive el hombre entontecido. La Naturaleza lo deprime y no puede separarse de ella, que es la primera condición para una cultura espiritual. La violencia de los elementos es demasiado grande para que el hombre pueda emerger en su lucha contra ellos y ser lo bastante poderoso para hacer valer su libertad espiritual frente al poderío de la Naturaleza».

En definitiva, lo específico del hombre radica en un privilegio de la atención. Observad al animal en la selva. Tiene que estar constantemente atento a lo que pasa en su derredor. Su mundo es un permanente y omnímodo peligro. No le queda respiro para desentenderse del contorno y volver la atención hacia sí. Hace algún tiempo me impresiono leer en el libro de Stefanson, *Tierras del porvenir*, que las focas no duermen más de dos o tres minutos seguidos. Al cabo de ellos vuelven a abrir los párpados, otean el horizonte para ver si no surge en él ninguna nueva amenaza y vuelven a sumirse en su sueño pespunteado. Ahora bien: la retorsión de la atención hacia dentro de sí es, zoológicamente considerado, un apartamiento del contorno más radical y profundo que el sueño mismo. Es el soñar despierto, pensar. El hombre no llega a serlo suficientemente sino en aquellas condiciones de paisaje que no son premiosas y le permiten recogerse en sí mismo, concentrarse, aislarse o cerrarse frente a la Naturaleza. He ahí el Espíritu en su primera actividad, en su libertad negativa, que le hace evadirse de la Naturaleza.

En el hombre civilizado es tan fuerte ya el hábito de vivir dentro de sí y no en su contorno, que nos deprime la idea de vernos obligados a atender constantemente las vicisitudes del mundo en derredor. Entonces pensamos que la selva, la selva abierta, es la más auténtica prisión, y que el hombre es el animal que se ha escapado de ella y se ha libertado metiéndose dentro de sí mismo. Naturaleza y espíritu serían, según esto, dos direcciones antagónicas de la atención: el «hacia fuera» y el «hacia dentro».

A esta forma de relación negativa, en que los extremos del frío y el calor excluyen el florecimiento del Espíritu, hay que añadir la de carácter positivo que se ofrece en las zonas templadas.

Hay, según Hegel, tres configuraciones topográficas, tres principios geomorfos que condicionan tres tipos de vida natural, a las cuales corresponden tres estadios o formas del Espíritu, es decir, del Estado. Uno es la meseta, la enorme altiplanicie. Su tipo vital es el nomadismo. La existencia en este país seco es pobre, pero además no está limitada por ninguna contención espacial. Vivir es vagabundear. Hoy se está en un lugar, mañana en otro. No hay fuerza ninguna que obligue a la convivencia. El hombre siente ímpetus de empresa, pero discontinuos e informes, imprecisos. Lo único que se le puede ocurrir es echar para adelante, sin rumbo, sin meta, sin designio preformado. No es posible en estas condiciones el nacimiento de la ley, del Estado, que implica convivencia estabilizada. Hay sólo la momentánea organización de guerra bajo un caudillo genial que reúne las hordas normales dispersas y cae con ellas sobre las tierras fértiles.

La meseta, el nomadismo, es, pues, la pura inquietud, el puro ir y venir. Ahora bien: el Espíritu es, frente a la Naturaleza, la inquietud misma, porque es exclusivamente actuación. Un espíritu quieto es una contradicción en el adjetivo. La piedra puede estar quieta, pero el Espíritu no. Por eso cuando Descartes hace consistir el alma en exclusiva espiritualidad y dice que su ser consiste tan sólo en pensar, los contemporáneos objetaban: y cuando el alma no piensa, por ejemplo, cuando el hombre duerme, ¿es que el alma se muere, se aniquila? Y, sin embargo, la inquietud del nómada no es aún, para Hegel, el «espíritu de la inquietud», esto es, la inquietud verdaderamente espiritual. La meseta es la guerra por la guerra, la guerra sin concreta finalidad, como mera explosión de activismo en pueblos durante centurias pacíficos. El nómada, que es pastor, súbitamente se transforma en el más crudo guerrero. Esta guerra es ciertamente empresa, intento de algo más allá de lo cotidiano, por tanto, Espíritu. Pero es empresa inconcreta, diríamos, el temple de una empresa sin su contenido. No es creación de un orden. En la meseta, pues, tenemos el germen de lo espiritual, su aparición embrionaria, nada más.

La meseta termina en laderas donde los ríos han evacuado valles. A veces estas laderas confinan inmediatamente con el mar: Perú, Chile, Ceilán. No forman, por tanto, un ámbito suficiente para constituir un nuevo tipo de vida. En cambio, los largos valles —Mesopotamia, Egipto, China— representan un nuevo principio geohistórico. El valle es una unidad conclusa, cerrada en sí, independiente, no como la meseta, que es la independencia inconcreta de lo que no tiene límites y no es nada determinado. La altiplanicie no tiene estructura porque es siempre igual a sí misma. El valle tiene una organización diferenciada: el río y sus dos riberas que cierran las alturas. Es, además, la tierra más fértil. La agricultura surge en él, y con ella la propiedad, las diferencias de clase, en suma, las normas jurídicas. La agricultura no es una actividad momentánea, explosiva y de azar como el puro belicismo del nómada. Tiene que regirse según el ciclo de las estaciones y es, en sí misma, previsión, régimen general y no caprichoso. Por otro lado, el valle obliga a la convivencia, que es, a su vez, imposible sin modos generales de conducta, es decir, sin un Estado, sin el imperio de las leyes. He aquí cómo todos estos caracteres telúricos del valle preforman un tipo de vida que no es ya la vida meramente natural, sino una vida conforme a normas, en la cual viene aquélla a encajarse. Esa sobrevida normativa es precisamente el Espíritu.

Pero el valle fija el hombre al terruño: lo limita, lo hace dependiente de un sistema poco variado de condiciones. De aquí que estas civilizaciones fluviales hayan girado eternamente sobre sí mismas, recluídas en un repertorio de temas, de modos, de intentos, de normas. Son culturas «hieráticas», es decir, rígidas: la egipcia, la china. El gran principio liberador es la costa, donde combate la intensa dualidad de tierra y mar. «El mar da lugar siempre a un peculiar tipo de vida. El indeterminado elemento nos da una imagen de lo ilimitado e infinito, y al sentirse el hombre en él se anima al más allá sobre toda limitación. El mar suscita el valor: incita al hombre a la conquista y la rapiña; pero también a la ganancia y la industria. El trabajo industrioso se refiere a aquella clase de fines que se llaman necesidades. El esfuerzo para satisfacer estas necesidades trae consigo, empero, que el hombre quede enterrado en ese oficio. Mas, cuando la industria pasa por el mar, la relación se transforma. Los que navegan pretenden ciertamente ganar, lucrarse, satisfacer sus necesidades; pero el medio para ello incluye en este caso lo contrario del propósito con que se eligió, a saber: el peligro». La vida marítima es un constante riesgo de perderse a sí misma. Es libre ante sí misma e implica serenidad y astucia incesantes. Por todo ello tiene un claro sentido de creación y fue dondequiera el mar el gran educador para la libertad. El mar es un perpetuo «más allá de la limitación de la tierra». Es el verdadero «espíritu de la inquietud», que de su movimiento elemental pasa a las almas de sus moradores y hace del existir una permanente creación. El principio supremo constitutivo del espíritu fue expresado un día por alguien con monumental ingenuidad: «Es necesario navegar, pero no es necesario vivir».

MISERIA Y ESPLENDOR
DE LA
TRADUCCIÓN

Artículos publicados en *La Nación*, de Buenos Aires, mayo-junio 1937.

I

LA MISERIA

En una reunión a que asisten profesores del Colegio de Francia, universitarios y personas afines, alguien habla de que es imposible traducir ciertos pensadores alemanes y propone que, generalizando el tema, se haga un estudio sobre qué filósofos se pueden traducir y cuáles no.

Parece esto suponer, con excesiva convicción, que hay filósofos y, más en general, escritores que se pueden, en efecto, traducir. ¿No es esto ilusorio? —me permití insinuar. ¿No es traducir, sin remedio, un afán utópico? Verdad es que cada día me acuesto más a la opinión de que lo que el hombre hace es utópico. Se ocupa en conocer sin conseguir conocer plenamente nada. Cuando hace justicia acaba indefectiblemente haciendo alguna bellaquería. Cree que ama y luego advierte que se quedó en la promesa de hacerlo. No se entiendan estas palabras en un sentido de sátira moral, como si yo censurase a mis colegas de especie porque no hacen lo que pretenden. Mi intención es, precisamente, lo contrario: en vez de inculparles por su fracaso quiero sugerir que ninguna de esas cosas se puede hacer, que son de suyo imposibles, que se quedan en mera pretensión, vano proyecto y además inválido. La naturaleza ha dotado a cada animal de un programa de actos que, sin más, se pueden ejecutar satisfactoriamente. Por eso es tan raro que el animal esté triste. Sólo en los superiores —en el perro, en el caballo— se advierte alguna vez algo así como tristeza, y precisamente entonces es cuando nos parecen más cerca de nosotros, más humanos. Tal vez el espectáculo más azorante, por lo equívoco, que presenta la naturaleza sea —en el fondo misterioso de la selva— la melancolía del orangután. Normalmente los animales son felices. Nuestro sino es opuesto. Los hombres andan siempre melancólicos, maniáticos y frenéticos, maltraídos por todos estos morbos que Hipócrates llamó divinos. Y la razón de ello está en que los quehaceres humanos son irrealizables. El destino —el privilegio y el honor— del hombre es no lograr nunca lo que se propone y ser pura pretensión, viviente utopía. Parte siempre hacia el fracaso, y antes de entrar en la pelea lleva ya herida la sien.

Así acontece en esta modesta ocupación, que es traducir. En el orden intelectual no cabe faena más humilde. Sin embargo, resulta ser exorbitante.

Escribir bien consiste en hacer continuamente pequeñas erosiones a la gramática, al uso establecido, a la norma vigente de la lengua. Es un acto de rebeldía permanente contra el contorno social, una subversión. Escribir bien implica cierto radical denuedo. Ahora bien; el traductor suele ser un personaje apocado. Por timidez ha escogido tal ocupación, la mínima. Se encuentra ante el enorme aparato policíaco que son la gramática y el uso mostrenco. ¿Qué hará con el texto rebelde? ¿No es pedirle demasiado que lo sea él también y por cuenta ajena? Vencerá en él la pusilanimidad y en vez de contravenir los bandos gramaticales hará todo lo contario: meterá al escritor traducido en la prisión del lenguaje normal, es decir, que le traicionará. *Traduttore, traditore.*

—Y, sin embargo, los libros de ciencias exactas y naturales se pueden traducir— responde mi interlocutor.

—No niego que la dificultad es menor, pero sí que no exista. La rama de la matemática que más en boga ha estado durante el último cuarto de siglo ha sido la *Teoría de los Coniuntos*. Pues bien: su creador, Cantor, la bautizó con un término que no hay modo de traducir en nuestras lenguas. Lo que hemos tenido que llamar «conjunto» lo llamaba él *Menge*, vocablo cuya significación no se cubre con la de conjunto. No exageremos, pues, la traductibilidad de las ciencias matemáticas y físicas. Pero, hecha esta salvedad, estoy dispuesto a reconocer que la versión puede en ellas llegar mucho más cerca que en las demás disciplinas.

—¿Reconoce usted, entonces, que hay dos clases de escritos: los que se pueden traducir y los que no?

—Si hablamos *grosso modo*, habrá que aceptar esa distinción, pero al hacerlo nos cerramos la entrada al verdadero problema que toda traducción plantea. Porque si nos preguntamos cuál es la razón de que ciertos libros científicos sean más fáciles de traducir caeremos

434

pronto en la cuenta de que en ellos el autor mismo ha comenzado por traducirse de la lengua auténtica en que él «vive, se mueve y es», a una pseudolengua formada por términos técnicos, por vocablos lingüísticamente artificiosos que él mismo necesita definir en su libro. En suma, se traduce a sí mismo de una lengua a una terminología.

—¡Pero, una terminología es una lengua como otra cualquiera! Más aún, según nuestro Condillac: la lengua mejor, la lengua «bien hecha», es la ciencia.

—Perdóneme que en eso discrepe radicalmente de usted y del buen abate. Una lengua es un sistema de signos verbales merced al cual los individuos pueden entenderse sin previo acuerdo, al paso que una terminología sólo es inteligible si previamente el que escribe o habla y el que lee o escucha se han puesto *individualmente* de acuerdo sobre el significado de los signos. Por eso la llamo pseudolengua y digo que el hombre de ciencia tiene que comenzar por traducir su propio pensamiento a ella. Es un *volapuk*, un esperanto establecido por convención deliberada entre los que cultivan esa disciplina. De aquí que sea más fácil traducir estos libros de una lengua a otra. En realidad, los de todos los países están ya escritos casi íntegramente en la misma. Tan es así que estos libros parecen herméticos, ininteligibles o por lo menos muy difíciles de entender a los hombres que hablan la lengua auténtica en que aparentemente están escritos.

—En juego limpio no tengo más remedio que dar a usted la razón y además decirle que comienzo a entrever ciertos misterios de la relación verbal entre hombre y hombre que no había hasta ahora advertido.

—Y yo, a mi vez, entreveo que es usted una especie de último abencerraje, último superviviente de una fauna desaparecida, puesto que es usted capaz, frente a otro hombre, de creer que es el otro y no usted quien tiene razón. En efecto: el asunto de la traducción, a poco que lo persigamos, nos lleva hasta los arcanos más recónditos del maravilloso fenómeno que es el habla. Aun ateniéndonos a lo más inmediato que nuestro tema ofrece, tendremos por ahora bastante. En lo dicho hasta aquí me he limitado a fundar el utopismo del traducir en que el autor de un libro no matemático ni físico, ni, si usted quiere, biológico, es un escritor en algún buen sentido de la palabra. Esto implica que ha usado su lengua nativa con un prodigioso tacto, logrando dos cosas que parece imposible cohonestar: ser inteligible, sin más, y a la vez modificar el uso ordinario del idioma. Esta doble operación es más difícil de ejecutar que

435

andar por la cuerda floja. ¿Cómo podremos exigirla de los traductores corrientes? Mas, tras esta primera dificultad que ofrece la versión del estilo personal nos aparecen nuevas capas de dificultades. El estilismo personal consiste, por ejemplo, en que el autor desvía ligeramente el sentido habitual de la palabra, la obliga a que el círculo de objetos que designa no coincida exactamente con el círculo de objetos que esa misma palabra suele significar en su uso habitual. La tendencia general de estas desviaciones en un escritor es lo que llamamos su estilo. Pero es el caso que cada lengua comparada con otra tiene también su estilo lingüístico, lo que Humboldt llamaba su «forma interna». Por tanto, es utópico creer que dos vocablos pertenecientes a dos idiomas y que el diccionario nos da como traducción el uno del otro, se refieren exactamente a los mismos objetos. Formadas las lenguas en paisajes diferentes y en vista de experiencias distintas, es natural su incongruencia. Es falso, por ejemplo, suponer que el español llama bosque a lo mismo que el alemán llama *Wald*, y, sin embargo, el diccionario nos dice que *Wald* significa bosque. Si hubiera humor para ello sería excelente ocasión para intercalar un «aria de bravura» describiendo el bosque de Alemania en contraposición al bosque español. Hago gracia a ustedes de la canción, pero reclamo su resultado: la clara intuición de la enorme diferencia que entre ambas realidades existe. Es tan grande, que no sólo ellas son de sobra incongruentes, sino que lo son casi todas sus resonancias intelectuales y emotivas.

Los perfiles de ambas significaciones son incoincidentes como las fotografías de dos personas hechas la una sobre la otra. Y como en este caso nuestra vista vacila y se marea sin conseguir quedarse con uno u otro perfil ni formarse un tercero, imaginemos la vaguedad penosa que nos dejará la lectura de miles de palabras a quienes esto acontece. Son, pues, unas mismas causas las que producen en la imagen visual y en el lenguaje el fenómeno del *flou*. La traducción es el permanente *flou* literario, y como, de otra parte, lo que solemos llamar tontería no es sino el *flou* del pensamiento, no extrañemos que un autor traducido nos parezca siempre un poco tonto.

II

LOS DOS UTOPISMOS

Cuando la conversación no es un mero canje de mecanismos verbales en que los hombres se comportan casi como gramófonos, sino que los interlocutores hablan de verdad sobre un asunto, se produce un curioso fenómeno. Conforme avanza la conversación, la personalidad de cada uno se va disociando progresivamente: una parte de ella atiende a lo que se dice y colabora al decir, mientras la otra, atraída por el tema mismo, como el pájaro por la serpiente, se retrae cada vez más hacia su íntimo fondo y se dedica a pensar en el asunto. Al conversar vivimos en sociedad: al pensar nos quedamos solos. Pero el caso es que en ese género de conversaciones hacemos ambas cosas a la vez, y a medida que la charla progresa las vamos haciendo con intensidad creciente: atendemos con emoción casi dramática a lo que se va diciendo y al propio tiempo nos vamos sumiendo más y más en la soledad abisal de nuestra meditación. Esta creciente disociación no se puede sostener en permanente equilibrio. De aquí que sea característico de tales conversaciones la arribada a un instante en que sufren un síncope y reina denso silencio. Cada interlocutor queda absorto en sí mismo. De puro estar pensando no puede hablar. El diálogo ha engendrado silencio y la sociedad inicial precipita en soledades.

Esto aconteció en nuestra reunión, después de mis últimas palabras. ¿Por qué, entonces? No hay duda: esta marea viva del silencio que llega a cubrir el diálogo se produce cuando el desarrollo del tema ha llegado a su extremo en una de sus direcciones y la conversación tiene que girar sobre sí misma y poner la proa a otro cuadrante.

—Este silencio —dijo alguien— que ha surgido entre nosotros tiene un carácter fúnebre. Ha matado usted la traducción y, taciturnos, seguimos su entierro.

—¡Ah, no! —repuse yo—. ¡De ninguna manera! Me importaba mucho subrayar las miserias del traducir, me importaba sobre todo definir su dificultad, su improbabilidad, pero no para quedarme en ello, sino al revés: para que fuese resorte balístico que nos lanzase hacia el posible esplendor del arte de traducir. Es, pues, el mi-

437

nuto oportuno para gritar: «¡La traducción ha muerto! ¡Viva la traducción!» Ahora tenemos que bogar en sentido opuesto y, como Sócrates dice en ocasiones parecidas, tenemos que cantar la palinodia.

—Me temo —dijo el señor X— que le cueste a usted mucho trabajo. Porque no olvidamos su afirmación inicial que nos presentó la faena del traducir como una operación utópica y un propósito imposible.

—En efecto; eso dije y un poco más: que todos los quehaceres específicos del hombre tienen parejo carácter. No teman ustedes que intente decir ahora por qué pienso así. Sé que en una conversación francesa hay siempre que evitar lo principal y conviene mantenerse en la zona templada de las cuestiones intermedias. Harto amables son ustedes tolerándome y hasta imponiéndome este monólogo disfrazado, a pesar de que el monólogo es, tal vez, el crimen más grave que se puede cometer en París. Por eso hablo un poco cohibido y con la conciencia pesada bajo la impresión de estar cometiendo algo así como un estupro. Sólo me tranquiliza la convicción de que mi francés camina arrastrando los pies y no puede permitirse la ágil contradanza del diálogo. Pero volvamos a nuestro tema, a la condición esencialmente utópica de todo lo humano. En vez de asentar sobre razones demasiado sólidas esta doctrina voy a permitirme sólo invitarles a que ensayen ustedes, por puro placer de experimento intelectual, suponerla como principio radical y contemplen bajo su luz los afanes del hombre.

—Sin embargo —dijo el querido amigo Jean Baruzi—, es frecuente en su obra el combate contra el utopismo.

—¡Frecuente y sustancial! Hay un falso utopismo que es la estricta inversión del que ahora tengo a la vista; un utopismo consistente en creer que lo que el hombre desea, proyecta y se propone es, sin más, posible. Por nada siento mayor repugnancia y veo en él la causa máxima de cuantas desdichas acontecen ahora en el planeta. En el humilde asunto que ahora nos ocupa podemos apreciar el sentido opuesto de ambos utopismos. El mal utopista, lo mismo que el bueno, consideran deseable corregir la realidad natural que confina a los hombres en el recinto de lenguas diversas impidiéndoles la comunicación. El mal utopista piensa que, *puesto* que es deseable, es posible, y de esto no hay más que un paso hasta creer que es fácil. En tal persuasión no dará muchas vueltas a la cuestión de cómo hay que traducir, sino que sin más comenzará la faena. He aquí por qué casi todas las traducciones hechas hasta ahora son malas. El buen utopista, en cambio, piensa que *puesto* que sería desea-

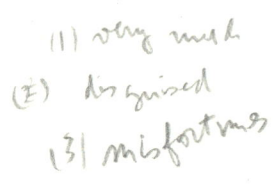

438

ble libertar a los hombres de la distancia impuesta por las lenguas, no hay probabilidad de que se pueda conseguir; por tanto, que sólo cabe lograrlo en medida aproximada. Pero esta aproximación puede ser mayor o menor..., hasta el infinito, y ello abre ante nuestro esfuerzo una actuación sin límites en que siempre cabe mejora, superación, perfeccionamiento; en suma: «progreso». En quehaceres de esta índole consiste toda la existencia humana. Imaginen ustedes lo contrario: que se viesen condenados a no ocuparse sino en hacer lo que es posible, lo que de suyo puede lograrse. ¡Qué angustia! Sentirían ustedes su vida como vaciada de sí misma. Precisamente porque su actividad lograba lo que se proponía les parecería a ustedes no estar haciendo nada. La existencia del hombre tiene un carácter deportivo, de esfuerzo que se complace en sí mismo y no en su resultado. La historia universal nos hace ver la incesante e inagotable capacidad del hombre para inventar proyectos irrealizables. En el esfuerzo para realizarlos logra muchas cosas, crea innumerables realidades que la llamada naturaleza es incapaz de producir por sí misma. Lo único que no logra nunca el hombre es, precisamente, lo que se propone —sea dicho en su honor. Esta nupcia de la realidad con el íncubo de lo imposible proporciona al universo los únicos aumentos de que es susceptible. Por eso importa mucho subrayar que todo —se entiende todo lo que merece la pena, todo lo que es de verdad humano— es difícil, muy difícil; tanto, que es imposible.

Como ustedes ven, no es una objeción contra el posible esplendor de la faena traductora declarar su imposibilidad. Al contrario, este carácter le presta la más sublime filiación y nos hace entrever que tiene sentido.

—Según esto —interrumpe un profesor de historia del arte— tendería usted a pensar, como yo, que la misión propia del hombre, lo que proporciona sentido a sus afanes, es llevar la contra a la naturaleza.

—Ando, en efecto, muy cerca de tal opinión, siempre que no se olvide —lo que para mí es fundamental— la anterior distinción entre los dos utopismos: el bueno y el malo. Digo esto, porque la característica esencial del buen utopista al oponerse radicalmente a la naturaleza es contar con ella y no hacerse ilusiones. El buen utopista se compromete consigo mismo a ser primero un inexorable realista. Sólo cuando está seguro de que ha visto bien, sin hacerse la menor ilusión y en su más agria desnudez, la realidad, se revuelve contra ella garboso y se esfuerza en reformarla en el sentido de lo imposible, que es lo único que tiene sentido.

439

La actitud inversa, que es la tradicional, consiste en creer que lo deseable está ya ahí como un fruto espontáneo de la realidad. Esto nos ha cegado *a limine* para entender las cosas humanas. Todos, por ejemplo, deseamos que el hombre sea bueno, pero el Rousseau de ustedes que nos han hecho padecer a los demás creía que ese deseo estaba ya realizado desde luego, que el hombre era bueno de suyo o por naturaleza. Lo cual nos ha estropeado siglo y medio de historia europea que hubiera podido ser magnífica, y hemos necesitado infinitas angustias, enormes catástrofes —y las que todavía van a venir— para redescubrir la simple verdad, conocida por casi todos los siglos anteriores, según la cual el hombre, de suyo, no es sino una mala bestia.

O, para volver definitivamente a nuestro tema: tan lejos está de quitar sentido a la ocupación de traducir subrayar su imposibilidad, que a nadie se le ocurre considerar absurdo el que hablemos unos con otros en nuestro materno idioma y, sin embargo, se trata también de un ejercicio utópico.

Esta afirmación produjo en torno un encrespamiento de oposiciones y protestas. «Eso es un superlativo o, mejor, lo que los gramáticos llaman un «excesivo», dijo un filólogo, hasta entonces tácito. «Me parece demasiado decir y cosa paradójica», exclamó un sociólogo.

—Veo que la navecilla audaz de mi doctrina corre riesgos de naufragio en esta súbita tormenta. Yo comprendo que para oídos franceses, aun siendo como los de ustedes, tan benévolos, resulte dura de oír la afirmación de que hablar es un ejercicio utópico. Pero ¿qué le voy a hacer, si tal es irrecusablemente la verdad?

III

SOBRE EL HABLAR Y EL CALLAR

Una vez aplacada la tormenta que mis últimas palabras habían suscitado, pude continuar de esta manera:

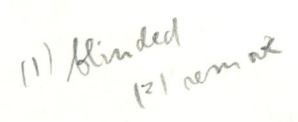

—Comprendo muy bien la indignación de ustedes. La afirmación de que hablar es una faena ilusoria y una acción utópica tiene todo el aire de una paradoja y la paradoja es siempre irritante. Lo es mucho más para franceses. Tal vez el curso de esta conversación nos lleve a un punto en que necesitemos aclarar por qué el espíritu francés es tan enemigo de la paradoja. Pero reconocerán ustedes que no siempre está en nuestro albedrío evitarla. Cuando tratamos de rectificar una opinión muy fundamental, que nos parece muy errónea, no hay probabilidad de que nuestras palabras se eximan de cierta paradójica insolencia. ¡Quién sabe, quién sabe si el intelectual, por prescripción inexorable y contra su gusto o voluntad, no ha sido comisionado para hacer constar en este mundo la paradoja! Si alguien se hubiese ocupado en aclararnos, de una vez y a fondo, por qué existe el intelectual, para qué está ahí desde que está y nos pusiese delante algunos sencillos datos de cómo sintieron su misión los más antiguos —por ejemplo, los pensadores arcaicos de Grecia, los primeros profetas de Israel, etc.—, acaso resultase esa sospecha mía cosa evidente y trivial. Porque, al cabo, *doxa* significa la opinión pública, y no parece justificado que exista una clase de hombres cuyo oficio específico consiste en opinar si su opinión ha de coincidir con la pública. ¿No es esto superfetación o, como nuestro lenguaje español, hecho más por arrieros que por chambelanes, dice: albarda sobre albarda? ¿No parece más verosímil que el intelectual existe para llevar la contraria a la opinión pública a la *doxa*, descubriendo, sosteniendo frente al lugar común la opinión verdadera, la *paradoxa*? Pudiera acontecer que la misión del intelectual fuese esencialmente impopular.

Tomen ustedes estas sugestiones no más que como defensa mía frente a su irritación, pero sea dicho de paso que con ellas creo rozar asuntos de primer orden, aunque escandalosamente intactos. Conste, por lo demás, que de esta nueva divagación son ustedes los responsables por haberse soliviantado contra mí.

Y el caso es que mi afirmación, pese a su fisonomía paradójica, es cosa bastante simple y obvia. Solemos entender por hablar el ejercicio de una actividad mediante la cual logramos hacer nuestro pensamiento manifiesto al prójimo. El habla es, ¡claro está!, muchas otras cosas además de esto, pero todas ellas suponen o implican esa función primaria del hablar. Por ejemplo, hablando intentamos persuadir a otro, influir en él, a veces engañarlo. La mentira es un habla que oculta nuestro auténtico pensamiento. Pero es evidente que la mentira sería imposible si el hablar primario y normal no fuese sincero. La moneda falsa circula sostenida por la moneda sana. A la postre, el engaño resulta ser un humilde parásito de la ingenuidad.

441

Digamos, pues, que el hombre, cuando se pone a hablar lo hace *porque* cree que va a poder decir lo que piensa. Pues bien; esto es ilusorio. El lenguaje no da para tanto. Dice, poco más o menos, una parte de lo que pensamos y pone una valla infranqueable a la transfusión del resto. Sirve bastante bien para enunciaciones y pruebas matemáticas: ya el hablar de física empieza a ser equívoco o insuficiente. Pero conforme la conversación se ocupa de temas más importantes que ésos, más humanos, más «reales», va aumentando su imprecisión, su torpeza y su confusionismo. Dóciles al prejuicio inveterado de que hablando nos entendemos, decimos y escuchamos tan de buena fe que acabamos por malentendernos mucho más que si mudos nos ocupásemos en adivinarnos. Más aún: como nuestro pensamiento está en gran medida adscrito a la lengua —aunque me resisto a creer que la adscripción sea, como suele sostenerse, absoluta—, resulta que pensar es hablar consigo mismo y, consecuentemente, malentenderse a sí mismo y correr gran riesgo de hacerse un puro lío.

—¿No exagera usted un poco? —pregunta irónico míster Z.

—Tal vez, tal vez... Pero se trataría en todo caso de una exageración medicinal y compensatoria. En 1922 hubo una sesión en la Sociedad de Filosofía, de París, dedicada a discutir el problema del progreso en el lenguaje. Tomaron parte en ella, junto a los filósofos del Sena, los grandes maestros de la escuela lingüística francesa, que es, en cierto modo, al menos como escuela, la más ilustre del mundo. Pues bien; leyendo el extracto de la discusión, topé con unas frases de Meillet, que me dejaron estupefacto —de Meillet, maestro sumo de lingüística contemporánea—: «Toda lengua —decía— expresa cuanto es necesario a la sociedad de que es órgano... Con cualquier fonetismo, con cualquier gramática, se puede expresar cualquiera cosa». ¿No les parece a ustedes que, salvando todos los respetos debidos a la memoria de Meillet, hay también en esas palabras evidente exageración? ¿Cómo ha averiguado Meillet la verdad de sentencia tan absoluta? No será en calidad de lingüista. Como lingüista conoce sólo las lenguas de los pueblos, pero no sus pensamientos, y su dogma supone haber medido éstos con aquéllas y haber hallado que coinciden, sobre que no basta decir: toda lengua puede formular todo pensamiento, sino si todas pueden hacerlo con la misma facilidad e inmediatez. La lengua vasca será todo lo perfecta que Meillet quiera, pero el caso es que se olvidó de incluir en su vocabulario un signo para designar a Dios y fue menester echar mano del que significaba «señor de lo alto»—*Jaungoikua*. Como

442

hace siglos desapareció la autoridad señorial, *Jaungoikua* significa hoy directamente Dios, pero hemos de ponernos en la época en que se vio obligada a pensar Dios como una autoridad política y mundanal, a pensar Dios como gobernador civil o cosa por el estilo. Precisamente, este caso nos revela que, faltos de nombre para Dios, costaba mucho trabajo a los vascos pensarlo: por eso tardaron tanto en convertirse al cristianismo y el vocablo indica que fue necesaria la intervención de la Policía para meter en sus cabezas la idea pura de la divinidad. De modo que la lengua no sólo pone dificultades a la expresión de ciertos pensamientos, sino que estorba la recepción de otros, paraliza nuestra inteligencia en ciertas direcciones.

No vamos a entrar ahora en las cuestiones verdaderamente radicales —¡y las más sugestivas!— que suscita este enorme fenómeno que es el lenguaje. A mi juicio, esas cuestiones no han sido aún ni siquiera entrevistas, precisamente por habernos cegado para ellas el equívoco perpetuo oculto en esa idea de que el habla nos sirve para manifestar nuestros pensamientos.

—¿A qué equívoco se refiere usted? No entiendo bien —pregunta el historiador del arte.

—Esa frase puede significar dos cosas radicalmente distintas: que al hablar intentamos expresar nuestras ideas o estados íntimos, pero *sólo en parte* lo logramos, o bien, que el habla consigue *plenamente* este propósito. Como ven ustedes, reaparecen aquí los dos utopismos con que tropezamos antes al ocuparnos de la traducción. Y lo mismo aparecerán en todo hacer humano, según la tesis general que les invité a ensayar: «todo lo que el hombre hace es utópico». Sólo este principio nos abre los ojos sobre las cuestiones radicales del lenguaje. Porque si, en efecto, nos curamos de pensar que el habla logra expresar *todo* lo que pensamos, nos daremos cuenta de lo que de hecho y con toda evidencia nos pasa constantemente, a saber: que, constantemente, al hablar o escribir *renunciamos* a decir muchas cosas porque la lengua no nos lo permite. ¡Ah, pero entonces la efectividad del hablar no es sólo decir, manifestar, sino que al mismo tiempo, es inexorablemente renunciar a decir, callar, silenciar! El fenómeno no puede ser más frecuente e incuestionable. Recuerden ustedes lo que les pasa cuando tienen que hablar en una lengua extraña. ¡Qué tristeza! Es la que yo estoy sintiendo ahora al hablar en francés: la tristeza de tener que callar las cuatro quintas partes de lo que se me ocurre, porque esas cuatro quintas partes de mis pensamientos españoles no se pueden decir buenamente en francés, a pesar de que ambas lenguas son tan próximas. Pues no se crea que no pasa lo mismo, bien que en menor medida, cuando pensamos en nuestro idioma: sólo el preconcepto contrario nos impide advertirlo. Con lo cual me veo en la terrible situación de provocar una segunda tormenta mucho más grave que la anterior. En efecto; todo lo dicho viene por fuerza a resumirse en una fórmula que ostenta francamente sus insolentes bíceps de paradoja. Es ésta: no se entiende en su raíz la estupenda realidad que es el lenguaje si no se empieza por advertir que el habla se compone sobre todo de silencios. Un ser que no fuera capaz de renunciar a decir muchas cosas, sería incapaz de hablar. Y cada lengua es una ecuación diferente entre manifestaciones y silencios. Cada pueblo calla unas cosas *para* poder decir otras. Porque *todo* sería indecible. De aquí la enorme dificultad de la traducción: en ella se trata de decir en un idioma precisamente lo que este idioma tiende a silenciar. Pero, a la vez, se entrevé lo que traducir puede tener de magnífica empresa: la revelación de los secretos mutuos que pueblos y épocas se guardan recíprocamente y tanto contribuyen a su dispersión y hostilidad; en suma, una audaz integración de la Humanidad. Porque, como Goethe decía: «Sólo entre todos los hombres es vivido por completo lo humano».

IV

NO HABLAMOS EN SERIO

Mi pronóstico falló. La borrasca que presumía no se produjo. La paradójica sentencia penetró en la mente de los que me escuchaban sin provocar sacudidas ni espasmos, como una inyección hipodérmica que, afortunada, no tropieza con filamentos nerviosos. Era, pues, ocasión excelente para obrar en retirada.

—Cuando esperaba de parte de ustedes la más fiera rebelión, me encuentro sumergido en un clima de paz. No extrañarán que lo aproveche para ceder a otro el monopolio de la palabra que, contra mi deseo, he venido ejerciendo. Casi todos ustedes saben de estos asuntos más que yo. Sobre todo, hay entre ustedes un gran maestro de la lingüística que pertenece a la nueva generación y sería para todos de gran interés que nos diese a conocer su pensamiento sobre los temas manipulados hasta aquí.

444

—Gran maestro no soy —comenzó el lingüista—; soy sólo un entusiasta de mi oficio, del cual creo que llega a su primera sazón de sublimidad, a la hora de la máxima cosecha. Y me complace adelantar que, en general, lo que usted ha dicho, y más aún lo que entreveo, y como palpo tras lo expresado, coincide bastante con mi pensamiento y con lo que, a mi juicio, va a dominar el futuro inmediato de la ciencia del lenguaje. Claro es que yo hubiera evitado el ejemplo del vocablo vasco para designar a Dios porque es cuestión muy batallona. Pero, en general coincido con usted. Hagámonos bien cargo de cuál es la operación primaria en que cada lengua consiste.

El hombre moderno se siente demasiado orgulloso de las ciencias que ha creado. En ellas, ciertamente, cobra el mundo una nueva figura. Pero esta innovación es relativamente poco profunda. Consiste en una tenue película que hemos extendido sobre otras figuras del mundo que otras edades de la humanidad construyeron, las cuales son supuestos de nuestra innovación. Usamos a toda hora de esta gigantesca riqueza, pero no nos damos cuenta de ella porque no la hemos hecho nosotros, sino que la hemos heredado. Como buenos herederos, solemos ser bastante estúpidos. El teléfono, el motor de explosión y las perforadoras son descubrimientos prodigiosos, pero que hubieran sido imposibles si hace veinte mil años el genio humano no hubiese inventado el método de hacer fuego, el hacha, el martillo y la rueda. Lo propio acontece con la interpretación científica del mundo, que descansa y se nutre en otras precedentes, sobre todo en la más antigua, en la primigenia, que es el lenguaje. La ciencia actual sería imposible sin el lenguaje, no sólo ni tanto por la razón perogrullesca de que hacer ciencia es hablar, sino, al revés, porque el lenguaje es la ciencia primitiva. Precisamente porque esto es así, la ciencia moderna vive en perpetua polémica con el lenguaje. ¿Tendría esto algún sentido si el lenguaje no fuese de suyo un conocimiento, un saber que por parecernos insuficiente intentamos superar? No solemos ver con claridad cosa tan evidente porque desde hace mucho, mucho tiempo, la humanidad, por lo menos la occidental, no «habla en serio». No comprendo cómo los lingüistas no se han detenido debidamente ante este sorprendente fenómeno. Hoy, cuando hablamos, no decimos lo que la lengua en que hablamos dice, sino que, usando convencionalmente y como en broma lo que nuestras palabras dicen por sí, decimos, con este decir de nuestra lengua, lo que nosotros queremos decir. Mi párrafo ha resultado un estupendo trabalenguas, ¿no es cierto? Me explicaré: si yo digo

445

que «el sol sale por Oriente», lo que mis palabras, por tanto la lengua *en que* me expreso, propiamente dicen es que un ente de sexo varonil y capaz de actos espontáneos —lo llamado «sol»— ejecuta la acción de «salir», esto es, brincar, y que lo hace por un sitio de entre los sitios que es por donde se producen los nacimientos —Oriente. Ahora bien: yo no quiero decir en serio nada de eso; yo no creo que el sol sea un varón ni un sujeto capaz de actuaciones espontáneas, ni que ese su «salir» sea una cosa que él *hace* por sí, ni que en esa parte del espacio acontezcan con especialidad nacimientos. Al usar esa expresión de mi lengua materna me comporto irónicamente, descalifico lo que voy diciendo y lo tomo en broma. La lengua es hoy un puro chiste. Pero es claro que hubo un tiempo en que el hombre indoeuropeo creía, en efecto, que el sol era un varón, que los fenómenos naturales eran acciones espontáneas de entidades voluntariosas y que el astro benéfico nacía y renacía todas las mañanas en una región del espacio. Porque lo creía, buscó signos para decirlo y creó la lengua. Hablar fue, pues, en época tal, cosa muy distinta de lo que hoy es: era hablar en serio. Los vocablos, la morfología, la sintaxis, gozaban de pleno sentido. Las expresiones decían sobre el mundo lo que parecía la verdad, enunciaban conocimientos, saberes. Eran todo lo contrario que una serie de chistes. Se comprende que en el viejo lenguaje de que procede el sánscrito y en el griego mismo conserven los vocablos «palabra» y «decir» —*brahman*, *logos*— un valor sagrado.

La estructura de la frase indoeuropea transcribe una interpretación de la realidad, para la cual lo que acontece en el mundo es siempre la acción de un agente sexuado. De aquí que se componga de un sujeto masculino o femenino y de un verbo activo. Pero hay otras lenguas donde la frase tiene una estructura muy distinta y que supone interpretaciones de lo real muy diferentes de aquélla.

Y es que el mundo que rodea al hombre no se presenta originariamente con articulaciones inequívocas. O dicho de modo más claro: el mundo, tal y como él se nos ofrece, no está compuesto de «cosas» radicalmente separadas y francamente distintas. Hallamos en él infinitas diferencias, pero estas diferencias no son absolutas. En rigor, todo es diferente de todo, pero también todo se parece un poco a todo. La realidad es un «continuo de diversidad» inagotable. Para no perdernos en él tenemos que hacer en él cortes, acotaciones, apartados; en suma, establecer con carácter absoluto diferenciaciones que en realidad sólo son relativas. Por eso decía Goethe que las cosas son diferencias que nosotros ponemos. Lo primero que el hombre ha hecho en su enfronte intelectual con el mundo es clasificar los fenómenos, dividir lo que ante sí halla, en clases. A cada una de estas clases se atribuye un signo de su voz, y esto es el lenguaje. Pero el mundo nos propone innumerables clasificaciones y no nos impone ninguna. De aquí que cada pueblo cortase el volátil del mundo de modo diferente, hiciese una obra cisoria distinta, y por eso hay idiomas tan diversos con distinta gramática y distinto vocabulario o semantismo. Esa clasificación primigenia es la primera suposición que se hizo sobre cuál es la verdad del mundo; es, por tanto, el primer conocimiento. He aquí por qué, en un principio, hablar fue conocer.

El indoeuropeo creyó que la más importante diferencia entre las «cosas» era el sexo, y dio a todo objeto, un poco indecentemente, una calificación sexual. La otra gran división que impuso al mundo consistió en suponer que cuanto existe o es una acción —de aquí el verbo— o es un agente —de aquí el nombre.

Frente a nuestra paupérrima clasificación de los nombres —en masculinos, femeninos y neutros— los pueblos africanos que hablan las lenguas bantues presentan otra riquísima: en alguna de éstas hay veinticuatro signos clasificadores— es decir, frente a nuestros tres géneros, nada menos que dos docenas. Las cosas que se mueven, por ejemplo, son diferenciadas de las inertes, lo vegetal de lo animal, etc. Donde una lengua apenas establece distinciones, otra vuelca exuberante diferenciación. En Eise hay treinta y tres palabras para expresar otras tantas formas diferentes del andar humano, del «ir». En árabe existen cinco mil setecientos catorce nombres para el camello. Evidentemente, no es fácil que se pongan de acuerdo sobre el jorobado animal un nómada de la Arabia desierta y un fabricante de Glasgow. Las lenguas nos separan e incomunican, no porque sean, en cuatro lenguas, distintas, sino porque proceden de cuadros mentales diferentes, de sistemas intelectuales dispares —en última instancia—, de filosofías divergentes. No sólo hablamos en una lengua determinada, sino que pensamos deslizándonos intelectualmente por carriles preestablecidos a los cuales nos adscribe nuestro destino verbal.

Calló el lingüista y quedó con la punta de su aguda nariz señalando a un vago cuadrante del cielo. En las comisuras de sus labios parecía germinar y como ensayarse una sonrisa. Comprendí en seguida que aquella mente perspicaz era de las que caminan dialécticamente, dando un golpe a un lado y otro al opuesto. Como soy de la misma ganadería me complació descubrir el enigma que su discurso nos planteaba.

447

—Subrepticiamente y con una astuta táctica —dije— nos ha llevado usted ante el abismo de una contradicción, sin duda para hacérnosla sentir con mayor viveza. Ha sostenido usted, en efecto, dos tesis opuestas. Una: que cada lengua impone un determinado cuadro de categorías, de rutas mentales; otra: que los cuadros que constituyeron cada lengua no tienen ya vigencia, que los usamos convencionalmente y en broma, que nuestro decir no es ya propiamente decir lo que pensamos, sino sólo «maneras de hablar». Como ambas tesis son convincentes, su conflagración nos invita a plantearnos un problema que hasta ahora no había estudiado el lingüista, a saber: qué hay de vivo y qué hay de muerto en nuestra lengua; qué categorías gramaticales siguen informando nuestro pensamiento y cuáles han perdido vigencia. Porque de cuanto nos ha dicho usted lo más evidente es esta proposición escandalosa que erizaría los cabellos de Meillet y de Vendryes; nuestras lenguas son un anacronismo.

—Efectivamente —exclamó el lingüista—. Ésa es la cuestión que deseaba sugerir, y ése es mi pensamiento. Nuestras lenguas son instrumentos anacrónicos. Al hablar somos humildes rehenes del pasado.

V

EL ESPLENDOR

La hora avanza —dije al gran lingüista, y esta reunión tiene que dispersarse. Pero yo no quisiera renunciar a saber lo que usted piensa sobre la faena de traducir.

—Pienso como usted —repuso—: pienso que es muy difícil, que es improbable, pero que, por lo mismo, tiene gran sentido. Es más: creo que ahora llegamos por vez primera a poder intentarla en grande y a fondo. Conviene advertir, de todos modos, que lo esencial sobre el asunto fue dicho hace más de un siglo por el dulce teólogo Schleiermacher, en su ensayo *Sobre los diferentes métodos de traducir*. Según él, la versión es un movimiento que puede intentarse en dos direcciones opuestas: o se trae el autor al lenguaje del lector o se lleva el lector al lenguaje del autor. En el primer caso, traducimos en un sentido impropio de la palabra: hacemos, en rigor, una imitación o una paráfrasis del texto original. Sólo cuando arranca-

448

mos al lector de sus hábitos lingüísticos y le obligamos a moverse dentro de los del autor, hay propiamente traducción. Hasta ahora casi no se han hecho más que pseudotraducciones.

Partiendo de esto, yo me atrevería a formular ciertos principios que definirían la nueva empresa de traducir a que más que nunca, y por razones que luego, si hay tiempo, diré, es preciso dedicarse.

Y hay que comenzar por corregir en su base misma la idea de lo que puede y debe ser una traducción. ¿Se entiende ésta como una manipulación mágica en virtud de la cual la obra escrita en un idioma surge súbitamente en otro? Entonces estamos perdidos. Porque esa transustanciación es imposible. La traducción no es un doble del texto original; no es, no debe querer ser la obra misma con léxico distinto. Yo diría: la traducción ni siquiera pertenece al mismo género literario que lo traducido. Convendría recalcar esto y afirmar que la traducción es un género literario aparte, distinto de los demás, con sus normas y finalidades propias. Por la sencilla razón de que la traducción no es la obra, sino un camino hacia la obra. Si ésta es una obra poética, la traducción no lo es, sino más bien un aparato, un artificio técnico que nos acerca a aquélla sin pretender jamás repetirla o sustituirla.

Refirámonos, a fin de evitar confusiones, al género de versión que más nos importaría, que, a mi juicio, urge más: la de los griegos y latinos. Han perdido éstos para nosotros el carácter de modelos. Acaso sea uno de los síntomas más extraños y más graves de nuestro tiempo que vivimos sin modelos, que se nos ha atrofiado la facultad de percibir algo como modelo. En el caso de griegos y latinos, tal vez resulta fecunda nuestra presente irreverencia, porque al morir como normas y pautas, renacen ante nosotros como el único caso de humanidad radicalmente distinta de la nuestra, en la cual —merced a lo mucho de ellos que se ha conservado— podemos penetrar. Grecia y Roma son el único viaje absoluto en el tiempo que podemos hacer. Y este género de excursiones son lo más importante que hoy se puede intentar para la educación del hombre occidental. Dos siglos de pedagogía matemática, física y biológica, han demostrado por sus efectos que no bastan estas disciplinas para desbarbarizar al hombre. La educación físicomatemática tiene que ser integrada por una auténtica educación histórica, la cual no consiste en saber listas de reyes y descripciones de batallas o estadísticas de precios y jornales en este o el otro siglo, sino que requiere... un viaje al extranjero, al absoluto extranjero, que es otro tiempo muy remoto y otra civilización muy distinta.

449

Tomo V.—29

Frente a las ciencias naturales tienen hoy que renacer las «humanidades», si bien con signo diverso del que siempre tuvieron. Necesitamos acercarnos de nuevo al griego y al romano, no en cuanto modelos, sino, al contrario, en cuanto ejemplares errores. Porque el hombre es una entidad histórica y toda realidad histórica —por tanto, no definitiva— es, por lo pronto, un error. Adquirir conciencia histórica de sí mismo y aprender a verse como un error, son una misma cosa. Y como eso —ser siempre, *por lo pronto* y relativamente, un error— es la verdad del hombre, sólo la conciencia histórica puede ponerle en su verdad y salvarle. Pero es vano pretender que el hombre actual, sin más que mirarse a sí mismo, se descubra como error. No hay más remedio que educar su óptica para la verdad humana, para el auténtico «humanismo», haciéndole ver bien de cerca el error que fueron los otros y, sobre todo, el error que fueron los mejores. De aquí que me obsesione, desde hace muchos años, esta idea de que es preciso rehabilitar para la lectura toda la antigüedad grecorromana —y para ello es inexcusable una gigantesca faena de nueva traducción. Porque ahora no se trataría de verter a nuestros idiomas del día las obras que valieron como modelos en su género, sino todas, indiferentemente. Nos interesan, nos importan —repito— como errores, no como maestros. No tenemos apenas qué aprender de ellos por lo que dijeron, pensaron, cantaron, sino simplemente porque fueron, porque existieron, porque, pobres hombres como nosotros, bracearon desesperadamente como nosotros en el perenne naufragio del vivir.

De aquí que importe orientar las traducciones clásicas en este sentido. Porque si antes dije que es imposible la repetición de una obra y que la traducción es sólo un aparato que nos lleva a ella, se colige que caben de un mismo texto diversas traducciones. Es imposible, por lo menos lo es casi siempre, acercarnos a la vez a todas las dimensiones del texto original. Si queremos dar una idea de sus calidades estéticas, tendremos que renunciar a casi toda la materia del texto para transcribir sus gracias formales. Por eso será preciso repartirse el trabajo y hacer de una misma obra traducciones divergentes según las aristas de ella que queramos traducir con precisión. Mas, en general, sobresale tanto el interés de aquellos textos, en cuanto síntomas de la vida antigua, que puede prescindirse de sus otras calidades sin pérdida seria.

Cuando se compara con el texto una traducción de Platón, aun la más reciente, sorprende e irrita, no que las voluptuosidades del estilo platónico se hayan volatilizado al ser vertidas, sino que se

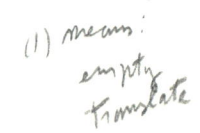

450

pierdan las tres cuartas partes de las cosas, de las cosas mismas que actúan en las frases del filósofo y con que éste, en su viviente pensar, tropieza, que insinúa o acaricia al paso. Por eso, no como suele creerse por la amputación de su belleza, interesa tan poco al lector actual. ¿Cómo va a interesar si han vaciado el texto antes y han dejado sólo un tenue perfil sin grosor ni temblores? Y esto que digo no es, conste, mera suposición. Es un hecho bien notorio que sólo una traducción platónica ha sido de verdad fértil. Y esta traducción es precisamente la de Schleiermacher y lo fue precisamente porque, con deliberado designio, renunció a hacer una traducción bonita, y quiso, en una primera aproximación, hacer lo que voy diciendo. Esta famosa versión ha sido de gran servicio, inclusive para los filólogos. Porque es falso creer que este género de trabajos sirve sólo a los que ignoran el griego y el latín.

Imagino, pues, una forma de traducción que sea fea, como lo es siempre la ciencia, que no pretenda garbo literario, que no sea fácil de leer, pero sí que sea muy clara, aunque esta claridad reclame gran copia de notas al pie de la página. Es preciso que el lector sepa de antemano que al leer una traducción no va a leer un libro literariamente bello, sino que va a usar un aparato bastante enojoso, pero que le va a hacer de verdad transmigrar dentro del pobre hombre Platón que (hace veinticuatro siglos) se esforzó a su modo por sostenerse sobre el haz de la vida.

Los hombres de otros tiempos habían menester de los antiguos en un sentido pragmático. Necesitaban aprender de ellos muchas cosas para utilizarlas con plena actualidad. Se comprende que entonces la traducción intentase modernizar el texto antiguo, asimilarlo al presente. Pero nuestra conveniencia es la contraria. Necesitamos de ellos precisamente en cuanto son disímiles de nosotros, y la traducción debe subrayar su carácter exótico y distante, haciéndolo como tal inteligible.

No comprendo cómo cada filólogo no se considera obligado a dejar traducida en esta forma alguna obra antigua. En general, todo escritor debería no menospreciar la ocupación de traducir y complementar su obra personal con alguna versión de lo antiguo, medio o contemporáneo. Es preciso renovar el prestigio de esta labor y encarecerla como un trabajo intelectual de primer orden. Si se hiciese así, llegaría a convertirse el traducir en una disciplina *sui géneris* que cultivada con continuidad, segregaría una técnica propia que aumentaría fabulosamente nuestra red de vías inteligentes. Pues si me he fijado especialmente en las versiones del griego y el latín,

451

ha sido sólo porque en ese caso la cuestión general se hace más patente. Pero en una u otra medida, los términos del asunto son los mismos referidos a cualquiera otra época o pueblo. Lo decisivo es que, al traducir, procuremos salir de nuestra lengua a las ajenas y no al revés, que es lo que suele hacerse. A veces, sobre todo tratándose de autores contemporáneos, será posible que la versión tenga, además de sus virtudes como traducción, cierto valor estético. Entonces será miel sobre hojuelas —como dicen ustedes los españoles, probablemente sin tener idea de lo que son hojuelas.

—Le oigo con mucho placer —dije yo para concluir—. Es cosa clara que el público de un país no agradece una traducción hecha en el estilo de su propia lengua. Para esto tiene de sobra con la producción de los autores indígenas. Lo que agradece es lo inverso: que llevando al extremo de lo inteligible las posibilidades de su lengua transparezcan en ella los modos de hablar propios al autor traducido. Las versiones al alemán de mis libros son un buen ejemplo de esto. En pocos años se han hecho más de quince ediciones. El caso sería inconcebible si no se atribuye en sus cuatro quintas partes al acierto de la traducción. Y es que mi traductora ha forzado hasta el límite la tolerancia gramatical del lenguaje alemán para transcribir precisamente lo que no es alemán en mi modo de decir. De esta manera el lector se encuentra sin esfuerzo haciendo gestos mentales que son los españoles. Descansa así un poco de sí mismo y le divierte encontrarse un rato siendo otro.

Pero esto es muy difícil de hacer en la lengua francesa. Yo siento que mis últimas palabras en esta reunión sean involuntariamente agresivas, pero el tema de que hablamos las impone. Son éstas: de todas las lenguas europeas, la que menos facilita la faena de traducir es la francesa...

DEFENSA DEL TEÓLOGO FRENTE AL MÍSTICO

Fragmento del curso público sobre «¿Qué es filosofía?», dado en abril de 1929.

...En verdad que no podrían valer este mutismo y este carácter intransferible de cierto saber como objeciones contra el misticismo. El color que ven nuestros ojos y el sonido que oye nuestra oreja son, en rigor, indecibles. El matiz peculiar de un color real no puede ser expresado en palabras; hay que verlo, y sólo el que lo ve sabe propiamente de qué se trata. A un ciego absoluto no se le puede comunicar lo que es el cromatismo del mundo, para nosotros tan evidente. Sería, pues, un error desdeñar lo que ve el místico porque sólo puede verlo él. Hay que raer del conocimiento la democracia del saber, según la cual sólo existiría lo que todo el mundo puede conocer. No: hay quien ve más que los demás, y estos demás no pueden correctamente hacer otra cosa que aceptar esa superioridad cuando ésta es evidente. Dicho en otra forma: el que no ve tiene que fiarse del que ve. Pero se dirá: ¿cómo podemos certificar que alguien ve, en efecto, lo que no vemos? El mundo está lleno de charlatanes, de vanidosos, de embaucadores, de dementes. El criterio en este caso no me parece de difícil hallazgo; yo creeré que alguien ve más que yo cuando esa visión superior, invisible para mí, le proporciona superioridades visibles para mí. Juzgo por sus efectos. Conste, pues, que no es la inefabilidad ni la imposible transferencia del saber místico lo que hace al misticismo poco estimable —ya veremos cómo existen, en efecto, saberes que por su consistencia misma son incomunicables y alientan inexorablemente prisioneros del silencio. Mi objeción al misticismo es que de la visión mística no redunda beneficio alguno intelectual. Por fortuna, algunos místicos han sido, antes que místicos, geniales pensadores —como Plotino, el maestro Eckehart y el señor Bergson. En ellos contrasta peculiarmente la riqueza, la fertilidad de pensamiento, lógico o expreso, con la miseria de sus averiguaciones extáticas.

El misticismo tiende a explotar la profundidad y especula con lo abismático; por lo menos, se entusiasma con las honduras, se siente atraído por ellas. Ahora bien, la tendencia de la filosofía es de dirección opuesta. No le interesa sumergirse en lo profundo como la mística, sino, al revés, emerger de lo profundo a la superficie. Contra lo que suele suponerse, es la filosofía un gigantesco afán de superficialidad, quiero decir de traer a la superficie y tornar patente, claro, perogrullesco, si es posible, lo que estaba subterráneo, misterioso y latente. Detesta el misterio y los gestos melodramáticos del iniciado, del mistagogo. Puede decir de sí misma lo que Goethe:

Yo me declaro del linaje de esos
que de lo oscuro aspiran a lo claro.

La filosofía es un enorme apetito de transparencia y una resuelta voluntad de mediodía. Su propósito radical es traer a la superficie, declarar, descubrir lo oculto o velado —en Grecia, la filosofía comenzó por llamarse *alétheia*, que significa desocultación, revelación o desvelación—, en suma, manifestación. Y manifestar no es sino hablar, *logos*. Si el misticismo es callar, filosofar es decir, descubrir en la gran desnudez y transparencia de la palabra el ser de las cosas, decir el ser: «ontología». Frente al misticismo, la filosofía quisiera ser el secreto a voces.

Comprendo, pues, perfectamente, y de paso comparto, la falta de simpatía que han mostrado siempre las Iglesias hacia los místicos, como si temiesen que las aventuras extáticas trajesen desprestigio sobre la religión. El extático es, más o menos, un «frenético». Por eso se compara él mismo a un hombre ebrio. Le falta mesura y claridad mental. Da a la relación con Dios un carácter orgiástico que repugna a la grave severidad del verdadero sacerdote. El caso es que, con rara coincidencia, el mandarín confuciano experimenta un desdén hacia el místico taoísta, parejo al que el teólogo católico siente hacia la monja iluminada. Los partidarios de la bullanga en todo orden preferirán siempre la anarquía y la embriaguez de los místicos a la clara y ordenada inteligencia de los sacerdotes, es decir, de la Iglesia. Yo siento no poder acompañarlos tampoco en esta preferencia. Me lo impide una cuestión de veracidad. Y es ella que cualquiera teología me parece transmitirnos mucha más cantidad de Dios, más atisbos y nociones sobre la divinidad, que todos los éxtasis juntos de todos los místicos juntos.

Porque, en lugar de acercarnos escépticamente al extático, debemos, como he dicho, tomarle por su palabra, recibir lo que nos trae de sus inmersiones trascendentes y ver luego si eso que nos presenta vale la pena. Y la verdad es que, después de acompañarle en su viaje sublime, lo que logra comunicarnos es cosa de poca monta. Yo creo que el alma europea se halla próxima a una nueva experiencia de Dios, a nuevas averiguaciones sobre esa realidad, la más importante de todas. Pero dudo mucho que el enriquecimiento de nuestras ideas sobre lo divino venga por los caminos subterráneos de la mística y no por las vías luminosas del pensamiento discursivo. Teología y no éxtasis.

* * *

Llamamos filosofía a un conocimiento teorético, a una teoría. La teoría es un conjunto de conceptos, en el sentido estricto del término concepto. Y este sentido estricto consiste en ser concepto un contenido mental enunciable. Lo que no se puede decir, lo indecible o lo inefable, no es concepto, y un conocimiento que consista en visión inefable del objeto será todo lo que ustedes quieran, inclusive será, si ustedes lo quieren, la forma suprema de conocimiento, pero no es lo que intentamos bajo el nombre de filosofía. Si imaginamos un sistema filosófico como el de Plotino o el de Bergson, que mediante conceptos nos demuestra ser el verdadero conocimiento un éxtasis de la conciencia en que ésta traspone los límites de lo intelectual o conceptual y toma contacto inmediato con la realidad, por tanto, sin la mediación o intermediario del concepto, diríamos que son filosofías en tanto que prueban la necesidad del éxtasis con medios no extáticos y dejan de serlo cuando se arrojan del concepto a la inmersión en el místico trance.

Recuerden ustedes la impresión sincera que les ha producido el trato con las obras místicas. El autor nos invita a un viaje maravilloso, al más maravilloso. Nos dice que ha estado en el centro mismo del universo, en la entraña de lo absoluto. Nos propone que rehagamos con él la caminata. Encantados, nos disponemos a partir y dócilmente seguir a nuestro guía. Desde luego, nos sorprende un poco que quien se ha sumergido en tal prodigioso lugar y elemento, en tan decisivo abismo, como es Dios o lo Absoluto o lo Uno, no haya quedado más descompuesto, más deshumanizado, con nuevo acento —más distinto y otro de nosotros mismos. Cuando Teófilo Gautier volvió a París de su viaje por España, todo el mundo se lo conoció en la cara, porque la traía tostada por el sol transpirenaico. Según la leyenda bretona, los que bajaban al Purgatorio de San Patricio no volvían a reír nunca. La rigidez de los músculos cigomáticos, solícitos obreros de la sonrisa, servía de «auténtica» a su excursión subterránea. El místico ha vuelto intacto, impermeable a la materia soberana que durante un rato le ha bañado. Si alguien nos dice que vuelve del fondo del mar, automáticamente dirigimos una mirada a su indumentaria con la esperanza de hallar en ella prendidos vagos restos de algas y corales, flora y fauna abisal.

Pero es tanta la ilusión que nos ofrece el viaje propuesto, que acallamos esta momentánea extrañeza y caminamos resueltos junto al místico. Sus palabras —sus *logoi*— nos seducen. Los místicos han solido ser los más formidables técnicos de la palabra. Los más exactos escritores. Es curioso y —como veremos— paradójico que en todos los lugares del mundo los clásicos del idioma, del verbo, hayan sido los místicos. Además de portentosos decidores, los místicos han tenido siempre un gran talento dramático. El dramatismo es la tensión sobrenormal de nuestra alma producida por algo que se nos anuncia para el futuro, al que en cada instante nos aproximamos más, de suerte que la curiosidad o el temor o el apetito suscitado por ese algo futuro se multiplica por sí mismo, acumulándose sobre cada nuevo instante. Si la distancia que nos separa de ese futuro tan atractivo o tan temible es dividida en etapas, la arribada a cada una de ellas renueva y aumenta nuestra tensión. El que va a cruzar el desierto de Sahara siente curiosidad por sus bordes, donde la civilización termina, pero la siente mayor por lo que hay más allá de esos bordes, por lo que es ya desierto, y todavía mayor por el centro mismo de éste, como si en ese dentro fuese el desierto superlativo de sí mismo. De esta manera, en vez de menguar la curiosidad conforme se va usando, es como un músculo que el ejercicio alimenta y acrece. El más allá de la primera etapa interesa, pero interesa mayormente el más allá de ese primer más allá, y así sucesivamente. Todo buen dramaturgo conoce el efecto de mecánica tensión que produce esta segmentación del camino hacia un futuro anunciado. Y por eso, los místicos dividen siempre su itinerario hacia el éxtasis en virtuales etapas. Unas veces se trata de un castillo dividido en moradas inclusas unas en las otras, como esas cajas japonesas que tienen siempre dentro otras cajas más —así Santa Teresa—; otras veces es la subida a un monte con altos en la ascensión, como en San Juan de la Cruz, o bien es una escalera donde cada peldaño nos promete una nueva visión y un nuevo paisaje, como en la escala espiritual de San Juan Clímaco. Confesemos que al llegar a cada uno de estos estadios sentimos alguna desilusión; lo que desde él divisamos no es cosa mayor. Pero la esperanza de que en el próximo se manifestará ya lo insólito y magnífico nos mantiene alertas y animosos. Mas he aquí que al llegar a la última morada, a la cima del Carmelo, al último escalón, el místico guía, que no ha parado de hablar durante un momento, nos dice: «Ahora, quédese usted ahí solo; yo voy a sumergirme en el éxtasis. A la vuelta le contaré a usted.» Dócilmente esperamos, ilusionados con la perspectiva de ver al místico retornar ante nuestros ojos, directamente del abismo, chorreando aún misterios, con el olor acre de los vientos de ultranza que guardan algún tiempo pegado a las ropas del navegante. Helo aquí que ya vuelve, se acerca y nos dice: «Pues ¿sabe usted que no puedo contarle nada o poco menos, porque lo que he visto es en sí mismo incontable, indecible, inefable?» Y el místico, tan locuaz antes, tan maestro del hablar, se torna taciturno en la hora decisiva o, lo que es peor todavía y más frecuente, nos comunica del trasmundo noticias tan triviales, tan poco interesantes, que más bien desprestigian el más allá. Como dice el refrán tudesco: «Cuando se hace un largo viaje, se trae algo que contar.» El místico de su travesía extramundana no trae nada o apenas que contar. Hemos perdido nuestro tiempo. El clásico del lenguaje se hace especialista del silencio.

Quiero indicar con esto que la discreta actitud ante el misticismo, en el sentido estricto de esta palabra, no debe consistir en la pedantería de estudiar a los místicos como casos de clínica psiquiátrica —como si esto aclarase nada esencial de su obra— u oponiéndoles cualesquiera otras objeciones previas, sino, al revés, aceptando cuanto nos proponen y tomándoles por la palabra. Pretenden llegar a un conocimiento superior de la realidad. Si, en efecto, el botín de sabiduría que el trance les proporciona valiese más que el conocimiento teorético, no dudaríamos un momento en abandonar éste y hacernos místicos. Pero lo que nos dicen es de una trivialidad y de una monotonía insuperables. A esto responden los místicos que el conocimiento extático, por su misma superioridad, trasciende todo lenguaje, que es un saber mudo. Sólo cada cual por sí puede llegar a él, y el libro místico se diferencia de un libro científico en que no es una doctrina sobre la realidad trascendente, sino sobre el plano de un camino para llegar a esa realidad, el discurso de un método, el itinerario de la mente hasta lo absoluto. El saber místico es intransferible y, por esencia, silencioso.

EN EL CENTENARIO
DE UNA
UNIVERSIDAD

Conferencia dada en el paraninfo de la Universidad de Granada durante la conmemoración del cuarto centenario de esta Universidad en 1932.

LA Universidad de Granada conmemora su cuarto centenario. Si esta Universidad se da cuenta de sí en esta hora festival, advertirá que, para ocuparse estos días en su pasado y dedicarse a recordar, ha tenido que suspender su vida normal, en la cual no era el pasado y el recuerdo lo primario, sino, por el contrario, el porvenir. La vida es una faena que se hace hacia adelante. Nuestro espíritu está siempre en el futuro, preocupado por lo que vamos a hacer, lo que nos va a pasar en el momento que llega. Sólo en vista de ese futuro, para prevenirlo y entrar en él bien pertrechados, se nos ocurre pensar en lo que hemos sido hasta aquí. Vemos nuestro pasado como el conjunto de medios, de capacidades, de experiencias que nos permitirán afirmarnos en el porvenir, es decir, continuar sosteniéndonos en él, siendo en él. ¿Qué es ahora, en estos días, nuestra Universidad? Si en el futuro somos lo que proyectamos, en el presente somos lo que hacemos en virtud de aquella decisión o proyecto. Y lo que hace ahora esta Universidad es conmemorar su cuarta secularidad, es decir, recordar. Es curioso que el hombre a veces lo que decide hacer en el instante futuro es precisamente ocuparse del pasado, recordar. La palabra es maravillosa: recordar, es decir, volver a hacer pasar por el corazón lo que ya una vez pasó por él; esto es, revivir imaginariamente lo ya vivido. Pero nótese que el recuerdo no es pasivo: si en nuestra mecánica psíquica acontece que una imagen del pretérito rebrota automáticamente, eso no es recordar. Ante esa imagen, como ante todo, el hombre tiene que decidirse por aceptarla o no, y si la acepta es que se pone activamente a recordar; por tanto, el rememorar no es algo pasivo, que le pasa al hombre, sino algo que él hace.

Recordar no es, pues, algo pasivo, es un hacer; no es que el pasado venga por su pie hasta nosotros, sino que nosotros vamos al pasado, volvemos a él, merced a esa extraña condición del hombre que le permite movilizarse libremente por todas las dimensiones de su tiempo y ser igualmente futuro, presente y pretérito. Ahora esta Universidad es, en una u otra medida, con una u otra plenitud y precisión, sus cuatro siglos de historia.

Pero eso que he llamado el hacer, y que, por lo visto, se contrapone al simple pasarle a uno, tiene una condición fundamental, y, a la vez, perogrullesca; ésta: que todo lo que se hace se hace por algo, en vista de algo. Pero nosotros sabemos ya lo que es ese algo, en vista del cual hacemos todo: es nuestro futuro, porque el pasado y el presente no nos puede importar por sí. Lo que nos importa es ser, existir mañana —vivir es pervivir—; lo demás es haber vivido. Por eso el recordar se hace en vista del porvenir, y de ahí que, si nos analizamos mientras estamos entregados a la memoria, observaremos que al rememorar bizqueamos y que, mientras recordamos con un ojo el pasado, con el otro seguimos atentos al porvenir, como refiriendo constantemente lo que fue a lo que puede sobrevenir. El recuerdo es la carrerilla que el hombre toma para dar un brinco enérgico sobre el futuro. Y si no, ¿a qué viene el esfuerzo que esta Universidad dedica a ocuparse estos días en su trasvida? No hay duda: lo hace para afirmar su porvenir, para atraer la atención sobre ella, para fundar su derecho a pervivir mañana, entre otras razones, en el hecho de su historia larga. Conmemorar es recordar en comunidad y públicamente; la conmemoración es la solemnidad del recuerdo.

Y he aquí que esta Universidad reanima sus cuatro siglos de historia. Ve lo que ha sido, pero advierte al punto que los detalles de su historia particular, con ser interesantes, representan sólo variaciones más o menos anecdóticas de lo que ha sido la Universidad española entera. En todo lo esencial, en las aspiraciones, en la relación con el contorno, con los poderes sociales, con la Iglesia, con el Estado, con el pueblo, con las dotes de la raza, con la economía del medio, su destino ha sido el mismo que el de cualquiera otra Universidad española. Y por eso, al querer palpar con precisión lo que ha sido, se ve forzada a preguntarse: ¿qué ha sido la Universidad española? Esto ya no es anecdótico, esto es ya muy importante, esto es ya sustancial. No es desdeñable lo que esta Universidad deba a Granada, pero evidentemente no le debe nada visceral. La provincia, la región —y no ignoráis que soy muy regionalista—, no representan sustancias históricas; son modificaciones del gran ente nacional que es lo históricamente sustancial. Por eso lo que esta Universidad tiene de tal no es lo que tiene de granadina, sino lo que tiene de española. En la conmemoración tendríamos, pues, que partir de lo que ha sido la Universidad en España.

Pero al intentarlo caemos en la cuenta de que no se puede aclarar lo que ha sido la Universidad española si no contemplamos su destino peculiar sobre el fondo de lo que ha sido toda la Universidad europea. La nuestra nace de la misma inspiración e impulso coincidente que las demás de nuestro mundo occidental. Ciertos supuestos elementales, ciertas vicisitudes de primer orden son comunes a todas. Y es evidente que lo más jugoso en esta conmemoración sería dirigir una mirada a lo que ha sido la Universidad europea que incluye a la española y la granadina, y preguntarse si su porvenir presenta barruntos de bonanza o peligro.

Y así esta Universidad, al sumirse en su propio pasado de Universidad europea, revive el proceso dramático y glorioso que ha sido la historia de esta institución. Ve cómo de minúsculos y privados centros de estudios que brotan con espontaneidad de hongos «en todo lugar un poco tranquilo» durante los comienzos de la Edad Media, se desarrollan los grandes cuerpos universitarios, que atraen gentes de los lugares más remotos de Europa y palpitan y se estremecen como vísceras imprevistas dentro de la sociedad europea, constituyendo su más auténtica novedad. Porque esto es lo primero que conviene hacer constar: la Universidad, el cultivo y enseñanza del saber organizados como corporación pública, como institución, es algo exclusivamente europeo, que no había existido en ninguna otra sociedad.

Por eso yo suelo decir que la Universidad ha sido consustancial con Europa. Lo más parecido a ella, que es el mandarinato de China, se diferencia esencialmente. Ahí se trataba únicamente de la preparación de empleados públicos. Fue, pues, exclusivamente un órgano del Estado como tal. Pero en Europa, cualquiera que sea el aprovechamiento que el Estado haya obtenido de la Universidad, significó ésta un principio diferente y originario, aparte, cuando no frente al Estado. Era el Saber constituido como poder social. De aquí que apenas gana sus primeras batallas la Universidad se constituya con fuero propio y originales franquías. Frente al poder político, que es la fuerza, y la Iglesia, que es el poder trascendente, la magia de la Universidad se alzó como genuino y exclusivo y auténtico poder espiritual: era la Inteligencia como tal, exenta, nuda y por sí, que por vez primera en el planeta tenía la audacia de ser directamente y, por decirlo así, en persona, una energía histórica. ¡La inteligencia como institución! ¿Es esto de verdad, de verdad posible? No voy ahora a entrar en el tema, porque no es lo que en mis notas primitivas preví, y quiero en el perfil general de lo que os diga ser estrictamente fiel a ellas.

Ello es que desde el siglo XII se oye sin interrupción, oriundo de los senos de Europa, un son que no se parece a nada, pero que de parecerse a algo sería a un como bordoneo de abejas solícitas e inquietas, vagabundas y punzantes. Es el rumor que hacen las Universidades, un rumor que, como el del motor de explosión en nuestro tiempo, era un ruido nuevo en el mundo. Y en esos siglos, cualquiera que sea el trivio o encrucijada donde os coloquéis, veréis que chocan cuatro tropeles de hombres dispares: un tropel de soldados que moviliza el poder público, un tropel de mercaderes que empuja el interés, un tropel de peregrinos que va a Compostela o a Tierra Santa y un tropel de los que entonces se llamaban escolares y hoy llamamos estudiantes. Y no se puede negar que en el concurso de tan vario origen son éstos los que ponen la alegría, la insolencia, el ingenio, la gracia y —¿por qué no decirlo?— la pedantería. Y este tropel de escolares iba a ser el que ganase la partida a los otros. La cosa es innegable: en Europa las Universidades ganaron la partida a los otros poderes, incluso al más fuerte, porque es la fuerza, al poder político. Esa partida ganada por los escolares al poder político se llama revolución, y es claro que me refiero a la auténtica, porque no estoy dispuesto a llamar revolución a cualquiera cosa. ¡Ganaron la partida a los demás poderes! Pero... ¿la ganaron para siempre? He aquí que la resaca del recuerdo, como siempre acontece, nos arranca de la playa muerta, inofensiva, sin peligros, que es el pasado, y nos arroja de nuevo a la mar del porvenir. En contacto con ella volvemos a sentirnos vivir, porque volvemos a sentirnos en peligro, y, queramos o no, tenemos que bracear para mantenernos a flote. La vida es permanente conciencia de naufragio y menester de natación. La mirada al pretérito, la conmemoración, no ha hecho sino curarnos del embobamiento en que vivíamos y ponernos en carne viva para que percibamos bien lo que el futuro tiene de característico frente al presente y el pasado.

¿Cuál es la esencia del futuro, de «todo» futuro? Peligro, problema. La Universidad europea ha sido algo magnífico, glorioso y triunfante; en el siglo XIX llega al máximum de su poder; pero, ¿y mañana? ¿Qué será mañana?

¿Lo mismo, más, menos?

¿Qué haremos para responder a esta pregunta? Yo creo que la cosa no ofrece duda. No tenemos más que un camino, un método:

comparar el pasado con el presente, es decir, hacernos bien cargo del presente para descubrir si en él se dan las mismas causas que hicieron posible en el pasado la vida saludable o el triunfo de la Universidad.

Yo no puedo, como es natural, estudiar aquí adecuadamente las causas por las cuales la Universidad prosperó y triunfó en el pasado europeo. Lo único que puedo hacer es enunciar la causa máxima, la que, en rigor, resume y fecundiza todas las demás.

Someted un ser viviente, cuyo organismo propio posea todas las plenitudes y facultades, a un clima desfavorable, negativo de su estilo zoológico, y le veréis pronto desmedrarse y sucumbir o, a lo sumo, arrastrarse en una *vita minima*. Viceversa, el organismo endeble se corrobora y plenifica en un clima favorable. Un clima no es sino un régimen atmosférico en que predominan ciertos ingredientes fisicoquímicos. Pues bien, eso que llamamos una época histórica no es sino un clima moral, donde predominan ciertas valoraciones, ciertas preferencias, ciertos entusiasmos. ¡Coinciden las preferencias ambientes de nuestra época con el proyecto de vida que cada uno de nosotros es; entonces nuestra vida se logra fácilmente! Pero si las estimaciones de la época en que vivimos pugnan con el tipo de hombre que hemos de ser, nuestra existencia se malogra. Esta ecuación de coincidencia o repugnancia entre nuestro programa vital y nuestra época es uno de los factores primarios de eso que llamamos «destino».

No escapamos a la circunstancia; ella forma parte de nuestro ser, favorece o dificulta el proyecto que somos.

Cuando se repasa la historia de la Universidad europea, que imaginamos como una persona, aunque colectiva, viviente, notamos que su trayectoria, sus altos y bajos, su humildad y su esplendor, avanzaron paralelamente al entusiasmo que el europeo sintió por la inteligencia. Esta es la causa decisiva de la prosperidad y triunfo gozados por la institución universitaria. El europeo, en su evolución, llegó muy pronto a preferir y anteponer la inteligencia a todas las demás cosas del Universo. En los demás cuerpos históricos, en el Oriente, en el mundo grecorromano, en el orbe excéntrico del arabismo, sólo una minoría social creyó radicalmente en la inteligencia, y aun esto habría que verlo más despacio; pero sólo en Europa se da el caso de que casi la totalidad del pueblo sienta un entusiasmo preferente por lo intelectual, que ponga su vida íntegra al naipe de las ideas; en suma, que viva de ideas y para ideas.

A fin de que no se desoriente la comprensión de los que me escuchan, intercalo secamente la advertencia de que no porque yo sea de oficio y vocación intelectual ha de suponerse sin más que apruebo eso: el que se viva de ideas y para ideas. Es evidente que todo hombre ha vivido siempre con ideas, usando de ellas como instrumento «para» su vida.

Digo, pues, sin anticipar sentencia, que el europeo no se ha limitado a vivir con ideas, sino que ha puesto su vida a las ideas, como el arriesgado pone su fortuna íntegra a la sota de copas. En un clima o ambiente dominado por esta preferencia, era natural que la Universidad prosperase y que llegase a su culminación en los siglos que representan el imperio, casi indiviso, de la Inteligencia, en la época moderna y sobre todo en el siglo XIX. ¿Es fácil que la inteligencia pueda ser en el porvenir visible tanto o más que ha sido hasta 1900?

La fecha no es caprichosa, porque efectivamente en torno a ella comienzan a aparecer en Europa síntomas que luego se han desarrollado pavorosamente y que anunciaban el cambio de clima histórico en que indiscutiblemente nos encontramos hoy. El entusiasmo por la inteligencia decrece, y asciende en pleamar la hostilidad a la inteligencia. ¿Es este hecho, tan innegable como universal en Europa, una realidad profunda o es un fenómeno pasajero, debido a una hora de cansancio por la continuidad del esfuerzo ininterrumpido, multisecular, dedicado al pensamiento? ¿Es el *odium professionis* que sufre transitoriamente el europeo? Sea una u otra cosa su sentido y valor, repito que el hecho es incuestionable y que la Universidad debe mirarlo cara a cara porque de ello depende su porvenir. La inteligencia es el pensamiento, es la razón, y el entusiasmo hacia ella significa que preferimos ante todo tener razón. La actitud era bonita, no se puede negar; porque a todas las cosas del mundo se prefería la cosa menos cosa del mundo, la más etérea, la razón, la idea razonable.

Pero si ahora dirigimos una mirada al área europea, a la política, a la vida social, sobre todo a las nuevas generaciones, os encontraréis que ya casi nadie quiere tener razón. No es que no la tenga: es que deliberadamente le trae sin cuidado tenerla o no. ¿Qué es lo que quiere, entonces, la gente? Por lo visto, no le interesa la idea de las cosas, sino que quiere las cosas mismas. Ese imperativo de eficacia a que hoy se muestran tan dóciles las gentes y que enarbolan como bandera y principio, no hace sino expresar aquel brutal querer las cosas. Es decir, no se estima al que las piensa, sino al que las quiere con resolución; se desestima la inteligencia, se prefiere la voluntad:

al intelectualismo sucede el voluntarismo. ¡La voluntad! Esta es la nueva diosa desde 1900. ¿Será relativamente definitiva, informará toda una época como la otra, será no más que una diosa transeúnte y como turista que se da un fugaz paseo por Europa? Yo no voy a decidirlo hoy. Pero es positivo que los hombres actuales incriminan a toda la Edad Moderna, echándole en cara precisamente lo que ésta consideraba el máximo honor: le echan en cara que no hacía sino pensar, pensar... Que además de esto haya creado una civilización material prodigiosa, la cual permite a las nuevas gentes vivir mejor que ha vivido nunca el hombre, es cosa que se pasa por alto y no se le reconoce. Se le inculpa porque pensaba y pensaba. Se le recuerda que en uno de los instantes culminantes del intelectualismo, en la Alemania romántica, había dicho Schlegel que la vida verdadera no es sino un *unendliches Gespräch*, una charla infinita, una conversación interminable en que se canjean ideas, y la una sale de la otra indefinidamente, sin última consecuencia, sin acabar nunca, sin terminar en una resolución.

Es evidente que desde hace ya no pocos años, y en toda la extensión de Europa, cualesquiera sean las formas de la política, ha sobrevenido un cansancio y como un hartazgo de eso. Fatiga la discusión e irrita que no concluya, es decir, que no lleve a consecuencias, a decisiones. Frente a la inteligencia, que parece perderse en el arabesco de su propia dialéctica, se yergue la otra potencia del hombre: la voluntad, que es la facultad de resolver o, por lo menos, de resolverse. Sería un diagnóstico erróneo no ver este cambio del estilo histórico sino en sus más melodramáticas manifestaciones políticas. No; más allá de la política, y antes que ella comience sus operaciones, en los senos profundos de la vida occidental se ha producido un cambio de valoración. No se cree que se haya hecho bastante pensando en las cosas, y se empieza a entrever que la inteligencia no se justifica, sin más, a sí misma, por el simple hecho de ejercitarse.

Una vez reconocido este cambio de la preferencia europea, surge en nosotros indefectiblemente una pregunta: Y ¿por qué ha acontecido? ¿Qué pecado ha cometido la inteligencia para ser —por lo menos aparente y transitoriamente— derrocada y suplantada?

He dicho que el hombre vive siempre con ideas: ¡claro está! Al encontrarse en la circunstancia o mundo hace funcionar, entre otros, su aparato intelectual y, quiera o no, se forja ideas sobre el mundo, lo interpreta, y estas ideas o convicciones sobre lo que las cosas son, entran a formar parte de la circunstancia. Es evidente que la vida del cristiano, para quien este mundo no es sino antecámara o antifaz de otro más real donde está presente Dios, es distinta de la vida del marxista, para quien la última realidad del Universo es el proceso de la producción económica. Naufragar en Dios o naufragar en lo económico son cosas diferentes, aunque a la postre ambas son idénticamente naufragios, son depender de alguien o de algo que es distinto de nosotros, es tener que ser fuera de sí.

Precisamente porque nuestra vida es eso, de modo irrecusable —necesidad de sostenernos en un medio que nos es ajeno, desconocido—, no tenemos más remedio que interpretar nuestra situación, tratar de averiguar qué es ese mundo en que braceamos náufragos y cuál es su relación con nosotros. Ahora bien, esto es filosofía. Y esa filosofía o interpretación de nuestra vida será aguda o roma, elemental o sabihonda, espontánea o pedante, pero lo que no puede negarse es que el hombre, quiera o no, la ejercita. No puede vivir sin interpretar su situación, sin filosofar. De aquí que el mejor resumen de una época sea su filosofía. No discuto ahora si es ella causa o efecto de lo demás; no es que quiera dar importancia a la filosofía; al contrario, puesto que digo que, quieran o no, todos son filósofos. Me basta para el caso con tomarla como la expresión y síntoma de un tipo de vida, de una época. ¿Y cuál ha sido, reducida a última cifra, la filosofía europea, la interpretación de la realidad que ha orientado la existencia en la época moderna?

En su umbral, vestido a la española, de negro, se alza un hombre solitario, pero de la mejor compañía, un gentilhombre que ha sido, tal vez, el genio mayor de Occidente, el más original, que eliminando todo lo adventicio y recibido va a decir la auténtica verdad europea: es Renato Descartes.

¿Y qué hizo este hombre?

Pues este hombre se sentía perdido en la vida, nada en ella encontraba seguro. Nótese que esa sensación de perdimiento e inseguridad no es algo que nos acontezca a ratos en la vida, sino que es la vida misma, aunque hacemos todo lo posible para ocultárnoslo. Descartes quiere hacer pie en algo firme, tropezar con la auténtica realidad, sentirse seguro. Tanto da decir que nos sentimos perdidos como decir que dudamos. En efecto, todo es dudoso; a la vida no le es regalada ninguna convicción absoluta: es primero duda, perplejidad. Pero entonces, dice Descartes, si dudo, por lo menos es cierto que dudo, y luego da ese gran paso, tan sencillo y que es el paso de la Europa moderna: es cierto indubitablemente que dudo; pero dudar no es sino pensar. ¡Eureka!, hemos hallado la realidad indubitable: el pensamiento existe, y como yo soy ese pensamiento, yo existo. Existo, pues, porque pienso; existo como pensamiento, como inteligencia. Y eso, pensamiento, es lo único que hay.

Porque vamos a dejar todo lo demás, que Descartes añade: ya que eso, su punto de partida, es lo esencial, eso es de lo que, con una u otra modulación, va a hacerse solidaria Europa, de 1650 a 1900: es el idealismo.

Si vamos al otro cabo de ese magnífico siglo XVII que «estabiliza» la interpretación europea de la vida, topamos con Leibniz, cima del pensamiento barroco. Y hallamos que en él culmina ese idealismo. Lo que en el *bon pas* de Descartes fermentaba implícito va a ser paladinamente afirmado en Leibniz. La realidad única es la mónada, y la mónada es pensamiento y sólo pensamiento, confuso o claro. Además, cada mónada está aislada, «sin ventanas», y su existencia se reduce a una faena interior de pensar y pensarse a sí misma, de ponerse en claro consigo misma. El mundo es mera proyección del sujeto intelectual, simple fenómeno y fantasmagoría. Pero tanto en ese mundo fantasmagórico como en la realidad de las mónadas, sólo un principio rige: el principio de la razón suficiente. Nunca ha llegado a mayor imperialismo la inteligencia. Porque ese principio declara que para que algo exista es preciso que cumpla la exigencia de «tener razón», la cual es una exigencia intelectual.

¿Veis cómo el entusiasmo por la inteligencia hace de ella la realidad fundamental, en rigor, la única? Esta convicción va a impregnar toda la vida europea, en todos sus órdenes, y aunque el hombre medio no se dé cuenta de ello, como no se da uno cuenta habitualmente de la atmósfera que respira. En esa atmósfera se comprende el fácil triunfo de la Universidad.

No obstante, reparemos en que el mundo antiguo había opinado también, si no que el pensamiento era la única realidad, por lo menos que era la fundamental. Mas hay una diferencia radical: cuando el griego habla de inteligencia, del *nous*, no se refiere, por lo pronto, a la suya, sino a un principio o poder que le parece entrever en el cosmos, en el mundo. El europeo, en cambio, creyó que la realidad única era la inteligencia del hombre, sea la individual, sea la de la especie humana, como creía Hegel. Y esto trae una consecuencia decisiva para la interpretación de nuestra vida. Si lo único que hay es la inteligencia y la inteligencia es el hombre, quiere decirse que lo único que hay es el hombre, que el hombre se queda solo. O dicho en otra forma: si la única realidad es el pensamiento y yo soy pensamiento, resultará que, para mí, existir no es sino pensar. Ahora bien, pensar es una faena íntima, que hago dentro de mí, sin salir de mí, sin tener que contar con nada ajeno a mí. Según esto, la vida en su efectividad consistiría en estar solo consigo, dentro de sí, y no, como hemos dicho, en lo contrario, en tener que sostenerse fuera, en el mundo, el cual, acaso, es irracional, ininteligente, antiinteligente acaso, ¿quién sabe si mi enemigo?

No, señor Descartes: vivir, existir el hombre, no es pensar. Vuestra merced —sea dicho con máximo respeto y haciéndole toda la mesura—, vuestra merced ha padecido un error. Sin duda, vuestra merced ha llegado pensando a la conclusión: existo porque pienso; pero recuerde que se ha puesto vuestra merced a pensar, que ha caído en la cuenta de que pensaba no sin más ni más, sino porque antes se sentía perdido en un elemento extraño, problemático, inseguro, dudoso, cuyo ser era extraño al de vuestra merced. Se ha puesto, pues, a pensar «porque» antes existía, y ese existir de vuestra merced era un hallarse náufrago en algo que se llama mundo y no se sabe lo que es —que es dudoso— por tanto, que era algo distinto de vuestra merced —porque de sí mismo, como nos asegura vuestra merced, no puede dudar. Vivir, existir, no estar solo, sino al revés, no poder estar solo consigo, sino hallarse cercado, inseguro y prisionero de otra cosa misteriosa, heterogénea, la circunstancia, el Universo. Y para buscar en él alguna seguridad, como el náufrago mueve sus brazos y nada, vuestra merced se ha puesto a pensar. No existo porque pienso, sino al revés: pienso porque existo. El pensamiento no es la realidad única y primaria, sino al revés, el pensamiento, la inteligencia, son una de las reacciones a que la vida nos obliga, tiene sus raíces y su sentido en el hecho radical, previo y terrible de vivir. La razón pura y aislada tiene que aprender a ser razón vital.

Éste fue el pecado de la inteligencia: creer que ella era sola, que ella era la realidad. Noten ustedes que éste es el pecado de Lucifer cuando pretende ser como Dios. Porque Dios significa la plena realidad. Si Lucifer imaginaba ser como Dios, quiere decirse que presumía dentro de sí todas las condiciones y todos los ingredientes para ser él la plena realidad y no una realidad obligada a contar con otra superior, con Dios. Lucifer intenta suplantar a Dios, como en el idealismo la inteligencia se rebela y aspira a declararse la única realidad. Se comprende muy bien —y ya veremos por qué abundante serie de serias razones— que la inteligencia, la idea, caiga en este error. Está ella consignada indisolublemente a la realidad, o dicho de otro modo más perogrullesco: la idea es idea «de» la realidad. Su papel es de espejo, y cuanto más limpio, mejor. Refleja las cosas y en este virtual sentido las contiene. Si un espejo tuviera conciencia de sí mismo, caería fácilmente en la ilusión de que tiene dentro de sí los objetos que refleja; y si además tuviese pies, echaría a andar creyendo que podía llevarse consigo todo lo en él espejado, que era, pues, espejo y cosa espejada. Aristóteles dice con gran razón que el alma es en cierto modo todas las cosas, puesto que las piensa. Pero la cuestión y el peligro está en ese ser en «cierto modo», en ese casi-ser. Un mínimo descuido en la apreciación de cuál sea ese «casi ser las cosas» que es pensarlas, trae enormes y desastrosas consecuencias. En el caso del espejo, noten la radical tergiversación de su situación y papel efectivo que acarrearía su error de creer que de verdad lleva en sí las cosas que, en rigor, sólo refleja. De ser un servidor de la realidad pasaría a ser su dueño, su propietario. Por eso Lucifer grita: *Nom serviam¡;* la inteligencia, que, según hemos entrevisto, es sólo instrumento «para» la realidad radical que es la tarea de vivir, que es, pues, constitutivamente, servicio, se convierte en fin de sí misma, se declara independiente. Y es cierto que la inteligencia no puede servir a ningún interés particular, so pena de anularse, pero por otra parte, ella no es sino esencial servidumbre a la vida. De ésta vive, en ella tiene sus raíces y de ella recibe su sentido.

En *El tema de nuestro tiempo*, que se publicó en 1923, pero que recoge trabajos de cátedra anteriores de varios años, resumía yo el problema de lo que entonces era aún un porvenir con estas palabras: «La razón pura tiene que ceder su imperio a la razón vital» (1).

La crisis de la inteligencia —y con ella de la Universidad— sólo puede dominarse mediante una reforma de la inteligencia. Hace muchos años que con este mismo título —*Reforma de la inteligencia* (2)— la predico: anuncié, cuando nadie la presumía, que la crisis se avecinaba, lo cual me costó quedarme solo en España.

Yo creo que hoy, al cabo de trece o catorce años, parecería claro a todo el mundo el sentido de esa fórmula que entonces nadie entendió.

Pero es posible que alguien me pregunte ahora: ¿Y el voluntarismo, ese voluntarismo que desde 1900 parece resuelto a sustituir en su imperio al intelectualismo? ¿Representa, en efecto, la norma «estable» del porvenir? Debe el curioso preguntarse con cierta perentoriedad si una actitud como la voluntarista, en que el hombre cree

---

(1) [Véase página 141 del tomo III de estas *Obras Completas*.]
(2) Recogido en *Goethe desde dentro*. Madrid, 1932. [Véase página 493 del tomo IV de estas *Obras Completas*.]

no tener que contar más que con su voluntad, con su decisión, es, en definitiva, muy diferente de la intelectualista. El descendiente de Descartes creía que vivir era pensar o, lo que es lo mismo, ponerse de acuerdo consigo mismo. ¿Hay mucha distancia de esto a creer que vivir es resolverse enérgicamente? ¿No significa esto que se sigue creyendo lo mismo, sin más que haber trasladado el acento de la potencia inteligente a la volitiva? ¿No tiene el voluntarismo todo el aire de simple y exasperada forma que el viejo idealismo adopta, convulso, antes de morir?

La explotación de voluntarismo sobrevenida en Europa desde hace treinta años —no es menos antigua la fecha de la emergencia— ha abierto una ancha brecha en el horizonte hermético donde nos retenía, mágicamente prisioneros, el intelectualismo. Éste ha sido su papel y su servicio. Pero no es verosímil que el voluntarismo represente una actitud perdurable. El hombre es, ante todo, voluntad, porque, ante todo, tiene que hacer algo para existir y, por tanto, ante todo, tiene que querer y decidirse. Por ser el hombre primariamente voluntad, es precisamente por lo que luego tiene que ser también inteligencia. Es ésta quien crea los proyectos entre los cuales la voluntad ha de decidir, y para ello intenta penetrar hasta la verdad del mundo y del hombre. Yo sospecho que, una vez hecha a fondo la experiencia del radical voluntarismo, el hombre descubrirá, otra vez —¡por fin!—, que no está solo, que hay en torno de él poderes extraños y distintos de él con quienes tiene que contar, y que hay sobre él poderes superiores bajo cuya mano, pura y simplemente, está.

MEMORIAS DE MESTANZA

Artículos publicados en *La Nación*, de Buenos Aires, octubre de 1936.

I

Don Gaspar de Mestanza, recientemente fallecido, es uno de los pocos españoles interesantes que han nacido en los últimos cien años. Porque es forzoso reconocer que el español, tan lleno de otras virtudes más importantes, no posee casi nunca el don de interesar. Es de ordinario un hombre excelente, pero aburrido. La causa de ello acaso esté en que reaccione siempre del modo previsto y no da margen para que esperemos de él nada que no esté ya en el programa. Por esta razón la vida española ha sido siempre poco divertida, hoy como en tiempo de Viriato. Don Gaspar de Mestanza representa una egregia excepción. Era siempre otra cosa además o aparte de lo que pudiera presumirse. Ya el hecho de que haya dejado escritas unas extensísimas memorias lo demuestra. Porque ni sus amigos más próximos sospechaban que este hombre tan alegre que parecía embarcarse entero en la gracia de cada hora fuese capaz de esa periódica retirada o abandono de la vida que supone la redacción de unas memorias.

Don Gaspar de Mestanza ha muerto de ochenta años, de modo que casi un siglo entero se ha destilado por aquella alma sutilísima, que se acercaba tanto a todo, conservando, a la vez, de todo una absoluta distancia. Nació en 1855, y esto le consigna a la generación que «tuvo el grito» en las postrimerías del siglo. Fuera acaso conveniente contar algún día a los jóvenes lo que fue aquel estilo de vida que se llamó *fin de siècle*, y que es probablemente el más opuesto entre los imaginables al vigente hoy. Ha sido el tiempo en que el europeo sintió más radical confianza en sí mismo y en el porvenir. Ese exceso de confianza le hizo abandonarse, perder toda cautela, y quien quiera hallar la causa inmediata, pero profunda, de cuanto hoy acontece, la encontrará rebuscando en esa última quincena de la centuria. Pero no suele faltar en ninguna generación un hombre que vive un poco al fondo de la escena, un hombre deslizante, que pasa inadvertido y que es su testigo excepcional. Hombre de ojo claro y frío, implacable en el ver, que lleva, como no puede menos, en su entraña los atributos de su generación, pero que no queda sumergido en ella, sino que la mira flotando sobre ella y por eso se salva cuando ella transcurre y sigue apto para vivir otros tiempos que subsiguen. Claro que esto sólo es posible en hombre cuyo modo sustancial de vida no es la pasión, sino la visión. Esa pupila implacable de azor que otea el paisaje ha sido Mestanza durante más de cincuenta años. La muerte, al acercarse, le ha encontrado con una inteligencia tan alerta como en la hora mejor de su vida y con la mano puesta en sus *Memorias*, donde, no hace todavía dos meses, urdía el comentario a los últimos acontecimientos del mundo. Dotado de sin igual perspicacia para percibir los cambios de los tiempos y definirlos, su obra no tiene pareja en la bibliografía porque nunca se ha podido asistir con tanta clarividencia a cambios históricos tan radicales. La historia ha solido siempre usar de un automático pudor que le hacía apagar la luz en la hora de sus graves mutaciones, como en el teatro se hace la oscuridad al tiempo de cambiar la decoración. Cuando la humanidad va a transformarse, los hombres parecen previamente volverse tontos y no ven lo que pasa. No podrá decirse lo mismo del presente. Estas *Memorias* tienen la particularidad de que no cuentan muchas cosas. No tienen una intención narrativa, sino analítica. Destacan sólo ciertos hechos de la vida pública y de la vida privada —más aún, de la vida íntima— que el autor considera representativos y los somete a una pavorosa endoscopia. Mete en lo real la fina sonda que lleva al cabo una lamparita eléctrica y nos hace ver mágicamente iluminada la entraña del humano existir en sus más secretas operaciones.

Para mí lo más sorprendente en Mestanza es que hombre de tal calidad, de mente tan densa, fuese diplomático. Tal vez se trata, por mi parte, de una injusticia respecto a ese oficio. Pero debo confesar la debilidad que me hace sentir angustia y una atroz melancolía cuando en una comida me encuentro sentado junto a un diplomático. «He aquí —pienso— dos horas de mi vida, total e irremediablemente perdidas. Voy a oír una serie de anécdotas que no tienen nada que ver entre sí ni con la realidad de cosa alguna, noticias vagas sobre países que no parecen estar en el mapa, e ideas equivocadas sobre todo». El giro popular español que habla de «tomar el rábano por las hojas» parece la definición de la diplomacia. Estos hombres de la *carrière* son el universal *casi*. Son casi elegantes, casi aristócratas, casi funcionarios, casi inteligentes y casi donjuanes. Pero el *casi* es el vocablo de la ausencia. A veces, sin embargo —recuérdese el caso de Stendhal—, la carrera diplomática es el mejor antifaz que un hombre distante de los demás hombres puede elegir para circular entre ellos sin que sospechen los ricos hontanares de espíritu que lleva dentro. Todos los individuos auténticamente personales que he conocido tenían dos vidas —una de ellas simple coraza de la otra. Así Mestanza, que pudo pasear impunemente durante cincuenta años su hipersensibilidad por las capitales de Europa y América, merced a una vulgar máscara de diplomático. En su profesión era considerado como hombre exacto, cumplidor, y que no se dejaba sorprender nunca. Probablemente este oficio le sirvió además para vivir fuera de su país. En España sufría excesivamente, y desde lejos su nación y su raza le aparecían purificadas en la esencialidad del recuerdo y la monumentalidad de la distancia. Muchas veces le oí decir: «Al revés que en los demás europeos, lo peor en el español es la piel y el primer movimiento. El español es de cutis áspero, como papel de lija: por dentro es suave y hasta blando. En cambio, el francés, que es de cuero untuoso, tiene una hoja de aserrar en el eje de su alma». Ello es que Mestanza rehuyó siempre y cuanto pudo el contacto con la piel de sus compatriotas. En sus *Memorias* ha dejado observaciones sobre nuestro carácter, sobre nuestra historia, tan agudas que no creo exista nada ni de lejos parecido. Con un soberano desdén hacia los tópicos, va desde luego a las vísceras y descubre tremendos secretos de esta alma española, tan vieja y tan mal conocida. Porque si Mestanza soslayaba el contacto con sus paisanos, sentía, no obstante, una enorme curiosidad por ellos. De aquí que conociese a España mejor que nadie. Fue, con Francisco Alcántara, el primero que penetró a fondo en el terruño peninsular, que descubrió los pueblos profundos y perdidos. No era raro que desde sus remotos puestos oficiales —de Londres, de Berlín, de la América del Sur— descendiese fulminante, como un alcotán, sobre la menuda presa entrevista; sobre una vetusta villa perdida en el riñón de nuestra tierra. Vivía allí unas semanas y luego levantaba el vuelo llevándose en las garras la delicia gozada y algún secreto de España. En el tomo IV de sus *Memorias* hallo lo siguiente: «Debía cada cual hacer una lista de situaciones imaginarias que a su juicio representasen formas superlativas de la delicia del vivir. Yo tengo hecha esta lista, y uno de sus *desiderata* consiste en lo siguiente: ser inglés, que me durmiesen con un hipnótico en Oxford y me despertasen en Córdoba en un huerto de naranjos. Esa primera emoción del hombre nórdico ante la inverosimilitud del naranjo es una forma máxima de existencia». En uno de estos súbitos descensos predatorios le conocí yo, siendo casi adolescente. Fue hacia 1902. Dirigido por Alcántara, el gran maestro de los desconocidos rincones españoles, visité entonces por primera vez a Albarracín. Esta caduca ciudad lanza a las alturas su increíble perfil alucinado, agarrada a un cerro de piedra caliza que bajo el sol parece de plata. La entonces humilde y polvorienta carretera renunciaba, como hoy, a subir hasta ella y pasaba el cerro por un túnel. Allí, junto al túnel, empotrada en la roca, había una posada de cuento, tenida por una legendaria viejecita. En aquel tugurio encontré a Mestanza, que había llegado dos días antes de Berlín, donde representaba a nuestro país. Éste fue el fantástico escenario en que brotó nuestra amistad, una amistad firme y continuada que ha sido la causa de que la familia me haya entregado sus memorias al morir su admirable pariente. Yo espero dar pronto a la luz pública estos volúmenes, pero quisiera adelantar algunos extractos que den una idea anticipada de su curioso contenido.

II

En el mismo tomo IV, que corresponde, aproximadamente a su cincuentena, escribe Mestanza: «Al llegar a cierta altura de su transcurso, nuestra vida hace automáticamente balance definitivo de sus experiencias en un cierto orden de asuntos. No por ser tan normal es menos extraño el fenómeno a que aludo. Porque esa operación de balance y cierre de cuentas respecto a un tema vital —al amor y la mujer, por ejemplo, o bien sobre lo que se espera de nuestro pueblo y de los demás, o bien sobre la política— va motivada por una absoluta convicción de que ya hemos hecho todas las experiencias acerca de él que podemos hacer. Y esto es lo extraño: ¿cómo sabe nuestra vida de antemano que ya no va a experimentar nada nuevo en aquel orden? Nada tiene que ver este balance auténticamente definitivo e inexorable con otros que hacemos en alguna hora patética y de cuya insinceridad nos damos cuenta. En éstos nos sentimos histriones de nuestra propia vida. (Sería interesante, por cierto, estudiar el histrionismo que el hombre menos histrión segrega a lo largo de su vida, como si ésta necesitase de cuando en cuando darse espectáculos íntimos). El balance a que me refiero lleva en sí mismo la garantía de su autenticidad; sabe que no es ficción y que es irremediable; más aún, se lo encuentra uno hecho y terriblemente concluso.

«Es una inapelable conciencia de que ya sabemos lo que es el amor, lo que es la mujer, lo que es nuestro pueblo, lo que es la política, y, a la vez, sabemos por qué antes no lo sabíamos y caminábamos a ciegas no obstante la fingida seguridad que aparentábamos. Este saber no tiene un carácter intelectual o teórico, no es siquiera un saber formulado y acaso sea informulable. Sin embargo, está ahí, interviniendo activamente en nuestra vida, como una luz soberana, como un incontrovertible mandato. Si intentamos iniciar un nuevo amor, advertimos al punto que nos es imposible porque se nos presenta desde luego con implacable evidencia toda su trayectoria y no nos deja márgenes de indecisión donde puedan fermentar las ilusiones.

»No debiera, después de todo, sorprendernos tanto la cosa porque la vida será todo lo rica, varia y profunda que se quiera, pero es, al fin y al cabo, una realidad finita, determinada. Irla viviendo es, a la par, irla conociendo, y este conocimiento llega en un cierto momento a su propia plenitud. En cada orden de asuntos tardaremos más o menos tiempo, pero en casi todos concluímos por haber dado la vuelta entera alrededor de ellos. Tal vez es ésta la expresión que mejor declara la plenitud de conocimiento en que, queramos o no, nos sentimos estar: haber dado la vuelta entera al tema, haberlo visto por todas sus caras. Antes, como nos faltaba alguna cara por ver, nuestro conocimiento no se cerraba sobre sí mismo, no era hermético, y en aquel vacío de intuición hacían su nido las ilusiones y ponían su trampa las generosas esperanzas. Como el hombre, en lo que depende de su voluntad, es por naturaleza tramposo, quisiera prolongar indefinidamente este estado de conocimiento insuficiente y abierto a nuevas posibilidades, pero la vida no le deja, y una cierta mañana se encuentra con que su saber sobre el amor, sobre su pueblo, sobre sí mismo, está ya completo y cerrado. ¡Adiós, las penumbras deliciosas! Hay que vivir en adelante bajo una cruda luz de mediodía. Todo está claro, ferozmente diáfano: cada cosa es lo que es y nada más. La existencia se despoja de las ilusiones, acariciadoras pero fraudulentas. En cambio, brota en nosotros una sorprendente sensación de dominio sobre la vida, una sensación rara que se asemeja a la que experimentamos sobre una comarca cuyos caminos y sitios conocemos perfectamente y al movernos por la cual llevamos con toda claridad en la mente su plano.»

En las *Memorias* de Gaspar de Mestanza encuentro dos momentos en que el autor, sin declararlo expresamente, hace sendos cierres de cuentas. Uno de ellos se refiere a la faena sentimental que representa para el hombre el trato con la mujer; otro: atañadero a la política. Cuando hace el primero, Mestanza debía tener cincuenta años. El segundo coincide con los sesenta y tres o sesenta y cuatro. Por cierto que, al desarrollar sus ideas definitivas *in eroticis*, Mestanza escribe lo siguiente: «Tres veces, por lo menos, he dado por concluída mi juventud y me he colocado íntima y externamente en la actitud de un hombre que va a vivir en los modos de la madurez. Pero, con enorme sorpresa mía, me encontré otras tantas con que había padecido un error óptico. Me fue forzoso reconocer que, por debajo de mi juicio que decretaba el término de mi juventud, seguía ésta fluyendo con todos sus esenciales atributos. La primera vez fue a los treinta y dos años. La segunda a los cuarenta. La tercera a los cuarenta y cinco. ¿No es cómica esta situación? Me parece la contrapartida de la otra situación cómica en que el hombre resueltamente decrépito sigue creyéndose joven. Cuando analizo el porqué de aquella ilusión óptica, hallo pronto su causa. Se trata del influjo pasmoso que las ideas vulgarmente extendidas tienen sobre nosotros. En mi tiempo existía con plena vigencia la idea de que la juventud está adscrita a la veintena. Adviértase, por ejemplo, que toda mi generación se sabía de memoria unos ridículos versos de don Gaspar Núñez de Arce que comenzaban así:

> *¡Treinta años! ¡Quién me diría*
> *que tuviera al cabo de ellos*
> *si no blancos mis cabellos,*
> *el alma apagada y fría!*

»Todos, pues, esperábamos el día de cumplir los treinta años para asistir, con ingenua y secreta curiosidad, a ese fenómeno de congelación anímica. Pero esa idea que en los versos deplorables de Núñez de Arce toma un aspecto ridículo era incuestionablemente una opinión seria que se había formado con plena solidez. ¿Es posible que apreciaciones tan sustantivas sobre el proceso normal de nuestra existencia se formen de un modo completamente arbitrario? No lo creo. Más verosímil me parece suponer que la vida humana modifica la extensión de sus diversas sazones y que la juventud dura más en ciertas épocas que en otras o empieza antes y es antes desalojada por la madurez. No hay duda, por ejemplo, de que los hombres de 1800 a 1840 dejaban más pronto de ser adolescentes y concluían antes de ser jóvenes. Los románticos son gente prematura. Producen su obra en lo que hoy se consideraría casi la niñez. Y me refiero lo mismo a los poetas que a los políticos y a los industriales. En las novelas de Balzac sorprende que duquesas de veinticuatro años descubran a sus amantes adolescentes, en largas y elocuentes tiradas, todos los secretos de la perversa sociedad. Balzac exageraba, toda su obra es un edificio construido por la exageración. Pero, aun descontando ésta, no poco de verdad debía quedar en el comportamiento de sus personajes. De otro modo, no hubieran parecido tolerables a sus contemporáneos.

»Es, pues, forzoso reconocer que en la primera mitad del siglo último el proceso de la vida humana marchaba a mayor velocidad. Durante mi vida he podido observar cómo este proceso se iba haciendo más lento: los muchachos prolongaban más su puericia, la juventud empezaba más tarde y la madurez venía a establecerse en una edad que los románticos llamaban senectud. Esto explica que las ideas tópicas sobre las edades no coincidían con la marcha que éstas han llevado en mi juventud. Hoy veo que el antiguo canon sobre las fechas normales de la juventud y la madurez ha perdido vigencia, pero no creo que se haya formado aún otro nuevo y el individuo puede vacar libremente a ser joven o a ser viejo, conforme se le antoje.»

III

«Cuando miro al trasluz —escribe Mestanza en el tomo VI de sus *Memorias*— los cuarenta años y pico de mi vida diplomática, veo en su ámbito agitarse, como infusorios en un líquido corrupto, los innumerables políticos que he conocido. He visto pasar por delante de mí los gobernantes de casi todos los países y los que aspiraban a serlo. ¿Qué impresión ha depositado en el fondo de mi ser esa fabulosa muchedumbre de personajes, a que fuera preciso añadir la recibida en mis lecturas históricas, continuadas durante medio siglo? No me es fácil enunciarla porque me repugnan las extravagancias, y aquella impresión lo es a fondo y sin remedio. Yo preferiría poder incriminar esa opinión mía sobre los políticos encontrando algún pretexto para descalificarla ante mi propio juicio.

»Hay opiniones en cuya formación nos damos cuenta de haber intervenido: las hemos buscado y solicitado, las hemos ido urdiendo, por decirlo así, con nuestras manos y conocemos el secreto lugar de ellas donde, para redondearlas, les dimos un ligero *coup de pouce* que acaso es arbitrario o, por lo menos, no impuesto ineludiblemente por los hechos. Pero hay otras opiniones de que nos sabemos por completo inocentes. Nunca intentamos formárnoslas, no fuimos ni remotamente sus conscientes creadores. Al contrario: nos las encontramos un buen día formadas en nosotros por generación espontánea, sin que sepamos de dónde vinieron y cuál ha sido su gestación. Por lo visto, en nuestro roce con la realidad, se han ido poco a poco precipitando en nosotros, como mecánicamente, en virtud de cierta secreta química tan solapada que ha ido operando a espaldas de nuestra íntima vigilancia. Ello es que, precisamente por no ser obra nuestra, no podemos nada frente a estas opiniones que ejercen un influjo inexorable sobre nosotros.»

No se puede negar el acierto de esta distinción establecida por Mestanza en la fauna de nuestras opiniones, aunque le falte la clave última de ella. Mestanza, que era un formidable analítico de la vida humana, no fue un filósofo. Leyó mucho sobre las disciplinas filosóficas, sobre todo psicología y sociología, pero en sus meditaciones, aun aprovechando todos esos conocimientos con evidente garbo, suele detenerse allí donde el análisis de la vida en concreto había de despegar, como dicen los aviadores, y lanzarse a las abstracciones ontológicas. Ésta es acaso la enorme utilidad que encuentro en su manera y en su obra. Porque la vida humana, aunque resulte escandaloso advertirlo, es una realidad sobre la cual se ha pensado todavía muy poco en forma deliberada y no es posible, como hoy intentamos, plantear los últimos problemas filosóficos a que ella incita sin que hayamos antes dominado un poco más los caracteres de su estructura concreta. Entre la mera observación de sus hechos singulares, es decir, el puro, espontáneo empirismo, y las sumas generaciones de la filosofía hay una zona intermedia que corresponde en este tema humano a lo que es la física frente a los fenómenos materiales.

Pero nos importa, más que precisar el estilo intelectual de Mestanza, entresacar algunas de sus ideas sobre asuntos que hoy nos urgen e intrigan. No puede decirse que el amor y la mujer pertenezcan a esta clase. Será penoso o venturoso, pero es un hecho que hoy escasea el humor para hablar sobre el amor. Aprietan demasiado las cuestiones públicas para que nuestra vida encuentre ante sí espacio libre suficiente donde entregarse con morosidad a esas ocupaciones privadas. Tal vez es este hecho uno de los síntomas más terribles de nuestra época. No podía haber pasado inadvertido a Mestanza, que, como he dicho, vivió siempre con pupila de cazador, atento a los «cambios de los tiempos». «Si se me pregunta —dice en el tomo V, capítulo noveno— cuál ha sido la transformación más grande a que he asistido, no vacilaré en afirmar que la acontecida en lo que va de siglo XIX —¡*y no antes, conste*¡— respecto al *radio de individuación* concedido al hombre. Reconozco que la expresión es abstrusa, pedante y nada afortunada, pero no encuentro otra. Todo será que me esfuerce un poco en aclararla. Me sorprende que los historiadores no hayan caído en la cuenta de que una de las magnitudes decisivas para resolver la ecuación que nos permite comprender una época, consiste en determinar la medida en que, durante ella, podía y tenía el hombre que comportarse según su individual inspiración. Probablemente no hay en toda la historia dos épocas que hayan dejado al hombre ser individuo en la misma dosis. Lo más frecuente ha sido que al hombre le sean impuestas formas de comportamiento —modos de pensar, sentir y actuar— por la colectividad en que vive, de suerte tal que apenas queda en su vida dimensión alguna donde pueda vivir por cuenta propia. Por supuesto, jamás ha acontecido ni acontecerá que el hombre pueda conducirse exclusivamente según su personal gobierno. Una criatura humana en cuya existencia no tuviesen la menor intervención usos, costumbres y leyes —por tanto, lo social— no podría sostenerse porque ello implicaría tener que inventar en absoluto con la propia Minerva todos sus pensamientos, deseos y medios de satisfacerlos. El problema empezaría al despertarse con el natural apetito mañanero. ¿Qué desayunar? Por fortuna la sociedad sale al paso de ese problema ofreciéndonos cierto repertorio de costumbres alimenticias matinales entre las cuales nos es relativamente fácil elegir. Sin este auxilio de la sociedad como directora de nuestra conducta, cada paso sería para nosotros un conflicto. ¿Qué hacer, por ejemplo, al entrar en una reunión? ¿Cómo resolver el peculiar problema consistente en el primer acto de nuestra relación con otros hombres, ese acto inicial, previo a todos los demás que motivan nuestra aproximación? La dificultad nos es dada hoy tan resuelta que casi nos cuesta trabajo representárnosla. Pero imagínense dos hombres que nunca se han visto y que se encuentran de pronto en un desierto. Cada uno ignora las intenciones del otro: ¿es un enemigo?, ¿es un necesitado pacífico? Evidentemente se hace preciso un acto que preceda a todos los demás y cuya única finalidad resida en mostrar la intención benévola de ambos, que constituya desde luego el área de trato sobre la cual van a moverse los actos subsecuentes. La sociedad nos ahorra el esfuerzo y el riesgo de inventar ese comportamiento inicial adelantándonos próvida el uso del saludo, un acto convencional, en sí mismo ridículo, pero que sirve a aquel ineludible menester de iniciar la relación. Entre los *tuaregs*, hombres de auténtico desierto, el uso salutatorio tiene que ser muy cauteloso y se desarrolla en largo ceremonial que dura aproximadamente media hora. Hoy en Europa, que es lo contrario del desierto, donde la población es demasiado densa, basta con un rápido apretón de manos, y, a lo que veo, este mínimo uso ha entrado en decadencia y empieza a ser bastante una leve inclinación de cabeza cuando no un minúsculo guiño de ojos. Puede decirse que hemos llegado a la taquigrafía del saludo. Ya no se pregunta siquiera por la familia, ni como en la India —cosa bien natural—: «¿Ha tenido usted muchos mosquitos esta noche?» Pero el hecho es que, hoy como hace milenios, el hombre no tiene que inventar por sí lo que va a hacer primero al toparse con un semejante, sino que la sociedad le da resuelto el problema mediante la norma colectiva del saludo».

IV

«Me parece un error creer que la red con que la sociedad mantiene en su seno, aprisionado, al individuo esté tejida principalmente con las ventajas materiales que le ofrece, presentándole resueltas sus más urgentes necesidades físicas. Si fuera así, pienso que resultaría mucho más frecuente el caso de hombres que huyesen resueltamente de toda convivencia humana. Porque esas ventajas materiales quedan de sobra contrapesadas por los enojos que reporta el trato con los prójimos. La experiencia me ha enseñado que, contra lo que afirman retóricas generalizaciones, son numerosísimos los hombres que no estiman las comodidades físicas y cuya capacidad para adaptarse a las mayores escaseces es prácticamente ilimitada. No creo, pues, que sea ésa la causa de que el individuo quede con tan extraña regularidad retenido dentro de la vida social, a pesar del vigor con que a cierta altura de la existencia suele sentir atroz misantropía. ¿Quién no ha pasado por más de una hora en que le pareció con irrefragable evidencia que no hay nada que hacer con «los demás», que la presunta convivencia no es tal *con-vivencia*, sino más bien una *extra* o *antivivencia*, que vivir es inexorable incomunicación, incorregible soledad y consustancial no entenderse con nadie? No se simplifique, pues, livianamente el problema de la famosa «sociabilidad» del hombre. Antes se resolvían cuestiones como ésta apelando al *Deus ex machina* de los instintos, pero bien claro se ve que el hombre es un animal que los ha perdido y que arrastra sólo la ruina de ellos. Por tanto, algo peor que no tenerlos es conservar sus muñones e inorgánicas piltrafas, incapaces ya de dirigirnos, pero suficientes para no dejarnos seguir tranquilamente a la razón. Esto da a la condición del hombre esa penosa y ridícula ambigüedad que hace de él, a la par, un animal degenerado y un petulante cachorro de arcángel.

»No es, pues, la ventaja material ni un mitológico instinto de sociabilidad lo que más resueltamente mantiene al hombre en sociedad, sino esa otra ventaja moral que consiste en ahorrarle el esfuerzo de decidir qué es lo que va a hacer en cada minuto. Esto sí que es poderoso sobre nosotros y nos prende por el más secreto subsuelo de nuestra vida, iba a decir que por su peana. Tan secreto, tan previo y elemental es ese ligamen, que ni siquiera lo advertimos, y si un día nos faltara, nos pondría en trance de enloquecer. Imagínese que un hombre tuviera, de verdad, que inventar por sí mismo todos los actos intelectuales, apreciativos y corporales que necesita ejecutar en una sola de sus jornadas. ¡Sería pavoroso y sucumbiría de angustia ante la empresa! Por aquí es por donde la sociedad nos soborna haciendo que en todo instante nuestro contorno colectivo nos proponga una pauta de conducta —el sistema de costumbres, usos y leyes— en el cual, como en un cómodo cauce, dejamos fluir la mayor porción de nuestra existencia. Pero esto significa que nuestro comportamiento en esa mayor porción de nuestra existencia no es propio y original nuestro, sino módulo de origen colectivo —que esto es ser algo costumbre y uso. No es, en consecuencia, nuestra individual persona el efectivo agente de toda esa parte de nuestra vida. Somos más bien pacientes del molde en que la sociedad ahorma la materia fusiva de nuestro ser. Mas precisamente gracias a esta parcial enajenación de nuestra existencia podemos reservar nuestras escasas energías para poder ser individuos y vivir según propia inspiración en algún orden de ella.

»La vida de cada hombre aparece así integrada por dos zonas muy diferentes: aquella en que somos meros autómatas, movidos por un mecanismo y repertorio de movimientos que la colectividad nos imbuye, y aquella otra en que actuamos por nuestra personalísima iniciativa. Ahora bien, la proporción o dosis en que somos lo uno o lo otro —autómatas sociales o personas— es por fuerza distinta en cada hombre y también en cada época. Una vez sobornados por la sociedad, una vez «socializados» por la peana de nuestra vida, por la sumisión a innumerables pequeños usos e inaparentes costumbres que nos parecen lo más «natural» e imprescindible del mundo, estamos perdidos. Porque ya no depende de nosotros qué es lo que de nuestra existencia entreguemos a la colectividad, sino que es ésta quien, en definitiva, nos deja más o menos holgura para ser personas. A esto me refería al principio cuando invitaba a los historiadores a determinar el radio de individuación que cada época otorga al individuo e insinuaba que el cambio más grave de la vida humana a que en la mía, tan larga, he asistido, me parece consistir en la fabulosa reducción de ese radio operada en lo que va del siglo xx.

»Es inconcebible la ignorancia en que aun los más perspicaces se encuentran hoy sobre puntos tan decisivos en el destino humano, y que no sólo teóricamente, sino con terrible presión práctica, afectan a la vida de los que hoy viven. Se pasma uno al advertir que hablar de estas cosas es hablar chino.

»No se ha reparado, ni mucho menos analizado y descrito a fondo, aquella extraña situación en que se encontraron los que en 1815 contaban entre veinte y treinta años. La Revolución había aniquilado todas las formas de la sociedad. Por otra parte, la ruina de Napoleón representaba el fracaso del Estado como poder regulador de la vida. Acontecía al mismo tiempo que los hombres europeos se hallaban con una riqueza de potencias intelectuales, morales y materiales superior a la que nunca había existido. Resultaba, pues, que el individuo de veinte años se sentía lanzado a la vida con una enorme potencialidad para ser y sin que la sociedad ciñese desde luego esa energía con los firmes moldes de usos bien establecidos. Hombres como Guizot, Lamennais, Stendhal, Lamartine, Vigny, Comte, Balzac, y con ellos los menos o nada ilustres de su generación —médicos, militares, industriales—, se encontraban teniendo que existir sin hallar ante sí preformadas figuras de existencia. Habían perdido vigencia social las viejas ideas y las viejas maneras. Las cosas antes deseables, sobre todo los «puestos» sociales que antes incitaban y atraían las ambiciones, no existían o habían perdido actualidad y con ella prestigio y brillantez. De aquí que no sólo pudieron, sino que tuvieron por fuerza que inventar por sí mismos el perfil de su comportamiento, incluso el de sus aspiraciones y de sus normas morales. Para que se entienda bien lo insólito de la situación, basta recordar que durante el Imperio no existieron normas morales, pero, en su lugar, se encontraba el individuo apretado de todos lados por una hipertrofia de mandatos imperiales. El *Moniteur* ahormaba cotidianamente y desde fuera, con su tono imperativo, la vida externa de los franceses. Al desaparecer esto, lo más natural hubiera sido que el individuo, sin ninguna presión ni directiva externas, se hubiese encanallado. Sólo podían dar tono, continuidad, elevación y dignidad a sus vidas aquellos hombres si sacaban de sí mismos el molde de sus propias vidas, y esto, a su vez, sólo era posible si partían de una gran fe y una alta idea de su individual persona, único punto de apoyo y roca superviviente del universal naufragio. De aquí un fenómeno que, a pesar de su evidencia, no se ha advertido ni menos explicado: la general soberbia y la superlativa vanidad, casi megalománica, de aquellos hombres. Cuando se ha caído en la cuenta de esto resulta divertidísimo entretenerse en dibujar las diferentes formas de soberbia y vanidad que fueron raíz del existir, sostén y nutrimento para estos hombres. En Guizot toma el aspecto de una terrible ambición reconcentrada y fría que necesita, sin embargo, satisfacerse en mando y sólo en mando. En Lamartine la soberbia se halla casi por completo disuelta en pura y absoluta vanidad, vaga y vaporosa nube de apetitos —de puro ser universal y sin límites. En Lamennais, la soberbia toma máscara satánica, y el frenético abate se pasa la vida a puñetazo limpio con Dios. En Comte la megalomanía toma una forma aún más cómica y, a la vez, no puede negarse que magnífica: este pobre hombre calvo y a quien le llora un ojo, con su aire de modesto empleado, se obstina, desde su habitación en un piso tercero izquierda, en fundar nada menos que una nueva religión, resumen y cima de todas las anteriores y en la cual le corresponde el papel de Sumo Pontífice.»

ARTÍCULOS

(1940-1941

V I V E S

I

HUMANISMO, RENACIMIENTO

En una conferencia reciente, que pronto andará en prensa, he hablado sobre la figura histórica de Vives. Permítaseme considerar esa labor —lograda o malograda— como un *tour de force*. La razón es ésta: como allí dije, Vives no es un «genio», no es un hombre que haya pensado una idea enorme de las que proyectan sobre el ámbito cultural de su tiempo una súbita iluminación y de manera fulminante hacen pasar a la humanidad de una forma de vida a otra sustancialmente distinta. Esto no lo hizo nadie de 1350 a 1550. Antes de Vives, el último pensador genial fue Nicolás de Cusa —1401-1464—, y lo prematuro de su inspiración restó eficacia decisiva a sus grandes hallazgos. Después de Vives, la primera figura de pensador prócer es Giordano Bruno (1548-1600). Durante ambos siglos el pensamiento avanza, pues, paso a paso, mediante exiguos desplazamientos, más bien colectivos que individuales, es decir, que lo nuevo en cada etapa, más que engendrarse en un hombre, es tonalidad genérica de toda una generación. Al pronto, podrían oponerse a esta apreciación algunos nombres: Leonardo de Vinci, Erasmo, Maquiavelo, Lutero. Y, en efecto, son las figuras individualmente más poderosas de toda esta edad. Se entiende, en el orden de las opiniones y creencias.

Pero si dejamos fuera a Lutero, cuya genialidad es de orden religioso, y dedicamos nuestra atención, aun la más favorable, a las otras tres, no conseguiremos demostrar —cualquiera sea el vigor de sus talentos—, que pusieran nada plenamente en claro. Sí, Leonardo había dicho: *Il sole non si muove.* Pero ¿y qué? No basta decirlo. Casi un siglo más tarde —en 1543—, Copérnico no se va a contentar con decirlo, sino que comienza a probarlo, y, sin embargo, esa verdad no «estaba aún ahí». Fue preciso todavía esperar cincuenta años —a Kepler, a Galileo. Palparon, iniciaron, sembraron, suscitaron, pero no dejaron instalada a la humanidad en ninguna idea estable y precisa.

Hombre de estudio, exclusivamente intelectual, Vives no ejecutó tampoco ninguna hazaña monumental, como, en sus días, Gonzalo de Córdoba, Colón, Vasco de Gama, Magallanes y Elcano, ni organizó una magnífica fuerza de política religiosa, como San Ignacio de Loyola. En fin, Vives no fue un divino poeta —en verso o en prosa— que en su andar levantase el vuelo del faisán verbal, de la expresión imprevista y maravillosa, vívida, dinámica, que se sostiene en el aire por la magia de la gracia o la precisión. De quien ha hecho cualquiera de esas cosas se puede dibujar la fisonomía con pocas palabras y en mínimo tiempo. Pero Vives es precisamente lo contrario de todo eso y —bajo cierto ángulo— algo más sutil que eso. No significa una protuberancia orográfica que sobresale por encima del nivel propio a su tiempo, *sino que él mismo es un nuevo nivel.* Por eso es tan difícil de definir en corto espacio si se le quiere definir sin vaguedades, con suficiente precisión. El terremoto, la erupción o la serranía toleran una descripción rápida. Pero no hay modo de decir en un dos por tres qué figura ofrece la elevación geológica de todo un continente.

Por esta razón quisiera agregar, desde esta página, algunas apostillas a la publicación —próxima, espero— de aquel texto. Esto me permitirá decir no pocas cosas que en la conferencia quedaron tácitas o insistir sobre algunas insuficientemente enunciadas. No se olvide que una conferencia, si lo es un poco en serio, consiste en un combate cuerpo a cuerpo con los minutos. Al menos, no envidio a ningún conferenciante para quien su conferencia sea otra cosa.

LA MIRADA HISTÓRICA

Y comienzo por una insistencia.

Para los efectos de la técnica intelectual, esto es, de cómo hay que arreglárselas si se quiere ver bien una realidad, lo más importante que sobre el hombre y todo lo humano hay que decir es que nada en él, absolutamente nada, está exento de cambios; hasta el punto de que si algo en el hombre se presenta con carácter estadizo e inmutable, basta esto para inferir que pertenece a lo que en el hombre no es humano. Si el sistema corporal del hombre es el mismo hoy y hace veinte mil años —cuando los artistas de la cueva de Altamira dibujan sus bisontes—, quiere decirse que el cuerpo no es lo humano en el hombre. Es lo que tiene de antropoide. Su humanidad, en cambio, no posee un ser fijo y dado de una vez para siempre. Por eso ha fracasado tan rotundamente en su estudio del hombre la ciencia natural a través de dos siglos de ensayos. La ciencia natural, sea la física o las ciencias homólogas, buscan, claro está, en el ser humano lo que buscan en los demás seres: su «naturaleza». Ésta es el principio estable de las variaciones, lo que permanece idéntico a través de las mudanzas. En la ciencia contemporánea ese principio invariable en toda realidad física se ha sutilizado hasta reducirse a la «ley». La ley, la ley natural, es lo que permanece y a la vez define las variaciones. El positivismo, que quieras que no, en su destrucción de la vieja y noble idea de la *natura* que formuló Aristóteles, y tras él los estoicos, no tuvo más remedio que conservar, cuando menos, su espectro: el postulado de la invariabilidad de las leyes de la Naturaleza. Es todo lo que había sobrevivido de ésta.

Ahora bien: resulta que el hombre no tiene naturaleza —nada en él es invariable. En vez de naturaleza, tiene historia, que es lo que no tiene ninguna otra criatura (1). La historia es el modo de ser propio a una realidad, cuya sustancia es, precisamente, la variación; por lo tanto, lo contrario de toda sustancia. El hombre es insustancial. ¡Qué le vamos a hacer! En ello estriba su miseria y su esplendor. Al no estar adscrito a una consistencia fija e inmutable —a una «naturaleza»—, está en franquía para ser, por lo menos para intentar ser, lo que quiera. Por eso es el hombre libre y... no por casualidad. Es libre porque, no poseyendo un ser dado y perpetuo, no tiene más remedio que írselo buscando. Y esto —lo que va a ser en todo futuro inmediato o remoto— tiene que elegirlo y decidirlo él mismo. De suerte que es libre el hombre... a la fuerza. No es libre de no ser libre. De otro modo, al dar un paso, se quedaría paralítico, porque nadie le da resuelto en qué dirección va a dar el próximo. El hombre es, con frecuencia sobrada, un asno, pero nunca el de Buridán.

Al no poseer el hombre «naturaleza» y carecer de ser fijo, ni él ni nada en él son cosa quieta. Consiste en pura movilidad y agilidad.

---

(1) Véase, del autor, *Historia como Sistema*, 2.ª edición. Revista de Occidente, S. A. Madrid. [Véase el tomo VI de estas *Obras Completas*.]

Ahora es y hace tal cosa *porque antes* fue e hizo tal otra, y *para* ser y hacer mañana otra tercera. Todo en él, pues, viene de algo y va a algo. Está siempre en viaje, *in via*, decían los teólogos medievales. Cuando miramos a un hombre o una época, la primera impresión que solemos tener —salvo en horas de melodramática aceleración, como son las de extremas crisis históricas—, es de algo quieto y fijo. Pero es, en parte, una ilusión óptica. Esa forma de vida relativamente quieta, contemplada en su real sentido íntimo, consiste en un venir de otra anterior y en un tender a otra posterior. Sólo la entendemos de verdad si nuestra pupila la acompaña en ese movimiento y camino que es: por tanto, si la mirada histórica evita detenerse sobre el hecho histórico y congelarlo, paralizarlo, petrificarlo, proyectando sobre él su propia inmovilidad. En vez de ello, la pupila del historiador tiene que trotar sin descanso, como el perro que nos acompaña, moviéndose del hecho que se estudia hacia atrás y de él hacia adelante, porque en su venir del antaño y en su ir al futuro es donde manifiesta sus auténticas vísceras, su efectiva realidad, lo que fue ese hecho positivamente para quien lo vivió.

Hasta dónde hacia atrás y hasta dónde hacia adelante haya que recurrir para aclarar una situación o un hombre, es cosa que en cada caso habrá que determinar.

En el caso de Vives, la mirada histórica tiene que alargarse en ambas direcciones, superlativamente, con un vastísimo movimiento de péndulo, porque Vives representa exactamente la divisoria en la época —ya de suyo larga, dos siglos— del llamado Renacimiento, que fue un tiempo de lenta, arrastrada crisis, intercalado entre la vida medieval —cristiana y «gótica»— y la vida moderna —naturalista y «barroca». Si se quiere, pues, en serio *ver* por dentro a Vives, asistir al arcano de su existencia, no hay más remedio que dar una serie de pendulaciones entre Dante (1300), que representa el hombre instalado aún plenamente en el sistema de las creencias medievales —cristianismo y escolasticismo—, y el 1630, cuando Descartes va a instalar de nuevo la humanidad occidental en su nueva y sólida mansión, la «modernidad».

En mi conferencia he evitado expresar una última complicación que, si hablamos con todo rigor, nos presenta el caso Vives. En él comienzan, sin duda, el tono y el color «modernidad», y aparecen no pocos de los rasgos típicos del intelectual «moderno»; ya veremos cuáles. Pero como esa «modernidad» es una paloma que, con un plomo en el ala, ha venido a caer moribunda a nuestros pies, resulta que nosotros nos sentimos fuera, no sólo de la Edad Media, de la que el humanista Vives había salido, sino también de la Moderna, en la que él entraba o que entraba con él. Descubrimos, pues, en la fisonomía vital de Vives los rasgos de lo que para él había muerto —muerto en la forma de «seguir viviendo muerto», que llamamos «pasado»— y también lo que para nosotros acaba de fallecer. No es, pues, nada fácil ser justo con él, y sólo un afán entusiasta, pródigo, de entender por entender, sólo una generosidad radical que nos haga no ahorrar ningún esfuerzo nos sitúa en una óptica adecuada para ver la realidad que este hombre bueno, dulce y limpio, fue.

Frente a su época nos encontramos, por tanto, en esta incómoda actitud: durante el Renacimiento se da un gran paso en el abandono de la concepción teocéntrica y sobrenaturalista que rigió a la Edad Media, que supone la nulificación del hombre. El cristianismo surgió, genialmente, de una época en que los hombres —el mundo antiguo— sintieron su propio y total fracaso. Lo humano es reconocido como un valor negativo: no es nada o es viviente nada. Con sus propios medios va el hombre solo a la derrota y a la desesperación. Sólo puede salvarle un auxilio trascendente. Es maravilloso y conmovedor y ejemplar ver cómo entonces el hombre, náufrago en su íntimo y propio océano de nulidad, se agarra fieramente a la tabla flotante que es Dios.

Pero el Renacimiento significa, precisamente, el comienzo de la reafirmación humana, de la exaltación del hombre y el intramundo, esto es, del mundo *éste* frente o al lado del *otro*. Ahora bien: ese hombre y ese mundo que empiezan a ser afirmados son «naturaleza». Se va a descubrir en el hombre un repertorio «natural», una serie de dones y facultades que posee *a nativitate*, dados y tenidos por él de una vez para siempre. Estas dotes se resumen en la «razón», instrumento que se supone listo y suficiente en todo ser humano, apenas su organismo se desarrolla con normalidad. De aquí que toda forma tradicional, es decir, histórica, de la cultura vaya siendo eliminada. Se prepara «la vuelta a la naturaleza», a la antehistoria, que Rousseau, con su característica irresponsabilidad, consumará. Se inicia la idea de una «religión natural», de una «moral natural», de un «derecho natural» y de una «ciencia natural». El hombre, se supone, está en posesión de un arsenal nativo de medios *que le bastan*. Se basta a sí mismo. Es —se cree otra vez suficiente, y no como al fin del mundo antiguo, indigente. Huelga Dios.

Pero precisamente todo esto es lo que en nuestros días viene a caducidad. Descubrimos ahora que el hombre no tiene esa supuesta «naturaleza», ni por tanto, ese instrumental nativo que sea suficiente, de que y con que pueda vivir. La razón no es una dote. Ni la tiene de suyo el hombre, ni siquiera la tiene todavía. A fuerza de fuerzas, en ensayos milenarios, se ha forjado a sí mismo el hombre un comienzo de racionalidad, pero nada más. Decir del hombre que es racional, es decir algo utópico que a todas horas se da de bruces con la realidad.

Pero más aún. La «naturaleza» misma —no sólo la del hombre— nos aparece hoy como una mera hipótesis. La física actual no permite imaginar esa realidad yacente, segura, acogedora y solemne en que todavía los físicos del siglo XIX creían. La materia se revela ahora como algo también móvil, que tiene *casi* historia, que tampoco posee un ser fijo. Ni el mundo ni el hombre *son:* todo está en marcha. Viene de —va hacia— no se sabe aún dónde. Sólo se sabe que es cambio, mudanza, peregrinación. Hay que crear nuevas virtudes en el hombre que le permitan vivir enérgica y jovialmente en medio de la radical inquietud. Nuestro lema ha de ser éste: *Mobilis in mobili.*

II

SOBRE LA VOLATILIZACIÓN DE UNA FE

En el siglo XVIII la historia era todavía mera narración de batallas, de combinaciones políticas entre los príncipes y de esgrimas diplomáticas. Voltaire es el primero que ensancha el panorama. De su genio se suele advertir sólo la punta en que terminaba, lo puntiagudo —sus ingeniosidades, sus maledicencias, sus trallazos verbales—, pero se olvida o se desconoce que ese genio tras de su punta se ensancha y acaba en una anchísima culata. No tuvo sólo *bons mots,* sino también grandes ideas. Él saca a la historia de los campos de batalla, de las cortes y las cancillerías, y la lleva a pasear por rúas y por campiñas. Desde él, este «arte» tan viejo y tan retrasado se ocupa también del «espíritu y las costumbres de las naciones». En el siglo XIX los alemanes, la mitad de los cuales se embriagaba con cerveza y la otra mitad con ideas, precisan el pensamiento de Voltaire e inician la historia como historia de las ideas. Fue un gran avance. Desde entonces empieza a haber algo que vagamente sabe a historia y no a crónica o cuento. Pero la «historia de las ideas» —la cual pregunta ante cada época qué pensamientos manejaban los hombres— no es más que una primera aproximación. Es una historia... ideal. Pasa en las nubes. Fue menester que viniera el judiazo Carlos Marx, con su acérrimo talento embozado en una de las más grandes barbas, para que nos enseñase la simple verdad de que el hombre no es nefelóbata, sino todo lo contrario, que se arrastra sobre la tierra con dejos de reptil, que es un siervo de la gleba, que su vida está condicionada por otra cosa que ideas. Como buen profeta, exageró. Un profeta «pura sangre» no se contenta con menos que con poner las cosas del revés. A la beatífica «historia ideal» de los alemanes arios sucedió «la interpretación materialista de la historia», que traía enredada en sus barbazas el enorme judío. Omitida la exageración «materialista» —Marx y Engels no tuvieron nunca idea clara de qué querían decir con su presunto «materialismo», que en rigor no era sino «economismo»—, la historia desde 1870 se pregunta ya ante el hombre dos cosas precisas: «¿Qué piensa usted?» «¿Qué come usted?» No se queda, sin más, mirando lo que usted hace para contarlo luego en el café, sino que indaga las condiciones de su existencia que le han forzado a usted a comportarse de ese modo. La historia se convierte, pues, en historia de las condiciones, de los elementos que entretejen la vida de cada hombre, que no son cualesquiera, sino precisos en cada lugar y tiempo, que son lo que no es libre en el hombre, sino que le es impuesto, a que está adscrito. Cada uno de nosotros está sometido a una cierta condición económica y a una cierta condición filosófica —las ideas de su tiempo y sociedad. El error marxista es suponer que ésta puede deducirse de aquélla, es decir, que las ideas no son un poder autónomo en nuestra vida, sino meras proyecciones fantasmagóricas de nuestra condición económica. Dime lo que comes y te diré qué piensas. Esas ideas, que son meras sombras chinescas arrojadas por nuestra despensa, son «ideologías». (Uno de los grandes síntomas de la estupidez invasora que ha inundado nuestra época ha sido oír estos últimos años a los políticos ingleses conservadores emplear en serio la palabra «ideología»). La verdad es que ni las ideas se dejan reducir a la situación económica, ni ésta a aquéllas. Ambas son dos condiciones de nuestra vida que se influyen recíprocamente. A estas condiciones hay que añadir otras, y ese enérgico reciprocarse da por resultado nuestra vida con su singular perfil.

Pero aquí es donde entro yo. En mi librete *Ideas y creencias*, hago observar que al preguntarse el historiador por las ideas de un hombre o una época hace una pregunta equívoca. Bajo el título general «ideas» se esconden dos cosas muy distintas. Hay las ideas que el hombre tiene, que piensa, que inventa, que se le ocurren: las ideas-ocurrencias. Y hay otras ideas que, lejos de ocurrírsele a este hombre, a esta época, se las encuentra ahí; por tanto, fuera mejor decir que se encuentra en ellas, que no las ve como ideas suyas, sino al contrario, como siendo la realidad misma. Son ideas que no se le ocurren a uno, sino, al revés, ideas en que se cree: las ideas-creencias. Se refieren a los órdenes más diferentes del Universo —no se entienda por creencias sólo las religiosas. Lo esencial en ellas es que tienen para nosotros el carácter de realidades y no de meros pensamientos nuestros; por «científicos» que éstos sean. Tanto es así, que muchas de nuestras creencias actúan eficazmente en nuestra vida sin que nos apercibamos de ellas —tan fundamentales, tan elementales son para nosotros. Se vive siempre *desde* ciertas creencias, y por lo mismo no las vemos, como no vemos el espacio de tierra sobre que tenemos puestos los pies y que nos sostiene.

Es evidente que estas dos clases de ideas —las ocurrencias y las creencias— representan dos estratos de muy distinto rango en la arquitectura de nuestra vida. Las creencias son los cimientos que portan y sustentan todo lo demás. Cuanto hacemos y pensamos se mueve ya en el horizonte delimitado por el sistema de las creencias. Y el historiador lo primero que necesita averiguar, de un hombre o de una época, es este sistema de creencias. La historia se convierte así en conocimiento de profundidades. Porque las creencias, al no ser simplemente las ideas «que tenemos» —es decir, que enunciamos, parlamos, escribimos— no están, sin más, en la superficie visible y audible de una época, de una vida. Para descubrirlas hay que descender so el haz del paisaje histórico, dejando atrás todas las psicologías y caracterologías y morfologías hasta ahora usadas, cuya utilidad no es desdeñable, ni mucho menos, pero que en comparación con el afloramiento de las creencias latentes son de orden subalterno.

Esta concepción obliga a crear nuevos métodos y nueva técnica en historia. Hay que convertirse en minero de humanidades. Este estudio de las creencias como tales nos revela los diversos estados por que pasan. Un mismo contenido de fe puede actuar en épocas sucesivas de modos diferentes. Sin meternos en más finuras, topamos, desde luego, con estos tres estados de una misma creencia: cuando es fe viva, cuando es fe inerte o «muerta» y cuando es duda. Porque el estado de duda pertenece al mismo estrato de las creencias, es un modo deficiente del creer. Dudar no es simplemente creer que no frente a creer que sí, ni tampoco vacío de creencia. Por el contrario, es un creer doble. *Estamos* en la duda porque dos creencias incompatibles batallan dentro de nosotros, y entre ambas oscilamos, fluctuamos. Por eso dije hace poco en la Facultad de Filosofía que la duda es la hermana bizca que tiene la ciencia.

Otra de las cosas que la teoría de las creencias nos enseña es que no puede darse una creencia, en la plenitud del término, si no es colectiva. Como individuo, puedo llegar a estar plenamente convencido, esto es, persuadido de algo, y esa convicción ser tan vigorosa y compacta que se aproxime mucho a la índole de las creencias. Pero siempre habrá entre aquélla y éstas diferencia y distancia. Los nombres mismos las declaran. Convicción, persuasión, dan a entender que son estados a los cuales hemos llegado por nuestra cuenta en virtud de razones y, cuando no, de motivos. Pero una creencia auténtica, en la cual de verdad *estamos*, no se funda en razones ni en motivos. En el momento en que esto aconteciese, no sería pura creencia. Tenían razón los teólogos cuando hablaban de que la fe es ciega. Sólo que ellos tenían de la fe una idea menos franca y resuelta que yo. Esos teólogos eran, en el fondo, *snobs* de la razón, a la cual miraban constantemente con el rabillo del ojo y delante de la cual no querían quedar mal. La razón ha sido y *será siempre* lo esencialmente «distinguido». Por eso el snobismo ante ella está muy justificado y ha sido de gran fecundidad en el desarrollo humano. Ha sido menester que lleguemos a la bestialidad de nuestro tiempo, que acaso no tenga par en todo el pretérito, para que ese snobismo casi desaparezca. El hombre-masa, en efecto, *cree* que lo sabe todo sin necesidad de razón. A ese snobismo de los teólogos medievales debemos nuestra presente destreza mental. El maravilloso escolasticismo fue la piedra de afilar sobre la cual, durante cinco siglos, se estuvo afinando el corte el intelecto occidental.

Pero esto nos permite hoy contemplar las cosas con entera libertad frente al racionalismo tradicional, y hemos caído en la cuenta de que la razón misma supone la fe en ella, una fe exactamente del mismo tipo que cualquiera otra, tan sin razones como las demás. Dejemos esto ahora, que es largo asunto.

Cuando creemos de verdad en algo, no se nos ocurre buscar razones para esa fe. Ello significaría hacérnoslo cuestión, y la creencia es lo incuestionable. Mas parece sumamente difícil que nos sea incuestionable lo que en nuestro derredor vemos cuestionado. En esto me fundo para pensar que una creencia plenaria sólo es posible cuando nuestro contorno social participa de ella y tiene en su ámbito plena vigencia. Al comenzar a vivir nos es inyectada por la sociedad a que pertenecemos, y cuando empezamos a ser personas la tenemos ya dentro; en rigor, la somos. Esto explica que no necesite de razones y que no sepamos por qué vías mentales —pruebas, motivaciones, experiencias— hemos llegado a ella. En una creencia no se entra, sino que mágicamente se encuentra uno en ella desde siempre. La fe, al menos el prototipo de una fe, es siempre «la fe de nuestros padres», es decir, algo que estaba ya ahí antes de que nosotros llegásemos. De las meras ideas se entra y se sale, tienen puertas y ventanas. Pero la creencia es algo, en efecto, mágico: se está en ella, y entonces es para nosotros la realidad misma. Un buen día nos despertamos, y no menos mágicamente se ha volatilizado, sin dejar rastro. Una idea superada, en cambio, deja indeleble huella en la nueva idea con que la sustituímos.

Pues bien: en los tiempos de Vives —el Renacimiento— el sistema de creencias medievales ha entrado en un proceso que llevará a su volatilización *como tal fe plenaria y colectiva*. Ha sido uno de los sistemas de creencias más firmes que haya habido nunca en lo visible del pasado, sólo comparable en su firmeza con los de los pueblos primitivos, que, por otra parte, son incomparablemente más simples.

Cuando se ha aprendido a ver lo que para la vida humana representa una fe sólida y a la vez rica de contenido, no hay hecho que supere en dramatismo a su volatilización. ¿Cómo, no obstante, es ésta la hora en que los historiadores no han explicado a fondo qué es lo que pasó para que aquel magnífico sistema de creencias se evaporase? Sin que haya alguna claridad sobre esto, es vano querer entender las existencias de los europeos entre 1400 y 1500, y muy particularmente la de la generación de Vives.

III

DESCREIMIENTO, ASFIXIA Y REBELIÓN

El hecho de que no se haya estudiado aún por qué y cómo la fe medieval se desvaneció, basta para revelarnos hasta qué punto lo que se llama «ciencia» histórica ha sido hasta ahora una ingenua faena. Porque ése es el acontecimiento más grave del pasado occidental y su consideración lo más importante para el futuro. Y ello es así no porque el contenido particular de aquella fe fuera el cristianismo. La cuestión a que me refiero no es de doctrinas, no versa sobre la importancia mayor o menor que se atribuya a determinadas ideas, en este caso las cristianas, sino sobre el estado de creencia consolidada y plena de que gozaron esas doctrinas o ideas.

Más aún es falso reducir la fe medieval a cristianismo. En primer lugar, el cristianismo traía dentro de sí una dosis enorme de cultura grecorromana, y al inundar el Occidente, como Nilo abundoso, fue impregnando las glebas europeas de légamo clásico. Pero, además, la fe medieval tiene muchas dimensiones: es todo un sistema de creencias en el cual se creía *pro indiviso*. Hay primero la fe en el Dios de la Biblia y del dogma. Sobre ese estrato, sin duda el más profundo y sustentador del resto, soldado con él por soldadura autógena, hay todo un inmenso repertorio de creencias extrarreligiosas sobre el mundo, una «ciencia», cuya armazón principal constituye el escolasticismo. A pesar de ser «ciencia», la verdad es que sobre sus temas decisivos no existía la duda. En el escolasticismo había innumerables *cuestiones*, puntos sobre los que se disputaba. Es más: la forma del pensamiento activo en aquella época era precisamente la disputa y no, como en la época moderna, la investigación. De aquí que todas aquellas famosas «cuestiones» se parecen muy poco a los «problemas» de nuestra ciencia actual. Surgían y se multiplicaban con un sobrecrecimiento vegetativo, dentro del marco intangible de lo incuestionado. La cultura moderna, en cambio, ha nacido y vivido de la duda. En ello consiste su gran paradoja. Es la moderna cultura, como toda cultura, una fe: la fe en la razón. Pero la razón en que se ha creído desde 1600 hasta la fecha es una extraña cosa que lleva dentro la duda. Razonar implica dudar, y es, constitutivamente, reacción elástica de nuestra mente ante lo dudoso, cuestionable y cuestionado. Esta extraña, acrobática e inverosímil fe en la razón parte, como creencia fundamental, de que existe la duda sobre todo, que todo es, en principio, dubitable, pero cree al mismo tiempo en que el hombre posee una facultad y una técnica para moverse y afianzarse en el fluctuante elemento de lo dudoso —una aguja para marear en el «mar de dudas». Esa facultad, esa técnica, son la razón—, que incluye en sí conciencia de lo problemático y confianza en la prueba, en poder «dar razón» de lo que al pronto parece carecer de ella.

Hay, pues, una diferencia radical en el carácter mismo de fe entre la medieval y la moderna. Es evidente que vivir significa una tarea muy distinta cuando consiste en hallarse instalado dentro de un universo cuyas facciones principales son algo sobre lo que ni se tiene ni cabe la menor duda, y cuando equivale a encontrarse en un mundo donde no solamente todo es cuestionable, sino que —esto es lo exorbitante del caso— ese mundo existe sólo en la medida en que lo hacemos cuestión. Cuando pasen algunas centurias y a distancia suficientemente depuradora se contemple la figura de vida que llamamos «modernidad», las gentes se restregarán los ojos para cerciorarse de que no deliran, de que, en efecto, hubo un tiempo en que los hombres acertaron a existir con impetuosidad y entusiasmo sin par sobre una tierra firme que ellos mismos se quitaban constantemente de so los pies, porque esto es, estrictamente, lo que significa ser «europeo» desde 1600. El Barón de la Castaña aseguraba que había logrado sacarse a sí mismo del pozo tirando hacia arriba de sus propias orejas. Esta mentira del Barón de la Castaña ha sido la verdad, la inverosímil verdad, de la existencia europea moderna. Veremos si los americanos, que, según se dice, son el porvenir, logran inventar una figura de vida más bonita, más extravagante, más genial, más corajuda, más improbable que ésa.

* * *

Platonismo y aristotelismo no fueron nunca en Grecia objeto de fe. Fueron meras ideas o, en mi terminología, ocurrencias. Pero en la Edad Media entran en las almas fundidas con las creencias religiosas y adquieren una solidez de efectivas creencias. Ahora bien: ambas filosofías, que en última instancia son dos caras de la misma, son una interpretación del mundo que hace de éste una pluralidad de realidades inmóviles. Pluralidad e invariabilidad última son, en efecto, los dos rasgos decisivos del universo medieval. La *Imago mundi* del siglo XIII y primera mitad del XIV —el mundo que oprimía la persona de Dante— estaba compuesta de un número crecidísimo de realidades independientes— las formas —que eran inmutables o, si se quiere, que no podían cambiar sino para desaparecer, aniquiladas por la divina omnipotencia.

Hay en el cielo cincuenta y cinco esferas, y en la sublunar, que es la habitada por los hombres, hay innumerables especies de seres. Cada especie es inmutable, indestructible e independiente. El perro es y será siempre perro, y caballo, el caballo, y el elefante, elefante. Lo propio acontece en el mundo social, que está compuesto de rangos indestructibles también. Hay los reyes, los nobles, los sacerdotes, los mercaderes, los campesinos, los artesanos. Hay el obispo, y el archidiácono y el canónigo, el pastor, el estudiante, la casada, la viuda, la doncella. Son modos de humanidad no creados por el hombre, sino moldes perennes, dentro de los cuales se alojará siempre la humana vida. Dionisio el Cartujano, uno de los hombres más representativos del siglo xv, en su primera mitad, definirá, una por una, esas categorías, como eternas de nuestra condición en su libro *De doctrina et regulis vitae christianorum*.

La imagen moderna del mundo tiene los atributos contrapuestos. La realidad física es homogénea y unitaria. De un extremo del orbe al otro los átomos y las fuerzas son idénticos y operan del mismo modo. Con poquísimos principios, la ciencia gobierna el conocimiento de esos enormes espacios y esa mole inmensa de materia. En cambio, cree que la realidad es, en su esencia misma, transformación. No hay, propiamente hablando, perro ni caballo, ni elefante, sino cosas que van a ser casi perros para dejarlo luego de ser y convertirse en casi caballos, y así sucesivamente. Todo está en danza: nada persevera en su ser. El transformismo es la constante mutación. A la realidad de hoy seguirá irremediablemente otra distinta. Todo es provisional. Por eso el hombre moderno vive asomado al mañana para ver llegar la novedad. He aquí cómo un mundo mucho más homogéneo que el medieval resulta ser infinitamente más rico; tan rico que no acaba nunca de agotar su posible riqueza.

El hombre medieval está prisionero en un mundo paralítico, sin dimensión de futuro. En él hay muchas cosas distintas, pero no hay más que las que ya hay. No es posible la *in-novación*. De un mundo dado como éste, cabe hacer un inventario completo. Es un cosmos de «habas contadas». Como en 1400 hace ya muchas generaciones que habita en ese mundo inmóvil, está demasiado habituado a él. Es siempre lo mismo. Ha contado y recontado todas las habas. A nosotros nos angustia una situación tal porque cuando el presente, cuando lo que hay, nos aprieta, escapamos con la fantasía al porvenir, del que sabemos que traerá siempre un cambio. Es un universo abierto y no hermético, como lo era el mundo «gótico». ¿Cómo sacar gusto a la vida en un mundo así que no permite ni en idea siquiera la transformación? Subrayando todo eso que irremediable e inmodificablemente hay con complicaciones adjetivas, con ritualidades, con formalismos, con ornamentos, con morbosa complicación de regulaciones superfluas. En suma, ya que no puede vivirse hacia el porvenir se construyen sobre ese mundo, dado de una vez para siempre, duplicaciones y reduplicaciones de carácter formalista. Así en la «ciencia» como en la vida civil y en el trato social. Así también en la religión misma. Las formas sempiternas quedan envueltas en una selva tropical de fórmulas y formulismos. De aquí que la Edad Media se convirtiese desde 1350 en una de las épocas más amaneradas que han existido (1).

Acaba por darse carácter de realidad absoluta a todo, incluso a los menores detalles. Para todo hay una norma y una sentencia. Se piensa en refrán, en adagio, en emblema. No hay poro a través del cual quepa vivir con espontaneidad. Todo está previsto y no hay movimiento que no se vea obligado a inscribirse en alguna convención preexistente. Mientras la existencia moderna ha sido radical provisoriedad, incesante marcha y sorpresa, descubrimiento tras descubrimiento, en 1400 todo era, desde hacía mucho, definitivo. No había más que *un* modo de ser las cosas humanas. No se concebía auténtico cambio. El cambio era sólo lo monstruoso, lo enorme y fuera de norma y ser, lo antinatural.

Todo esto hacía que los hombres mejores sintieran asfixia. Todos los arrequives y requilorios y formalismos y caligrafías se enrollaban en las almas, como lianas de un trópico espiritual, y habían interceptado el contacto de éstas con los principios fundamentales de la religión y del saber.

El mundo, dice Erasmo, está sobrecargado de «valoraciones humanas», de opiniones y dogmas eclesiásticos; pesa sobre él la autoridad tiránica de las Órdenes religiosas, y bajo toda esa balumba «cultural» está debilitado el vigor de la doctrina evangélica (2).

Una vez más el hombre se ahogaba en el exceso de su propia riqueza creadora. Las generaciones desde 1400 —en Italia antes— tienen la impresión de que el mundo anda cerca de su fin. Juan Gerson, el canciller de la Universidad de París, a quien por mucho tiempo se atribuyó *La imitación de Cristo*, repite que el mundo chochea. Y Petrarca, a pesar de que nos conmueve cuando se nos presenta en la divisoria de dos mundos y nos dice que su alma *ora guarda davanti, ora guarda addietro* —duplicidad de temple característica de 1350 a 1550—, no se crea que ve el porvenir. Está convencido, también, de que el mundo agoniza y va a la total ruina. *Mundus in dies ad extrema precipitans secum omnia in deterius trahit.* (Epist. rer. Gam. XX). Pues en esta cultura sin futuro, sigue cre-

---

(1) Véase «En torno a Galileo». [Incluído en este mismo volumen.]
(2) Huizinga: *Erasmus*, pág. 116.

yéndose que la historia está ya toda a la espalda. Los profetas habían hablado de las cuatro monarquías universales. La última es la romana, y toda la Edad Media se vio a sí misma como continuación de ésta. No había, pues, en el programa ningún número para mañana.

¿Qué pueden hacer en tal situación los hombres mejores? A su espalda tienen un cristianismo inerte, anquilosado, formulista, sin fe viva. Delante tienen el acantilado de un mundo intransformable. Si no es posible la transformación, ni la in-novación —el único cambio posible es volver atrás, retornar a las formas primarias y puras de la religión, del saber, de la poesía—, a los evangelios, a la ciencia clásica, a los poetas romanos. La solución será la reformación y la re-novación, la *restitutio*, la *re-nascencia*.

Conste, pues, que Humanismo, Renacimiento y Reforma fueron movimientos hacia atrás, recobro en la simplicidad primitiva de la complicación presente. En todas las crisis históricas, que se producen por la superabundancia —como las crisis del capitalismo por el exceso de negocios—, el hombre intenta salvarse podando la excesiva fronda cultural, desnudándose y añorando la sencillez primigenia. Al sentirse asfixiado en una cultura superlativa recurre de ella a la naturaleza. Rousseau huye del Versalles de las Marquesas al bosque de Fontainebleau para imitar allí a los salvajes. Es curioso: el hombre de las extremas civilizaciones, desesperado, llama al salvaje que sospecha llevar dentro. Y nuestro salvaje interior acude siempre a la cita. Por lo visto, imperecedero, está ahí oculto, siempre pronto a nuestra llamada. En las puertas finamente esculpidas de las iglesias y catedrales del siglo xv, es frecuente hallar a ambos lados, enormes e hirsutos, dos salvajes. Y como en tiempo de Rousseau, entonces la literatura pone a éstos de moda. Y está a la moda tener «casas de fieras». Y nuestro refinado Juan II, rey de poetas y poeta él mismo, recibe a los embajadores con un leopardo doméstico tendido a sus pies. Un embajador moscovita se asustó tanto que no se detuvo hasta el Vístula.

La asfixia cultural provoca la rebelión. Y la rebelión, toda rebelión, comienza por ser salvajismo.

La Nación, de Buenos Aires, diciembre 1940.

EL INTELECTUAL Y EL OTRO

El intelectual de que aquí se habla no es el «escritor» ni el «hombre de ciencia», ni el «profesor», ni el «filósofo». Son todos estos nombres de oficios o profesiones, es decir, figuras sociales, perfiles públicos que el individuo adopta y que no garantizan lo más mínimo la autenticidad de una incoercible vocación intelectual en el hombre que los ejerce. Mas aquí se trata sólo del Intelectual que lo es de verdad, cualquiera que sea su aparente y notoria ocupación. Ser intelectual no es cosa que tenga que ver con el yo social del hombre. No se es intelectual para los demás, con este o el otro propósito, a fin de ganar dinero, de lucir, de sostenerse en el piélago proceloso de la colectividad. Se es intelectual para sí mismo, a pesar de sí mismo, contra sí mismo, irremediablemente.

Es indudable que no existirían aquellos oficios y profesiones si no hubiera habido hombres que fueron escritores, hombres de ciencia, profesores o filósofos en esta forma original, auténtica e irremediable. Todo lo que es figura social surgió como destino creador de un individuo. Pero ¡ahí está!, esa forma de vida que éste creó y fatalmente fue, al desaparecer él quedó como un caparazón evacuado de efectivo contenido personal; quedó como «puesto» público, como molde impersonal dentro del cual podía alojarse fraudulentamente cualquiera. Todo lo social, todo lo colectivo, es, en tal sentido, fraudulento, inauténtico —es gesto, manera, título y máscara. La mayor parte de los intelectuales que andan por ahí no lo son, claro está, sino que viven *haciendo de* intelectuales, a veces correctamente, sirviendo con honradez y no escasa utilidad el oficio a que socialmente se han comprometido, el «cargo que ocupan». Esta expresión de nuestro idioma es certera. Nos descubre que el cargo es una forma de algo humano pero hueca —hueca precisamente de efectiva humanidad. Ese hueco tiene que ser llenado u ocupado por alguien que unas veces sirve para ello y otras, las más, no. ¡Es igual! La sociedad se contenta con un mínimo cumplimiento o henchimiento del cargo. Se dice a sí misma, como al comenzar a pintar solía decirse aquel humilde imaginero andaluz, consciente de su nula destreza: «¡Si sale con barbas..., San Antón, y si no..., la Purísima Concepción!» Así ha pasado siempre y en todos los órdenes. Primero se le ocurrió a Julio César ser, con cierta originalidad, Julio César. Cuando le asesinaron, la colectividad romana sintió la necesidad de que siguiera existiendo César. Pero el individuo César se había ausentado para siempre. De él quedó sólo el hueco, es decir, el perfil de su necesidad, sentida por el mundo romano. Y César fue, desde entonces, ese hueco solidificado —un cargo, una magistratura que duró cinco siglos. *El* cargo, *la* magistratura, por excelencia, que en el mundo ha habido. Mas por un extremo azar resultó que ni uno solo de los innumerables Césares subsecuentes fue cosa ni de lejos parecida a César. Muchos ocuparon el espacio «César», pero ninguno lo fue.

Parejamente, hace cien años, hubo en Francia un hombre que era una especie de huracán poético o marea viva del lirismo. Se llamaba Víctor Hugo. Como un poder elemental —ya digo, huracán, Syzigia—, sacudió e inundó toda la vida francesa. Su poesía es tosca, sin calidad, sin arcanos temblores, pero es ciclópea, magnánima, hercúlea, miguelangelesca. En rimas audaces cantó el amor, la mujer, el niño, la hoja otoñal, la vieja leyenda, la gran batalla, divinizó a Napoleón I, lapidó a Napoleón III, verbalizó sobre «l'Humanité». No hay cosa de Francia y del hombre ante la cual no agitase sonoro su enorme cencerro, en un magnífico, universal, carnaval. Se comprende que los franceses viesen en él algo que no había existido desde Virgilio, Homero y Dante: el Poeta de un pueblo, el lirismo como institución. Pero desde entonces Francia se ha obstinado en tener siempre un Poeta, como tenía un Presidente de la República, y *velis nolis* ha henchido a la fuerza ese puesto, ese gran hueco público. De aquí la situación tragicómica del pobre Paul Valéry, último mandarín de las letras francesas, ni que decir tiene, auténtico Intelectual, pero corto de resuello, nada popular, *manierista*, con un exiguo caudal de cosas que decir y, como toda mente pobre, obligado para ser a retorcerse. De este hombre, que hubiera sido un excelente colaborador de una revista más o menos regional, se hizo, por fulminación, el Poeta de Francia.

Y desde entonces ha tenido que vivir el egregio *bonhomme* galopando jadeante tras de su propia justificación.

No confundamos, pues, las cosas. Aquí se habla del Intelectual que es intelectual con desesperada autenticidad, que lo es sin remedio, por inescrutable e inexorable decreto de Dios. Como los Césares carecieron de cesarismo, está lleno el mundo de intelectuales sin intelectualidad o con dosis precaria de ella. Sin embargo, no se presuma que el Intelectual es, por fuerza, muy inteligente. También en esto conviene evitar confusiones. Intelectual es el nombre de una vocación. Talento es el nombre de una dote. Y aunque aquélla suela coincidir con ésta, hay ocasiones en que no van juntas. Se puede tener enérgica vocación y no tener talento. Se puede tener talento y ninguna vocación. Como es cuerdo ponerse en lo peor, casi todo lo que voy a decir del Intelectual vale aunque le supongamos lerdo.

Pocos años después de comenzar mi labor literaria —hace, pues, largo tiempo— tuve un buen día la intuición de que el Intelectual, que había sido durante dos siglos la figura predominante en las sociedades de Occidente, iba muy pronto a ser centrifugado de la consideración pública y con el extremismo dialéctico, que es el andar de la historia, de ser todo iba a pasar, sin intermisión, a ser nada. Nadie sospechaba entonces tal cosa porque todavía, y aun bastantes años después, parecía gozar el Intelectual la hora de su mayor prepotencia. De aquí que me enorgullezca no poco haber tenido en hora tan temprana esta vislumbre del porvenir. Además, acomodé a ella, desde luego, mi vida, evitándome *a limine* no todos ciertamente, pero muchos de los errores y torpezas en que otros han caído. No he contado nunca con que, en serio, se me hiciera caso y no estaba ni estoy dispuesto a aceptar la ficción de que soy atendido.

Aquella intuición me visitó en la fecha que, como dije en la reciente conferencia sobre Vives, suele ser la edad en que el Intelectual tiene el primero y apasionado encuentro con los grandes temas y las grandes ideas que va a desarrollar en el resto de su existencia. Pues esa edad no es cualquiera. La cronología viviente es muy rigorosa. No da lo mismo un año que otro. Son los veintiséis años. Sin duda hay excepciones, y alguna muy clara, casuística. Por ejemplo, en las ideas del pensamiento formalista, como el matemático, es frecuente una anticipación. Pero en los temas más sustanciosos, más humanos, son los veintiséis años la jornada iluminada del primer éxtasis en que los grandes gipaetos, que son sus futuras ideas, hincan sus garras en los sesos del pensador y lo arrebatan hacia lo alto, como a una inocente oveja. Porque las grandes ideas no son nuestras, sino nosotros su presa. Ya no le dejan a uno el resto de su vida: feroces y tenaces, picotean sin cesar la víscera de Prometeo. Casi todo Intelectual ha sido enfermo del hígado. Después de todo, no es nada misteriosa esa fecha de la vida. Es el año en que normalmente dejamos de ser predominantemente receptivos, y, echando a nuestra espalda la alforja de lo aprendido, nos volvemos al universo con retinas intactas.

Y lo que me hizo prever el destronamiento del Intelectual fue advertir que iban a apoderarse de los mandos históricos las muchedumbres y que estas muchedumbres eran profundamente incultas porque los intelectuales habían cometido el tremendo error de crear una cultura para intelectuales y no para los demás hombres. Es de advertir que los grandes iniciadores no quisieron esto. Ni Bacon, ni Galileo, ni Descartes, ni Shakespeare, ni Cervantes. Como siempre, son los herederos los que echan a perder todo, los señoritos que nacen ya en la tierra ganada por los antepasados.

Pero dejemos todo esto. Por unas u otras causas, ya tenemos al Intelectual exonerado de su preeminencia social, a pie, mano a mano con los demás, atenido a sí mismo, como un hombre cualquiera entre los cualesquiera hombres. Este es el plano en que resulta más interesante su peculiar condición humana.

Como acontece con todo modo esencial de ser hombre, al Intelectual le parece que serlo es lo más natural del mundo, y empieza por creer que todos los demás ciudadanos son como él. Por eso es un modo esencial de humanidad: incluye todo lo humano, pero orientado en cierta dirección, y el que es de tal modo cree ingenuamente que eso es ser hombre, confundiendo a los demás consigo mismo, como Carlos III, que no se acercó a otra mujer que la suya, una sajona pelirroja, creía que todas las mujeres olían a piel de Rusia, porque éste es el olor de las pelirrojas.

Merced a esto el Intelectual vive una buena parte de su vida en permanente *quid pro quo*. En su trato con los demás parte de suponer, como cosa de clavo pasado, que están ahí para lo mismo que él, que pertenecen a su misma tribu. ¡Su propia existencia es tan maravillosa, que sentiría cordial espanto si descubriese que los demás no participan de ella!... Porque es la pura verdad: la existencia del Intelectual es maravillosa. Vive permanentemente en la cima de un Tabor donde se producen incesantes transfiguraciones. Cada instante y cada cosa le es peripecia, fantasmagoría, gran espectáculo, melodrama, aurora boreal. Su calendario se compone de puros días de fiesta. Se pasa la vida, literalmente la vida, trabajando. Pero ¿ese puede llamar trabajo lo que hace el Intelectual? Su trabajo consiste precisamente en suscitar un festival perpetuo. Se comprende que otros tiempos sospechasen en él cierta condición divina. ¿Dios trabaja? Porque Dios no para de hacer, sobre todo el Dios que es Supremo Hacedor. ¿Fueron días de trabajo aquellos genesíacos? ¿No tenemos la impresión de que Dios se puso triste el día que resolvió descansar como un albañil? ¿No habrá un ligero error de expresión en el texto bíblico? ¿No será que después de haber creado el mundo y no teniendo otra cosa que hacer, cuando llegó el primer Sábado, se caló las gafas y se puso a componer un soneto titulado: *El mundo?* Se comprendería el error verbal, porque hacer un soneto ¿es un trabajo o es una delicia? Salvadas las distancias, el Intelectual, quiera o no, está siempre deshaciendo y rehaciendo todo en su derredor. Imagínese que asistiésemos a los primeros días del Génesis. ¡Menudo espectáculo! ¡No ha habido otro *ballet* igual! ¡Qué Nijinski, Adán! ¡Qué Pawlova, Eva! ¡Y el auténtico pájaro de auténtico fuego! Pues todas las jornadas del Intelectual son un poco eso: presencia una vez y otra el nacimiento de las cosas y estrena la gracia de que sean lo que son. Va de sorpresa en sorpresa. Su cotidianeidad está hecha de exclusivas sorpresas. Lleva la pupila dilatada de asombro. Camina alucinado. Es borracho de nacimiento. Tiene el aire demencial que toma un arcángel cuando se avecinda en un barrio terrestre.

Ni que decir tiene: contemplado bajo cierto ángulo parece un ingenuo vitalicio y un siempre caído de la luna. Tarda mucho en averiguar que su trato con el prójimo es ridículo. Tarda mucho en descubrir que el prójimo no es intelectual, sino precisamente el Otro, el absolutamente Otro. Siempre había notado algo raro en su conversación con el prójimo. La cosa no marchaba nunca bien. Era como si a las ruedas del coloquio faltase lubricante. A cada embestida hacia lo alto el prójimo oponía su lastre, cuando no tiraba hacia abajo. Pero al cabo llega un día en que el asunto se aclara. Ve, por fin, diáfanamente que la disonancia no es casual ni causada por motivos parciales: no es diferencia de temperamentos o humores ni de dotes. Es una discrepancia integral. La mayor que puede haber. Se trata de dos maneras radicalmente opuestas de tomar la vida, de estar en el universo. Cuando descubre esto, el Intelectual siente profunda vergüenza, un súbito pudor. Comprende que ha hecho el ridículo y que no ha hecho otra cosa. Le parece haber vivido desnudo ante los demás, con una desnudez aún más grave que la exhibición de la piel, porque él se ha pasado la vida mostrando a los demás su última intimidad: lo que piensa, lo que siente del mundo, de las cosas, de los otros hombres, del pretérito, de lo que está pasando, del germinante porvenir. Ahora advierte que hacer eso es una indecencia, que ser intelectual es una condición que debe quedar oculta, como ser ladrón, como ser espía, como ser prostituta. Pensar sobre las cosas —con pensar conceptuoso o poético— es algo *pudendo*. Al mismo tiempo, siente desolación, angustia, por el prójimo al averiguar hasta qué radical punto no es intelectual. Antes creía que lo era, tal vez, menos que él, que acaso le faltaban dotes preciosas, que la vida le obligaba a reprimir los brincos de su intelectualidad. Esto último le había conmovido muchas veces, le había parecido heroico. ¡Aquel hombre tenía que alimentar a doce de familia! ¡Por eso y no por otra cosa, no podía tomar la vida como él! Aunque el intelectual también tiene a veces un familión... Pero ahora, al saber que no se trata de nada de eso, se encuentra con un nuevo y punzante enigma. ¿Cómo puede vivir el prójimo siendo el Otro? ¿Qué género de existencia es ésa?

Entonces, como para borrar una pesadilla del tablero de la frente, se pasa la mano por ella y se dice: ¡Hay que poner esto en meridiana claridad! ¿Qué diferencia hay entre la vida del Otro y la mía? Hela aquí:

El Otro vive instalado en un mundo de cosas que son de una vez para siempre lo que parecen ser. Ni por casualidad las pone en cuestión. Precisamente esta actividad de poner en cuestión las cosas es la que no ejercita y aun desconoce. Por eso tienen para él un carácter definitivo y el mundo todo es eso que hay ahí, sin más y tal como lo hay ahí. Entre esas cosas que al Otro le son hay algunas enigmáticas, misteriosas, desconocidas, pero estos caracteres no suscitan en él ninguna especial reacción. Le parecen cualidades de las cosas tan reales y normales como el color o la forma. No le inmutan. No hay para él diferencia entre lo que cree saber como es y lo que se le presenta como enigmático. No hay para él saber o no saber. Su relación con las cosas es de simple *contar con* ellas. Lo mismo que sabe que los cuerpos son pesados —es decir, *cuenta con* su peso— cuenta también con que el cáncer es un misterio, con que es arcana la existencia del universo, con que se ignora por qué las sociedades ascienden y decaen.

Su vida excluye todo reobrar sobre lo que le rodea para hacerlo cuestionable, analizarlo, desvirtuarlo, volverlo fantasma y espectro. Al contrario, su vida va a consistir en atenerse a lo que hay ahí, en moverse dentro de ese mundo incuestionado, sólido, compacto y definitivo, alojarse en él, manipular las cosas, usarlas, aprovecharlas en su ventaja lo mejor que pueda. Es un egoísta nato. Lo que le importa es salir adelante, hacer su negocio, pasarlo bien él y los suyos. Si es honrado, con decoro. Si no, con trampa. Como no le preocupa lo más mínimo el mundo ni nada en él, vaca a ocuparse tranquilamente de su propio interés, sea *su* persona o *su* familia o *su* partido político o *su* patria. Siempre y sólo lo suyo.

El Intelectual no tropieza, pues, con el Otro por motivos particulares y concretos. Tropieza, desde luego, porque su actitud vital primaria es la inversa y desde el primer gesto o palabra debió advertirlo. El mundo con que el Intelectual se encuentra le parece estar ahí precisamente para ponerlo él en cuestión. Las cosas no le son por sí mismas plenamente, porque no las deja tranquilamente estar ahí, sino que al punto las analiza, las descompone, las mira por dentro, busca su espalda, en suma, las convierte de presuntas cosas en problemas. A primera vista parece que es un destructor y se le ve siempre con vísceras de cosas entre las manos, como un matarife. Pero es todo lo contrario. El Intelectual no *puede*, aunque quiera, ser egoísta respecto a las cosas. *Se hace cuestión de ellas*. Y esto es el síntoma máximo del amor. No están ahí para aprovecharlas sin más, como hace el Otro, sino que su vida es servicio a las cosas, culto a su ser. El culto, como lo fueron todos los fuertes cultos, es cruento; es deshacerlas, desmenuzarlas para rehacerlas en su supremo esplendor. Sabe que las cosas no son plenamente si el hombre no *descubre* su maravilloso ser que llevan tapado por un velo y una tiniebla. De aquí que para el Intelectual vivir significa andar frenéticamente afanado en que cada cosa llegue de verdad a ser lo que es, exaltarla hasta la plenitud de sí misma. He ahí cómo y por qué resulta que las cosas sólo son lo que *ellas* son cuando le son al Intelectual. Esto lo presiente a veces la Mujer. Pero ello, claro está, irrita profundamente al Otro. Mas la irritación es aquí inoperante. La realidad es así, sin remisión. Y las cosas de que el Otro usa y abusa, que maneja y aprovecha en su sórdida existencia, fueron todas inventadas por el Intelectual. Todas. El automóvil y la aspirina; flor, canción y mujer. ¿O creían ustedes que todas esas cosas, esas maravillosas cosas estaban ahí, así, sin más? Ahora lo van a ver ustedes. Ahora que el Intelectual, como tantas veces en la historia, va a desaparecer o poco menos, a sumergirse igual que el somormujo en lo profundo. Lo profundo, por excelencia, es el silencio. Van ustedes a ver cómo lo maravilloso va desapareciendo de sobre el haz de la tierra y la vida, incluso la del Otro, pierde gracia tensión y frenesí.

Para que las cosas *sean*, quiérase o no, hace falta el Intelectual. Lo que el Otro usa como realidades no es sino un montón de viejas ideas del Intelectual, vetustos petrefactos de sus fantasías. Si sólo el Otro habitase en el planeta nada sería eso que es. En su verdad toda cosa es leyenda, axioma, verso y mito. Por eso también al Intelectual acaba por irritarle el Otro. Le irrita que éste no *deje ser* a las cosas, no se ocupe de *ellas*, sino que aprovecha vilmente, despiadadamente, irreligiosamente, sus apariencias. Para el Intelectual el Otro es un ateo, el ateo de todo. Es el hombre sin temblor ante lo divino, que es todo. Vivir en el mundo sin hacerse cuestión de él parecería al Intelectual parasitismo.

Convenía decir esto ahora que el Intelectual no existe ya socialmente, que es un paria y un malhechor.

Pero es lo cierto que tan pronto como el Intelectual cae en la cuenta de que el prójimo a quien tiene delante es el Otro, no sólo corrige el error de su antiguo trato con él, sino que siente por él verdadero entusiasmo. Como toda cosa que es auténtica, le emociona. Y se complace en verle como lo que es, como una hormiga laboriosa y tozuda que, cayendo y levantando entre las gigantes briznas de hierba, tropezando con esto y con aquello, lleva a los suyos, sin más literatura, la opípara semilla que ha tenido la suerte de encontrar. ¡Qué diablo, viva el Otro! Lo que no puede soportar el Intelectual son las falsificaciones de que hoy está atestado el planeta. Porque hay el pseudo Intelectual, que no es sino el Otro, con el antifaz de escritor, de hombre de ciencia, de profesor, de filósofo. Y hay hoy, sobre todo, esto: que el Otro, el puro Otro, es muy difícil de encontrar. Porque el Intelectual moderno tuvo, según he dicho, el atroz desliz de crear una cultura de ideas. Es evidente que toda cultura se hace con ideas, pero estas ideas deben ser principalmente ideas de cosas, de sentimientos, de normas, de empresas, de dioses. No tienen por qué ser ideas de ideas. Y la cultura de los últimos siglos ha sido crecientemente intelectualista. El resultado fue que el Otro se ha llenado de ideas, e, incapaz de manejarlas, de dominarlas, pretende vivir de ideas y tener, claro está, *sus* ideas. Ya he dicho que para el Otro sólo existe lo *suyo*. Antes no acontecía esto. No pretendía tener ideas. Vivía de tradiciones, de creencias, de fervores y de rencores, que es su régimen natural de vida. Pero ahora pretende opinar, cosa para la cual no está hecho. Es penoso observar cómo su mano de mental chimpancé se esfuerza en agarrar la aguja de la idea. El resultado es inevitable. Al entrar en el Otro una idea se convierte automáticamente en lo contrario, en un dogma. Dogma es lo que queda de una idea cuando la ha aplastado un martillo pilón. Y es la escena universal a que asistimos. El Otro, que en su existencia espontánea era, a su modo, admirable, puesto a pensar es un martillo pilón que aplasta las ideas, y como éstas van en las cabezas de los Intelectuales, aplasta, de paso, las cabezas de los Intelectuales.

Yo comprendo muy bien la periódica estrangulación del Intelectual que se produce en la historia. Comprendo que enoje e inquiete al Otro este hombre que anda siempre por detrás de las cosas y que él mismo no es cosa, sino algo flúido, ígneo, magnético.

La Nación, de Buenos Aires, diciembre 1940.

APUNTES SOBRE EL PENSAMIENTO SU TEURGIA Y SU DEMIURGIA

CRISIS DEL INTELECTUAL Y CRISIS DE LA INTELIGENCIA

CONVIENE que hablemos un poco sobre el pensamiento ya que es, tal vez, de todas las cosas del mundo la que hoy está menos de moda. Pasar de moda es fatal para lo que no es sino moda, mas para una realidad sustantiva, esencial y perenne no es coyuntura deprimente sentir que pasó ya de moda. Le parece que en aquel tiempo de su esplendor, cuando todo en torno la halagaba, vivió enajenada de sí misma y que es ahora, al gozar de la general desatención, cuando reingresa en sí propia, cuando es más depuradamente lo que es, tanto o más que en la otra hora egregia, en su hora inicial, cuando era sólo germinación secreta e ignorada, cuando aun los demás no sabían que existía y, exenta de seducciones forasteras, vacaba sólo a ser sí misma.

Esta idea no brota en mí ahora. Al contrario, es un tema que aparece a menudo trotando por los vericuetos de toda mi obra. La situación actual del pensamiento ha sido por mí innumerables veces esperada y... anunciada. Con carácter programático lo formulé en el ensayo *Reforma de la inteligencia*, publicado en *La Nación*, de Buenos Aires, en 1923 (1). Allí se dice:

«Tal situación impone a la inteligencia una retirada de las alturas sociales, un recogimiento sobre sí misma. Esta retirada no podrá

---

(1) Recogido en el volumen *Goethe desde dentro*. Véase en aquel ensayo las razones por las cuales proponía yo lo que otra vez he llamado «retirada de los intelectuales al fondo del paisaje social, y si es preciso, a las catacumbas». [Véase página 493 del tomo IV de estas *Obras Completas*.]

hacerse sino lentamente, paso a paso. Ha intervenido en demasiadas cosas el intelecto para que pueda súbitamente desertar. Pero la nueva trayectoria no puede ofrecer duda. Es preciso tender a que las minorías intelectuales desalojen de su obra todo *pathos* político y humanitario y renuncien a ser tomadas en serio —la seriedad es la gran patética— por las masas sociales. Dicho de otra manera: conviene que la inteligencia deje de ser una cuestión pública y torne a ser un ejercicio privado en que personas espontáneamente afines se ocupan.

»¡Qué delicia para la inteligencia verse exonerada de los graves oficios que frívolamente tomó sobre sí! ¡Qué delicia para ella no ser tomada en serio y vacar libre, libérrima a sus finos menesteres! De este modo podría volver a recogerse sobre sí misma, al margen de los negocios, sin sentir prisa de dar soluciones prematuras a nada, dejando que los problemas se dilaten según su propio radio elástico. ¡Qué deleite dejar pasar delante a todos: al guerrero, al sacerdote, al capitán de industria, al futbolista..., y de tiempo en tiempo disparar sobre ellos una idea magnífica, exacta, bien madurecida, llena toda de luz!

»Pero esta invitación a que la inteligencia se retire progresivamente, en etapas parsimoniosas y sin deserción —de servir a la vida en cuanto «vida colectiva»— equivale a invitar al intelectual a que se quede solo, sin *los otros*, a que viva en soledad radical. Y he aquí que entonces, al quedarse solitario, la inteligencia adquiere un cariz por completo diferente. La atención de los demás nos seduce a que pensemos *para* ellos, y como su plural —la colectividad— no tiene más vida que la pseudovida de sus intereses externos, la inteligencia puesta a su servicio se hace utilitaria en el mal sentido de la palabra a que arriba aludo. Frente a ese «servilismo» de la inteligencia a la falsa vida, su uso auténtico adquirió ya entre los griegos el carácter «inutilitario» de pura contemplación.

»Mas, cuando el hombre se queda solo, descubre que su inteligencia empieza a funcionar para él, en servicio de su vida solitaria, que es una vida sin intereses externos, pero cargada hasta la borda, con riesgo de naufragio, con intereses íntimos. Entonces se advierte que la «pura contemplación», el uso desinteresado del intelecto, era una ilusión óptica, que la «pura inteligencia» es también práctica y técnica —técnica de y para la vida auténtica, que es la «soledad sonora» de la vida, como decía San Juan de la Cruz. Ésta será la reforma radical de la inteligencia.»

Cuando las anteriores palabras fueron escritas, los intelectuales usufructuaban un máximo predominio social, en ciertos aspectos el mayor que nunca en la historia han poseído. No es necesario referir cómo, salvas excepciones, se han comportado después de la manera más estrictamente opuesta a lo que entonces se les proponía. La consecuencia fue que se han ido progresivamente desintelectualizando hasta el punto de que en estos últimos años había quedado increíblemente reducido el número de hombres que, de verdad, tenían algo que decir. Pues parece manifestarse en la historia una armonía preestablecida, sobremanera extraña, conforme a la cual las épocas en que la política cercena radicalmente la libertad de pensamiento, suelen coincidir con épocas en que los intelectuales no tenían nada o muy poco que decir sobre los asuntos humanos. (Esto explica el desazonador fenómeno de los *saecula obscura*, esas centurias tenebrosas que subitáneamente se abren como simas de invisibilidad ante la mirada de los historiadores; épocas de que apenas si se sabe algo, no sólo porque las convulsiones públicas quitaron reposo a los escritores, sino, además, porque éstos no tenían ideas vivaces y claras que manuscribir. Ejemplo de ello es el siglo x europeo. Los cinco siglos que duró el Imperio romano ofrecen a nuestra vista un curioso ritmo en que a una franja de relativa luminosidad —nunca abundante— sucede otra de la más bruna tiniebla).

Es un hecho que el Pensamiento no está de moda. En pocos años la «vida intelectual» ha cambiado, por completo, de situación en la sociedad. Ya esto bastaría para reclamar una reflexión del Pensamiento sobre su propio destino. Pero no es ese motivo el que ha inspirado los presentes apuntes, que esto y no otra cosa son. De aquí su adusta sequedad. En su dintel dejamos enunciado para no volver, acaso, a prestarle atención, aquel asunto. La situación social del intelectual es un problema somero y extrínseco en comparación con la situación intelectual de la inteligencia misma. Es dentro del Pensamiento, en sus senos profundos, donde se ha producido una radical peripecia, cuyo calibre no sabemos al de cuál otra comparar en todo el pasado occidental. Un aforo mínimo nos llevaría a emparejarla con la crisis de ideas que se abrió en el siglo xv. Pero apenas ensayamos la confrontación nos parece que la similitud es insuficiente, lo mismo en cantidad que en calidad. La crisis actual es más honda y más súbita. Por otra parte, su calidad es, en cierto modo, inversa de la que observamos en el gran drama mental que se suele llamar Renacimiento. Entonces el Pensamiento sintió que de un menos tenía que ir hacia un más. Fue una crisis de pubertad con todos los atributos morales característicos. Basta ver el alborozo orgiástico con que Lorenzo Valla gritaba: «¡Yo he enseñado a los hombres dos mil cosas nuevas!» La crisis de ahora no es seguro que tenga signo inverso. Según veremos, afinaría poco quien pretendiese diagnosticarla, sin más ni más, como una sensación de mengua en que alguien se siente ir del más al menos. Tal vez, al contrario, se trate de que el Pensamiento percibe su propia plenitud. Pero la plenitud no es, como bobamente suele creerse, la mocedad, sino la madurez. La juventud por ser excesiva se hace la ilusión de que es superabundante en tanto que la madurez precisamente porque advierte que ha llegado a su totalidad, al borde de sí misma, descubre también sus límites. La madurez es el tirón de riendas a los desfogues insinceros e irresponsables de la juventud. Pero, en cierto sentido, eso significa, sin duda, una retracción, una reducción. No por escasez, al contrario. La madurez es la fuerza en tal grado plena, que puede emplear una porción de sí misma para contener y regimentar al resto.

Lo que signifique concretamente todo eso y si es o no así, es lo que vamos a ver después de tomar la larga vuelta que el asunto exige. Ahora urgía indicar sólo que la peripecia íntima en que el Pensamiento se encuentra es tremenda, tanto que renunciamos, por el pronto, a compararla con ninguna otra del pasado europeo, y no ha de tomarse lo dicho como un anticipo de diagnóstico. Sabemos que al Pensamiento humano le pasa algo gigantesco, pero no sabemos qué es lo que le pasa y menos si lo que le pasa es bueno o malo.

La peripecia misma se descompone en dos estratos. El más concreto y que está más a la vista es el que se ha llamado estos años «crisis de los fundamentos» en las ciencias ejemplares. El Pensamiento, durante los tres últimos siglos de historia occidental, reconocía como su más depurada e intensa representación, las tres ciencias: física, matemática y lógica. De su solidez sustanciosa se nutría la fe en la razón, que ha sido la base latente sobre que ha vivido en toda esa época el hombre más civilizado. No es posible que en esas ciencias prototípicas se produzca la menor inseguridad sin que todo el orbe de la razón se estremezca y sienta en peligro. Pues he aquí que desde hace treinta años al extraordinario desarrollo de esas disciplinas acompaña una progresiva inquietud. El físico, el matemático, el lógico advierten que —*por vez primera* en la historia de estas ciencias— en los principios fundamentales de su construcción teórica se abren súbitamente simas insondables de problematismo. Esos principios eran la única tierra firme en que su operación intelectual se apoyaba —y es precisamente en ellos, en lo que parecía más inconmovible—, no en tal o cual miembro particular de sus organismos teóricos, donde el abismo se anuncia.

De todo ello he de ocuparme en partes más avanzadas de estos apuntes.

Pero bajo ese estrato de la peripecia hay otro aún más radical. Por causas que no tienen que ver con las generadoras de la crisis interior en aquellas ciencias, se ha producido, además, una crisis en la actitud del hombre ante el Pensamiento mismo, tomado en su integridad. Nada menos. Como primera descripción del enorme hecho a que me refiero pueden servirnos las siguientes palabras de Husserl en 1929: «La situación actual de las ciencias europeas obliga a reflexiones radicales. Acontece que, en definitiva, esas ciencias han perdido la gran fe en sí mismas, en su absoluta significación. El hombre moderno de hoy no ve, como lo veía el «moderno» de la época de la Ilustración, en la ciencia y en la nueva cultura por ella plasmada, la auto-objetivación de la raza humana, esto es, la función universal que la humanidad ha creado para hacerse posible una vida de verdad satisfactoria, una vida individual y social creada por la razón práctica. Esa gran fe, un tiempo sustitutivo de la fe religiosa, la fe en que la ciencia lleva a la verdad —a un conocimiento de sí mismo, del mundo, de Dios, efectivamente racional y a través de él a una vida, siempre capaz de ser mejorada, pero digna en verdad y, desde luego, de ser vivida —ha perdido incuestionablemente su vigor en amplios círculos. Por ello se vive en un mundo que se nos ha hecho incomprensible, en el cual se preguntan las gentes en vano por su *para qué*, por su sentido antaño indubitable, tan plenamente reconocido por entendimiento y voluntad» (1).

Todo el que conozca bien lo que representa Husserl —la figura filosófica de más extenso influjo en lo que va de siglo— habrá de leer esas líneas con fuerte emoción. En primer lugar por la catástrofe misma que enuncia, pero, en segundo lugar, porque Husserl es, como pensador, un extremado racionalista, el último gran racionalista, que ha querido repristinar el punto de partida tomado por el primero, por el inmenso Descartes, de suerte que en él viene a rizarse el rizo del racionalismo. En tercer lugar, porque quien conoce a Husserl sabe que no decía nada que no estuviese «viendo». En cuarto lugar, porque es, creo, el único párrafo que hay en toda su obra donde se hable de un hecho trascendente a las ciencias mismas, de un hecho que las desborda y envuelve, en suma, de un hecho universal humano. En quinto y último lugar, porque Husserl vivía siempre en el

---

(1) Edmund Husserl, *Formale und transzendentale Logik*, 1929, páginas 4-5.

mayor retiro, porque no andaba olisqueando por el mundo ni preocupado de «informarse». ¿Qué presión no tendrá, pues, el hecho por él tan sobriamente descrito, cuando ha penetrado hasta su retiro y se le ha plantado delante y ha tenido que «verlo»?

Sin embargo, necesito agregar dos cosas. Una es ésta: las reflexiones radicales que motivadas por el reconocimiento de ese hecho constituyen la obra citada de Husserl, no me parecen, ni mucho menos, radicales. El por qué se hallará en otro lugar (1).

La otra advertencia que necesito poner a las citadas palabras de Husserl se refiere a la descripción misma que de la ingente peripecia mental en que estamos nos ofrecen. Husserl, como he dicho, no vuelve a ocuparse del asunto. Le interesaba sólo hacerlo constar en la forma más breve posible. En este sentido la descripción es suficiente y conmovedora. Pero aquel tremendo hecho se halla en más estrecha conexión con el tema de este estudio y nos es forzoso, en sus umbrales, poner un punto en la i del diagnóstico a fin de que un despiste del lector, apenas perceptible en este primer paso, no degenere más adelante en franca desorientación.

Husserl dice que las ciencias han perdido la «gran fe» en sí mismas que antes tenían. Inmediatamente lo reitera añadiendo que el hombre actual ha perdido la «gran fe» en la razón que el de ayer poseía. Dos veces, en pocas líneas, se habla, pues, de la «gran fe». Este término vagamente cuantitativo es también un *unicum* en el vocabulario siempre preciso del autor. ¿Qué es eso de «gran fe»? ¿Hay una «fe chica»? ¿Y cuál sería la diferencia en cosa que no se mide por varas? La imprecisión, ni que decir tiene, es premeditada. Todo el que sabe leer habrá notado que el autor más preciso dice, a veces, algo imprecisamente. Se le sorprende prefiriendo un giro ancho donde la idea, como el badajo en la campana, se puede mover con sobrante holgura. La razón de ello es clara. Por motivos cualesquiera, el escritor no puede en aquel lugar desarrollar su idea lo bastante para hacerla inteligible en su estricta precisión. Por otro lado, no quiere traicionar a la exactitud misma de la idea. En vista de ello, escoge una fórmula de dintorno borroso que un día podrá ser, sin contradicción, ceñida de aristado perfil. Buen ejemplo de ello es esta expresión «gran fe» tan ajena al estilo intelectual de Husserl.

He aquí la prueba. Ensaye el lector resolver textualmente si con esas palabras afirma Husserl haber el hombre actual perdido, por completo, la fe en la razón, si asevera que las ciencias desconfían

---

(1) Véase el *Anejo* al fin de este artículo.

íntegramente de sí mismas. Evidentemente no es eso lo que enuncia. Dice que el mundo se ha hecho «problemático» *porque* se ha perdido la «gran fe». Si lo que se hubiera perdido fuese no la «gran fe» sino también la «chica», toda la fe en la razón, así, en absoluto, el mundo no sería problemático, al menos no lo sería por aquella causa. Para que sea problemática una cosa es menester que no estemos totalmente convencidos de lo contrario de ella. El «mundo racional» no nos sería problemático si hubiésemos llegado a persuadirnos por completo de que la razón no sirve para nada importante, de que podemos prescindir de la razón. En este caso creeríamos firmemente en la irracionalidad radical del mundo que es una fe como otra cualquiera y de la cual han vivido otras épocas.

Pero no es ésta nuestra situación. Sería falso decir que el hombre ha perdido la fe en la razón (1). Lo que pasa es que en el siglo xvii las minorías dirigentes europeas comenzaron a sentir una confianza radical en el poder absoluto de la inteligencia como instrumento único y universal para hallar solución a los problemas de la vida. Esta confianza se propagó a círculos sociales cada vez más amplios durante el siglo xviii, y en el xix llegó a constituirse en fe vigente de las colectividades europeas. La fe en la inteligencia no tenía límites visibles ni en su carácter de fe, ni en lo que esperaba de la inteligencia. En vista de ello el hombre *se puso* a vivir de ideas como tales. De aquí la fabulosa producción de trabajos científicos, de teorías, de doctrinas, de ideas en suma. Pero un buen día se echó de ver que

---

(1) Nadie que sea un poco avizor tomará como verdadera expresión de lo que realmente está pasando al hombre, las frases de menosprecio hacia la razón o la inteligencia, en que se da ya a éstas por muertas y sepultas, y que pululan en las emanaciones literarias del tiempo. Estas frases se anulan a sí mismas, porque su texto mismo o su contexto revela hasta qué punto son vaporosas las nociones de razón o inteligencia poseídas por sus autores. Recuerdo la gracia que ya de muchacho me hacía leer una y otra vez en Tolstoi: «Yo que he estudiado todas las filosofías me he convencido de su inanidad». Las páginas de Tolstoi, cualesquiera sean sus otros primores, demuestran con reboso contante que el gran escritor no se aproximó jamás, ni de largo trecho, a ninguna filosofía.

En cambio, merecen una determinada atención los grandes movimientos positivos de carácter, claro está, práctico, y no teórico, que se están haciendo en el mundo para organizar la vida humana sobre principios formalmente irracionales. Y no es que esos movimientos manifiesten tampoco una conciencia clara de cuál es precisamente la cuestión actual entre el hombre y su razón, pero lo que tienen de ensayo positivo constituye una experiencia utilísima que terminará en el redescubrimiento de la razón, de una razón curada ya de sus exorbitancias.

mientras la inteligencia y la razón resolvían cada vez más perfectamente innumerables problemas, sobre todo de orden material, habían fracasado en todos sus intentos de resolver los otros, principalmente morales y sociales, entre ellos los problemas que el hombre siente como últimos y decisivos. A esta conciencia de fracaso sólo puede llegarse después de muchos ensayos fallidos que fueron iniciados con fe plena. La desconfianza es siempre un capítulo muy avanzado en la historia de una confianza. El resultado es, pues, que el hombre se encuentra en una situación ambivalente. Por un lado no puede menos de seguir creyendo en la eficacia de la inteligencia que todos los días resuelve nuevos problemas formidables. Se sabe que la razón no es un fantasma consignado a desvanecerse, una ilusión óptica que puede y debe ser neutralizada, sino una realidad compacta con que se puede y se tiene que contar. Por otro lado, no le es ya posible abrirle un crédito en blanco sin bordes ni limitaciones. Mas como antes la razón era precisa y formalmente «aquello en que se podía creer sin límites» se encuentra con que el objeto de su fe ha cambiado ante sus ojos e inevitablemente ha cambiado de rechazo el carácter mismo de su fe.

Me parece, pues, que en los umbrales de este estudio, y con carácter tan sólo de primera aproximación, queda suficientemente ajustada la figura de nuestra íntima situación frente a la razón, frente a la inteligencia diciendo: perdido el hombre en la *selva selvaggia* de las ideas que él mismo había producido, no sabe qué hacer con ellas. Sigue creyendo que sirve de algo inexcusable, pero no sabe bien de qué. Sólo está seguro de que su servicio es diferente del que se les ha atribuído en los últimos tres siglos. *Presiente que la razón tiene que ser colocada en otro lugar del que ocupaba en el sistema de acciones que integran nuestra vida.* En suma, que de ser la gran solución, la inteligencia se nos ha convertido en el gran problema. Por eso urge meditar sobre ella tomando el tema en toda su extensión, sin limitarlo a una u otra forma particular del ejercicio intelectual como son la ciencia y la filosofía. Éstas se destacan como minúsculas figuras adscritas a unos cuantos siglos y a unos cuantos territorios del planeta sobre el fondo gigante de la ocupación intelectual humana, durante el millón de años que probablemente cuenta nuestra especie (1). En este sentido de máxima amplitud nos preguntamos: ¿Que es el Pensamiento? Mas antes de intentar la respuesta tenemos que

---

(1) Las recientes teorías sobre el glacialismo permiten este hipotético cálculo.

quedar francos para la pregunta misma y esto sólo se consigue merced a una serie de penosas dislocaciones y descoyuntamientos de parejas de ideas tenazmente asociadas en nuestra tradición.

LAS OCULTACIONES DEL PENSAMIENTO

Cuando nos lanzamos a buscar ahí, donde parezca estar, el ser del Pensamiento, esto es, el Pensamiento en lo que tiene de auténticamente tal, nos encontramos cercados, solicitados, apremiados, por un tropel ingente y tupido de cosas que se nos presentan como siendo el Pensamiento, pero que no lo son en verdad.

La aventura no es peculiar a este caso, sino que es esencial y permanente. Cuando buscamos el ser de algo o su verdad, esto es, la cosa misma y auténtica de que se trata, lo primero que hallamos siempre son sus ocultaciones, sus máscaras. Ya lo advirtió Heráclito: La realidad se complace en ocultarse (1). El universo es, por lo pronto, un constante carnaval. Máscaras nos rodean. Los árboles no dejan ver el bosque, la fronda no deja ver el árbol y así sucesivamente. El ser, la cosa misma, es por esencia lo oculto, lo encubierto, es el señor del antifaz. A la operación que nos lleva a encontrarlo bajo sus ocultaciones llamamos: «veri-ficar» o adverar, más castizamente *averiguar*. Es hacer patente lo oculto, es desnudarlo de sus velos, des-cubrirlo. Y esa manera de estar algo ante nosotros nudificado, es su «verdad». Por eso es redundancia hablar de la «verdad desnuda» (2).

El fenómeno de la ocultación no es complicado. Consiste, sencillamente, en que el ser de la cosa o lo que es igual, la «cosa misma», la cosa en su «mismidad» queda tapada por todo *lo que tiene que ver*» con ella pero no es ella. Y nosotros en el itinerario de nuestra mente hacia la «cosa misma» comenzamos por tomar «lo que tiene que ver» con ella como si fuera ella. Ésta es la perenne escena al salir del baile en la madrugada, con la mascarita. «Lo que tiene que ver» con una cosa, tiene que ver con ella más o menos; a veces tiene que ver mucho. Cuanto más tenga que ver, peor: más tenaz será la ocultación y más tiempo viviremos confundidos y engañados.

---

(1) Fr. 123. Φύσις κρύπτεσθαι φιλεῖ.
(2) Sobre todo esto —el ser como lo esencialmente oculto, la verdad como descubrimiento— véanse ya mis *Meditaciones del Quijote*, 1914. [Véase pág. 309 del tomo I de estas *Obras Completas*.]

Así el pensamiento nos queda oculto bajo la masa de nociones psicológicas referentes a las actividades intelectuales. A la pregunta «¿Qué es el Pensamiento?» se responde con la descripción de los mecanismos psíquicos que funcionan cuando el hombre se ocupa en pensar. Es evidente que esas funciones —percibir, comparar, abstraer, juzgar, generalizar, inferir— son cosas que «tienen que ver» con el Pensamiento. Sin ellas el hombre no podría cumplir esa ocupación que llamo Pensamiento. La realidad Pensamiento por la cual preguntamos es una tarea, algo que el hombre *hace*, que se pone a hacer —por eso le llamo ocupación— no es sólo algo que en él pasa como ver, recordar, imaginar y razonar. Ahora bien, caracteriza a todo «hacer», ser hecho *por* algo y *para* algo. El tercer ingrediente del hacer o acción es aquello *con* lo que se hace, el medio o instrumento (1). Este medio puede ser inadecuado y entonces nuestro hacer no logra su intención, es un hacer malogrado, pero no por eso menos hacer que el fructuoso.

No sólo el moderno psicologismo, sino el propio Aristóteles, como en seguida veremos, identifican el Pensamiento con el simple ejercicio de las actividades psíquicas intelectuales, lo cual es un doble error. Porque el hombre al ponerse a pensar no se pone simplemente a percibir, recordar, abstraer e inferir —que son puros mecanismos mentales—, sino que moviliza todas esas actividades *para* llegar a un resultado. Esta finalidad que se propone y que a su debido tiempo procuraremos precisar, define más rigorosamente el Pensamiento que los instrumentos con que se afana por lograrlo (2). Uno de los dos errores latentes en aquella identificación consiste, pues, en suponer que los medios psíquicos con que el hombre cuenta en la faena Pensar son adecuados y suficientes para que esa acción resulte lograda. Mas la perenne y dolorosa experiencia declara todo lo contrario: que *la finalidad en vista de la cual el hombre se dedica a pensar no ha sido jamás conseguida de modo suficiente, por tanto, que es inadmisible suponer que el hombre ha poseído nunca hasta la fecha las dotes adecuadas para lo*

---

(1) El esquema estructural de todo hacer o acción es, pues, éste: se hace *algo, por* algo, *para* algo, *con* algo.

(2) Téngase en cuenta, además, que todas las funciones psíquicas en que se quiere hacer consistir el Pensamiento actúan también por su cuenta, sin nuestra voluntad y aun contra ella. Percibir, imaginar, comparar y aun razonar, se disparan automáticamente en nosotros constantemente. No son, pues, un hacer nuestro, una *acción* humana. Entre *acción* y mecanismo, la diferencia está en la intervención de la voluntad y, por tanto, del designio, propósito o finalidad.

que al Pensar intenta. Y ello nos hace ya entrever, desde este nivel preliminar, que es el Pensamiento una ocupación a que el hombre tiene que entregarse aun desesperando de su suficiencia. La cosa será trágica, si se quiere emplear este adjetivo que tiene tan buena Prensa, pero es así. Hay siempre en la historia ciertos buitres alerta que acuden presurosos cuando una forma de Pensamiento, la razón, por ejemplo, sufre una grave crisis que hace patente su inexorable insuficiencia. Pero esos mismos buitres apenas han mondado con sus picos la carroña, no tienen más remedio que empezar de nuevo y perturbar su alborozada digestión poniéndose a repensar sus viejas ideas vulturinas, sus «filosofías» de necrófagos. Como el buitre y la hiena parten siempre de un cadáver, existen maneras de pensar, las cuales se nutren del fracaso que periódicamente sobrecoge al pobre ser humano.

No es, pues, posible averiguar la consistencia del Pensamiento, poniéndose a mirar dentro de la mente, entregándose a investigaciones psicológicas. El orden es, más bien, inverso: gracias a que tenemos una vaga e irresponsable noción de lo que es el Pensamiento ha podido la psicología acotar ciertos fenómenos psíquicos como preferentemente intelectuales (1). Se les llama así porque intervienen en la tarea del Pensar y no viceversa.

Otra masa ocultadora del auténtico Pensamiento es la Lógica. En ella la ocultación consiste en una esquematización. La Lógica suplanta la infinita morfología del Pensamiento por una sola de sus formas: el pensamiento *lógico*, es decir, el pensamiento en que se dan ciertos caracteres— ser idéntico a sí mismo, evitar la contradicción y excluir un tercer término entre lo «verdadero» y lo «falso». Todo pensar que no ostente estos atributos será un pensar fallido, que no consigue ser lo que constitutivamente pretende y que, por tanto, no es auténtico pensar. Es incalculable el poder de ocultación que durante dos milenios ha ejercido este imperativo casi religioso de «logicidad». Ha escindido todo el inmenso panorama intelectual de la humanidad en dos territorios de muy diferente extensión: de un lado, el mundo de lo lógico que era muy reducido; de otro, el orbe negativo de lo ilógico al cual no se presentaba atención, con el cual no se sabía cómo habérselas. Se identificó a lo lógico con lo racional hasta hacer sinónimos lógica y razón. Todo esto era inevitable y estaba justificado porque se creía que hay, en efecto, un pensamiento que es lógico

---

(1) Esto no mengua lo más mínimo la importancia e interés que las investigaciones psicológicas tienen por sí mismas.

plenamente y sin reservas. El hombre occidental estaba convencido de poseer con él un edificio de aristas rigorosas que contrastaba con la selva confusa de todos los demás modos de pensar. Pero he aquí que hoy empezamos a caer en la cuenta de que no hay tal pensamiento lógico. Mientras bastó la tosca teoría que desde hace veintitrés siglos se llama Lógica pudo vivirse en la susodicha ilusión. Pero desde hace tres generaciones ha acontecido con la logicidad lo que con otros grandes temas de la ciencia: que se les ha ido, de verdad, al cuerpo. Y cuando se ha querido en serio construir lógicamente la Lógica —en la logística, la lógica simbólica y la lógica matemática— se ha visto que era imposible, se ha descubierto, con espanto, que no hay concepto última y rigorosamente idéntico, que no hay juicio del que se pueda asegurar que no implica contradicción, que hay juicios los cuales no son ni verdaderos ni falsos, que hay verdades de las cuales se puede demostrar que son indemostrables, por tanto, que hay verdades ilógicas (1). *Ipso facto* varía por completo la perspectiva. Al aparecer lo lógico penetrado de ilogicidad pierde la *patética distancia a que se hallaba de las otras formas del pensamiento*. Ahora resulta que el pensamiento lógico no era tal pensamiento —puesto que no lo hay—, sino sólo la idea de un pensar imaginario, esto es, un mero ideal y una utopía que se desconocía a sí misma. Creación al fin de Grecia, la Lógica de Aristóteles es tan irreal —y por análogas razones— como la *República* de Platón.

No caben, pues, ya devaneos como los de Lévy-Bruhl, en que a nuestro pretendido «pensar lógico» se opone el pensamiento de los primitivos como un «pensar prelógico», cosa que siempre debió parecer monstruosa. Al averiguar que el pensar lógico es mucho más ilógico de lo que sospechábamos, se nos abren los ojos para advertir que el pensamiento primitivo es mucho más lógico de lo que se presumía (2). Desaparecen, pues, las diferencias absolutas entre un tipo del pensamiento y los demás que el hombre ha ejercitado en la historia y queda establecida entre ellos continuidad. O lo que es igual: que retirada la pantalla del pensar lógico como único representante del Pensamiento, nos aparece éste en su autenticidad consis-

---

(1) De todo esto se hablará en las partes subsecuentes de este estudio. Sobre la última cuestión, menos conocida — «that there must alwys be indemonstrable mathematical truths»—, véase el más reciente libro: William Van Orman Quine, *Mathematical Logic*, Norton, New York, 1940.

(2) En la segunda parte de estos apuntes intento aclarar un poco la cuestión del pensamiento primitivo, tomando parte en la polémica entre Bergson y Lévy-Bruhl.

tiendo por fuerza en alguna otra cosa que exclusivamente en identidad, no contradicción y tercio excluso. Porque, repito, que si el Pensamiento consistiese últimamente en la presencia de esos atributos, nos sería forzoso reconocer que no lo ha habido nunca. Y el hecho es que el hombre de un modo o de otro, queriendo o sin querer, con brío o tenuemente, ha pensado siempre.

CARÁCTER HISTÓRICO DEL CONOCIMIENTO

Pero no es ninguna de estas dos máscaras que han ocultado la consistencia propia del Pensamiento, la más tupida. En uno y otro caso a la pregunta: ¿Qué es el pensamiento?, se responde mostrando cosas que no pretenden ser pensamiento concreto y efectivo. La Psicología nos presenta las actividades intelectuales, es decir, la mera posibilidad instrumental de pensar. La Lógica destaca sólo ciertos esquemas formales del pensar que son los que ostentan los presuntos atributos lógicos. Más eficaz que todo esto es el poder ocultador del Pensamiento que tiene el Conocimiento, hasta el punto de que prácticamente se comportan como sinónimos. Y es que, en efecto, el conocer es Pensamiento, pensamiento concreto, operante, en pleno ejercicio. Ni la mera actividad intelectual —lo que los antiguos llamaban «facultad»— ni los esquemas lógicos son ejemplos plenarios del Pensamiento. Conocimiento, en cambio, lo es. El error está aquí en creer que es también verdad la inversa, que todo pensamiento es, por fuerza, conocimiento, sea logrado, sea fallido. Por lo mismo, si en la gran cuestión que planteamos se quiere de verdad salir a alta mar y abrirse ruta hasta la raíz del problema, es inexcusable dislocar la tradicional asociación entre ambos términos.

Se supone que siempre que el hombre se ha puesto a pensar lo ha hecho con idéntico designio: averiguar lo que las cosas son. Como esta faena es lo que se llama «conocer», tendríamos que pensar y conocer son lo mismo. Y el caso es que si esto se dice informalmente, con la conciencia de que se emplean en su dulce vaguedad los vocablos, la suposición no es errónea. El error brota, cuando, de pronto, inadvertidamente, a esa vaga expresión: «averiguar lo que las cosas son» se le da un sentido rigoroso y, al mismo tiempo, no se cae en la cuenta de que entonces es falso afirmar que el hombre se haya propuesto siempre, con una u otra fortuna, descubrir el ser de lo que le rodea.

Se trata, pues, de un paralogismo que nos lleva a usar del vocablo «conocimiento» en dos sentidos, uno laxo y otro estricto.

Al hombre le ha importado siempre saber a qué atenerse respecto al mundo y a sí mismo. Ya veremos por qué le importa y veremos también que no es cosa tan «natural» como se cree que tenga que importarle. Cuando se encuentra sabiendo a qué atenerse respecto a algo no se le ocurre ponerse a pensar, sino que se está quedo en el pensamiento o idea que sobre ese algo poseía. La «idea en que estamos» es lo que llamo creencia (1). Mas cuando esta creencia le falla, cuando deja de *estar* en ella, no tiene donde estar y se ve obligado a hacer algo para lograr saber de nuevo a qué atenerse respecto a aquello. Eso que se pone a hacer es pensar, porque Pensamiento es cuanto hacemos —*sea ello lo que sea*— para salir de la duda en que hemos caído y llegar de nuevo a estar en lo cierto. Quiera o no el hombre, no tiene más remedio que preocuparse de acertar. Esto le diferencia de los animales y de los dioses. Pero con esto no se ha dicho cuál sea la figura de operación que el hombre ejercite al pensar. Estas figuras pueden ser muy diferentes. No es una sola que el hombre posea una vez para siempre, que le sea «natural» y que, por tanto, con más o menos perfección haya de continuo ejercitado. Lo único que el hombre tiene siempre es la *necesidad* de pensar, porque más o menos está siempre en alguna duda. Los modos de satisfacer esa necesidad —se entiende, de intentar satisfacerla, lo que podemos llamar técnicas, estrategias o *métodos* del pensar— son, en principio, innumerables, pero ninguno le es regalado, ninguno es una «dote» con que desde luego se encuentra. Lejos de esto, tiene que irlos inventando el hombre y adiestrándose en ellos, experimentándolos, ensayando su posible fecundidad y tropezando siempre, a la postre, con sus límites. Tal vez no hay injusticia mayor que atribuir a la «naturaleza» humana —«naturaleza» es el conjunto de lo que nos es regalado y que poseemos *a nativitate*— el inmenso repertorio de procedimientos intelectuales que el pobre ente llamado «hombre» ha tenido que agenciarse con tenaz esfuerzo para intentar extraerse a sí mismo del enigmático pozo en que cayó al existir (2).

Uno, pero *sólo uno*, de esos métodos es el conocimiento en sentido estricto. Consiste en ensayar la solución del misterio vital haciendo

---

(1) Véase mi libro *Ideas y creencias*, 2.ª edición. *Revista de Occidente*. Madrid, 1942. [Incluido en este mismo volumen.]

(2) Véase del autor *Ensimismamiento y alteración*. [Incluido en este mismo volumen.]

funcionar formalmente los mecanismos mentales bajo la dirección última de los conceptos y su combinación en razonamientos. Es sorprendente que con tanta facilidad y constancia se haya considerado evidente que el hombre ha estado y está siempre en disposición de ocuparse en esa precisa forma de actuación, en ese peculiarísimo hacer que es conocer. La más somera reflexión nos revela que ponerse a hacer cosa tal implica ciertos supuestos y que sólo cuando éstos se dan se halla el hombre en franquía para dedicarse a conocer. Supone, en efecto, estas dos cosas: la creencia en que tras la confusión aparente, tras el caos que nos es, por lo pronto, la realidad, se esconde una figura estable, fija, de que todas sus variaciones dependen, de suerte que al descubrir aquélla sabemos a qué atenernos frente a lo que nos rodea. Esa figura estable, fija, de lo real es lo que desde Grecia llamamos el *ser*. Conocer es averiguación del ser de las cosas, en esta significación rigorosa de «figura estable y fija». La otra implicación sin la cual ocuparse en conocer sería absurdo, es la creencia en que ese *ser* de las cosas posee una consistencia afín con la dote humana que llamamos «inteligencia». Sólo así tiene sentido que esperemos mediante el funcionamiento de *ésta*, penetrar en lo real hasta el descubrimiento de su *ser* latente.

Representémonos cuál es la situación del hombre al iniciar un esfuerzo de conocimiento. No sabe, por ejemplo, a qué atenerse respecto a la mudable y arbitraria apariencia de los fenómenos luminosos. En vista de ello, movilizando sus mecanismos intelectuales, parte en busca de algo, encontrado lo cual, espera instalarse en un estado de certidumbre respecto a la luz. Buscar es una extraña operación: en ella vamos por algo, pero ese algo por el que vamos, en cierto modo, lo tenemos ya. El que busca una cuenta de vidrio roja entre otras de vario color, parte ya con la cuenta roja en su mente; por tanto, anticipa que hay una cuenta roja antes de encontrarla y *por eso* la busca. Parejamente, el que inicia su esfuerzo cognoscitivo acerca de la luz ha anticipado que en los fenómenos luminosos, o como tras ellos, hay algo, lo cual, 1.º, una vez encontrado, le situará en estado de tranquilidad, de certidumbre respecto a lo luminoso; 2.º, que ese algo presupuesto posee una consistencia o textura tal, que se deja encontrar, capturar por el razonamiento. De otro modo, carecería de sentido buscarlo con la razón. Ese algo es el *ser* de la luz, un comportamiento estable y fijo de lo luminoso del cual se derivan en forma regularizada sus variaciones infinitas, antes indominables en su aparente desorden e intrincada confusión. La estabilidad y fijeza del *ser*, su «ser siempre lo que es», le proporciona el carácter de identidad. Como este mismo carácter es el propio del concepto, el *ser* y el pensar resultan constituidos por el mismo atributo y las leyes del concepto valdrán, sin más, para el ser. Cuando encontramos en lo luminoso ese algo invariable y fijo lo ponemos como la «verdad» de la luz, esto es, lo afirmamos en una *proposición* o tesis y decimos: La luz es vibración etérea. Tal es el resultado de nuestra faena cognoscitiva.

Pero notemos bien que si esa *proposición* o tesis es el resultado de nuestro esfuerzo por conocer, antes de éste y sin él, por tanto, *sin conocer*, habíamos anticipado que la luz y, en general, las cosas, tienen un *ser*. Sin esta *suposición*, el conocer no se dispararía y no llegaría a *proposición*. Pero al llamarlo suposición no se entienda que le atribuimos menos vigor de convencimiento que a la posición. Al contrario, el que se ocupa en conocer supone ya o pone de antemano con radical convicción que hay un *ser* y por eso va en su busca para ver si es tal o cual.

Pero entonces resulta que el conocimiento antes de empezar es ya una opinión perfectamente determinada sobre las cosas: la de que éstas tienen un *ser*. Y como esa opinión es previa a toda prueba o razón y supuesto de toda razón o prueba, quiere decirse que es simplemente una creencia, en cuanto tal nada diferente de la fe religiosa.

Conocer no es, pues, sin más ni más, «ejercitar las actividades intelectuales, los mecanismos psíquicos que van desde la percepción hasta la abstracción», sino que es una ocupación o hacer del hombre a que éste no *puede* dedicarse si antes no está en la firme y prerracional creencia de que hay un *ser*. Porque duda de cómo ha de habérsela con esta u otra cosa o con las cosas en general, recurre a aquello de que no duda, que no le es cuestión, que es para él no una idea que se le ha ocurrido, sino la realidad misma: el ser latente que, según su creencia radical, tienen las cosas. No se ajetrea en conocer porque se encuentra en posesión de ciertas actividades intelectuales, sino porque está en una determinadísima creencia, la cual no es una facultad abstracta de formarse ideas, sino ya una idea efectiva y concreta, un «producto» intelectual, una «doctrina». Y como no hay ideas innatas o regaladas, ello significa que esa creencia *es un estado de convicción a que el hombre ha llegado*, no un don nativo o «natural» y, por lo mismo, permanente que sea constitutivo de él, o como suele decirse desde Aristóteles, que pertenezca a su naturaleza. Mas si la creencia de que las realidades patentes poseen un *ser* latente es una situación mental a que el hombre ha llegado, quiere decirse que llegó a ella por un camino determinado, por el camino único que a esa opinión y sólo a ella conduce, esto es, en virtud de una serie de experiencias vitales, de ensayos y correcciones sucesivas que el hombre había hecho por sí mismo y con la colaboración de las generaciones anteriores en cuya tradición, conservada por la colectividad, nació y se educó —o expresado en forma todavía más trivial: que al hombre le pasó llegar a la creencia de que la realidad tiene un ser, porque antes le había pasado estar en otras creencias— por ejemplo, en la creencia en los dioses cuya disolución y fracaso abrieron sus ojos para esta nueva.

Esta consideración transforma radicalmente la idea tradicional del conocimiento. De ser una facultad congénita del hombre y, por lo mismo, inalienable y permanente, pasa a ser vista como una forma histórica a que la vida humana llegó en virtud de ciertas peripecias que antes había sufrido. Este cambio de aspecto en el conocer se ha obtenido sin más que advertir la implicación precognoscitiva operante a la espalda del conocer. Esta advertencia nos hace evitar el paralogismo con que solemos hablar de él llamando unas veces conocimiento a todo esfuerzo mental para afrontar el enigma de nuestra existencia, y otras usando el término en su preciso sentido como apoderamiento de un supuesto *ser*, que en la realidad se oculta y que por su consistencia «idéntica» permite ser penetrado por la identidad de los conceptos. Basta con precisar su figura para que se ostente su condición meramente histórica. Más aún, al hacerlo caemos en la cuenta de que ese hacer u ocupación que es ponerse a conocer, sólo en ciertos siglos de Grecia ha poseído la plenitud de significación que el vocablo contiene. Sólo en Grecia se entregó el hombre sin reservas a ese menester, porque sólo allí y entonces vivía instalado firmemente en la creencia de que lo real era plena y puramente *ser*. Sobre el fondo de esa creencia que envuelve al hombre griego con el absolutismo que caracteriza al puro creer, mueven su mente los pensadores helénicos. Para los griegos el conocimiento era el saber definitivo. Por eso no era para ellos conocimiento nuestra ciencia empírica. La física moderna les hubiera parecido cosa muy distinta del conocimiento, porque en ella «no se sale al ser mismo», sino que se contenta con «salvar los fenómenos», esto es, con elaborar una figura imaginaria, subjetiva e intrahumana que nos permite una orientación en medio de las apariencias, sólo aproximada y siempre sometida a corrección en vista de nuevos fenómenos observados. Sólo lo que es ciencia de lo invariable y, por ello, ella misma invariable, es conocimiento. Era, pues, en Grecia no manejo intelectual de la realidad, como para nosotros, sino su revelación, *Alétheia*.

Ninguna actuación humana es inteligible si no se analiza ese subsuelo de creencias incuestionadas que operan tácitas a espaldas del hombre. Así el budismo es ininteligible si no se advierte que Budha parte, como de algo incuestionable, de que el individuo no muere, sino que está prisionero en la cadena eterna de las reencarnaciones. Esta creencia en la inmortalidad, en un inexorable no poder morir, produce horror al hombre, y el budismo no es sino la técnica de un suicidio trascendente, del desvanecimiento o disolución del ser individual, del terrible yo imperecedero en el *Variochana*, en el ser universal y desindividualizado.

Como ejemplo de creencia menos intensa pero en su grado no menos operante, recordamos esto: Kepler nos cuenta por qué vías mentales —por qué estados de espíritu— llegó a descubrir sus leyes. Y merced a ello sabemos que tenía una fe pitagórica en que rigen el mundo no sólo relaciones matemáticas, sino relaciones matemáticas muy simples. (Sin embargo, por motivos accidentales, ensaya primero el ovoide, curva más complicada que la elipse.)

No comprendo cómo no se ha hecho nunca la anatomía de lo que la realidad era para el griego antes de que concretamente reobrase sobre ella su mente para elaborar una filosofía. Toda filosofía deliberada y expresa se mueve en el ámbito de una prefilosofía o convicción que queda muda de puro ser para el individuo la «realidad misma». Sólo después de elucidar esa «pre-filosofía», es decir, esa creencia radical e irrazonada, resultan claras las limitaciones de las filosofías formuladas. Así el griego de la edad en que la filosofía comienza —en Jonia, en Samos, en Elea— vive en la creencia radical de que tras los cambios aparentes en que está, como todo hombre, sumergido hay una realidad invariable de cuyo seno y conforme a estrictas regularidades emergen las mudanzas del primer plano: es la *physis*, la naturaleza. Esta naturaleza *está ahí desde siempre*. El griego de este tiempo no concibe la nada. Parte ya de una realidad incuestionablemente eterna, que se sostiene a sí misma y no necesitó ser puesta ahí por nadie. Estos atributos de eternidad e invariabilidad son los que expresa con la palabra *ser* cuando la emplea en la plenitud y autenticidad de su sentido. Un mundo contingente como el del cristiano que necesita comenzar a ser en virtud de un acto creador, y que queda, por lo mismo, afectado de su propio no-ser anterior, le hubiera producido un terror vital parecido al del cristiano si le quitan a Dios. Todas estas admisiones son, no se olvide, anteriores al conocimiento, son creencia pura en que, sin más, se está y que operan *a tergo* sobre el pensador orientando su conducta y ocupación, la cual consiste en penetrar desde la confusión aparente hacia la identidad y eterna quietud latentes. Por eso el nombre de «verdad» es en Grecia —*a-létheia*— descubrimiento, quitar el velo y maraña que intercepta la contemplación nuda del *ser*.

Nosotros hemos heredado de Grecia la idea del conocimiento, pero no hemos heredado, por lo menos con suficiente integridad, esa creencia en el ser, en la *natura rerum* que la respalda, y de aquí la constante inseguridad que ha padecido en Occidente la ocupación de conocer.

¿Cómo llegó el griego a esa fe en el ser, a esa creencia en la Naturaleza? He aquí un problema de altísimo rango y, aunque parezca inverosímil, nunca planteado ni perseguido. Al revés; como para el griego esa creencia no era cuestión, no lo era tampoco su secuela: que el conocer —es decir, la captura del ser— constituía una función natural, congénita del hombre. Nosotros nos hemos quedado con esta última opinión, a la que se había amputado la fe en que se funda. Pero hoy se adelanta a nosotros por su propio pie el problema: ¿por qué es el hombre griego quien se encontró instalado en esa «gran fe» naturalista, en esa creencia de que hay «ser de las cosas» supuesto del hacer que es —*sensu strictissimo*— conocer?

El persa, el asirio, el hebreo no fueron «conocedores», porque creían que la realidad era Dios. Dios, un auténtico Dios, no tiene ser, consistencia estable y fija: es pura y absoluta voluntad, ilimitado albedrío. Quien cree de verdad y no con apaños y compromisos y aguando el vino de esa radical fe —que *lo que hay* es Dios y que, por tanto, todo lo demás que parece que hay no lo hay en rigor, sino que es sólo resultado de la indómita voluntad de Dios— no puede, claro está, creer que las cosas tienen un ser, una consistencia propia, esto es, no sólo que existan, sino que al existir consistan en ser fijamente de un modo determinado. Ahora bien: a ese auténtico creyente en Dios no se le puede ocurrir que con su intelecto pueda conseguir nada de las cosas, asegurarse en ellas y frente a ellas, sino que se sabe inexorablemente atenido a la voluntad de Dios, única, decisiva realidad. Todo lo que va a pasarle, a él y a los suyos, a su pueblo, depende del albedrío divino, de los decretos inescrutables e ineluctables de Dios. Si este hombre se siente en grave duda respecto a un orden de su vida hará algo, no se quedará quieto. Pero ¿qué hará? ¿Razonar, esto es, analizar, comparar, inferir, probar, concluir? En modo alguno: lo primero que hace es orar, dirigir una plegaria a Dios para que le ilumine, le ponga en lo cierto.

Orar es una forma y técnica del pensamiento. No hay, para él, otra manera de acertar que impetrar de Dios la revelación de sus decretos, y si Él se digna otorgársela, eligiéndole entre los demás, comunicarla a éstos, eliminando todas sus ideas propias, haciéndose órgano de Dios, boca del Altísimo. Su decir no será nada parecido al *logos* del razonador, no será el descubrimiento del ser latente, que está ahí desde siempre y por siempre, no será *alétheia*, sino que será decir él hoy lo que Dios ha decidido, decretado que sea mañana; su decir será pre-decir desde Dios, será profetizar. Y como la voluntad de Dios es incontrastable, su predecir será un humilde y radical confiar en esa secreta voz divina que es, a la vez, libre y segura, decisión y promesa; su decir será no un *logos* de la verdad, sino un *amén* que significa —no como el logos de la verdad, A *es* B— sino «así será». La realidad para este hombre no tiene presente de indicativo, *es*, sino sólo futuro: *será*. Las cosas están en constante creación: son lo que Dios en cada momento quiera. *Amen, 'emunah*, es la palabra que significa «verdad» para el hebreo (1). El contraste entre la *alétheia*

---

(1) Véase el discurso rectoral de Hans Freiherr von Soden, *Was ist Wahrheit?*, 1927. El sustantivo *'emunah* —*amen* es la forma verbal— con que se dice «verdad» en hebreo viene de un tema cuyo significado primario es «lo firme», «lo seguro», pero referido sobre todo al orden personal: es la seguridad de un amigo, la firmeza de una promesa. Esto implica su orientación hacia el futuro: que el amigo *será* seguro, que la promesa se *cumplirá*. De aquí el significado del sustantivo *'emunah* = confianza. Que de «confianza» pase el vocablo a significar «verdad» revela hasta qué punto el hebreo, como el asirio y el persa, no siente detrás de sí el *ser*, la *Naturaleza*, sino una absoluta voluntad, algo más allá de todo *ser* —ἐπέκεινα τῆς οὐσίας dirá Platón— que mediatiza y nulifica a éste. Es digno de notarse cómo la expresión más técnica que se ve Aristóteles obligado a emplear para decir «lo sustancial» de una cosa, por tanto, el más auténtico *ser*, es su extravagante término —un término que es toda una frase, la cual debe ser entendida como un nombre— τὸ τί ἦν εἶναι; «ser una cosa lo que era». El ser es para el griego, como arriba digo, un presente, pero cuando se le aprieta y se le va con ganas al cuerpo, resulta que es un pasado. Se trata de una óptica cronológica inevitable, dada la idea griega del ser. La realidad que ante nosotros hay *ahora* —el presente— es, en parte, un pseudo-ser, lo accidental. Ese pseudo-ser es sólo ahora, no era antes: lo produjo una causa temporal o el azar. Pero tras él hay también *ahora*, por tanto, también en presente, el verdadero ser, la sustancia. Y ésta es lo que es ahora *porque lo era ya antes*, en un infinito pasado, desde siempre. El verdadero ser tiene el esencial carácter de un *antes*, un *próteron*. Por eso es principio —*arché*—, antigüedad. La ciencia del ser es... arqueología. De aquí que a Aristóteles, se le enreden bastante los pies ante el problema del origen de las formas, que

del griego y la *'emunah* del hebreo es extremo y produce en nosotros un choque de ideas que favorece la comprensión del carácter meramente histórico propio del conocimiento. Pero una vez lograda puede aprovecharse esa contraposición para aclarar diferencias menos acusadas. Por otro lado, nos permite mirar por dentro, con una intimidad hasta ahora no conseguida, otras formas pretéritas del Pensamiento que han quedado siempre inasequibles para el hombre moderno, como es el pensamiento religioso, la mitología, la magia, la «sapiencia» o «experiencia de la vida».

Con esto hemos conseguido muchas cosas de gran calibre. Una, quitar al conocimiento el carácter de realidad absoluta a que absolutamente está el hombre adscrito, y convertirla en pura magnitud histórica. El conocimiento no es una operación «natural» y, a fuer de ello, inexcusable del hombre, sino una «forma de vida» puramente histórica a que llegó —que inventó— en vista de ciertas experiencias y de que saldrá en vista de otras.

Otra es que así deja el conocimiento de ser una utopía y es visto en la concreción y relatividad constitutiva de su efectivo ser. Al perder su aspecto utópico y aparecer en su concreta realidad podemos, de verdad, hacer su historia —esto es, aclarar por qué llegó a ella el hombre, por qué se embarcó en la precisa ocupación de conocer, cómo en Grecia adquiere esa ocupación la plenitud de su sentido, esto es, cómo sólo el griego creyó de verdad y sin limitaciones que era posible conocer. Partiendo de esta forma plenaria y más pura que el conocimiento tuvo en Grecia, podemos perseguir en la historia subsiguiente hasta nuestros días la *progresiva degradación de la idea (y ocupación) del conocimiento*. Con lo cual, automáticamente, la grave crisis actual de la razón pierde su figura abrupta y como súbita de inesperado cataclismo.

En fin —y esto es lo más importante—, todo ello nos permite tratar de la crisis actual colocándonos fuera de ella. Porque si el conocimiento es lo que el hombre ha hecho y tiene que hacer siempre, su crisis significaría la crisis del hombre mismo. Pero transformado en mera forma histórica de la vida humana, vemos antes de él otras maneras igualmente normales de afrontar el hombre el enigma de su vida, de salir de la duda para estar en lo cierto y vislumbramos después de él otras posibilidades. Así obtenemos por vez primera

---

dio motivo a la famosa y épica disputa sobre el «creacionismo» del dulce y plomizo Zeller con el nervioso y cascarrabias Brentano.

una filosofía que entrevé el fin o término de sí misma y preforma ensayos de reacción humana que la sustituirán.

Quien crea que la situación actual de la inteligencia se puede afrontar con una reforma de las nociones recibidas menos radical, padece una ilusión. Y no se trata de vagos problemas. Desde ahora, por ejemplo, puede pronosticarse que tan pronto como, tras el fragor de las batallas, vuelva la ciencia física, la ciencia ejemplar de Occidente, a concentrarse en reflexión sobre sí misma, surgirá de ella una teoría del «conocimiento» físico en que el conocer aparecerá definido como una faena apenas similar a cuanto en el pasado se ha denominado así.

De esta manera, y merced a las precedentes dislocaciones, queda libre nuestra vista para contemplar el Pensamiento liberado de su adscripción a formas particulares de sí mismo. Podemos sorprenderlo actuando bajo ellas, creándolas en el pasado, superando siempre la de ayer con la de mañana. Esta liberación frente a toda figura del pasado nos permitirá palpar, no sin estremecimiento, lo que aún no está ahí, el germinante porvenir de la inteligencia humana.

La caracterización del conocimiento como magnitud histórica que los párrafos antecedentes expresan, no es ni siquiera esquemática. Pretende valer sólo como un paradigma en que, con motivo del caso particular que es el Conocimiento, se intenta una operación de trascendencia general que desde hace años informa mi labor filosófica bajo el título de «razón histórica». Se trata, en efecto, de llevar a sus últimas y radicales consecuencias la advertencia de que la realidad específicamente humana —la vida del hombre— tiene una consistencia histórica. Esto nos obliga a «desnaturalizar» todos los conceptos referentes al fenómeno integral de la vida humana y someterlos a una radical «historización». Nada de lo que el hombre ha sido, es o será, lo ha sido, lo es ni lo será de una vez para siempre, sino que ha *llegado a serlo* un buen día y otro buen día *dejará de serlo*. La permanencia de las formas en la vida humana es una ilusión óptica originada en la tosquedad de los conceptos con que las pensamos, en virtud de la cual ideas que sólo valdrían aplicadas a esas formas abstractamente, se usan como si fueran concretas y, por tanto, como representando auténticamente la realidad. Así, en el concepto Conocimiento hemos distinguido dos valores muy distintos: uno el que tiene cuando se entiende por conocer todo intento que el hombre hace de ajuste intelectual con su derredor, sin más especificación. Éste es un concepto abstracto que contiene sólo algunos «momentos» o ingredientes parciales: el hombre abstracto, un derredor no menos abstracto, la abstracta necesidad de un ajuste entre ambos y la noción también abstracta del ejercicio intelectual. Sin duda, todo hombre concreto, por tanto, *siempre* el hombre ha hecho algo en que esos ingredientes intervenían, pero *jamás* ha hecho nada con *sólo* esos ingredientes. El mismo no era nunca *el* hombre, sino *un* hombre nacido en una cierta fecha y, por lo mismo, constituido por una determinada tradición desde la cual hace cuanto hace. Su derredor no era tampoco cualquiera, sino uno determinado que, además, representaba un sistema de facilidades y dificultades para la vida de ese hombre, *según* fuera la tradición en que nacía (por ejemplo, el repertorio de sus aspiraciones, esto es, su idea de la «felicidad» y el repertorio de su técnica). En fin, el intelecto no es tampoco una magnitud fija, sino que su realidad o concreción —la realidad es siempre y sólo lo concreto— varía constantemente a lo largo de la historia, según sea la dirección que se ha dado a su ejercicio, la educación o gimnasia a que se la haya sometido. El hombre primitivo pensaba *menos* lógicamente que Poincaré o que Hilbert, no porque su intelecto fuese constitutivamente ilógico o prelógico, sino porque no buscaba la logicidad con voluntad tan clara, constante y deliberada como estos dos contemporáneos nacidos en una continuidad de tradición logicista que ha durado veintiséis siglos.

Ese concepto abstracto de Conocimiento es, pues, una mera expresión algebraica que, en vez de representar realidad alguna, reclama la sustitución de las letras o *«lugares vacíos»* *(leere Stellen)* por números concretos que significan distancias, tamaños, frecuencias. Al llenar el vacío de los abstractos con determinaciones concretas es cuando aparece la diversidad radical de las acciones confundidas bajo la denominación general de conocimiento y la necesidad de singularizar este término para una sola de ellas o —a lo sumo— para una serie de ellas que contienen más elementos comunes. Éste sería el concepto concreto de Conocimiento. En cambio, debemos libertar el vocablo Pensamiento para significar la idea formalmente abstracta del ajuste intelectual del hombre con su contorno. Pero al darle ese valor nos comprometemos a no tomarlo sino como la fórmula algebraica de un quehacer humano cuyos factores efectivos hay que determinar *cronológicamente*. Esto implica, ni más ni menos, el reconocimiento de que todo concepto con pretensiones de representar alguna realidad humana lleva inclusa una fecha o, lo que es igual, que toda noción referente a la vida específicamente humana es función del tiempo histórico.

Pues lo sugerido aquí a propósito del Conocimiento, habría de ser ejecutado también con respecto a la poesía, al derecho, al lenguaje, a la religión, a la «sapiencia» o experiencia de la vida, etc. Llamar igualmente poesía a lo que los griegos del siglo VII oían en los versos de Homero y a una *Nuit* de Musset, es estar resuelto a confundir demasiado las cosas. Como es parejamente entregarse al equívoco llamar religión a lo que el romano de la primera guerra púnica creía, sentía y hacía en relación con sus dioses, y al Cristianismo, o aun dentro del Cristianismo no advertir la heterogeneidad radical entre el Cristianismo de San Agustín y el de Newman (1).

Quien quiera entender el hombre, que es una realidad *in via*, un ser sustancialmente peregrino, tiene que echar por la borda todos los conceptos quietos y aprender a pensar con nociones en marcha incesante (2).

ANEJO

En virtud de razones que enunciadas ahora, lacónicamente, parecerían abstractas al lector, la fenomenología tiene de común con todas las demás filosofías antecedentes el carácter de «filosofía ingenua o injustificada». No se entiendan estos términos en un sentido apreciativo; no implican desestima ni desvaloración. Expresan simplemente un rasgo integrante de esas filosofías. Entiendo por filosofía ingenua o injustificada toda aquella que se deja fuera de su cuerpo doctrinal los motivos que lleva a ella, es decir, que no considera como porción constitutiva de la filosofía misma todo lo que ha inducido al hombre a esa creación filosófica. Vamos a ver, en este estudio, cómo la filosofía ha solido comenzar de un modo abrupto, siendo una serie de tesis sobre la realidad o sobre los principios de la

---

(1) El catolicismo representa frente al protestantismo la viva conciencia de la dimensión histórica que posee la religión, no obstante su perdurabilidad.

(2) Véanse mis libros *Towards a Philosophy of History*, New York, Norton, 1941. *Ideas y creencias*. [Incluido en este mismo volumen.] *Historia como sistema*. «Revista de Occidente». Madrid, 1941. [Véase el tomo VI de estas *Obras Completas*.]

verdad, sin que se sepa *filosóficamente* por qué, en absoluto, hay que enunciar tesis sobre la realidad o sobre la verdad.

Habían de parecernos lógicamente forzosas esas tesis o, lo que es igual, verdaderas, y siempre quedaría la duda de si es forzoso, o en qué medida lo es, arrojarse a formular tales tesis. Toda ocupación humana tiene que justificarse, no sólo ante los demás, sino ante los ojos del mismo que en ella se ocupa. No se trata de que *deba* hacerlo, sino que lo hace, dése o no cuenta de ello. Y cuando la ocupación, como en el caso de la filosofía, pretende ocuparse del universo y no dejar fuera nada esencial, la justificación no tiene otro espacio donde orgánicamente alojarse que en el cuerpo mismo de la doctrina filosófica, como uno de sus miembros constituyentes. La geometría o la física quedan exentas de esa obligación, porque las ciencias particulares son premeditadamente ingenuas, valga la expresión. Ésa es su virtud y, a la vez, su límite. Al acortar su tema pierden —al menos formalmente— todo carácter invasor y agresivo. Si usted no se interesa en ellas, le dejan a usted tranquilo. Hablo de las ciencias mismas, no de los hombres de ciencia (1). Pero la filosofía no es así. Lleva ella implícita una sustancial violencia que contrasta con la apacibilidad de temple lograda, después de sus primeros pasos históricos, por el gremio filosófico. Pues podrán la cortesía y el eufemismo, que están a la disposición del filósofo, intentar ocultarlo, pero la filosofía misma, que no puede, por ninguna consideración deformar su sustancia y dejar de ser lo que es, contiene en sus propias entrañas, desde hace veintiséis siglos, un insulto perpetuo, inagotable. Haber filosofía en el mundo significa, sin remedio, existir en el mundo, tácito o sonoro, este grito: ¡El ser viviente que no es filósofo es un bruto! En el orbe intramundano todo lo que no es filosofía es sonambulismo, y los animales se caracterizan por su existencia sonambúlica. Conste que yo no digo esto; tal vez mi reforma filosófica introduce en este terrible punto alguna corrección, pero lo ha dicho, hasta aquí subentendiéndolo, el hecho mismo «filosofía». Después de su edad heroica en Jonia y la Magna Grecia, en Mileto y en Elea, los filósofos han procurado dulcificar la cosa envolviendo el insulto en melifluencia. Sócrates dirá en la *Apología:* «Una vida sin filosofía no es vividera para el hombre.» Aristóteles dirá: «Todas

---

(1) Todavía a principios del siglo, los físicos y naturalistas se comportaban agresivamente, ejerciendo lo que hace mucho llamé «terrorismo de los laboratorios». Pero esta actitud fue abandonada poco después, y hoy aparece sólo aquí o allá, como supervivencia y fósil.

las demás ciencias que no son filosofía son más «necesarias» que ésta, pero ninguna es más importante.» Réstense los eufemismos y se tropezará con el insulto

Una ocupación como la filosofía, que consiste en tan agresiva exigencia, ha menester intrínsecamente de justificación. De otro modo se quedaría en mera petulancia e inválido además y sería una forma más de sonambulismo. Sólo en la medida en que el hombre no tenga más remedio que hacer filosofía, en que sea, *velis nolis*, filósofo, resulta tolerable que haya aquélla y haya éste. Y, repito, no por razones de trato social ni para defenderse ante el prójimo hostil, sino que la filosofía misma para sí misma carece de sentido si no incluye, en su propia anatomía, el órgano de su propia justificación. Ni basta con las consideraciones que a modo de *praembula fidei* y de prólogo anteponen algunos tratados filosóficos como, en su libro primero, la *Metafísica* de Aristóteles. Pues todo eso resulta que aun para el mismo que lo escribe no es todavía filosofía, sino sólo informal aclaración previa, algo así como el mango que se nos ofrece para tomar la filosofía. Tal acontece, según pronto veremos, con Aristóteles. Da éste una explicación de por qué se filosofa, pero esta explicación queda a la puerta de la filosofía, como se advierte en que esa explicación no reobra sobre el contenido de las tesis filosóficas aristotélicas, no influye en su forma doctrinal. Y la justificación que yo reclamo sólo existirá cuando de ella se deriven, como de un principio, las ideas que constituyen el sistema filosófico mismo. O, dicho a su vez, en tesis: la justificación de la filosofía es su primer principio. Todo lo que induce al hombre a filosofar forma parte doctrinalmente de la teoría filosófica misma.

Pondré un ejemplo menor, reservándome para otra ocasión exponer, con algún desarrollo, otro monumental (1).

---

(1) Este ejemplo monumental es nada menos que el *Discurso del Método*. En las lecciones dadas por mí en la Facultad de Filosofía y Letras de Buenos Aires durante el curso de 1940, expuse a fondo la cuestión que esta obra singular plantea y que, escandalosamente, no ha sido nunca tocada. El *Discurso*, libro que inicia la sinfonía del pensamiento moderno, es una autobiografía donde el autor nos relata por qué experiencias de su vida ha venido al descubrimiento de su filosofía. Debería haber sorprendido un poco más que toda una época del pensamiento humano, y, junto a la helénica, la más gloriosa comience con las memorias de una vida personal. Que Descartes considere como únicamente filosófico cierto resultado teórico a que sus experiencias vivientes le han llevado, no es razón para que nosotros no nos preguntemos formalmente por el nexo entre éstas y aquél. La definición de ese nexo sería la comprensión del hecho

En el comienzo de su tratado filosófico, Locke nos dice: «Nuestra tarea en este mundo no es conocer todas las cosas, sino sólo aquellas que miran a nuestra conducta.»

De ordinario se considera como lo filosófico de este enunciado lo que tiene de limitativo, de negativo al reducir el campo del conocimiento. Traza la línea «lo interesante para la conducta», que acota los temas del conocimiento merecedor de tal nombre y sobre el que tiene sentido reflexionar, esto es, filosofar. Pero al hacerlo, se comporta lo mismo que una ciencia particular a la cual basta con decirnos «me voy a ocupar sólo de las relaciones espaciales: Geometría», o «me voy a ocupar sólo de los fenómenos directa o indirectamente mensurables: Física». Salvo que este acotamiento es en las ciencias particulares suficientemente preciso, y esta precisión un sustitutivo práctico de la justificación.

Como más adelante veremos, la verdadera justificación de la física moderna es su aprovechamiento técnico. De esa justificación ha beneficiado la matemática moderna como ingrediente de la física. En cuanto a la antigua se justificaba por su trascendencia metafísica. No se olvide que toda la matemática antigua es inmediata o mediatamente de tradición pitagórica. Pero decir que el conocimiento propiamente tal es el que se ocupa sólo de lo que interesa a nuestra conducta, parece tan vaga indicación que no nos garantiza nada, dejando a la filosofía en peor situación que cualquiera de aquellas

---

absoluto humano que es el texto del *Discurso*. Si la filología fuese lo que debe ser —la ciencia del leer—, debería por sí misma, y aparte toda preocupación filosófica, haber llegado a la advertencia de que las tesis ya reconocidamente filosóficas sobre el método carecen de sentido si no se las toma como emergiendo efectivamente de las experiencias vitales que en el hombre Descartes se habían producido, experiencias que, lejos de ser anécdotas individuales, son el precipitado de toda la historia de Occidente. Pero enunciar esto, como aquí lo hago, no sólo de paso, sino a la carrera, desanima, porque expresiones como «precipitado de toda la historia de Occidente» suenan a frase vaga cuando se trata de temas concretísimos que cada palabra del *Discurso*, a poco que se le oprima, revela y comprueba. Durante años venía preparando, en cursos sucesivos de seminario, en la Universidad de Madrid, un comentario del ilustre texto cartesiano, totalmente distinto de los que hay —los cuales, conviene decirlo, son bien pocos y de sobra ingenuos, aunque alguno, como el de Gilson, sea respetable por la acumulación erudita de datos que un comentario de quilla más profunda puede aprovechar. Mi propósito de presentar aquel trabajo en el Congreso que celebraba el tercer centenario de la obra cartesiana quedó aniquilado por interferencias históricas de sobra notorias.

543

ciencias. Añádase que Locke se limita a afirmar que nuestra tarea en este mundo no es conocer, pero ni lo fundamenta ni siquiera lo analiza. Es un «tópico» en el estricto sentido que ha venido a tener el sentido aristotélico del término. Por tanto, una opinión que ni es propiamente «verdad» ni permite derivar de ella «verdades». Es simplemente, lo que se suele opinar por la gente, es —opinión pública— *endoxa*.

Supongamos ahora que en vez de dejarlo en el umbral irresponsable de la filosofía, como hace Locke, lo tomamos filosóficamente en serio, esto es, que nos comprometamos a enunciarlo como la primera gran tesis filosófica. Esto implica, claro está, el compromiso de probarlo, sea cualquiera el régimen de prueba que requiera o permita. *Ipso facto* la frase fofa de Locke adquiere vigorosa inminencia y revela que lo filosófico en ella es lo que tiene de positiva. Ahora bien, para Locke poseía *de hecho* este sentido, puesto que el hombre Locke se funda efectivamente en esa opinión para hacer su filosofía. Influido por la tradición de lo que venía llamándose así, Locke piensa que eso no es aún filosofía, no la *formula* como una tesis, pero la *practica* como tal, es una tesis en acción, la cual significa nada menos que esto: el conocimiento no es nada sustantivo por sí, sino que es una función de la vida humana, la cual, a su vez, es una tarea. O expresado en otro orden, significa: 1.º, que nuestra existencia en este mundo es una tarea; 2.º, que ésta no consiste sustancialmente en conocer, sino en «conducirse»; 3.º, que en la medida en que la «conducta» exige conocimiento, éste es una tarea inevitable. He ahí tres principios fundamentales de filosofía que la filosofía de Locke ignora, pero que operaron en él conduciéndole a la elaboración de ésta. Y esa filosofía «indocumentada», que ha quedado a la puerta de la oficial filosofía lockiana, sería además la justificación auténtica de ésta.

Son innumerables los ejemplos que podrían acumularse, pero el elegido, sobre tener la ventaja de su brevedad, basta para un primer esclarecimiento de lo que quiero decir. El resto de la claridad vendrá pocas páginas más adelante.

Si Husserl, al encontrarse haciendo fenomenología —que es para él la verdadera filosofía—, hubiese suspendido su marcha hacia adelante y en un movimiento de retrospección hubiese reflexionado con efectos ejecutivos sobre la trayectoria de su mente hasta el punto en que ésta comenzaba ya a ser *a su juicio* doctrina formal, habría advertido que ésta es inseparable de motivos no doctrinales en los cuales se engendra y *de los cuales depende*. El hombre hace filosofía en virtud de ciertas necesidades o conveniencias preteoréticas o ateoréticas, es decir, vitales. Éstas son no vagas, sino precisas y *condicionan muy determinadamente el ejercicio intelectual*, la llamada «razón». El párrafo de Husserl está en el mismo caso que el de Locke. Como en éste el conocer es una función de la vida, así en aquél es la razón «función de la humanidad» y la humanidad es la serie de hombres que han vivido y viven. Pero tampoco Husserl había tomado esto en serio.

La fenomenología, que aspira a ser expresión máxima de la razón, no es formalmente función de la vida, sino que es actividad independiente: conocer por conocer. En el análisis y definición de la razón que Husserl había cumplido en su obra anterior, la humanidad, la vida y el carácter funcional de la razón no aparecen por ninguna parte ni pueden aparecer. Su carácter de función vital le queda extrínseco e informal. Aunque el estudio a que la cita anterior pertenece, la *Lógica formal y trascendental*, anuncia «reflexiones radicales» sobre lo que es el conocimiento, ni las realiza ni creo que si lo hiciese pudieran llegar a un suficiente radicalismo. Es ya tarde. El orbe de absoluta realidad, que es para Husserl lo que llama «vivencias puras», no tiene nada que ver —pese a su sabroso nombre— con la vida: es, en rigor, lo contrario de la vida. La actitud fenomenológica es estrictamente lo contrario de la actitud que llamo «razón vital».

Husserl, como todo el idealismo, de quien es último representante, parte de afirmar como hecho básico y de máxima evidencia, que la realidad se constituye en la *conciencia de* ella. Por ejemplo: en la *conciencia de* (el mundo real) que tenemos y que consiste principalmente en la clase de actos conscientes que denominamos «percepciones». La efectiva realidad de ese mundo es sólo relativa, a saber, relativa a esa *conciencia de* él que tenemos. Pero como la realidad excluye la relatividad de sí misma, quiere decirse que la realidad del mundo al ser relativa a la *conciencia* de ella es problemática y sólo es realidad absoluta mi *conciencia de* (la realidad del mundo). La realidad de mi *conciencia de* algo es relativa a sí misma, porque, según Husserl y todo el idealismo, la conciencia sería consciente de sí misma o, dicho de otro modo, se es a sí misma inmediata (1). Pero ser relativo a sí mismo equivale a ser absoluto.

---

(1) Sobre todo esto véase el artículo del señor León Dujovne titulado *Ortega y Gasset y la razón histórica* (*La Nación*, 8 de diciembre de 1940), y que resume con gran acierto la crítica fundamental del idealismo que expuse en el citado curso de la Facultad bonaerense.

Ahora bien, si la *conciencia de...* es la realidad absoluta y, por serlo, aquélla de que hay que partir en filosofía, sería una realidad en la cual el sujeto, *yo,* estaría dentro de sí mismo, de sus actos y estados mentales. Pero eso, *existir estando dentro de sí mismo,* es lo contrario de lo que llamamos *vivir,* que es estar fuera de sí entregado ontológicamente a lo *otro,* llámese a esto *otro* mundo o circunstancia.

Partir de la vida como hecho primario y absoluto equivale a reconocer que la *conciencia de* es sólo una idea, tanto o cuanto justificada y plausible, pero sólo una idea que viviendo y por motivos que previamente se dan en este nuestro vivir, descubrimos o inventamos. La razón vital no parte, pues, de ninguna idea y por eso no es idealismo.

Husserl intenta, sobre todo en el libro mencionado, llegar por medio de la fenomenología a las raíces («reflexiones radicales») del conocimiento. Como no puede menos, anticipa que esas raíces no son cognoscitivas, sino preteoréticas, digamos vagamente «vitales». Pero, como todo esto lo encuentra haciendo fenomenología y ésta no se ha fundamentado y justificado a sí misma, toda la consideración flota en el vacío (1).

Logos, Revista de la Facultad de Filosofía y Letras de la Universidad de Buenos Aires, 4.º trimestre 1941.

---

(1) No es oportuno precisar más la insuficiencia de la *Lógica trascendental* de Husserl, donde, haciendo un último y supremo esfuerzo, expone su «fenomenología genética». Esta fenomenología genética, merced a la cual quisiera tomar contacto con la realidad preteorética que es «vivir», no puede reobrar sobre la fenomenología general que de ella es sólo un miembro. Husserl ha muerto sin publicar ninguna investigación concreta de fenomenología genética. Sólo ha enunciado el programa sumario. Es de esperar que el señor Finck, su discípulo y testamentario científico, publique la mole de manuscritos que Husserl dejó. Entre ellos debe de haber algunas de esas investigaciones. Pienso, de todos modos, que aun no publicadas éstas, se puede sin dificultad hacer un estudio que determine con toda precisión hasta dónde puede llegar y cuál es la limitación esencial de la fenomenología genética ante el gran problema de la «génesis de la Razón».

—Al tiempo de corregir estas pruebas me entero, por un azar, de que en 1935 Husserl dio unas conferencias en Praga con el título *La crisis de las ciencias europeas y 'la fenomenología trascendental,* de que se ha publicado el comienzo en la revista *Philosophia,* I, 1936, Belgrado. En esas páginas desarrolla un poco más el gran filósofo el contenido de las palabras citadas por mí en las primeras páginas de estos apuntes. Parecería, pues, forzoso rectificar la calificación de *unicum* en el estilo intelectual de Husserl lo allí enunciado. Sin embargo, no hay por qué hacerlo. Yo no dudo que lo publicado en la revista *Philosophia* no haya sido acordado en conversaciones con Husserl y que no se hayan aprovechado ideas de sus manuscritos, pero es cosa de sobra clara que esta obra —la última que Husserl habría en vida publicado— no ha sido redactada por él, sino por el Dr. Finck, cuyo estilo —verbal y temático— es patente en todo el texto. No sólo es ese estilo distinto formalmente del de Husserl, sino que en él la fenomenología salta a lo que nunca pudo salir de ella. Para mí ha sido sumamente satisfactorio este brinco de la doctrina fenomenológica porque consiste, nada menos, que en recurrir a la... «razón histórica». Importa advertir que antes de aparecer aquellas páginas de Husserl en *Philosophia* y mucho antes de aparecer su continuación, que es donde declaradamente se recurre a la *Vernunft in der Geschichte*, en la *Revue Internationale de Philosophie*, Bruselas, 1939, se había publicado en Inglaterra mi estudio sobre *Historia como sistema* (1935). [Véase el tomo VI de estas *Obras Completas*.]

ESTUDIOS SOBRE EL AMOR

(1941)

Los capítulos de «estudios sobre el amor» fueron publicados primeramente como folletones en el diario *El Sol*, de Madrid, en los años 1926 y 1927, y después reunidos en un libro del que apareció en 1933 la traducción alemana, antes de la primera edición española, que no fue puesta a la venta hasta 1941.

FACCIONES DEL AMOR

Hablemos del amor, pero comencemos por no hablar de «amores». «Los amores» son historias más o menos accidentadas que acontecen entre hombres y mujeres. En ellas intervienen factores innumerables que complican y enmarañan su proceso hasta el punto que, en la mayor parte de los casos, hay en los «amores» de todo menos eso que en rigor merece llamarse amor. Es de gran interés un análisis psicológico de los «amores» con su pintoresca casuística; pero mal podríamos entendernos si antes no averiguamos lo que es propia y puramente el amor. Además, fuera empequeñecer el tema reducir el estudio del amor al que sienten, unos por otros, hombres y mujeres. El tema es mucho más vasto, y Dante creía que el amor mueve el sol y las otras estrellas.

Sin llegar a esta ampliación astronómica del erotismo, conviene que atendamos al fenómeno del amor en toda su generalidad. No sólo ama el hombre a la mujer y la mujer al hombre, sino que amamos el arte o la ciencia, ama la madre al hijo y el hombre religioso ama a Dios. La ingente variedad y distancia entre esos objetos donde el amor se inserta nos hará cautos para no considerar como esenciales al amor atributos y condiciones que más bien proceden de los diversos objetos que pueden ser amados.

Desde hace dos siglos se habla mucho de amores y poco del amor. Mientras todas las edades, desde el buen tiempo de Grecia, han tenido una gran teoría de los sentimientos, las dos centurias últimas han carecido de ella. El mundo antiguo se orientó primero en la de Platón; luego, en la doctrina estoica. La Edad Media aprendió la de Santo Tomás y de los árabes; el siglo XVII estudió con fervor la teoría de las pasiones de Descartes y Spinoza. Porque no ha habido gran filósofo del pretérito que no se creyese obligado a elaborar la suya. Nosotros no poseemos ningún ensayo, en grande estilo, de sistematizar los sentimientos. Sólo recientemente los trabajos de Pfänder y Scheler vuelven a movilizar el asunto. Y en tanto, nuestra alma se ha hecho cada vez más compleja y nuestra percepción más sutil.

De aquí que no nos baste alojarnos en esas antiguas teorías afectivas. Así, la idea que Santo Tomás, resumiendo la tradición griega, nos da del amor es, evidentemente errónea. Para él, amor y odio son dos formas del deseo, del apetito o lo concupiscible. El amor es el deseo de algo bueno en cuanto bueno —*concupiscibile circa bonum*—; el odio, un deseo negativo, una repulsión de lo malo en cuanto tal —*concupiscibile circa malum*. Se acusa aquí la confusión entre los apetitos o deseos y los sentimientos que ha padecido todo el pasado de la psicología hasta el siglo XVIII; confusión que volvemos a encontrar en el Renacimiento, si bien transportada al orden estético. Así, Lorenzo *el Magnífico* dice *que l'amore e un appetito di bellezza*.

Pero ésta es una de las distinciones más importantes que necesitamos hacer para evitar que se nos escape entre los dedos lo específico, lo esencial del amor. Nada hay tan fecundo en nuestra vida íntima como el sentimiento amoroso; tanto, que viene a ser el símbolo de toda fecundidad. Del amor nacen, pues, en el sujeto muchas cosas: deseos, pensamientos, voliciones, actos; pero todo esto que del amor nace como la cosecha de una simiente, no es el amor mismo; antes bien, presupone la existencia de éste. Aquello que amamos, claro está que, en algún sentido y forma, lo deseamos también; pero, en cambio, deseamos notoriamente muchas cosas que no amamos, respecto a las cuales somos indiferentes en el plano sentimental. Desear un buen vino no es amarlo; el morfinómano desea la droga al propio tiempo que la odia por su nociva acción.

Pero hay otra razón más rigorosa y delicada para separar amor y deseo. Desear algo es, en definitiva, tendencia a la posesión de ese algo; donde posesión significa, de una u otra manera, que el objeto entre en nuestra órbita y venga como a formar parte de nosotros. Por esta razón, el deseo muere automáticamente cuando se logra: fenece al satisfacerse. El amor, en cambio, es un eterno insatisfecho. El deseo tiene un carácter pasivo, y en rigor lo que deseo al desear es que el objeto venga a mí. Soy centro de gravitación, donde espero que las cosas vengan a caer. Viceversa: en el amor todo es actividad, según veremos. Y en lugar de consistir en que el objeto venga a mí soy yo quien va al objeto y estoy en él. En el acto amoroso, la persona sale fuera de sí: es tal vez el máximo ensayo que la naturaleza hace para que cada cual salga de sí mismo hacia otra cosa. No, ella hacia mí, sino yo gravito hacia ella.

San Agustín, uno de los hombres que más hondamente han pensado sobre el amor, tal vez el temperamento más gigantescamente erótico que ha existido, consigue a veces librarse de esta interpretación que hace del amor un deseo o apetito. Así dice en lírica expansión: *Amor meus, pondus meum; illo feror, quocumque feror*, «Mi amor es mi peso; por él voy dondequiera que voy.» Amor es gravitación hacia lo amado.

Spinoza intentó rectificar este error, y eludiendo los apetitos busca al sentimiento amoroso y de odio una base emotiva; según él, sería amor la alegría unida al conocimiento de su causa; odio, en cambio, la tristeza unida al conocimiento de su agente. Amar algo o alguien sería simplemente estar alegre y darse cuenta, a la par, de que la alegría nos llega de ese algo o alguien. De nuevo hallamos aquí confundido el amor con sus posibles consecuencias. ¿Quién duda que el amante puede recibir alegría de lo amado? Pero no es menos cierto que el amor es a veces triste, triste como la muerte, tormento soberano y mortal. Es más: el verdadero amor se percibe mejor a sí mismo y, por decirlo así, se mide y calcula a sí propio en el dolor y sufrimiento de que es capaz. La mujer enamorada prefiere las angustias que el hombre amado le origina a la indolora indiferencia. En las cartas de Mariana Alcoforado, la monja portuguesa, se leen frases como éstas, dirigidas a su infiel seductor: «Os agradezco desde el fondo de mi corazón la desesperación que me causáis, y detesto la tranquilidad en que vivía antes de conoceros». «Veo claramente cuál sería el remedio a todos mis males, y me sentiría al punto libre de ellos si os dejase de amar. Pero ¡qué remedio!, no; prefiero sufrir a olvidaros. ¡Ay! ¿Por ventura depende esto de mí? No puedo reprocharme haber deseado un solo instante no amaros, y al cabo sois más digno de compasión que yo, y más vale sufrir todo lo que yo sufro que gozar de los lánguidos placeres que os proporcionan vuestras amadas de Francia.» La primera carta termina: «Adiós; amadme siempre y hacedme sufrir aún mayores males.» Y dos siglos más tarde, la señorita de Lespinasse: «Os amo como hay que amar: con desesperación.»

Spinoza no miró bien: amar no es alegría. El que ama a la patria, tal vez muere por ella, y el mártir sucumbe de amor. Viceversa, hay odios que gozan de sí mismos, que se embriagan jocundamente con el mal sobrevivido al odiado.

Puesto que estas ilustres definiciones no nos satisfacen, más vale que ensayemos directamente describir el acto amoroso, filiándolo, como hace el entomólogo con un insecto captado en la espesura.

Espero que los lectores aman o han amado algo o alguien, y pueden ahora prender su sentimiento por las alas traslúcidas y mantenerlo fijo ante la mirada interior. Yo voy a ir enumerando los caracteres más generales, más abstractos de esa abeja estremecida que sabe de miel y punzada. Los lectores juzgarán si mis fórmulas se ajustan o no a lo que ven dentro de sí.

En el modo de comenzar se parece, ciertamente, el amor al deseo, porque su objeto —cosa o persona— lo excita. El alma se siente irritada, delicadamente herida en un punto por una estimulación que del objeto llega hasta ella. Tal estímulo tiene, pues, una dirección centrípeta: del objeto viene a nosotros. Pero el acto amoroso no comienza sino después de esa excitación; mejor, incitación. Por el poro que ha abierto la flecha incitante del objeto brota el amor y se dirige activamente a éste: camina, pues, en sentido inverso a la incitación y a todo deseo. Va del amante a lo amado —de mí al otro— en dirección centrífuga. Este carácter de hallarse psíquicamente en movimiento, en ruta *hacia* un objeto; el estar de continuo marchando íntimamente de nuestro ser al del prójimo es esencial al amor y al odio. Ya veremos en qué se diferencian ambos. No se trata, sin embargo, de que nos movamos físicamente hacia lo amado, que procuremos la aproximación y convivencia externa. Todos estos actos exteriores nacen, ciertamente, del amor como efectos de él, pero no nos interesan para su definición, y debemos eliminarlos por completo del ensayo que ahora hacemos. Todas mis palabras han de referirse al acto amoroso en su intimidad psíquica como proceso en el alma.

No se puede ir al Dios que se ama con las piernas del cuerpo, y, no obstante, amarle es estar yendo hacia Él. En el amar abandonamos la quietud y asiento dentro de nosotros, y emigramos virtualmente hacia el objeto. Y ese constante estar emigrando es estar amando.

Porque —se habrá reparado— el acto de pensar y el de voluntad son instantáneos. Tardaremos más o menos en prepararlos, pero su ejecución no dura: acontece en un abrir y cerrar de ojos; son actos puntuales. Entiendo una frase, si la entiendo, de un golpe y en un instante. En cambio, el amor se prolonga en el tiempo; no se ama en serie de instante súbitos, de puntos que se encienden y apagan como la chispa de la magneto, sino que se está amando lo amado con continuidad. Esto determina una nueva nota del sentimiento que analizamos: el amor es una fluencia, un chorro de materia anímica, un flúido que mana con continuidad como de una fuente.

Podíamos decir, buscando expresiones metafóricas que destaquen en la intuición y denominen el carácter a que me refiero ahora, podíamos decir que el amor no es un disparo, sino una emanación continuada, una irradiación psíquica que del amante va a lo amado. No es un golpe único, sino una corriente.

Pfänder ha insistido con gran sutileza en este aspecto flúido y constante del amor y del odio.

Tres facciones o rasgos hemos apuntado ya, las tres comunes a amor y odio: son centrífugas, son un ir virtual hacia el objeto y son continuas o flúidas.

Pero ahora podemos localizar la radical diferencia entre amor y odio.

Ambos poseen la misma dirección, puesto que son centrífugos, y en ellos la persona va hacia el objeto; pero dentro de esa única dirección llevan distinto sentido, opuesta intención. En el odio se va hacia el objeto, pero se va contra él; su sentido es negativo. En el amor se va también hacia el objeto, pero se va en su pro.

Otra advertencia que nos sale al paso, como característica común de estos dos sentimientos y superior a sus diferencias, es la siguiente: El pensar y el querer carecen de lo que podemos llamar temperatura psíquica. El amor y el odio, en cambio, comparados con el pensamiento que piensa un teorema de la matemática, tienen calor, son cálidos y además su fuego goza de las más matizadas gradaciones. Todo amor atraviesa etapas de diversa temperatura, y sutilmente el lenguaje usual habla de amores que se enfrían y el enamorado se queja de la tibieza o de la frialdad de la amada. Este capítulo de la temperatura sentimental nos llevaría episódicamente a entretenidos parajes de observación psicológica. En él aparecerían aspectos de la historia universal, hasta ahora, según creo, ignorados de la moral y del arte. Hablaríamos de la diversa temperatura de las grandes naciones históricas— el frío de Grecia y de China, del siglo XVIII; el ardor medieval de la Europa romántica, etc.—; hablaríamos de la influencia en las relaciones humanas de la diversa temperatura entre las almas —dos seres que se encuentran, lo primero que perciben uno de otro es su grado de calorías sentimentales; en fin, de la cualidad que en los estilos artísticos, especialmente literarios, merece llamarse temperatura. Pero sería imposible rozar siquiera el amplio asunto.

Qué sea esa temperatura del amor y del odio se entiende mejor si lo miramos desde el objeto. ¿Qué hace el amor en torno a éste? Hállese cerca o lejos, sea la mujer o el hijo, el arte o la ciencia, la patria o Dios, el amor se afana en torno a lo amado. El deseo goza de lo deseado, recibe de él complacencia, pero no ofrenda; no regala, no pone nada por sí. El amor y el odio actúan constantemente; aquél envuelve al objeto en una atmósfera favorable, y es, de cerca o de lejos, caricia, halago, corroboración, mimo, en suma. El odio lo envuelve con no menor fuego, en una atmósfera desfavorable; lo maleficia, lo agosta como un siroco tórrido, lo destruye virtualmente, lo corroe. No es necesario —repito— que esto acaezca en realidad: yo aludo ahora a la intención que en el odio va, a ese hacer irreal que constituye el sentimiento mismo. Diremos, pues, que el amor fluye en una cálida corroboración de lo amado y el odio segrega una virulencia corrosiva.

Esta opuesta intención de ambos afectos se manifiesta en otra forma: en el amor nos sentimos unidos al objeto. ¿Qué significa esta unión? No es, por sí misma, unión física, ni siquiera proximidad. Tal vez nuestro amigo —no se olvide la amistad cuando se habla genéricamente de amor— vive lejos y no sabemos de él. Sin embargo, estamos con él en una convivencia simbólica —nuestra alma parece dilatarse fabulosamente, salvar las distancias y esté donde esté, nos sentimos en una esencial reunión con él. Es algo de lo que se expresa cuando, en una hora difícil, decimos a alguien: Cuente usted conmigo —yo estoy a su lado—; es decir, su causa es la mía, yo me adhiero a su persona y ser.

En cambio, el odio —a pesar de ir constantemente hacia lo odiado— nos separa del objeto, en el mismo sentido simbólico; nos mantiene a una radical distancia, abre un abismo. Amor es corazón junto a corazón: concordia; odio es discordia, disensión metafísica, absoluto no estar con lo odiado.

Ahora entrevemos en qué consiste esa actividad, esa como laboriosidad que, desde luego, sospechábamos en el odio y el amor, a diferencia de las emociones pasivas, como alegría o tristeza. No en balde se dice: estar alegre o estar triste. Son, en efecto, estados, y no afanes, actuaciones. El triste, en cuanto triste, no hace nada, ni el alegre en cuanto alegre. El amor, en cambio, llega en esa dilatación visual hasta el objeto y se ocupa en una faena invisible, pero divina, y la más actuosa que cabe: se ocupa en afirmar su objeto. Piensen ustedes lo que es amar el arte o la patria: es como no dudar un momento del derecho que tienen a existir; es como reconocer y confirmar en cada instante que son dignos de existir. Y no a la manera de un juez que sentencia fríamente reconociendo un derecho, sino de guisa que la sentencia favorable es, a la vez, intervención, ejecución. Opuestamente, es odiar estar como matando virtualmente lo que odiamos, aniquilándolo en la intención, suprimiendo su derecho a alentar. Odiar a alguien es sentir irritación por su simple existencia. Sólo satisfaría su radical desaparición.

No creo que haya síntoma más sustancial de amor y odio que este último. Amar una cosa es estar empeñado en que exista; no admitir, en lo que depende de uno, la posibilidad de un universo donde aquel objeto esté ausente. Pero nótese que esto viene a ser lo mismo que estarle continuamente dando vida *en lo que de nosotros depende*, intencionalmente. Amar es vivificación perenne, creación y conservación *intencional* de lo amado. Odiar es anulación y asesinato virtual —pero no un asesinato que se ejecuta una vez, sino que estar odiando es estar sin descanso asesinando, borrando de la existencia al ser que odiamos.

Si a esta altura resumimos los atributos que del amor se nos han revelado, diremos que es un acto centrífugo del alma que va hacia el objeto en flujo constante y lo envuelve en cálida corroboración, uniéndonos a él y afirmando ejecutivamente su ser (Pfänder).

Julio de 1926.

AMOR EN STENDHAL

I

Stendhal tenía la cabeza llena de teorías; pero no tenía las dotes de teorizador. En esto, como en algunas otras cosas, se parece a nuestro Baroja, que sobre todo asunto humano reacciona primero en forma doctrinal. Uno y otro, mirados sin la oportuna cautela, ofrecen el aspecto de filósofos descarriados en la literatura. Y, sin embargo, son todo lo contrario. Basta con advertir que ambos poseen una abundante colección de teorías. El filósofo, en cambio, no tiene más que una. Éste es el síntoma que radicalmente diferencia al temperamento teórico verdadero del que sólo lo es en apariencia.

El teorizador llega a la fórmula doctrinal movido por un afán exasperado de coincidir con la realidad. A este fin usa de infinitas precauciones, una de ellas la de mantener en rigorosa unidad y cohesión la muchedumbre de sus ideas. Porque lo real es formidablemente uno. ¡Qué pavor sintió Parménides al descubrirlo! En cambio, nuestra mente y nuestra sensibilidad son discontinuas, contradictorias y multiformes. En Stendhal y Baroja, la doctrina desciende a mero idioma, a género literario que sirve de órgano a la emanación lírica. Sus teorías son canciones. Piensan «pro» o «contra» —lo que nunca hace el pensador—: aman y odian en conceptos. Por eso sus doctrinas son muchas. Pululan bactéricamente dispares y antagónicas, cada una engendrada por la impresión del momento. A fuer de canciones dicen la verdad, no de las cosas, sino del cantor.

Con esto no pretendo insinuar censura alguna. Ni Stendhal ni Baroja ambicionan, en general, ser filiados como filósofos; y si he apuntado ese aspecto indeciso de su carácter intelectual, ha sido no más que por sentir la grande delicia de tomar a los seres según son. Parecen filósofos. *Tant pis!* Pero no lo son. *Tant mieux!*

El caso de Stendhal es, no obstante, más arduo que el de Baroja, porque hay un tema sobre el cual quiso teorizar completamente en serio. Y es, por ventura, el mismo tema que Sócrates, patrón de los filósofos, creía de su especialidad. *Ta erotiká:* las cosas del amor.

El estudio *De l'amour* es uno de los libros más leídos. Llega uno al gabinete de la marquesa o de la actriz o, simplemente, de la dama cosmopolita. Hay que esperar unos instantes. Los cuadros —¿por qué es inevitable que haya cuadros en las paredes?— absorben primero nuestra mirada. No hay remedio. Y casi siempre la misma impresión de capricho que nos suele producir la obra pictórica. El cuadro es como es: pero lo mismo podía haber sido de otra manera. Nos falta siempre esa dramática emoción de topar con algo necesario. Luego, los muebles, y entre ellos, unos libros. Un dorso. ¿Qué dice? *De l'amour*. Como en casa del médico el tratado de las enfermedades del hígado. La marquesa, la actriz, la dama cosmopolita aspiran indefectiblemente a ser especialistas en amor y han querido informarse, lo mismo que quien compra un automóvil adquiere en complemento un manual sobre motores de explosión.

El libro es de lectura deliciosa. Stendhal cuenta siempre, hasta cuando define, razona y teoriza. Para mi gusto, es el mejor narrador que existe, el archinarrador ante el Altísimo. Pero ¿es cierta esta famosa teoría del amor como cristalización? ¿Por qué no se ha hecho un estudio a fondo sobre ella? Se la trae, se la lleva y nadie la somete a un análisis adecuado.

¿No merecía la pena? Nótese que, en resumen, esta teoría califica al amor de constitutiva ficción. No es que el amor yerre a veces, sino que es, por esencia, un error. Nos enamoramos cuando sobre otra persona nuestra imaginación proyecta inexistentes perfecciones. Una día la fantasmagoría se desvanece, y con ella muere el amor. Esto es peor que declarar, según viejo uso, ciego al amor. Para Stendhal es menos que ciego: es visionario. No sólo no ve lo real, sino que lo suplanta.

Basta mirar desde fuera esta doctrina para poder localizarla en el tiempo y en el espacio: es una secreción típica del europeo siglo XIX. Ostenta las dos facciones características: idealismo y pesimismo. La teoría de la «cristalización» es idealista porque hace del objeto extremo hacia el cual vivimos una mera proyección del sujeto. Desde el Renacimiento propende el europeo a esta manera de explicarse el mundo como emanación del espíritu. Hasta el siglo XIX ese idealismo fue relativamente alegre. El mundo que el sujeto proyecta en torno suyo es, a su modo, real, auténtico y lleno de sentido. Pero la teoría de la «cristalización» es pesimista. En ella se tiende a demostrar que lo que consideramos funciones normales de nuestro espíritu no son más que casos especiales de anormalidad. Así, Taine quiere convencernos de que la percepción normal no es sino una alucinación continuada y colectiva. Esto es típico en la ideología de la pasada centuria. Se explica la normal por lo anormal, lo superior por lo inferior. Hay un extraño empeño en mostrar que el Universo es un absoluto *quid pro quo*, una inepcia constitutiva. El moralista procurará insinuarnos que todo altruismo es un larvado egoísmo. Darwin describirá pacientemente la obra modeladora que la muerte realiza en la vida y hará de la lucha por la existencia el máximo poder vital. Parejamente, Carlos Marx pondrá en la raíz de la historia la lucha de clases.

Pero la verdad es de tal modo opuesta a este terco pesimismo, que acierta a instalarse dentro de él sin que el pensador amargo lo advierta. Así en la teoría de la «cristalización». Porque en ella, a la postre, se reconoce que el hombre sólo ama lo amable, lo digno de ser amado. Mas no habiéndolo —a lo que parece— en la realidad, tiene que imaginarlo. Esas perfecciones fantaseadas son las que suscitan el amor. Es muy fácil calificar de ilusorias las cosas excelentes. Pero quien lo hace olvida plantearse el problema que entonces resulta. Si esas cosas excelentes no existen, ¿cómo venimos a noticia de ellas? Si no hay en la mujer real motivos suficientes para provocar la exaltación amorosa, ¿en qué inexistente *ville d'eaux* hemos conocido a la mujer imaginaria capaz de enardecernos?

Se exagera, evidentemente, el poder de fraude que en el amor reside. Al notar que a veces miente calidades que en realidad no posee el ser amado, debíamos preguntarnos si lo falsificado no es más bien el amor mismo. Una psicología del amor tiene que ser muy suspicaz en punto a la autenticidad del sentimiento que analiza. A mi juicio, lo más agudo en el tratado de Stendhal es esta sospecha de que hay amores que no lo son. No otra cosa significa su ilustre clasificación de las especies eróticas: *amour-goût, amour-vanité, amour-passion*, etc. Es harto natural que si un amor comienza por ser él falso en cuanto amor, lo sea todo en su derredor y especialmente el objeto que lo inspira.

Sólo «el amor-pasión» es legítimo para Stendhal. Yo creo que aún deja demasiado amplio el círculo de la autenticidad amorosa. También en ese «amor-pasión» habría que introducir especies diferentes. No sólo se miente un amor por vanidad o por *goût*. Hay otra fuente de falsificación más directa y constante. El amor es la actividad que se ha encomiado más. Los poetas, desde siempre, lo han ornado y pulido con sus instrumentos cosméticos, dotándolo de una extraña realidad abstracta, hasta el punto de que antes de sentirlo lo conocemos, lo estimamos y nos proponemos ejercitarlo, como un arte o un oficio. Pues bien: imagínese un hombre o una mujer que hagan del amor *in genere*, abstractamente, el ideal de su acción vital. Seres así vivirán constantemente enamorados en forma ficticia. No necesitan esperar que un objeto determinado ponga en fluencia su erótica vena, sino que cualquiera servirá para el caso. Se ama el amor, y lo amado no es, en rigor, sino un pretexto. Un hombre a quien esto acontezca, si es aficionado a pensar, inventará irremediablemente la teoría de la cristalización.

Stendhal es uno de estos amadores del amor. En su libro reciente sobre *La vida amorosa de Stendhal*, dice Abel Bonnard: «No pide a las mujeres otra cosa que autorizar sus ilusiones. Ama con el fin de no sentirse solo; pero, en verdad, se fabrica él solo las tres cuartas partes de sus amores».

Hay dos clases de teorías sobre el amor. Una de ellas contiene doctrinas convencionales, puros tópicos que se repiten sin previa intuición de las realidades que enuncian. Otra comprende nociones más sustanciosas, que provienen de la experiencia personal. Así, en lo que conceptualmente opinamos sobre el amor se dibuja y revela el perfil de nuestros amores.

En el caso de Stendhal no hay duda alguna. Se trata de un hombre que ni verdaderamente amó ni, sobre todo, verdaderamente fue amado. Es una vida llena de falsos amores. Ahora bien: de los falsos amores sólo puede quedar en el alma la melancólica advertencia de su falsedad, la experiencia de su evaporación. Si se analiza y se descompone la teoría stendhaliana, se ve claramente que ha sido pensada del revés; quiero decir que el hecho culminante en el amor es para Stendhal su conclusión. ¿Cómo explicar que el amor concluya si el objeto amado permanece idéntico? Sería preciso más bien suponer —como hizo Kant en la teoría del conocimiento— que nuestras emociones eróticas no se regulan por el objeto hacia que van, sino, al contrario: que el objeto es elaborado por nuestra apasionada fantasía. El amor muere porque su nacimiento fue una equivocación.

Chateaubriand no hubiera pensado así, porque su experiencia era opuesta. He aquí un hombre que — incapaz de sentir el amor verdaderamente— ha tenido el don de provocar amores auténticos. Una y otra y otra han pasado junto a él y han quedado súbitamente transidas de amor para siempre. *Súbitamente y para siempre*. Chateaubriand habría forzosamente urdido una doctrina en la cual fuera esencial al amor verdadero no morir nunca y nacer de golpe.

II

Los amores comparados de Chateaubriand y de Stendhal constituirían un tema de alto rendimiento psicológico que enseñaría algunas cosas a los que hablan tan ligeramente de Don Juan. He aquí dos hombres de gigantesco poder creador. No se dirá que son dos señoritos chulos—ridícula imagen en que ha venido a reducirse Don Juan para ciertas mentes angostísimas y eriales. Sin embargo, estos dos hombres han dedicado sus mejores energías a procurar vivir siempre enamorados. No lo han conseguido, ciertamente. Por lo visto, es asunto difícil para un alma prócer caer en amoroso frenesí. Pero el caso es que lo han intentado día por día y que casi siempre lograban hacerse la ilusión de que amaban. Tomaban mucho más en serio sus amores que su obra. Es curioso que solamente los incapaces de hacer obra grande creen que lo debido es lo contrario: tomar en serio la ciencia, el arte o la política y desdeñar los amores como materia frívola. Yo no entro ni salgo: me limito a hacer constar que los grandes productores humanos han solido ser gente muy poco seria, según la idea *petite-bourgeoise* de esta virtud.

Pero lo interesante desde el punto de vista del donjuanismo es la oposición entre Stendhal y Chateaubriand. De ambos, es Stendahl quien se afana más denodadamente en torno a la mujer. Sin embargo, es todo lo contrario de un Don Juan. El Don Juan es el otro, ausente siempre, envuelto en su niebla de melancolía y que probablemente no cortejó jamás a ninguna mujer.

El error de más calibre que cabe cometer cuando se trata de definir la figura de Don Juan es fijarse en hombres que se pasan la vida haciendo el amor a las mujeres. En el mejor caso llevará esto a tropezar con un tipo inferior y trivial de Don Juan; pero es lo más probable que por tal ruta se llegue más bien al tipo más opuesto. ¿Qué acontecería si al querer definir el poeta nos fijásemos en los malos poetas? Precisamente porque el mal poeta no es poeta, sólo hallaremos en él el afán, el trajín, los sudores y esfuerzos con que aspira vanamente a lo que no logra. El mal poeta sustituye la ausente inspiración con el atuendo convencional: melena y chalina. Del mismo modo, ese Don Juan laborioso que hace cada día su jornada de erotismo, ese Don Juan que «parece» tan claramente Don Juan, es justamente su negación y su vacío.

Don Juan no es el hombre que hace el amor a las mujeres, sino el hombre a quien las mujeres hacen el amor. Éste, éste es el indubitable hecho humano sobre que debían haber meditado un poco más los escritores que últimamente se han propuesto el grave tema de donjuanismo. Es un hecho que existen hombres de los cuales se enamoran con superlativa intensidad y frecuencia las mujeres. He ahí materia sobrada para la reflexión. ¿En qué consiste ese don extraño? ¿Qué misterio vital se esconde tras ese privilegio? Lo otro, el moralizar en torno a cualquier ridícula figura de Don Juan que venga en gana fingir, me parece demasiado inocente para ser fecundo. Es el eterno vicio de los predicadores: inventar un maniqueo estúpido a fin de gozarse en refutar al maniqueo.

Stendhal dedica cuarenta años a batir las murallas de la feminidad. Elucubra todo un sistema estratégico con principios y corolarios. Va y viene, se obstina y desvencija en la tarea tenazmente. El resultado es nulo. Stendhal no consiguió ser amado verdaderamente por ninguna mujer. No debe sorprender esto demasiado. La mayor parte de los hombres sufre igual destino. Hasta el punto de que para compensar la desventura se ha creado el hábito y la ilusión de aceptar como buen amor cierta vaga adhesión o tolerancia de la mujer que se logra a fuerza de mil trabajos. Acontece lo mismo que en el orden estético. La mayor parte de los hombres muere sin haber gozado jamás una auténtica emoción de arte. Sin embargo, se ha convenido en aceptar como tales el cosquilleo que produce un vals o el interés dramático que un novelón provoca.

Los amores de Stendhal fueron pseudoamores de este linaje. Abel Bonnard no insiste debidamente sobre esto en su *Vida amorosa de Stendhal*, que acabo de leer y me mueve a escribir estas notas. La advertencia es importante, porque explica el error radical en su teoría del amor. La base de ésta es una experiencia falsa.

Stendhal cree —consecuente con los hechos de su experiencia— que el amor se «hace» y, además, que concluye. Ambos atributos son característicos de los pseudoamores.

Chateaubriand, por el contrario, se encuentra siempre «hecho» el amor. No necesita afanarse. La mujer pasa a su vera y súbitamente se siente cargada de una mágica electricidad. Se entrega desde luego y totalmente. ¿Por qué? ¡Ah! Ese es el secreto que los tratadistas del donjuanismo hubieran debido revelarnos. Chateaubriand no es un hombre hermoso. Pequeño y cargado de espaldas. Siempre malhumorado, displicente, distante. Su adhesión a la mujer amante dura ocho días. Sin embargo, aquella mujer que se enamoró a los veinte años sigue a los ochenta prendada del «genio», a quien tal vez no volvió a ver. Esto no son imaginaciones: son hechos documentales.

Un ejemplo, entre muchos: la Marquesa, de Custine, la «primera cabellera» de Francia. Pertenecía a una de las familias más nobles y era bellísima. Durante la revolución, casi una niña, es condenada a la guillotina. Se salva gracias al amor que despierta en un zapatero, miembro del Tribunal. Emigra a Inglaterra. Cuando vuelve, acaba de publicar Chateaubriand *Atala*. Conoce al autor e inmediatamente brota en ella la locura amorosa. A Chateaubriand, perennemente caprichoso, se le antoja que madame de Custine compre el castillo de Fervaques, una antigua residencia señorial donde Enrique IV pasó una noche. La Marquesa reúne cuanto puede de su fortuna, aún no bien reconstruida después de la emigración, y compra el castillo. Pero Chateaubriand no muestra premura en visitarlo. Por fin, al cabo del tiempo, pasa allí unos días, horas sublimes para aquella mujer apasionada. Chateaubriand lee un dístico que Enrique IV ha installado en la chimenea con su cuchillo de caza:

La dame de Fervaques
mérite de vives attaques.

Las horas de dicha transcurren aceleradamente, sin retorno posible. Chateaubriand se aleja para no volver o poco menos: navega ya hacia nuevas islas de amor. Pasan los meses, los años. La Marquesa de Custine se acerca a los setenta. Un día enseña el castillo a un visitante. Al llegar éste a la habitación de la gran chimenea, dice: «¿De modo que éste es el lugar donde Chateaubriand estaba a los pies de usted?» Y ella, pronta, extrañada y como ofendida: «¡Ah, no, señor mío, no; yo a los pies de Chateaubriand!»

Este tipo de amor en que un ser queda adscrito de una vez para siempre y del todo a otro ser —especie de metafísico injerto— fue desconocido para Stendhal. Por eso cree que es esencial a un amor su consunción, cuando probablemente la verdad está más cerca de lo contrario. Un amor pleno, que haya nacido en la raíz de la persona, no puede verosímilmente morir. Va inserto por siempre en el alma sensible. Las circunstancias —por ejemplo, la lejanía— podrán impedir su necesaria nutrición, y entonces ese amor perderá volumen, se convertirá en un hilillo sentimental, breve vena de emoción que seguirá manando en el subsuelo de la conciencia. Pero no morirá: su calidad sentimental perdura intacta. En ese fondo radical, la persona que amó se sigue sintiendo absolutamente adscrita a la amada. El azar podrá llevarla de aquí para allá en el espacio físico y en el social. No importa: ella seguirá estando junto a quien ama. Éste es el síntoma supremo del verdadero amor: estar al lado de lo amado, en un contacto y proximidad más profundos que los espaciales. En un estar vitalmente con el otro. La palabra más exacta, pero demasiado técnica, sería ésta: un estar ontológicamente con el amado, fiel al destino de éste, sea el que sea. La mujer que ama al ladrón, hállese ella con el cuerpo dondequiera, está con el sentido en la cárcel.

III

Conocida es la metáfora que proporciona a Stendhal el vocablo «cristalización» para denominar su teoría del amor. Si en las minas de Salzburgo se arroja una rama de arbusto y se recoge al día siguiente, aparece transfigurada. La humilde forma botánica se ha cubierto de irisados cristales que recaman prodigiosamente su aspecto. Según Stendhal, en el alma capaz de amor acontece un proceso semejante. La imagen real de una mujer cae dentro del alma masculina y poco a poco se va recamando de superposiciones imaginarias, que acumulan sobre la nuda imagen toda posible perfección.

Siempre me ha parecido esta ilustre teoría de una superlativa falsedad. Tal vez lo único que de ella podemos salvar es el reconocimiento implícito —ni siquiera declarado— de que el amor es, en algún sentido y de alguna manera, impulso hacia lo perfecto. Por ello cree Stendhal necesario suponer que imaginamos perfecciones. Sin embargo, él no se ocupa de este punto; lo da por supuesto, lo deja a la espalda de su teoría y ni advierte siquiera que es el momento más grave, más profundo, más misterioso del amor. La teoría de la «cristalización» se preocupa más bien de explicar el fracaso del amor, la desilusión de fallidos entusiasmos; en suma, el desenamoramiento y no el enamoramiento.

Como buen francés, Stendhal es superficial desde el instante en que empieza a hablar en general. Pasa al lado del hecho formidable y esencial sin reparar en él, sin sorprenderse. Ahora bien: sorprenderse de lo que parece evidente y naturalísimo es el don del filósofo. Ved cómo Platón va derecho, sin vacilaciones, y agarra con sus pinzas mentales el nervio tremebundo del amor. «El amor —dice— es un anhelo de engendrar en la belleza». ¡Qué ingenuidad! —dicen las damas doctoresas en amor, tomando sus *cock-tails* en todos los hoteles Ritz del mundo. No sospechan las damas la irónica complacencia del filósofo cuando ante sus palabras ve saetear en los ojos encantadores de las damas esa atribución de ingenuidad. Olvidan un poco que cuando el filósofo les habla sobre el amor, no les hace el amor, sino todo lo contrario. Como Fichte indica, filosofar quiere decir propiamente no vivir, lo mismo que vivir quiere decir propiamente no filosofar. ¡Delicioso poder de ausentarse de la vida, de evadirse por una virtual dimensión que el filósofo posee y que percibe eminentemente cuando parece ingenuo a la mujer! En la doctrina de amor sólo interesa a ésta —como a Stendhal— la menuda psicología y la anécdota. Y yo no niego que sean interesantes; sólo me permito insinuar que detrás de todo eso están los mayores problemas del erotismo y, en el rango supremo, éste que Platón formuló hace veinticuatro siglos.

Aunque sea de soslayo, miremos un instante la enorme cuestión.

En el vocabulario platónico, «belleza» es el nombre concreto de lo que más genéricamente nosotros solemos llamar «perfección». Formulada con alguna cautela, pero ateniéndonos rigorosamente al pensamiento de Platón, su idea es ésta: en todo amor reside un afán de unirse el que ama a otro ser que aparece dotado de alguna perfección. Es, pues, un movimiento de nuestra alma hacia algo en algún sentido excelente, mejor, superior. Que esta excelencia sea real o imaginaria no hace variar en lo más mínimo el hecho de que el sentimiento erótico —más exactamente dicho, el amor sexual— no se produce en nosotros sino en vista de algo que juzgamos perfección. Ensaye el lector representarse un estado amoroso —de amor sexual— en que el objeto no presente a los ojos del que ama ningún haz de excelencia, y verá cómo es imposible. Enamorarse es, por lo pronto, sentirse encantado por algo (ya veremos con algún detalle qué es esto del «encantamiento»), y algo sólo puede encantar si es o parece ser perfección. No quiero decir que el ser amado parezca íntegramente perfecto —éste es el error de Stendhal. Basta que en él haya alguna perfección, y claro es que perfección en el horizonte humano quiere decir, no lo que está absolutamente bien, sino lo que está mejor que el resto, lo que sobresale en un cierto orden de cualidad; en suma: la excelencia.

571

Esto es lo primero. Lo segundo es que esa excelencia incita a buscar la unión con la persona dueña de ella. ¿Qué es esto de «unión»? Los más auténticos enamorados dirán con verdad que no sentían —por lo menos, en primer término— apetito de unión corporal. El punto es delicado y exige la mayor precisión. No se trata de que el amante no desee también la unión carnal con la amada. Mas, por lo mismo que la desea «también», sería falso decir que es eso lo que desea.

Una observación capital es aquí de urgencia. Nunca se ha distinguido suficientemente —tal vez con la sola excepción de Scheler— entre el «amor sexual» y el «instinto sexual», hasta el punto de que cuando se nombra aquél se suele entender éste. Cierto que en el hombre los instintos aparecen casi siempre trabados con formas sobreinstintivas, de carácter anímico y aun espiritual. Muy pocas veces vemos funcionar por separado un puro instinto. La idea habitual que del «amor físico» se tiene es, a mi juicio, exagerada. No es tan fácil ni tan frecuente sentir atracción exclusivamente física. En la mayor parte de los casos, la sexualidad va sostenida y complicada por gérmenes de entusiasmo sentimental, de admiración hacia la belleza corporal, de simpatía, etc. No obstante, los casos de ejercicio sexual puramente instintivo son de sobra numerosos para poder distinguirlos del verdadero «amor sexual». La diferencia aparece clara, sobre todo en las dos situaciones extremas: cuando el ejercicio de la sexualidad es reprimido por razones morales o de circunstancias, o cuando, por el contrario, el exceso de ella degenera en lujuria. En ambos casos se nota que, «a diferencia del amor», la pura voluptuosidad —diríamos la pura impureza— preexiste a su objeto. Se siente el apetito antes de conocer la persona o situación que lo satisface. Consecuencia de esto es que puede satisfacerse con cualquiera. El instinto no prefiere cuando es sólo instinto. No es, por sí mismo, impulso hacia una perfección.

El instinto sexual asegura, tal vez, la conservación de la especie, pero no su perfeccionamiento. En cambio, el auténtico amor sexual, el entusiasmo hacia otro ser, hacia su alma y hacia su cuerpo, en indisoluble unidad, es por sí mismo, originariamente, una fuerza gigantesca encargada de mejorar la especie. En lugar de preexistir a su objeto, nace siempre suscitado por un ser que aparece ante nosotros, y de ese ser es alguna cualidad egregia lo que dispara el erótico proceso.

Apenas comienza éste, experimenta el amante una extraña urgencia de disolver su individualidad en la del otro, y, viceversa, absorber en la suya la del ser amado. ¡Misterioso afán! Mientras en todos los otros casos de la vida nada repugnamos tanto como ver invadidas por otro ser las fronteras de nuestra existencia individual, la delicia del amor consiste en sentirse metafísicamente poroso para otra individualidad, de suerte que sólo en la función de ambas, sólo en una «individualidad de dos», halla satisfacción. Recuerda esto la doctrina de los saint-simonianos, según la cual, el verdadero individuo humano es la pareja hombre-mujer. Sin embargo, no para en esto el anhelo de fusión. Cuando el amor es plenario, culmina en un deseo más o menos claro de dejar simbolizada la unión en un hijo en quien se prolonguen y afirmen las perfecciones del ser amado. Este tercer elemento, precipitado del amor, parece recoger con toda pureza su esencial sentido. El hijo ni es del padre ni es de la madre: es unión de ambos personificada y es afán de perfección modelado en carne y en alma. Tenía razón el ingenuo Platón: el amor es anhelo de engendrar en lo perfecto, o como otro platónico, Lorenzo de Médicis, había de decir: es *apetito di bellezza*.

La ideología de los últimos tiempos ha perdido la inspiración cosmológica y se ha hecho casi exclusivamente psicológica. Los refinamientos en la psicología del amor, amontonando sutil casuística, han retirado nuestra atención de esa faceta cósmica, elemental del amor. Nosotros vamos a entrar ahora también en la zona psicológica, bien que atacando lo más esencial de ella; pero no debemos olvidar que la multiforme historia de nuestros amores, con todas sus complicaciones y casos, vive a la postre de esa fuerza elemental y cósmica que nuestra psique —primitiva o refinada, sencilla o compleja, de un siglo o de otro— no hace sino administrar y modelar variamente. Las turbinas e ingenios de diverso formato que sumergimos en el torrente no deben hacernos olvidar la fuerza primaria de éste que nos mueve misteriosamente.

IV

No se puede negar a esta idea de la «cristalización» un primer pronto de gran evidencia. Es muy frecuente, en efecto, que nos sorprendamos en error a lo largo de nuestros amores. Hemos supuesto en lo amado gracias y primores ausentes. ¿No habrá que dar la razón a Stendhal? Yo creo que no. Cabe no tener razón de puro tenerla demasiado. No faltaba más sino que, equivocándonos a toda hora en nuestro comercio con la realidad, sólo en el amor fuésemos certeros. La proyección de elementos imaginarios sobre un objeto real se ejecuta constantemente. En el hombre, ver las cosas —¡cuánto más apreciarlas!— es siempre completarlas. Ya Descartes advertía que cuando al abrir la ventana pensaba ver pasar hombres por la calle, cometía una inexactitud. ¿Qué era lo que en rigor veía? *Chapeaux et manteaux: rien de plus.* (Una curiosa observación de pintor impresionista que nos hace pensar en *Les petits chevaliers*, de Velázquez, conservados en el Louvre y copiados por Manet). Estrictamente hablando, no hay nadie que vea las cosas en su nuda realidad. El día que esto acaezca será el último día del mundo, la jornada de la gran revelación. Entretanto, consideramos adecuada la percepción de lo real, que en medio de una niebla fantástica nos deja apresar siquiera el esqueleto del mundo, sus grandes líneas tectónicas. Muchos, la mayor parte, no llegan ni a eso: viven de palabras y sugestiones; avanzan por la existencia sonambúlicamente, trotando dentro de su delirio. Lo que llamamos genio no es sino el poder magnífico que algún hombre tiene de distender un poco de esa niebla imaginativa y descubrir a su través, tiritando de puro desnudo, un nuevo trozo auténtico de realidad.

Lo que parece, pues, evidente en la teoría de la «cristalización» rebosa el problema del amor. Toda nuestra vida mental es, en varia medida, cristalización. No se trata, por lo tanto, de nada específico en el caso del amor. Sólo cabría suponer que en el proceso erótico la cristalización aumenta en proporción anómala. Pero esto es completamente falso, por lo menos en el sentido que Stendhal supone. No es más ilusoria la apreciación del amante que la del partidario político, la del artista, del negociante, etc. Poco más o menos, se es en amor tan romo o tan perspicaz como se sea de ordinario en el juicio sobre el prójimo. La mayor parte de la gente es torpe en su percepción de las personas, que son el objeto más complicado y más sutil del universo.

Para dar al traste con la teoría de la cristalización basta con fijarse en los casos en que evidentemente no la hay: son los casos ejemplares del amor en que ambos participantes poseen un espíritu claro y dentro de los límites humanos no padecen error. Una teoría del erotismo ha de comenzar por explicarnos sus formas más perfectas, en vez de orientarse, desde luego, hacia la patología del fenómeno que estudia. Y el hecho es que, en aquellos casos, en vez de proyectar el hombre donde no existen prefecciones que preexistían en su mente, halla de pronto existentes en una mujer calidades de especie hasta entonces deconocidas por él. Nótese que se trata precisamente de calidades femeninas. ¿Cómo pueden éstas, si son un poco originales, preexistir en la mente de un varón? O, viceversa, de excelencias varoniles que la mente femenina anticipase. La parte de verdad que haya en una posible anticipación y como invención de primores antes de hallarlos en la realidad, no tiene nada que ver con la idea de Stendhal. Ya hablaremos del sutil asunto.

Hay, ante todo, un error garrafal de observación en esta teoría. Supone, según parece, que el estado amoroso implica una sobreactividad de la conciencia. La cristalización stendhaliana parece indicar lujo de labor espiritual, enriquecimiento y acumulación. Ahora bien: conviene resueltamente decir que el enamoramiento es un estado de miseria mental en el que la vida de nuestra conciencia se estrecha, empobrece y paraliza.

He dicho «el enamoramiento». So pena de continuar emitiendo inepcias, como es uso, en torno al tema del amor, es preciso que pongamos algún rigor en el vocabulario. Con el vocablo «amor», tan sencillo y de tan pocas letras, se denominan innumerables fenómenos, tan diferentes entre sí, que fuera prudente dudar si tienen algo de común. Hablamos de «amor a una mujer»; pero también de «amor de Dios», «amor a la patria», «amor al arte», «amor maternal», «amor filial», etc. Una sola y misma voz ampara y nombra la fauna emocional más variada.

Un vocablo es equívoco cuando con él denominamos cosas que no tienen entre sí comunidad esencial, sin nada importante que en todas ellas sea idéntico. Así, la voz «león», usada para nombrar al ilustre felino a la vez que para designar los Papas romanos y la ciudad española León. El azar ha hecho que un fonema se cargue de diversas significaciones, las cuales aluden y nombran objetos radicalmente distintos. Los gramáticos y lógicos hablan entonces de «polisemia»; el vocablo posee múltiple significación.

¿Es éste el caso del nombre «amor» en las expresiones antedichas? Entre el «amor a la ciencia» y el «amor a la mujer», ¿existe alguna semejanza importante? Confrontando ambos estados de alma encontramos que en ellos casi todos los elementos son distintos. Hay, sin embargo, un ingrediente idéntico, que un análisis cuidadoso nos permitiría aislar en uno y otro fenómeno. Al verlo exento, separado de los restantes factores que integran ambos estados de alma, comprenderíamos que sólo él merece rigorosamente el nombre de «amor». Por obra de una ampliación práctica, pero imprecisa, lo aplicamos al estado de alma entero, a pesar de que en éste van muchas otras cosas que no son propiamente «amor», que ni siquiera son sentimiento.

Es lamentable que la labor psicológica de los últimos cien años no haya desembocado aún en la cultura general, y sea forzoso, de ordinario, reducirse a la óptica gruesa, que aún suele emplearse para contemplar la psique humana.

El amor, hablando estrictamente (1), es pura actividad sentimental hacia un objeto, que puede ser cualquiera, persona o cosa. A fuer de actividad «sentimental», queda, por una parte, separado de todas las funciones intelectuales —percibir, atender, pensar, recordar, imaginar—; por otra parte, del deseo con que a menudo se le confunde. Se desea, cuando hay sed, un vaso de agua; pero no se le ama. Nacen, sin duda, del amor deseos; pero el amor mismo no es desear. Deseamos venturas a la patria y deseamos vivir en ella «porque» la amamos. Nuestro amor es previo a esos deseos, que nacen de él como la planta de la simiente.

A fuer de «actividad» sentimental, el amor se diferencia de los sentimientos inertes, como alegría o tristeza. Son éstos a manera de una coloración que tiñe nuestra alma. Se «está» triste o se «está» alegre, en pura pasividad. La alegría, por sí, no contiene actuación ninguna, aunque pueda llevar a ella. En cambio, amar algo no es simplemente «estar», sino actuar hacia lo amado. Y no me refiero a los movimientos físicos o espirituales que el amor provoca, sino que el amor es de suyo, constitutivamente, un acto transitivo en que nos afanamos hacia lo que amamos. Quietos, a cien leguas del objeto, y aun sin que pensemos en él, si lo amamos, estaremos emanando hacia él una fluencia indefinible, de carácter afirmativo y cálido. Esto se advierte con claridad si confrontamos el amor con el odio. Estar odiando algo o alguien no es un «estar» pasivo, como el estar triste, sino que es, en un algún modo, acción, terrible acción negativa, idealmente destructora del objeto odiado. Esta advertencia de que hay una actividad sentimental específica, distinta de todas las actividades corporales y de todas las demás del espíritu, como la intelectual, la del deseo y de la volición, me parece de una importancia decisiva para una fina psicología del amor. Cuando se habla de éste, casi siempre se describen sus consecuencias o concomitancias, sus motivos generadores o sus resultados. Casi nunca se coge con las pinzas del análisis el amor mismo, en lo que tiene de peculiar y distinto de la restante fauna psíquica.

---

(1) Por tanto, el amor sólo, no el estado total de la persona que ama.

Ahora puede parecer admisible que el «amor a la ciencia» y el «amor a la mujer» tengan un ingrediente común. Esa actividad sentimental, ese cálido y afirmativo interés nuestro en otro ser por él mismo, puede indiferentemente dirigirse a una persona femenina, a un trozo de tierra (la patria), a una clase de ejercicio humano: el deporte, la ciencia, etc. Y debiera añadirse que, en definitiva, todo lo que no es pura actividad sentimental, todo lo que es diferente en el «amor a la ciencia», y el «amor a la mujer», no es propiamente amor.

Hay muchos «amores» donde existe de todo menos auténtico amor. Hay deseo, curiosidad, obstinación, manía, sincera ficción sentimental; pero no esa cálida afirmación del otro ser, cualquiera que sea su actitud para con nosotros. En cuanto a los «amores», donde efectivamente lo hallamos, es preciso no olvidar que contienen muchos otros elementos además del amor *sensu stricto*.

En sentido lato, solemos llamar amor al «enamoramiento», un estado de alma complejísimo donde el amor en sentido estricto tiene un papel secundario. Stendhal se refiere a él cuando titula su libro *De l'amour*, con una generalidad abusiva que revela la insuficiencia de su horizonte filosófico.

Pues bien, de ese «enamoramiento» que la teoría de la cristalización nos presenta como una hiperactividad del alma, quisiera yo decir que es, más bien, un angostamiento y una relativa paralización de nuestra vida de conciencia. Bajo su dominio somos menos, y no más, que en la existencia habitual. Esto nos llevará a delinear en esquema la psicología del arrebato erótico.

V

El «enamoramiento» es, por lo pronto, un fenómeno de la atención.

En cualquier momento que sorprendamos la vida de nuestra conciencia hallaremos que el campo de ella se encuentra ocupado por una pluralidad de objetos exteriores e interiores. Esos objetos, que en cada caso llenan el volumen de nuestra mente, no están en confuso montón. Hay en ellos siempre un orden mínimo, una jerarquía. En efecto, siempre hallaremos alguno de ellos destacado sobre los demás, preferido, especialmente iluminado, como si nuestro foco mental, nuestra preocupación, lo esfumase en su fulgor, aislándolo del resto. Es constitutivo de nuestra conciencia atender algo. Pero no le es posible atender algo sin desatender otras cosas que, por ello, quedan en una forma de presencia secundaria, a manera de coro y de fondo.

Como el número de objetos que componen el mundo de cada cual es muy grande y el campo de nuestra conciencia muy limitado, existe entre ellos una especie de lucha para conquistar nuestra atención. Propiamente, nuestra vida de alma y de espíritu es sólo la que se verifica en esa zona de máxima iluminación. El resto —la zona de desatención consciente, y más allá, lo subconsciente, etc.— es sólo vida en potencia, preparación, arsenal o reserva. Se puede imaginar la conciencia atenta como el espacio propio de nuestra personalidad. Tanto vale, pues, decir que atendamos a una cosa, como decir que esa cosa desaloja un cierto espacio en nuestra personalidad.

En el régimen normal, la cosa atendida ocupa unos momentos ese centro privilegiado, del cual es expulsada pronto para dejar a otra su puesto. En suma, la atención se desplaza de un objeto a otro, deteniéndose más o menos en ellos, según su importancia vital. Imagínese que un buen día nuestra atención quedase paralizada, fija en un objeto. El resto del mundo quedaría relegado, distante, como inexistente, y, faltando toda posible comparación, el objeto anómalamente atendido adquiriría para nosotros proporciones enormes. Tales, que, en rigor, ocuparía todo el ámbito de nuestra mente y sería para nosotros, él solo, equivalente a todo ese mundo que hemos dejado fuera merced a nuestra radical desatención. Acaece, pues, lo mismo que si aproximamos a los ojos nuestra mano: siendo tan pequeño cuerpo, basta para tapar el resto del paisaje y llenar por entero nuestro campo visual. Lo atendido tiene para nosotros *ipso facto* más realidad, más vigorosa existencia, que lo desatendido, fondo exangüe y casi fantasma que aguarda en la periferia de nuestra mente. Al tener más realidad, claro es que se carga de mayor estima, se hace más valioso, más importante y compensa el resto oscurecido del universo.

Cuando la atención se fija más tiempo o con más frecuencia de lo normal en un objeto, hablamos de «manía». El maniático es un hombre con un régimen atencional anómalo. Casi todos los grandes hombres han sido maniáticos, sólo que las consecuencias de su manía, de su «idea fija», nos parecen útiles o estimables. Cuando preguntaban a Newton cómo había podido descubrir su sistema mecánico del universo, respondió: *Nocte dieque incubando* («pensando en ello día y noche»). Es una declaración de obseso. En verdad, nada nos define tanto como cuál sea nuestro régimen atencional. En cada hombre se modula de manera diversa. Así, para un hombre habituado a meditar, insistiendo sobre cada tema a fin de hacerle rendir su secreto jugo, la ligereza con que la atención del hombre de mundo resbala de objeto en objeto es motivo de mareo. Viceversa, al hombre de mundo le fatiga y angustia la lentitud con que avanza la atención del pensador, que va como una red de fondo rascando la áspera entraña del abismo. Luego hay las diferentes preferencias de la atención que constituyen la base misma del carácter. Hay quien, si en la conversación surge un dato económico, queda absorto, como si hubiese caído por un escotillón. En otro irá la atención espontáneamente, por propio declive, hacia el arte o hacia asuntos sexuales. Cabría aceptar esta fórmula: dime lo que atiendes y te diré quién eres.

Pues bien: yo creo que el «enamoramiento» es un fenómeno de la atención, un estado anómalo de ella que en el hombre normal se produce.

Ya el hecho inicial del «enamoramiento» lo muestra. En la sociedad se hallan frente a frente muchas mujeres y muchos hombres. En estado de indiferencia, la atención de cada hombre —como de cada mujer— se desplaza de uno en otro sobre los representantes del sexo contrario. Razones de simpatía antigua, de mayor proximidad, etc., harán que esa atención de la mujer se detenga un poco más sobre este varón que sobre el otro; pero la desproporción entre el atender a uno y desatender a los demás no es grande. Por decirlo así —y salvas esas pequeñas diferencias—, todos los hombres que la mujer conoce están a igual distancia atencional de ella, en fila recta. Pero un día este reparto igualitario de la atención cesa. La atención de la mujer propende a detenerse por sí misma en uno de esos hombres y pronto le supone un esfuerzo desprender de él su pensamiento, movilizar hacia otros u otras cosas la preocupación. La fila rectilínea se ha roto: uno de los varones queda destacado, a menor distancia atencional de aquella mujer.

El «enamoramiento», en su iniciación, no es más que eso: atención anómalamente detenida en otra persona. Si ésta sabe aprovechar su situación privilegiada y nutre ingeniosamente aquella atención, lo demás se producirá con irremisible mecanismo. Cada día se hallará más adelantado sobre la fila de los otros, de los indiferentes; cada día desalojará mayor espacio en el alma atenta. Ésta se irá sintiendo incapaz de desatender a aquel privilegiado. Los demás seres y cosas serán poco a poco desalojados de la conciencia. Dondequiera que la «enamorada» esté, cualquiera que sea su aparente ocupación, su atención gravitará por el propio peso hacia aquel hombre. Y, viceversa, le costará una gran violencia arrancarla un momento de esa dirección y orientarla hacia las urgencias de la vida. San Agustín vio sagazmente este ponderar espontáneo hacia un objeto que es característico del amor. *Amor meus, pondus meum: illo feror, quocumque feror.* («Mi amor es mi peso: por él voy dondequiera que voy»).

No se trata, pues, de un enriquecimiento de nuestra vida mental. Todo lo contrario. Hay una progresiva eliminación de las cosas que antes nos ocupaban. La conciencia se angosta y contiene sólo un objeto. La atención queda paralítica: no avanza de una cosa a otra. Está fija, rígida, presa de un solo ser. *Theia manía* («manía divina»), decía Platón. (Ya veremos de dónde viene este «divina» tan sorprendente y excesivo).

Sin embargo, el enamorado tiene la impresión de que su vida de conciencia es más rica. Al reducirse su mundo se concentra más. Todas sus fuerzas psíquicas convergen para actuar en un solo punto, y esto da a su existencia un falso aspecto de superlativa intensidad.

Al propio tiempo, ese exclusivismo de la atención dota al objeto favorecido de cualidades portentosas. No es que se finjan en él perfecciones inexistentes. (Ya he mostrado que esto puede ocurrir; pero no es esencial ni forzoso, como erróneamente supone Stendhal). A fuerza de sobar con la atención un objeto, de fijarse en él, adquiere éste para la conciencia una fuerza de realidad incomparable. Existe a toda hora para nosotros; está siempre ahí, a nuestra vera, más real que ninguna otra cosa. Las demás tenemos que buscarlas dirigiendo a ellas penosamente nuestra atención, que por sí está prendida a lo amado.

Ya aquí topamos con una gran semejanza entre el enamoramiento y el entusiasmo místico. Suele éste hablar de la «presencia de Dios». No es una frase. Tras ella hay un fenómeno auténtico. A fuerza de orar, meditar, dirigirse a Dios, llega éste a cobrar ante el místico tal solidez objetiva que le permite no desaparecer nunca de su campo mental. Se halla allí siempre, por lo mismo que la atención no lo suelta. Todo conato de movimiento le hace tropezar con Dios, es decir, recaer en la idea de él. No es, pues, nada peculiar al orden religioso. No hay cosa que no pueda conseguir esa presencia permanente que para el místico goza Dios. El sabio que vive años enteros pensando en un problema, o el novelista que arrastra constantemente la preocupación por su personaje imaginario, conocen el mismo fenómeno. Así Balzac, cuando corta una conversación de negocios diciendo: «¡Bueno, volvamos a la realidad! Hablemos de César Birotteau». También para el enamorado la amada posee una presencia ubicua y constante. El mundo entero está como embebido en ella. En rigor, lo que pasa es que el mundo no existe para el amante. La amada lo ha desalojado y sustituido. Por eso dice el enamorado en una canción irlandesa: «¡Amada, tú eres mi parte de mundo!»

VI

Reprimamos los gestos románticos y reconozcamos en el «enamoramiento» —repito que no hablo del amor *sensu stricto*— un estado inferior de espíritu, una especie de imbecilidad transitoria. Sin anquilosamiento de la mente, sin reducción de nuestro habitual mundo, no podríamos enamorarnos.

Esta descripción del «amor» es, como se advierte, inversa de la que usa Stendhal. En vez de acumular muchas cosas (perfecciones) en un objeto, según presume la teoría de la cristalización, lo que hacemos es aislar un objeto anormalmente, quedarnos sólo con él, fijos y paralizados, como el gallo ante la raya blanca que lo hipnotiza.

Con esto no pretendo desprestigiar el gran suceso erótico que da en la historia pública y privada tan admirables fulguraciones. El amor es obra de arte mayor, magnífica operación de las almas y de los cuerpos. Pero es indudable que para producirse necesita apoyarse en una porción de procesos mecánicos, automáticos y sin espiritualidad verdadera. Supuestos del amor que tanto valen son, cada uno de por sí, bastante estúpidos y, como he dicho, funcionan mecánicamente.

Así, no hay amor sin instinto sexual. El amor usa de éste como de una fuerza bruta, como el bergantín usa del viento. El «enamoramiento» es otro de esos estúpidos mecanismos, prontos siempre a dispararse ciegamente, que el amor aprovecha y cabalga, buen caballero que es. No se olvide que toda la vida superior del espíritu, tan estimada en nuestra cultura, es imposible sin el servicio de innumerables e inferiores automatismos.

Cuando hemos caído en ese estado de angostura mental, de angina psíquica, que es el enamoramiento, estamos perdidos. En los primeros días aún podemos luchar; pero cuando la desproporción entre la atención prestada a una mujer y las que concedemos a las demás y al resto del cosmos pasa de cierta medida, no está ya en nuestra mano detener el proceso.

La atención es el instrumento supremo de la personalidad; es el aparato que regula nuestra vida mental. Al quedar paralizada, no nos deja libertad alguna de movimientos. Tendríamos, para salvarnos, que volver a ensanchar el campo de nuestra conciencia, y para ello sería preciso introducir en él otros objetos que arrebaten al amado su exclusivismo. Si en el paroxismo del enamoramiento pudiésemos de pronto ver lo amado en la perspectiva normal de nuestra atención, su mágico poder se anularía. Mas para hacer esto tendríamos que atender a esas otras cosas, es decir, tendríamos que salir de nuestra propia conciencia, íntegramente ocupada por lo que amamos.

Hemos caído en un recinto hermético, sin porosidad ninguna hacia el exterior. Nada de fuera podrá penetrar y facilitarnos la evasión por el agujero que ella abra. El alma de un enamorado huele a cuarto cerrado de enfermo, a atmósfera confinada, nutrida por los pulmones mismos que van a respirarla.

De aquí que todo el enamoramiento tienda automáticamente hacia el frenesí. Abandonado a sí mismo, se irá multiplicando hasta la extremidad posible.

Esto lo saben muy bien los «conquistadores» de ambos sexos. Una vez que la atención de una mujer se fija en un hombre, es a éste muy fácil llenar por completo su preocupación. Basta con un sencillo juego de tira y afloja, de solicitud y de desdén, de presencia y de ausencia. El pulso de esta técnica actúa como una máquina neumática en la atención de la mujer, y acaba por vaciarla de todo el resto del mundo. ¡Qué bien dice nuestro pueblo «sorber los sesos»! En efecto: ¡está absorta, absorbida por un objeto! La mayor parte de los «amores» se reducen a este juego mecánico sobre la atención del otro.

Sólo salva al enamorado un choque recibido violentamente de fuera, un tratamiento a que alguien le obligue. Se comprende que la ausencia, los viajes sean una buena cura para enamorados. Nótese que son terapéutica de la atención. La lejanía del objeto amado lo desnutre atencionalmente; impide que nuevos elementos de él mantengan vivo el atender. Los viajes, obligando materialmente a salir de sí mismos y resolver mil pequeños problemas, arrancándonos del engaste habitual y apretando contra nosotros mil objetos insólitos, consiguen forzar la consigna maniática y abren poros en la conciencia hermética, por donde entra, con el aire libre, la perspectiva normal.

Ahora convendría afrontar una objeción que, leyendo el capítulo anterior, se le habrá ocurrido al lector. Al definir el enamoramiento como un quedar fija la atención sobre otra persona, no lo separamos bastante de mil casos de la vida en que asuntos políticos o económicos de gravedad y urgencia retienen superlativamente nuestra preocupación.

La diferencia, sin embargo, es radical. En el enamoramiento, la atención se fija por sí misma en el otro ser. En las urgencias vitales, por el contrario, la atención se fija obligada, contra su propio gusto. Casi el mayor enojo de lo enojoso es tener por fuerza que atenderlo. Wundt fue el primero —hace lo menos sesenta años— que distinguió entre la atención activa y la pasiva. Hay atención pasiva cuando, por ejemplo, suena un tiro en la calle. El ruido insólito se impone a la marcha espontánea de nuestra conciencia y fuerza la atención. En el que se enamora no hay esta imposición, sino que la atención va por sí misma a lo amado.

Una psicología delicada de este fenómeno describiría aquí una curiosa situación de doble haz, en que atendemos, a la vez, de grado y sin remisión.

Entendido con sutileza, puede decirse que todo el que se enamora es que quiere enamorarse. Esto distancia el enamoramiento, que es, a la postre, un fenómeno normal, de la obsesión, que es un fenómeno patológico. El obseso no se «fija» en su idea por propia inclinación. Lo horrible de su estado es precisamente que, siendo suya la idea, aparece en su interior con el carácter de feroz imposición ajena, emanada de un «otro» anónimo e inexistente.

Sólo hay un caso en que nuestra atención va por su propio pie a fijarse en otra persona y, sin embargo, no se trata de enamoramiento. Es el caso del odio. Odio y amor son, en todo, dos gemelos enemigos, idénticos y contrarios. Como hay un enamoramiento, hay —y no con menor frecuencia— un «enodiamiento».

Al emerger de una época de enamoramiento sentimos una impresión parecida a la del despertar que nos hace salir del desfiladero donde se aprietan los sueños. Entonces nos damos cuenta de que la perspectiva normal es más ancha y aireada, y percibimos todo el hermetismo y enrarecimiento que padecía nuestra mente apasionada. Durante algún tiempo experimentamos las vacilaciones, las tenuidades y las melancolías de los convalecientes.

Una vez iniciado, el proceso de enamoramiento transcurre con una monotonía desesperante. Quiero decir que todos los que se enamoran, se enamoran lo mismo —el listo y el tonto, el joven y el viejo, el burgués y el artista. Esto confirma su carácter mecánico.

Lo único que en él no es puramente mecánico es su comienzo. Por lo mismo, atrae nuestra curiosidad de psicólogos más que ninguna otra porción del fenómeno. ¿Qué es lo que fija la atención de una mujer en un hombre o de un hombre en una mujer? ¿Qué género de cualidades otorgan esa ventaja a una persona sobre la fila indiferente de las demás? No hay duda que es éste el tema más interesante. Pero, a la vez, de una gran complejidad. Porque, si todos los que se enamoran se enamoran lo mismo, no todos se enamoran por lo mismo. No existe ninguna cualidad que enamore universalmente.

Pero, antes de entrar en tema tan peliagudo como éste de qué es lo que enamora y cuáles los diversos tipos de preferencia erótica, conviene mostrar la semejanza inesperada del enamoramiento, en cuanto parálisis de la atención, con el misticismo y, lo que es más grave aún, con el estado hipnótico.

VII

ENAMORAMIENTO, ÉXTASIS E HIPNOTISMO

El ama de casa conoce que su criada se ha enamorado cuando empieza a notarla distraída. La pobre mujer no tiene la atención libre para movilizarla sobre las cosas que la rodean. Vive embobada, ensimismada, contemplando en su propio interior la imagen del amado, siempre presente. Esta concentración hacia su propio interior da al enamorado una apariencia de sonámbulo, de lunático, de «encantado». Y, en efecto, es el enamoramiento un encantamiento. El filtro mágico de Tristán ha simbolizado siempre con sugestiva plasticidad el proceso psicológico del «amor».

En los giros del lenguaje usual que condensan atisbos milenarios existen veneros magníficos de psicología sumamente certera y no explotada aún. Lo que enamora es siempre algún «encanto». Y este nombre de la técnica mágica, dado al objeto del amor, nos indica que la mente anónima, creadora del idioma, ha advertido el carácter extranormal e irremisible en que cae el enamorado.

El verso más antiguo es la fórmula mágica que se llamó *cantus* y *carmen*. El acto y el efecto mágico de la fórmula era la *incantatio*. De aquí *encanto*, y en francés, *charme*, de *carmen*.

Pero, sean cualesquiera sus relaciones con la magia, existe, a mi juicio, una semejanza más profunda que cuanto se ha reparado hasta ahora entre el enamoramiento y el misticismo. Debía haber puesto en la pista de este radical parentesco el hecho de que siempre, con pasmosa coincidencia, el místico adopte para expresarse vocablos e imágenes de erotismo. Todos los que se han ocupado de este fenómeno religioso lo han notado, pero han creído suficiente declarar que se trataba de metáforas, no más.

Pasa con la metáfora como pasa con la moda. Hay gentes que cuando han calificado algo de metáfora o de moda creen haberlo aniquilado y no ser menester mayor investigación. ¡Como si la metáfora y la moda no fuesen realidades del mismo orden que las demás, dotadas de no menor consistencia y obedientes a causas y a leyes tan enérgicas como las que gobiernan los giros siderales!

Pero si todos los que han estudiado el misticismo han hecho notar la frecuencia de su vocabulario erótico, no han advertido el hecho complementario que da a aquél verdadera gravedad. Y es que, viceversa, el enamorado propende al uso de expresiones religiosas. Para Platón es el amor una manía «divina», y todo enamorado llama divina a la amada, se siente a su vera «como en el cielo», etcétera, etc. Este curioso canje de léxico entre amor y misticismo hace sospechar alguna comunidad de raíz.

Y, en efecto, el proceso místico es como mecanismo psicológico análogo al enamoramiento. Se parece tanto, que coincide con él hasta en el detalle de ser fastidiosamente monótono. Como todo el que se enamora se enamora lo mismo, los místicos de todos los tiempos y lugares han dado los mismos pasos y han dicho, en rigor, las mismas cosas.

Tómese cualquier libro místico —de la India o de China, alejandrino o árabe, teutónico o español. Siempre se trata de una guía trascendente, de un itinerario de la mente hacia Dios. Y las estaciones y los vehículos son siempre los mismos, salvo diferencias externas y accidentales (1).

---

(1) La única diferencia, a veces importante, es ésta: algunos místicos han sido «además» grandes pensadores, y al hilo de su misticismo nos comunican una ideología, en ocasiones, genial. Así Plotino o el maestro Eckhart. Pero su «mística» propiamente tal es idéntica a la de los más vulgares extáticos.

Comprendo perfectamente, y de paso comparto, la falta de simpatía que han mostrado siempre las Iglesias hacia los místicos, como si temiesen que las aventuras extáticas trajesen desprestigio sobre la religión. El extático es, más o menos, un frenético. Le falta mesura y claridad mental. Da a la relación con Dios un carácter orgiástico que repugna a la grave serenidad del verdadero sacerdote. El caso es que, con rara coincidencia, el mandarín confuciano experimenta un desdén hacia el místico taoísta, parejo al que el teólogo católico siente hacia la monja iluminada. Los partidarios de la bullanga en todo orden preferirán siempre la anarquía y la embriaguez de los místicos a la clara y ordenada inteligencia de los sacerdotes, es decir, de la Iglesia. Yo siento no poder acompañarles tampoco en esta preferencia. Me lo impide una cuestión de veracidad. Y es ella, que cualquier teología me parece transmitirnos mucha más cantidad de Dios, más atisbos y nociones sobre la divinidad, que todos los éxtasis juntos de todos los místicos juntos. Porque, en lugar de acercarnos escépticamente al extático, debemos tomarle por su palabra, recibir lo que nos trae de sus inmersiones trascendentes y ver luego si eso que nos presenta vale la pena. Y la verdad es que, después de acompañarle en su viaje sublime, lo que logra comunicarnos es cosa de poca monta. Yo creo que el alma europea se halla próxima a una nueva experiencia de Dios, a nuevas averiguaciones sobre esa realidad, la más importante de todas. Pero dudo mucho que el enriquecimiento de nuestras ideas sobre lo divino venga por los caminos subterráneos de la mística y no por las vías luminosas del pensamiento discursivo. Teología, y no éxtasis.

Pero volvamos a nuestro tema.

El misticismo es también un fenómeno de la atención.

Lo primero que nos propone la técnica mística es que fijemos nuestra atención en algo. ¿En qué? La técnica extática más rigorosa, sabia e ilustre, que es la Yoga, descubre ingenuamente el carácter mecánico de cuanto va a pasar luego, porque a esa pregunta nos responde: en cualquier cosa. No es, pues, el objeto lo que califica e inspira el proceso, sino que sirve sólo de pretexto para que la mente entre en una situación anormal. En efecto, hay que atender a algo simplemente como medio para desatender todo lo demás del mundo. La vía mística comienza por evacuar de nuestra conciencia la pluralidad de objetos que en ella suele haber y que permite el normal movimiento de la atención. Así, en San Juan de la Cruz, el punto de partida para todo avance ulterior es «la casa sosegada». Embotar los apetitos y las curiosidades: «un desasimiento grande de todo»

—dice Santa Teresa—, «un arrancamiento del alma»; esto es, cortar las raíces y ligamentos de nuestros intereses mundanos, plurales, a fin de poder quedar «embebidos» (Santa Teresa) en una sola cosa. Idénticamente pondrá el hindú como condición a la entrada del misticismo: *nanatvan na pasyati* —no ver muchedumbre, diversidad.

Esta operación de espantar las cosas entre que va y viene de sólito nuestro atender se consigue por pura fijación de la mente. En la India se llamó *kasina* este ejercicio, que puede valerse de cualquiera cosa. Por ejemplo: el meditador se fabrica un disco de barro, se sienta cerca de él y fija en él la mirada. O bien desde una altura mira correr un arroyo o contempla un charco donde la luz se refleja. O bien enciende fuego, pone ante él una pantalla, donde abre un agujero, y mira la lumbre a su través, etc., etc. Se busca el mismo efecto de máquina neumática a que antes me he referido, merced al cual los enamorados se «sorben los sesos» el uno al otro.

No hay arrobo místico sin previo vacío de la mente. «Por esto —dice San Juan de la Cruz— mandaba Dios que el altar donde se habían de hacer los sacrificios estuviese de dentro vacío», «para que entienda el alma cuán vacía la quiere Dios de todas las cosas» (1). Y un místico tudesco más enérgicamente aún expresa ese alejamiento de la atención para todo lo que no es una sola cosa —Dios—, diciendo: «Yo he desnacido». El propio San Juan dice bellamente: «Yo no guardo ganado»; esto es, no conservo preocupación ninguna.

Y ahora viene lo más sorprendente: una vez que la mente ha sido evacuada de todas las cosas, el místico nos asegura que tiene a Dios delante, que se halla lleno de Dios. Es decir, que Dios consiste justamente en ese vacío. Por eso habla el maestro Eckhart del «silente desierto de Dios», y San Juan de la «noche oscura del alma»; oscura y, sin embargo, llena de luz; tan llena que, de puro haber sólo luz, la luz no tropieza con nada y es tiniebla. «Esta es la propiedad del espíritu purgado y aniquilado acerca de todas particulares aficiones e inteligencias, que en este no gustar nada ni entender nada en particular, morando en su vacío, oscuridad y tinieblas, lo abraza todo con gran disposición, para que se verifique en él lo de San Pablo: *Nihil habentes et omnia possidentes*. («No tienen nada y lo poseen todo».) San Juan denomina en otro sitio este vacío

---

(1) Véase el libro de Jean Baruzi: *Saint Jean de la Croix et le problème de l'expérience mystique*. París, 1924.

repleto, esta oscuridad luminosa, con la fórmula más deleitable: es —dice— «la soledad sonora».

Quedamos, pues, en que el místico, como el enamorado, logra su anormal estado «fijando» la atención en un objeto, cuyo papel no es otro, por el momento, que retraer esa atención de todo lo demás y hacer posible el vacío de la mente.

Porque no es la «morada» más recóndita, ni la altura mayor de la vía extática, aquella en que el místico, desatendiendo toda otra cosa, mira sólo a Dios. Ese Dios a quien cabe mirar no es verdaderamente Dios. El Dios que tiene límites y figura, el Dios que es pensado mediante este o el otro atributo; en suma, el Dios capaz de ser un objeto para la atención, se parece, como tal, demasiado a las cosas del intramundo, para ser el auténtico Dios. De aquí la doctrina que una y otra vez se adelanta a nosotros desde las páginas místicas con paradójico perfil, para asegurarnos que lo sumo es no pensar «ni» en Dios. La razón de ello es clara: a fuerza de pensar en Él, de puro estar absorto en Él, llega un momento en que deja de ser algo externo a la mente y distinto de ella, puesto fuera y ante el sujeto. Es decir, que deja de ser *obiectum* y se convierte en *iniectum* (1). Dios se filtra dentro del alma, se confunde con ella o, dicho inversamente, el alma se diluye en Dios, deja de sentirlo como ser diferente de ella. Esta es la *unio* a que el místico aspira. «Queda el alma, digo el espíritu de este alma, hecho una cosa con Dios», comunica Santa Teresa en la «Morada séptima». Pero no se crea que esta unión es sentida como algo momentáneo, ahora lograda, luego perdida. El extático la percibe con el carácter de unión definitiva y perenne, como el enamorado jura sinceramente amor eterno. Santa Teresa distingue enérgicamente entre ambas suertes de transfusión: la una es «como si dos velas de cera se juntasen tan en extremo, que toda luz fuese una... Mas después bien se puede apartar la una vela de la otra y quedan en dos velas». La otra, empero, es «como si cayendo agua del cielo en un río o fuente adonde queda hecho todo agua, que no podrán ya dividir ni apartar cuál es el agua del río, o la que cayó del cielo, u como si un arroyico pequeño entra en el mar, no habrá remedio de apartarse; u como si en una pieza estuviesen dos ventanas por donde entrase gran luz, aunque entra dividida, se hace todo una luz».

---

(1) Véase Otto: *West-östliche Mystik.*

Eckhart razona muy bien la relativa inferioridad de todo estado en que Dios sea aún objeto de la mente. «El verdadero tener a Dios está en el ánimo, no en pensar en Dios uniforme y continuamente. El hombre no debe tener sólo un Dios pensado, porque cuando el pensamiento cesa, cesaría también ese Dios». Por lo tanto, el grado supremo de la mística carrera será aquel en que el hombre se halle saturado de Dios, hecho esponja de la divinidad. Entonces puede volverse de nuevo al mundo y ocuparse en afanes terrenos, porque ya obrará en rigor como un autómata de Dios. Sus deseos, pasos y acciones en el mundo no serán cosa suya. Ya no le importa nada a él de cuanto haga y le acontezca, porque «él» está ausente de la tierra, ausente de su propio deseo o acción, inmunizado o impermeabilizado para todo lo sensible. Su verdadera persona ha emigrado a Dios, se ha transvasado en Dios, y queda sólo un muñeco mecánico, una «criatura» que Dios hace funcionar. (El misticismo en su cima toca siempre al «quietismo».)

Esta situación superlativa encuentra su pareja en la evolución del «enamoramiento». Cuando el otro corresponde, sobreviene un período de «unión» transfusiva, en que cada cual traslada al otro las raíces de su ser y vive —piensa, desea, actúa—, no desde sí mismo, sino desde el otro. También aquí se deja de pensar en el amado, de puro tenerlo dentro. Ello se advierte, como pasa con todos los estados íntimos, en el simbolismo de la fisonomía. Al período de «fijación», de absorto exclusivo atender a la amada que aún está «fuera» de uno, corresponde el gesto de ensimismamiento y concentración. Los ojos quedan inmovilizados, la mirada rígida, la cabeza propende a inclinarse sobre el pecho; el cuerpo, si puede, se recoge. Todo el aspecto tiende a representar con la figura humana algo cóncavo y como cerrado. En el recinto hermético de nuestra atención incubamos la imagen de lo amado. Mas cuando «sobreviene» el éxtasis amatorio y la amada es nuestra, mejor es yo y yo la amada, aparece en el semblante ese gracioso *épanouissement* en que se expresa la felicidad. Los ojos ablandan la mirada, que se hace de goma y resbala sobre todo, por supuesto, sin fijarse bien en nada: más que viendo, dignándose acariciar los objetos. Asimismo, la boca va entreabierta en universal sonrisa que chorrea incesantemente comisuras ayuso. Es el gesto del bobo —que es el del embobamiento. No habiendo objeto externo ni interno en que fijarnos, nuestra alma pierde disciplina y precisión de actitud. Nos sentimos vagarosos, vaporosos, y toda nuestra actividad se reduce a dejar que el haz de nuestra alma, como de una agua quieta («quietista»), se desprendan vapores hacia el sol absorbente.

Es el «estado de gracia» común al enamorado y al místico (1). Esta vida y este mundo, ni en bien ni en mal les afectan; han dejado de ser cuestión para ello. En la situación normal, las cosas que hacemos y padecemos, por afectar lo más íntimo de nosotros, se nos convierten en problemas, nos angustian y acosan. Por eso sentimos nuestra propia existencia como un peso que sostenemos a pulso, fatigosamente. Pero si trasladamos este núcleo íntimo a otra región y otro ser, fuera del mundo, lo que en éste nos acontezca queda desvirtuado y sin eficacia sobre nosotros, como suspendido en un paréntesis. Al caminar entre las cosas nos sentimos ingrávidos. Como si hubiese dos mundos de dimensiones distintas, pero compenetrables, el místico vive en el terrenal sólo en apariencia; donde verdaderamente está es en el otro, región aparte que habita él solo con Dios. *Deum et animan. Nihilne plus? Nihil omnino* —dice San Agustín. Y lo mismo el enamorado transita entre nosotros, sin que valgamos para otra cosa que para gozar la periferia de su sensibilidad. Él tiene, de antemano y —cree— para siempre, su vida resuelta.

En el «estado de gracia» —sea místico o sea erótico—, la vida pierde peso y acritud. Con la generosidad de un gran señor, sonríe el feliz a cuanto le rodea. Pero la generosidad del gran señor es siempre módica y no supone esfuerzo. Es una generosidad muy poco generosa; en rigor, originada en desdén. El que se cree de una naturaleza superior acaricia «generosamente» los seres de orden inferior que no le pueden nunca hacer daño por la sencilla razón de que «no se trata» con ellos, no convive con ellos. El colmo del desdén consiste en no dignarnos descubrir los defectos del prójimo, sino, desde nuestra altura inaccesible, proyectar sobre ellos la luz favorable de nuestro bienestar. Así, para el místico y el amante correspondido, todo es bonito y gracioso. Es que al volver, tras su etapa de absorción, a mirar las cosas, las ve, no en ellas mismas, sino reflejadas en lo único que para él existe: Dios o lo amado. Y lo que les falta de gracia lo añade espléndido el espejo donde las contempla. Así Eckhart: el que ha renunciado a las cosas, las vuelve a recibir en Dios, como el que se vuelve de espaldas al paisaje lo

---

(1) Como se advierte, no aludo para nada al «valor» religioso que al «estado de gracia» corresponda. Es éste aquí estrictamente el nombre de un estado psicológico propio a todos los místicos de todas las religiones.

encuentra reflejado, incorpóreo, en la tersa y prestigiosa superficie del lago. O bien los versos famosos de nuestro San Juan de la Cruz:

> Mil gracias derramando,
> Pasó por estos sotos con presura.
> Y yéndolos mirando
> Con sola su figura
> Vestidos los dejó de su hermosura.

El místico, esponja de Dios, se oprime un poco contra las cosas: entonces Dios, líquido, rezuma y las barniza. Tal el amante.

Pero sería caer en engaño agradecer al místico o enamorado esta «generosidad». Aplauden a los seres por lo mismo que en el fondo les traen sin cuidado. Van a lo suyo, de tránsito. En rigor, les fastidian un poco si les retienen demasiado, como al gran señor las atenciones de los «villanos». Por eso es deliciosa la expresión de San Juan de la Cruz cuando dice:

> Apártalos, amado,
> Que voy de vuelo.

El deleite del «estado de gracia», dondequiera que se presente, estriba, pues, en que uno está fuera del mundo y fuera de sí. Esto es, literalmente, lo que significa «ex-stasis»: estar fuera de sí y del mundo. Y conviene advertir aquí que hay dos tipos irreductibles de hombres: los que sienten la felicidad como un estar fuera de sí, y los que, por el contrario, sólo se sienten en plenitud cuando están sobre sí. Desde el aguardiente hasta el trance místico, son variadísimos los medios que existen para salir fuera de sí. Como son muchos —desde la ducha hasta la filosofía— los que producen el estar sobre sí. Estas dos clases de hombres se separan en todos los planos de la vida. Así hay los partidarios del arte extático, para quienes gozar de la belleza es «emocionarse». Otros, en cambio, juzgan forzoso para el verdadero goce artístico la conservación de la serenidad, que permite una fría y clara contemplación del objeto mismo.

Baudelaire hacía una declaración de extático cuando, a la pregunta sobre dónde preferiría vivir, respondió: «En cualquiera parte, en cualquiera parte..., ¡con tal que sea fuera del mundo!»

El afán de salir «fuera de sí» ha creado todas las formas de lo orgiástico: embriaguez, misticismo, enamoramiento, etc. Yo no digo con ello que todas «valgan» lo mismo; únicamente insinúo que pertenecen a un mismo linaje y tienen una raíz calando en la orgía. Se trata de descansar del peso que es vivir sobre sí, trasladándonos a otro que nos sostenga y conduzca. Por eso no es tampoco un azar el uso coincidente en mística y amor de la imagen del rapto o arrebato. Ser arrebatado es no caminar sobre los propios pies, sino sentirse llevado por alguien o algo. Rapto fue la primitiva forma del amor, conservada en la mitología bajo la especie del centauro cazador de las ninfas que asienta en sus ancas.

Todavía en el ritual del matrimonio romano queda un residuo del arrebato originario: la esposa no ingresa en la casa matrimonial por su propio pie, sino que el esposo la toma en vilo para que no pise el umbral. Ultima sublimación simbólica de ésta es el «trance» y levitación de la monja mística y el deliquio de los enamorados.

Pero este sorprendente paralelismo entre éxtasis y «amor» cobra más grave cariz cuando comparamos ambas cosas con otro estado anómalo de la persona: el hipnotismo.

Cien veces se ha hecho notar que el misticismo se parece a la hipnosis superlativamente. En uno y otra hay trance, alucinaciones y hasta efectos corporales idénticos, como insensibilidad y catalepsia.

Por otra parte, yo recelaba siempre una proximidad extraña entre hipnotismo y enamoramiento. No me había atrevido nunca a formular este pensamiento, porque la razón de él se hallaba, a mis ojos, en que también el hipnotismo me parece un fenómeno de la atención. Sin embargo, nadie, que yo sepa, ha estudiado la hipnosis desde este punto de vista, no obstante hallarse tan a la mano el hecho de que el sueño depende, por el lado psíquico, del estado atencional. Hace muchos años hacía notar Claparède que conciliamos el sueño en la medida en que logramos desinteresarnos de las cosas, anular nuestra atención. Toda la técnica facilitadora del sueño estriba en que recojamos nuestra atención sobre algún objeto o actividad mecánica; por ejemplo, contar. Diríase que el sueño normal, como el éxtasis, son autohipnosis.

Pero he aquí que uno de los psiquiatras más inteligentes de esta hora, Pablo Schilder, ha creído inevitable admitir un estrecho parentesco entre el hipnotismo y el amor (1). Procuraré resumir sus ideas, ya que, inspiradas en razones muy distantes de las mías, vienen a cerrar el ciclo de coincidencias que este ensayo ha apuntado entre enamoramiento, éxtasis e hipnosis.

He aquí una primera serie de coincidencias entre enamoramiento e hipnotismo:

---

(1) *Ueber das Wesen der Hypnose*, Berlín, 1922.

Los manejos que facilitan el ingreso en la hipnosis tienen un valor erótico: los suaves pases de mano como caricias; el hablar sugestivo y a la par tranquilizador; la «mirada fascinante»; a veces, cierta violencia imperativa de ademán y de voz. Cuando son hipnotizadas mujeres, es frecuente que, en el momento de dormirse o en el que sigue al despertar, el hipnotizador reciba esa mirada quebrada, tan característica de la excitación o satisfacción sexuales. A menudo, el hipnotizado declara que durante el trance ha experimentado una deliciosa impresión de calor, de bienestar en todo su cuerpo. No es raro que perciba sensaciones resueltamente sexuales. La excitación erótica va dirigida al hipnotizador, que en ocasiones es paladinamente objeto de solicitación amorosa. Y, a veces, las fantasías eróticas de la hipnotizada se condensan en falsos recuerdos y acusa al hipnotizador de haber abusado de ella.

El hipnotismo animal proporciona algunos datos afines. En la horrible especie de arañas llamadas *galeodes kaspicus turkestanus*, la hembra procura devorar a los machos que la cortejan. Sólo cuando el macho acierta a agarrar con sus pinzas el vientre de la hembra por un punto determinado, deja ésta, en plena pasividad, que sea ejecutado el acto sexual.

La operación de paralizar a la hembra se puede repetir en el laboratorio, sin más que tocar en ese lugar al bicho. Éste cae al punto en un estado hipnótico. Pero es notable el hecho de que sólo se obtiene tal resultado en época de celo.

Tras estas observaciones, Schilder concluye: «Todo ello hace sospechar que la hipnosis humana sea también una función biológica auxiliar de la sexual». Y luego pone proa hacia el sempiterno *freudismo*, con lo cual renuncia a toda clara interpretación de las relaciones entre hipnosis y «amor».

Mayor provecho podemos sacar de las notas con que caracteriza el estado psíquico del hipnotizado. Según Schilder, se trata de la recaída en un estado pueril de conciencia: la persona se siente con deleite entregada por completo a otro ser y descansando en su autoridad. Sin esta relación con el hipnotizador, su influjo sería imposible. De aquí que cuanto contribuye a acentuar esa altitud de autoridad en el hipnotizador —fama, posición social, aspecto digno— facilita su trabajo. Por otra parte, la hipnosis no puede efectuarse en el ser humano si no es querida.

Nótese que todos estos atributos pueden, sin reserva, transferirse al enamoramiento. También éste —ya lo observamos— es siempre «querido» e implica un deseo de entregarse y descansar en el otro ser, deseo que es ya de suyo delicioso. En cuanto a la recaída en un estado mental de relativa infantilidad, significa lo mismo que he llamado «angostamiento del espíritu», contracción y empobrecimiento del campo atencional.

Es incomprensible que Schilder no aluda siquiera al mecanismo de la atención como al más obvio factor de la hipnosis, siendo así que la técnica hipnótica consiste principalmente en un retraimiento del atender sobre un objeto: un espejo, una punta de diamante, una luz, etc. Por otra parte, una comparación entre los diferentes tipos de personalidad, en orden a su capacidad de hipnosis, muestra máxima coincidencia con la escala que de esos mismos tipos formaríamos en orden a su aptitud para enamorarse.

Así, la mujer es mejor sujeto hipnótico que el hombre —*ceteris paribus*. Pero es el caso que es también más dócil a un auténtico enamoramiento que el varón. Y, cualesquiera sean las demás causas para explicar esta propensión, no es dudoso que influye sobremanera la diferente estructura atencional de las almas en ambos sexos. En igualdad de condiciones, la psique femenina está más cerca de un posible angostamiento que la masculina: por la sencilla razón de que la mujer tiene un alma más concéntrica, más reunida consigo misma, más elástica. Según notábamos, la función encargada de dar a la mente su arquitectura y articulación es la atención. Un alma muy unificada supone un régimen muy unitario del atender. Diríase que el alma femenina tiende a vivir con un único eje atencional, que en cada época de su vida está puesta a una sola cosa. Para hipnotizarla o enamorarla basta con captar ese radio único de su atender. Frente a la estructura concéntrica del alma femenina hay siempre epicentros en la psique del hombre. Cuanto más varón se sea en un sentido espiritual, más dislocada se tiene el alma y como dividida en compartimientos estancos. Una parte de nosotros está radicalmente adscrita a la política o a los negocios, mientras otra vaca a la curiosidad intelectual y otra al placer sexual. Falta, pues, la tendencia a una gravitación unitaria del atender. En rigor, predomina la contraria, que lleva a la disociación. El eje atencional es múltiple. Habituados a vivir sobre esta múltiple base y con una pluralidad de campos mentales, que tienen precaria conexión entre sí, no se hace nada con conquistarnos la atención en uno de ellos, ya que seguimos libres e intactos en los demás.

La mujer enamorada suele desesperarse porque le parece no tener nunca delante en su integridad al hombre que ama. Siempre le encuentra un poco distraído, como si al acudir a la cita se hubiese dejado dispersas por el mundo provincias de su alma. Y, viceversa, al hombre sensible le ha avergonzado más de una vez sentirse incapaz del radicalismo en la entrega, de la totalidad de presencia que pone en el amor la mujer. Por esta razón, el hombre se sabe siempre torpe en amor e inepto para la perfección que la mujer logra dar a este sentimiento.

Según esto, un mismo principio aclararía la tendencia de la mujer al misticismo, a la hipnosis y al enamoramiento.

Si ahora tornamos al estudio de Schilder, vemos que a la hermandad entre amor y misticismo añade una curiosa e importante nota de tipo somático.

El sueño hipnótico no es, en última instancia, diferente del sueño normal. De aquí que el sujeto dormilón sea un excelente hipnótico. Pues bien: parece existir una estrecha relación entre la función de dormir y un lugar de la corteza cerebral titulado el tercer ventrículo. Los disturbios en el sueño, la encefalitis letárgica, coinciden con alteraciones de ese órgano. Schilder cree hallar en él la base somática del hipnotismo. Pero, a la vez, el tercer ventrículo es un «nodo orgánico para la sexualidad», del cual provienen no pocas perturbaciones sexuales.

Mi fe en las localizaciones cerebrales es bastante módica. No cuesta trabajo creer que si a un hombre le cortan de raíz la cabeza dejará de pensar y de sentir. Pero esta magnífica evidencia empieza a desvanecerse progresivamente cuando intentamos precisar y a cada función psíquica buscamos su alojamiento nervioso. Las razones para este fracaso son innumerables; pero la más próxima consiste en que ignoramos la trabazón real de las funciones psíquicas, el orden y jerarquía en que trabajan. Nos es fácil aislar descriptivamente una función y hablar de «ver» y «oír», de «imaginar», de «recordar», de «pensamiento», de «atención», etc.; pero no sabemos si en el «ver» interviene ya el «pensar», y si en el «atender» no colabora el «sentimiento», o al revés. No es fácil que acertemos a localizar por separado funciones cuya separación no nos consta.

Este escepticismo, sin embargo, debe incitar a una investigación progresiva, cada vez más rigorosa. Así, en el caso presente, convendría tantear si la facultad de atender tiene alguna resonancia directa o refleja en ese trozo de la corteza cerebral, puesto, según Schilder, al servicio conjunto del sueño, la hipnosis y el amor. El parentesco estrecho que este ensayo insinúa entre esos tres estados y el éxtasis hace sospechar que el tercer ventrículo colabora también en el trance místico. Esto explicaría últimamente la universal persistencia del vocabulario erótico en las confesiones extáticas y del vocabulario místico en las escenas amatorias.

Recientemente, en su conferencia de Madrid, rechazaba el psiquiatra Allers todo intento de considerar el misticismo como un derivado y sublimación del amor sexual. La actitud me parece muy justa.

Las teorías sexuales del misticismo, antaño acostumbradas, eran atrozmente triviales. Pero la cuestión es ahora distinta. No se trata de que el misticismo proceda del «amor», sino de que uno y otro poseen raíces comunes y significan dos estados mentales de organización análoga. En uno y otro, la conciencia adopta una forma casi idéntica, que provoca una misma resonancia emotiva, para manifestar la cual sirven, indiferentemente, las fórmulas místicas y las eróticas.

* * *

Al terminar este ensayo me importa recordar que he intentado en él exclusivamente describir un solo estadio del gran proceso amoroso: el «enamoramiento». El amor es operación mucho más amplia y profunda, más seriamente humana, pero menos violenta. Todo amor transita por la zona frenética del «enamoramiento»; pero, en cambio, existe «enamoramiento» al cual no sigue auténtico amor. No confundamos, pues, la parte con el todo.

Es frecuente que se mida la calidad del amor por su violencia. Contra este error habitual han sido escritas las páginas precedentes. La violencia no tiene nada que ver con el amor en cuanto tal. Es un atributo del «enamoramiento», de un estado mental inferior, casi mecánico, que puede producirse sin efectiva intervención del amor.

Hay un defecto de violencia que procede, acaso, de insuficiente energía en la persona. Pero, hecha esta salvedad, es forzoso decir que cuanto más violento sea un acto psíquico, más bajo está en la jerarquía del alma, más próximo al ciego mecanismo corporal, más distante del espíritu. Y, viceversa, conforme nuestros sentimientos van tiñéndose más de espiritualidad, van perdiendo violencia y fuerza mecánica. Siempre será más violenta la sensación de hambre en el hambriento que el apetito de justicia en el justo.

Agosto de 1926.

LA ELECCIÓN EN AMOR

I

En una conferencia reciente me ha ocurrido insinuar, entre otras, dos ideas, de las cuales la segunda va articulada en la primera.

Ésta suena así: el fondo decisivo de nuestra individualidad no está tejido con nuestras opiniones y experiencias de la vida; no consiste en nuestro temperamento, sino en algo más sutil, más etéreo y previo a todo esto. Somos, antes que otra cosa, un sistema nato de preferencias y desdenes. Más o menos coincidente con el del prójimo, cada cual lleva dentro el suyo, armado y pronto a dispararnos en *pro* o en *contra*, como una batería de simpatías y repulsiones. El corazón, máquina de preferir y desdeñar, es el soporte de nuestra personalidad. Antes de que conozcamos lo que nos rodea vamos lanzados por él en una u otra dirección, hacia unos u otros valores. Somos, merced a esto, muy perspicaces para las cosas en que están realizados los valores que preferimos, y ciegos para aquellas en que residen otros valores iguales o superiores, pero extraños a nuestra sensibilidad.

A esta idea, sustentada hoy con vigorosas razones por todo un grupo de filósofos, agrego una segunda, que no he visto hasta ahora apuntada.

Se comprende que en nuestra convivencia con el prójimo nada nos interesa tanto como averiguar su paisaje de valores, su sistema de preferir, que es raíz última de su persona y cimiento de su carácter. Asimismo, el historiador que quiera entender una época necesita, ante todo, fijar la tabla de valores dominantes en los hombres de aquel tiempo. De otro modo, los hechos y dichos de aquella edad que los documentos le notifican serán letra muerta, enigma y charada, como lo son los actos y palabras de nuestro prójimo mientras no hemos penetrado más allá de ellos y hemos entrevisto a qué valores en su secreto fondo sirven. Ese fondo, ese núcleo del corazón, es, en fecto, secreto; lo es en buena parte para nosotros mismos, que lo llevamos dentro —mejor dicho, que somos llevados por él. Actúa en la penumbra subterránea, en los sótanos de la personalidad, y nos es tan difícil percibirlo como nos es difícil ver el palmo de tierra sobre que pisan nuestros pies. Tampoco la pupila se puede contemplar a sí misma. Pero, además, una buena porción de nuestra vida consiste en la mejor intencionada comedia que a nosotros mismos nos hacemos. Fingimos modos de ser que no son el nuestro, y los fingimos sinceramente, no para engañar a los demás, sino para maquillarnos ante nuestra propia mirada. Actores de nosotros mismos, hablamos y operamos movidos por influencias superficiales que el contorno social o nuestra voluntad ejercen sobre nuestro organismo y momentáneamente suplantan nuestra vida auténtica. Si el lector dedica un rato a analizarse, descubrirá con sorpresa —tal vez con espanto— que gran parte de «sus» opiniones y sentimientos no son suyos, no han brotado espontáneamente de su propio fondo personal, sino que son bien mostrenco, caído del contorno social dentro de su cuenta íntima, como cae sobre el transeúnte el polvo del camino.

No son, pues, actos y palabras el dato mejor para sorprender el secreto cordial del prójimo. Unos y otros se hallan en nuestra mano y podemos fingirlos. El malvado que a fuerza de crímenes ha henchido su fortuna puede un buen día ejecutar un acto benéfico, sin dejar por eso de ser un malvado. Más que en actos y en palabras, conviene fijarse en lo que parece menos importante: el gesto y la fisonomía. Por lo mismo que son impremeditados, dejan escapar noticias del secreto profundo y normalmente lo reflejan con exactitud (1).

Pero hay situaciones, instantes de la vida, en que, sin advertirlo, confiesa el ser humano grandes porciones de su decisiva intimidad, de lo que auténticamente es. Una de estas situaciones es el amor. En la elección de amada revela su fondo esencial el varón; en la elección de amado, la mujer. El tipo de humanidad que en el otro ser preferimos dibuja el perfil de nuestro corazón. Es el amor un ímpetu que emerge de lo más subterráneo de nuestra persona, y

---

(1) Las razones que explican este poder revelador que tienen los gestos, la fisonomía, la escritura, el modo de vestirse, pueden verse en el ensayo «Sobre la expresión, fenómeno cósmico», *El Espectador*, VII, 1930. [Véase página 577 del tomo II de estas *Obras Completas*.]

al llegar al haz visible de la vida arrastra en aluvión algas y conchas del abismo interior. Un buen naturalista, filiando estos materiales, puede reconstruir el fondo pelágico de que han sido arrancados.

Se querrá oponer a esto la presunta experiencia que a menudo una mujer que consideramos de egregio carácter fija su entusiasmo en un hombre torpe y vulgar. Pero yo sospecho que los que así juzgan padecen casi siempre una ilusión óptica; hablan un poco desde lejos, y el amor es un cendal de finísima trama que sólo se ve bien desde muy cerca. En muchos casos, el tal entusiasmo es sólo aparente: en realidad no existe. El amor auténtico y el falso se comportan —vistos desde lejos— con ademanes semejantes. Pero supongamos un caso en que el entusiasmo sea efectivo: ¿qué debemos pensar? Una de dos: o que el hombre no es tan menospreciable como creemos, o que la mujer no era, efectivamente, de tan selecta condición como la imaginábamos.

En conversaciones y en cursos universitarios (con ocasión de determinar qué es lo que llamamos «carácter») he expuesto reiteradamente este pensamiento, y he podido observar que provoca con cierto automatismo un primer movimiento de protesta y resistencia. Como en sí misma la idea no contiene ingrediente alguno irritante o ácido —¿por qué, en tesis general, no había de halagarnos que nuestros amores sean la manifestación de nuestro ser recóndito?—, esa automática resistencia equivale a una comprobación de su verdad. El individuo se siente cogido de sorpresa y en descubierto por una brecha que no había resguardado. Siempre nos enoja que alguien nos juzgue aquella faceta de nuestra persona que presentamos al descuido. Nos toman desprevenidos, y esto nos irrita. Quisiéramos ser juzgados previo aviso y por las actitudes que dependen de nuestra voluntad, a fin de poder componerlas como ante el fotógrafo. (Terror de la «instantánea»). Pero claro es que, desde el punto de vista del investigador del corazón humano, lo interesante es entrar en el prójimo por donde menos presuma y sorprenderlo *in fraganti*.

Si la voluntad del hombre pudiese suplantar por completo su espontaneidad, no habría para qué bucear en los fondos arcanos de su persona. Pero la voluntad sólo puede suspender algunos momentos el vigor de lo espontáneo. A lo largo de toda una vida, la intervención del albedrío contra el carácter es prácticamente nula. Nuestro ser tolera cierta dosis de falsificación por medio de la voluntad: dentro de esa medida, mejor que de falsificación, es lícito hablar de que nos completamos y perfeccionamos. Es el golpe de pulgar que el espíritu —inteligencia y voluntad— da a nuestro barro primigenio. Sea mantenida en todo honor esta divina intervención de la potencia espiritual. Mas para ello es preciso moderar ilusiones y no creer que este influjo maravilloso puede pasar de aquella dosis. Más allá de ella empieza la efectiva falsificación. Un hombre que toda su vida marcha en contra de su nativa inclinación es que nativamente está inclinado a la falsedad. Hay quien es sinceramente hipócrita o naturalmente afectado.

Cuanto más va penetrando la actual psicología en el mecanismo del ser humano, más evidente aparece que el oficio de la voluntad, y en general el del espíritu, no es creador, sino meramente corrector. La voluntad no mueve, sino que suspende, este o el otro ímpetu prevoluntario que asciende vegetativamente de nuestro subsuelo anímico. Su intervención es, pues, negativa. Si a veces parece lo contrario, es por la razón siguiente: constantemente acaece que en el intrincamiento de nuestras inclinaciones, apetitos, deseos, uno de ellos actúa como un freno sobre otro. La voluntad, al suspender ese refrenamiento, permite a la inclinación, antes trabada, que fluya y se estire plenamente. Entonces parece que nuestro «querer» tiene un poder activo, cuando, en rigor, lo único que ha hecho es levantar las esclusas que contenían aquel ímpetu preexistente.

El sumo error, desde el Renacimiento hasta nuestros días, fue creer —con Descartes— que vivimos de nuestra conciencia, de aquella breve porción de nuestro ser que vemos claramente y en que nuestra voluntad opera. Decir que el hombre es racional y libre me parece una expresión muy próxima a ser falsa. Porque, en efecto, poseemos razón y libertad; pero ambas potencias forman sólo una tenue película que envuelve el volumen de nuestro ser, cuyo interior ni es racional ni es libre. Las ideas mismas de que la razón se compone nos llegan hechas y listas de un fondo oscuro, enorme, que está situado debajo de nuestra conciencia. Parejamente, los deseos se presentan en el escenario de nuestra mente clara como actores que vienen ya vestidos y recitando su papel de entre los misteriosos, tenebrosos bastidores. Y como sería falso decir que un teatro es la pieza que se representa en su iluminado escenario, me parece, por lo menos, inexacto decir que el hombre vive de su conciencia, de su espíritu. La verdad es que, salvo esa somera intervención de nuestra voluntad, vivimos de una vida irracional que desemboca en la conciencia, oriunda de la cuenca latente, del fondo invisible que en rigor somos. Por eso el psicólogo tiene que transformarse en buzo y sumergirse bajo la superficie de las palabras, de los actos, de los pensamientos del prójimo, que son mero escenario. Lo importante está detrás de todo eso. Al espectador le basta con ver a Hamlet que arrastra su neurastenia por el jardín ficticio. El psicólogo le espera cuando sale por el foro, y quiere conocer, en la penumbra de telones y cordajes, quién es el actor que hace de Hamlet.

Es natural, pues, que busque los escotillones y rendijas por donde deslizarse a lo profundo de la persona. Uno de estos escotillones es el amor. Vanamente la dama que pretende ser tenida por exquisita se esfuerza en engañarnos. Hemos visto que amaba a Fulano. Fulano es torpe, indelicado, sólo atento a la perfección de su corbata y al lustre de su «Rolls».

II

Contra esta idea de que en la elección amorosa revelamos nuestro más auténtico fondo, caben innumerables objeciones. Es posible que entre ellas existan algunas suficientes para dar al traste con la verosimilitud del aserto. Sin embargo, las que de hecho suelen salir al paso me parecen inoperantes, poco rigorosas, improvisadas por un juicio sin cautelas. Se olvida que la psicología del erotismo sólo puede proceder microscópicamente. Cuanto más íntimo sea el tema psicológico de que se trate, mayor será la influencia del detalle. Ahora bien: el menester amoroso es uno de los más íntimos. Probablemente, no hay más que otra cosa aún más íntima que el amor: la que pudiera llamarse «sentimiento metafísico», o sea, la impresión radical, última, básica, que tenemos del Universo.

Sirve ésta de fondo y soporte al resto de nuestras actividades, cualesquiera que ellas sean. Nadie vive sin ella, aunque no todos la tienen dentro de sí subrayada con la misma claridad. Contiene nuestra actitud primaria y decisiva ante la realidad total, el sabor que el mundo y la vida tienen para nosotros. El resto de nuestros sentires, pensares, quereres, se mueve ya sobre esa actitud primaria y va montado en ella, coloreado por ella. Precisamente, el cariz de nuestros amores es uno de los síntomas más próximos de esa primigenia sensación. Por medio de él nos es dado sospechar a qué o en qué tiene puesta su vida el prójimo. Y esto es lo que interesa más averiguar: no anécdotas de su existencia, sino la carta a que juega su vida. Todos nos damos alguna cuenta de que en zonas de nuestro ser más profundas que aquellas donde la voluntad actúa está ya decidido a qué tipo de vida quedamos adscritos. Vano es el ir y venir de experiencias y razonamientos: nuestro corazón, con terquedad de astro, se siente adscrito a una órbita predeterminada y girará por su propia gravitación hacia el arte o la ambición política o el placer sexual o el dinero. Muchas veces, la existencia aparente del individuo va al redropelo de su destino íntimo, dando ocasión a sorprendentes disfraces: el hombre de negocios que oculta a un sensual, o el escritor que es en verdad sólo un ambicioso de poder político.

* * *

Al hombre normal le «gustan» casi todas las mujeres que pasan cerca de él. Esto permite destacar más el carácter de profunda elección que posee el amor. Basta para ello con no confundir el gusto y el amor. La buena moza transeúnte produce una irritación en la periferia de la sensibilidad varonil, mucho más impresionable —sea dicho en su honor— que la de la mujer. Esta irritación provoca automáticamente un primer movimiento de ir hacia ella. Tan automática, tan mecánica es esta reacción, que ni siquiera la Iglesia se atreve a considerarla como figura de pecado. La Iglesia ha sido en otro tiempo excelente psicóloga, y es una pena que se haya quedado retrasada en los dos últimos siglos. Ello es que, clarividente, reconocía la inocencia de todos los «primeros movimientos». Así, éste de sentirse el varón atraído, arrastrado hacia la mujer que taconea delante de él. Sin ello no habría nada de lo demás —ni lo malo ni lo bueno, ni el vicio ni la virtud. Sin embargo, la expresión «primer movimiento» no dice todo lo que debiera. Es «primero» porque parte de la periferia misma donde se ha recibido la incitación, sin que en él tome parte lo interno de la persona.

Y, en efecto, a esa atracción que casi toda mujer ejerce sobre el hombre, y que viene a ser como la llamada que el instinto hace al centro profundo de nuestra personalidad, no suele seguir respuesta o sigue sólo respuesta negativa. La habría positiva cuando de ese centro personalísimo brotase un sentimiento de adscripción a lo que acaba de atraer nuestra periferia. Tal sentimiento, cuando surge, liga el centro o eje de nuestra alma a aquella sensación externa; o dicho de otro modo: no sólo somos atraídos en nuestra periferia, sino que vamos por nuestro pie hacia esa atracción, ponemos en ella nuestro ser todo. En suma: no sólo somos atraídos, sino que nos interesamos. Lo uno se diferencia de lo otro como el ser arrastrado del ir uno por sí mismo.

Este interés es el amor, que actúa sobre las innumerables atracciones sentidas, eliminando la mayor parte y fijándose sólo en alguna. Produce, pues, una selección sobre el área amplísima del instinto, cuyo papel queda así reconocido y a la vez limitado (1). Nada es más necesario, para esclarecer un poco los hechos del amor, que definir con algún rigor la intervención en ellos del instinto sexual. Si es una tontería decir que el verdadero amor del hombre a la mujer, y viceversa, no tiene nada de sexual, es otra tontería creer que amor es sexualidad. Entre otros muchos rasgos que los diferencian, hay éste, fundamental, de que el instinto tiende a ampliar indefinidamente el número de objetos que lo satisfacen, al paso que el amor tiende al exclusivismo. Esta oposición de tendencias se manifiesta claramente en el hecho de que nada inmunice tanto al varón para otras atracciones sexuales como el amoroso entusiasmo por una determinada mujer.

Es, pues, el amor, por su misma esencia, elección. Y como brota del centro personal, de la profundidad anímica, los principios selectivos que la deciden son a la vez las preferencias más íntimas y arcanas que forman nuestro carácter individual.

* * *

He indicado que el amor vive del detalle y procede microscópicamente. El instinto, en cambio, es macroscópico, se dispara ante los conjuntos. Diríase que actúan ambos desde dos distancias diferentes. La belleza que atrae rara vez coincide con la belleza que enamora. Si el indiferente y el enamorado pudiesen comparar lo que para ambos constituye la belleza, el encanto de una misma mujer, se sorprenderían de la incongruencia. El indiferente encontrará la belleza en las grandes líneas del rostro y de la figura —lo que, en efecto, suele llamarse belleza. Para el enamorado no existen, se han borrado ya esas grandes líneas, arquitectura de la persona amada que se percibe desde lejos. Si es sincero, llamará belleza a menudos rasgos sueltos, distantes entre sí: el color de la pupila, la comisura de los labios, el timbre de su voz.

Cuando analiza su sentimiento y persigue la trayectoria de esto que va desde su interior al ser querido, nota que el hilo del amor

---

(1) Que el instinto sexual es ya por sí selectivo fue una de las grandes ideas de Darwin. El amor sería una segunda potencia de selección mucho más rigorosa.

va a anudarse en esas menudas facciones y de ellas se nutre en todo instante. Porque, no hay duda, el amor se alimenta continuamente, se embebe de causa y razón de amar contemplando real o imaginariamente las gracias de lo amado. Vive en forma de incesante confirmación. (El amor es monótono, insistente, pesadísimo; no soportaría nadie que se le repitiese muchas veces la frase más ingeniosa, y, en cambio, exige la reiteración innumerable de que el ser amado le ama. Viceversa: cuando alguien no ama, el amor que le es dedicado le desespera, le atosiga por su extremada pesadumbre).

Es importante acentuar este papel que los detalles de la fisonomía y del gesto juegan en el amor, porque son el elemento más expresivo donde se revela el ser auténtico de la persona que, al través de ellos, preferimos. La otra belleza que se percibe a distancia, sin dejar de poseer significado expresivo y exteriorizar un modo de ser, tiene un valor estético independiente, un encanto plástico objetivo, a que alude el nombre de belleza. Y sería, me parece, un error creer que es esta belleza plástica la que fija el entusiasmo. Siempre he visto que de las mujeres plásticamente más bellas se enamoraban poco los hombres. En toda sociedad existen algunas «bellezas oficiales», que en teatros y fiestas la gente señala con el dedo, como monumentos públicos; pues bien, casi nunca va a ellas el fervor privado de los varones. Esa belleza es tan resueltamente estética, que convierte a la mujer en objeto artístico, y con ello la distancia y aleja. Se la admira —sentimiento que implica lejanía—, pero no se la ama. El deseo de proximidad, que es la avanzada del amor, se hace, desde luego, imposible.

La gracia expresiva de un cierto modo de ser, no la corrección o perfección plástica, es, a mi juicio, el objeto que eficazmente provoca el amor. Y viceversa: cuando en vez de un amor verdadero se encuentra el sujeto lanzado a un embalamiento falso —por amor propio, por curiosidad, por obcecación—, la sorda incompatibilidad que en el fondo siente con ciertos detalles de la otra persona es el anuncio de que no ama. En cambio, la incorrección o imperfección del semblante, desde el punto de vista de la belleza pura, si no son monstruosas no estorban al amor.

Con la idea de belleza, como con una losa de espléndido mármol, se ha aplastado toda posible delicadeza y jugosidad en la psicología del amor. Con decir que el hombre se enamora de la mujer que le parece guapa se cree haberlo dicho todo, cuando, en rigor, no se ha dicho nada. El error procede de la herencia platónica. (Es incalculable hasta qué estratos de la humanidad occidental han penetrado elementos de la antigua filosofía. El hombre más inculto usa vocablos y conceptos de Platón, de Aristóteles, de los estoicos).

Fue Platón quien conectó para siempre amor y belleza. Sólo que para él la belleza no significaba propiamente la perfección de un cuerpo, sino que era el nombre de toda perfección, la forma, por decirlo así, en que a los ojos griegos se presentaba todo lo valioso. Belleza era optimidad. Esta peculiaridad de vocabulario ha descarriado la meditación posterior sobre el erotismo.

Amar es algo más grave y significativo que entusiasmarse con las líneas de una cara y el color de una mejilla; es decidirse por un cierto tipo de humanidad que simbólicamente va anunciado en los detalles del rostro, de la voz y del gesto.

Amor es afán de engendrar en la belleza, *tiktein en tô kalô* —decía Platón. Engendrar, creación de futuro. Belleza, vida óptima. El amor implica una íntima adhesión a cierto tipo de vida humana que nos parece el mejor y que hallamos preformado, insinuado en otro ser.

Y esto parecerá abstracto, abstruso, distante de la realidad concreta, señora mía. Sin embargo, orientado por esa abstracción, acabo de descubrir en la mirada que usted ha dirigido a X... lo que para usted es la vida. ¡Bebamos otro *cock-tail*¡

III

Es lo más frecuente que el hombre ame varias veces en su vida. Esto da lugar a una porción de cuestiones teóricas, encima de las prácticas que el amador, por su cuenta, tendrá que solventar. Por ejemplo: ¿es constitutiva para la índole del varón esa pluralidad sucesiva de amores o es un defecto, un vicio resto de primitivismo, de barbarie, que en él queda? ¿Sería lo ideal, lo perfecto y deseable, el amor único? ¿Existe alguna diferencia, por la que a esto se refiere, entre el hombre normal y la mujer normal?

Ahora vamos a evitar todo intento de contestación a tan peligrosas preguntas. Sin permitirnos opinar sobre ellas, tomamos, sin más, el hecho indiscutible de que casi siempre el varón es plural en amor. Como nos referimos a las formas plenarias de ese sentimiento, queda excluida la pluralidad de coexistencia y retenemos únicamente la de sucesión.

¿No encierra este hecho una seria dificultad para la doctrina aquí sustentada de que la elección amorosa descubre el ser radical de la persona? Tal vez; pero antes conviene refrescar en el lector la observación trivial de que esa variedad de amores puede ser de dos clases. Hay individuos que aman a lo largo de su vida varias mujeres; pero todas repiten con clara insistencia el mismo tipo de feminidad. A veces, la coincidencia llega hasta mantenerse dentro de un mismo formato físico. Esta suerte de fidelidad larvada en que al través de muchas mujeres se ama, en rigor, a una sola mujer genérica, es sobremanera frecuente y constituye la más directa prueba de la idea que sustentamos.

Pero en otros casos, las mujeres sucesivamente amadas por un hombre, o los hombres preferidos por una mujer, son, en verdad, de condición muy distinta. Mirado el hecho desde aquella idea, significaría que el ser radical del hombre había variado de un tiempo a otro. ¿Es posible este cambio en la raíz misma de nuestro ser? El problema es de grueso calibre, acaso el decisivo, para una ciencia del carácter. Durante la segunda mitad del siglo XIX era sólito pensar que el carácter de la persona se iba formando de fuera a dentro. Las experiencias de la vida, los hábitos que engendran, los influjos del contorno, las vicisitudes de la suerte, los estados fisiológicos irían decantando, como un poso, eso que llamamos carácter. No habría, por lo tanto, un ser radical de la persona, no habría una estructura íntima previa a los sucesos de la existencia e independiente de ellos. Estaríamos hechos, como la bola de nieve, con polvo del camino mismo que vamos recorriendo. Para esta manera de pensar, que excluye un núcleo radical en la personalidad, no existe, claro es, el problema de los cambios radicales. El llamado carácter se modificaría constantemente: conforme se va haciendo, se va también deshaciendo.

Pero razones de bastante peso, que no es oportuno acumular aquí, me inclinan a la creencia opuesta, según la cual parece más exacto decir que vivimos de dentro a fuera. Antes de que sobrevengan las contingencias externas, nuestro personaje interior está ya en lo esencial formado, y aunque los casos de la existencia influyan algo sobre él, es mucho mayor el influjo que él ejerce sobre éstos. Solemos ser increíblemente impermeables a lo que cae sobre nosotros cuando no es afín con ese «personaje» nato que en última instancia somos. Entonces —se dirá—, no cabe hablar tampoco de cambios radicales. El que éramos al nacer seremos a la hora de morir.

No, no. Precisamente, esta opinión goza de elasticidad suficiente para amoldarse a los hechos en todo su alabeo. Ella nos permite distinguir entre las pequeñas modificaciones que los acontecimientos externos introducen en nuestro modo de ser y otros cambios más hondos que no obedecen a esos motivos de azar, sino a la índole misma del carácter. Yo diría que el carácter cambia, si por este cambio se entiende propiamente una evolución. Y esta evolución, como la de todo organismo, es provocada y dirigida por razones internas, connaturales al ser mismo, innatas como su carácter. El lector tendrá seguramente la impresión de que unas veces las transformaciones de sus prójimos le parecen frívolas, injustificadas, cuando no oriundas de lo inconfesable, pero que en otros casos la mutación posee toda la dignidad y todo el sentido de un crecimiento. Es el brote que se hace árbol, es la desnudez de hojas que precede a la foliación, es el fruto que sigue a la fronda.

Contesto, pues, a la objeción antecedente. Hay personas que no evolucionan, caracteres relativamente anquilosados (en general, los de menos vitalidad: prototipo, el «buen burgués»). Éstas persistirán dentro de un invariable esquema de elección amorosa. Pero hay individuos con carácter fértil, rico de posibilidades y destinos, los cuales esperan en buen orden su hora de explosión. Casi puede afirmarse que éste es el caso normal. La personalidad experimenta en el transcurso de su vida dos o tres grandes transformaciones, que son como estadios diferentes de una misma trayectoria moral. Sin perder la solidaridad, más aún, la homogeneidad radical con nuestro sentir de ayer, cierto día advertimos que hemos ingresado en una nueva etapa o modulación de nuestro carácter. A esto llamo cambio radical. No es más, pero tampoco es menos (1). Nuestro ser profundo parece en cada una de esas dos o tres etapas girar sobre sí mismo unos grados, desplazarse hacia otro cuadrante del Universo y orientarse hacia nuevas constelaciones.

¿No es sugestivo azar que el número de verdaderos amores porque suele pasar el hombre normal lleve casi siempre la misma cifra: dos, tres? ¿Y, además, que cada uno de esos amores aparezca cronológicamente localizado en cada una de estas etapas del carácter? No me parece, pues, exorbitante ver en la pluralidad de amores la más aguda confirmación de la doctrina insinuada aquí. Al nuevo modo de sentir la vida se ajusta rigurosamente la preferencia por un tipo distinto de mujer. Nuestro sistema de valores se ha alte-

---

(1) El fenómeno más curioso y extremo es la «conversión», la mutación súbita, de cariz catastrófico, que a veces sufre la persona. Permítase que ahora deje intacto tan difícil tema.

rado un poco o un mucho —siempre en fidelidad latente con el antiguo; pasan a primer término calidades que antes no estimábamos, que tal vez ni siquiera percibíamos, y un nuevo esquema de selección erótica se interpone entre el hombre y las mujeres transeúntes.

Sólo una novela ofrece instrumental adecuado para dar evidencia a este pensamiento. Yo he leído trozos de una —que tal vez no se publique jamás— cuyo tema es precisamente éste: la evolución profunda de un carácter varonil vista al través de sus amores. El autor —y esto es lo interesante— insiste por igual en mostrar la continuidad del carácter a lo largo de sus cambios y el perfil divergente que éstos poseen, esclareciendo así la lógica viviente, la génesis inevitable de estas mutaciones. Y una figura de mujer recoge y concentra en cada etapa los rayos de aquella vitalidad que evoluciona, como esos fantasmas que con luces y reflectores se logra formar sobre una densa atmósfera.

PARÉNTESIS

Mis ensayos, que suelen ir apareciendo segmentados, como trozos de anélido, en el periódico *El Sol*, me proporcionan grato pretexto para conocer almas de españoles y españolas que personalmente me serían distantes e ignoradas. Recibo, en efecto, con halagadora frecuencia, cartas de corroboración, o de protesta, o de disputa. Mis ocupaciones me impiden, según fuera correcto y a la par deleitable, contestar a esos gestos epistolares tan útiles, tan fértiles para un escritor. En lo sucesivo procuraré alguna vez espumar de esa correspondencia lo que parezca más fecundo y de general provecho.

Para empezar, transcribo una carta anónima que me llega de Córdoba. El que la manuscribe parece persona muy discreta, salvo en guardar el anónimo.

«He leído su folletón de *El Sol* «La lección en amor», como leo cuanto de lo que usted escribe llega a mis manos, para deleitarme con sus finas y originales observaciones. Esta predisposición favorable de mi espíritu hacia su obra me da ánimo para señalarle algo que considero erróneo en su último artículo.

»Conforme en que el gesto y la fisonomía nos permiten adentrarnos, como Pedro por su casa, por el descuidado (y acaso también por el vigilante) espíritu del vecino. De tal suerte coincido con usted en este punto, que algo tengo escrito y publicado sobre ello.

»Lo que, a mi juicio, no puede sostenerse con verdad, es que «en la elección de amada revele su fondo esencial el varón; en la elección de amado, la mujer», ni en que el tipo preferido dibuje el perfil de nuestro corazón.

»Hasta me atrevería a asegurar que esas *automáticas* protestas que tal afirmación suele provocar entre sus oyentes, más que el malestar inquietante de sentirse inesperadamente desnudos ante el observador, son la repugnancia, acaso no razonada, que ofrece una idea que no admitimos, que no podemos admitir, aunque todavía no sepamos el porqué de ello.

»El amor (la pasión sexual, con o sin ringorrangos líricos), sustantivo de un verbo eminentemente transitivo, es en cierto sentido el más intransitivo, el más hermético de todos, porque empieza y acaba en el sujeto, porque de su alma se alimenta y no tiene más vida que la que el mismo sujeto le da.

»Claro es que el amante, por la apetencia sexual, busca al individuo del sexo contrario, y que cada uno quiere encontrar en el otro cierta proporcionalidad física; pero nada tendría de extraño que el *egregio* carácter de una mujer fijara sus entusiasmos en un hombre vulgar, y viceversa.

»Por el amor sí puede conocerse al amante; pero no por el objeto amado. Cada persona ama con la plenitud de su espíritu, con fuerza suficiente para *poner* en el amado cuantas delicadezas y finuras necesite el alma del amante (o sea, su propia alma), como la linterna mágica o el cinematógrafo ponen en el lienzo la línea y el color que están en ellos, como Don Quijote en Aldonza Lorenzo y Nelson en lady Hamilton (la corza del paisaje de principios del siglo XIX) pusieron lo necesario para que sus almas se postraran ante esas dos mujeres.

»Y hago punto, porque ya queda en síntesis formulada la objeción, y no quiero molestarle inútilmente.»

Agradezco sobremanera la objeción, sólo que preferiría recibirlas de mayor eficacia. Ya el intento de reducir el amor a sexualidad enturbia *a limine* la cuestión. En la serie de artículos «Amor en Stendhal», que *El Sol* publicó este otoño, creo haber mostrado el error evidente que hay en tal reducción. Basta advertir el hecho constante de que el hombre desea sexualmente, con una u otra intensidad, innumerables mujeres, en tanto que su amor, por hipertrófico y pululante que sea, sólo se fija en unas cuantas, para que resulte imposible identificar ambos ímpetus. Pero, además, el amable corresponsal dice que «cada persona ama con la plenitud de su espíritu». Mal puede entonces ser el amor «apetencia sexual» sin más. Y si es más, si a la brama del sexo agrega el espíritu su heterogénea colaboración, tendremos un movimiento psíquico muy diferente del mero instinto, y que es el que llamamos amor.

Y no está bien calificar tan sustancial añadido de «ringorrango lírico». Fuera suficiente que en un minuto de calma, junto al aljibe, entre los geranios y mientras resbalan sobre el patio cordobés las nubes viajeras, se entretuviese en fijar el diferente significado que tienen las palabras amar y desear. Vería entonces este discreto cordobés que amor y deseo o apetito no se parecen en nada, aunque el uno sea suscitado por el otro: lo que se desea puede alguna vez llegar a amarse; lo que amamos, *porque* lo amamos, lo deseamos.

Hubo un tiempo —por ejemplo, el del «resentido» Remigio de Gourmont —en que parecía una superficialidad de análisis dejarse «engañar» por la retórica del amor, y se subrayaba bajo él, el tirón sexual *(Physique de l'amour)*. En verdad que se ha exagerado mucho el papel de este instinto en el hombre. Cuando se iniciaba esta psicología peyorativa y aviesa —a fines del XVIII—, dijo ya Beaumarchais que «beber sin sed y amar en todo tiempo es lo único que diferencia al hombre del animal». Está bien; pero ¿qué es preciso añadir al animal, «amante» una vez al año, para hacer de él una criatura que «ama» en las cuatro estaciones? Aun quedándonos en el piso bajo de la sexualidad, ¿cómo es posible que del animal, tan indolente en amor, proceda el hombre, que se manifiesta en la materia tan superlativamente laborioso? Pronto caemos en la cuenta de que en el hombre prácticamente no existe, hablando con rigor, el instinto sexual, sino que se da casi siempre indisolublemente articulado, por lo menos, con la fantasía.

Si el hombre no poseyese tan generosa, tan fértil imaginación, no «amaría» sexualmente, como lo hace, en toda posible ocasión. La mayor parte de los efectos que se cargan al instinto no proceden de él. Si así fuese, aparecería también en el animal. Las nueve décimas partes de lo que se atribuye a la sexualidad es obra de nuestro magnífico poder de imaginar, el cual no es ya un instinto sino todo lo contrario: una creación. Apunto aquí sólo la advertencia de que probablemente la notoria desproporción entre el sexualismo del hombre y el de la mujer, que hace a ésta, normalmente, espontáneamente, tan moderada en «amor», coincide con el hecho de que la hembra humana suele disponer de menos poder imaginativo que el varón. La naturaleza, con tiento y previsión, lo ha querido así, porque de acaecer lo contrario y hallarse la mujer dotada de tanta fantasía como el hombre, la lubricidad hubiera anegado el planeta y la especie humana hubiera desaparecido, volatilizada en delicias (1).

Como esta idea que no ve en el amor más realidad que el instinto sexual (2) se halla muy extendida y bien instalada en las mentes, me ha parecido útil publicar la carta cordobesa, que nos da una vez más pretexto para intentar su evacuación.

Termina el anónimo reconociendo que «por el amor se puede conocer al amante; pero no por el objeto amado». A lo que yo respondería, evitando muchas palabras: 1.º ¿Cómo es posible conocer el amor del amante por método directo, si, a fuer de sentimiento, pertenece al arcano de la intimidad? La elección de objeto es el gesto que nos permite adivinarlo. 2.º Si en el amor lo pone todo el amante, ¿por qué azar lo fija en esta mujer y no en aquélla?, ¿por qué este discretísimo lector no evita reincidir en la otra idea, que, junto a la interpretación sexualista, más caminos cierra en psicología del amor —la «cristalización» de Stendhal? Según ésta, serían siempre imaginarias las gracias que suponemos en lo amado. Amar sería equivocarse. Largamente combato en la serie arriba citada este pensamiento, favorecido con mucha mejor fortuna que la merecida. Mis razones en contra pueden resumirse en dos. Una: no es verosímil que ninguna actividad normal del hombre consista en un esencial error. El amor se equivoca algunas veces, como se equivocan los ojos y los oídos. Pero, como éstos, su normalidad consiste en un acierto suficiente. Otra: imaginarias o no, el amor va a ciertas gracias y calidades. Tiene siempre un objeto. Y aunque la persona real no coincida con este objeto imaginario, algún motivo de afinidad existirá entre ambos que nos lleva a suponer tal mujer, y no tal otra, como el substrato y sujeto de aquellos encantos.

---

(1) La lujuria no es un instinto, sino una creación específicamente humana —como la literatura. En ambas, el factor más importante es la imaginación. ¿Por qué los psiquiatras no estudian la lujuria bajo este ángulo, como un género literario que tiene sus orígenes, sus leyes, su evolución y sus límites?

(2) Si además de los instintos corporales tiene el alma también instintos, como yo creo, la discusión habría que plantearla de manera muy distinta.

IV

Esta idea de que en el amor hay elección —una elección mucho más efectiva que cuantas se pueden hacer consciente, deliberadamente—, y que esa elección no es libre, sino que depende de cuál sea el carácter radical del sujeto, tiene que parecer, desde luego, inaceptable a quienes conservan una interpretación psicológica del hombre que, a mi juicio, ha periclitado y debe sustituirse. Consiste en la tendencia a exagerar la intervención del azar y de las contingencias mecánicas en la vida humana.

Hace sesenta años, o más, los hombres de ciencia ensayaron cuidadosamente este punto de vista y aspiraron a construir una mecánica psicológica. Como siempre pasa, han tardado sus pensamientos una generación en llegar a la conciencia del hombre medio culto, y ahora todo nuevo intento de ver más exactamente las cosas encuentra las cabezas amuebladas con los caducos armatostes. Aparte, pues, de que la tesis aquí insinuada sea verdad o error, tiene por fuerza que chocar con corrientes generales de pensamiento que llevan opuesta dirección. Se han acostumbrado las gentes a pensar que los acontecimientos cuya textura forma la existencia no tienen sentido, bueno ni malo, sino que sobrevienen por una mezcla de azar y fatalidad mecánica.

Toda idea que reduzca el papel de ambos ingredientes en el destino de la persona y quiera descubrir en éste una ley interna, radica en el carácter del individuo, será por de pronto rechazada. Un enjambre de observaciones falsas —en este caso, sobre los «amores» de nuestros vecinos o los propios— acude a obturar el paso por donde podía penetrar en la mente, ser entendida y luego ser juzgada. Añádanse a esto las malas inteligencias habituales, que casi siempre consisten en añadidos espontáneos que el lector imbuye en la idea del autor. A este género pertenecen las más numerosas objeciones que recibo. Entre éstas, a su vez, la más frecuente estriba en hacer notar que si amásemos la mujer cuya persona refleja nuestro íntimo modo de ser, no sería tan frecuente la infelicidad que sigue a la pasión o en ella misma se engendra. Lo cual sugiere que estos amables lectores han unido arbitrariamente a esa afinidad entre el amante y su objeto sustentada por mí, la de una felicidad consecuente.

Ahora bien: yo creo que lo uno no tiene nada que ver con lo otro. Un hombre vanidoso en su última raíz —como suelen serlo los «aristócratas» de sangre, por decaídos que estén— se enamorará de una mujer vanidosa también. La consecuencia de esta elección es, inevitablemente, la infelicidad. No confundamos las consecuencias de la elección con ésta misma. Al propio tiempo contesto a otro linaje de objeciones muy elementales, muy obvias y, por lo mismo, muy reiteradas. Se dice que, en muchos casos, uno u otro de los amantes se han equivocado: creyó que su elegido era de una manera y luego resulta ser de otra. ¿No es ésta una de las canciones más repetidas en la usual psicología del amor? A creerla, sería casi, casi lo normal el *quid pro quo*, la equivocación. Aquí se separan nuestros caminos. Yo no puedo, sin hartura de razones, aceptar teoría ninguna según la cual resulte que la vida humana, en una de sus más hondas y graves actividades —como es el amor—, es un puro y casi constante absurdo, un despropósito y una equivocación.

No niego que éstos puedan alguna vez producirse, como acontece en la visión corporal, sin que ello invalide el acierto de nuestra percepción sana. Pero si se insiste en presentar la equivocación como un hecho de normal frecuencia, diré que me parece falso, oriundo de insuficiente observación. La equivocación, en la mayor parte de los presuntos casos, no existe: la persona es lo que pareció desde luego, sólo que después se sufren las consecuencias de ese modo de ser, y a esto es a lo que llamamos nuestra equivocación. Por ejemplo: no es raro que la joven burguesita madrileña se enamore de un hombre por cierta soltura y como audacia que rezuma su persona. Siempre está sobre las circunstancias, presto a resolverlas con una frescura y un dominio que maravillan y que proceden, en definitiva, de una absoluta falta de respeto a todo lo divino y lo humano. No se puede negar que tal elasticidad de movimiento da a este tipo de varón una gracia de primer pronto que suele faltar a caracteres más profundos. Es, en resolución, el tipo de «calavera» (1). La muchacha se enamora, pues, del calavera antes de que ejecute sus calaveradas. Poco después, el marido le empeña las joyas y la abandona. Las personas amigas consuelan a la damita sin ventura por su «equivocación»; pero en el último fondo de su conciencia sabe ésta muy bien que no hubo tal, que una sospecha de tales posibilidades sintió desde el principio, y que esa sospecha era un ingrediente de su amor, lo que le «sabía» mejor en aquel hombre.

---

(1) Ignoro de dónde viene esta expresión tan graciosa de nuestro idioma, y si algún lector conociese su origen de manera fehaciente, yo le agradecería mucho que me lo comunicase. Sospecho que se trata de las escenas de violación de cementerios que la juventud dorada puso de moda en el Renacimiento.

Creo que necesitamos ir reformando las ideas tópicas sobre este magnífico sentimiento, porque anda, sobre todo en nuestra península, muy entontecido el amor. Resorte espléndido de la vitalidad humana —que, después de todo, no cuenta con muchos—, conviene ponerlo a punto y libertarlo de torpes adherencias. Seamos, pues, parcos en acudir a la idea de la «equivocación» siempre que se intenta aclarar el drama frecuente del erotismo. Y deploro que el discreto anónimo de Córdoba, en nueva comunicación, se acoja al pensamiento de que nos enamora la «proporcionalidad física» de otro ser, y como bajo un mismo tipo físico «se dan las psiques más distintas y hasta opuestas», sobrevienen los errores y resulta imposible afirmar una afinidad entre el objeto amado y la índole del amante. El caso es que en su primera carta ese cortés paisano de Averroes reconocía que en los gestos y fisonomía de una persona transparece su ser íntimo. Siento mucho no poder aceptar esa separación entre lo físico y lo psíquico, que es otra gran manía de la época pasada. Es falso, de toda falsedad, que veamos «sólo» un cuerpo cuando vemos ante nosotros una figura humana. ¡Como si luego, por un acto mental nuevo y posterior, añadiésemos mágicamente y no se sabe cómo a ese objeto material una psique tomada no se sabe de dónde! (1). Lejos de acontecer así las cosas, ocurre que nos cuesta gran trabajo separar y abstraer el cuerpo del alma, suponiendo que lo logremos. No sólo en la convivencia humana, sino aun en el trato con cualquiera otro ser viviente, la visión física de su forma es a la vez percepción psíquica de su alma o cuasi alma. En el aullido del perro percibimos su dolor, y en la pupila del tigre, su ferocidad. Por eso distinguimos la piedra y la máquina de la figura con carne. Carne es esencial y constitutivamente cuerpo físico cargado de electricidad psíquica; de carácter, en suma. Y el hecho de que a veces existan formas equívocas y erremos en la percepción del alma ajena no servirá, repito, para invalidar el acierto normal (2). Al enfrentarnos con otra criatura de nuestra especie nos es, desde luego, revelada su condición íntima. Esta penetración de nuestro prójimo es mayor

---

(1) Véase mi ensayo *La percepción del prójimo*, en el volumen *Teoría de Andalucía* (2.ª edición), pág. 81 [V. tomo VI de estas *Obras Completas*], y, sobre todo, la gran obra de Scheler: *Wesen und Formen der Sympathie*, 1923.

(2) Sobre esta gran cuestión del valor expresivo del cuerpo, vuelvo a remitir la atención del lector curioso a mi ensayo *Sobre la expresión, fenómeno cósmico* (*El Espectador*, VII, 1930). [V., página 577 del tomo II de estas *Obras Completas*.]

o menor, según sea nuestra nativa perspicacia. Sin ella no sería posible el más elemental trato y la social convivencia. Cada gesto y palabra que hiciéramos heriría a nuestro interlocutor. Y como nos percatamos del don auditivo cuando hablamos con un sordo, advertimos la existencia de esa intuición normal que el hombre tiene para sus semejantes cuando tropezamos con un indiscreto, con una persona sin «tacto»; expresión ésta admirable, que alude a ese sentido de percepción espiritual con que parece palparse el alma ajena, tocar su perfil, la aspereza o suavidad de su carácter, etc. Lo que no podrá la mayor parte de las personas es «decir» cómo es el prójimo que tiene delante. Pero el que no pueda «decirlo» no implica que no lo esté viendo. «Decir» es expresarse en conceptos, y el concepto supone una actividad analítica, específicamente intelectual, que pocos individuos han ejercitado. El saber que se expresa en vocablos es superior al que se contenta con tener algo ante los ojos; pero éste también es un saber. Pruebe el lector a describir con palabras lo que en cualquier momento está viendo, y se sorprenderá de lo poco que puede «decir» sobre aquello que tan claramente tiene ante sí. Y, sin embargo, ese saber visual nos sirve para movernos entre las cosas, para diferenciarlas —por ejemplo: los diversos matices sin nombre de un color—, para buscarlas o evitarlas. En esta forma sutilísima actúa en nosotros la percepción que del prójimo tenemos, y muy especialmente en el caso del amor.

No se repita, pues, tan tranquilamente como diciendo cosa clara y sencilla, que el hombre se enamora de la mujer «físicamente», o viceversa, y que luego sobreviene el choque con el carácter de quien amábamos. Lo que sí acontece es que algunas personas de uno y otro sexo se enamoran de un cuerpo como tal, pero esto revela precisamente su modo de ser específico. Es el carácter sensual del amante quien sugiere esta preferencia. Mas es preciso agregar que tal carácter se da con mucha menos frecuencia de lo que suele creerse. Sobre todo, en la mujer es rara tal condición. Por eso quien haya observado con algún cuidado el alma femenina pondrá en duda, como suceso normal, el entusiasmo erótico de la mujer por la belleza masculina. Y hasta puede predecirse qué tipos de mujer serán la excepción a esta regla. Helos aquí: primero, las mujeres de alma un poco masculina; segundo, las que desde luego han practicado sin limitaciones la vida sexual (prostitutas); tercero, las mujeres normales que tienen tras de sí una vida sexual plenamente ejercitada y llegan a la madurez; cuarto, las que por su condición psicofisiológica vienen al mundo dotadas de «gran temperamento».

Estos cuatro tipos de mujer poseen una nota común que les hace coincidir en una marcada debilidad ante la belleza del varón. Como es notorio, el alma femenina es mucho más unitaria que la del hombre; es decir, que en el alma femenina se hallan menos separados unos elementos de otros que en la varonil. Así, es menos frecuente que en el hombre la disociación entre el placer sexual y el afecto o entusiasmo. En la mujer, aquél no se despierta sin éste tan fácilmente como en nosotros. Es preciso que haya algún motivo muy especial para que la sensualidad femenina se haga independiente y actúe por su cuenta y según su ley particular. Pues bien: en esos cuatro tipos de mujer se da el germen para que esa disociación de la sensualidad se produzca. En el primero, por la dosis de masculinidad que hay en ella; por tanto, de menor unitarismo, de nativa separación entre las distintas potencias. (La masculinidad en la mujer es uno de los temas más interesantes de la psicología humana y merecía un estudio aparte). En el segundo, la disociación se produce por el oficio mismo. Por eso, más que nadie, la prostituta es sensible al guapo (suponiendo que la prostituta no sea un caso peculiarísimo de masculinismo en la mujer). En el tercero, que es perfectamente normal, me refiero al hecho de que, como suele decirse, «los sentidos de la mujer tardan en despertar». La verdad es que tardan en hacerse independientes, y que sólo la mujer que ha hecho, aun dentro de todas las normas, una vida sexual prolongada y enérgica, llega efectivamente a manumitir su sensualidad. En el hombre, el exceso de imaginación puede sustituir los efectos del desarrollo sexual al efectivo ejercicio. En la mujer —cuando no es masculina—, la imaginación suele ser paupérrima, y a este defecto conviene atribuir en buena parte la honestidad habitual de la hembra humana.

V

Si el amor es, en efecto, tan decisivamente elección como yo supongo, poseeremos en él, a la par, una *ratio cognoscendi* y una *ratio essendi* del individuo. Nos sirve de criterio y señal para conocer el subsuelo moral de éste, como según el símil de Esquilo, los corchos flotando entre las espumas del mar anuncian la red que rasca el áspero fondo. Por otra parte, actúa casualmente en la biografía de la persona, trayendo a ella, al más íntimo centro de ella, seres de determinado tipo y eliminando los restantes. El amor modela de esta suerte el destino individual. Yo creo que no nos hacemos bien cargo de la enorme influencia que sobre el curso de nuestra vida ejercen nuestros amores. Porque al pronto pensamos sólo en los influjos más superficiales, aunque de aspecto más dramático —las «locuras» que por una mujer hace un hombre, o viceversa. Y como la mayor porción de nuestra vida, cuando no toda ella, se halla exenta de tales locuras, tendemos a escatimar la proporción de aquella influencia. Pero el caso es que ésta suele adoptar un cariz sutilísimo, especialmente la de una mujer, sobre la existencia de un hombre. Junta el amor a los individuos en convivencia tan estrecha y omnímoda, que no deja entre ellos distancia para que se perciba la reforma que uno sobre otro produce. Sobre todo, la influencia de la mujer es atmosférica y, por lo mismo, ubicua e invisible. No hay manera de prevenirla y evitarla. Penetra por los intersticios de la cautela y va actuando sobre el hombre amado como el clima sobre el vegetal. Sus modos radicales de sentir la existencia oprimen suave y continuamente las facciones de nuestra alma y acaban por transmitirle su peculiar alabeo.

Esto nos lleva a descubrir en la idea de que el amor es una elección profunda de perspectivas importantes. Pues si en vez de referirnos al individuo en singular, proyectamos la doctrina sobre todos los individuos de una época —por ejemplo, de una generación—, tendremos lo siguiente: como siempre que se habla de muchedumbres, de masas, las extremas diferencias puramente individuales se contrarrestan y queda dominado cierto tipo medio de conducta; en este caso, cierto tipo medio de preferencia amorosa. Es decir: que cada generación prefiere un tipo general de varón y otro tipo general de mujer, o, lo que viene a ser lo mismo, cierto grupo de tipos en uno y otro sexo. Y siendo al cabo el matrimonio la forma más importante numéricamente de relación erótica, podemos decir que en cada época se casan mejor más mujeres de un cierto tipo que de los demás (1).

Como el individuo, cada generación revela en la elección de sus amores las corrientes subterráneas que la informan, hasta el punto que fuera uno de los ángulos más instructivos bajo el que pudiera

---

(1) No creo que sea necesario, con motivo de esta aplicación particular, recordar las conocidas reglas de toda ley o apreciación sobre grandes masas de casos, reglas en que funda su rigor la estadística. En un número muy importante de casos se dan, claro está, los de las especies más diversas, pero predomina una, y las excepciones se anulan entre sí. En cualquiera época se casan las mujeres de todos los tipos; pero predomina uno, favorecido cualitativa y cuantitativamente.

tomarse la evolución humana intentar una historia de los tipos femeninos que sucesivamente han sido preferidos. Y como cada generación, cada raza va alquitarando un prototipo de feminidad que no se produce espontáneamente, sino que va siendo modelado en larga obra secular, a fuerza de coincidir la mayoría de los hombres en preferirlo. Así, un esquema cuidadoso e implacable de lo que es la archimujer española arrojaría pavorosas luces sobre las cavernas secretas del alma peninsular. Habría, claro está, que destacar su perfil merced a comparaciones con la archifrancesa, la archieslava, etc. Lo fecundo, en esto como en todo, es no creer que las cosas y los seres son lo que son porque sí y en virtud de pura generación espontánea. No; todo lo que es, lo que está ahí, lo que tiene una forma, sea la que sea, es producto de una fuerza, huella de una energía, síntoma de una actividad. En este sentido, *todo ha sido hecho*, y siempre es posible indagar cuál es la potencia que lo ha fraguado y que en esa obra deja para siempre la señal de sí misma. En el perfil moral de la mujer española quedan conservados los golpes de toda nuestra historia, como los martillazos quedan en el repujado de un cáliz.

Pero lo importante en la preferencia amorosa de una generación es su poder casual. Porque, evidentemente, del tipo de mujeres que ella elija depende, no sólo su existencia, sino, en buena parte, la del tiempo subsiguiente. En el hogar domina siempre el clima que la mujer trae y es. Por mucho que «mande» el hombre, su intervención en la vida familiar es discontinua, periférica y oficial. La casa es lo esencialmente cotidiano, lo continuo, la serie indefinida de los minutos idénticos, el aire habitual que los pulmones tenazmente recogen y devuelven. Este ambiente doméstico emana de la madre y envuelve desde luego a la generación de los hijos. Podrán éstos ser de los temperamentos y caracteres más diversos; pero inevitablemente se han ido desarrollando bajo la presión de aquel ambiente, nivel común sobre que han nacido, alisio perdurable que les ha impuesto peculiar curvatura. Una mínima diferencia en el modo de sentir la vida de la mujer preferida por los hombres de hoy, multiplicada por la constancia de su influjo y por el crecido número de hogares donde se repite, da como resultado una enorme modificación histórica a treinta años vista. En manera alguna pretendo que sea éste el único factor importante de la historia; pero sí que es uno de los más eficientes. Imagínese que el tipo general de mujer preferido por los muchachos de hoy sea un poco, muy poco, más dinámico que el amado por la generación de nuestros padres. Los hijos serán, desde luego, proyectados hacia una existencia un poco más audaz y emprendedora, más llena de apetitos y de ensayos. Por pequeño que sea el cambio de tendencia vital, ampliado sobre la vida media de toda la nación, traerá, ineludiblemente, una transformación gigantesca de España.

Nótese que lo decisivo en la historia de un pueblo es el hombre medio. De lo que él sea depende el tono del cuerpo nacional. Con ello no quiero, ni mucho menos, negar a los individuos egregios, a las figuras excelsas, una intervención poderosa en los destinos de una raza. Sin ellos no habrá nada que merezca la pena. Pero, cualquiera que sea su excelsitud y su perfección, no actuarán históricamente sino en la medida que su ejemplo e influjo impregnen al hombre medio. ¡Qué le vamos a hacer! La historia es, sin remisión, el reino de lo mediocre. La Humanidad sólo tiene de mayúscula la hache con que la decoramos tipográficamente. La genialidad mayor se estrella contra la fuerza ilimitada de lo vulgar. El planeta está al parecer, fabricado para que el hombre medio reine siempre. Por eso lo importante es que el nivel sea lo más elevado posible. Y lo que hace magníficos a los pueblos no es primariamente sus grandes hombres, sino la altura de los innumerables mediocres. Claro es que, a mi juicio, el nivel medio no se elevará nunca sin la existencia de ejemplares superiores, modelos que atraigan hacia lo alto la inercia de las muchedumbres. Por tanto, la intervención del grande hombre es sólo secundaria e indirecta. No son ellos la realidad histórica, y puede ocurrir que un pueblo posea geniales individuos sin que por ello la nación valga históricamente más. Esto acontece siempre que la masa es indócil a esos ejemplares, no les sigue, no se perfecciona.

Es curioso que los historiadores, hasta hace poco, se ocupasen exclusivamente de lo extraordinario, de los hechos sorprendentes, y no advirtiesen que todo eso posee sólo un valor anecdótico, o, a lo sumo, parcial y que la realidad en historia es precisamente lo cotidiano, océano inmenso en que su vasta dimensión anega todo lo insólito y sobresaliente.

Ahora bien: donde la cotidiano gobierna es siempre un factor de primer orden la mujer, cuya alma es en un grado extremo cotidiana. El hombre tiende siempre más a lo extraordinario; por lo menos sueña con la aventura y el cambio, con situaciones tensas, difíciles, originales. La mujer, por el contrario, siente una fruición verdaderamente extraña por la cotidianeidad. Se arrellana en el hábito inveterado y, como pueda, hará de hoy un ayer. Siempre me ha parecido una tontería lo de *souvent femme varie*, opinión formada atropelladamente por el hombre enamorado con quien la mujer juega un rato. Pero el punto de vista del galanteador es de muy reducido horizonte. Cuando se contempla a la mujer desde mayor distancia y con serena retina, con mirada de zoólogo, se ve con sorpresa que tiende superlativamente a demorar en lo que está, a arraigar en el uso, en la idea, en la faena donde ha sido colocada; a hacer, en suma, de todo costumbre. Y resulta conmovedora la mala inteligencia persistente que entre uno y otro sexo existe a este respecto: el hombre va a la mujer como a una fiesta y a un frenesí, como a un éxtasis que rompa la monotonía de la existencia, y encuentra casi siempre un ser que sólo es feliz ocupado en faenas cotidianas, sea en zurcir la ropa blanca, sea en acudir al *dancing*. Tanto es así que, con gran sorpresa por cierto, los etnógrafos nos muestran que el trabajo fue inventado por la mujer; el trabajo, es decir, la faena diaria y forzosa, frente a la empresa, el discontinuo esfuerzo deportivo y la aventura. Por eso es la mujer quien crea los oficios: es la primera agricultora, colectora y ceramista. (Siempre me ha extrañado que en un ensayo de Gregorio Marañón titulado *Sexo y trabajo*, no se cuente con este hecho, tan elemental y notorio).

Cuando se entrevé en lo cotidiano la fuerza dominante de la historia, llega uno a comprender el gigantesco influjo de lo femenino en los destinos étnicos y preocupa sobremanera qué tipo de mujer haya sobresalido en el pasado de nuestro pueblo y cuál sea el que en nuestro tiempo comienza a ser preferido. Comprendo, sin embargo, que esta preocupación no sea frecuente entre nosotros, porque, al hablar de la mujer española, se resuelve todo recordando la presunta herencia de los árabes y la intervención del cura. No discutamos ahora la porción de verdad que en semejante tesis reside. Mi objeción a ella es previa y consiste en hacer notar que, suponiendo verídicos estos dos agentes del tipo femenino español, resultaría éste producido exclusivamente por el influjo varonil, y, por tanto, que esa tesis no recela siquiera el influjo recíproco de la mujer sobre sí misma y sobre la historia nacional.

VI

¿Cuál ha sido el tipo de mujer preferido en España por la generación anterior a nosotros? ¿Cuál el que nosotros hemos amado? ¿Cuál el que presumiblemente va a elegir la nueva generación?

Tema sutil, delicado, comprometido, como deben ser los temas sobre que se escribe. ¿Para qué escribir, si no se da a esta operación, demasiado fácil, de empujar una pluma sobre un papel cierto riesgo tauromáquico y no nos acercamos a asuntos peligrosos, ágiles, bicornes? En este caso, además, se trata de una cuestión sobremanera importante, y es incomprensible que ella u otras parejas no sean más frecuentemente tratadas. Se discute largamente una ley financiera o un reglamento de circulación, y, en cambio, no se comentan ni analizan las tendencias sentimentales que llevan como en brazos la vida íntegra de nuestros contemporáneos. Y, sin embargo, del tipo de mujer predominante depende, en no escasa medida, las instituciones políticas. Es ciego quien no encuentre una estrecha correlación entre el Parlamento español de 1910, por ejemplo, y el tipo de mujer que los políticos de entonces habían alojado en su domesticidad. Yo quisiera escribir sobre todo esto, aun previendo que habré de errar en las nueve décimas partes de mi juicio. Pero este sacrificio de equivocarse lealmente es casi la única virtud pública que el escritor, como tal, puede ofrecer a sus convecinos. Lo demás son vanos gestos de plazuela o velador de café, módicos heroísmos que no nacen del órgano peculiar a su oficio: la inteligencia. (Desde hace diez años, muchos escritores españoles buscan en la política el pretexto para no ser inteligentes). Mas antes de ensayar el diseño de esos perfiles femeninos dominantes en esta época española —intento a que conviene un estudio aparte—, quiero llevar a su última consecuencia de gran radio esta idea de la elección en amor.

Al pasar del individuo singular a la masa de una generación, la elección amorosa se ha convertido en selección, y nuestra idea desemboca en el gran pensamiento de Darwin —la selección sexual—, potencia gigante que contribuye a la forja de nuevas formas biológicas. Es de notar que este magnífico pensamiento no ha podido aplicarse fecundamente a la historia humana: quedaba recluido en el corral, en el redil y en la selva. Le faltaba una rueda para funcionar como idea histórica. La historia humana es un drama interior: pasa dentro de las almas. Y era menester trasponer a ese íntimo escenario la selección sexual. Ahora veremos que en el hombre esta selección se hace por elección, y que esta elección va regida por ideales profundos, fermentados en lo más subterráneo de la persona.

A la idea de Darwin le faltaba esta rueda y le sobra otra: en la selección sexual eran elegidos, preferidos, los mejor adaptados. Esta idea de la adaptación es la rueda que sobra. Como es sabido, se trata de un pensamiento vago, impreciso. ¿Cuándo un organismo está especialmente bien adaptado? ¿No lo están todos, salvo los enfermos? ¿No puede decirse, por otra parte, que no lo está plenamente ninguno?, etc., etc. Y no es que yo abomine del principio de adaptación, sin el cual no es posible manejarse en biología. Pero es preciso darle formas mucho más complejas y sinuosas que las que le dio Darwin, y, sobre todo, es preciso dejarlo en un puesto secundario. Porque es falso definir la vida como adaptación. Sin un mínimum de ésta no es posible vivir; pero lo sorprendente de la vida es que crea formas audaces, atrevidísimas, primariamente inadaptadas, las cuales, no obstante, se las arreglan para acomodarse a un mínimum de condiciones y logran sobrevivir. De suerte, que toda especie viviente puede y debe ser estudiada desde dos caras opuestas: como lujoso fenómeno de inadaptación y capricho y como ingenioso mecanismo de adaptación. Diríase que la vida en cada especie se plantea un problema de aspecto insoluble para darse el gusto de resolverlo, generalmente con riqueza y elegancia. Tanto, que estudiando las formas vivientes mira uno en derredor, a lo ancho del Cosmos, buscando el espectador entendido en vista de cuyo aplauso se toma todo este trabajo, alegre, la Naturaleza.

Ignoramos por completo cuáles sean los propósitos últimos que dirigen la selección sexual en la especie humana. Sólo podemos descubrir resultados parciales y hacernos algunas preguntas sabrosamente indiscretas. Por ejemplo, ésta: ¿ha sido en alguna época normal que la mujer prefiera al tipo mejor de hombre existente en ella? Apenas planteada la interrogación, entrevemos ya la grave dualidad: el hombre mejor para el hombre y el hombre mejor para la mujer no coinciden. Hay vehementes sospechas de que no han coincidido nunca.

Digámoslo con toda crudeza: a la mujer no le han interesado nunca los genios, como no fuera *per accidens;* es decir, cuando a lo genial de un hombre van adyacentes condiciones poco compatibles con la genialidad. Lo cierto es que las calidades que suelen estimarse más en el varón para los efectos del progreso y grandeza humanos no interesan nada eróticamente a la mujer. ¿Quiere decirme qué la importa a una mujer que un hombre sea un gran matemático, un gran físico, un gran político? Y así sucesivamente: todos los talentos y esfuerzos específicamente masculinos que han engendrado y engrosado la cultura y excitan el entusiasmo varonil son nulos para atraer por sí mismos a la mujer. Y si buscamos cuáles son, en cambio, las calidades que la enamoran, hallamos que son las menos fértiles para la perfección general de la especie, las que menos interesan a los hombres. El genio no es un «hombre interesante», según la mujer, y, viceversa, el «hombre interesante» no interesa a los hombres.

Un ejemplo extremo de esta ineficacia sobre la mujer aneja al grande hombre es Napoleón. Conocemos su vida minuto tras minuto; tenemos la lista completa de sus aproximaciones a la feminidad. No faltaba a Napoleón corrección corporal. De joven, su delgadez aguda le daba un aire grácil de fino zorro corso; luego se redondeó imperialmente, y su cabeza es una de las más hermosas desde el punto de vista masculino. Ello es que hasta su figura física ha exaltado el fervor y la fantasía de los artistas —pintores, escultores, poetas—, y bien podían las mujeres haberse también entusiasmado un poco. Pues nada de eso; con grandes probabilidades de decir la verdad, puede afirmarse que ninguna mujer se ha enamorado de Napoleón dueño del mundo; todas se sentían inquietas, desazonadas y mal a gusto cerca de él; todas pensaban lo que Josefina, más sincera, decía. Mientras el joven general, apasionado, hacía caer en su regazo joyas, millones, obras de arte, provincias, coronas, Josefina le engañaba con el primer bailarín que sobrevenía, y al recibir aquellos tesoros, sorprendida, exclamaba: «*Il est drôle, ce Bonaparte*», resbalando sobre la *r* y cargando sobre la *l*, como suelen las criollas francesas (1).

Es penoso advertir el desamparo de calor femenino en que han solido vivir los pobres grandes hombres. Diríase que el genio horripila a la mujer. Las excepciones subrayan más la plenitud del hecho. Éste, que es de suyo palmario, resulta más hiriente si se hace en él una operación de multiplicar exigida por la realidad. Me refiero a lo siguiente:

En el proceso del amor es preciso distinguir dos estadios cuya confusión enturbia desde el principio hasta el fin la psicología del erotismo. Para que una mujer se enamore de un hombre, o viceversa, es preciso que antes se *fije* en él. Este fijarse no es otra cosa que una condensación de la atención sobre la persona, merced a la cual queda ésta destacada y elevada sobre el plano común. No tiene aún tal favor atencional nada de amor, pero es una situación preliminar a él. Sin fijarse antes, no ha lugar el fenómeno amoroso, aunque puede éste no seguir a aquél. Claro es que la fijación crea una atmósfera tan favorable a la germinación de entusiasmo que lograrla equivale

---

(1) Las relaciones entre Napoleón y Josefina están bien contadas en el reciente libro de Octavio Aubry: *Le roman de Napoléon, Napoléon et Joséphine*, 1927.

normalmente a un comienzo de amor. Pero es de suma importancia diferenciar ambos momentos, porque en ambos rigen principios diferentes. Un buen número de errores en psicología del amor provienen de confundir las calidades que «llaman la atención», y, por tanto, destacan favorablemente al individuo, con aquellas otras que propiamente enamoran. Las riquezas, por ejemplo, no es lo que se ama en un hombre; pero el hombre rico es destacado ante la mujer por su riqueza. Ahora bien: un hombre ilustre por sus talentos posee superior probabilidad de ser atendido por la mujer; de suerte que, si ésta no se enamora, es difícil la excusa. Tal es el caso del grande hombre, que generalmente goza de luminosa notoriedad. El despego que hacia él siente el sexo femenino debe, pues, ser multiplicado por este importante factor. La mujer desdeña al grande hombre concienzudamente, y no por azar o descuido.

Desde el punto de vista de la selección humana, este hecho significa que la mujer no colabora con su preferencia sentimental en el perfeccionamiento de la especie; al menos, en el sentido que los hombres atribuimos a éste. Tiende más bien a eliminar los individuos mejores, masculinamente hablando, a los que innovan y emprenden altas empresas, y manifiesta un decidido entusiasmo por la mediocridad. Cuando se ha pasado buena porción de la vida con la pupila alerta, observando el ir y venir de la mujer, no es fácil hacerse ilusiones sobre la norma de sus preferencias. Todo el buen deseo que a veces muestra de exaltarse por los hombres óptimos suele fracasar tristemente, y, en cambio, se la ve nadar a gusto, como en su elemento, cuando circula entre hombres mediocres.

Éste es el hecho que la observación apronta; mas no se crea que al formularlo va incluso una censura al carácter normal de la mujer. Repito que los propósitos de la Naturaleza quedan superlativamente arcanos. ¿Quién sabe si a la postre conviene este despego de la mujer hacia lo mejor? Tal vez su papel en la mecánica de la historia es ser una fuerza retardataria frente a la turbulenta inquietud, al afán de cambio y avance que brota del alma masculina. Ello es que, tomando la cuestión con su más amplio horizonte y como zoológicamente, la tendencia general de los fervores femeninos parece resuelta a mantener la especie dentro de límites mediocres, a evitar la selección en el sentido de lo óptimo, a procurar que el hombre no llegue nunca a ser semidiós o arcángel.

Julio de 1927.

ÍNDICE

EN TORNO A GALILEO (1933).

			Págs.
Lección	I.	Galileísmo de la historia.	13
»	II.	La estructura de la vida, sustancia de la historia.	21
»	III.	La idea de la generación.	29
»	IV.	El método de las generaciones en historia.	43
»	V.	De nuevo la idea de generación.	55
»	VI.	Cambio y crisis.	69
»	VII.	La verdad como coincidencia del hombre consigo mismo.	81
»	VIII.	En el tránsito del Cristianismo al racionalismo.	93
»	IX.	Sobre el extremismo como forma de vida.	107
»	X.	Estadios del pensamiento cristiano.	123
»	XI.	El hombre del siglo xv.	135
»	XII.	Renacimiento y retorno.	151

ARTÍCULOS (1934-1935).

Sobre las carreras			167
Un rasgo de la vida alemana.			184
	I.	Veintitrés años después.—Impresión sincera e impresión completa.—Paréntesis sobre la estupidez.—Para una técnica de la óptica histórica.	184
	II.	Jugar la vida a una carta.—La organización de los servicios colectivos.—Un resultado: la desindividualización del hombre.—El «furor teutónico».	188
	III.	Los factores que implica la buena organización colectiva y el autómata humano. — El funcionario alemán, el francés y el español.	192
	IV.	Plasticidad del hombre.—Nuestro pasado es nuestra limitación.—El carácter étnico como el pasado de un pueblo.—Entrevisión de qué es lo social.	199
	V.	Ultimas reflexiones.	203

MISIÓN DEL BIBLIOTECARIO (1935).

Misión personal	210
Misión profesional	212
La historia del bibliotecario. El siglo xv	216
El siglo xix	218
La nueva misión	221
El libro como conflicto	227
¿Qué es un libro?	230

ARTÍCULOS (1935-1937).

Lo que más falta hace hoy	237
La estrangulación de «Don Juan»	242
«Libros del siglo xix»: Guizot y la «Historia de la civilización en Europa»	251
Cuestiones holandesas	255
I. Precauciones que toma el viajero antes de hablar	255
II. Lo que el viajero percibe en las bicicletas de Holanda	257
El derecho a la continuidad	261
Inglaterra como estupefaciente	261
En la muerte de Unamuno	264
Gracia y desgracia de la lengua francesa	267
Bronca en la física	271
I. Una polémica en la religión más pacífica	271
II. Propaganda del buen humor.—Física y guardarropía. O filósofo o sonámbulo	275
III. Conversión de la física en geometría.—Observación o invención.—Grecia o Egipto	279
IV.	283

ENSIMISMAMIENTO Y ALTERACIÓN (1939).

Prólogo	291
Ensimismamiento y alteración	293
Meditación de la técnica	317
I. Primera escaramuza con el tema	319
II. El estar y el bienestar.—La «necesidad» de la embriaguez.—Lo superfluo como necesario. — Relatividad de la técnica	326
III. El esfuerzo para ahorrar esfuerzo es esfuerzo.—El problema del esfuerzo ahorrado.—La vida inventada	331
IV. Excursiones al subsuelo de la técnica	336
V. La vida como fabricación de sí misma. — Técnica y deseos	341
VI. El destino extranatural del hombre.—Programas de ser que han dirigido al hombre.—El origen del Estado tibetano	346
VII. El tipo *gentleman*.—Sus exigencias técnicas.—El *gentleman* y el «hidalgo»	351

		Págs.
VIII.	Las cosas y su «ser».—La pre-cosa.—El hombre, el animal y los instrumentos.—La evolución de la técnica.	355
IX.	Los estadios de la técnica	359
X.	La técnica como artesanía.—La técnica del técnico.	363
XI.	Relación en que el hombre y su técnica se encuentran hoy.—El técnico antiguo	367
XII.	El tecnicismo moderno.—Los relojes de Carlos V.—Ciencia y taller.—El prodigio del presente	371

IDEAS Y CREENCIAS (1940).

Prólogo 379
Ideas y creencias 381

Capítulo I.—Creer y pensar........................ 383

    I. Las ideas se tienen; en las creencias se está.—«Pensar en las cosas» y «contar con ellas». 383
    II. El azoramiento de nuestra época.—Creemos en la razón y no en sus ideas.—La ciencia casi poesía 387
    III. La duda y la creencia.—El «mar de dudas».—El lugar de las ideas. 392

Capítulo II.—Los mundos interiores................ 395

    I. La ridiculez del filósofo.—La *panne* del automóvil y la histórica.—Otra vez «ideas y creencias». 395
    II. La ingratitud del hombre y la desnuda realidad. 398
    III. La ciencia como poesía.—El triángulo y Hamlet.—El tesoro de los errores. 402
    IV. La articulación de los mundos interiores. 405

En el centenario de Hegel........................ 411

    I. Historia y espíritu. 413
    II. 418
    III. Historia y geografía. 422
    IV. Meseta, valle, costa. 425

Miseria y esplendor de la traducción............. 431

    I. La miseria. 433
    II. Los dos utopismos. 437
    III. Sobre el hablar y el callar. 440
    IV. No hablamos en serio. 444
    V. El esplendor. 448

Defensa del teólogo frente al místico 453
En el centenario de una Universidad 461
Memorias de Mestanza............................. 475

    I. 477
    II. 480
    III. 483
    IV. 486

ARTÍCULOS (1940-1941).

Vives 493
    I. Humanismo, Renacimiento. 493
        La mirada histórica. 494
    II. Sobre la volatilización de una fe. 498
    III. Descreimiento, asfixia y rebelión. 502

El intelectual y el otro. 508
Apuntes sobre el pensamiento, su teurgia y su demiurgia. 517
    Crisis del intelectual de la inteligencia 517
    Las ocultaciones del pensamiento 525
    Carácter histórico del conocimiento 529
    Anejo. 540

ESTUDIOS SOBRE EL AMOR (1941).

Facciones del amor 551
Amor en Stendhal. 561
La elección en amor. 597